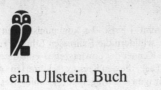

ein Ullstein Buch

ÜBER DAS BUCH:

Machtkampf im Kreml – Krise des kommunistischen Regimes. In dem Thriller *Roter Platz* schildern die Exilrussen Eduard Topol und Friedrich Nesnanskij – intime Kenner der Sowjetszene – eine dramatische Woche im Januar 1982, sechs Tage, die den Kreml erschütterten. Am 19. Januar wird General Semjon Zwigun, Schwager von Leonid Breschnew und Erster Stellvertretender Vorsitzender des Geheimdienstes KGB, in seiner Luxusabsteige tot aufgefunden. War er, wie die *Iswestija* verlautete, nach »langer, schwerer Krankheit verschieden«? Oder hatte er, in vielfältige und zwielichtige Machenschaften verstrickt, Selbstmord begangen? Oder war er gar einem Mord zum Opfer gefallen? Vor diesen brisanten Fragen steht Detektiv-Chefinspektor Igor Schamrajew, ein Spezialist für Sonderfälle ...

DIE AUTOREN:

Eduard Topol wurde 1938 in Baku, UdSSR, geboren. Er besuchte das Staatliche Filminstitut in Moskau. Nach seinen Drehbüchern wurden sieben Filme in der Sowjetunion gedreht, einige von ihnen erhielten hohe Auszeichnungen. 1978 emigrierte er in die Vereinigten Staaten, wo er schriftstellerisch tätig ist.

Friedrich Nesnanskij wurde 1932 in Schurawitschi, UdSSR, geboren. Nach Abschluß eines Jurastudiums in Moskau war er als Untersuchungsrichter für die sowjetische Staatsanwaltschaft tätig. Im Februar 1978 emigrierte er in die Vereinigten Staaten, wo er Vorlesungen über Kriminalität in der UdSSR hält und Bücher über die sowjetische Rechtsordnung veröffentlicht.

Alle in diesem Buch beschriebenen Personen, einschließlich Leonid Breschnew, Michail Suslow, Jurij Andropow, Semjon Zwingun, ihre Frauen und Kinder, sowie die darin geschilderten Ereignisse sind pure Erfindung der Autoren. Falls irgend jemand oder irgend etwas dennoch mit der sowjetischen Wirklichkeit übereinstimmen sollte – um so schlimmer für diese Wirklichkeit.

»Es gibt Fälle von Mord, bei denen es sehr schwer zu entscheiden ist, ob ein durchaus gerechtfertigter oder sogar notwendiger Totschlag (z. B. in Notwehr) oder eine unverzeihliche Fahrlässigkeit oder gar ein fein eingefädelter heimtückischer Plan vorliegt.«
Lenin, *Der linke Radikalismus, die Kinderkrankheit des Kommunismus*

Eduard Topol
Friedrich Nesnanskij

Roter Platz

Polit-Thriller

ein Ullstein Buch

ein Ullstein Buch
Nr. 20642
im Verlag Ullstein GmbH,
Frankfurt/M – Berlin
Titel der russischen Originalausgabe:
Krassnaja Ploschtschadj
Titel der englischen Ausgabe:
Red Square
© 1983 by Possev-Verlag
Ins Deutsche übertragen
von Hedda Pänke

Ungekürzte Ausgabe

Umschlagentwurf:
Hansbernd Lindemann
Alle Rechte vorbehalten
Übersetzung © 1983
Verlag Ullstein GmbH,
Frankfurt/M – Berlin
Printed in Germany 1986
Druck und Verarbeitung:
Presse-Druck Augsburg
ISBN 3 548 20642 5

Juni 1986

CIP-Kurztitelaufnahme
der Deutschen Bibliothek

Topol, Eduard:
Roter Platz: Polit-Thriller / Eduard Topol; Friedrich
Nesnanskij. [Ins Dt. übertr. von Hedda Plänke] –
Ungekürzte Ausg. – Frankfurt/M.; Berlin:
Ullstein, 1986.
  (Ullstein-Buch; Nr. 20642)
  Russ. Orig.-Ausg. u.d.T.: Topol, Eduard: Krasnaja
ploščad'. – Engl. Ausg. u.d.T.: Topol,
Eduard: Red square
  ISBN 3-548-20642-5

NE: Nesnanskij, Friedrich; GT

1

Der Tod Semjon Zwiguns, Schwager Breschnews

Sotschi, 22. Januar, 6.15 Uhr

STRENG GEHEIM
DRINGEND

Über militärische Sonderleitung
An den Chefinspektor für Sonderfälle Igor Josifowitsch Schamrajew Hotel Schemtschuschnaja Zimmer 605 Sotschi Bezirk Krasnodar
DER GENERALSTAATSANWALT DER UDSSR BEAUFTRAGT DICH MIT KLAERUNG DER UMSTAENDE DES TODES VON GENERAL SEMJON ZWIGUN ERSTER STELLVERTRETENDER VORSITZENDER DES KGB STOP KOMM SOFORT ZURUECK STOP MAEDCHEN KANNST DU SPAETER BUMSEN STOP DER LEITER DER ERMITTLUNGSABTEILUNG BEI DER GENERALSTAATSANWALTSCHAFT DER UDSSR HERMANN KARAKOS

Moskau, 22. Januar 1982

Noch ziemlich verschlafen las ich dieses Telegramm gleich dreimal. Nur ein Hundesohn wie Hermann Karakos brachte es fertig, die militärische Sonderleitung dazu zu benutzen, solche Sprüche über Mädchen abzulassen. In einer knappen halben Stunde hatte das Telegramm über die Rote Armee den Chef des Militärkommandos Nordkaukasus, General Agapow, erreicht, und sein Adjutant, Major Awerjanow, begleitet von zwei Offizieren mit Hauptmanns-Epauletten auf ihren Wintermänteln, hatte es mir eiligst überbracht.

Diese Burschen waren natürlich genauestens über den Inhalt informiert, obwohl das Telegramm mit Siegeln bepflastert und als »streng geheim« ausgewiesen war. Deshalb grinsten die drei wohl auch so unverschämt, als sie in meinem Zimmer den schnarchenden Swetlow auf dem Sofa und Nina, das junge Zirkusmädchen, zusammengerollt in meinem Bett entdeckten. Ihnen bot sich da ein etwas ungewohntes Schauspiel: Marat Swetlow, Chef der Dritten Abteilung der Moskauer Miliz-Kriminalpolizei, ich, Chefinspektor für Sonderfälle Igor Schamrajew von der Generalstaatsanwaltschaft der UdSSR, und Nina, die achtzehnjährige Trapezkünstlerin (das »Baby«, wie Swetlow sie genannt hatte, als er im Morgengrauen in mein Zimmer gestürmt war), die wirklich wie ein kleines Kind aussah, wie sie da so unter der Decke lag. Und auf dem Tisch ein paar leere Schnapsflaschen. Ich mußte diese Kerle so schnell wie möglich aus dem Zimmer kriegen, damit sie endlich aufhörten, so dreckig zu grinsen.

Ich räusperte mich. »Also gut, Genossen! Vielleicht ist es besser, wenn Sie unten in der Halle auf mich warten. Ich bin sofort bei Ihnen.«

»Genosse Schamrajew«, sagte Major Awerjanow, »der Kommandeur hat angeordnet, Sie so schnell wie möglich zum Flughafen Sotschi-Adler zu bringen. Dort wartet bereits ein Flugzeug auf Sie. Aber die Straßenverhältnisse sind schauderhaft – man kommt nur mit einem Militärfahrzeug mit Schneeketten durch. Ihnen bleiben also ungefähr fünfzehn Minuten, um sich fertigzumachen. Sie brauchen dann nur noch Ihren Zimmerschlüssel abzugeben und...«

»Ich weiß selbst sehr gut, was ich zu tun habe«, unterbrach ich den Major. Es fehlte gerade noch, daß er mir sagte, wie ich das Mädchen loswerden sollte.

Aber er hatte recht. Vor zwei Tagen war Sotschi, der Urlaubsort auf der Krim, von extrem niedrigen Temperaturen und heftigen Schneefällen lahmgelegt worden. Der öffentliche Verkehr war zusammengebrochen, die Schulen waren geschlossen, und die hocherfreuten Kinder vertrieben sich die Zeit mit Schneeballschlachten auf den leeren Fahrbahnen. Aber für ein Militärfahrzeug würde der Schnee von Sotschi selbstverständlich kein Problem bedeuten. Die Armee war für alle Eventualitäten gerüstet.

»Ich bitte Sie, unten auf mich zu warten«, sagte ich und brachte die Besucher zur Tür. Ich ging ins Bad, meine Finger umklammerten immer noch das verdammte Telegramm. Der Siegellack war zum Teil abgebröckelt, und ein paar Krümel waren in einen meiner Pantoffel geraten. Ich schleuderte ihn wütend von mir, hüpfte zurück ins Zimmer und versuchte, Swetlow wachzubekommen, der immer noch vor sich hin schnarchte. Ich schob ihm das Telegramm in die Hand. Sollte er es ruhig lesen, während ich mich fertigmachte. Aber Swetlow wurde nicht wach. Statt dessen stieß er einen Fluch aus, rollte sich zur Wand und schnarchte weiter – kein Wunder, schließlich hatte er erst knapp drei Stunden Schlaf hinter sich, nachdem er die vorangegangenen vierundzwanzig Stunden damit zugebracht hatte, die Elite der Unterwelt von Sotschi festzunehmen. Deswegen war er eigens nach Sotschi geflogen. Mir blieb nur eins, ich mußte das Fenster öffnen. Das würde ihnen schnell auf die Beine helfen, dem »Baby« und Swetlow. Gott im Himmel – was für ein Anblick! Die Palmen waren schneebedeckt, und weiß war auch der Hotelstrand mit seinem berühmten goldenen Sand, den man eigens aus Anapa importiert hatte. Die Wellen des Schwarzen Meeres wälzten sich eisig ans Land und trugen den Schnee vom Ufer mit sich fort.

Man hatte das Hotel *Schemtschuschnaja* vor sieben Jahren ausschließlich für Ausländer errichtet und es mit allen Schikanen ausgestattet. Doch dann war die Entspannungspolitik ins Wanken geraten, die Zahl der ausländischen Touristen nahm rapide ab, und der fast westliche Luxus dieses Hotels wurde nun Gott sei Dank auch Sowjetbürgern zugänglich. Nicht jedem natürlich. In den Sommermonaten bekamen nur hochrangige Parteibosse oder Schwarzmarkthändler Zimmer in dieser Luxusherberge. Ich gehöre keiner dieser Gruppen an und hatte mir daher bescheiden ein Zimmer für den Winter reservieren lassen. Und so kam es, daß ich mich hier bereits am 10. Januar von den frostigen Moskauer Temperaturen zu erholen begann. Am 13. Januar, dem alten orthodoxen Neujahrstag, war es so warm, daß der Oleander in Blüte stand und die dreisten Bonzen von Krasnodar ihre »wichtigen« Gäste aus der transkaukasischen Unterwelt in einem grünen Buchsbaumhain mit Schischkebab und vorzüglichen Langusten, die eigentlich für den Export bestimmt waren, bei Laune hielten. Ganz offenbar waren da irgendwelche dunklen Machenschaften im Gange, aber warum sollte ich mir darüber den Kopf zerbrechen, auch wenn ich Chefinspektor bei der Generalstaatsanwaltschaft war – schließlich hatte ich Urlaub. Man konnte ja nicht jeden Gauner fassen, und für jeden, der vor Gericht gestellt werden konnte, wuchs schnell ein anderer nach, um seinen Platz einzunehmen. Zum Teufel mit ihnen! Ich hatte mein Zimmer im *Schemtschuschnaja*, einen Balkon mit Blick aufs Meer und dazu Nina aus dem unweit gelegenen Ferienheim für Bühnenschaffende. Aber gleich nach dem alten Neuen Jahr änderte sich alles. Zunächst tauchten da Gerüchte über ein »Unternehmen Kaskade« auf, das in Moskau angelaufen sein sollte; es hieß, man hätte die Schwarzmarktbosse gleich haufenweise festgenommen (und selbst hier in Sotschi begannen sich die Restaurants zu leeren). Dann wurde die Stadt von Schneestürmen heimgesucht, und die Strände verödeten. Und gestern, um vier Uhr morgens, platzte Marat Swetlow in mein Zimmer, kippte ein Glas Weinbrand in einem Zug hinunter und erklärte, er sei mit einem Sondertrupp der Kriminalpolizei angekommen, um unter der Mafia von Sotschi aufzuräumen. Zugleich zwitscherte er mir auch etwas von einem Gerücht zu, das in Polizeikreisen die Runde machte, daß nämlich Breschnews Schwager, General Semjon Zwigun, der Erste Stellvertretende Vorsitzende des KGB, Selbstmord begangen habe. Offenbar verfügte Michail Suslow, Sekretär des Zentralkomitees der KPdSU, über Beweise, die Zwigun mit Schwarzmarktkreisen in Verbindung brachten. Und daraufhin habe sich Zwigun erschossen.

Aber ich hatte diesem Gerücht nicht geglaubt. Wer hatte jemals davon gehört, daß ein Mitglied unserer Regierung Selbstmord beging? Schon gar nicht Zwigun, ein KGB-Chef. Doch nun begann ich die Sache mit anderen Augen zu sehen – wegen dieses Telegramms mit den zwei roten Streifen, die es als »streng geheim« auswiesen.

Warum hatte mich der Generalstaatsanwalt mit dieser Sache betraut und nicht einen der anderen »Spezialisten«, die ihm zur Verfügung standen? Zum Beispiel Baklanow, Rysow oder Chmelnitzkij? Warum war dieses Telegramm statt per Post oder über das Telefonnetz des Kreml über eine militärische Leitung übermittelt worden? Warum diese Eile – die militärische Eskorte, das Armeefahrzeug und das Flugzeug, das auf dem Flughafen Adler bereits auf mich wartete, als gehörte ich dem Politbüro an? Und warum hatten die Zeitungen noch keinen Nachruf auf Zwigun veröffentlicht? Verdammt noch mal – dieser Major Awerjanow hatte doch eine *Prawda* von heute in der Hand gehabt, und ich hatte ihn aus dem Zimmer gehen lassen, ohne ihn darum gebeten zu haben . . .

Gott sei uns gnädig, wenn sich Swetlows Gerücht als begründet herausstellen sollte! Was käme dann wohl auf mich zu? Müßte ich gar Suslow ins Kreuzverhör nehmen? Sollte ich ihn etwa beschuldigen, Zwigun in den Selbstmord getrieben zu haben? Nein, falls er sich tatsächlich selbst umgebracht hatte und dies mit stillschweigendem Einverständnis des Sekretärs des Zentralkomitees höchstpersönlich geschehen war, würden sie doch wohl kaum einen Niemand wie mich in diese wahrhaft undurchsichtigen Geschehnisse hineinziehen. Die Sache konnte mit Suslow nichts zu tun haben. Gott sei Dank! Aber warum war Zwigun sonst gestorben? Vielleicht hatte er gerade ein Mädchen gebumst, oder das Mädchen ihn...

Nina begann sich in ihrem Bett zu regen, zog die Beine unter die Decke und jammerte: »Igor, deck mich zu. Ich friere.«

Ich verfluchte meine beruflichen Pflichten und Karakos – glatter Wahnsinn, ein solches Mädchen und so ein Hotelzimmer wegen irgendeines Zwigun aufgeben zu müssen.

In diesem Augenblick hörte Marat auf zu schnarchen und murrte: »Was ist denn in dich gefahren? Bist du übergeschnappt? Mach sofort das Fenster wieder zu!«

Er öffnete die Augen, sah das rotgestreifte Telegramm neben seiner Hand, blickte es verschlafen an, fuhr dann mit einem Ruck in die Höhe und ließ einen Pfiff hören. »Ich verstehe.«

Das ist es, was ich an Swetlow so schätze – er ist wirklich schnell von Begriff. Ich hatte acht Minuten und Gott weiß wie viele Atemzüge kalter, salzhaltiger Luft gebraucht, um zu kapieren, in welchem Schlamassel ich da saß, er aber war innerhalb einer Sekunde völlig im Bilde. Und immerhin hatte er die halbe Nacht damit verbracht, die Direktoren der Handelsorganisation von Sotschi, die Bosse der regionalen Verbrauchsgütergenossenschaft und den Leiter des Betrugsdezernats von Sotschi, Major Makarow, aus den Betten zu zerren. Da er Racheakte von seiten der Sotschi-Mafia befürchtete, war er nicht mehr in sein Hotel zurückgekehrt, wo möglicherweise Angehörige der Festgenommenen mit Messern oder Tausend-Rubel-Scheinen auf ihn warteten, sondern zu mir gekommen und auf meinem Sofa zusammengebrochen. Und jetzt, nach nur drei Stunden Schlaf, brauchte er lediglich eine Sekunde, um alles zu durchschauen und zu sagen:

»Na bitte, was hab ich dir gesagt. Ich hab's doch gerochen, daß da auf dem Roten Platz irgendwas im Gange ist!«

In diesem Moment klopfte es energisch an die Tür. Ich öffnete sie einen Spaltbreit.

»Genosse Schamrajew«, sagte Major Awerjanow, »das Flugzeug wartet.«

»Ich weiß«, erwiderte ich scharf. »Besorgen Sie mir bitte eine *Prawda* von heute.«

Einen Adjutanten muß man als das behandeln, was er nun mal ist – als einen Adjutanten. Ein paar Minuten später klopfte er wieder, trat aber nicht ein. Statt dessen reichte er die Zeitung Swetlow, der die Tür geöffnet hatte. Ich machte mir nicht einmal die Mühe, aus der Badezimmertür zu blicken: Sie konnten warten. Ich duschte kalt und rasierte mich sorgfältig, während Swetlow auf der Schwelle stand und mir den Bericht über Zwiguns Tod vorlas.

»Die sowjetische Regierung hat einen schweren Verlust erlitten. Wir müssen den Tod von General Semjon Kusmitsch Zwigun bekanntgeben, Mitglied des Zentralkomitees und des Obersten Sowjet, Held der Sozialistischen Arbeit und Erster Stellvertretender Vorsitzender des KGB. S. K. Zwigun ist nach langer schwerer Krankheit am 19. Januar verschieden. Mehr als vierzig Jahre lang hat er sich darum bemüht, die Sicherheit des Vaterlandes zu gewährleisten. Er begann 1937 als Lehrer und wurde später Rektor einer Oberschule im Bezirk Odessa. 1939 übertrug ihm die Partei Aufgaben im Rahmen der Staatssicherheit, und seither widmete er sein ganzes Leben dem Dienst am Vaterland. Während des Zweiten Weltkriegs kämpfte er an den Fronten im Südwesten, Süden, Nordkaukasus, bei Stalingrad, am Don und im Westen. Er spielte eine bedeutende Rolle in der Partisanenbewegung. Danach übernahm er leitende Positionen bei den Sicherheitsorganen der Moldau-Republik, Tadschikistans und Aserbaidschans. 1967 wurde er Stellvertretender und dann Erster Stellvertretender Vorsitzender des KGB. Der Name Semjon Kusmitsch Zwiguns, dieses treuen Dieners von Partei und Staat, wird in den Herzen der Angehörigen der Staatssicherheitsorgane und aller Sowjetbürger weiterleben. Gezeichnet: Andropow, Gorbatschow, Ustinow, Tschernenko, Alijew, Bugajew, Schtscholokow und so weiter, und so weiter, die ganze Liste der KGB-Generale hinunter«, beendete Swetlow seine Lesung.

Ich fühlte mich ziemlich unbehaglich. Weder Breschnew noch Suslow hatten den Nachruf unterzeichnet. In ihren Herzen würde der Name von Zwigun also nicht weiterleben – das war doch die Folgerung, die sich einem aufdrängte. Und das bedeutete, daß es auch keine »lange schwere Krankheit« gegeben hatte; sie bestraften doch niemanden nach seinem Tode dafür, daß er krank gewesen war. Abgesehen davon konnte ich mich nicht erinnern, daß Zwigun beim KGB jemals aus Krankheitsgründen gefehlt hätte. Das war ganz offensichtlich eine Erfindung der *Prawda*. Entweder hatte er tatsächlich Selbstmord begangen oder, was eher anzunehmen war, bei sexuellen Exzessen eine Herzattacke erlitten – wahrscheinlich in Verbindung mit übermäßigem Alkoholkonsum. Ähnliches war dem großen sowjetischen Produzenten Pyrjew passiert, der im gleichen Alter wie Zwigun gewesen war. Er hatte in der Sauna eine wilde Orgie mit ein paar Mädchen gefeiert. Wir hatten das damals natürlich nicht an die große Glocke gehängt. Was hätte es auch für einen Sinn, Regierungsmitglieder in den Augen der Öffentlichkeit zu diffamieren?

»Hast du es mitbekommen?« fragte Swetlow. »Breschnew hat seinen Namen nicht unter den Nachruf für seinen Schwager gesetzt! Zwigun muß Breschnew ganz schön in die Zwickmühle gebracht haben. Und da ist noch etwas, was ich nicht verstehe. Warum holen sie dich eigentlich mit einem Flugzeug ab? Warum diese übertriebene Hast? Aber wenn ich es recht bedenke, kommt mir das Flugzeug sehr gelegen: Du wirst mich und meine Gefangenen mitnehmen. Ich rufe gleich mal meine Jungs an, damit sie die Verdächtigen aus dem Gefängnis holen.«

»He, ihr beiden! Was ist hier eigentlich los?« Die verschlafene Nina stand zitternd vor Kälte in der Badezimmertür. Sie war nur mit meiner Pyjamajacke und meinen Hausschuhen bekleidet. Die Jacke reichte ihr bis über die Knie und war ein hervorragender Ersatz für einen Morgenrock, obwohl ihre Arme die Ärmel nur zur Hälfte ausfüllten. Der Rest hing leer und lose herab. Sie war wirklich noch ein Kind, keine Geliebte.

»Ich bin halb tot vor Kälte und muß dringend aufs Klo.«

»Hör mal, Schwester«, sagte Swetlow entschlossen. »Siehst du hier dieses Telegramm? Das Vaterland ruft Igor zu heldenhaften Taten. In zehn Minuten werde ich mit ihm nach Moskau fliegen. Gib ihm also einen Abschiedskuß, geh schnell ins Bad und zieh dich an. Wir werden dich bei deinem Ferienheim absetzen, und dann müssen wir fort, um Partei und Regierung zu dienen. Alles klar?«

»Aber warum denn?« fragte sie zurück und hatte einen verletzten Ausdruck in ihren runden blauen Augen.

»Weil es nun mal so ist«, sagte Swetlow.

»Ich will auch nach Moskau«, stellte sie fest.

Swetlow sah mich an, neugierig, wie ich mich wohl aus der Affäre ziehen würde.

Offen gestanden, das wußte ich selbst noch nicht. Es war schließlich eine Sache, mit einem Mädchen in Sotschi zu schlafen, aber eine ganz andere, dieses Mädchen mit nach Moskau zu nehmen. Ich lebte zwar wie ein Junggeselle, aber am Wochenende kam immer mein vierzehnjähriger Sohn Anton zu mir. Und er war größer als sie. Sie konnte durchaus *seine* Freundin werden!

»Nina«, sagte ich so sanft wie möglich, »sieh mal, du hast noch deinen ganzen Urlaub vor dir. Warte doch ein paar Tage, es wird schon wieder warm werden. Dann kannst du dich in die Sonne legen, baden... Was würdest du denn in Moskau machen? Überall nur Schnee und Kälte. Und was mich angeht – ich werde bis über den Kopf in Arbeit stecken.«

»Du solltest dich schämen«, erwiderte sie, plötzlich ganz erwachsen. »Marat hat eine Bande von Dieben festgenommen und kam in dein Hotel, um sich vor ihren Freunden zu verstecken. Er mag ja durchaus ein Oberst der Miliz sein, aber dennoch hat er Angst. Und du willst mich hier allein zurücklassen? Du gehst fort und erwartest wirklich von mir, daß ich allein hierbleibe?«

Marat und ich tauschten Blicke aus.

»Hm!« sagte er. »Kindermund...« Seine lebhaften Augen flitzten von mir zu Nina und zurück. Dann verkündete er plötzlich so sachlich, als wären wir in seinem Büro: »Also gut, Schwester. Du hast recht. Du kannst mitkommen.« Er wandte sich an mich. »Für sein Vergnügen muß man bezahlen, alter Junge, da hilft einem nichts.«

Das war noch eine von Swetlows Tugenden: Wenn er einmal eingesehen hatte, daß er im Unrecht war, bestand er nicht weiter auf seiner Meinung. Wir hatten schon häufig zusammengearbeitet, vor allem damals, als wir noch ein paar Jährchen jünger waren – zu jener Zeit war Swetlow Polizeikommissar im Moskauer

Bezirk Krassnaja Presnja und ich einfacher Angestellter der Staatsanwaltschaft desselben Bezirks. Häufig war Swetlow mit brillanten Vorstellungen erschienen, wie man diesem oder jenem Kriminellen das Handwerk legen könnte. Für ihn waren alle seine Argumente hieb- und stichfest gewesen. Doch dann brauchte nur jemand zu kommen und auf eine Schwachstelle in seiner Strategie hinzuweisen – und schon begrub Swetlow sie und tauchte wenig später mit einer völlig neuen auf. Ich habe seit langem festgestellt, daß nur sehr begabte und sehr einfallsreiche Menschen auf diese Weise reagieren, und Swetlow war einer von ihnen. Selbst seine Beförderung zum Leiter einer Abteilung der Kriminalpolizei hatte ihn nicht verdorben, und auch nicht die Oberst-Epauletten, die ihm vor zweieinhalb Jahren verliehen worden waren. Bis jetzt war er noch von der humorlosen Selbstgerechtigkeit der Bürokraten verschont geblieben.

Fünf Minuten später pflügten die Raupen des Militärfahrzeugs bereits durch die so unwahrscheinlichen Schneemassen von Sotschi, und wir eilten dem Gefängnis entgegen, um Swetlows Jungs und ihre »Schützlinge« in Empfang zu nehmen. Wir fuhren auch vor dem Ferienheim vor, um Ninas Siebensachen einzusammeln.

Am selben Tag, 6.35 bis 9.05 Uhr
Ich versage es mir, unsere Fahrt von Sotschi zum Flughafen Adler zu beschreiben. Statt dessen zitiere ich die zutreffende und lakonische Zusammenfassung, die Swetlow in seinem offiziellen Bericht gegeben hat:

»Am Morgen des 22. Januar wurden die Arrestanten mit Unterstützung des Befehlshabenden Offiziers des Militärbezirks Nordkaukasus, General Assanow, in einem gepanzerten Truppentransporter von Sotschi aus zum Flughafen Adler gebracht. Da die Bergstraßen völlig vereist waren, besonders auf dem Abschnitt zwischen Matsesta, Chosta und Kudepsta, räumten die Arrestanten zusammen mit Angehörigen meiner Abteilung in selbstlosem Einsatz, mitunter sogar unter beträchtlicher Lebensgefahr, die Fahrbahnen. Das ermöglichte es uns, die Festgenommenen in schnellstmöglicher Zeit aus dem Raum Sotschi, wo immerhin das Risiko einer illegalen Befreiung bestand, heraus und zum Transportflugzeug auf dem Flughafen Adler zu bringen, was ebenfalls durch die Unterstützung von General Assanow ermöglicht wurde.

Ich möchte das Innenministerium ersuchen, ihm ein Dankschreiben zu senden, und außerdem anregen, daß die Kooperationsbereitschaft, die von den Arrestanten bewiesen wurde, ihnen während der Untersuchungshaft angerechnet wird...«

Adler, 9.05 Uhr
Die Halle des Flughafens war mit Passagieren zum Bersten gefüllt. Das schlechte Wetter und die heftigen Schneefälle hatten die Leute drei Tage lang daran gehindert, die Schwarzmeerküste zu verlassen. Sie schliefen auf dem Boden und auf Fensterbrettern. Kinder kreischten und weinten. Gereizte Flughafenangestellte wurden von den überdrehten Passagieren mit Beschwerden bombardiert. Kisten voller Schwarzmarkt-Mandarinen und -Blumen, die einheimische Spekulanten nach Moskau, Leningrad und Murmansk mitnehmen wollten, um sie dort für drei Rubel das Stück zu verkaufen, vergammelten in der Gepäckaufbewahrung. Im Klartext: Im Augenblick gingen buchstäblich Tausende von Rubeln vor die Hunde. Aber wegen des miesen Wetters war keine Bestechungssumme hoch genug, um die Güter an ihren Bestimmungsort bringen zu können. Die verzweifelten Schwarzmarkthändler saßen mit düsteren Mienen im Flughafenrestaurant und tranken Weinbrand. Es war der einzige Ort in Adler, wo man für den Preis einer Flasche Cognac wenigstens ein paar Stunden auf einem Stuhl sitzend verbringen konnte...

Unterdessen wurden wir – das heißt Swetlows Team, die Festgenommenen, Nina, ich und eine Militäreskorte – schnell in einen besonderen Warteraum gebracht. Er befand sich im ersten Stockwerk, war den Mitgliedern des Obersten Sowjet vorbehalten und verfügte über bequeme Ledersessel, Teppiche, Blumen und einen mit »Narsan«-Mineralwasser gefüllten Kühlschrank.

Durch die Fenster konnten wir auf das Flugfeld blicken. Es war völlig mit Schnee bedeckt. Nur eine einzige Rollbahn war von Armee-Bulldozern freigeräumt worden, und darauf stand eine JAK-40 und ließ die Motoren warmlaufen. Die Festgenommenen schienen sich damit abzufinden, daß ihnen nun keine lokalen Beziehungen mehr helfen konnten und daß man allen Ernstes dabei war, sie in dieses Sonderflugzeug zu verfrachten und nach Moskau zu bringen. Und hatten sie schon vorhin auf den Bergstraßen mit ihrem großmütigen Einsatz weniger der Polizei helfen als vielmehr ihr eigenes nacktes Leben retten wollen (schließlich hing die Straße teilweise fast über dem Meer, und bei jeder Kurve hätten wir sehr gut auf den Eisschollen des Schwarzen Meeres landen können), so wurde dieses gute Dutzend Schwarzhändler jetzt ausgesprochen unterwürfig und liebedienerisch. Der erste, der auf Swetlow zukam, war Aschot Simonjan, der Direktor der Handelsorganisation von Sotschi. (Bei seiner Verhaftung hatte Swetlow eine Waage gebraucht, um die 36 Kilogramm schweren Goldbarren zu wiegen, die er an diversen Stellen seiner Datscha verborgen hatte.)

»Genosse Oberst, alter Freund!« sagte er. »Gestatten Sie, daß ich für die Reise etwas zu essen kommen lasse? Ich bin am Verhungern, Ehrenwort.«

Swetlow sagte ja.

Worauf Simonjan sogleich den Hörer eines internen Telefons aufnahm und zur Zentrale sagte: »Geben Sie mir den Geschäftsführer des Restaurants. Es ist dringend. Rafik? Hier ist Simonjan. Sehen Sie die JAK-40 da draußen? Das ist meine Maschine. Ich fliege in ein paar Minuten nach Moskau ... Ja ... Ich fliege nicht allein, sondern mit ein paar wichtigen Leuten. Sehr wichtig, verstehen Sie? Wir sind neunzehn und ein Mädchen! Ein VIP-Mädchen! Alles muß absolut erste Klasse sein, höchste Qualität, verstehen Sie?«

Danach hastete der Rest der Festgenommenen an den Apparat. Sie beneideten Simonjan um seinen blendenden Einfall und rissen ihm den Hörer aus der Hand. Der nächste, der telefonierte, war Major Makarow, der diensthabende Vertreter des Innenministeriums im Betrugsdezernat von Sotschi. Makarow war durch die Tausende von Rubeln, die als tägliche Bestechungsgaben von allüberall aus der reichen Kuban-Gegend in seine Hände geflossen waren, ziemlich fett geworden. Er sagte: »Rafik, hier ist Major Makarow. Setzen Sie sich mit dem Sowchos für Zitrusfrüchte in Verbindung, und sagen Sie ihnen, sie sollen im Eiltempo fünf Körbe Mandarinen herbringen ...«

Ich sah mir die Männer genau an und wußte nicht, was sie mehr antrieb: ihr Wunsch, unsere Hände zu schmieren, oder diese letzte Möglichkeit, sich ihrer Macht zu erfreuen. Gestern noch waren sie die ungekrönten Könige dieser Gegend, die mit ihren Unterweltaktionen leichtes Geld verdient hatten. Sie besaßen Autos,

Jachten, Datschen und Frauen, benutzten jedoch bei Parteiversammlungen jede Gelegenheit, von ihren Untergebenen verfaßte Reden abzulesen, in denen die Arbeiter des Landes aufgefordert wurden, nicht »die staatlichen Quellen zu plündern« und »die Kopeke des Volkes zu schonen« usw. Und jetzt, über Nacht, waren sie der Korruption und Unterschlagung bezichtigt und unter Anklage gestellt. Sie waren an ihre Macht so gewöhnt, daß sie sich selbst im Polizeigewahrsam fast über ein Telefon in die Haare gerieten, das ihnen noch einmal erlaubte, mit der Autorität eines bedeutenden Parteimitglieds zu sagen: »Hier spricht Major Makarow...«

In diesem Augenblick erschien Major Awerjanow in Begleitung des Flughafendirektors.

»Die Wettervorhersage ist schlecht. Auf der gesamten Route sind Schneestürme zu erwarten. Ich habe meine beste Crew auf Trab gebracht«, sagte er. »Wollen Sie starten oder lieber auf besseres Wetter warten?«

Ich überlegte. In der Zeitung hatte kein Wort darüber gestanden, daß eine staatliche Kommission eingesetzt worden war, die sich um die Begräbnisfeierlichkeiten kümmern sollte. Das hieß, daß man Zwigun wahrscheinlich mit einem Minimum an Aufwand und sehr schnell unter die Erde bringen würde – vielleicht sogar schon heute. Verdammt noch mal! Anstatt über diese Festgenommenen zu philosophieren, hätte ich längst in Moskau anrufen sollen, um herauszufinden, wann die Beerdigung stattfand. Idiot! Du mußt schließlich die Leiche untersuchen!

»Wo kann ich mit Moskau telefonieren?« fragte ich den Flughafendirektor.

»Das können Sie von hier aus erledigen.« Er nahm einem Festgenommenen den Hörer ab, drückte ein paarmal auf die Gabel und sagte zur Vermittlung: »Walja, Moskau bitte. Welche Nummer, Genosse Schamrajew?«

Ich nannte ihm die Telefonnummer der Generalstaatsanwaltschaft und Karakos' Apparatnummer, griff nach dem Hörer und sagte kühl: »Hallo, Hermann? Hier Schamrajew. Vielen Dank für dein reizendes Telegramm. Ich rufe vom Flughafen Sotschi-Adler aus an. Wann findet die Beerdigung statt?«

»Heute, alter Freund. Um halb zwei wird der Sarg aus dem Dserschinskij-Klub getragen. Wie ist das Wetter in Adler?«

»Du Hundesohn!« hätte ich ihn am liebsten angebrüllt, aber ich riß mich zusammen und sagte eisig: »Übrigens, hätte nicht auch jemand anders mit dem Fall beauftragt werden können?«

»Das lag nicht in unserer Macht, Ehrenwort!« erwiderte Karakos mit einem Hauch von Aufrichtigkeit in der Stimme. »Du bist vorgeschlagen worden.«

»Von wem?«

»Kann ich am Telefon nicht sagen. Aber erinnerst du dich an diese Journalistengeschichte? Damit hast du dir einen ziemlichen Namen gemacht...«

Sollte es tatsächlich Breschnew gewesen sein? Hatte Breschnew persönlich mir diesen Job zugeschanzt? In diesem Fall war es kein Selbstmord, und Suslow hatte nichts damit zu tun. Niemals würden sie zulassen, daß der kleine Schamrajew in die Nähe einer so bedeutenden Parteigröße wie Suslow kam. Breschnew wäre der letzte, der so etwas gestattete. Es war eben alles viel einfacher. Zwigun mußte sich irgendeines unmoralischen Verhaltens schuldig gemacht haben. Mit seinem Gerede, ich hätte mir damals einen Namen gemacht, nahm mich Karakos natürlich auf den Arm – dennoch, jetzt war alles ganz klar. Vor zweieinhalb Jahren, zehn Tage bevor sich Breschnew mit Carter in Wien treffen wollte, war ein Mitglied der sowjetischen Pressedelegation, der junge und begabte Journalist Vadim Belkin, am hellichten Tag in Moskau entführt worden. Der damalige Generalstaatsanwalt hatte mich damit beauftragt, den Journalisten aufzuspüren. Zusammen mit Swetlow und einigen anderen Assistenten fand ich heraus, daß Belkin von Rauschgifthändlern verschleppt worden war, über die er in seiner Zeitung hatte schreiben wollen. Diese Typen hatten ihm damals große Dosen gespritzt, aber es war uns gelungen, ihn von dem Zeug wieder runterzubekommen. Die Geschichte hatte seinerzeit Aufsehen erregt. Breschnew hatte sich anscheinend meinen Namen gemerkt und mich persönlich damit »beauftragt« herauszufinden, welche Umstände zum Tod seines Schwagers geführt hatten. Schamrajew, sagte ich mir, du bist drauf und dran, ein Ermittler am Hofe König Breschnews zu werden. Du wirst es trotz halbjüdischer Herkunft noch weit bringen.

»Wir starten sofort«, sagte ich zum Flughafendirektor.

Es war erst 9.37 Uhr. Es würde mir also genug Zeit bleiben, Zwiguns Leiche vor der Bestattung zu untersuchen.

11.45 Uhr
Die Unmengen an Speisen und Getränken, die der Geschäftsführer des Flughafenrestaurants von Sotschi-Adler in unser Flugzeug laden ließ, hätten gut und gerne ausgereicht, die Passagiere einer vollbesetzten TU-144 zu beköstigen, geschweige denn uns neunzehn Figuren. Zwei Körbe Weinbrand, eine Kiste rosa Sekt, eine Kiste Twischi-Weißwein, eine Ladung Brathähnchen, Satsiwi und andere kaukasische Delikatessen, fritierte Hühnerherzen und Nieren, Salat, Weintrauben und fünf Schachteln Konfekt und Türkischer Honig für das »VIP-Mädchen« Nina.

Und so genossen wir ein herrliches Frühstück. Nina badete geradezu in Schokolade, Swetlows Jungs scherzten und flachsten, während die Festgenommenen, in dem Bewußtsein, daß das ihre letzte Erholungspause war, energisch den Getränken zusprachen.

Swetlow gestattete ihnen, zu essen und zu trinken. Etwa eine halbe Stunde später hielt er, ein Glas Sekt in der Hand, folgende kleine Rede: »Bürger Gefangene! Obwohl ich ein Moskowiter bin, möchte ich einen Toast auf die kaukasische Lebensart ausbringen. Ich bin stolz, so talentierte Menschen wie Sie festnehmen zu dürfen. Nein, ich meine das durchaus ernst. Nehmen wir den Bürger Aschot Geworkowitsch Simonjan. Zusammen mit dem Vorsitzenden des Exportausschusses von Sotschi und anderen Personen, bereits festgenommen oder noch auf freiem Fuß befindlich, hat er bei der Staatsbank ein falsches Konto eingerichtet, auf das die Einkommen aus allen illegalen Fabriken und Werkstätten seines Gebiets flossen. Er hat über dieses Konto verfügt, als wäre es sein eigenes. Auf Ihr Wohl, Genosse Simonjan! Die sechsunddreißig Kilogramm Gold, die Sie zusammengerafft haben, sind ein großartiges Geschenk an das Vaterland! Oder sehen wir uns Nuksar Gogjewitsch Barataschwili an. Sechs Jahre lang hat er alle orientalischen Restaurants von Moskau mit frischem Lammfleisch aus Georgien und Aserbaidschan beliefert. Natürlich nicht allein, eine ganze Mafia war ihm dabei behilflich. Seine Einkünfte belaufen sich auf Millionen von Rubeln, sie übersteigen sogar die des Moskauer Restaurant- und Café-Kombinats. Auf Ihr Wohl, Genosse Barataschwili! Die sechs Millionen Rubel, anderthalb Millionen US-Dollar und das Kilo Diamanten, die wir bei Ihnen beschlagnahmt haben, reichen aus, eine neue Fabrik zu errichten. Herzlichen Glückwunsch, alter Bursche!«

Swetlow ließ seine Augen über die anderen Festgenommenen schweifen.

»Freunde! Wie Sie wissen, ist das ›Unternehmen Kaskade‹ angelaufen. Als Freund möchte ich Ihnen sagen, daß nur eins Ihr Schicksal verbessern kann – ein freimütiges Geständnis und die Genugtuung, daß die angehäuften Schätze dem Vaterland sehr nützlich sein werden!«

»Und das ist noch nicht alles«, rief Barataschwili. »Ohne mein Lammfleisch hättet ihr doch überhaupt kein frisches Fleisch in Moskau gehabt ...«

Ich amüsierte mich innerlich über Swetlows Abgefeimtheit. Jetzt würde er sie dazu bringen, »freimütige Geständnisse« abzulegen. Und obwohl diese unter dem Einfluß von Weinbrand geleisteten Geständnisse als Beweismittel in die Untersuchungen nicht eingebracht werden durften, waren sie dennoch von großem Nutzen, falls der Festgenommene im Verhör seine Aussagen widerrief, sich wand, schwieg oder einfach log. Mit anderen Worten, sie standen eigentlich schon mit dem Rücken zur Wand ...

Der Pilot erschien in der Kabine und sagte: »Der Moskauer Flughafen ist wegen Schnee geschlossen. Aber Schukowskij ist offen. Sollen wir dort landen oder auf gut Glück nach Moskau weiterfliegen?«

Ich sah auf meine Uhr. Es war 11.45 Uhr. In etwa anderthalb Stunden würden sie Zwiguns Leichnam aus dem Dserschinskij-Klub tragen. Mit einem Polizeiauto konnte man in vierzig Minuten von Schukowskij nach Moskau gelangen.

»Lassen Sie uns in Schukowskij landen«, sagte ich. »Marat«, fuhr ich fort, »setz dich über Funk mit der Kriminalabteilung von Schukowskij in Verbindung. Sie sollen uns ein Auto aufs Flugfeld schicken.«

Moskau, 13.15 Uhr
Der Dserschinskij-Klub, der dem KGB gehört, war von Soldaten umzingelt. Morgen würde in der *Prawda* sicherlich folgendes stehen: »Arbeiter der Hauptstadt, Angehörige der Staatssicherheitsorgane und Soldaten der Garnison Moskau versammelten sich am 22. Januar, um Semjon Kusmitsch Zwigun, den Ersten

Stellvertretenden Vorsitzenden des KGB, auf seinem letzten Weg zu begleiten.« In Wirklichkeit nahmen natürlich keine Arbeiter an den Trauerfeierlichkeiten teil. Unter Sirenengeheul rasten wir durch die Moskauer Innenstadt und brachten an allen Kreuzungen den Verkehr zum Halten. Aber als wir den Kusnezkij Most hinunterflitzten, wurde auch unser Polizeiwagen gegenüber der Lubjanka zum Halten gezwungen. Soldaten der Moskauer Garnison versperrten uns den Weg.

»Ihr Passierschein.«

Natürlich konnte man mir dank meines Ausweises, der auf rotem Leder in goldenen Buchstaben die Worte »Generalstaatsanwaltschaft der UdSSR« trug, den Zugang zum Dserschinskij-Klub nicht verwehren. Aber in Sachen Nina blieb der armenische Hauptmann absolut unerbittlich, sosehr ich mich auch bemühte. »Sie ist meine Nichte. Schließlich bürge ich für sie.« Es half nichts. »Es ist nicht gestattet«, erwiderte er stur. Also mußte ich Nina die Schlüssel zu meiner Wohnung geben und den Fahrer bitten, sie dort abzusetzen. Ich stieg aus dem Auto und lief über den leeren Bürgersteig zum Klubeingang. Es herrschte leichter Frost, vielleicht sieben Grad minus. Der Schnee fiel sacht, aber unablässig. Vor dem Dserschinskij-Klub, der normalerweise als Treffpunkt und Konferenzraum für verdienstvolle Sicherheitsoffiziere dient, standen etwa ein Dutzend schwarze Regierungs-Tschaikas und SILs sowie ein weiteres Dutzend schwarze KGB-Wolgas mit Funkantennen.

Und da war noch eine Phalanx von Soldaten, diesmal in KGB-Uniformen.

»Ihr Passierschein.«

Hatten mich die Soldaten vorhin noch fast anstandslos passieren lassen, so war das mit dem KGB eine ganz andere Geschichte. Die Beziehungen zwischen Generalstaatsanwaltschaft und Staatssicherheitsorganen sind reichlich kompliziert. Theoretisch haben wir durchaus das Recht, in alle ihre Angelegenheiten einzugreifen, aber praktisch – versuchen Sie das mal! Der KGB-Oberst sagte mir in ziemlich überheblichem Ton, daß ohne eine Sondergenehmigung absolut nichts zu machen sei. Also mußte ich auf meinem Recht bestehen, und so verging viel Zeit. Noch sechs oder sieben Minuten, dann würden sie den Sarg hinaustragen. In diesem Augenblick öffneten sich die schweren Glastüren des Klubs, und

Andropows Stellvertreter, General Wladimir Piroschkow, kam heraus. In seiner Uniform wirkte er ausgesprochen düster.

»Was geht hier vor?« fragte er den Oberst.

Ich zeigte meine Papiere. »Man hat mich beauftragt, die Umstände des Todes von General Zwigun zu untersuchen. Ich muß mir den Toten ansehen.«

»Was?« fragte Piroschkow. Sein Gesicht zeigte eine Mischung aus Verdrossenheit und Mißtrauen. Ganz so, als würde er durch ein albernes Mißverständnis oder eine Ungeschicklichkeit von wichtigen Staatsgeschäften abgehalten.

Ich wiederholte meine Worte und mußte mich sehr zusammennehmen, um Haltung zu bewahren.

»Was für eine Untersuchung?« fragte er und wischte sich die Schneeflocken von seiner neuen Uniform. »Wir haben bereits eine Untersuchung durchgeführt. Lesen Sie bei der Staatsanwaltschaft denn keine Zeitungen? Die Regierung hat eine Erklärung veröffentlicht. General Zwigun starb nach langer Krankheit...«

Er hatte sich bereits abgewandt, aber ich packte ihn beim Ärmel. »Einen Moment...«

»Nehmen Sie Ihre Hände weg«, sagte der Oberst, stürmte auf mich zu und riß meine Finger grob vom Ärmel des Generals. Er war die Wachsamkeit in Person.

Ich lachte und sah dem General in die Augen. »Wladimir Petrowitsch, ich weiß, woran er gestorben ist.« Ich betonte jede Silbe dieser Lüge, um ihm klarzumachen, daß ich durchaus mehr wußte, als in der Regierungserklärung gestanden hatte. »Ich bin beauftragt worden, mich um die Angelegenheit zu kümmern. Nach den gesetzlichen Bestimmungen bin ich verpflichtet, die Leiche vor der Bestattung zu untersuchen. Wenn Sie mir das nicht erlauben, werde ich die Beerdigung verschieben lassen.«

Er sah mich neugierig an. Zum ersten Mal nahmen seine Augen einen wachen, intelligenten Ausdruck an. »Und wie wollen Sie das anstellen? Das würde ich doch zu gern wissen.«

»Soll ich es Ihnen zeigen?«

Wir duellierten uns mit Blicken. Die Augen des Obersten wanderten dumpf zwischen Piroschkow und mir hin und her. Er schien bereit, mich auf den leisesten Wink des Generals mit seiner schweren Faust zu Boden zu strecken. Drei weitere KGB-Soldaten in der Nähe wandten uns die Köpfe zu.

Natürlich hatte ich geblufft. Wie sollte ich auch das Begräbnis aufhalten, wo ich doch noch nicht einmal ein offizielles Dokument von der Staatsanwaltschaft besaß? Aber er brauchte ja nicht zu wissen, daß ich gerade erst aus Sotschi eingeflogen war...

»In Ordnung«, sagte er. »Kommen Sie mit.«

Er entließ die Wache mit einem Blick, und wir schritten durch die schweren Glastüren in den Klub. Die Empfangshalle war leer bis auf vielleicht fünfzehn KGB-Leute, die in den Ecken und in der Nähe der mit Generalsmänteln vollgestopften Garderobe herumstanden.

»Wer hat Sie denn mit dieser Sache beauftragt?« wollte der General wissen.

»Der Generalstaatsanwalt«, erwiderte ich. Nun spielte ich mit ihm tatsächlich Katz und Maus. Ich wußte genau, daß er nach etwas ganz anderem gefragt hatte.

»Ich weiß«, sagte er und verzog das Gesicht. »Aber von wem hat die Generalstaatsanwaltschaft ihre Instruktionen?«

Klar, daß er nur zu gern herausfinden wollte, welche Macht es wagte, sich über die Autorität des KGB hinwegzusetzen. Kein kleiner Ermittlungsbeamter würde sich auf ein solches Risiko einlassen. Wer steckte dahinter? Mußte derjenige ernsthaft in Betracht gezogen werden? Und wenn ja – bis zu welchem Grad? Das waren die Fragen, die Piroschkow wirklich bewegten.

Nun wäre es am einfachsten gewesen, ihm zu sagen, daß ich auf persönlichen Wunsch des Genossen Breschnew handelte. Das würde einen weit größeren Eindruck machen als jede noch so offizielle Vollmacht, aber... Ich war bisher noch nicht im Büro gewesen, hatte noch nicht mit meinem Chef gesprochen, und ich wußte nicht, ob Breschnew ein Name war, mit dem ich öffentlich hausieren gehen konnte. Abgesehen davon hatte ich keineswegs die Absicht, die Dinge für Piroschkow leichter zu machen. Er sollte ruhig ein bißchen schwitzen.

So sagte ich: »Sie werden sicher verstehen, Genosse General, daß der Generalstaatsanwalt derartige Dinge nicht in eigener Machtvollkommenheit in die Wege leitet. Das liegt in der Verantwortung des ZK.«

Ich wandte mich nach links, verließ die Halle und schritt auf den Konzertsaal zu, wo der Sarg aufgebahrt war. Es stellte sich heraus, daß Piroschkow mir folgte, nicht umgekehrt.

»Warten Sie doch«, sagte er und ergriff mich am Ärmel, wie ich es ein paar Minuten zuvor bei ihm getan hatte. »Was haben Sie eigentlich vor? Wollen Sie die Leiche allen Ernstes jetzt untersuchen?«

»Natürlich.«

Soldaten mit Trauerflor standen an der Tür des Konzertsaals Wache. Ich ging an ihnen vorbei. Der Sarg befand sich in der Mitte der Bühne und war mit rotem Tuch bedeckt. Die Ehrenwache bestand aus dem KGB-Chef Jurij Andropow höchstpersönlich, seinen Stellvertretern Zinjew und Tschebrikow, dem Kommandeur der Grenztruppen Matrosow und dem Stellvertretenden Vorsitzenden des Obersten Sowjet, Chalilow. Außerdem waren Sawinkin, der Leiter der ZK-Verwaltung, und ein weiteres Dutzend anderer, nicht weniger einflußreicher Kreml-Persönlichkeiten anwesend. Deshalb also die massiven Sicherheitsmaßnahmen draußen vor der Tür. Aber Breschnew fehlte. Auch seine Frau, Viktorija Petrowna, Zwiguns Schwägerin, war nicht anwesend. Statt dessen stand Breschnews rechte Hand und enger Freund, Konstantin Ustinowitsch Tschernenko, neben der schwarzgekleideten Witwe und den erwachsenen Kindern des Toten. Es hatte in den letzten Jahren eine Menge Diskussionen in der Staatsanwaltschaft gegeben, wie dieser eher bescheidene Provinzfunktionär aus Dnjepropetrowsk so plötzlich den Gipfel der Macht im Kreml hatte erklimmen können...

»Warten Sie hier einen Moment«, sagte Piroschkow.

Er ging quer durch den Saal auf Andropow zu und flüsterte etwas in sein ausdrucksloses Gesicht. Andropow schüttelte den Kopf. Mir wurde klar, daß man mir nicht gestatten würde, die Leiche zu untersuchen. Doch dann machte Piroschkow eine weitere, sicher wohlüberlegte Bewegung. Statt zu mir zurückzukommen, wandte er sich an Sawinkin, den Verwaltungschef des Zentralkomitees. Bis vor drei oder vier Jahren waren der KGB und andere Abteilungen des Innenministeriums, die mit der Durchführung strafrechtlicher Bestimmungen befaßt waren, direkt dem Ministerrat unterstellt, während wir bei der Staatsanwaltschaft dem Politbüro, also Breschnew persönlich, unterstanden. Aber in einer Periode der Reibereien zwischen Kossygin und Breschnew hatte dieser, um ganz sicher zu gehen, den KGB unter seine Kontrolle gebracht und ihn am 5. Juli 1978 einfach in KGB der UdSSR umbenannt. Damit wurde auch in der offiziellen Bezeichnung jeder Hinweis auf den Ministerrat getilgt. Schamrajew, du warst ein Idiot, als du dir eingebildet hast, das würde hier eine ganz einfache Sache! Zum ersten Mal wurde mir wirklich bewußt, worauf ich mich da eingelassen hatte. Ich begriff, warum Piroschkow so handelte. Mir würde die Genehmigung nicht von Andropow oder gar Piroschkow verweigert, die offiziell gar nicht dazu befugt waren, sondern von Breschnews Stellvertreter Sawinkin.

Ich scherte mich weiter nicht um Piroschkows Weisung, zu bleiben, wo ich war, und ging durch den ganzen Saal schnurstracks auf den Sarg zu. Wenn Zwigun sich tatsächlich erschossen hatte, wohin hatte er gezielt? Ins Herz oder in den Kopf? Jedenfalls waren aus der Entfernung keine äußerlichen Spuren einer Verletzung zu erkennen. Zwigun lag mit dem Profil zum Saal; die ganze linke Hälfte seines Gesichts war zu sehen. Ein fleischiges Gesicht mit einem Doppelkinn und stark gelichtetem Haar. Ein khakifarbenes Hemd, eine Generalsuniform. Sein schwerer Körper schien den schmalen Sarg fast zu sprengen.

Piroschkow verfolgte alle meine Bewegungen aus den Augenwinkeln. Ein Schatten der Verärgerung huschte über sein Gesicht, und er sprach noch schneller auf Sawinkin ein. Aber der ließ ihn gar nicht erst ausreden, sondern bewegte sich bereits auf mich zu. Während er schwerfällig seinen massigen Körper durch den Saal schob, trat ich ganz nahe an den Sarg heran, als wollte ich von dem Verstorbenen Abschied nehmen. Ich setzte eine traurige Miene auf, wie es bei solchen Anlässen üblich ist. Jetzt, aus nächster Nähe sah ich, daß Zwiguns Kopf auf einem Kissen ruhte, das seine rechte Schläfe verdeckte. Also gab es da eine Verletzung! Erfahrene Pathologen hatten sie natürlich erfolgreich kaschiert und das Kissen so arrangiert, daß die Schußverletzung nicht sichtbar wurde, wenn der Körper während der Trauerfeierlichkeiten bewegt wurde. Auf jeden Fall war da eine Wunde. Es war also Selbstmord! Man stelle sich das vor – Selbstmord in der sowjetischen Regierung, und noch dazu in Breschnews eigener Familie!

Ich fing an zu schwitzen. Ich glaube, daß ich zum ersten Mal in all den Jahren meiner Tätigkeit als Inspektor wirklich Angst hatte. Sogar meine Handflächen fühlten sich feucht an.

»Genosse Schamrajew«, sagte Sawinkin unterdessen. »Mir ist

durchaus bewußt, daß Sie die Pflicht haben, Ihren offiziellen Auftrag zu erfüllen, aber es wäre nicht ratsam, das jetzt zu tun. Wenn wir den Sarg unter den Augen so vieler Menschen entfernen würden, könnte das zu häßlichen Gerüchten Anlaß geben.«

»Vor allem, da wir über die medizinische Bescheinigung verfügen, daß die Todesursache einwandfrei festgestellt wurde. Dieses Dokument ist von allen beteiligten Ärzten unterschrieben worden«, fügte Piroschkow ein wenig irritiert hinzu. »Ich kann nicht verstehen, warum das Zentralkomitee plötzlich eine neue Untersuchung angeordnet hat. Ich glaube nicht, daß die Gerichtsmediziner der Staatsanwaltschaft besser sind als unsere.«

»Was für eine medizinische Bescheinigung haben Sie denn?« fragte ich. »Eine falsche oder eine echte?«

Er wurde ganz rot vor Empörung. Nicht einmal der Generalstaatsanwalt hätte die Unverfrorenheit besessen, eine solche Frage zu stellen – geschweige denn ein Nichts wie ich! Aber ich konnte der Versuchung einfach nicht widerstehen, einem Stellvertretenden KGB-Chef gegenüber eine Lippe zu riskieren, noch dazu mit Sawinkin als Zeugen. Schließlich war ich böse ausgetrickst worden.

»Was wollen Sie damit sagen?« zischte er.

Ich setzte meine harmloseste Miene auf und meinte: »Damit will ich sagen, daß Sie sich ein Zertifikat für die öffentliche Verlautbarung in der Presse beschafft haben. Aber gibt es auch ein anderes Dokument, das beweist...«

Der Wahrheit die Ehre, ich wußte selbst nicht, was dieses zweite Dokument eigentlich hätte enthalten sollen. Aber ich war absichtlich mitten im Satz verstummt, um nicht vorhandene intime Kenntnisse der Sachlage anzudeuten. Auf jeden Fall schien dieses zweite Dokument zu meinem früher geäußerten Wort »erfunden« zu passen, denn Piroschkow verlor plötzlich die Beherrschung.

»Wir erfinden keine Dokumente!« stellte er fest. »Die Presseerklärung über General Zwiguns Krankheit war eine Entscheidung des Politbüros. Und was das Zertifikat angeht, das unsere Ärzte unterzeichnet haben, so können Sie es jederzeit in Augenschein nehmen.«

Aha! Da hatte er eben doch glatt zugegeben, daß die Erklärung über Zwiguns Krankheit ein Schwindel war.

»Ich glaube nicht, daß es notwendig ist, Sie in Ihrem Büro

aufzusuchen«, sagte ich. »Schicken Sie alle Dokumente an die Generalstaatsanwaltschaft. Und tun Sie das bitte noch heute. Ich warte darauf.«

»Genossen! Die öffentliche Aufbahrung ist vorüber«, verkündete der Vorsitzende der Bestattungskommission. »Die Trauergäste, die zum Friedhof fahren wollen, werden gebeten, sich zu ihren Wagen zu begeben. Die sterblichen Überreste des Verblichenen werden in einer Minute hinausgetragen...«

Die Witwe begann zu schluchzen und preßte die Hand gegen die Lippen. Ihre Kinder und Tschernenko tätschelten ihr die Schulter. Ich sah, daß Andropow zu ihr ging, um ihr ein paar Worte des Beileids zu sagen. Doch sie starrte ihm so voller Furcht und Haß entgegen, daß er wie angewurzelt stehenblieb. Ihre Tränen versiegten, ihr Schluchzen hörte auf. Ich hatte den Eindruck, daß sie Andropow ins Gesicht spucken würde, falls er es wagen sollte, auch nur einen Schritt näher zu kommen. Aber nicht nur Andropow und ich hatten es bemerkt. Einen Augenblick lang waren alle im Saal von dieser Szene gefangengenommen, wie Zuschauer am entscheidenden Wendepunkt eines Stückes.

Andropow wandte sich ab, und die Spannung ließ greifbar nach. Das Spektakel näherte sich seinem Ende: Nachdem Andropow gegangen war, strebten auch die Marschälle, die Generäle und die anderen staatlichen Würdenträger dem Ausgang zu. Vier stämmige Soldaten hoben den Sarg an, während die Ehrengarde, bestehend aus Pawlow, Sawinkin, Dymschitz und Chalilow, nebenher schritt. Jeder von ihnen stützte den Sarg leicht mit der Handfläche, als wären sie es, die General Zwigun zur letzten Ruhe trugen... Nach ihnen kamen die Kinder und die heftig schluchzende Witwe, während Tschernenko und seine beiden Leibwächter durch einen Nebeneingang die Bühne verlassen hatten. Mir wurde klar, daß weder er noch Andropow auf den Friedhof fahren würden.

Ich ging langsam dem Ausgang zu. Draußen fing ich einen feindseligen Blick Piroschkows auf, der gerade in seine Tschaika-Limousine stieg und höchstwahrscheinlich auf dem Weg zum Friedhof war. Aber das war ja schließlich seine Pflicht.

Ich wandte mich ab und begann den Kusnezkij Most hinunterzugehen. Der Trauerzug setzte sich hinter mir in Bewegung. Es schneite so unverdrossen wie immer. Ich hätte sehr gern ein Glas getrunken, und mir fiel ein, daß ich seit dem Flug nichts gegessen hatte. Egal – aber warum hatte Zwiguns Witwe Andropow auf diese Art angesehen?

14 Uhr
Die Kantine der Staatsanwaltschaft war so überfüllt wie an allen Freitagen. Rechtzeitig zum Wochenende gab es eine Sonderlieferung aus dem Versorgungsdepot Nummer Drei, das dem Ministerrat angeschlossen war. Plötzlich war alles mögliche vorhanden – tiefgefrorene Hühner aus Holland, Fleisch, Würstchen, Käse, Buchweizen, Dosenfisch und Gänseleberpastete. Da gewisse Lebensmittel in den Moskauer Geschäften nicht mehr aufzutreiben waren und Fleisch nur auf Marken verkauft wurde – anderthalb Kilogramm pro Kopf und Woche –, hatte eine ganze Reihe von Regierungsbehörden damit begonnen, ihre Angestellten mit zusätzlichen Lebensmitteln über das interne Kantinen-Versorgungsnetz zu versorgen. Seit ein paar Jahren waren die Staatliche Planungskommission, Ministerien, Komitees, Redaktionsbüros und andere Regierungsstellen in eine Art Wettbewerb getreten, um sich das qualitativ beste Versorgungslager zu verpflichten. Unbestritten Nummer Eins war natürlich das Depot, das den Kreml belieferte, den Obersten Sowjet und den Ministerrat. Zur Zeit des früheren Generalstaatsanwalts, Roman Rudenko (der sich als Ankläger bei den Nürnberger Prozessen einen Namen gemacht hatte), lag unsere Behörde in diesem edlen Wettbewerb hoffnungslos zurück. Marschall Rudenko selbst erhielt seine Lebensmittel von einem besonderen Versorgungszentrum des Kreml direkt ins Haus geliefert, während er alles andere – von der Kleidung bis zum Toilettenpapier – von einer Spezialabteilung des Warenhauses GUM am Roten Platz bezog, die hohen Regierungsbeamten vorbehalten war. Aus diesen Gründen war er weit davon entfernt, die alltäglichen Bürden von uns gewöhnlichen Sterblichen in seiner Behörde zu teilen. Er vertrat die Ansicht, daß alle, die unter ihm arbeiteten, sich einer möglichst bescheidenen Lebensführung zu befleißigen hatten, ohne den unerhörten Luxus von Hühnern und frischem Fleisch. Schließlich waren sie alle verheiratet. Sollten doch ihre Frauen Schlange stehen wie jedermann...

Aber Rudenko war vor einem halben Jahr gestorben. Der Erste Stellvertretende Staatsanwalt, Alexander Michailowitsch Rekunkow, wurde sein Nachfolger. Er war ein Mensch, der stets nur die zweite Geige hatte spielen dürfen, ob nun als Zweiter Sekretär des Gebiets-Parteikomitees, als Stellvertretender Staatsanwalt oder schließlich als Rudenkos Vertreter. Wenn Rudenko durch seine Beziehungen zu Suslow, Breschnew, Kossygin, Gromyko und anderen einflußreichen Mitgliedern der alten Kreml-Garde Autorität auf seine Untergebenen ausübte, so nahm Rekunkow seine Mitarbeiter auf völlig andere Art für sich ein. Es gelang ihm, unsere Kantine an das Sonderversorgungsdepot Nummer Drei anzuschließen. Sicher, Nummer Drei war nicht dasselbe wie Nummer Eins, aber immerhin. Wir wurden natürlich nicht mit Pepsi Cola aus der Fabrik in Krasnodar versorgt, mit aus dem Ausland importierten Zigaretten oder mit Kaviar, gekochtem finnischen Schinken, österreichischer Wurst und weiß der Himmel was noch allem. Egal – die Tatsache, daß es freitags möglich war, Fleisch, Geflügel, Gemüse und Obst in unserer Kantine zu kaufen, ohne stundenlang Schlange stehen zu müssen, brachte es mit sich, daß die Angestellten der Generalstaatsanwaltschaft sogar bereit waren, Überstunden zu machen.

Und heute gab es etwas ganz Besonderes in unserer Kantine: frischen Fisch – Barsch, Hecht und eine sehr seltene, in antarktischen Gewässern gefangene Spezies. Aus diesem Grund herrschte im gesamten Gebäude eine festliche Atmosphäre. Unter Mißachtung des Planes, der genau vorsah, wann welche Abteilungen einkaufen konnten, waren Frauen aus allen fünf Etagen gleichzeitig hinuntergeeilt. Und das war noch längst nicht alles. Sogar Staatsanwälte, Ermittlungsbeamte und ein paar von Rekunkows persönlichen Assistenten standen an. Tantchen Lena, die alte Frau hinter dem Tresen, hatte allerdings ein Problem: Es gab kein Papier, um den Fisch einzuwickeln. Es herrschte bereits seit längerem Papierknappheit in Moskau, und so rief sie allen ihren Kunden, selbst den Staatsanwälten und Inspektoren für Sonderfälle, zu: »Bringt mir bloß keines von euren offiziellen Dokumenten! Ich werde keinen Fisch darin einwickeln! Der Generalstaatsanwalt hat mir verboten, Lebensmittel in amtliche Papiere zu packen!«

»Aber die sind doch aus dem Archiv, so alt wie Methusalem«, wagte jemand zu widersprechen.

»Es interessiert mich nicht, ob sie aus dem Archiv kommen oder nicht. Ich habe keine Zeit, sie zu überprüfen! Kulebjakin hat neulich Räucherwurst in Geheimdokumente gewickelt, und ich bin deswegen zurechtgewiesen worden. Wer kein Papier mitgebracht hat, braucht sich gar nicht erst anzustellen. Könnt ihr denn nicht hinausgehen und euch eine Zeitung kaufen, ihr faules Pack?«

Ich saß in einer Ecke, verzehrte Würstchen und Setzei und wartete darauf, an die Reihe zu kommen. Ich fragte mich, ob ich für das heutige Abendessen mit Nina Barsch oder das gesamte Angebot kaufen sollte. Schließlich konnte man aus Hecht eine geradezu phantastische Fischsuppe kochen. Das Dumme war nur, daß ich nicht wußte, wie. Aber vielleicht kannte sich Nina da aus.

Eigentlich hätte ich längst Karakos oder den Generalstaatsanwalt anrufen müssen, um ihnen über meine Reise und den bisherigen Ablauf der Ereignisse Bericht zu erstatten, und auch, um die Affäre Zwigun offiziell zu übernehmen. Aber das hieß, daß ich darangehen mußte, Suslow, Andropow und Zinjew zu verhören. Allein der Gedanke war schrecklich. Deshalb zögerte ich diese böse Stunde hinaus, so gut es ging, während ich lustlos an meinem Essen kaute und über Rudenko und ähnlichen Unsinn nachdachte. Eigentlich wollte ich gar keinen Fisch, und die schönen Stunden, die ich mit Nina verbracht hatte, waren wohl unwiderruflich vorbei. Ich hätte mich liebend gerne sternhagelvoll laufen lassen und in einem Restaurant einen Riesenzoff veranstaltet. Dann müßten sie mich wegen ungebührlichen Benehmens einlochen und...

Genau in diesem Augenblick betrat Hermann Karakos die Kantine. Offenbar hatte ihm jemand gesteckt, daß ich eingetroffen war.

»Nun seht euch das mal an«, rief er empört. »Da warten der Generalstaatsanwalt und ich ungeduldig darauf, daß du endlich erscheinst, und du stopfst dich hier mit Essen voll! Komm schon. Setz dich endlich in Bewegung!«

»Ich stehe nach Fisch an, Hermann.«

»Du wirst es überleben. Komm jetzt!«

»Ich werde nirgends hingehen«, erklärte ich in einem plötzlichen Anfall von Starrsinn. »Ich bin gerade erst angekommen, und in meinem Kühlschrank zu Hause herrscht gähnende Leere.«

Sollten sie doch zum Teufel gehen mit ihrer ewigen Eile, sich ihren Chefs nur ja gefällig zu erweisen.

Karakos schien einzusehen, daß, ich die Kantine unter keinen Umständen ohne meinen Fisch verlassen würde. Er wandte sich an die Frau hinter der Theke und sagte laut: »Lena, legen Sie etwas Fisch für den Genossen Schamrajew beiseite. Soviel, wie ihm zusteht. Und auch ein paar Barsche für mich.«

»In Ordnung, Genosse Karakos«, erwiderte sie. Tantchen Lena verbeugte sich. Ihr Kratzfuß vor dem Leiter der Ermittlungsabteilung fiel tiefer aus, als sie es selbst vor dem Generalstaatsanwalt getan hätte. Schließlich wußte sie, daß Karakos das Betrugsdezernat unter sich hatte. Für Kantinen und Restaurants gab es nun mal keine respekteinflößendere Institution.

Karakos und ich fuhren mit dem Aufzug zum dritten Stock hinauf, wo sich das Büro des Generalstaatsanwalts befindet. Auf dem Weg gab ich ihm eine knappe Zusammenfassung dessen, was sich im Dserschinskij-Klub abgespielt hatte, wobei ich nicht vergaß zu erwähnen, daß Piroschkow, Andropow und Sawinkin mir nicht gestattet hatten, Zwiguns Leiche zu untersuchen.

»Nun, dann werden wir sie eben exhumieren«, erklärte er heftig. »Was für ein Schwachsinn! Aber während du in Seelenruhe deine Würstchen verputzt hast, sind die Papiere vom KGB eingetroffen, und ich habe bereits einen schriftlichen Entwurf für die Einleitung einer kriminalistischen Untersuchung angefertigt. Sobald der Chef unterschrieben hat, hast du alle Vollmachten, die du brauchst, und kannst tun, was du willst.«

Für Karakos gab es nie irgendwelche Probleme. Er war Mitte Vierzig, lebhaft und zynisch, mittelgroß, neigte leicht zur Korpulenz und hatte die schwarzen, glänzenden Augen eines Armeniers. Man sah ihn nie anders als in einer schmucken Generalsuniform aus feinem englischen Tuch, das er in einem speziellen Devisenladen zu erstehen pflegte. Allerdings wollten seine modischen Hemden und schicken französischen Krawatten, auf die er so großen Wert legte, nicht recht dazu passen. Er war ein Freund schöner Frauen und liebte ausgedehnte Trinkgelage mit Freunden in Restaurants der Moskauer Vorstädte. Etwa acht Jahre zuvor hatte er eine Nichte des Verteidigungsministers Ustinow geheiratet und eine kometenhafte Karriere gemacht – vom Inspektor der Moskauer Staatsanwaltschaft zum Leiter der Ermittlungsabteilung der Generalstaatsanwaltschaft der UdSSR. Damit hatte er alle seine Kollegen glatt überflügelt, nebst meiner Wenigkeit mit ihrer halbjüdischen Vergangenheit. Wir vermieden die Birkenholz-Eleganz des Empfangsraums, wo zwei Assistenten des Generalstaatsanwalts bei der Arbeit waren, und gingen direkt in Rekunkows Büro. Er saß hinter einem riesigen Schreibtisch. Links auf einem Extratisch standen vier Telefonapparate, darunter zwei rote. Eines war eine direkte Leitung zu allen Regierungsstellen der UdSSR, das andere mit dem Politbüro im Kreml verbunden. Hinter den großen Fenstern, die auf den Platz der Sowjets und auf die Statue Jurij Dolgorukijs, des Gründers von Moskau hinausgingen, schneite es immer noch. Deshalb war es jetzt um drei Uhr nachmittags schon dunkel, und Rekunkow hatte das Licht in seinem Büro eingeschaltet. Alexander Michailowitsch Rekunkow war mit seinen achtundfünfzig Jahren schon völlig ergraut. Er war hochgewachsen und hatte einen etwas gekrümmten Rücken, der sicherlich darauf zurückzuführen war, daß er sich sein Leben lang vor Vorgesetzten hatte verbeugen müssen. Er prüfte die Dokumente, die in einem dünnen Ordner mit der Aufschrift »KGB« vor ihm auf dem Tisch lagen.

Ich begrüßte ihn. Er erhob sich aus seinem Sessel und streckte mir seine Hand entgegen, die sich rauh und trocken anfühlte. »Guten Tag, setzen Sie sich«, sagte er mit fast tonloser Stimme.

Hermann bereitete seiner förmlichen Art schnell ein Ende. »Wie finden Sie denn das, Alexander Michailowitsch?« fragte er aufgeräumt. »Da schlägt ihn Leonid Breschnew für einen wichtigen Job vor, und was tut er? Er ist in der Kantine! Wartet auf Barsche! Hat man so etwas je gehört?«

»Ja«, meinte der Generalstaatsanwalt unbeeindruckt. Er nahm die Brille ab. »Sagen Sie, Igor Josifowitsch, kennen Sie den Genossen Breschnew persönlich?«

»Nein, Alexander Michailowitsch. Ich hatte noch nicht die Ehre.«

»Aber wenn ich mich recht erinnere, haben Sie doch schon einmal einen Auftrag für ihn erledigt?«

»Ja. Das war 1978. Reine Routinesache, absolut nichts Ungewöhnliches.«

»Er ist einfach zu bescheiden«, rief Karakos aus. »Routinesache, wirklich! Sie haben ganz Moskau auf den Kopf gestellt und den halben Kaukasus nebst Zentralasien durcheinandergewirbelt.

Dabei wurde ein riesiges Rauschgiftnetz aufgedeckt. Die Sache wurde sogar von der Stimme Amerikas erwähnt.«

Rekunkow runzelte die Stirn. Zu jener Zeit hatte er in der Staatsanwaltschaft der Russischen Sowjetrepublik (RSFSR) gearbeitet und kannte nicht alle Details des Falles. Gerüchte schienen allerdings auch bis zu ihm gedrungen zu sein.

»Ja, ich habe davon gehört«, sagte er. »Auf jeden Fall haben wir es ausschließlich Ihrem Ruhm zu verdanken, daß Genosse Breschnew die Generalstaatsanwaltschaft erneut mit einem Auftrag beehrt. Und das in einer Angelegenheit, die für den Staat von größter Wichtigkeit ist.«

Das war sehr fein ausgedrückt. Sicher, Breschnew hatte beschlossen, die Generalstaatsanwaltschaft zu »beehren«. Aber andererseits bliebe es ihr, wenn da nicht dieser Senkrechtstarter Schamrajew wäre, erspart, eine Untersuchung durchzuführen und sich dabei in die Angelegenheiten der Lubjanka, vielleicht sogar des Kremls zu mischen. Der Generalstaatsanwalt schien den Fall jedenfalls nicht mit der Kneifzange anfassen zu wollen. Deshalb blätterte er auch so langsam und sorgfältig in der KGB-Akte.

»Sicher, es ist ein komplizierter Fall«, stellte Karakos mit plötzlich veränderter Stimme fest. Seine Finger trommelten nervös auf der polierten Schreibtischplatte. Er lehnte sich in seinem Sessel zurück, als ginge ihn die ganze Sache nichts mehr an.

Eines der roten Telefone begann zu klingeln – immerhin war es nicht der heiße Draht zum Kreml.

Der Staatsanwalt nahm den Hörer ab. »Hallo ... Ja, wir haben sie erhalten ... Ich weiß noch nicht, Genosse Zinjew ... Über die üblichen Kanäle. Der Fall wird von Chefinspektor Schamrajew bearbeitet ... Selbstverständlich ist es geheim. Das verstehen wir nur zu gut ... Ja, ich halte Sie auf dem laufenden ...«

Also war auch Zinjew bereits über die Sache informiert, und er war die rechte Hand Andropows. Sicher brauchten wir nur noch ein bißchen zu warten, und Suslow würde sich ebenfalls telefonisch melden.

Inzwischen hatte der Staatsanwalt den Hörer langsam wieder aufgelegt. »Also gut, Sie übernehmen den Fall. Was soll ich sonst noch dazu sagen?« seufzte er und schob mir die Akte über den Tisch hinweg zu. Ich war überzeugt, daß er es mit beträchtlicher Erleichterung tat – als wolle er mit dem Ganzen nichts zu tun haben.

»Lesen Sie das, bevor Sie gehen«, sagte er und öffnete eine Schublade. Er reichte mir ein cremefarbenes Blatt Papier mit dem Aufdruck »Generalsekretär des Zentralkomitees der KPdSU, Vorsitzender des Präsidiums des Obersten Sowjet und Präsident des Nationalen Verteidigungsrates, Leonid Iljitsch Breschnew«.

Unter diesen beeindruckenden Kopf hatte eine unstete, nervöse Hand die folgende Botschaft geschrieben: »An Rekunkow. Beauftragen Sie Ihren Ermittlungsbeamten Genossen Schamrajew mit der Untersuchung der Umstände, die zu Zwiguns Tod geführt haben. Geben Sie ihm alle Vollmachten – er soll der Sache auf den Grund gehen. Wünsche Bericht spätestens bis zum 3. Februar. L. Breschnew.«

Das sagte alles. Kurz und knapp, mit der typischen Direktheit der Partei. Genosse Schamrajew sollte mit allen Vollmachten ausgestattet werden, während sein unmittelbarer Vorgesetzter, der Generalstaatsanwalt der UdSSR, schlicht und einfach mit seinem Nachnamen angeredet wurde, als sei er ein Nichts. Aus dieser Richtung war jedenfalls in Zukunft weder Hilfe noch Unterstützung zu erwarten.

Ich nahm die Akte und seufzte. Spätestens jetzt war mir klar, daß ich mich weder in Unpäßlichkeit noch ins Krankenhaus flüchten konnte. Die Ärzte würden mich notfalls wieder aus dem Grab holen müssen. Ich konnte den ehrenvollen Auftrag aber auch nicht ablehnen. Das käme in meine Führungsakte, und ich würde nie wieder einen neuen Job kriegen, nicht einmal den eines Hausmeisters. Ich erinnerte mich an ein Wort von Gribojedow: »Schlimmer als alles Leid ist der Zorn und die Liebe deines Herrn.« Nun, der Liebe hatte ich nicht entkommen können. Wie würde wohl der Zorn aussehen?

Auf der Vorderseite der Akte standen die Worte »KGB – Streng geheim – Fall Nr. 16/1065«. Sie war nicht mit dem üblichen Band zusammengehalten, sondern mit einem Metallverschluß versehen. Solche Aktenordner wurden in der Sowjetunion nicht hergestellt. Im Gegensatz zu unserer Beschaffungsabteilung schien die des KGB sehr tüchtig zu sein.

Ich öffnete die Akte. Obenauf lag das Schriftstück, das der allzeit bereite Karakos für mich ausgefertigt hatte. Es ermächtigte mich, die erforderlichen Schritte einzuleiten.

STRENG GEHEIM
Ermächtigt durch A. Rekunkow
Generalstaatsanwalt der UdSSR

ANORDNUNG ZUR EINLEITUNG
EINER KRIMINALISTISCHEN UNTERSUCHUNG

Moskau, 22. Januar 1982

Nach Prüfung der Umstände, die zum Tod von S. K. Zwigun geführt haben, hat der Chefinspektor für Sonderfälle I. Schamrajew festgestellt, daß:

Am 19. Januar 1982, 14.37 Uhr, in einer der KGB-eigenen Sonderwohnungen (Katschalow-Straße Nr. 16a, Wohnung 9) die Leiche von General Semjon Kusmitsch Zwigun, Erster Stellvertretender Vorsitzender des KGB, von seinem persönlichen Leibwächter, Major A. P. Gawrilenko, mit Anzeichen eines gewaltsamen Todes aufgefunden wurde.

In Anbetracht der außergewöhnlich verantwortungsvollen Position, die Genosse Zwigun in Partei und Staat innehatte, hat das Politbüro verfügt, die tatsächlichen Umstände seines Todes geheimzuhalten. Die Zeitungen sollten veröffentlichen, daß Zwigun nach langer Krankheit verschieden sei. Aus diesem Grund hat der KGB ein entsprechendes medizinisches Gutachten ausfertigen lassen, das den Akten beigefügt ist.

Auf Ersuchen des KGB erschien am 19. Januar eine spezielle Untersuchungskommission unter Leitung des Chefs der KGB-Ermittlungsabteilung, B. W. Kurbanow, am Todesort General Zwiguns. Die Kommission stellte fest, daß sein Tod durch eine Schußverletzung an der rechten Schläfe verursacht wurde. Der Schuß wurde aus der Waffe des Toten abgegeben, einer 9-mm-»PM«-Pistole. Das Geschoß wurde gefunden und sichergestellt.

Die KGB-Untersuchungskommission gelangte zu der Überzeugung, daß Bürger Zwigun nicht ermordet wurde, sondern durch eigene Hand den Tod fand. Ihr Entschluß, aus diesen Gründen die Untersuchung nicht fortzusetzen, ist beigefügt.

Dennoch wurde die Generalstaatsanwaltschaft heute, am 22. Januar, um 5.40 Uhr, vom Genossen Leonid Breschnew, Generalsekretär des ZK der KPdSU, persönlich mit einer sorgfältigeren Untersuchung der Umstände beauftragt, die zu General Zwiguns Tod geführt haben.

Demzufolge und in Übereinstimmung mit Artikel 108 und 112

des Sowjetischen Strafgesetzbuches ordnet der Generalstaatsanwalt an:
1. daß die Entscheidung der KGB-Untersuchungskommission, die Untersuchung nicht fortzusetzen – bestätigt durch den KGB-Vorsitzenden Jurij W. Andropow –, aufgehoben wird, da sie mit den neuesten Erkenntnissen nicht mehr übereinstimmt;
2. daß eine kriminalistische Untersuchung der Todesumstände von Bürger Zwiguns Tod eingeleitet wird;
3. daß für diese Untersuchung die Generalstaatsanwaltschaft zuständig ist.

Gezeichnet
Chefinspektor für Sonderfälle bei der Generalstaatsanwaltschaft der UdSSR
I. Schamrajew

»Na, siehst du, welche Vorarbeit ich für dich geleistet habe?« fragte Karakos, als ich zu Ende gelesen hatte. »Irgendwas zu beanstanden?«

»Nur ein oder zwei Dinge«, gab ich zurück. »Du hast vergessen, dein Einverständnis darunterzusetzen.«

Ich blickte ihm fest in die Augen, und er verstand mich ganz genau.

Selbstverständlich hatte er es nicht vergessen. Er hatte es absichtlich nicht getan. Warum sollte er sich auch in eine Affäre einmischen, in die der KGB und Suslow verwickelt waren? Für mich gab es leider keine Möglichkeit, die Sache zu umgehen, obwohl ich liebend gern dieses Dokument dazu benutzt hätte, meinen frischen Fisch aus der Kantine darin einzuwickeln. Aber wenn es Karakos für nötig hält, mir mitten in der Nacht dringende offizielle Telegramme mit dreisten Bemerkungen über Frauen zu übermitteln, dann zahle ich es ihm mit gleicher Münze heim. Soll er doch ruhig die Anordnung unterzeichnen!

»Ach, übrigens«, sagte ich. »Warum hast du mich denn über die militärische Sonderleitung aufgestöbert?«

Karakos blickte reichlich verängstigt zunächst auf Rekunkow, dann auf die Telefone neben ihm. Er sagte: »Weil ich dich sonst wohl kaum vor Ablauf einer Woche aus Sotschi herausbekommen hätte. Und wer hätte dann die Untersuchung führen sollen? Laß uns jetzt gehen. Willst du noch etwas am Wortlaut ändern, oder ist es so in Ordnung?«

»Zunächst möchte ich mir die Akten ansehen«, erwiderte ich. »Danach werde ich entscheiden.«

Großer Gott im Himmel! Du hast den Mund zu halten, sogar im Büro des Generalstaatsanwalts. Selbst da war man vor dem KGB nicht sicher. Versuch mal, an einem solchen Ort zu arbeiten!

»Komm schon«, sagte Karakos laut. »Sonst ist der Fisch noch ausverkauft.«

2

Eine zweite Version der Ereignisse

Moskau, 22. Januar, 15 Uhr
»Entweder bist du ein Trottel, oder du gibst dir alle Mühe, als solcher zu erscheinen«, sagte Karakos, nachdem wir auf den Flur hinausgetreten waren. »Was sollte das eben? Ist dir denn nicht klar, daß die Telefone angezapft sein könnten?«

Ich wurde langsam wütend. Natürlich wußte ich, daß sogar das Büro des Generalstaatsanwalts vom KGB abgehört werden kann. Und da Breschnew uns einen Job wie diesen aufgehalst hatte, war es nur allzu wahrscheinlich, daß der KGB unsere sämtlichen Büros und mein Privattelefon bereits fest unter Kontrolle hatte. Es war doch sicher kein Zufall, daß Zinjew ausgerechnet zu dem Zeitpunkt angerufen hatte, als ich im Büro des Staatsanwalts saß. Er wollte uns damit einen Denkzettel verpassen! Und wenn die Dinge so standen, was blieb da eigentlich noch für mich zu untersuchen?

Ich hielt mitten auf dem Gang inne und sagte ein wenig gehässig zu Karakos: »Hör mal, was geht eigentlich in Moskau vor? Und versuch bloß nicht, mir etwas zu verheimlichen!«

»Idiot! Das würde ich doch nie tun!« Karakos legte mir einen Arm um die Schulter und dirigierte mich den Flur hinunter auf den Aufzug zu. Er drehte sich um und überzeugte sich, daß uns niemand zuhörte. »Aber was hat es für einen Sinn, an einem Ort hocken zu bleiben, der unter Umständen abgehört wird? Jetzt kann ich dir sagen, was man sich so alles erzählt. Vor ungefähr zwei Wochen ist das ›Unternehmen Kaskade‹ in Moskau angelaufen. Du hast sicher davon gehört. Oberflächlich betrachtet ist es absolut nichts Ungewöhnliches – der übliche Kampf gegen Korruption, Schwarzmarktgeschäfte und alles, was die Errungenschaften des Sozialismus untergräbt. Aber da ist ein kleiner Unterschied: Weder Zwigun noch Breschnew wußten, daß dieses Unternehmen geplant war. Und bitte beachte, daß es vom Betrugsdezernat des Innenministeriums und seinem internen Geheimdienst durchgeführt wurde. Wann hat es so was je gegeben – ohne Wissen des Politbüros und ohne Wissen Zwiguns? Und zweitens: In den ersten Tagen der Aktion nehmen sie sofort jene Leute hoch, von denen Zwigun seit Jahren Bestechungsgelder kassiert hat, und übergeben das belastende Material nicht Breschnew, sondern Suslow! Das heißt, es ging ihnen nicht um Korruption. Sie wußten genau, auf wen sie da aus waren und warum! Es war eine vorbereitete Aktion. Aber gegen wen? Schließlich war Zwigun nicht einfach nur Zwigun, sondern ein naher Verwandter Breschnews. Merkst du, wohin der Hase läuft? Und offenbar hat Breschnew das auch gemerkt. Das ist alles. Den Rest kannst du den Akten entnehmen...«

»Augenblick mal. Heißt das etwa, daß ich Suslow verhören soll?«

»Du wirst ihm bestimmt keine einzige Frage zu stellen brauchen. Er liegt mit einer Herzattacke im Krankenhaus. Er ist dort seit dem neunzehnten, und niemand weiß, wann er wieder auf den Beinen sein wird.«

»Was? Du willst sagen, daß er ausgerechnet am neunzehnten Januar krank geworden ist?«

»Nun, was denkst du denn? Zwigun hat sich nach der Unterredung mit Suslow erschossen. Das ist kein Witz. Breschnew hat Suslow gegenüber die Beherrschung verloren. Nun liegen sie beide krank darnieder – der eine im Krankenhaus und der andere in seiner Datscha. Aber am vierten Februar findet eine Sitzung des Politbüros statt, auf der die Ergebnisse des ›Unternehmen Kaskade‹ erörtert werden sollen. Deshalb soll ja auch dein Bericht spätestens am dritten Februar auf Breschnews Schreibtisch sein. Bis dann«, sagte er und zündete sich eine Zigarette an, als wir im vierten Stockwerk aus dem Fahrstuhl stiegen.

Ich begriff, daß aus Karakos nicht mehr herauszukriegen war. Wir befanden uns auf der Etage, in der auch die Büros der Ermittlungsabteilung lagen. Hier gab es zu viele neugierige Augen und Ohren. Deswegen wollte Karakos ja auch so schnell wie möglich weg.

Dennoch hielt ich ihn auf. »Hör mal, nur noch eine Frage. Wie hast du eigentlich von dem Mädchen erfahren, das ich da unten in Sotschi hatte?«

Hermann schnaufte, seine braunen Augen blitzten. »Aha! Also das ist es! Geheimdienst-Informationen, alter Junge!«

»Hör doch auf, den Narren zu spielen. Also, woher hast du es?«

»Achtzehn Jahre alt, eine Trapezkünstlerin vom Wologda-Staatszirkus, einszweiundfünfzig, blaue Augen, blonde Haare«, sagte Karakos verschmitzt. »Ihr habt eine ganze Reihe von Restaurants besucht – das *Achun*, das *Riviera*, das *Kosmos*, das *Kawaschkij Aul*. Willst du noch mehr hören?«

»Es reicht. Wer hat mir denn da hinterherspioniert?«

»Niemand. Wir haben uns nur einen kleinen Jux erlaubt; vielleicht ein bißchen aus Neid. Es war dein Freund Kolja Baklanow.« Karakos sah in die Richtung des Büros meines Freundes und Kollegen Nikolai Baklanow. »Er gehört jetzt zum Betrugsdezernat. Als er die Kaviargeschichte unter Dach und Fach hatte, wurde er dem ›Unternehmen Kaskade‹ zugeteilt.«

»Und was hat das mit mir zu tun?«

»Die Sache ist die, daß eine ganze Gruppe für ihn unten in Sotschi gearbeitet hat. Sie sind besonders hinter den Leuten mit den vielen Rubeln her, bringen sie nach Moskau und nehmen sie dann auseinander. Wenn du also genau wissen willst, wieviel du mit deinem Zirkusmädchen verpraßt hast, brauchst du nur zu Baklanow zu gehen und ihn zu fragen. Er kann es dir auf die Kopeke genau sagen. Unter uns, alter Junge, war sie gut? Und hat sie vielleicht eine Freundin?«

»Hast du denn nicht selbst genug?«

»Ich kann einfach nicht genug kriegen. Das weißt du doch«, gab er mit stolzgeschwellter Brust zurück.

»Mach dir nichts draus. Du wirst es schon packen«, sagte ich. »Bis dann.« Ich drehte mich um und ging auf mein Büro am Ende des Korridors zu.

Auf dem Weg dorthin wollte ich noch schnell bei Baklanow vorbeischauen, um ihm zu sagen, was ich von ihm und seinem Klatsch hielt, aber die Tür seines Büros war verschlossen. Vielleicht war er unten in der Kantine und stand nach Fisch an, oder er hatte irgendwo dienstlich zu tun. Die anderen Büros waren gleichfalls verschlossen. Hinter ihren Türen, in der beruhigenden

Sicherheit der Safes lagen zahllose Dokumente über die haarsträubendsten Delikte, begangen von hohen Funktionären und Ministerien. Jedes einzelne würde im Westen eine Sensation hervorrufen. Ich wanderte weiter zu meinem eigenen Raum und versuchte krampfhaft, mich von der KGB-Akte abzulenken, die ich noch immer in den Händen hielt. Also war auch Kolja Baklanow am »Unternehmen Kaskade« beteiligt. Und warum auch nicht? Schließlich war es ihm gelungen, ein riesiges Schwarzmarktnetz im Ministerium für Fischwirtschaft aufzudecken. Im Verlauf der Untersuchungen hatte er zweihundert Personen festgenommen, einschließlich des Ministers und einiger seiner leitenden Funktionäre. Mindestens acht Jahre lang hatten sie klammheimlich ungeheure Mengen Kaviar ins Ausland geschafft – in Dosen mit der Aufschrift »Sprotten«. Den Gewinn teilten sie mit ihren Partnern im Westen. Und in diesem Augenblick stand derselbe Baklanow, der die Bande geschnappt und dem Staat unter Umständen Tonnen von Kaviar im Wert von Millionen Goldrubel gerettet hatte, wahrscheinlich unten in der Kantine nach Barsch und Hecht an...

Ich mußte lachen und betrat mein Büro. Es hilft alles nichts, Genosse Schamrajew, du wirst die Akte öffnen und dich in die Details vertiefen müssen. Dafür wirst du schließlich bezahlt. Und dafür erhältst du auch manchmal die Gelegenheit, über das Sonderversorgungsnetz der Regierung frischen Fisch zu ergattern...

Das oberste Blatt trug das Emblem des KGB: Das rote Wappen der UdSSR auf Schwert und Schild. Darunter stand:

STRENG GEHEIM
BETRIFFT TOD VON SEMJON KUSMITSCH ZWIGUN
Angelegt: 19. Januar 1982   Anzahl der Dokumente: 9
Abgeschlossen: 21. Januar 1982   Anzahl der Seiten: 16

Dokument Nr. 1
An den Obersten Diensthabenden Offizier des KGB der UdSSR.
Sonderbericht, telefonisch übermittelt.

Am 19. Januar 1982, 14.37 Uhr, habe ich, KGB-Major A. P. Gawrilenko, persönliche Leibwache von General S. K. Zwigun, Erster Stellvertretender Vorsitzender des KGB, den General in der KGB-eigenen Sonderwohnung Katschalow-Straße 16a, Wohnung Nr. 9, Moskau, tot aufgefunden. Seine rechte Schläfe wies eine Schußwunde auf.

Bis zum Eintreffen weiterer Instruktionen werde ich am Fundort der Leiche bleiben.

Nachricht erhalten – 19. Januar 1982, 14.37 Uhr.

Genosse Andropow persönlich informiert – 19. Januar 1982, 14.37 Uhr.

Offizier vom Dienst, KGB-Generalmajor O. S. Nikitschenko
Moskau, 19. Januar 1982

Dokument Nr. 2

BERICHT

(Untersuchung des Tatorts. Äußerliche Untersuchung der Leiche)
Moskau, 19. Januar 1982

Auf Anordnung des Genossen Andropow und in Übereinstimmung mit Artikel 178 des Strafgesetzbuches habe ich, Generalleutnant B. W. Kurbanow, Leiter des KGB-Untersuchungs-Zentralbüros, mich an den Ort begeben, wo die Leiche von General S. K. Zwigun aufgefunden wurde, und in Anwesenheit folgender Zeugen eine Untersuchung eingeleitet: S. I. Kurawljow, W. W. Lemin sowie der Gerichtsmediziner Dr. A. P. Schiwodujew von der Moskauer Gesundheitsbehörde und Dr. P. I. Semjonowskij vom Kriminalistischen Zentrallabor des KGB.

Die Untersuchung begann um 15.50 Uhr und endete um 18.30 Uhr. Sie wurde bei elektrischem Licht und einer Temperatur von 22 Grad Celsius durchgeführt.

Folgendes wurde festgestellt:

In der Wohnung Nr. 9 des Hauses Katschalow-Straße 16a traf sich General Zwigun häufig mit seinen »Informanten«, Agenten des KGB. Die Dreizimmerwohnung liegt im zweiten Stockwerk des zwölfgeschossigen Hauses. Die Räume sind wie folgt angeordnet: eine große Diele (18 m^2), ein Korridor, ein Wohnzimmer (12 x 8 m) rechts, eine Küche (15 m^2) links und ein Schlaf- sowie ein Arbeitszimmer am Ende des Korridors. Das Wohnzimmer ist mit einem Klavier Marke Sarja ausgestattet, einem Stereo-Plattenspieler, einem Fernsehapparat und einem großen Tisch in der Mitte des Raums.

Links und rechts vom Tisch stehen zwei kirschrote Ledersofas, ein Cocktailtisch und ein Barschrank, beide aus Mahagoni. Zwei Fenster gehen auf den Hof hinaus, beide haben dunkelblaue Vorhänge. Der Boden ist mit einem handgeknüpften Perserteppich bedeckt. An der Wand links befindet sich ein Bücherschrank. Er enthält Werke bekannter russischer und ausländischer Schriftsteller – Puschkin, Tolstoi, Dickens, Dreiser – sowie einige westliche Publikationen wie *KGB, Der große Terror, Gorki-Park* und *Life-* und *Time*-Magazine...

Die Möbel in Schlaf- und Arbeitszimmer sowie in der Küche stammen aus tschechischer Produktion, während die Böden mit handgeknüpften Perserteppichen bedeckt sind. Im Arbeitszimmer stehen ein Schreibtisch, ein Sofa, ein Sessel und drei Stühle. Im Safe befanden sich zwei Bündel Geldnoten – das eine enthielt 115 840 Rubel, das andere 91 000 US-Dollar in 100-Dollar-Noten.

General Zwiguns Leiche wurde in sitzender Position in einem Armsessel gefunden, der an den Tisch im Wohnzimmer gerückt war. Zwiguns Gesicht war dem Tisch zugewandt und leicht nach rechts geneigt. Er hielt eine »PM«-Pistole in der rechten Hand, seine Augen waren halb offen, das Gesicht blutüberströmt. Der Körper war noch warm. In Höhe der rechten Schläfe befand sich eine kreisförmige Einschußwunde, umgeben von einem schmalen dunkelbraunen, etwa 0,25 mm breiten Rand. Die oberste Hautschicht war abgerissen, die Epidermis wirkte ausgetrocknet. An der linken Schläfe befand sich ebenfalls eine Wunde mit ausgefransten Rändern. Sie war 2 x 2,5 cm groß und markierte den Austrittspunkt des Geschosses.

Übereinstimmend sind die Gerichtsmediziner zu dem Schluß gelangt, daß der Schuß aus einer Entfernung von vier oder fünf Zentimetern von der Hautoberfläche abgefeuert worden sein muß. Darauf weist das Fehlen von Hautbeschädigungen hin, die andernfalls durch Gase und nicht verbranntes Pulver hervorgerufen worden wären. Der Lauf der Pistole wurde wahrscheinlich senkrecht zur Hautoberfläche gehalten.

Bei der 9-mm-»PM«-Pistole Nr. 2445-S, die der Verstorbene in der rechten Hand hielt, handelt es sich um die persönliche Waffe des Toten. Eine Kugel aus seiner Pistole wurde in der Nähe des Leichnams auf dem Fußboden entdeckt.

Auf dem Tisch vor dem Toten wurde ein Abschiedsbrief

gefunden, geschrieben auf General Zwiguns persönlichem Briefpapier. Er lautet wie folgt:

»Lebt wohl. Ich bitte Euch, niemanden für meinen Tod verantwortlich zu machen. Ich selbst bin an allem schuld. Zwigun.«

Auf dem oben erwähnten Tisch wurde auch der goldene Parker-Kugelschreiber gefunden, mit dem Zwigun diese letzte Mitteilung geschrieben hat.

Die Untersuchung des Leichnams ergab, daß der Tod etwa neunzig Minuten vorher eingetreten sein muß.

Die Wohnung wurde nach Fingerabdrücken und sonstigen Beweismitteln und Spuren abgesucht.

Folgende Objekte wurden vom Tatort entfernt und sind diesem Bericht beigefügt: die »PM«-Pistole, ein Magazin mit acht Patronen, eine leere 9-mm-Patronenhülse, der Abschiedsbrief und der Parker-Kugelschreiber.

Ein Plan der Wohnung ist ebenfalls beigefügt.

Der Körper des Toten und seine Kleidung wurden auf Anordnung der KGB-Führung in das Leichenschauhaus des Ersten Medizinischen Instituts an der Bolschaja-Pirogowskaja-Straße überführt.

Der Leiter des KGB-Untersuchungs-Zentralbüros, Generalleutnant B. W. Kurbanow.

Gerichtsmediziner: A. P. Schiwodujew
P. I. Semjonowskij
Zeugen: S. I. Kurawljow
W. W. Lemin

Dokument Nr. 3

AUSZUG AUS DEM GERICHTSMEDIZINISCHEN BERICHT BETREFFS
AUTOPSIE DER LEICHE GENERAL S. K. ZWIGUNS

Am 21. Januar 1982 führte ich, Generalmajor Dr. Boris Stepanowitsch Tumanow, Oberster Gerichtsmediziner bei den KGB-Grenztruppen und Korrespondierendes Mitglied der Sowjetischen Akademie für Medizin, zusammen mit dem Gerichtsmediziner Dr. A. P. Schiwodujew und in Anwesenheit des Leiters des KGB-Untersuchungs-Zentralbüros, Generalleutnant B. W. Kurbanow, eine Autopsie der Leiche von General S. K. Zwigun, Erster Stellvertretender Vorsitzender des KGB, durch.

Aufgrund dieser Untersuchung bin ich zu folgenden Ergebnissen gelangt:

Der Tod des 64jährigen S. K. Zwigun trat am 19. Januar 1982 zwischen 14 und 15 Uhr ein. Er war die Folge einer Schußverletzung an der rechten Schläfe. Der Schuß wurde aus einer »PM«-Pistole vom Kaliber 9 mm abgefeuert. Der Tod trat aufgrund der Zerstörung des für den Organismus lebenswichtigen zerebralen Gewebes sofort ein.

Mikroskopische und spektroskopische Analysen des Ein- und Austritts der Kugel und der Hautbeschädigungen, besonders der geschwärzten und verkohlten Hautfetzen um die Einschußwunde, weisen darauf hin, daß der Schuß aus nächster Nähe, aus vier bis fünf Zentimetern Entfernung, abgefeuert wurde.

Die Richtung des Schusses, das Fehlen jeder anderen Verletzung als der Schußwunde, die Tatsache, daß es keinerlei Anzeichen für einen Kampf gab, Einzelheiten im Bericht der KGB-Untersuchungskommission sowie andere gerichtsmedizinische Beweismittel bringen uns zu der Überzeugung, daß die Verletzung an General Zwiguns Schläfe durch seine eigene Hand hervorgerufen wurde, daß sein Tod demnach infolge eines Selbstmords eintrat.

Gezeichnet: B. S. Tumanow
A. P. Schiwodujew
B. W. Kurbanow
Dienstsiegel

Dokument Nr. 4
An den Obersten Diensthabenden Offizier des KGB, Generalmajor O. S. Nikitschenko
Von KGB-Major A. P. Gawrilenko, persönliche Leibwache von General S. K. Zwigun

BERICHT

Am 19. Januar 1982 begleiteten KGB-Hauptmann M. G. Borowskij, General Zwiguns persönlicher Chauffeur, und ich den General in einer Tschaika mit dem Kennzeichen MOS 03-04 bei der Erfüllung seiner offiziellen Pflichten.

Um 11.53 Uhr trafen General Zwigun und ich im Hauptquartier des ZK der KPdSU ein, wo ich ihn bis zum Büro des ZK-Sekretärs M. A. Suslow begleitete. Dann wartete ich in der Halle auf ihn.

Um 13.47 Uhr verließ General Zwigun das Büro des Genossen Suslow und befahl seinem Fahrer, ihn zur Katschalow-Straße zu bringen. Als wir vor dem Haus Nr. 16a angekommen waren, begleitete ich den General in das Gebäude. Hier forderte er mich auf, in der Empfangshalle im Erdgeschoß zu warten. Da der Regierungserlaß Nummer 427 vom 16. Mai 1969 Situationen vorsieht, in denen die Anwesenheit der Leibwächter bei persönlichen Begegnungen der Bewachten mit für sie wichtigen Kontaktpersonen nicht erwünscht ist, und in Anbetracht der Tatsache, daß Wohnung Nr. 9 eine KGB-eigene Sonderwohnung ist, in der General Zwigun seine Informanten und Agenten traf, fügte ich mich den Anordnungen und wartete in der Halle, wie ich es schon bei früheren Gelegenheiten getan hatte.

Während dieser Zeit hat niemand das Haus betreten oder verlassen.

Etwa 20 Minuten später kam der Chauffeur, Hauptmann M. G. Borowskij, von der Straße herein und fragte mich, ob ich wüßte, wie lange der General noch aufgehalten würde und wohin er dann gefahren werden wolle. »Wenn er mir die Erlaubnis gibt«, sagte Hauptmann Borowskij, »dann fahre ich zur Tankstelle am Tischinskij-Markt. Das dauert nur ein paar Minuten.« Aber da wir General Zwigun nicht stören wollten, warteten wir noch ein wenig, etwa zehn Minuten. Danach bat Hauptmann Borowskij über sein Autotelefon die Telefonistin des Sonderdienstes des KGB, ihn mit der Wohnung Nummer 9 zu verbinden. Das Mädchen erklärte jedoch, daß sich in der Wohnung niemand melde. Wir waren darüber beunruhigt, nahmen jedoch an, daß sich der Genosse Zwigun kurz hingelegt habe. Ich fuhr mit dem Aufzug in den zweiten Stock und klopfte vorsichtig an die Tür. Dabei benutzte ich das vereinbarte Signal. Dann klingelte ich, bekam aber auch keine Antwort. Entsprechend der Anweisung Nr. 427, Punkt 2 betreffs Notsituationen, öffnete ich gewaltsam die Tür und fand General Zwigun tot im Wohnzimmer vor. Er saß am Tisch und hatte eine Waffe in der rechten Hand. Seine rechte Schläfe wies eine Schußwunde auf. Ich informierte sofort telefonisch den diensthabenden KGB-Offizier.

Ich traf keine fremden Personen in der Wohnung an, die Tür war verschlossen, und ich hatte keinerlei Anlaß zur Vermutung, daß man General Zwigun ermordet haben könnte. Ich selbst habe mich keines Vergehens schuldig gemacht, da ich mich entsprechend der Anordnung Nr. 427 verhalten und die Anordnungen General Zwiguns befolgt habe.

Gemäß den von Ihnen telefonisch erteilten Instruktionen habe ich unverzüglich die Wohnung verlassen, ohne den Körper des Toten oder einen anderen Gegenstand zu berühren, und vor der Wohnung Wache gehalten, bis die Untersuchungskommission unter Leitung von General B. W. Kurbanow eintraf.
KGB-Major A. P. Gawrilenko
Bericht zur Kenntnis genommen von Generalmajor O. S. Nikitschenko
19. 1. 1982, 16.45 Uhr

Dokument Nr. 5
An den Obersten Diensthabenden Offizier des KGB, Generalmajor O. S. Nikitschenko
Von KGB-Hauptmann M. G. Borowskij, persönlicher Fahrer von General S. K. Zwigun

BERICHT

Am 19. Januar 1982 haben KGB-Major Gawrilenko, Genosse Zwiguns persönliche Leibwache, und ich den General bei seinen offiziellen Pflichten begleitet.

Den Anweisungen General Zwiguns folgend, trafen wir gegen 13.55 Uhr in der Tschaika mit dem Kennzeichen MOS 03-04 vor dem Haus Nummer 16a in der Katschalow-Straße ein. In Begleitung von Major Gawrilenko betrat der General das Gebäude.

Nachdem ich zwanzig Minuten gewartet hatte, nahm ich an, daß Genosse Zwigun durch etwas aufgehalten werde und daß ich mit seiner Genehmigung zur Tankstelle am Tischinskij-Markt fahren könnte. Das äußerte ich gegenüber Major Gawrilenko, der, wie in der Vergangenheit häufig, in der Eingangshalle von Nr. 16a auf Posten stand. Major Gawrilenko riet mir, noch ein paar Minuten zu warten. Als Genosse Zwigun dann immer noch nicht aufgetaucht war, versuchte ich, ihn um 14.25 Uhr über das Autotelefon zu erreichen. Aber in General Zwiguns Wohnung nahm niemand den Hörer ab. Ich informierte sofort Major Gawrilenko über diesen Tatbestand. Er ging in die Wohnung Nr. 9 hinauf und entdeckte dort die Leiche von General Zwigun. Das erfuhr ich erst später, da ich nicht mit zur Wohnung hinaufgegangen war, sondern unten in der Halle Wache gestanden hatte, wie Major Gawrilenko angeordnet hatte. Ich habe darauf geachtet, daß niemand das Haus betrat oder verließ, bis die KGB-Untersuchungskommission unter Leitung von General B. W. Kurbanow eintraf.

Während ich mich im Haus Katschalow-Straße 16a aufhielt, habe ich nichts Verdächtiges bemerkt und mich auch keiner Mißachtung von Instruktionen schuldig gemacht.
KGB-Hauptmann M. G. Borowskij
Bericht zur Kenntnis genommen von KGB-Generalmajor O. S. Nikitschenko
19. 1. 1982, 16.55 Uhr

Dokument Nr. 6: ein Blatt Briefpapier, abgerissen vom persönlichen Schreibblock General Zwiguns
 Erster Stellvertretender Vorsitzender des KGB
 Mitglied des Obersten Sowjet
 General S. K. Zwigun
 Text geschrieben mit fester, lesbarer Handschrift:
»Lebt wohl. Ich bitte Euch, niemanden für meinen Tod verantwortlich zu machen. Ich selbst bin an allem schuld. Zwigun.«

Auf alle Fälle hatte er Nerven. Dieses Dokument untersuchte ich besonders sorgfältig. Die Mitteilung war knapp und klar, sie paßte zu einem Militär. Die Unterschrift war ausladend, aber lesbar, die Handschrift abgerundet und ebenmäßig. Schließlich war er ja auch in seinen jüngeren Jahren Lehrer gewesen, und die Handschrift eines Menschen ändert sich später nicht mehr allzusehr. Ich schrieb in mein Notizbuch: »Warum hat ihn der Leibwächter nicht in den zweiten Stock hinaufbegleitet?« und las weiter.

Dokument Nr. 7
AUSZUG AUS EINEM SITZUNGSPROTOKOLL
DES KGB-KOLLEGIUMS DER UDSSR
Am 20. Januar 1982, 16 Uhr, fand in Moskau (Dserschinskij-Platz Nr. 2) eine Sondersitzung des KGB-Kollegiums statt.
 In Anbetracht der Dringlichkeit wurden die KGB-Vorsitzenden der übrigen Sowjetrepubliken nicht eigens nach Moskau gerufen.

Anwesend: der Vorsitzende des KGB J. W. Andropow, die Stellvertretenden Vorsitzenden Genossen G. K. Zinjew, W. P. Piroschkow, W. M. Tschebrikow, L. I. Pankratow, J. A. Matrosow und weitere führende Mitglieder des KGB.

Vom Zentralkomitee der KPdSU anwesend: der Leiter der Verwaltung, N. I. Sawinkin.

Insgesamt anwesend: 14 Personen.

Vorsitz: J. W. Andropow.

Protokollführer des Kollegiums: Kanzleichef Genosse J. N. Baranow.

Thema der Sitzung: Bericht des Genossen J. W. Andropow über die außergewöhnliche Situation, die durch den Tod des Genossen S. K. Zwigun entstanden ist.

Genosse Andropow berichtete, daß sich Genosse Zwigun am 19. Januar 1982 in einer KGB-eigenen Sonderwohnung eine Kugel in den Kopf geschossen habe. Der Grund für seinen Selbstmord sei die Aufdeckung seiner jahrelangen Beziehungen zu skrupellosen Gaunern und Wirtschaftsverbrechern, die sich am Eigentum des Staates schwer vergangen hatten. Einzelheiten darüber seien durch Untersuchungen unter dem Decknamen »Unternehmen Kaskade« ans Licht gekommen, die vom Betrugsdezernat des Innenministeriums durchgeführt worden seien. Angesichts der Tatsache seiner drohenden Entfernung aus dem Amt und der Wahrscheinlichkeit, von Partei und Justiz zur Rechenschaft gezogen zu werden, habe sich besagter Genosse Zwigun das Leben genommen.

Genosse Andropow verkündete eine Reihe von Maßnahmen, die das Gleichgewicht der zentralen und örtlichen KGB-Organisationen erhalten, General Zwiguns Pflichtverletzungen enthüllen und den KGB-Apparat in die Lage versetzen sollen, künftig derartige negative und korrupte Handlungen zu verhindern, wie sie während Genosse Zwiguns Amtszeit als Erster Stellvertretender Vorsitzender zu verzeichnen waren.

Auf der Sitzung ergriffen auch die Genossen Sawinkin, Zinjew, Tschebrikow, Piroschkow, Matrosow und Tscherkassow das Wort.

Es wurde beschlossen:

1. die Reden nicht im Protokoll erscheinen zu lassen;
2. der Feststellung des Genossen Andropow, daß der Selbstmord

General Zwiguns eine Folge persönlicher Feigheit war, größere Beachtung zu widmen;
3. dem Kollegium zu empfehlen, sich an die Erklärung des Genossen Sawinkin zu halten, die Regierung wünsche nicht, ihre Institutionen und die des KGB durch die Veröffentlichung des Selbstmordes von General Zwigun im In- und Ausland zu kompromittieren.

In diesem Zusammenhang wurde beschlossen:
    a) die Tatsache von General Zwiguns Selbstmord streng geheimzuhalten;
    b) ein Todeszertifikat ausstellen zu lassen, aufgrund dessen der Tod nach langer schwerer Krankheit eingetreten sei;
    c) anhand dieses Dokuments TASS zu instruieren, einen Bericht über das Ableben des Genossen Zwigun, des Ersten Stellvertretenden Vorsitzenden des KGB, zu verbreiten;
    d) das Gesicht des Genossen Zwigun kosmetisch so präparieren zu lassen, daß die Schußverletzung nicht zu erkennen ist;
    e) seinen Leichnam am 22. Januar 1982 für zwei Stunden im Dserschinskij-Klub öffentlich aufzubahren, damit seine nahen Verwandten und Kollegen von ihm Abschied nehmen können, fremden Personen und ausländischen Korrespondenten jedoch den Zutritt zu verwehren;
    f) die sterblichen Überreste des Genossen Zwigun auf dem Wagankowo-Friedhof mit militärischen Ehren Zweiter Klasse zu bestatten;
4. die offiziellen Funktionen des Ersten Stellvertretenden Vorsitzenden des KGB vorerst zwischen den Genossen Zinjew, Tschebrikow und Piroschkow aufzuteilen;
5. in Anbetracht der Klarheit des Falles keine kriminalistische Untersuchung einzuleiten.

Gezeichnet:
Vorsitzender des KGB-Kollegiums: General J. W. Andropow
Protokollführer des KGB-Kollegiums: Generalmajor J. N. Baranow

Es hatte wenig Sinn, das gefälschte medizinische Gutachten (über eine hypertonische Krisis, Herzinsuffizienz usw.) oder den formellen Beschluß der Ablehnung einer kriminalistischen Untersuchung eines weiteren Blickes zu würdigen. Fassen wir also zusammen. Wie hat meine jüdische Großmutter immer gesagt: »Was ist von der Gans noch übrig?«

A) Zwigun hat sich erschossen, nachdem er Suslow einen Besuch abgestattet hatte. Aber war das der einzige Grund? B) Wo befanden sich die Unterlagen, aufgrund deren Suslow Zwigun belasten konnte? C) Warum hatte der Leibwächter Zwigun nicht zum zweiten Stockwerk hinaufbegleitet? D) Wo waren Zwiguns Pistole und der Kugelschreiber, die Kugel und die Schlüssel zur Wohnung? Mit einigem Nachdenken kam ich zu dem Schluß, daß das Fehlen dieser Dinge bei den Akten nichts mit Zwigun zu tun hatte. Das war einfach Piroschkows oder Kurbanows kleine Rache gewesen. Sie wollten, daß ich persönlich beim KGB erschien, um sie mir abzuholen. Also konnten wir Punkt D) vergessen. Aber drei unbeantwortete Fragen blieben. Weiß Gott, mehr als genug!

Ich blätterte die ganze Akte nochmals durch. Karakos' Anordnung, ausgestellt in Schamrajews Namen, lag noch im Urzustand vor mir – weder von mir noch vom Generalstaatsanwalt unterschrieben. Nun, was sollen wir tun, Genosse Schamrajew? Sollen wir unterzeichnen? Sollen wir den Fall wirklich in Angriff nehmen?

Ich zündete mir eine Zigarette an und wurde mir plötzlich bewußt, daß das eine ganz instinktive Geste war. Das war doch hochinteressant! Bevor ich meinen Namen unter dieses potentielle Todesurteil setzte, hatte ich mir also eine Zigarette angezündet. Und was hatte Zwigun getan, bevor er sich umbrachte? Immerhin war er Raucher gewesen – und Trinker obendrein. Das hatte ich mehrfach selbst beobachten können. Zum letzten Mal hatte ich ihn vor etwa drei Monaten in der Säulenhalle des Hauses der Union gesehen – besser gesagt, in der dortigen Kantine, wo er mit Breschnews Sohn und einem anderen an einem Tisch gesessen, Weinbrand getrunken und geraucht hatte. Ich konnte mich gut daran erinnern. War es denn wahrscheinlich, daß sich jemand eine Kugel durch den Kopf jagte, ohne zuvor eine letzte Zigarette zu rauchen, ein letztes Glas zu trinken? Aber im Bericht der KGB-Untersuchungskommission hatte kein Wort über einen Zigarettenstummel oder ein Weinbrandglas gestanden.

Ich sah auf die Uhr. Es war 17 Uhr. In wenigen Minuten würden sich Kurbanow und sämtliche Mitarbeiter des KGB-Untersuchungs-Zentralbüros mit der Pünktlichkeit von Berufssoldaten von den Stühlen erheben, um dem heimischen Herd zuzustreben. Ihre Nummern fand ich im Telefonbuch mit der Aufschrift »Geheim. Nur für den Dienstgebrauch«. Ich wählte.

»Lidija Pawlowna, guten Tag. Hier Schamrajew von der Generalstaatsanwaltschaft. Ich würde gern mit dem Genossen Kurbanow sprechen.«

»Einen Augenblick bitte«, sagte Kurbanows Sekretärin, und wenige Sekunden später drang die Stimme ihres Chefs aus dem Apparat.

»Hier Kurbanow.«

»Guten Tag, Schamrajew hier. Wie groß ist die Chance für mich, heute noch die Beweismittel im Fall Zwigun zu bekommen? Ich meine seine Waffe, die Kugel und die Schlüssel zur Wohnung in der Katschalow-Straße.«

»Warum denn die Eile?« lachte er.

Ich schwieg. Das war schließlich meine Sache.

»Also gut. Wenn Sie sie brauchen, kommen Sie hier bei uns im Büro vorbei. Das Paket wird unten beim diensthabenden Offizier für Sie bereitliegen. Vergessen Sie aber nicht, daß die Pistole inzwischen gereinigt worden ist. Sie werden also keinen Pulvergeruch mehr schnuppern können. Woher sollten wir denn wissen, daß es noch eine zweite Untersuchung geben wird?«

»Und was ist mit seinen Tagebüchern? Außerdem würde ich gern die Leute ins Kreuzverhör nehmen, die mit ihm zusammengearbeitet haben, einschließlich des Leibwächters und des Chauffeurs.«

»Sie haben ihre Aussagen doch bei den Akten. Unserer Meinung nach reicht das völlig. Sie werden sicher einsehen, daß General Zwigun und die Leute in seiner Umgebung nicht nur mit den inneren Angelegenheiten unseres Landes befaßt waren. Die besondere Natur ihrer Arbeit...«

»Meine Fragen werden die besondere Natur ihrer Arbeit nicht berühren.«

»Dazu kann ich nichts sagen. Nur Genosse Andropow kann die Erlaubnis erteilen, daß KGB-Agenten ins Kreuzverhör genommen werden«, sagte er schließlich.

»Entschuldigen Sie, Genosse Kurbanow, aber wie Sie wissen, braucht die Generalstaatsanwaltschaft niemanden um Erlaubnis zu fragen«, entgegnete ich verärgert. »Alles, was ich brauche, sind ihre Adressen. Und dazu die Anschriften der Leute, die bei der ersten Untersuchung der Leiche zugegen waren.«

»Ich glaube nicht, daß sie Ihre Fragen ohne die Genehmigung des Genossen Andropow beantworten werden«, meinte Kurbanow und lachte wieder. »Und die Zeugen sind ebenfalls unsere Angestellten. Sie müssen doch einsehen, daß Sie nicht einfach Leute in die Sache hineinziehen können, wie es Ihnen paßt.«

Bei dieser Unterhaltung konnte ich, ohne Kurbanow zu sehen, die ganze Arroganz eines KGB-Generals einem lästigen Niemand von der Generalstaatsanwaltschaft gegenüber spüren. Drei Stunden zuvor hatte Piroschkow den gleichen Tonfall draufgehabt.

»Sagen Sie, dürfen Sie persönlich Fragen ohne die Erlaubnis des Genossen Andropow beantworten?«

»Welche zum Beispiel?«

»Hat Genosse Zwigun geraucht?«

»Was? Was?« fragte er verdutzt zurück.

»Ich habe Sie gefragt, ob Genosse Zwigun Raucher gewesen ist.«

»Ja, aber was soll das?«

»Vielen Dank. Können Sie mir die Adresse der Witwe geben?«

»Wozu?« erkundigte er sich mißtrauisch.

»Mein lieber Genosse Kurbanow«, sagte ich überaus verbindlich, »Sie werden doch sicher einsehen, daß ich diese Untersuchung nicht führen kann, ohne mit der Witwe gesprochen zu haben. Oder benötige ich etwa auch dafür die Genehmigung des Genossen Andropow?«

»Schon gut«, brummte er. »Ich lege die Anschrift dem Päckchen mit dem anderen Zeug bei . . .«

17.40 Uhr
Zwiguns Sonderwohnung an der Katschalow-Straße entsprach genau der Beschreibung, die Kurbanow in seinem Bericht von ihr gegeben hatte. Da waren die Perserteppiche, die importierten Möbel und die weichen Ledersofas. Das Sicherheitsschloß, das Zwiguns Leibwächter aufgebrochen hatte, war inzwischen repariert, die Tür offiziell versiegelt, aber man konnte die Spuren der Reparatur immer noch erkennen. Alle Räume waren mit geblümten Vinyltapeten geschmückt, importiert aus Finnland – der

Traum unzähliger Moskauer Hausfrauen. Vor den Fenstern hingen dunkelblaue Vorhänge, und von der Decke des Wohnzimmers baumelte ein Kristalleuchter Typ »Kaskade« mit Dreistufenschaltung, der letzte Schrei der Moskauer Elektrotechnik.

Aber dieser Kronleuchter interessierte mich kaum. Das erste, was mir an der Wohnung auffiel, war die ungewöhnliche Sauberkeit. Diese Räume, die einen Selbstmord, eine KGB-Untersuchungskommission, Zeugen und Gerichtsmediziner über sich hatten ergehen lassen, waren absolut makellos. Das konnte nur heißen, daß Kurbanow so fest davon überzeugt war, es würde keine weitere Untersuchung mehr geben, daß er angeordnet hatte, die Wohnung von Grund auf zu reinigen. Ich würde die Frau befragen müssen, die das besorgt hatte, obwohl natürlich auch sie dem KGB angehörte.

Ich sah mich nach den Aschenbechern um. Selbstverständlich waren sie leer. Aber es gab sie – aus Kristall, Porzellan, Metall, in jedem Raum. Und einer von ihnen stand im Wohnzimmer auf dem polierten Eßtisch, von dem Blutspuren beseitigt worden waren. Also, hätte Zwigun kurz vor seinem Tod das Rauchen aufgegeben, würden hier bestimmt nicht so viele Aschenbecher herumstehen. Leute, die das Rauchen aufgeben, räumen doch auch alle Aschenbecher fort und bitten ihren Besuch, ebenfalls auf Tabak zu verzichten. Das weiß ich aus Erfahrung. Und das hieß, daß Zwigun, obwohl Raucher, vor seinem Tod nicht mehr geraucht hatte. Sonst hätte sich die Kippe bei den Beweisstücken befinden müssen.

Als nächstes inspizierte ich den Barschrank.

Er war ein tschechisches Fabrikat, aus dunklem Holz mit Innenbeleuchtung. Er enthielt eine ganze Reihe von Flaschen: französischen Cognac und armenischen Weinbrand, importierten und russischen Wodka, Rigaer Balsam in einer Tonflasche, schottischen Whisky, georgischen Wein, Sekt – mit einem Wort, für jeden Geschmack etwas. Einige der Cognac- und Wodkaflaschen waren angebrochen. Daraus ließ sich nicht unbedingt schließen, daß der Benutzer dieser Wohnung all die Flaschen zu seinem persönlichen Gebrauch angesammelt hatte, während andererseits auch nichts dagegen sprach, daß er sich ganz gern ein Gläschen gönnte. Aber kurz vor seinem Tod hatte er nichts Alkoholisches mehr zu sich genommen. Wäre das der Fall gewesen, hätte der gerichtsmedizinische Bericht sicherlich Hinweise auf Alkohol im Blut enthalten. Er hatte sich also weder eine Zigarette noch ein Glas Schnaps zu Gemüte geführt. So weit so gut. Er war aus Suslows Büro gekommen (warum kam er eigentlich ausgerechnet hierher, anstatt nach Hause oder zurück ins Büro zu gehen?), hatte sich an den Tisch gesetzt, den Schreibblock aufgeschlagen, den Abschiedsbrief geschrieben, die Waffe an die Schläfe gelegt und abgedrückt. Er hatte keine Zeit verloren – soviel stand fest.

Ich setzte mich in Zwiguns Sessel, legte Abschiedsbrief und Kugelschreiber vor mich hin und griff in die Seitentasche meines Jacketts, als wollte ich die Waffe herausholen. Moment mal! Wo war eigentlich sein Mantel? Immerhin war es Januar. Oder hatte er die Wohnung im Mantel betreten, vergessen, ihn auszuziehen, sich an den Tisch gesetzt und sich auf der Stelle erschossen? In keinem der KGB-Berichte hatte ein Wort darüber gestanden, was Zwigun getragen hatte – Mantel, Uniform, Zivilkleidung oder was?

Ich holte eine Packung bulgarischer Zigaretten aus meiner Jackettasche, zündete ein Streichholz an und ging hinüber zum kleinen Entlüftungsfenster, um zu rauchen. In diesem Augenblick fiel mir ein, daß Zwigun genau das gleiche getan haben könnte. Vielleicht hatte er auf den unaufhörlich herabrieselnden Schnee und die rote Ziegelwand der Garage im Hof geblickt und Abschied von dieser herrlichen, unvollkommenen Welt genommen, in der er seine vierundsechzig, zugegebenermaßen nicht gerade trübseligen Jahre verbracht hatte. Dann hatte er sich seine letzte Zigarette angezündet und ... An seiner Stelle hätte ich die Kippe oben durch das Entlüftungsfenster geworfen. Und dann? Wäre ich zum Tisch zurückgekehrt? Hätte ich mich wieder in den Sessel gesetzt, den Abschiedsbrief noch einmal überlesen und die Pistole hervorgeholt? Oder hätte ich mich gleich erschossen? Hier am Fenster? Ich kniete nieder und hoffte, Aschepartikelchen auf dem Teppich neben dem Fenster zu entdecken. Aber soviel Glück war mir natürlich nicht beschieden. Ich überlegte, ob er sie aus dem hochgelegenen Entlüftungsfenster hatte schnippen können. Aber als ich mich auf die Zehen reckte und meinen Arm ausstreckte, um genau das gleiche zu versuchen, entdeckte ich etwas, was mich Zigaretten, Weinbrand und alle anderen Spitzfindigkeiten glatt vergessen ließ.

Der obere Rand des offenen Fensterrahmens war an zwei Stellen abgeschürft. Die Schadstellen waren jetzt zwar mit Pulverschnee bedeckt, aber die Kratzer waren ganz offensichtlich jüngeren Datums, vielleicht ein oder zwei Tage alt.

Ich holte eine Tischlampe aus dem Arbeitszimmer und zog mir einen Stuhl ans Fenster, um diese interessante Stelle besser in Augenschein nehmen zu können. Ich hatte vergessen, meinen kleinen schwarzen Koffer mit dem Vergrößerungsglas und den anderen Hilfsmitteln mitzubringen. Was war ich doch für ein gottverdammter Dummkopf! Aber wer hätte auch gedacht, daß ich ihn brauchen würde? Schließlich war ich lediglich auf Aschenbecher und Flaschen aus gewesen... Abgesehen davon konnte ich im Holz die schmale, halbrunde Furche, etwa drei Millimeter tief, auch ohne Vergrößerungsglas recht gut erkennen. Ich griff nach dem Zellophanpäckchen, das die gelbliche Kugel enthielt, die vor drei Tagen General Zwiguns Leben ein so jähes Ende gesetzt hatte. Ich holte sie heraus und sah, daß, obwohl ihr Kopf durch den Aufprall auf den Schädel leicht abgeflacht war, ihr zylindrischer 9-mm-Körper doch unbeschädigt geblieben war. Ich packte sie am unteren Ende und schob sie durch die schmale Furche im Holz. Sie paßte wie angegossen. Natürlich wäre es notwendig, noch einige ballistische Untersuchungen durchzuführen, aber schon jetzt war mir klar, daß der Schuß in Richtung auf das Fenster abgegeben worden war und die Kugel dabei den Fensterrahmen gestreift hatte.

Und nachdem sie das Fenster passiert hatte, mußte sie in Höhe des ersten oder zweiten Stockwerks auf das gegenüberliegende Haus aufgeprallt und dann in den Schnee gefallen sein, der ungefähr einen Meter tief war. Seit Tagen hatte es ununterbrochen geschneit, und die Hausmeister hatten längst vor den Naturgewalten kapituliert und die Räumarbeiten abgebrochen. Nun warteten sie ruhig darauf, daß die Schneestürme aufhörten.

Ich sprang vom Stuhl auf und rannte aus der Wohnung. Auf gut Glück klingelte ich an einer der Nachbarwohnungen. Nichts rührte sich. Aus der nächsten Wohnung drang laute Musik. Also versuchte ich es da, und ein dickes Mädchen im Brautschleier öffnete mir die Tür.

»Entschuldigen Sie bitte«, sagte ich, »haben Sie zufällig ein Fernglas?«

»Was?« fragte die junge Braut verblüfft.

Es stellte sich heraus, daß sie keines hatte, aber vier Türen weiter gelang es mir, ein Zeiss-Fernglas und zusätzlich das Kinder-Teleskop des Enkelsohns eines ehemaligen Marineministers aufzutreiben. Ich eilte hinunter auf die Straße. Vor dem Hauseingang stand der Wolga, den mir ein Assistent des Generalstaatsanwalts für diesen Abend zur Verfügung gestellt hatte. Drinnen saß Sascha Lunin, mein junger blauäugiger Fahrer, und lauschte dem bei Jugendlichen besonders beliebten Programm von »Majak« (»Leuchtfeuer«). Ich wies ihn an, auf den Hof zu fahren und die Scheinwerfer des Autos auf die Wand des gegenüberliegenden Hauses zu richten. Natürlich in Höhe des ersten und zweiten Stockwerks.

Es war nicht einfach. Sascha kratzte sich den Kopf, schaffte es dann aber doch, indem er mit ein paar Steinen die Hinterreifen blockierte und die Vorderräder anhob. Die starken Scheinwerfer reichten aus, die von mir gewünschte Stelle aus dieser Entfernung zu beleuchten.

Ich stellte mich dicht an die Hauswand und richtete mein Fernglas nach oben. Bald hatte ich gefunden, was ich suchte – eine schwärzliche Vertiefung an der weißen Hausfassade.

Ich stellte ein paar geometrische Berechnungen an und bedeutete Sascha, das Auto nun wieder herunterzulassen und die Scheinwerfer auf die Schneefläche unter der Einbuchtung zu richten. Zu seiner ungeheuren Verblüffung begann ich nun fieberhaft mit meinen bloßen Händen im Schnee zu graben.

Es dauerte nicht lange, bis meine Finger stocksteif gefroren waren und ich mich für meine Ungeduld verfluchte. Selbstverständlich hätte das am nächsten Tag wesentlich professioneller erledigt werden können. Ich hätte eine Kompanie Soldaten herbeizitieren können, um den Schnee Zentimeter um Zentimeter abtragen zu lassen. Aber es gibt wohl bei jeder Arbeit Augenblicke, wo es einfach feige wäre aufzugeben. Sascha beobachtete mich spöttisch, während mich die umliegenden erleuchteten Fenster zu verhöhnen schienen, das heitere Gelächter, die Musik und das Flackern der Fernsehschirme. In der behaglichen Wärme dieser neuen, luxuriösen Wohnhäuser, eigens für die politische und wissenschaftliche Elite an der Katschalow-Straße errichtet, tranken Menschen Wein oder Tee, hörten Musik, feierten Hochzeit oder sahen sich ganz einfach die neueste Folge der TV-Krimi-Serie *Siebzehn Augenblicke im Frühling* mit Tichonow in der Hauptrolle an. Und ich stöberte wie ein Hausmeister vor ihren Fenstern im Schnee herum. Doch je wütender ich wurde (auf wen war ich eigentlich wütend? Auf mich selbst?), desto verbissener schaufelte ich mit den Händen im Schnee herum. Ganz so, als ginge es um eine persönliche Mutprobe. Nur wenn ich merkte, daß mein Herz der Kälte wegen schneller zu klopfen begann, zog ich meine Hände aus dem vereisten Schnee und versuchte, ihnen durch Pusten wieder ein wenig Gefühl einzuhauchen. Danach zwang ich mich zur Fortsetzung meiner Forschertätigkeit. Meine Schuhe quietschten inzwischen vor Nässe. Auch die Ärmel meines Mantels und Hemdes waren pitschnaß. Natürlich hatte ich vergessen, sie mir rechtzeitig hochzukrempeln. Aber genau in dem Moment, als ich drauf und dran war, das ganze Unternehmen abzublasen, spürte ich plötzlich etwas Glattes, Kaltes, Metallisches zwischen Zeige- und Mittelfinger meiner linken Hand. Ich konnte mein Glück kaum fassen. Es war tatsächlich die Kugel! Ich zog sie heraus, wie ich sie gefunden hatte, zwischen den Fingern, und hätte sie um ein Haar wieder fallen lassen; denn die Finger meiner rechten Hand waren so starr, daß sie mir einfach nicht gehorchen wollten. Sie waren nicht imstande, die Kugel bei ihrem abgeflachten Kopf zu packen. So besah ich sie mir kaum, stopfte sie und meine linke Hand in die Tasche und rannte los. Nicht, daß ich es so eilig hatte, die Kugel zu untersuchen: Ich war einfach bis ins Mark gefroren.

»Das reicht«, rief ich dem Fahrer zu. »Schalt die Scheinwerfer aus!«

Ein junges Paar stand unter dem Betonvordach des Eingangs, in importierte Lammfellmäntel und Lederhüte gekleidet. Die beiden sahen mich so verdutzt an, als sei ich ein Stromer, der da vom Hof hereingehastet kam. Aber ich hatte für sie leider keine Zeit. Nur unter großen Schwierigkeiten gelang es mir, mit klammen Fingern den Schlüssel ins Schloß zu bekommen und die Eingangshalle zu betreten. Ich machte mir nicht einmal die Mühe, auf den Aufzug zu warten, sondern eilte die Treppe zum zweiten Stockwerk hinauf zur Wohnung Nummer 9. Nasse Pfützen auf dem Teppich hinterlassend, lief ich geradewegs auf den Barschrank zu, griff sofort nach der erstbesten Flasche (sie stellte sich als finnischer Wodka heraus), öffnete den Metallverschluß mit den Zähnen, ließ meinen Mund vollaufen und schluckte. Das wiederholte ich ein paarmal. Dann schnappte ich mit weit offenem Mund nach Luft und spürte, daß der reine Alkohol meine arme kalte Seele rettete.

Als ich mich ein wenig aufgewärmt hatte, griff ich zum Telefon und wählte Swetlows Privatnummer. Nachdem es dreimal geklingelt hatte, hörte ich die Stimme seiner Frau Olja.

»Ja?«

»Guten Abend«, sagte ich. »Hier ist Igor. Wie geht's denn so?«

»Guten Abend«, erwiderte sie reichlich verkniffen.

»Wo ist denn die bessere Hälfte? Kann ich ihn sprechen?«

»Hm!« machte sie sarkastisch. »Seiner Behauptung nach müßte er seit einer Stunde bei dir sein. In Zukunft solltet ihr euch besser absprechen!« Und dann schmetterte sie den Hörer auf die Gabel, daß nur noch das Freizeichen zu hören war.

Also hatte ich Swetlow in die Pfanne gehauen. Ich wählte die Nummer meiner Wohnung und rechnete eigentlich nicht damit, daß sich jemand melden würde. Nina war inzwischen mit Sicherheit gegangen und hatte mir wohl nichts anderes als die Nachricht hinterlassen, daß ich mich »zur Hölle« oder sonstwohin scheren könne.

Aber der Hörer wurde sofort abgenommen, und ich vernahm Ninas aufgekratzte Stimme, die sich mühte, die laute Jazzmusik im Hintergrund zu übertönen: »Hallo?«, und dann: »Tamara, stell doch mal ein bißchen leiser. Hallo, ja? Ich höre.«

»Wer ist Tamara?«

»Bist du's, Igor?« Die Musik in meiner Wohnung wurde ein wenig leiser. »Wo steckst du denn? Wir haben Besuch.«

»Was für Besuch?«

»Rate mal. Marat Swetlow.«

»Und wer ist diese Tamara?«

»Eine Freundin von mir aus der Zirkusschule. Marat hat mich gebeten, sie einzuladen, damit er jemanden hat, mit dem er sich unterhalten kann. Komm schnell nach Hause, sonst ist alles aufgegessen...«

»Gib mir mal Marat.«

Ein kurzes musikalisches Zwischenspiel, und dann war Marat am Apparat. »Hallo, alter Junge. Wo treibst du dich denn herum?«

»In der Wohnung in der Katschalow-Straße, wo Zwigun gestorben ist. Hör mal, schnapp dir die beiden Mädchen und komm so schnell wie möglich her.«

»Warum denn?« fragte er überrascht.

Das konnte ich ihm am Telefon natürlich nicht sagen. Sowohl der Apparat hier als auch der in meiner Wohnung waren mit Sicherheit angezapft. Also gab ich dem Gespräch eine andere zwingende Wendung. »Gut, ich werd's dir sagen. Hier ist Whisky und Weinbrand. Das paßt doch hervorragend zu dem Essen, das die Mädchen zubereitet haben.«

Und dann würgte ich jeden möglichen Disput von vornherein ab: »Keine Diskussion.«

Diese Worte waren ein altes Signal aus jenen Tagen, als wir noch im Moskauer Bezirk Krassnaja Presnja zusammengearbeitet hatten. Jetzt sollte er wissen, daß es mir nicht nur darum ging, eine kleine Party von einem Ort an einen anderen zu verlagern.

Ganz locker plauderte ich weiter: »Also nimm die Fressalien und pack sie in den kleinen schwarzen Koffer, der hinter meinem Schreibtisch auf der Heizung steht. Komm schnell, ja?«

Auf dem Fensterbrett hinter meinem Schreibtisch bewahrte ich mein berufliches Handwerkszeug auf.

»In Ordnung. Und soll ich auch die Mädchen mitbringen?« erkundigte sich Marat mißtrauisch.

»Aber selbstverständlich. Was wäre eine Party ohne Mädchen? Katschalow-Straße Nummer 16a. Klingle unten. Bis gleich. Und vergiß ja nicht, das Essen mitzubringen!« Sollten all jene, die unser Gespräch belauschten, doch ruhig glauben, daß Chefinspektor Schamrajew seine offizielle Position dazu mißbrauchte, seine Freunde mit französischem Cognac und anderen Getränken aus dem Barschrank des dahingegangenen General Zwigun zu bewirten und sich so an Staatseigentum zu vergreifen. Morgen würden sie ganz sicher eine entsprechende Notiz meiner Personalakte beifügen, die sich wie die aller anderen Mitarbeiter der Generalstaatsanwaltschaft – angefangen beim Generalstaatsanwalt bis hinunter zu Tantchen Lena – in den Archiven des KGB befand. Aber darauf pfiff ich. Was ich jetzt am dringendsten brauchte, waren zwei Zeugen und Swetlow mit dem Instinkt eines Bluthunds. Das war doch ein überaus eigenartiger Selbstmord! Das Opfer hatte nicht nur darauf verzichtet, eine letzte Zigarette zu

rauchen, aus unerklärlichen Gründen hatte es auch noch einen
Schuß durchs Entlüftungsfenster abgefeuert.

21 Uhr
Von allen Aufgaben, mit denen ein Ermittlungsbeamter konfrontiert wird, finde ich persönlich die Voruntersuchung am interessantesten. Rechtsanwalt, Richter und Staatsanwalt müssen stets ihre Klienten oder die Behörden im Auge haben. Sie bedrängen den Ermittler, als wäre er der Fahrer einer Kutsche, sie diktieren die Route, der er zu folgen hat, und schließlich auch seinen Bestimmungsort. Dieser Druck kann mitunter so stark werden, daß sich die sowjetische Rechtsprechung oft genug ausnimmt wie legalisierte Rechtlosigkeit.

Aber Artikel 127 des Strafgesetzbuchs der RSFSR bestätigt, daß »während der Voruntersuchung alle Entscheidungen in bezug auf Richtung und Führung der Ermittlung *selbständig* vom Ermittler getroffen werden, mit Ausnahme solcher Fälle, in denen das Gesetz das Eingreifen des Staatsanwaltes vorsieht«. Demnach ist der Ermittler sein eigener Herr. Er hat sich mit konkreten Tatbeständen zu befassen, mit den Handlungen von Individuen. Diese Arbeit ist der eines Romanciers nicht unähnlich, bis auf die Tatsache, daß der Ermittler selbstverständlich nicht das Recht hat, Fakten zu verfälschen oder neue zu erfinden. Man hat es schließlich nicht mit irgendwelchen erfundenen Othellos oder Raskolnikows zu tun, sondern mit dem Schicksal von Iwanows, Rabinowitschs und Breschnews aus Fleisch und Blut. Aber dein eigenes Schicksal ist ebenfalls betroffen – und auch das zählt schließlich.

An sich hatte die Kugel vom Kaliber neun Millimeter, die ich im Hof gefunden hatte, keinerlei Bedeutung. Schließlich war sie nur ein Stück Metall. Aber die Tatsache, daß ich sie draußen lediglich im Beisein eines Chauffeurs und nicht von zwei Zeugen gefunden hatte, war bereits eine Abweichung vom Gesetz – zumindest für meinen Teil. Jedes Gericht konnte dieses Beweisstück glatt ablehnen. Natürlich war es durchaus möglich, diese formalen Spitzfindigkeiten zu umgehen, indem man den Bericht über den Fund später verfaßte. Daher ist auch die formale Schlüssigkeit einer gerichtlichen Untersuchung ein Beweis für das Können eines Ermittlers.

Deshalb saß ich also jetzt in der Küche des verblichenen Generals Zwigun, trank Tee aus einem Glas, das ich zuvor auf Fingerabdrücke untersucht hatte, und wartete darauf, daß die Zeugen kamen – Nina, eine gewisse Tamara, aber auch Swetlow, der meinen kleinen schwarzen Koffer mitbringen würde. In dieser Wohnung hatte etwas anderes stattgefunden als ein Selbstmord. Und ich würde sie nicht wieder verlassen, bevor Swetlow und ich nicht jeden Zentimeter und jede Faser dieser luxuriösen Perserteppiche und jedes noch so winzige verdächtige Zeichen auf diesen importierten finnischen Möbeln gründlich unter die Lupe genommen hatten. Aber nun würde das in voller Übereinstimmung mit dem Gesetz geschehen – in Anwesenheit von Zeugen und mit Hilfe eines einfachen, aber völlig ausreichenden Instrumentariums. Auf diesem Gebiet war mir Swetlow noch überlegen. Bei seiner kriminalpolizeilichen Arbeit mußte er fast täglich Tatorte von Verbrechen untersuchen. Ihm blieb nichts verborgen, er schnüffelte einfach alles heraus.

Die Moskauer Kriminalstatistik verzeichnet täglich zwei bis drei vorsätzliche Morde, Hunderte von Überfällen und Diebstählen und rund viertausend schwerere oder leichtere Vergehen von »Rowdytum«. Daher besteht die Einsatz- und Ermittlungsabteilung der Moskauer Kriminalpolizei aus hartnäckigen, erfahrenen Beamten, besonders wenn es um die Verfolgung von Verbrechen geht, die gegen Personen gerichtet sind. Wir dagegen, die Ermittler der Generalstaatsanwaltschaft, haben vor allem mit Verbrechen gegen den Staat zu tun, und die Untersuchung von Tatorten – vor allem blutiger Verbrechen – kommt in unserer Praxis nicht häufig vor.

Aber die schwächste Ermittlungsabteilung von allen ist die des KGB. Erstens, weil sich der KGB vor dem Gesetz nicht zu verantworten hat, seine Mitarbeiter daher verlernen, sorgfältig zu arbeiten, und folglich nicht gewohnt sind, auf Details zu achten, und zweitens, weil die Kader des KGB nicht wegen ihrer Erfahrung oder Fähigkeiten angeheuert werden, sondern vor allem wegen ihrer Zugehörigkeit zur Partei, ihrer Nationalität und ihrer sozialen Herkunft. Und es ist nicht leicht, einen begabten Juristen zu finden, dessen ideologisch-parteilicher Stammbaum einwandfrei ist, der keine Verwandten im Ausland hat, in dessen Adern kein jüdisches Blut fließt, der frei ist von den sogenannten moralischen Hemmungen usw. Und fände man so ein Wundertier, wäre es noch die Frage, ob es im KGB arbeiten wollte. Deshalb übersahen seine Leute die Schadstelle am Entlüftungsfenster, wiesen nicht darauf hin, wie Zwigun im Augenblick seines Selbstmords gekleidet war, und fertigten kein graphologisches Gutachten von seinem Abschiedsbrief an...

Ein Klingeln an der Tür unterbrach meine Gedanken. Swetlow, Nina und Tamara kündigten recht geräuschvoll ihren Auftritt an. Sie hatten alles mitgebracht: meinen schwarzen Koffer, ein Tonbandgerät, Essen und sogar eine Flasche Sekt.

Nina hatte kaum die Schwelle überschritten und die geräumige Diele mit den Geweihen und afrikanischen Masken an den Wänden gesehen, als sie auch schon sagte: »Donnerwetter, ist das eine Wohnung! Wo können wir uns die Füße abtreten?«

An ihren schwarzen hochhackigen Stiefeln hatten sich Klümpchen schmelzenden Schnees gebildet.

»Das macht nichts. Komm einfach so rein«, sagte ich großspurig. Doch das hielt Nina keineswegs davon ab, sich nach einer Fußmatte oder wenigstens einer Bürste umzusehen, mit der sie den Schnee abstreifen konnte.

»Kommt gar nicht in Frage«, sagte sie. »Ich würde doch lauter Schmutzflecke auf dem Parkett hinterlassen. Aber nun will ich euch erst einmal bekannt machen: Das ist meine Freundin Tamara, eine Kunstreiterin – ohne Sattel.« Dann brach sie ab und spitzte die Ohren. »Wem gehört denn die Wohnung? Wo sind die Leute?«

Swetlow und ich tauschten Blicke aus. Offenbar hatte er den Mädchen nicht erklärt, was das alles eigentlich zu bedeuten hatte. Wahrscheinlich hatte er ihnen gesagt: »Wir gehen jetzt woanders hin. Wohin, das werdet ihr schon noch erfahren. Laßt euch überraschen.« Das war auch nicht verkehrt, aber nun mußten wir geschickt schwindeln oder mit der Wahrheit herausrücken.

Ich entschied mich für die Wahrheit. »Hört mal, Mädchen«, sagte ich. »Vor ein paar Tagen ist in dieser Wohnung ein Verbrechen geschehen. Also seid so gut und setzt euch in die Küche. Aber denkt daran, daß ihr nichts berühren dürft, vor allem nicht das Geschirr. Marat und ich werden uns erst mal hier an die Arbeit machen.«

Tamara war ein hochgewachsenes Mädchen mit schwarzen Augen, schmaler Taille, wohlgeformten Beinen und kräftigen

Schultern. Anfangs sagte sie gar nichts, begriff dann aber schnell. Sie gab Swetlow ihren Mantel und streckte ihm auffordernd ihr rechtes Bein entgegen, damit er ihr den Stiefel ausziehen konnte. Sie schien den Leiter der Dritten Abteilung der Moskauer Miliz-Kriminalpolizei bereits völlig unter dem Pantoffel zu haben. Und das war kein Wunder! Sie streckte ihr Bein so hoch, daß man ihr unter den Rock sehen konnte.

Indessen hielt Nina die ganze Zeit ihre lebhaften blauen Augen fest auf mich gerichtet. »Verbrechen?« rief sie aus. »Hat es was mit dem zu tun, was Marat dir in Sotschi erzählt hat?«

Also war sie doch nicht das kleine Dummchen, für das ich sie gehalten hatte!

»Genug«, meinte ich verdrießlich. »Bloß keine Fragen. Ab in die Küche mit euch. Und macht mir was zu essen. Ich habe Hunger wie ein Wolf.«

Wenig später begannen Marat und ich mit der Inspektion der Wohnung. Ich brachte ihn schnell auf den neuesten Stand der Dinge, wies ihn auf den beschädigten Fensterrahmen hin und zeigte ihm die Kugel. Mehr brauchte ich nicht zu sagen. Er hatte begriffen. Seine braunen Augen blitzten, seine Bewegungen wurden überlegt und fast automatisch.

»In Ordnung«, sagte er und holte sich die Gummihandschuhe aus meinem schwarzen Koffer. Er wandte sich an die Mädchen: »Setzt euch lieber zunächst in die Diele. Ihr dürft zwar atmen, euch aber nicht rühren – vor allem nichts anfassen. Wenn wir mit der Küche fertig sind, könnt ihr dahin umziehen.«

»Dürfen wir vielleicht ein bißchen Musik machen?« erkundigte sich Nina schüchtern.

»Ist gut«, meinte Marat gönnerhaft.

»Und dürfen wir ein bißchen zusehen?« fragte Tamara.

Er konnte nicht gut ablehnen, fügte jedoch warnend hinzu: »Ihr könnt zusehen, aber nur aus der Entfernung. Und stellt bloß keine Fragen.«

Dann schien er sie vergessen zu haben. Oder genauer – er behielt sie irgendwo im Hinterkopf, denn er machte ein wenig auf Schau, aber nur ein bißchen. Ansonsten arbeitete er ungemein ernst und konzentriert, war aufmerksam gegenüber jeder Kleinigkeit und überaus schweigsam. Wahrscheinlich wirkten wir wie zwei Chirurgen, die sich gummihandschuhbewehrt an eine komplizierte Operation machten. Natürlich war Swetlow der Chefarzt. Ich war nur allzu bereit, den Assistenten zu spielen.

»Pinzette! Vergrößerungsglas! ... Ein bißchen mehr Licht von der Seite! ... Puder ... Magnesiumoxid! ...«

Jedes einzelne Glas wurde von Swetlow ergriffen, umgedreht und unter hellem Licht sorgfältig geprüft, jede verdächtige Stelle auf den Möbeln mit Spezialpuder bestäubt, um mögliche Fingerabdrücke sichtbar zu machen. Und das alles erledigte er mit einer Geschwindigkeit, die er seiner langjährigen Praxis verdankte.

»Nichts ... Nichts ... Nichts ...«

Mit der Küche waren wir verhältnismäßig schnell fertig, es dauerte nur etwa eine Viertelstunde. Es gab keinerlei Spuren, weder auf den Gläsern noch auf den Tassen, noch auf dem Griff des Kühlschranks oder den Stuhllehnen – nirgends! Swetlow sah mich bedeutungsvoll an. Ganz offensichtlich war hier jemand anders als eine Putzfrau am Werk gewesen.

Wir quartierten die Mädchen in die Küche um und gestatteten ihnen nicht nur, Musik zu hören, sondern auch, für unser Essen zu sorgen. Dann nahmen wir die anderen Räume der Wohnung in Angriff. Als wir von der Diele ins Wohnzimmer gehen wollten, machte Swetlow seine erste Entdeckung – obwohl Nina sie später für sich beanspruchte.

»He, alter Junge«, sagte er. »Sieh mal, der Boden.«

Ich sah hinunter, konnte aber nichts feststellen. Nur die Spuren unserer nassen Schuhe auf dem Parkettfußboden.

»Petja!« meinte er spöttisch. So hatte er es auch früher getan, als wir noch zusammen in Zimmer 401 des Wohnheims der Juristischen Fakultät der Universität Moskau an der Losinoostrowskij-Straße gewohnt hatten. Wir hatten dort damals zu viert gehaust und einander statt bei unseren richtigen Namen alle nur »Petja« genannt.

»Deine Freundin hat den Blick eines geborenen Detektivs. Ich nehme sie bei der Kriminalpolizei auf und mache aus ihr einen Polizeileutnant. Hör mal, in allen Räumen liegen Teppiche, und hier in der Diele gibt es nicht einmal etwas, worauf man sich die Füße abtreten kann.«

Richtig beobachtet. In Wohn-, Schlaf- und Arbeitszimmer lagen Perser und ein Läufer im Korridor. Aber in der Diele? Nichts! Das war tatsächlich absurd. Swetlow ließ sich auf alle viere nieder und begann, mit dem Vergrößerungsglas bewaffnet, die Scheuerleiste zu inspizieren. Einen Augenblick später richtete er sich wieder auf und zeigte mir die Faser eines grünen Teppichs, die er aus einer Spalte zwischen Scheuerleiste und Diele gezogen hatte.

»Na bitte! Natürlich hat es hier einen Vorleger gegeben. Man muß sich doch die Füße irgendwo abtreten können. Du solltest Nina heiraten. Sie wird eine perfekte Hausfrau.«

In Wohn- und Schlafzimmer fanden wir nichts, was wir nicht schon aus dem KGB-Bericht gewußt hätten. Die Blutspuren auf und unter dem Tisch waren, so gut es ging, beseitigt worden. Dennoch sicherten wir ein paar Spuren – mehr aus Prinzip denn aus Überzeugung.

Unsere zweite und letzte Entdeckung machten wir etwa eine Stunde später, als die Mädchen sich bereits zu langweilen begannen und es satt hatten, auf uns zu warten. In Zwiguns Arbeitszimmer, verborgen hinter der Heizung und verdeckt von seinem Schreibtisch, fanden wir einen Stapel vergilbter Zettel mit Zahlenkolonnen und anderen Notizen. Hier waren offenbar Kartenspieler am Werk gewesen. Ich hatte davon keine Ahnung, aber Swetlow hatte Routine beim Festnehmen von Glücksspielern. »Hier ist es um hohe Einsätze gegangen«, erklärte er. »Und die Initialen kommen uns sehr zupaß.«

Das Interessante an unserem Fund waren in der Tat weniger die Summen, die jeder geboten, gewonnen oder verloren hatte, sondern die Anfangsbuchstaben der Namen der Spieler. Darüber würde ich mir wohl später den Kopf zerbrechen müssen.

Als wir mit der Untersuchung der Wohnung fertig waren, fotografierten wir noch den Fensterrahmen und sägten dann das Stück Holz heraus, das von der Kugel gestreift worden war. Erst als das erledigt war, setzten wir uns zu den Mädchen, um Tee und Sekt zu trinken. Es ging bereits auf Mitternacht. Unsere beiden Gefährtinnen nickten vor Langeweile und Müdigkeit fast ein. Tamara wollte sich sogar davonstehlen. Aber Swetlow wandte einen ganz einfachen Trick an, um mit diesem Problem fertig zu werden: Er legte seinen offiziellen Ausweis vor sie auf den Tisch, ein rotes Büchlein, auf das mit goldenen Buchstaben die Worte geprägt waren »Kriminalpolizei, Innenministerium der UdSSR«. Innen stand »Hauptmann der Miliz Marat Alexejewitsch Swetlow, Leiter der Dritten Abteilung«.

»Zeugin Tamara«, sagte er. »Das werden wir verhindern. Nicht wegen deiner schönen Beine, sondern in Verbindung mit einer wichtigen Staatsangelegenheit. Sitz still und hör auf zu stöhnen. Wir möchten, daß du in einer halben Stunde einen Bericht über unsere Untersuchung dieser Wohnung unterschreibst. Dann fahren wir dich nach Hause. Alles klar?«

Meiner Meinung nach machte das einen wesentlich stärkeren Eindruck, als es jeder noch so massive Flirtversuch, jede Schmeichelei vermocht hätten.

»Und wohin geht ihr dann?« erkundigte sie sich.

»Zunächst mal werden wir diese Dinge hier zum Institut für gerichtliche Analysen bringen, um sie untersuchen zu lassen«, sagte ich. »Und dann wird Marat mit zu mir kommen. Wir haben noch einiges zu besprechen.«

Marat sah mich überrascht an. Offenbar hatte er vorgehabt, nach Hause zu gehen.

»Ich werde mit deiner Frau sprechen«, fügte ich daher hinzu. »Ich brauche jetzt wirklich deine Hilfe.«

»Vielleicht könnte ich nachher auch noch in deine Wohnung kommen«, erklärte Tamara. Und da wußte ich, daß Swetlow mich unter keinen Umständen verlassen würde – zumindest nicht heute nacht.

In derselben Nacht

»Wer die Blutspuren beseitigt und den Vorleger entfernt hat, der hat auch deinen Zwigun getötet«, bemerkte Swetlow.

»Und dann noch durchs Fenster geschossen?« erkundigte ich mich ironisch.

»Keine Ahnung. Aber wenn es kein Selbstmord war, muß es Mord gewesen sein. Eine Alternative gibt es nun mal nicht...«

»Sehr überzeugend«, stellte ich fest.

»Wart mal. Wir wollen eine Hypothese aufstellen. A) Die Unterredung mit Suslow und die Tatsache, daß man ihn der Korruption beschuldigt hat, sind doch ein idealer Deckmantel für die Inszenierung eines Selbstmords, nicht wahr? B) Zwigun kam von Suslow. Er wurde um die Ecke gebracht, und sie haben es so gedreht, daß es wie Selbstmord aussieht. C) Suslow legt sich ins Krankenhaus, um alle glauben zu lassen, er habe mit der ganzen Sache nichts zu tun.«

»Aber warum dann der Schuß durchs Fenster?« beharrte ich. »Und woher sollten sie wissen, daß er weder nach Hause zu seiner Frau noch zurück ins Büro geht, sondern hierher kommt und in die Falle tappt?«

»Keine Ahnung ... Aber wenn es Selbstmord war, warum dann die zweite Kugel?« beharrte nun wiederum Swetlow.

Unsere Unterhaltung fand um 2.30 Uhr morgens in meiner Einzimmerwohnung in der Nähe der Metrostation Flughafen statt. Marat und ich hockten auf der Toilette. Der Leser möge dieses allzu menschliche Detail verzeihen, aber die erschöpften Mädchen waren schnell eingeschlafen – Nina auf einer Matratze, die ich auf den Küchenboden gelegt hatte, und Tamara in meinem Bett, das Nina und ich ihr abgetreten hatten. Fast überflüssig zu sagen, daß Swetlows Frau mir natürlich kein Wort geglaubt hatte, als ich telefonisch versuchte, sie von der Dringlichkeit und der Bedeutung unserer Arbeit zu überzeugen. Ich hatte mehrere Anläufe genommen, aber beim dritten Anruf hatte sie einfach den Hörer neben den Apparat gelegt.

»Mach dir nichts draus«, sagte Swetlow. »Sie wird ihre Meinung nicht ändern, egal, wie oft du noch anrufst.«

Gegen zwei Uhr waren die Mädchen schlafen gegangen, während Marat und ich uns im Bad eingeschlossen hatten. Wir rauchten eine Zigarette nach der anderen und diskutierten die möglichen Versionen von Zwiguns Tod.

»Und wenn es ganz einfach ein Einbrecher war, der ihn ausgeschaltet hat, oder ein westlicher Geheimagent?« mutmaßte ich.

»Glaubst du das wirklich?« fragte Swetlow. »Warum sollte das ausgerechnet an dem Tag passieren, an dem Zwigun eine Auseinandersetzung mit Suslow hatte?«

»Das weiß ich auch nicht«, seufzte ich. »Aber wir müssen nun mal alle Möglichkeiten in Betracht ziehen. Es ist zu schade, daß das Institut für gerichtliche Analysen morgen nicht arbeitet. Wir werden also nicht vor Montag erfahren, ob Zwigun durchs Fenster geschossen hat oder ein anderer ...«

Ich hole aus meiner Tasche ein paar dieser Standardformulare, die ich vor etwa einer Stunde ausgefüllt hatte, als Swetlow und Tamara mit weniger prosaischen Dingen beschäftigt gewesen waren. Eines war ein ausgeklügelter Plan meines Vorgehens. Er enthielt einfach alles: Exhumierung der Leiche, graphologische

Analyse des Abschiedsbriefs, gerichtsmedizinische und ballistische Untersuchung der beiden Kugeln, Befragung aller Verwandten, Freunde und Kollegen Zwiguns einschließlich Suslows, Andropows und Kurbanows. Ich hatte sogar verschiedene Rubriken geschaffen mit Überschriften wie: Denkbare Mordmotive; Zugangsmöglichkeiten zur Wohnung; Benutzte Waffen; Untersuchung der Kleidung des Toten und so weiter.

Swetlow stieß einen Pfiff aus. »Wann hast du das denn gemacht?«

»Während du Tamara gebumst hast«, erwiderte ich.

Er studierte den Plan, nickte hier, schüttelte da den Kopf. Ich konnte mir ein Lachen nicht verkneifen, während ich ihn beobachtete. Er wußte noch nicht, warum ich es so eilig gehabt hatte, einen Plan aufzustellen. Er wirkte wie ein Professor, der die Arbeit eines seiner Studenten im ersten Semester begutachtet. Dabei war es nicht das erste Mal, daß wir zusammenarbeiteten; wir kannten einander mehr als zwanzig Jahre. Jeder von uns war allerdings davon überzeugt, besser als der andere zu sein, obwohl wir das natürlich nie zugeben würden. Meiner Überzeugung nach besaßen die Leute von der Kriminalpolizei einfach nicht die nötige Vorstellungskraft, die gesellschaftlichen Verästelungen eines Falles zu erkennen. Mit einem Wort, ihnen fehlte jeder Sinn fürs Kriminologische. Marat seinerseits war fest davon überzeugt, daß es uns an der Fähigkeit mangelte, aus der Masse der Fakten und Details die Spreu vom Weizen zu sondern, den Schlüssel zu finden, der direkt zum Täter führte. Mit einem Wort, uns fehlte es entschieden an Spürsinn. Mitunter kam ich mir vor wie bei einer Prüfung, und aus den Bemerkungen, mit denen er meinen Plan bedachte (»Was soll das?« – »Überflüssig!«), schloß ich, daß ich nicht sehr gut abgeschnitten hatte.

»Keine Sorge, alter Junge. Dein Plan wird schon klappen«, meinte er herablassend. »Aber deinen Zeitplan wirst du mit Sicherheit nicht einhalten können, fürchte ich.«

»Allein selbstverständlich nicht«, räumte ich ein. »Aber wenn du mir hilfst, wäre es zu schaffen.«

»Ich?« fragte er verdutzt.

»Am Montag werde ich deinen Chef fragen, ob er dich nicht mit deiner ganzen Gruppe mir überstellen kann.«

»O nein! Ich will damit absolut nichts zu tun haben«, sagte er und stand entschlossen auf. »Zunächst einmal werden sie deinem Plan gar nicht zustimmen. Schließlich bin ich bereits an Malenina und das Betrugsdezernat ausgeliehen. Und außerdem habe ich nicht die geringste Lust, mir an dieser Sache die Finger zu verbrennen. Ich greife dir gern mal mit ein paar Ratschlägen unter die Arme, besonders wenn Nina noch mehr solche Freundinnen hat. Aber mich offiziell um diesen Fall kümmern – nein, danke! Ich habe Familie und möchte noch eine Weile leben. Mich mit Suslow und Andropow anlegen? Nie! Du machst wohl Scherze!«

Ein Geräusch ließ uns herumfahren. Swetlow öffnete die Tür. Da stand Tamara, halbnackt unter meinem Bademantel.

»Was zum Teufel geht denn hier vor?« fragte sie, ungeduldig die Beine zusammenkneifend. »Ich denke, die Toilette ist besetzt, und da sitzt ihr und – raucht!«

3

Sonnabend – ein »arbeitsfreier« Tag

Sonnabend, 23. Januar, 10 Uhr
Es schneite noch immer. Dicke weiße Flocken verwischten die Umrisse von Bäumen und Häusern. Die Straßen waren verlassen, bis auf ein paar Trunkenbolde, die vor Wein- und Wodkaläden herumlungerten und darauf warteten, daß sie geöffnet würden. In der Metro ging es dafür um so lebhafter zu. Junge gutgelaunte Leute in Skianzügen aus Wolle oder Flanell waren auf dem Weg zum Bjelorusskij- oder Sawelowskij-Bahnhof, um von dort aus in die verschneiten Wälder vor Moskau zu fahren. Sie verschwendeten mit Sicherheit keinen einzigen Gedanken an Zwigun, Suslow oder Breschnew. Sie lebten ihr eigenes Leben, Ski laufend, lachend, durch Schneewehen stapfend und frostige Lippen küssend. Sie ahnten nicht, daß sich in diesen Tagen vielleicht das Schicksal ihrer Regierung entschied – und damit auch ihr eigenes.

Das wußte ich allerdings an diesem Sonnabendmorgen ebenfalls noch nicht. Während Nina, Tamara und Swetlow noch schliefen, war ich leise aus meiner Wohnung geschlüpft und hatte mich auf den Weg zur Generalstaatsanwaltschaft gemacht, um in der Stille meines Büros weiter an meinem Plan zu feilen.

Auch in der Staatsanwaltschaft herrschte Sonnabendruhe. Die Türen waren verschlossen, die Flure mit ihren Velourläufern blankgefegt. Nur im vierten Stock, in Baklanows Büro, klapperte eine Schreibmaschine. Wir waren befreundet, also öffnete ich die Tür, ohne vorher anzuklopfen. Und da hatte ich das Gefühl, daß Nikolai Baklanow, mein Freund und Kollege, so überrascht war, daß er leicht zusammenfuhr. Er hatte sich aber schnell wieder im Griff und sagte: »Oh, du bist's. Grüß dich. Hast du den neuen Fall in der Tasche? Ich habe schon viel davon gehört! Wie läuft's denn so?« Mit einer scheinbar absichtslosen Bewegung bedeckte er rasch ein paar maschinegeschriebene Bögen mit einem Hefter.

»Ich beiße mich durch«, erwiderte ich. »Und wie geht's bei dir?«

Als ich vor etwa acht Jahren zur Generalstaatsanwaltschaft kam, war Baklanow – groß, hager, gut über Vierzig – bereits eine der führenden Figuren, ein erfahrener Ermittler für Sonderfälle. Es hatte ihm Freude gemacht, mir die notwendigen Kniffe und Tricks beizubringen, meist und besonders gern bei einem Glas Bier in der Kneipe in der Stoleschnikow-Gasse. Aber in den letzten Jahren hatte ich aufgeholt und war wohl inzwischen genauso weit wie er, auch was die Bedeutung der von uns bearbeiteten Fälle anging. Und obwohl ich Baklanow immer noch für qualifizierter hielt als mich, gingen wir aus irgendeinem Grund seltener zusammen in die Kneipe und sprachen auch kaum noch über unsere Fälle.

Wahrscheinlich sagte er jetzt auch deshalb: »Bei mir? Oh, der übliche Routinekram.« Er steckte eine Zigarette in seine Bernsteinspitze.

»Routinekram!« Ich lachte. »Laut Karakos warst du es, der die ganze ›Kaskade‹-Affäre ins Rollen gebracht hat.«

Damit übertrieb ich natürlich ein bißchen, aber ich wollte ihn aus der Reserve locken. Dennoch lehnte er sich nur in seinem Sessel zurück und meinte trocken: »Ich? Ich habe überhaupt nichts ins Rollen gebracht. Das Betrugsdezernat hat mich angefordert, das ist alles. Und Karakos mit seinen Gerüchten...«

Das Telefon unterbrach ihn, und er nahm den Hörer ab. »Baklanow... Guten Morgen, Nadjeschda Pawlowna... Hm...« Er sah mich an. »Kann ich Sie in fünf Minuten zurückrufen? Sind Sie zu Hause, oder?... Nein, ich bin fertig damit, aber... Ja, Sie vermuten richtig. Ich rufe Sie in fünf Minuten wieder an.« Er legte den Hörer auf die Gabel und starrte mich schweigend an. Offensichtlich wartete er darauf, daß ich mich endlich dazu bequemte, sein Büro wieder zu verlassen.

»War das Nadjeschda Malenina?« erkundigte ich mich.

»Ja«, erwiderte er zurückhaltend. »Warum?«

»Ich muß sie aufsuchen. Ist sie zu Hause oder im Betrugsdezernat?«

»Sie ist im Büro. Was willst du denn von ihr?«

»Oh, nichts Besonderes...« Ich lachte. »Nur den üblichen

Routinekram...« Ich machte mich auf den Weg, hatte die Türklinke bereits in der Hand.

Plötzlich stand Baklanow auf. »Igor, ich möchte dir was sagen. Es wäre wahrscheinlich besser, so etwas in der Kneipe zu bereden, aber dafür ist jetzt keine Zeit. Hör zu. Man hat dir diesen Fall aufgehalst. Er ist nichts für dich. Nun sei doch nicht gleich eingeschnappt. Du wirst dich umsonst abstrampeln. Und das hast du doch gar nicht nötig, glaub mir.«

»Warum?«

»Alter Junge, alles kann ich dir nun wirklich nicht erzählen«, erwiderte er. »Aber ich will nur dein Bestes, das weißt du genau. Als Freund rate ich dir: Melde dich krank, versuche, diesen Fall loszuwerden. Und wenn es nur für eine Woche ist. Fahr in irgendeinen Kurort. Wenn du willst, kümmere ich mich darum. Nimm ein Mädchen mit, auch drei, wenn es dir Spaß macht! Und in zehn Tagen sieht alles anders aus, glaub mir...«

»Was soll sich denn dann geändert haben?«

»Hör auf, mich auszufragen. Glaub mir einfach – und laß die Finger von dieser Angelegenheit.«

»Kolja, wir kennen uns sehr gut«, sagte ich betont ruhig. »In zehn Tagen findet eine Sitzung des Politbüros statt. Denkst du daran, wenn du sagst, daß sich etwas verändern wird?«

»Du kannst es nicht lassen, was?« Leicht verärgert schüttelte er den Kopf. »Dieses ständige Mißtrauen! Setz dich und laß uns darüber sprechen. Ich habe wirklich keine Zeit dafür, aber...«

Ich setzte mich nicht, sondern blieb neben der Tür stehen. Baklanow kam um den Schreibtisch herum und schloß die Tür.

»Igor«, sagte er leise, »ich hab's in all den Jahren gut mit dir gemeint.«

»Ja«, sagte ich, denn es war die Wahrheit.

»Hör zu. Wo, wann und was sich ändern wird«, begann er mit Nachdruck, »werde ich dir keineswegs sagen. Aber nimm meinen Rat an: Verbeiß dich nicht zu sehr in diesen Fall. Schließlich zwingt dich niemand dazu, dir ein Bein auszureißen. Geh es sachte an... Verstehst du?«

Ich schwieg.

Er schien auch gar keine Antwort zu erwarten, denn er fuhr bereits fort: »Ich will es kurz machen: Denk auch an die Zukunft. Alles kann sich ändern, und wir brauchen nun mal Leute wie dich.«

»Hast du einen Ministerposten für mich in Aussicht, Kolja?«
»Idiot!« sagte er traurig. »Ich rate dir das nur als Freund...«
»Als Freund...? Willst du mich etwa dazu bringen, einen
...Mord zu vertuschen?«

Eine ganze Weile blickte er mir in die Augen. Es war so still, daß es mir vorkam, als seien wir beide die einzigen Menschen im großen schneeverwehten Moskau.

Dann drehte er sich um, ging hinter den Schreibtisch, setzte sich auf seinen Sessel und sagte fast gleichgültig: »Tut mir leid, Junge. Tu einfach so, als hätte diese Unterhaltung nie stattgefunden.«

Ich zuckte die Achseln und griff wieder nach der Klinke.

»Aber vergiß nicht«, hörte ich hinter meinem Rücken, »sollten sich unsere Wege kreuzen...«

»Was dann?« Ich drehte mich in der Tür um.

Er sah mir in die Augen, zeigte lächelnd nikotinverfärbte Zähne und sagte: »Dann werden wir sehen... Entschuldige, ich habe zu tun.«

Ich schloß hinter mir die Tür. Da hatte mir Baklanow eben stillschweigend bestätigt, daß Zwigun ermordet worden war, und mich gleichzeitig zu einem beruflichen Wettstreit herausgefordert. Wenn das so war, würde ich es ohne Swetlow nicht schaffen.

Ich ging in den dritten Stock hinunter und sagte zum Staatsanwalt vom Dienst: »Ich brauche ein Auto. Für den ganzen Tag.«

Und während er mit dem Fuhrpark wegen eines Wagens telefonierte, setzte ich mich an die Schreibmaschine und tippte auf Bogen mit Kopf der Generalstaatsanwaltschaft zwei kurze Dienstschreiben herunter: eine Anfrage an die Moskauer Kriminalpolizei über sämtliche Verbrechen, die am 19. Januar in dem Gebiet von Moskau begangen wurden, und einen Brief an den Chef des Hauptpostamts Moskau, in dem ich ihn aufforderte, sämtliche für Semjon Kusmitsch Zwigun bestimmte Briefe und Telegramme, egal ob sie an seine Dienst- oder seine Privatadresse gerichtet waren, an die Generalstaatsanwaltschaft der UdSSR zu Händen von Chefinspektor Schamrajew zu übermitteln. Das waren die rein formalen ersten Schritte eines Ermittlers; vor allem die Beschlagnahme von Korrespondenz wurde zu Beginn jedes Untersuchungsverfahrens angeordnet.

Ich setzte meine Unterschrift unter diese Schreiben, legte sie dem Staatsanwalt auf den Tisch und bat ihn, beide Briefe noch am selben Tag durch Boten zustellen zu lassen.

»Wird gemacht«, sagte er. »Ihr Wagen wartet unten. MOS 16–54. Der Fahrer ist Sascha Lunin. Sie kennen ihn.«

10.35 Uhr
Es war lange her, seit ich das letzte Mal eine solche Hektik erlebt hatte, wie sie an diesem Sonnabendmorgen im Direktorium zur Bekämpfung von Unterschlagung sozialistischen Eigentums (dem Betrugsdezernat) herrschte. Es ist in einem alten grünen freistehenden Haus an der Sadowo-Sucharewskaja-Straße untergebracht, dessen Tanz- und Gesellschaftsräume seit langem in Büros umfunktioniert worden sind. In allen fünf Etagen herrschte fieberhafte und geräuschvolle Arbeitsatmosphäre. Inspektoren, Oberinspektoren, Sonderinspektoren und Milizinspektoren verhörten in ihren Büros die Personen, die im Rahmen des »Unternehmen Kaskade« festgenommen worden waren: anrüchige Händler aus Moskau, dem Kaukasus und Zentralasien, amtsenthobene Direktoren großer Handelsorganisationen, Weingüter, Fleisch- und Molkerei-Kombinate und Geschäfte. Wohlbeleibte Georgier, bleiche, sommersprossige Leute aus den baltischen Staaten und Moskauer Könige der illegalen Wirtschaft standen oder saßen in ihren Lammfellmänteln herum und warteten darauf, daß sie an der Reihe waren, verhört zu werden. Angehörige des Sonderregiments der Miliz, die zu ihrer Begleitung abkommandiert waren, rauchten und scherzten an den offenen Fenstern und auf den Treppen.

Ich ging hinauf in den zweiten Stock, um Oberst Malenina, dem stellvertretenden Leiter des Betrugsdezernat, meine Aufwartung zu machen, aber ein flott gekleideter Inspektor, Sascha Sychow, ein Schüler von mir, der vor etwa fünf Jahren sein Praktikum bei mir absolviert hatte, steckte seinen Kopf aus ihrer Tür und sagte: »Oh, guten Tag. Wollen Sie zu Nadjeschda Pawlowna?«

»Ja.«

»Sie ist nicht da.«

Ich deutete mit dem Kopf in Richtung der halbgeöffneten Bürotür. »Wer ist denn da drin?«

»Ich verhöre gerade einen weiteren Georgier, den Leiter der Handelsorganisation von Sotschi. Er hat mir übrigens erzählt, daß

Sie ihn von Adler heraufgebracht haben. Vielen Dank, er erweist sich als überaus hilfreich.«

»Was ist hier eigentlich los? Warum die Panik?«

»Schrecklich, nicht? Erinnern Sie mich bloß nicht daran!« Sascha lächelte. »›Unternehmen Kaskade‹! Schon was davon gehört?«

»Andeutungsweise.« Ich lächelte auch.

»Wissen Sie denn, wie der Name zustande gekommen ist? Eine Lampenfabrik in den Randbezirken hat doch diese modernen Leuchter mit Dreistufenschaltung produziert; sie haben sie Kaskade genannt – der Traum jeder Hausfrau. Auch meine Frau liegt mir dauernd deswegen in den Ohren. Aber was soll man machen? Die gesamte Produktion verschwand spurlos. Und Buchprüfung? Keine Chance! Man konnte einfach nicht an die Fabrik heran. Der Direktor war ein Neffe von Zwigun. Aber vor zehn Tagen hat Malenina das Startzeichen gegeben, und der Laden ist aufgeflogen! Wir haben uns den Neffen und Hunderte anderer gegriffen – wir räumen mit der Korruption auf, genau, wie Sie es uns beigebracht haben...«

Ich lächelte wieder. Da war sie, die Ironie des Schicksals. General Zwiguns Leben war unter einem Kaskade-Leuchter ausgeknipst worden, der mit seiner Protektion von seinem eigenen Neffen hergestellt worden war. Wunderbar sind die Wege des Herrn – heißt es nicht so?

»Aber warum diese Hektik? Am Sonnabend Verhöre? Verstößt das nicht gegen die Bestimmungen?« fragte ich den mitteilsamen Sascha.

»Oh, wer hat denn Zeit, sich um derartige Formalitäten zu kümmern? Schließlich sind wir dabei, einen wahren Augiasstall auszumisten. Wir bringen es auf hundert Verhaftungen am Tag! Das ganze Innenministerium ist auf den Beinen!«

»Auch das Institut für gerichtliche Analysen?«

»Aber sicher! Sie stecken bis an den Hals in Arbeit – fahren zwei Schichten. Freie Tage sind gestrichen.«

»Und wo ist Malenina?«

»Sie ist im neuen Haus, an der Ogarjow-Straße, neben dem Zentralen Telegrafenamt. Soll ich Sie zu ihr durchstellen? Wir haben eine Direktverbindung.«

»Nein, vielen Dank. Ich gehe lieber persönlich bei ihr vorbei.«

»Wie Sie wollen. Bis dann.« Sascha Sychow rannte bereits über den Flur in ein anderes Büro. Ich konnte seine junge, gereizte Stimme hören: »Tanja, ich warte schon eine Stunde auf das Tonbandgerät! So kann man doch nicht arbeiten – ein Tonbandgerät für drei Ermittler! Und das im elektronischen Zeitalter!«

Ich ging hinunter zu meinem Auto und sagte zum Fahrer: »Ogarjow-Straße.«

Wir bogen nach links in die Petrowka-Straße ein und passierten nach einer halben Minute das berühmte Haus Nr. 38, wo die legendäre Moskauer Miliz-Kriminalpolizei ihren Sitz hat. Auch sie schien für einen Sonnabendmorgen ungewöhnlich lebhaft: etwa acht brandneue westdeutsche Mercedes-Polizeiwagen in der Farbe unserer Miliz, Wolgas mit frisierten Motoren, Milizinspektoren mit Hunden und Agenten in Zivil.

»Ist denn irgendwas Besonderes in Moskau los?« wollte mein Fahrer wissen. Ich zuckte die Achseln. Moskau sah genauso aus wie immer – der Schnee fiel gleichmäßig und friedlich.

11.10 Uhr
Jeder kennt das Zentrale Moskauer Telegrafenamt an der Gorki-Straße. Gleich hinter dem Telegrafenamt, an der ruhigen, kurzen Ogarjow-Straße, steht ein siebenstöckiges sandfarbenes Gebäude – ebenfalls berühmt: das Innenministerium der UdSSR (MWD). Lastwagen dürfen hier nicht passieren, und jedes andere Auto, das durch diese Straße fährt, wird scharf von den Milizsoldaten überwacht, die vor dem Gebäude patrouillieren, und obendrein von fünf oder sechs Agenten in Zivil, die pflichtbewußt zu beiden Seiten der Straße auf und ab marschieren. Kein Privatwagen darf hier halten. Sollte es doch einer wagen, würde sofort ein Posten auf ihn zustürmen und mit scharfer Stimme fragen: »Was gibt's? Weiterfahren! Beeilen!« Wozu das alles? Selbst das KGB-Gebäude an der Lubjanka wird nicht so streng bewacht.

Wenn ich ganz ehrlich bin, habe ich all dem nie besondere Bedeutung beigemessen. Wenn Schtscholokow, der Innenminister, seine Macht zeigen will – bitte sehr. Das Ministerium hat die Lücke zwischen sich und dem Telegrafenamt mit einem schmalen, modern wirkenden neunstöckigen Neubau gefüllt, der nur wenige Blicke auf sich zieht und nicht einmal ein Schild trägt, so daß man ihn durchaus für einen neuen Flügel des Telegrafenamts halten könnte – zum Glück für sie! Welches Ministerium dehnt sich heutzutage nicht aus? Jeder Schreiberling will doch in seinem eigenen Büro sitzen, und es werden ihrer immer mehr – besonders im Innenministerium. Aber an diesem Morgen erkannte ich, daß der ganze Aufwand überhaupt nichts mit Schtscholokows Ehrgeiz zu tun hatte. Unser schwarzer Wolga mit seinem MOS-Nummernschild, dem Kennzeichen der Regierungslimousinen, hielt neben dem Milizionär, der auf dem Bürgersteig patrouillierte. Ich reichte ihm die Papiere, die mich als Untersuchungsbeamten der Generalstaatsanwaltschaft auswiesen. Er verglich die Fotografie auf dem Ausweis mit meinem Gesicht und bedeutete uns dann weiterzufahren.

Der Schnee vor dem Eingang zu dem neuen Gebäude war mit Reifenspuren geradezu übersät. Ein weiterer Wolga fuhr hinter uns vor, und vor dem Eingang standen zwei Mercedeswagen der Miliz, ein Schiguli, zwei Fahrzeuge mit der Aufschrift »Reparaturen« sowie ein Fleisch-und-Milch-Lieferwagen. In jedem Wagen saßen ein Fahrer in Zivil, dazu Milizangehörige in Zivil – genau wie zu Zeiten wirklich heißer Ereignisse. »Kaskade«, dachte ich. Sie haben doch tatsächlich alle Register gezogen.

Ich ging an den Autos vorbei, nickte einem Agenten zu, den ich kannte, und zeigte wieder meinen Ausweis – diesmal dem diensthabenden Hauptmann der Miliz.

»Wohin wollen Sie?« fragte er.

»Zu Malenina«, erwiderte ich.

»Haben Sie einen Passierschein beantragt?« erkundigte er sich.

»Ich?« fragte ich verblüfft. »Ich bin Chefinspektor für Sonderfälle.«

»Einen Moment.« Er griff zum Telefon und sagte in die Muschel: »Jemand von der Generalstaatsanwaltschaft will zu Oberst Malenina...« Er wartete die Antwort ab und fragte mich dann: »Kommen Sie vom Genossen Baklanow?«

»Ja«, log ich unverfroren. Von Baklanow? Auch gut. Was machte das schon für einen Unterschied?

»Im zweiten Stock, bitte«, sagte er und gab mir meinen Ausweis zurück. »Ihren Mantel können Sie in der Garderobe lassen.«

Ich ging dorthin und hängte meinen abgetragenen Mantel an einen Haken. Jetzt, in der Uniform eines Justizoberrats, unterschied ich mich kaum noch von den anderen Militärs, die durchs

Vestibül hasteten. Ja, hier hatten sie sich wirklich gut einquartiert, dachte ich und betrachtete die hohen Bogenfenster, die bis in den ersten Stock hinaufreichten, die Marmorverkleidung an den Wänden, die dicken, weichen Teppiche auf den Fluren und den geräuschlosen Aufzug mit dem Schildchen »Made in Germany«. Kein Vergleich mit unserer heruntergekommenen, schäbigen Staatsanwaltschaft! Aber schon im nächsten Augenblick war meine – zugegebenermaßen – neidische Neugier verflogen.

Auf dem hellen, leeren Flur des ersten Stockwerks hörte ich deutlich die gebieterische, leicht heisere Stimme von Nadjeschda Pawlowna Malenina: »Was zum Teufel ist denn mit dem Ton los? Gurjewitsch, ich reiß dir die Eier ab! Stell den Ton sofort wieder ein!«

Aha, dachte ich amüsiert, Nadja Malenina, wie sie leibt und lebt! Das Fluchen steht nicht allen Frauen, und ich persönlich bin der Ansicht, es steht keiner, aber diese achtunddreißigjährige Blondine mit der herrlichen Figur, ehemalige Meisterin im Kunstturnen, Frau eines Professors an der Militärakademie des Generalstabs, Oberst der Miliz Nadjeschda Malenina, hatte mir bereits mehr als einmal gesagt, daß es ihr ausgesprochen Spaß mache zu fluchen und sich in der blauen Uniform eines Obersten zu zeigen (die hervorragend zu ihren blauen Augen, ihrer weißen Haut und den leicht rötlichen Haaren paßte). Aber mehr als alles andere machte es ihr Spaß, offen und lautstark am System herumzukritteln, an der Korruption in den Ministerien und dem unzulänglichen System der Kolchosen – also an all dem, worüber unsereins nur zu Haus mit den engsten Freunden, und sogar dann erst nach der dritten Flasche Wodka, hinter vorgehaltener Hand redet. Aber als Frau eines Generals und als stellvertretender Leiter des Betrugsdezernats konnte sie sich das erlauben.

»Hast du mich verstanden, Gurjewitsch? Verdammt noch mal!« Ihre Stimme hallte im ganzen Korridor wider.

»Nadjeschda Pawlowna, ich... Genosse Oberst, ich dachte... es ist nur... Schließlich ist sie die Tochter von Leonid Iljitsch...« kam es leicht verzerrt über die Ätherwellen. Offensichtlich war dieser Gurjewitsch mehr als peinlich berührt.

Oho! Breschnews Tochter? Das war ja höchst interessant! Ich näherte mich der offenen Tür und stellte fest, daß sich dahinter gar kein Büro befand. Es war ein Vorraum, ähnlich dem bei der

Moskauer Kriminalpolizei, nur wesentlich moderner ausgestattet
– TV-Monitore, Tonbandgeräte, Videorecorder, Abhöreinrichtungen für größere Entfernungen... Malenina stand mit dem Rücken zu mir; sie konzentrierte sich ganz auf das Empfangsgerät in der Mitte. Neben ihr standen drei Generäle und zwei Obersten, während ein Hauptmann vom Technischen Dienst auf einem Drehstuhl hockte, neben sich weitere Angehörige des technischen Personals an kleineren Bildschirmen.

»Es geht dich nichts an, wessen Tochter sie ist, Gurjewitsch!« rief Malenina wütend ins Mikrofon. »Ton!«

»Ja, Genosse Oberst«, erwiderte die Stimme des bedauernswerten Gurjewitsch. Sogleich war heftiges Atmen und weibliches Stöhnen zu vernehmen. Dann die Stimme einer Frau: »Mehr!...«

»Und warum kannst du Giwi nicht helfen?« fragte ein weicher, angenehmer Bariton.

»Hör auf damit! Ich hab's dir doch erklärt!«

»Wann hat sie das gesagt?« rief Malenina. »Gurjewitsch! Die Stelle hast du verpaßt! Ich werde dir die Hammelbeine langziehen! Wir werden diese dreckigen Juden aus den Geheimdiensten jagen, Genosse Minister, wir werden sie hinausjagen!«

Die Generäle wandten sich Malenina zu, und ich erkannte General Nikolai Schtscholokow, den Innenminister der UdSSR, und Generalmajor Alexej Krasnow, den neuen Geheimdienstchef des Innenministeriums, Nachfolger des in Afghanistan gestorbenen Paputin.

»Nein!« sagte die weibliche Stimme plötzlich und begann zu schluchzen. »Ich kann nicht! Ich kann nicht!... Ich bin alt! Ich bin zu alt!«

»Hör auf zu schreien«, sagte der Bariton. »Es ist peinlich. Schließlich sind Gäste da.«

»Zum Teufel mit deinen Gästen. Sollen sie doch abhauen und sich aufhängen«, schrie die Frauenstimme. »Ich bin am Ende! Am Ende! Ich bin schon Großmutter! Eine alte Frau!...«

»Hör auf. Hör doch auf«, mahnte die Stimme des Mannes. »Du bist heute nur nicht in Form. Komm morgen wieder. Aber bring Giwis Diamanten mit, wenn du sonst nichts für ihn tun kannst.«

»Alles, woran du denkst, sind die Diamanten«, fuhr die Frau hoch. »Da! Da hast du sie, deine verdammten Klunker!«

Man konnte hören, wie etwas zu Boden fiel.

»Hure!« kommentierte Malenina. »Sie schmeißt mit Diamanten um sich!«
»Warte! Hör auf«, begann die sanfte Baritonstimme wieder. »Was sollen denn all diese Ohrringe und Armbänder? Komm, ich wisch dir die Tränen ab. So, du Dummchen. Ich bitte doch nicht für mich selbst. Ich weiß doch, daß man für Giwi nichts tun konnte, solange Zwigun da war. Da hätten alle Diamanten der Welt nicht geholfen. Aber jetzt...«
»Sie will sie mir nicht wiedergeben«, klagte die Frauenstimme.
»Wer?«
»Irka Bugrimowa«, schluchzte die Frauenstimme. »Sie hat versprochen, daß sie ihren Freier dazu bringt, euren Giwi freizulassen. Aber er hat sich geweigert. Er hatte Angst vor Zwigun.«
»Zwigun ist jetzt tot...«
»Ich weiß trotzdem nicht, was man tun könnte... Laß ihn doch noch ein bißchen warten.«
»Er wartet bereits seit drei Jahren... Aber gut, *ich* weiß, was zu tun ist«, sagte der Mann entschlossen. »Ich werde die Diamanten selber holen und sie Tschurbanow zurückgeben. Dann ist alles in Ordnung...«
»Jurij wird sie nicht nehmen«, sagte die Frauenstimme. »Er spielt jetzt den Heiligen.«
»Wir werden sehen. Niemand lehnt Diamanten einfach so ab. Aber laß uns jetzt gehen, sonst sind die Gäste noch beleidigt. Komm schon, ich sing dir auch dein Lieblingslied. – ›Ich fuhr nach Haus‹, sang der Bariton, ›und dachte an dich. Mein ängstliches Herz war mal verzagt, dann wieder voll stürmischer Liebe...‹«
»Zum Teufel damit!« rief Malenina verärgert. »Seine Lieder gehen mir wirklich auf die Nerven. Es wird Zeit, daß wir uns diesen Zigeuner holen. Und wenn wir ihn haben, fängt sie garantiert an zu singen. Sie wird sogar ihren Vater verraten...«
Ich bewegte mich für alle Fälle ein paar Schritte von der Tür fort auf das Fenster zu, sicher war sicher. Es wäre bestimmt besser gewesen, wenn ich nie in die Nähe dieser Tür gekommen wäre. Ich hätte zu Hause bei Nina bleiben sollen. Ich hätte Sotschi nicht verlassen dürfen, hätte dort bleiben müssen, als Pförtner, Wächter, Bademeister – was auch immer. Karakos hatte recht – darum ging es bei »Kaskade« wirklich! Nicht um Schieber, die sie zur Zeit gleich dutzendweise verhafteten, nicht um die Korruption und die

Sauberkeit der sowjetischen Wirtschaft! »Kaskade« – das waren Zwigun, Galja Breschnewa, und wer würde als nächster dran sein? Sie verhörten diese Schieber und Unterwelt-Gangster nur deshalb, weil sie kompromittierende Informationen über Breschnews Familie erhalten wollten. »Wir werden diese dreckigen Juden aus den Geheimdiensten jagen!« hatte Malenina gesagt. Du Schlampe, dachte ich, bist du es denn nicht gewesen, die mich letzten Sommer zu einer gemeinsamen Dienstreise nach Alma Ata überreden wollte und mir ganz offen ein Abteil für zwei im Moskau-Peking-Expreß angeboten hat?

Meine Erinnerungen wurden durch Maleninas erregte Stimme unterbrochen. »Unmöglich, daß sie nichts von diesen Tonbändern gewußt hat! Ich lasse diese Hure nicht mehr aus den Augen.« Etwa sechs Schritte vor mir brach ihre Stimme plötzlich ab. Ich wandte mich um und sah in ihr bleiches, erregtes Gesicht. »Igor?«

Sie war in Begleitung des Innenministers Schtscholokow und des Geheimdienstchefs des Innenministeriums Alexej Krasnow. Die drei begrüßten mich nicht einmal. Malenina sah zur Tür des Vorraums hin. Offenbar erwog sie in Gedanken die Entfernung und versuchte zu erraten, wieviel ich wohl mitbekommen haben konnte, während Krasnow, ein kleiner hinkender Kerl mit Stock, fauchte: »Wie sind Sie denn hereingekommen?«

Ich zuckte die Achseln. »Ich wollte Nadjeschda Pawlowna einen Besuch abstatten.«

»Und wie lange sind Sie schon hier?«

»Vielleicht eine halbe Minute...«

Offenbar brachte ich das unschuldig genug heraus – der mißtrauische Ausdruck wich von ihren Gesichtern. Schtscholokow und Krasnow gingen den Gang hinunter, während mich Malenina sofort beim Ellbogen packte und mit übertriebener Herzlichkeit sagte: »Igor! Laß uns in mein Büro gehen. Wir haben uns ja eine Ewigkeit nicht mehr gesehen! Wie geht es deinem Sohn? Und sonst?«

»Du hast jetzt auch hier ein Büro?«

»Wir sind eben auf dem Weg nach oben! Es ist höchste Zeit, diese Sauställe auszumisten. Ich hab gehört, du hast Urlaub im Süden gemacht. Manche Leute haben ein Glück!«

Wahrscheinlich redete sie diesen Unsinn nur, damit ich nichts weiter aus dem Überwachungsraum hören konnte. Immer noch meinen Ellbogen haltend und wie unabsichtlich meine Schulter mit ihren festen Brüsten berührend, führte sie mich den Korridor entlang zu einem Büro, dessen Tür kein Schild trug. Sie schloß es auf. Ja, das war eine Luxus-Suite! Ein Minister hätte es nicht besser treffen können. Ein Empfangsraum in karelischer Birke, mit herrlichen Möbeln und einem Schreibtisch für die Sekretärin. Dahinter befand sich das eigentliche Büro – mit riesigen Fenstern, die auf die Ogarjow-Straße hinausgingen, einem Kaskade-Kronleuchter über dem Schreibtisch, zwei Ledersofas, einem Barschrank in der Ecke und Perserteppichen auf dem Boden. Malenina wies mir einen Platz auf dem Sofa neben der Bar zu und goß französischen Cognac in zwei Kristallgläser.

»Auf die alten Zeiten! Du bist der einzige, mit dem ich es nicht getrieben habe, obwohl ich zugeben muß, daß es Augenblicke gab, wo ich große Lust darauf gehabt hätte! Glaubst du, daß ich älter geworden bin? Prost!«

Sie trank ihr Glas auf einen Zug aus und sah mir zu, wie ich an meinem nippte. »Du bist wohl keiner von uns«, kommentierte sie lächelnd und goß sich noch einmal ein. Dann knöpfte sie ihren Uniformrock auf und setzte sich dicht neben mich aufs Sofa. »Was ist denn los? Bist du kein richtiger Mann? Kannst du nicht trinken? Mit einer solchen Frau neben dir!«

Und die Frau war wirklich nicht ohne – kein Fältchen am Hals, und unter dem Uniformhemd volle Brüste ohne Büstenhalter.

Sie bemerkte meinen Blick und lachte erfreut auf. »Und meine Beine? Sieh mal!«

Ganz ungezwungen zog sie ihren Rock hoch, der ohnehin schon wesentlich kürzer war, als es den Bestimmungen entsprach, und streckte ein Bein im Lederstiefel vor. »Nun? Was hältst du davon? Laß uns noch ein Gläschen trinken. Aber nur, wenn du es auf einen Zug leerst!« Sie nahm meine Hand, legte sie auf ihre Brust und sah mich herausfordernd an.

»Hör mal«, sagte ich. »Ich bin eigentlich aus dienstlichen Gründen hier...«

Eine halbe Stunde später lag Malenina erschöpft auf dem Sofa, ihre Augen waren geschlossen, zwischen den Fingern hielt sie eine amerikanische Marlboro, die sie träge an die Lippen führte. Ihre Obersten-Uniform lag auf dem Fußboden – Hemd, Rock, Stiefel und Unterwäsche.

Ich zog mich an, trank meinen Cognac aus und zündete mir ebenfalls eine Zigarette an. Ich empfand keine Gewissensbisse. Es war sogar höchst befriedigend gewesen, es dieser Antisemitin richtig zu besorgen. Und dieses Rachegefühl hatte mir offenbar zusätzliche Energie verliehen, was auch ihr Vergnügen gesteigert hatte.

»Donnerwetter«, sagte sie, immer noch mit geschlossenen Augen. »Ein echter Mann. Gib mir ein Glas. Also, was wolltest du von mir?«

»Nadja, überlaß mir Swetlow.«

Sie schüttelte den Kopf. »Ich weiß, daß du deshalb gekommen bist. Hör mal, Baklanow hat es dir schon gesagt, und jetzt bitte ich dich auch, als Frau: Nimm dein Zirkusmädchen und verschwinde mit ihr für zehn Tage oder so. Na, wie wär's?« Und sie sah mich so flehend an, daß ich diesen blauen Augen fast erlegen wäre.

»Warum mußt du denn überall herumstochern«, fuhr sie fort, »und unbedingt herausfinden, weshalb sich Zwigun erschossen hat? Er hat sich erschossen – na und? Er war ohnehin ein Schwein, hat Millionen an Bestechungsgeldern kassiert. Das kann ich dir als Chef des Dezernats versichern.«

»Aber du bist doch noch gar nicht Chef.«

»Ich werde es bald sein«, sagte sie lässig. »Vielleicht sogar noch was Höheres. Aber darum geht's jetzt nicht. Diese Familie! Weder Fisch noch Fleisch. Sie haben Afghanistan versaut, sie haben Polen beinahe versaut. Es ist nur gut, daß Jaruzelski rechtzeitig aufgetaucht ist. Er ist einer von uns, wurde unter meinem Mann ausgebildet. Sonst... Nein, wir brauchen Stärke, eine eiserne Faust!« Sie ballte tatsächlich ihre kräftige Hand, und ich beschloß, daß ich den Fall Zwigun nicht aufgeben, mit Nina nirgendwohin gehen würde. Mir war längst klargeworden, daß das eigentliche Ziel des »Unternehmen Kaskade« war, die Familie Breschnew zu kompromittieren und zu stürzen. Aber bei all den Widrigkeiten, mit denen wir uns in diesem Land bereits herumschlagen müssen, hat uns nur noch diese neue »eiserne Faust« gefehlt. Die Menschen wählen immer das kleinere Übel. Auch ich.

»Du willst mir Swetlow also nicht geben?« fragte ich.

»Hör zu«, sagte sie. »Ich sehe ein, daß du diesen Fall nicht einfach hinschmeißen kannst. Du bist viel zu ängstlich. Wir werden es so machen: Wir werden dir nicht die Dritte Abteilung der Kriminalpolizei geben, nicht Swetlow, sondern die Erste Abteilung, Wosnessenskij. Er hat den größeren Stab. Und wenn du willst, gebe ich dir auch ein paar meiner Leute aus dem Betrugsdezernat, sagen wir zwanzig. Dann kannst du eine Menge Wind machen – aber nur zum Schein. Und danach wirst du das, was Baklanow dir bereits versprochen hat, auch bekommen. Wie ist's?« Sie drückte sich an mich und schlang die Arme um meine Schultern. »Und nun noch mal, Igor. Schaffst du das?«

Unter ihrer samtenen Haut hatten sich die Muskeln noch nicht entspannt.

Ich lachte und löste ihre Arme von meinen Schultern. »Tut mir leid, Nadja«, sagte ich, auf ihren Ton eingehend, »sonst bleibt heute abend nicht mehr genug für mein Zirkusmädchen übrig.«

12 Uhr

Als ich auf die Straße trat, waren einige der Autos – auch einer der »Reparaturwagen« – bereits fort, und der Fahrer eines »Krankenwagens« saß in meinem Wolga und schwatzte aufgeräumt mit meinem Chauffeur. Als er mich entdeckte, stieg er aus und zog sich zurück.

Sascha, der junge Fahrer meines Wolgas, startete den Motor. »Wohin?« fragte er.

»Fahren Sie einfach ein bißchen durch die Gegend.«

Kaum hatten wir das Zentrale Telegrafenamt passiert, da sah ich, daß uns der »Reparaturwagen« zu folgen begann. Mir war klar, daß der Fahrer des »Krankenwagens« ein Mikrofon irgendwo unter dem Sitz versteckt hatte und daß jetzt im Überwachungsraum im ersten Stock des Innenministeriums Nadja Malenina und General Krasnow jedes meiner Worte mithören konnten.

Ich nahm das Autotelefon und gab der Vermittlung meine Privatnummer. Fast augenblicklich erklang Ninas Stimme.

»Hallo? Bist du's? Komm nach Hause. Die Suppe ist fast fertig. Und wir haben auch wieder Besuch – deinen Sohn. Beeil dich bitte.«

»Ich weiß noch nicht...«

»Keine Diskussion! Wir warten auf dich. Ohne dich fangen wir nicht zu essen an. Hörst du?«

Ihre Stimme klang ungewohnt, fast fremd, und da war jener Satz – Swetlows und meine Losung: »Keine Diskussion!«

»Wo bist du denn vor etwa einer Stunde gewesen? Ich habe versucht, dich zu erreichen.«

»Ich bin hinuntergegangen, um Zwiebeln für die Suppe zu holen. Komm nach Hause.«

»Gut. Ich komme«, erwiderte ich und sagte zum Fahrer: »Zu meiner Wohnung.« Um vor dem versteckten Mikrofon keine überflüssigen Gespräche zu führen, deutete ich auf den Zeitungsstapel auf dem Beifahrersitz und meinte: »Nun, was schreiben sie denn so?«

»Das Übliche«, lachte Sascha. Er war ein großer Anhänger von Politik und Fußball. »In Westdeutschland steigen die Arbeitslosenzahlen, in England nehmen die Rassenkonflikte zu, die UN wollten Israel dafür verurteilen, daß sie sich die Golan-Höhen unter den Nagel gerissen haben, aber das haben die USA verhindert. In Washington plant Reagan irgendeine Fernsehschau in Sachen Polen, aber in Polen selbst ist alles ruhig.«

Etwa zehn Minuten später fuhren wir vor meinem Haus vor, und ich nahm den Aufzug zum zehnten Stock. Laute Jazzmusik plärrte in der Wohnung, ich konnte sie bereits im Lift hören.

»Stell den Krach ab«, sagte ich verärgert, als ich eintrat.

Erstaunt nahm ich meine Bude in Augenschein – sie war absolut sauber. Die Fußböden waren gewischt, nirgends ein Stäubchen. Mein vierzehnjähriger Sohn Anton scheuerte das Bad mit irgendeinem Pulver, und aus der Küche kamen ungewöhnliche Düfte – echte Suppe.

»Phantastisch!« rief ich über den ohrenbetäubenden Lärm hinweg. »Aber stellt doch um Himmels willen die Musik leiser!«

Nina kam in einer geblümten Schürze aus der Küche gerannt, den Finger an den Lippen, und führte mich zu dem Tisch, wo ein weißes Blatt Papier lag, auf dem mit der Schuljungenschrift meines Sohnes die Worte standen: »Papa, ein Mann vom Gaswerk war gerade da. Er hat den Gasherd in der Küche überprüft und dann ein paar Sicherungen in der Diele ausgewechselt. Ich glaube aber nicht, daß er vom Gaswerk war. Ich bin sicher, daß es sich bei den ausgewechselten Sicherungen um Mikrofone handelt. Was hältst du davon? Anton und Nina.«

Ich lachte. Sogar die Kinder wurden in meine Arbeit hineingezogen. Anton kam aus dem Bad. Er war mit einem Lappen bewaffnet und sah mich besorgt an.

Ich nahm einen Stift und schrieb auf das Papier: »Und wie kommst du auf diese Idee?«

Nina griff nach dem Stift und schrieb: »Weil ›Mosgas‹ sonnabends nicht arbeitet.«

»Erstens das«, fügte Anton hinzu. »Und zweitens: Was hat ›Mosgas‹ mit einem Stromzähler zu schaffen?«

Also war mein Sohn dabei, sich die Kunst logischer Folgerung anzueignen. Aber das letzte, was ich mir für ihn wünschte, war, daß er in meine Fußstapfen trat und Ermittler wurde. Arzt, Ingenieur, Musiker, meinethalben sogar Fußballspieler – aber Hände weg von der Politik.

Ich nahm ihm den Stift ab und schrieb: »Gut. Aber warum dieser Höllenlärm?«

»Damit ihnen wenigstens die Ohren weh tun, wenn sie uns abhören«, erwiderte Nina schriftlich.

Ich ging zum Tonbandgerät und schaltete es leiser. Dann trat ich auf den Balkon und blickte hinunter. Auf der anderen Straßenseite stand der »Reparaturwagen«. Waren sie wirklich solche Idioten, daß selbst Kinder herausbekamen, was sie im Schilde führten? Oder wollten sie mir nur Angst einjagen?

»Gut, Kinder«, sagte ich beruhigend zu meinem Sohn und Nina, hielt das Blatt Papier in die Höhe und verbrannte es. »Das Wetter ist herrlich. Wollen wir nicht Ski laufen gehen? Wir werden schnell essen, und dann nichts wie los!«

Ich hatte einen Plan und brauchte ihn nur noch auszuführen: unsere Beschatter während des Skiausflugs loswerden und dann mit Breschnews Lieblings-Journalisten, Vadim Belkin, Verbindung aufnehmen. Ich hatte ihn Ende letzten Jahres im »Haus der Journalisten« getroffen. »Ich habe lange nichts mehr von dir in der Zeitung gelesen«, hatte ich an der Bar zu ihm gesagt.

»Wir schreiben jetzt Bücher«, hatte er ohne große Begeisterung erwidert und ironisch gelacht.

»Oh! Herzlichen Glückwunsch! Wann kommt es denn heraus?«

»Eins ist schon erschienen«, hatte er erwidert. »Wir haben sogar den Lenin-Preis dafür bekommen.«

»Meinst du nicht, daß es jetzt reicht mit der Prahlerei?«

»Ich prahle nicht, ich bin geehrt!« Er sah mich verbittert an.

»Wie heißt das Buch denn? Warum habe ich nichts davon gehört?« fragte ich und versuchte, mich daran zu erinnern, wer in diesem Jahr den Lenin-Preis für Literatur bekommen hatte. Dann fiel es mir ein. »Warte mal, es war doch Breschnew, der den Preis erhalten hat. Für ›Wiedergeburt‹.«

»Genau«, sagte Belkin. »Er ist unser Pseudonym. Unser gemeinsames! Wir sitzen in der Prawda-Siedlung in einer Regierungs-Datscha und schreiben vor uns hin, acht Schreiber ... Und einmal in der Woche kommt das Pseudonym vorbei und liest ...«

Nun mußte ich also alles unternehmen, um diesen Belkin zu finden. Aber zunächst mußte ich zum Institut für gerichtliche Analysen und herausbekommen, wessen Kugel da eigentlich durchs Fenster geflogen war.

14.20 Uhr
Wir fuhren hinaus zum Skizentrum »Silberwald« an der Choroschewskoje-Autobahn, immer noch verfolgt von dem »Reparaturwagen«. Zahllose junge Leute tummelten sich lärmend auf dem Skigelände, und wie immer gab es eine endlose Schlange vor dem Skiverleih. Die Menschen standen herum und warteten darauf, daß ihnen von den Skiläufern, die aus den Wäldern zurückkehrten, ein paar Bretter zurückgebracht würden. Genau damit hatte ich fest gerechnet, als ich unseren Ausflug plante. Ich entließ unseren Fahrer und kämpfte mich zum Kopf der Schlange vor, wo ich von der energischen Frau angefaucht wurde, die den Skiverleih leitete. »He, Sie! Wohin wollen Sie denn? Es sind keine Skier da!« Erst als ich ihr meinen roten Ausweis unter die Nase hielt, änderte sie ihren Ton: »Ehrenwort, Genosse Staatsanwalt, wir haben wirklich keine Skier! Wirklich und wahrhaftig. Aber sehen Sie, da kommen ein paar Leute aus dem Wald zurück.«

Und tatsächlich erschien zwischen den Bäumen am Waldrand eine Gruppe von Skiläufern.

Die wartende Menge wurde unruhig, Unmut machte sich breit. »Hier ist eine Schlange! Sehen Sie das nicht? Hinten anstellen!«

»Was?« keifte die Frau. »Der Genosse Staatsanwalt hat seine Skier bereits heute früh telefonisch bei mir bestellt! Was schreien Sie denn hier so herum? Haben Sie doch Geduld. Sie bekommen die nächsten.«

Sie hatte ihnen eine leicht durchschaubare Lüge aufgetischt – es gab kein Telefon in ihrer Hütte –, aber die Menge fügte sich. Wie immer, wenn sie mit einer Form von Autorität konfrontiert wurde.

Ich wußte, daß sich die Insassen des Reparaturwagens mit Sicherheit die nächsten Skier schnappen würden, da sie keineswegs so umsichtig gewesen sein konnten, welche mitzubringen. Und irgendwann würde auch die nächste Gruppe Skiläufer wieder aus den Wäldern auftauchen. Es war nicht gerade angenehm, die Bretter vor den Augen der gekränkten Menge in Empfang zu nehmen, und mein Sohn sah mich vorwurfsvoll an. Aber zehn Minuten später, im Wald, hatte er den Zwischenfall längst wieder vergessen. Um uns war diese märchenhafte Schönheit, wie man sie nur im russischen Winter findet. Der Schnee rieselte herab, der Wald mit seinen breitästigen Kiefern wirkte, als sei er tatsächlich aus Silber gemacht. Auf den von Skispuren durchkreuzten Loipen liefen junge Männer und Frauen unbeschwert Ski.

Ich führte Nina und Anton immer tiefer in den Wald hinein, wechselte mitunter scharf die Richtung, wedelte von einer Loipe zur anderen, bis ich endlich davon überzeugt war, daß uns niemand mehr folgte. Dann übernahm Anton, der sich mit seinen Skikünsten vor Nina brüstete, die Führung, und ich lief neben Nina her. Sie trug eine himmelblaue Strickmütze und sah mit ihrer niedlichen Figur und den blauen Augen verteufelt attraktiv aus. Wäre da nicht Antons verschwommene Gestalt vor uns gewesen, hätte ich sie auf der Stelle in die Arme genommen und in den Schnee geworfen. Sollten sie doch alle zum Teufel gehen – die Zwiguns, die Suslows und die Breschnews. In diesem herrlichen Wald hatte ich sie ohnehin längst vergessen.

»Was hast du denn Anton über uns erzählt?« fragte ich Nina.

»Ich habe gesagt, daß ich die Tochter eines deiner Freunde aus Wologda bin. Und nun interessiert er sich brennend für mich«, lächelte Nina. »Ich konnte ihm ja wohl kaum sagen, daß ich deine Geliebte bin.«

Na, da hatten wir ja ein flottes Dreiecksverhältnis in der Familie. Als hätte ich nicht schon genug Probleme!

»Komm her!« befahl ich streng.

Sie blieb stehen, und ich umarmte sie. Doch genau in diesem Augenblick wurden die Wälder von donnerndem Motorengeräusch erfüllt. Eine Panzerformation bewegte sich in Richtung Moskau. Ihre Ketten zermalmten den frischen silbrigen Schnee. Es war etwas Bedrohliches an dieser Reihe von eisernen Ungetümen, die ihre Geschützrohre auf Moskau gerichtet hatten.

Gruppen von Skiläufern hielten überrascht inne. Anton kam herangepreschst und sah mich besorgt an. Was sollte ich ihm sagen? Es war sehr gut möglich, daß diese Panzer zur Dserschinskij-Division des KGB gehörten, es konnte sich aber auch ebensogut um die regulären Truppen von Marschall Ustinow handeln, die auf einer Routineübung waren. Solche »Standortwechsel« hatte es mit Sicherheit auch in den Tagen nach Stalins Tod und während der Verschwörung gegen Chruschtschow gegeben.

Die Panzer rollten mit ohrenbetäubendem Lärm weiter und hüllten uns in Wolken von Pulverschnee.

»Und jetzt, Jungs«, sagte ich zu Nina und meinem Sohn, »werden wir einen flotten Geländemarsch zum nächsten Taxistand absolvieren. Von dort aus werden wir wieder zur Stadt zurückkehren. Ihr könnt ins Kino oder sonstwohin gehen, nur nicht in meine Wohnung, weil ich noch eine Menge zu erledigen habe. Wir treffen uns gegen sechs Uhr, sagen wir auf dem Roten Platz beim Lenin-Mausoleum. In Ordnung?«

»Und was ist mit den Skiern?« erkundigte sich Anton. »Wir müssen sie doch zurückgeben.«

»Gib sie bei der Staatsanwaltschaft ab, beim diensthabenden Staatsanwalt. Los jetzt, marsch!«

15.35 Uhr
Nachdem ich den Aufruhr im Betrugsdezernat und diese rollenden Panzer gesehen hatte, war ich durchaus nicht überrascht, auch im Institut für gerichtliche Analysen alle an Deck zu finden. In den fünf Etagen dieses alten, in trostlosem Grau getünchten Herrenhauses herrschte geradezu fieberhafte Tätigkeit, besonders im Forschungslabor von Professor Alexander Sorokin. Dieses führende Labor beschäftigte Experten in Graphologie, Biologie und Ballistik. Im Augenblick waren mehr als dreißig Fachleute bei der Arbeit, einschließlich Sorokins Frau Alla. Sie und ich hatten zur selben Zeit studiert, und über sie wollte ich mich auch an ihren Mann heranpirschen, um so schnell wie möglich ein Gutachten über das Material zu erhalten, das ich ihm am Abend zuvor gegeben hatte.

Aber ich brauchte gar nicht zu drängen oder zu bitten. Die vierzigjährige Brünette mit den grünen Augen, eine ehemalige Schönheit der Juristischen Fakultät, die Sascha Sorokin sieben anderen Verehrern weggeschnappt hatte, begrüßte mich mit: »Aha! Da bist du ja! Komm mit!«

Sie führte mich durch das Labor zum leeren Büro ihres Mannes, schloß die Tür, sah mich an und sagte: »Schieß los!«

»Was willst du denn wissen?« fragte ich überrascht.

»Versuch bloß nicht, den Unwissenden zu spielen«, meinte sie heftig. »Du kriegst die Ergebnisse nicht, bevor du nicht die Katze aus dem Sack gelassen hast. Ich möchte wissen, wann sie Breschnew stürzen werden und was wirklich in Moskau vorgeht.«

»Seid ihr schon mit beiden Analysen fertig?«

»Klar! Wann kriegt man denn sonst so ein Material in die Hände? Und dann auch noch im Zusammenhang mit dem jetzt so aktuellen Zwigun. Wir haben alles stehen- und liegenlassen, sogar einen eiligen Fall von Baklanow.«

»Was hat euch der denn gegeben?«

»Komm, laß diese jüdische Angewohnheit, Fragen mit Gegenfragen zu beantworten. Jetzt stelle ich die Fragen, nicht du! Stimmt es, daß Breschnew ausgespielt hat?«

»Alla, ich bin gestern erst aus dem Urlaub zurückgekehrt. Ich war in Sotschi. Ich bin zu diesem Fall gekommen wie die Jungfrau zum Kind. Ehrenwort, ich habe keine Ahnung. Ihr alle hier wißt doch viel mehr als ich. Ich schwör's! Wie kommst du denn darauf, daß Breschnew am Ende ist?«

»Ach, hör auf«, meinte sie wegwerfend. »Wie ich darauf komme? Weil wir hier in unserem Institut kaum noch aus den Augen gucken können. Wir bekommen Aufträge von überallher – vom Betrugsdezernat, der Kriminalpolizei, dem Innenministerium, der Staatsanwaltschaft und sogar vom KGB. Mag sein, daß der eine oder andere da keinen Zusammenhang sieht, wir aber haben die ganze Szene im Blick und können zwei und zwei zusammenzählen. Was würdest du denn davon halten, wenn Baklanow und Malenina dich auffordern, Berge von Notizbüchern von Schiebern aller Art durchzusehen, in denen dann ständig die Privatnummern von Zwigun, von Galja, Jurij und Jakow Breschnew vorkommen? Und Zwiguns Notizbuch enthält wiederum die Telefonnummern dieser Händler. Das muß doch etwas zu bedeuten haben, meinst du nicht auch? Sie haben die Breschnews eingekreist wie eine Meute von Jagdhunden.«

»Was? Du hast Zwiguns Notizbuch?«

»Aber sicher.«

»Ich muß es sehen!«

»Wie stellst du dir das vor? Baklanow hat es bereits wieder an sich genommen. Er hat das Labor keinen Augenblick verlassen, während wir es untersucht haben. Wir mußten ein gutes Dutzend Passagen rekonstruieren. Sie waren durchgestrichen oder ausradiert. Er hat sogar die Kopien mitgenommen. Aber wir haben etwas, was dich dennoch interessieren wird. Lies das hier.«

Sie öffnete den Schreibtisch ihres Mannes und zog aus der Schublade den maschinegeschriebenen, aber noch nicht unterzeichneten Entwurf eines medizinischen und biologischen Gutachtens. Dann verließ sie den Raum.

Ich nahm das Blatt und las:

Der Lauf der zur Untersuchung vorgelegten Pistole ist nach dem Gebrauch offenbar gereinigt worden. Dennoch erscheint es aufgrund von Spuren, die im Inneren und am Schlagbolzen zurückgeblieben sind, sowie anderer indirekter Beweise sehr wahrscheinlich, daß die beiden vorgelegten Kugeln durch den Lauf dieser Pistole abgegeben wurden, und zwar nicht vor dem 18. und nicht nach dem 20. Januar dieses Jahres.

Die mikroskopische medizinische Untersuchung von Kugel Nummer eins ergab, daß sie nicht mit einem menschlichen Körper in Berührung gekommen sein kann. Sie weist Spuren auf, die darauf schließen lassen, daß sie ein hölzernes Hindernis passiert haben muß, wie etwa das Stück eines Fensterrahmens, das uns ebenfalls vorgelegen hat.

Die analoge Untersuchung von Kugel Nummer zwei förderte mikroskopische Fragmente menschlicher Haut, Knochen und Blut zutage. Aus der charakteristischen Deformation kann geschlossen werden, daß sie menschliche Knochen durchschlagen hat. Da die in Frage kommende Kugel im Zusammenhang mit der tödlichen Kopfverletzung steht, erklären die Gutachter übereinstimmend, daß keinerlei Spuren von Hirngewebe an der Kugel festgestellt werden konnten.

Moskau, 23. Januar 1982

Unterschrift der Gutachter: A. Sorokin
         B. Golowljowa

Ich las die letzte Zeile noch einmal und ging dann mit dem Schreiben in Sorokins Labor. Er war ein hochgewachsener, etwa fünfzigjähriger Mann mit einer struppigen roten Mähne, die ein rundes, sommersprossiges Gesicht umrahmte. Er war mit seiner Frau und drei seiner Assistenten gerade mit einem graphologischen Gutachten beschäftigt.

Ich ging auf ihn zu. »Hör mal, was heißt das hier genau?«
»Was?« erkundigte er sich unschuldig.
Ich hielt ihm das Gutachten hin, und er zuckte mit den Schultern.
»Es ist ein Untersuchungsbericht. Na und?« In seinen Augen tanzten spöttische Funken. Er war bekannt dafür, daß er Ermittler gern zum Narren hielt und in offizielle Dokumente alle möglichen persönlichen Anspielungen einflocht.
»Daß es ein Bericht ist, sehe ich auch, ich bin ja nicht blöd«, fuhr ich hoch. »Aber was bedeutet das – ›keinerlei Spuren von Hirngewebe an der Kugel festgestellt‹? Sie durchschlug doch schließlich Zwiguns Kopf!«
Er schwieg. Die drei Assistenten, aber auch alle anderen Mitarbeiter in dem großen Labor hatten ihre Arbeit beiseite gelegt und blickten neugierig in unsere Richtung.
»Nun?« bohrte ich. »Hast du dazu nichts zu sagen?«
»Versteh doch . . .« begann er und zog das Ganze gekonnt in die Länge, »auf dieser Kugel gab es tatsächlich keine Spuren von Hirngewebe. Wenn du also darauf bestehst, daß sie den Kopf Zwiguns durchschlagen hat, kann das nur heißen, daß der Kopf des Ersten Stellvertretenden KGB-Vorsitzenden, des Mitglieds des Zentralkomitees und des Obersten Sowjet, kein Gehirn enthielt. Aber das sollte dich nicht verdrießen, alter Freund, das ist kein einmaliges Phänomen. Ich kenne ein paar Ermittler der Justiz, die da oben auch nicht viel drinhaben.«
Er hatte sein Ziel erreicht, das ganze Labor dröhnte vor Lachen.
»Aber wenn ich du wäre, würde ich aufhören, ein Regierungsmitglied zu verleumden, und mir den Körper Zwiguns noch einmal ganz genau ansehen, ob er nicht Spuren anderer Verletzungen aufweist.«
»Willst du damit sagen, daß es nicht die Kugel war, die ihn getötet hat?«
»Ich will gar nichts sagen. Wir ziehen keine Schlüsse, noch

weniger stellen wir Vermutungen an. Wir sagen nur, was wir sehen. An der Kugel gibt es keine Spuren von Hirngewebe. Und auf dem Abschiedsbrief, den Zwigun kurz vor seinem Tod schrieb, sind keinerlei Schweißspuren festzustellen, die doch so typisch für ihn waren. Außerdem geben sechs Buchstaben in diesem Brief Anlaß zu Zweifeln.«

»Also eine Fälschung?«

»Ich wiederhole: Wir ziehen keine Schlüsse. Aber zufällig hatte ich vor kurzem ein Notizbuch Zwiguns in der Hand. Dabei habe ich festgestellt, daß der Genosse Zwigun stets feuchte Hände hatte, wenn er schrieb. Diese Schweißabsonderungen befinden sich sogar auf den Spielkarten, die er benutzte. Das ist ganz natürlich. Dicke Menschen wie Zwigun schwitzen sehr leicht, besonders wenn sie unter Streß stehen. Aber auf der Mitteilung, die er vor seinem Tod geschrieben hat, gibt es absolut keine Spuren – weder Fingerabdrücke noch Schweißabsonderungen. Und da sind, wie gesagt, sechs Buchstaben, die nicht ganz mit seiner Handschrift übereinstimmen – fast, aber eben nicht ganz. Noch irgendwelche Fragen?«

Schweigend kehrte ich in sein Büro zurück. Auf dem Schreibtisch lag das gleiche Telefonbuch, das auch ich besaß. Geheim. Nur für den Dienstgebrauch. Ich fand darin die Privatnummer von B. S. Tumanow, Oberster Gerichtsmediziner bei den Sowjetischen Grenztruppen. Er hatte die Obduktion an Zwiguns Leiche vorgenommen. Ich rief ihn an.

Das Gespräch war nur kurz: »Boris Stepanowitsch? Guten Tag. Entschuldigen Sie, wenn ich Sie störe. Hier ist Schamrajew von der Staatsanwaltschaft. Ich führe die Untersuchungen in bezug auf Zwiguns Tod. Bitte, verzeihen Sie, daß ich Sie ausgerechnet am Sonnabend anrufe. Ich habe nur eine Frage, da Sie die Leiche untersucht haben... Gab es außer der Kopfwunde noch andere Verletzungen an Zwiguns Körper?«

»Mein lieber Freund, Sie beleidigen mich«, erwiderte eine freundliche, kultivierte Stimme. »Alles, was ich an der Leiche festgestellt habe, steht auch in dem Bericht.«

»Haben Sie auch den Schädel geöffnet?«

»Aber selbstverständlich! Wir haben den Weg, den die Kugel durch das Gehirn genommen hat, genau verfolgt. Wie es sich gehört, alter Freund.«

»Aber sehen Sie, an der Kugel, die den Kopf des Opfers durchdrang, haben die Gutachter keinerlei Spuren von Hirngewebe feststellen können.«

Ein schallendes Gelächter war die Antwort. Als er endlich wieder aufhörte, sagte er: »Das ist ja vielleicht ein Ding! Das ist wirklich ein tolles Ding, alter Freund! Das muß ich unbedingt meinen Studenten an der Akademie erzählen. Was haben Sie da eben gesagt? An der Kugel, die durch den Kopf des Opfers ging, haben die Gutachter keinerlei Spuren von Hirngewebe feststellen können? Da sehen Sie mal wieder – Experten! Ich sollte das unbedingt in dem Buch erwähnen, das ich gerade schreibe. Vielen Dank, daß Sie einem alten Mann geholfen haben. Und was waren das für Gutachter, wenn ich fragen darf?«

»Boris Stepanowitsch, wo haben Sie die Obduktion vorgenommen?«

»In der Anatomie des Ersten Medizinischen Instituts. Warum?«

»Vielen Dank, Boris Stepanowitsch. Entschuldigen Sie bitte, daß ich Sie gestört habe.«

Die letzte Frage hätte ich mir eigentlich schenken können – Autopsien an Regierungsmitgliedern wurden immer im Ersten Institut durchgeführt.

Ich telefonierte noch einmal – mit der Prawda-Siedlung. Die Telefonistin in der Zentrale meldete sich sofort.

Ich erklärte ihr, daß ich Staatsanwalt sei, und bat sie, mich mit dem Journalisten Belkin zu verbinden, der zusammen mit anderen Autoren in irgendeiner Datscha arbeite.

Ein paar Sekunden später hörte ich bereits Vadims Stimme.

»Igor Josifowitsch, was kann ich für dich tun?«

»Ich würde mich gern mit deinem Pseudonym treffen.«

»Mit wem?« fragte er verdutzt.

»Vor drei Monaten hast du mir bei einem Bier im ›Haus der Journalisten‹ erzählt, daß du jetzt unter Pseudonym schreibst...«

»Kapiert. Aber ich kann dir leider nichts versprechen. Sag mir, wo ich dich erreichen kann. Ich rufe zurück.«

Ich gab ihm die Nummer von Sorokins Büro. Dann saß ich ruhig da und überdachte die Situation. Draußen vor den Fenstern brach die Dämmerung herein, es schneite noch immer. Also hatte Swetlow recht gehabt: Es war kein Selbstmord – höchstwahrscheinlich hatte es nur so aussehen sollen. Darin lag natürlich eine gewisse Komik – es wie Selbstmord aussehen zu lassen und danach vor der Öffentlichkeit zu behaupten, Zwigun sei eines natürlichen Todes gestorben! Selbst einem Jurastudenten mußte klar sein, daß ein vorgetäuschter Selbstmord in den meisten Fällen von jemandem aus der engsten Umgebung des Opfers inszeniert wurde. Und in diesem Fall konnte es eine ganze Reihe von Verdächtigen geben. Zunächst waren da Andropow und seine Stellvertreter, für die Zwigun offenbar zu einem Klotz am Bein geworden war – er war nun einmal Breschnews Wachhund beim KGB. Aber es wäre nicht gerade klug, Andropow so stümperhafter Arbeit beschuldigen zu wollen: In diesen Fall waren auch Suslow, Kurbanow sowie eine Menge anderer Experten, Ermittler und Leibwächter verwickelt. Falls Andropow wirklich darauf erpicht gewesen war, Zwigun loszuwerden, hätte er ihn einfach still und heimlich beseitigen lassen können – in solchen Dingen war der KGB sehr gewieft: Gift, das keine Spuren hinterließ, ein lähmendes Gas... Und die Ärzte hätten keine Bedenken gehabt, den Tod aufgrund akuter Hypertonie oder eines Schlaganfalls zu bescheinigen. Die zweite Gruppe der Verdächtigen bestand in all jenen Schiebern und Schwarzhändlern, die Zwigun im Laufe der Zeit bestochen hatten. Das war zwielichtiges Gesindel, zu allem fähig, aber warum sollten sie Zwigun umbringen, da er doch mit ihnen unter einer Decke steckte? Und woher hatten sie so genau wissen können, daß er an diesem Tag um diese Zeit in die Wohnung an der Katschalow-Straße kommen würde? Die dritte Gruppe war seine Familie – Frau, Kinder und etwaige Geliebte. Aber wenn das so war – warum hatte der KGB dann so grobe Schnitzer gemacht? Sie hatten den beschädigten Fensterrahmen übersehen, die Selbstmordwaffe sofort gereinigt und weder die Kugeln noch den Abschiedsbrief untersuchen lassen. Wenn es sich tatsächlich um eine Verschwörung gegen die Familie Breschnew handelte, dann wäre ihnen so ein Skandal, der den gesamten Clan in Mißkredit bringt, gerade recht gekommen. Nein, das Ganze war einfach nicht zu begreifen. Bislang konnte ich mich auf kaum mehr als Vermutungen stützen. Nur eines war klar: Mit diesem Fall konnte ich allein nicht fertig werden – besonders nicht in einer Situation, in der ich beschattet wurde und in der man mir nicht einmal gestattete, wichtige Zeugen zu befragen. Das Klingeln des Telefons unterbrach meine Überlegungen.

Ich nahm ab und hörte: »Igor Josifowitsch? Guten Tag. Hier ist das Zentralkomitee der KPdSU. In ein paar Minuten werden wir Ihnen einen Wagen schicken.«

16.17 Uhr

Es war eine Regierungs-Tschaika, eine lange schwarze, gepanzerte Limousine. Auf dem Beifahrersitz saß ein Mann von etwa dreißig Jahren, ein schweigsamer Typ, der während der ganzen Fahrt nur ein paar Worte sagte, und zwar, als er mit dem Wagen vor dem Institut für gerichtliche Analysen vorgefahren war:

»Guten Tag. Sie sind Schamrajew? Könnte ich Ihre Papiere sehen?«

Ich gab ihm meinen Ausweis, und nachdem er sich überzeugt hatte, daß ich Schamrajew war, sagte er: »Steigen Sie ein. Leonid Breschnew ist krank, aber sein Leibarzt Jewgenij Iwanowitsch Tschasow würde Sie gern sehen.«

Und so rasten wir durch das abendliche Moskau, zunächst den vorfahrtberechtigten Sadowoje-Ring und dann den Kutusowskij Prospekt entlang. Wir bewegten uns mit einer Geschwindigkeit von hundert Kilometern pro Stunde vorwärts, alle Verkehrskontrollposten gaben uns grünes Licht, und auf den Kreuzungen salutierten die Verkehrspolizisten. Es war das erste Mal, daß ich in einer Regierungs-Tschaika saß. Man konnte die Beine ganz ausstrecken, es gab einen Fernsehapparat und eine Bar, deren Gläser leise und melodisch klirrten. Und vorn, neben dem Fahrer, saß mein Begleiter, der die Verkehrskontrollposten über Funk anwies, uns freie Durchfahrt zu gewähren. Ich glaubte zu wissen, wohin wir fuhren – entweder zu Breschnews Haus am Kutusowskij Prospekt oder zu seiner Datscha an der Rublew-Autobahn. Aber das Auto schoß an dem jedem Moskauer bekannten Haus vorbei, in dem Breschnew, Andropow, Kirilenko und Schtscholokow ihre zweigeschossigen Stadtwohnungen hatten. Bevor wir die Ausfahrt zur Rublew-Autobahn erreicht hatten, bogen wir plötzlich nach links ab, und ich wußte schließlich doch, wohin wir fuhren – zum Kreml-Krankenhaus in Stalins ehemaliger Datscha in Kunzewo. Der Wagen überquerte die pittoresk verschneite Brücke über den zugefrorenen Setun, verlangsamte die Fahrt und glitt auf die gewundene Waldstraße, deren Fahrbahn von Schneepflügen glattgewalzt worden war. Links war ein Birkenwald, rechts ein Gehölz hoher, dichter Fichten, die ihre zottigen, schneebedeckten Äste ausstreckten. In den Tiefen dieses Waldes, ging es mir durch den Kopf, könnte sogar ein absolut ehrlicher Mann durchaus versucht sein, ein Verbrechen zu begehen. Hatte sich Stalin deshalb diese Gegend als Zufluchtsort ausgesucht? Die Straße wand sich nach rechts und führte zu einem fast drei Meter hohen Zaun mit einem eisernen Tor – die Herzklinik der Vierten (d. h. für den Kreml zuständigen) Medizinischen Abteilung des Sowjetischen Gesundheitsministeriums.

Es gab einen kurzen Wortwechsel über Funk zwischen meinem Begleiter und jemandem jenseits des Zauns, dann öffnete sich das Tor, und wir fuhren auf das Krankenhausgelände, auf einer Fahrbahn, die bis zum Asphalt vom Schnee geräumt und dann mit Sand bestreut worden war, der inzwischen steinhart gefroren war. Rechts vor mir lag Stalins ehemalige Datscha, ein zweigeschossiges Jagdhaus. Hier hatte Stalin in längst vergangenen Tagen seine »Waffenbrüder« reichlich bewirtet – Woroschilow, Kaganowitsch, Mikojan, Berija, Chruschtschow und Suslow. Aber jetzt wirkte das kleine Haus unbewohnt und vernachlässigt; dahinter schimmerten die Lichter des neuen, zwölfgeschossigen Kreml-Krankenhauses. Auf den verschneiten Wegen ergingen sich, begleitet von persönlichen Krankenschwestern, die Männer des Kreml und hohe Regierungsfunktionäre, die hier versuchten, ihre diversen Altersgebrechen auszukurieren.

Das Auto rollte direkt vor den Haupteingang, und zusammen mit meinem immer noch schweigsamen Cicerone fuhr ich mit dem Aufzug in den ersten Stock hinauf, wo sich das Büro des Chefarztes des Kreml-Krankenhauses, Jewgenij Iwanowitsch Tschasow befand, Mitglied der Akademie und ZK-Kandidat. Was immer die Leute auch über Breschnew sagen mochten, in einem war er sehr erfolgreich: in dem Bemühen, seine eigenen Leute in wichtigen Positionen unterzubringen. Seinen Sohn hatte er zum Ersten Stellvertretenden Außenhandelsminister gemacht, seinen Schwiegersohn Jurij Tschurbanow, den Mann Galinas, zum Ersten Stellvertretenden Innenminister, seinen Schwager Zwigun zum Ersten Stellvertretenden KGB-Vorsitzenden, seinen persönlichen Piloten Bugajew zum Minister für Zivilluftfahrt und seinen Arzt Jewgenij Tschasow zum medizinischen Betreuer der Kremlspitze und ZK-Kandidat, obwohl nicht einmal der Gesundheitsminister selbst Mitglied des Zentralkomitees war! Und Tschasows Büro war seiner Position angemessen – es war geräumig und mit komfortablen importierten Möbeln ausgestattet. Tschasow war ein drahtiger Mann von dreiundfünfzig Jahren, mittelgroß, mit braunen Augen, fast kahlem Schädel und einem feinen, intelligenten Gesicht.

Er kam hinter seinem Schreibtisch hervor, schüttelte mir die Hand und ging gleich zum Du über. »Setz dich doch. Wie wär's mit einem Glas Cognac? Kann ich als Arzt nur empfehlen...«

Er goß uns beiden ein. Wir waren jetzt allein. »Die Situation ist ganz einfach«, fuhr er fort. »Leonid Breschnew befindet sich in seiner Datscha. Er ist krank. Aber es ist nichts Ernsthaftes. Die Sache mit Zwigun hat ihn nur ziemlich mitgenommen. Er ist deprimiert, aber in ein paar Tagen wird er wieder auf den Beinen sein. Bei Suslow sieht die Sache allerdings anders aus. Der befindet sich in einem kritischen Zustand. Er liegt in Stalins Jagdhaus. Sein Leibarzt, mein Namensvetter Jewgenij Iwanowitsch Schmidt, kümmert sich um ihn – der beste Neuropathologe, den wir haben. Ich habe angeregt, daß du aus dem Urlaub zurückgerufen wirst, als ich von Suslows Krankheit erfuhr. Es ist eine sehr interessante Krankengeschichte, besonders für einen Ermittler. Aber sag mir zunächst ganz offen, was du inzwischen über Zwigun herausbekommen hast. Nur nicht schüchtern sein. In zwei Stunden mache ich meine Abendvisite bei Leonid Iljitsch.«

»Zur Schüchternheit besteht gar kein Anlaß«, erwiderte ich und erzählte ihm kurz die Sache mit der zweiten Kugel und erläuterte die Ergebnisse der Untersuchung.

»Hab ich's mir doch gedacht«, sagte Tschasow. »Vorgestern abend, als Leonid Iljitsch wieder ein bißchen bei Kräften war, habe ich ihm bereits gesagt, daß ich einfach nicht daran glaube, daß Zwigun Selbstmord begangen hat. Er war doch ein kerngesunder Bursche. Mit seinen fünfundsechzig Jahren konnte er eine Flasche Weinbrand trinken und einem Mädchen alles geben, wovon es träumte. Und dann soll er hingehen und sich eine Kugel in den Kopf jagen? Nie im Leben! Natürlich kann ich nicht beweisen, daß Suslow, Andropow oder Schtscholokow ihn umgebracht haben, dafür haben wir dich kommen lassen, damit du Licht in diese Angelegenheit bringst. Aber daß Zwigun Suslow umgebracht hat, das ist hundertprozentig. Das sage ich dir als Arzt.«

Ich sah Tschasow so überrascht an, daß er in Gelächter ausbrach.

»Du kannst mir wohl nicht ganz folgen, was? Vielleicht sollte ich dich darauf hinweisen, daß auch wir Ärzte Ermittler sind. Sieh mal hier.« Er ging zu seinem Schreibtisch und holte aus einer Schublade einen dickleibigen Aktenordner, in dem sich verschiedene Lesezeichen befanden. »Das hier ist die Krankengeschichte des Genossen Suslow. Die Kinderkrankheiten wie Masern und Mumps können wir vergessen. Beginnen wir also mit dem Zeitpunkt, an dem Suslow zum ersten Mal ins Krankenhaus kam. Das war im Jahr 1937. Michail Suslow, Oberinspektor der Zentralen Kontrollkommission der Partei und engster Mitarbeiter von Jeschow, wurde mit der Diagnose Diabetes und ernsten Störungen des Kreislaufsystems ins Krankenhaus eingeliefert. Erinnere dich bitte, womit die Zentrale Kontrollkommission beschäftigt war und was im Jahr 1937 vor sich ging, dann wird dir der Grund der Krankheit vielleicht klar. Auf Stalins Befehl wurden Tausende der fähigsten Altbolschewiki ins Jenseits befördert, wurde die ganze alte leninistische Garde erschossen.«

»Ich beginne zu vermuten.«

»Na prächtig. Und als Arzt kann ich dir versichern, daß dieser Mann nie in der Lage sein wird, seine Freunde zu tolerieren. Es ist ihm zur Manie geworden, jemandem zur Macht zu verhelfen, um ihn dann prompt wieder zu stürzen. Aber du weißt, daß man in diesem Land nichts gegen den KGB tun kann. Und im KGB war es Zwigun, der ihm im Wege stand. Daher leitete er das ›Unternehmen Kaskade‹ ohne Wissen von Breschnew in die Wege, und daher der Tod Zwiguns. So sehe ich es jedenfalls. Und wenn auch nur aufgrund der Tatsache, daß jeder seiner Anfälle mit irgendeiner Verschwörung zusammenhing. Auch jetzt haben wir all die bekannten Symptome. Am Nachmittag des 19. Januar den höchst merkwürdigen Selbstmord von Zwigun, und schon am Abend fühlt Suslow sich krank. Eine Behandlung zeitigt keinen Erfolg, und am 21. Januar wird eine ernste Durchblutungsstörung des Gehirns mit Gefäßverschluß und Verlust des Bewußtseins diagnostiziert, mit Nieren- und Leberinsuffizienz.«

Tschasow schlug die Akte zu, zwei weitere Lesezeichen blieben von ihm unbeachtet. »Und so nehme ich an, daß es sich um eine der üblichen Verschwörungen gegen die Regierung gehandelt hat. Allerdings scheint er diesmal seine Kraft überschätzt zu haben. Der Tod von Zwigun hat ihm seinen obligaten Hirnschlag beschert, aber von diesem hier wird er sich nicht mehr erholen. Doch das sollte uns im Moment weniger interessieren.«

Tschasow setzte sich neben mich an einen Tisch, der mit Zeitungen bedeckt war. »Wir müssen unbedingt herausbekommen, wer an dieser Verschwörung beteiligt war. Und noch wichtiger ist es, Beweise für dieses Komplott zu finden. Oberflächlich betrachtet sieht das Ganze absolut sauber aus, perfekte Parteimanier. Die Miliz schnappt eine Anzahl Schieber, die Schieber beichten, daß sie Zwigun bestochen haben, und Zwigun begeht Selbstmord. Man findet nichts dabei, wenn man nicht weiß, daß Suslow ein Mann ist, der ohne Intrigen nun einmal nicht leben kann, und daß Zwigun der Mann war, der ihm im Wege stand.«

»Aber in der Miliz sitzt doch Tschurbanow, Breschnews Schwiegersohn. ›Unternehmen Kaskade‹ hätte ohne ihn gar nicht anlaufen können.«

»Ich glaube, daß Tschurbanow einfach Galjas Hurerei satt hat. Aber er kann sie nicht loswerden, solange ihr Vater an der Macht ist. Er hat sich einen Monat Urlaub genommen, macht Ferien in Beloweschskaja Puschtscha. Ein abgekartetes Spiel. Man könnte das Ganze für eine Reihe von Zufällen halten, aber in Wirklichkeit...«

Die Sprechanlage gab einen leisen, aber nachdrücklichen Ton von sich. Tschasow streckte die Hand aus und drückte auf einen Knopf. »Tschasow.«

Eine Männerstimme meldete sich. »Jewgenij Iwanowitsch, sein Zustand hat sich verschlechtert. Wir haben Probleme mit der Atmung.«

»Ich komme«, sagte Tschasow und nickte mir zu: »Willst du mich begleiten?«

Tschasow nahm Suslows Krankengeschichte an sich und verließ schnell den Raum. Ich folgte ihm. Ohne Mantel, nur mit einem Arztkittel über dem Anzug, eilte Tschasow die Treppe hinunter und lief über den vom Schnee freigeräumten Weg hinüber zu dem zweigeschossigen Jagdhaus, das einmal Stalins Datscha war. Aus dem Halbdunkel neben der Tür tauchten zwei Männer auf und verstellten uns den Weg. Tschasow bedeutete ihnen: »Er gehört zu mir.«

Wir betraten das Haus. Ich habe keine Ahnung, wie es zu Stalins Zeiten ausgesehen hat, aber jetzt wirkte es so freudlos wie eine Kaserne. Es herrschte ein strenger Krankenhausgeruch. Und da im ersten Raum neben der Tür auch noch eine Wache postiert war, wirkte das Ganze eher wie ein Gefängniskrankenhaus. Die Halle war trostlos, mit einer niedrigen Decke und Vertiefungen auf dem Fußboden, wo einmal ein Billardtisch gestanden haben mußte. In einem Raum befanden sich sperrige und offenbar wichtige medizinische Geräte. Im nächsten Zimmer lag auf einem hohen Chirurgenbett, mit einem Laken bedeckt und einer Sauerstoffmaske auf dem Gesicht, der ausgemergelte Körper Michail Andrejewitsch Suslows. Eine Krankenschwester saß am Kopfende und behielt die Sauerstoffflasche und die verschiedenen Apparaturen im Auge. Über den Patienten gebeugt stand ein großer grauhaariger Siebzigjähriger mit blauen Augen und langer, gebogener Nase – Suslows persönlicher Arzt, Mitglied der Akademie Jewgenij Iwanowitsch Schmidt. Neben ihm ein zweiter Arzt, Leonid Viktorowitsch Kumatschow.

Tschasow warf die Akte mit Suslows Krankengeschichte auf einen Tisch und besprach sich hastig mit den beiden anderen Ärzten. Ich fing nur ein paar vereinzelte Sätze auf wie »Störung der Funktionen... reagiert nicht mehr... Arrythmie... Herzschrittmacher... Herzinfarkt...« Ich versuchte erst gar nicht zu begreifen, was sie da eigentlich sagten, und schaute nur auf das, was da unter dem Laken auf dem hochgekurbelten Krankenhausbett lag. Ich war kein Arzt, aber im Laufe meiner zwanzigjährigen Berufserfahrung als Ermittler hatte ich Hunderte von Besuchen in Leichenschauhäusern abgestattet und Hunderte von Leichen gesehen. Selbst ohne jede medizinische Diagnose war mir klar, daß es mit Suslow zu Ende ging. Er hatte die Haut einer Leiche, und der Geruch des Todes hing über ihm. Ich nahm die Akte mit Suslows ärztlichen Befunden und ging hinüber zum Fenster. Die beiden Lesezeichen, die Tschasow nicht beachtet hatte, erregten mein Interesse. Ich schlug die Akte beim ersten auf. Mit dickem Rotstift hatte jemand notiert: »27. Mai 1976 – Nekrose, erhöhter Blutzucker, Herzmuskelstörung, Infarkt.« Seltsam, dachte ich, 1976 hatte es doch gar keine Unruhen gegeben.

Ich blätterte die Akte durch bis zum nächsten Lesezeichen. Derselbe Rotstift hatte vermerkt: »17. Juli 1978 – Bedrohlicher Anstieg des Blutzuckers, Hirnschlag, Verdauungsfunktionen gestört.«

Ich schloß die Akte und legte sie auf den Tisch zurück. Warum hatte Tschasow diese Daten mir gegenüber nicht erwähnt? Hatten sie nicht in seine Theorie gepaßt? Aber er hatte diese Lesezeichen in die Akte getan. Er mußte vorgehabt haben, die Krankengeschichte Suslows jemandem zu zeigen, vielleicht Breschnew persönlich. Tschasow stand hinter mir, zusammen mit Schmidt und Kumatschow. Sie beugten sich über den fast leblosen Patienten. Die Ärzte versuchten es mit künstlicher Beatmung, und der Körper des alten Mannes wurde von heftigem Röcheln und Keuchen geschüttelt. Indessen stand ich am Fenster und sah in den Park hinaus, der Stalins Datscha umgab, auf die Schneeflocken, die um die Laternen tanzten. Im Geist wiederholte ich die Daten: »27. Mai 1976 und 17. Juli 1978.« Irgend etwas war damals geschehen. Irgend etwas mußte einfach geschehen sein. Tschasow hatte auf mich nicht den Eindruck eines Abenteurers gemacht, der leichtfertig mit Tatsachen umging – eher kam es mir so vor, als wollte er mir etwas verheimlichen. Was konnte am 17. Juli geschehen sein?

Mit einem kurzen Blick auf die geschäftigen Ärzte verließ ich den Raum und ging in das Zimmer, wo ein junger Arzt mit rotem Bart an den medizinischen Apparaturen hockte. Links neben ihm, neben der heutigen Ausgabe der *Wetschernaja Moskwa*, stand ein Telefon. Ich nahm den Hörer ab.

»Wenn Sie nach draußen telefonieren wollen, müssen Sie eine Neun vorwählen«, sagte der Arzt, während er weiter seine Instrumente und einen Oszillographen beobachtete, der auf einem langen Papierstreifen die letzten Echos von Suslows Leben aufzeichnete.

Ich wählte die Neun und dann Null-Zwei – die Zentrale der Moskauer Miliz.

»Miliz«, sagte eine weibliche Stimme.

»Verbinden Sie mich bitte mit der Dritten Abteilung der Kriminalpolizei.«

»Ich stelle Sie durch«, sagte sie, und fast sofort drang eine tiefe Männerstimme an mein Ohr: »Dritte Abteilung, Leutnant Krawzow.«

»Schamrajew von der Staatsanwaltschaft. Ist Swetlow da?«
»Nein, Genosse Schamrajew. Er ist zu Hause.«
»Wer von den leitenden Genossen ist denn anwesend?«
»Hauptmann Arutjunow.«
Ich kannte diesen neuen Chef einer Unterabteilung bei der Dritten zwar nicht besonders gut, sagte aber dennoch: »Gut, verbinden Sie mich bitte mit ihm... Genosse Arutjunow? Hier Schamrajew. Ich bin ein Freund von Swetlow.«
»Ich glaube, ich habe schon von Ihnen gehört, Genosse Schamrajew«, sagte eine Männerstimme mit weichem südlichen Akzent.
»Fein. Würden Sie mir vielleicht den Gefallen tun und sich aus dem Archiv eine Zusammenfassung der Ereignisse vom 25. bis 27. Mai 1976 und vom 15. bis 17. Juli 1978 in Moskau besorgen? Ich werde Sie in ungefähr zehn Minuten wieder anrufen.«
»Igor Josifowitsch, Sie wissen doch bestimmt, daß für jeden einzelnen Tag Hunderte von Vorkommnissen registriert wurden. Ich kann sie Ihnen unmöglich alle am Telefon vorlesen!«
»Ich brauche sie ja auch nicht alle. Überfliegen Sie sie und suchen Sie bitte das Wesentliche heraus. Den Rest können wir später sortieren.«
Dem Gespräch mit Arutjunow entnahm ich kurz darauf, daß sich im Zeitraum vom 25. bis 27. Mai 1976 zwei Morde aus Eifersucht, ein Feuer im Hotel *Rossija*, ein Raub in einer Parfümerie, drei Vergewaltigungen und 214 Fälle böswilligen Rowdytums ereignet hatten.
Zwischen dem 15. und 17. Juli 1978 hatte es 317 Fälle mutwilliger Zerstörung, fünf Vergewaltigungen, aber keinen einzigen Fall von Mord aus Eifersucht gegeben. Dafür waren aber vier betrunkene Angler in der Moskwa ertrunken, und Fjodor Dawidowitsch Kulakow, Mitglied des Politbüros und des Obersten Sowjet, war plötzlich im 61. Lebensjahr gestorben...
Als ich diese Liste in mein Notizbuch übertragen hatte, kam Tschasow aus Suslows Zimmer. Wir gingen hinaus in den inzwischen von Laternen und Lampen erhellten Park der ehemaligen Stalinschen Datscha.
»Natürlich kann er es durchaus noch ein paar Tage machen«, sagte Tschasow. »Diese alten Männer haben einen erstaunlich starken Lebenswillen. Ich hatte da einen Studenten, einen ungeheuer begabten Burschen. Der wurde im Alter von achtundzwan-

zig Jahren vom Krebs aufgefressen. Und dieses Ungeheuer hier lebt weiter. Niemand braucht ihn. Nicht einmal sein eigener Sohn hat ihn bis jetzt besucht. Vielleicht läßt er sich gerade irgendwo vollaufen...«

Er zündete sich eine Zigarette an und meinte nach einer kurzen Pause: »Hm ja, ist schon eine eigenartige Sache, das Leben. Besonders, wenn der einzige, der sich in den letzten Tagen für einen interessiert, ausgerechnet ein Ermittler ist!«

»Wie stand er eigentlich zu Kulakow?« wollte ich wissen.

Er sah mich neugierig an. »Mit Fjodor Kulakow? Wie kommst du denn auf den? Der ist vor drei Jahren gestorben.«

»Genauer gesagt, in der Nacht zum siebzehnten Juli«, sagte ich. »Und am selben Tag wurde Suslow mal wieder krank.«

»Sooooo!« Tschasow dehnte diese winzige Silbe fast unendlich in die Länge. »Sieht ja ganz so aus, als hätte Breschnew recht gehabt, daß er an dich dachte, als die Dinge kompliziert wurden. Er hat eben eine Nase für intelligente Menschen. Komm, wir müssen noch einen trinken.«

In seinem Büro goß er Cognac in unsere Gläser und sagte: »Mein Lieber, du brauchst dich gar nicht mit all diesen Kreml-Geschichten zu befassen. Du sollst nur herausfinden, ob es sich bei Zwigun um Mord oder Selbstmord gehandelt und wer ihn getötet haben könnte. Das ist alles. Laß das Vergangene vergangen sein. Wenn ein Chirurg eine dringende Operation vornimmt, fragt er auch nicht, wie der Stuhlgang des Patienten vor drei Jahren gewesen ist. Er schneidet in das, was er vor sich sieht. Und wie du sicherlich bemerkt hast, versuche ich, Suslow vom Rand des Grabes zu zerren, obwohl ich felsenfest davon überzeugt bin, daß das der einzig richtige Platz für ihn wäre. Dennoch ist es nun mal meine berufliche Pflicht, Patienten optimal zu behandeln. Deine ist es, Verbrechen aufzudecken. Darum hat man dich hergerufen. Im Augenblick trauen wir weder dem KGB noch der Miliz, aber du bist doch fast neutral. Und denk daran: Wenn du deinen Auftrag erfüllst, wird man das nicht vergessen. Leonid Breschnew weiß, wie man Leute befördert, die gebraucht werden.«

»Jewgenij Iwanowitsch«, sagte ich lachend, »heute früh hat man versucht, mich zu bestechen und einzuschüchtern. In einer solchen Atmosphäre kann ich nicht arbeiten. Ich werde verfolgt, mein Telefon ist angezapft. Wenn in der Affäre Zwigun eine offizielle

Untersuchung verlangt wird, dann muß ich einen gewissen Handlungsspielraum haben. Das wollte ich Leonid Iljitsch sagen.«

Tschasow stand auf und ging zum Fenster. Da draußen war der Wald, und hinter dem Wald – Moskau. »Auch ich würde mich gern ausschließlich der Wissenschaft widmen«, sagte er, »unter sterilen Krankenhausbedingungen arbeiten. Glaubst du denn, es macht mir Spaß, ständig Breschnews Krankenpfleger zu spielen? Aber das eine ist ohne das andere nicht möglich. Und wenn du es genau wissen willst: Wir brauchen sie genauso, wie sie uns brauchen. Heute liegen an den entgegengesetzten Enden Moskaus zwei alte Männer krank in ihren Betten. Der eine ist drauf und dran zu krepieren, der andere kann kaum den Kiefer bewegen. Und hinter ihnen stehen zwei Fronten von Menschen wie du und ich. Ich kann zwar nicht im Namen dieser ganzen Gesellschaft sprechen, aber eines kann ich dir versichern: Wenn einer keinen Platz auf der anderen Seite hat, dann bist du es! Wenn Breschnew seinen Posten verläßt, wird das Politbüro hundertprozentig antisemitisch. Und das sage ich dir als Chefarzt des Kreml-Krankenhauses, der jedes Mitglied des Politbüros in- und auswendig kennt.« Er sah auf seine Uhr. »Es wird Zeit. Ich muß zu Breschnew. Was soll ich ihm sagen?«

Ich nahm mein Notizbuch und schrieb auf eine leere Seite: »Sehr verehrter Leonid Iljitsch! Ich danke Ihnen für das Vertrauen, das Sie in mich setzen. Unglücklicherweise kann ich diesen Fall allein in so kurzer Zeit nicht aufklären. Zumindest brauche ich die Helfer, die mir auch damals, beim Fall des Journalisten Belkin, zur Seite standen: den Chef der Dritten Abteilung der Moskauer Miliz-Kriminalpolizei Swetlow und den Ermittler bei der Moskauer Staatsanwaltschaft Pschenitschnij. Ohne die beiden kann ich nicht garantieren, den Auftrag, den Sie mir anvertraut haben, zufriedenstellend ausführen zu können. Hochachtungsvoll, I. Schamrajew.«

Tschasow nahm den Zettel, und ich stand auf.

Im Hinausgehen wies ich auf die Akte mit Suslows Krankheitsgeschichte, die wieder auf Tschasows Schreibtisch lag: »Hat Zwigun das je zu Gesicht bekommen?«

»Nein«, sagte Tschasow. »Ich habe selbst erst vorgestern begonnen, mich damit zu befassen. Davor hat Suslow niemand anderen in seiner Nähe geduldet als seinen eigenen Arzt, Dr. Schmidt.«

18 Uhr
Auf dem Roten Platz sind nur Autos der Regierung zugelassen. Sanft mit den Reifen auf dem Schnee knirschend, passierte unsere Tschaika den Verkehrskontrollpunkt und fuhr auf das Kopfsteinpflaster des Platzes. Ich konnte Anton und Nina bereits aus der Ferne sehen, als wir uns über den halbleeren Platz, den nur wenige Touristengruppen bevölkerten, dem Lenin-Mausoleum näherten. Ihre sportliche Kleidung hob sich deutlich von den luxuriösen Pelzmänteln der Ausländerinnen und den Lammfelljacken der Männer ab. Zusammen mit den Touristen sahen sich Nina und Anton die Wachablösung vor dem Lenin-Mausoleum an. Als es vom Kreml sechs schlug, marschierten die Soldaten der Kreml-Garde mit der Präzision eines Uhrwerks vom Spasskij-Tor zum Mausoleum, um dort ihre Kameraden abzulösen. Die Kameras der Touristen blitzten. Wohl nur wenige von ihnen wußten, daß der Dienst bei der Kreml-Garde unter den Soldaten ganz und gar nicht beliebt war, trotz der guten Verpflegung und der Ehre, die es angeblich bedeutete, die sterblichen Überreste des großen Revolutionärs bewachen zu dürfen. Für die Kreml-Garde gibt es einen besonderen Drill – drei Stunden Parade-Training und vier Stunden politische Schulung –, und darüber hinaus ist dieses stundenlange Stillstehen vor den gaffenden Zuschauern und den unzähligen Kameras zusätzliche Pein. Dennoch wird die Zeremonie Stunde um Stunde, über Jahre und Jahrzehnte, in Kriegs- und Friedenszeiten, unter Stalin, Chruschtschow und Breschnew aufrechterhalten, ganz egal, ob hinter den Kreml-Mauern Friede und Eintracht herrschen oder ob dort entscheidende Veränderungen stattfinden. Die Fassade des Kreml muß bewahrt werden, der rote Stern muß fleckenlos erstrahlen, und die Wachen vor dem Mausoleum müssen ewig auf ihrem Posten stehen – als Symbole der Treue des Landes und der Regierung dem Leninschen Erbe gegenüber. Die Welt soll sehen, daß in unserem Land Ruhe und Ordnung herrschen, egal, was anderswo geschehen mag. Und aus diesem Grund gab es jetzt auch diesen festlichen Glanz – wenigstens auf *dieser* Seite der Kreml-Mauer. Ruhig, fast weihnachtlich kreisten die Schneeflocken durch die Strahlen des Flutlichts, das die Mauern des Mausoleums in helles Licht tauchte...
Nach dem Schauspiel der Wachablösung wandte sich die Aufmerksamkeit der Touristen und Zuschauer unserer Regierungs-

Tschaika zu, die sich langsam dem Mausoleum näherte. Es wirkte bestimmt etwas überheblich, hier mit einer Regierungslimousine vorzufahren, um Nina und Anton abzuholen. Aber zum Teufel – schließlich lebte man nur einmal! Sollten sie doch ruhig sehen, daß man es zu etwas gebracht hatte!

Ich kurbelte das Fenster herunter und rief: »Nina! Anton!«
Sie starrten die Tschaika überrascht und ungläubig an.
Ich rief noch einmal: »Anton!«
Sie kamen auf mich zugerannt.
»Bist du das wirklich?« erkundigte sich Nina verdutzt.
»Was machst du denn da drin?« wollte Anton wissen. »Haben sie dich festgenommen?«
»Steigt ein!« befahl ich.
»Donnerwetter«, meinte Anton, schlug Nina auf die Schulter, und beide sprangen in die Limousine. Weich und geräuschlos rollte sie vor den Augen der ausländischen Touristen davon.

Unser Kreml-Begleiter drehte sich auf seinem Beifahrersitz um und fragte: »Sollen wir mit den jungen Leuten vielleicht eine kleine Stadtrundfahrt durch Moskau machen?«
»Auch in den Kreml?« fragte Anton sofort.
Der Begleiter zögerte und sagte dann: »Das wird kaum gehen. Es ist schon spät. Aber wir könnten eine halbe Stunde durch die Stadt fahren.«
»Vielen Dank«, erwiderte ich. »Aber ich glaube, sie sind schon ziemlich müde. Wir werden Anton zu Hause in Krassnaja Presnja absetzen, und dann muß ich zum Ersten Medizinischen Institut in die Anatomie.«
»Was? Schlafe ich denn heute nicht bei dir?« fragte Anton überrascht.

Auf diese Frage hatte ich gewartet. Gewöhnlich verbrachte Anton sonnabends die Nacht bei mir. Aber heute ging das nicht – jetzt, da Nina bei mir eingezogen war.
»Ich habe doch schon gesagt, daß ich noch ein paar Dinge zu erledigen habe. Du kannst diesmal bei deiner Mutter übernachten.«

Anton wandte sich ab und sah aus dem Fenster. Er sagte kein Wort mehr. Als wir vor seinem Haus hielten, stieg er, ein magerer, hochaufgeschossener Junge, schweigend aus dem Auto und ging, ohne sich umzudrehen, aufrecht in den Hauseingang. Und zum ersten Mal fiel mir auf, daß seine Jacke auch nicht mehr die neueste und seine Kaninchenfellmütze reichlich abgetragen war. Der Sohn eines Chefinspektors für Sonderfälle sah aus wie ein Landstreicher, stellte ich fest. Aber sein Vater hatte das Geld für einen neuen Mantel und eine Rehledermütze noch nicht zusammen – oder, besser gesagt, er hatte dieses Geld im Urlaub in den Bars von Sotschi verjubelt. Ich mußte unbedingt schnell zu Geld kommen. Ich mußte diesen Fall klären, dann würde ich sicherlich ein bißchen mehr verdienen. Vielleicht käme ich sogar auf vierhundert im Monat, und das würde für einen Mantel und alle Ninas dieser Welt reichen.

»Pirogowskaja-Straße«, sagte ich. »Zum Anatomischen Institut.«

Und Klein-Nina rutschte auf dem Rücksitz mit glänzenden Augen näher an mich heran.

18.40 Uhr

»Denk dran«, sagte ich zu Nina, als wir unser Auto am Eingang zum Anatomischen Institut verließen, »das hier ist nicht eine deiner Zirkusarenen. Es ist ein Leichenschauhaus, und Leichen stinken. Wenn du nicht daran gewöhnt bist, kann dir leicht schlecht werden.«

»Ich möchte überall da sein, wo du auch bist. Und ich werde ganz bestimmt nicht umkippen«, sagte sie, während wir zusammen die Treppe hinuntergingen, vorbei an den »Gefriertruhen«, wo die Leichen aufbewahrt lagen, und hinein in die Anatomie.

Überall in dem großen Raum waren Männer an den Seziertischen beschäftigt.

Boris Gradus – einer unserer besten Pathologen, wenn nicht sogar der beste – war ein kräftiger Mann mit breiten Schultern und einem mächtigen Haupt, das kahl wie eine Billardkugel und von einem vollen blauschwarzen Bart umrahmt war. Mit seiner blutbefleckten Schürze und dem Skalpell in der linken Hand sah er aus wie ein Schlächter.

Er wandte sich von dem Tisch ab, auf dem ein halb zugedeckter Körper lag, und kam auf uns zu. »Oho, seht doch mal, wer da kommt!« sagte er. »Grüß dich! Bringst du mir da eine Touristin?«

»So ungefähr«, erwiderte ich.

»Anfangs dachte ich, da käme das nächste Unfallopfer zur Tür herein. Sobald es in Moskau schneit oder friert, wissen wir uns hier vor Arbeit nicht mehr zu retten. Die Leute können einfach nicht Auto fahren. Alle zehn Minuten ein Zusammenstoß.«

»Darf ich euch miteinander bekannt machen?« sagte ich. »Das ist Nina, meine Nichte.«

»Aha«, meinte Gradus anzüglich. »Entschuldigen Sie, mein Fräulein, aber ich habe Gummihandschuhe an.« Nachdem er Nina mit dem Blick eines Kenners begutachtet hatte, meinte er tadelnd: »Hättest du mit dem Mädchen nicht an einen passenderen Ort gehen können? Oder hast du sie ins Leichenschauhaus mitgenommen, wie andere ins Restaurant oder Theater gehen?«

»Ich bin dienstlich hier«, stellte ich fest.

»Hab ich's mir doch gleich gedacht. Aus anderen Gründen kommt ja doch niemand ins Leichenschauhaus! Bis auf die Leichen natürlich, aber die kommen ja nicht aus eigenem Antrieb.«

Nina war blaß geworden und wandte die Augen von dem Schlitz in dem Tuch ab, das die Leiche auf dem Tisch bedeckte. Auch ich bemühte mich, nicht hinzusehen – die Eingeweide des Opfers waren bei einem Verkehrsunfall herausgerissen und noch nicht wieder an ihren alten Platz zurückgesteckt worden. Die Lungen waren dunkel verfärbt – der Tote war offenbar ein starker Raucher gewesen. Aber auch sonst gab es in diesem Raum nicht viel Erfreuliches zu sehen. Am anderen Ende des Saals wurde an weiteren Leichen gearbeitet – von zwei Medizinern und einer jungen Assistentin, die ich nicht kannte. Vielleicht war sie eine Studentin, vielleicht aber auch schon Praktikantin, und Gradus hatte sie mit seinem umwerfenden Charme angelockt. Sie waren mit dem Körper einer Frau beschäftigt, der die halbe Schädeldecke weggerissen worden war. Sie hatten ihr das Blut aus den Haaren gewaschen und nähten nun den Kopf wieder zusammen.

»Auch ein Unfall?« fragte ich Gradus, auf die Leiche weisend.

»Nein, eine Axt«, erwiderte er. »Ein kleiner Familienstreit nach der vierten Flasche Wodka. Na, Nina, gefällt es Ihnen hier?«

»Sehr interessant...« sagte Nina tapfer.

»Oho! Sie sind richtig! Wollen Sie nicht bei mir anfangen? Ich könnte Ihnen einen Posten verschaffen.«

»Mach das«, sagte ich. »Aber hör erst mal zu. Ich untersuche die Umstände, die zu Zwiguns Tod geführt haben. Wer hat eigentlich seine Leiche hergerichtet? Warst du das?«

»Nein. Mir vertrauen sie keine so hohen Persönlichkeiten an. Ich bin kein Parteimitglied. Gott sei Dank! Ich habe auch sonst genug mit meinen Leichen zu tun. Was willst du denn von mir?«

»Ich möchte mit dem Mann sprechen, der Zwiguns Körper präpariert hat.«

»Das wurde von einer koscheren Bande von Parteimitgliedern besorgt – Tumanow, Schiwodujew und Semjonowskij.«

»Ich weiß. Aber du siehst sicher ein, daß es keinen Sinn hat, mit ihnen zu reden. Sie werden nie etwas sagen, was von ihrem offiziellen Autopsiebericht abweicht.«

»Nun«, sagte Gradus und senkte die Stimme, »der Mann da hinten, das ist Sandij. Er hat Zwiguns Leiche hergerichtet. Aber ich rate dir, nicht ohne eine Flasche guten armenischen Cognac mit ihm zu sprechen. Geh und hol eine. Aber paß auf, daß es etwas Anständiges ist. Unterdessen zeige ich deiner Nichte die Anatomie. Nina, wie wär's mit einem Schluck Sprit? Absolut reiner Alkohol.« Er nahm eine Flasche puren Alkohol aus dem kleinen Schrank, in dem er auch seine Instrumente aufbewahrte, und meinte: »Haben Sie keine Angst. Das wird Ihnen Mut geben.«

»Mach sie mir bloß nicht betrunken«, warnte ich, bevor ich den Raum verließ.

Als ich eine Viertelstunde später zurückkam, sah ich, daß Gradus und Nina zwei Phiolen als Trinkgläser benutzten.

»Schon zurück?« fragte Gradus. »Angst um die Sicherheit der Nichte? Das bedeutet, daß er Sie liebt, Nina, und sich um Sie sorgt. Komm schon, Mann, laß dir auch einen einschenken. Und hier sind ein paar Oliven. Bedient euch.«

»Zum Wohl!« Er hob seine Phiole. »Auf unsere hübschen ›Nichten‹ mit den purpurroten Lippen!« rief er und schüttete sich den Inhalt der ganzen Phiole in den Mund, dann schob er geschickt eine Olive nach. Sandij und seine Assistentin fuhren auf einem Wagen die bereits »fertige«, mit einem Laken verhüllte Tote vorbei, das Opfer des Familienstreits. Sie würde nun in der »Gefriertruhe« bis zu ihrem Begräbnis ruhen.

»Nina, zuerst ausatmen, kräftig ausatmen«, warnte ich Nina, damit sie sich nicht an dem ungewohnten Sprit verschluckte.

»Ich weiß, Boris Lwowitsch hat es mir schon beigebracht.« Nina atmete kräftig aus und trank schnell, sich mit der Hand Luft zufächelnd. »Die Olive, die Olive!« Gradus hielt ihr eine Olive unter die Nase.

In diesem Augenblick kehrte Sandij von den »Gefriertruhen« zurück.

»Sandij«, hielt Gradus ihn an. »Ich weiß, daß du normalerweise unseren Sprit verschmähst, aber rein zufällig haben wir hier eine Flasche erstklassigen Weinbrand. Wie wär's damit?«

»Ich glaube, ich könnte tatsächlich einen Schluck vertragen.« Sandij war etwa sechzig Jahre alt und hatte ein Gesicht wie eine Walnuß – braun und kräftig.

»Ich möchte euch miteinander bekannt machen«, sagte Gradus, »mein alter Freund Schamrajew, Chefinspektor für Sonderfälle bei der Staatsanwaltschaft, und Nina, seine Nichte.«

»Bogojawlenskij«, stellte Sandij sich vor und starrte gierig auf den Weinbrand, den Gradus in die Gläser füllte. »Ist draußen immer noch Schneesturm?«

»Ja«, bestätigte ich und stieß mit ihm an. »Auf Ihre Gesundheit! Viel zu tun in diesen Tagen?«

»Wir können nicht klagen. Manchmal Unfälle, manchmal Streit und manchmal Leute, die dem hier zuviel Ehre antun. Mein normales Pensum sind zehn gute Christen am Tag. Ich richte sie natürlich ein bißchen her, damit sie sich nicht zu schämen brauchen, wenn sie vor den Herrn treten. Schließlich kann man doch nicht so sündig und unordentlich die nächste Welt betreten, vielleicht noch mit einem zermalmten Gehirn...« Er trank aus und streckte seine Phiole zum Nachfüllen hin.

»Und Sie haben auch Zwigun ›hergerichtet‹?« erkundigte ich mich.

Bogojawlenskij fischte aus seiner Tasche ein Päckchen Belomor-Zigaretten, zündete sich schweigend eine an, warf einen Blick in meine Richtung und wandte sich dann an Gradus: »Wie ist das eigentlich mit dem Weinbrand? Ist das alles für mich, oder bekomme ich ihn nur glasweise?«

»Alles für dich«, versicherte Gradus hastig und reichte ihm die Flasche. »Er hat sie doch extra für dich mitgebracht.«

»Aha«, sagte Sandij und nahm die Flasche. Er steckte sie in die Tasche seines Kittels und ging davon. Gradus bedeutete mir, ihm auf den Fersen zu bleiben. Ich eilte ihm nach.

»Sie verhalten sich nicht richtig«, stellte Sandij grämlich fest.

»Das ist nicht gut, selbst wenn Sie einer von diesen Sonder-Ermittlern sind.«

»Was meinen Sie damit?« wollte ich wissen.

»Warum haben Sie Zwigun vor dem Mädchen erwähnt? Das ist eine Regierungsangelegenheit – geheim. Also, was wollen Sie wissen?«

»Gab es außer der Schußwunde am Kopf noch andere Verletzungen am Körper des Toten? Irgendwelche Abschürfungen, Schnittwunden, Brüche?«

»Ich habe den Leichnam nicht obduziert. Ich habe nur seinen Kopf in Ordnung gebracht und seine Kleidung gewechselt. Die Jacke, die er trug, war mit Blut befleckt und am Rücken zerrissen ...«

»Die Jacke war am Rücken zerrissen? Erinnern Sie sich genau? Wo ist die Jacke jetzt?«

»Seine Frau hat sie abgeholt. Sie brachte einen neuen Waffenrock für ihn, und ich gab ihr seine Jacke ... Aber vergessen Sie nicht, ich habe Ihnen nichts gesagt.« Sandij kehrte an seinen Seziertisch zurück, wo bereits die nächste Leiche auf ihn wartete, und nahm wieder seine Arbeit auf.

Ich kehrte zu Gradus zurück, der eifrig damit beschäftigt war, die inzwischen reichlich angeheiterte Nina zu umgarnen.

»Gut, für heute reicht's«, sagte ich. »Wir gehen nach Hause!«

Ich sah auf die Uhr. Es war erst 19.27 Uhr, aber die Ereignisse des Tages hatten mich total erschöpft. Ich fühlte mich, als hätte ich drei Tage lang nicht geschlafen. Und als auch noch meine letzten fünf Rubel für die Taxifahrt draufgingen, bereute ich, die Regierungs-Tschaika vor einer Stunde fortgeschickt zu haben ... Gegenüber dem Haus stand der »Reparaturwagen«, der uns am Morgen gefolgt war. Dabei war ich davon überzeugt gewesen, daß sie uns nur Angst einjagen wollten und uns dann in Ruhe lassen würden. Aber jetzt hatte ich einfach nicht mehr die Kraft, mich aufzuregen oder die Einfaltspinsel auch nur zu verfluchen. Nina dachte anders über die Sache. Sie riß sich von meiner Hand los und lief über die Straße. Sie reckte sich zum Fenster empor, hinter dem zwei Männer vom Geheimdienst des Innenministeriums saßen, und streckte ihnen die Zunge heraus. Dann kam sie lachend zu mir zurückgerannt.

23.48 Uhr
Mitten in der Nacht wurden wir durch hartnäckiges Klingeln an der Tür geweckt. Automatisch blickte ich auf das Leuchtzifferblatt meiner Uhr. Es war zwölf Minuten vor zwölf. Es klingelte unverdrossen weiter. Meine nackten Füße angelten in der Finsternis nach meinen Hausschuhen, natürlich erfolglos. Nina hatte sie gestern abend getragen, als sie ins Bad gestürmt kam. Der Himmel mochte wissen, wo sie sie gelassen hatte. Na, auf jeden Fall würde das Leben mit ihr nicht langweilig sein. Zuerst hatte sie den Geheimdienstlern vom Innenministerium die Zunge herausgestreckt, und dann, fünf Minuten nachdem wir die Wohnung betreten hatten und ich wie ein Halbtoter ins Bad getaumelt war, kam sie zu mir gerannt und erweckte mich mit gezielten Massagen wieder zum Leben. Sie bearbeitete meinen Rücken und meine Schultern mit ihren kleinen Fäusten, daß ich vor Lust und Behagen nur so aufstöhnte. Danach begannen Spielchen anderer Art, und nur das Rauschen der Dusche verhinderte, daß uns die Mikrofone dabei belauschten.

Dann hatte sich Nina im Bett dicht an mich gekuschelt, sich wegen der Mikrofone gleich zwei Decken über den Körper gezogen und mir ins Ohr geflüstert: »Lebst du noch?«

»Schlaf doch endlich, du Göre«, sagte ich. »Morgen liefere ich dich ohnehin wieder zu Hause ab.«

»Warum denn das?«

»Weil es verboten ist, sich ohne Anmeldung länger als drei Tage in Moskau aufzuhalten. Ich müßte dich bei der Polizei registrieren lassen. – und als was wohl? Als meine Nichte? Sie könnten doch jede Minute hier hereinplatzen und mich unmoralischen Lebenswandels beschuldigen. Und dich würden sie glatt aus dem Komsomol schmeißen.«

»Auf den Komsomol pfeife ich«, lachte sie. »Ich werde dich nie mehr verlassen.«

»Was? Nie?«

»Ja. Ich will deine ewige Geliebte sein. Oder bist du etwa nicht gern mit mir zusammen?«

Ich erinnerte mich, wie ich in meinem Hotelzimmer in Sotschi aufzuwachen pflegte und staunend neben mir ihre regelmäßigen, fast kindlichen Atemzüge vernahm. Ich stand dann gewöhnlich auf, zog die Vorhänge beiseite, setzte mich auf den Bettrand und staunte über das Geschenk, das mir das Schicksal am Ufer des Schwarzen Meeres beschert hatte. Zu denken, daß dieses fröhliche, lebhafte kleine Mädchen ausgerechnet zu mir, einem fünfundvierzigjährigen Geschiedenen, gekommen war, der beileibe kein Playboy oder Schürzenjäger und ganz bestimmt kein Experte in solchen amourösen Eskapaden war! Natürlich war ich gern mit Nina zusammen – egal, ob in Sotschi oder in Moskau...

»Aber vielleicht langweilst du dich mit mir«, sagte ich. »Schließlich bin ich fast dreißig Jahre älter als du.«

»Dummkopf«, flüsterte sie mir ins Ohr. »Mit dir ist das Leben doch ungeheuer interessant.«

»Nur weil ich heute mit einer Tschaika aufgekreuzt bin?«

»Nein... ich meine, das war natürlich auch interessant, aber... du bist ganz einfach sehr intelligent.«

»Wie kommst du denn auf die Idee?«

»Du hast intelligente Augen. Intelligent und traurig. Und das gefällt mir.«

Ich umarmte sie und zog sie an mich. Vor Jahren hatte mich meine Frau verlassen, als sie zu der Überzeugung gekommen war, daß sie ihre Zeit mit mir vergeudete, weil ich es ja doch zu nichts bringen würde. Sie hatte immer gesagt, ich hätte die traurigen Augen eines erfolglosen Juden und würde schließlich bei irgendeiner Provinzstaatsanwaltschaft versauern. Aber in der letzten Zeit hatte ich staunend festgestellt, daß jetzt dieselben Augen einen ganz anderen Eindruck auf Frauen machten. Ich umarmte Nina, und etwa eine halbe Stunde später schliefen wir endlich ein. Doch um 23.48 Uhr klingelte es schrill an der Tür. Ich war fest davon überzeugt, daß es sich um Abgesandte von Krasnow, Malenina und Baklanow handelte. Sie hatten wohl lange darüber nachgedacht, ob sie mir heute oder morgen einen ernsthaften Schreck einjagen sollten, und waren dann offenbar zu dem Entschluß gelangt, daß es heute am besten wäre, solange das Mädchen noch da war. Hastig warf ich eine Decke und ein Kissen auf die Couch, damit es wenigstens so aussähe, als schliefen Nina und ich getrennt, und ging zur Tür, an der man immer noch mit der typischen Hartnäckigkeit der Miliz klingelte.

»Wer ist da?«

»Die Gestapo, zum Teufel!« erscholl Swetlows Stimme. »Und du schläfst! Mach endlich auf!«

Ich öffnete. Auf der Schwelle standen ein mürrischer Marat Swetlow, Valentin Pschenitschnij und die massive Gestalt eines älteren Generalmajors mit Schultern wie Scheunentore und einem merkwürdig vertrauten Gesicht.

Hinter mir flitzte Nina ins Bad, um sich etwas überzuwerfen, und der Generalmajor sagte: »Entschuldigen Sie, daß wir Sie geweckt haben, Genosse Schamrajew. Leonid Breschnew hat angeordnet, daß man Ihnen diese Genossen hier zur Verfügung stellt. Der Chef der Allunions-Kriminalpolizei und der Moskauer Staatsanwalt sind darüber informiert, daß die beiden mit Ihnen zusammenarbeiten werden. Dürfen wir reinkommen?«

»Ja, ja . . . bitte, natürlich . . .« stotterte ich verwirrt.

Sie traten ein. Swetlow warf einen raschen Blick auf das Kissen und die Decke auf der Couch und lächelte anzüglich. Valentin Pschenitschnij, hager, hochgewachsen und etwa 35 Jahre alt, mit ernsten blauen Augen und einem länglichen Gesicht, hatte sich in den zweieinhalb Jahren, in denen ich ihn nicht gesehen hatte, kaum verändert. Nur die frühere gebückte Haltung eines Wald- und Wiesendetektivs war verschwunden. Nun hielt er sich bescheiden im Hintergrund, während der General fragte: »Haben Sie sonst noch Probleme bei Ihrer Arbeit, Genosse Schamrajew? Zögern Sie nicht, es zu sagen.«

»Probleme? Ja, ich glaube, da wären einige. Kann ich Sie einen Augenblick allein sprechen?«

Ich warf eine Lammfelljacke über meinen Schlafanzug, streifte Hausschuhe über meine nackten Füße, öffnete die Balkontür und bat ihn, mir zu folgen. Trotz der Hausschuhe waren meine Füße im Nu erstarrt, aber ich biß die Zähne zusammen. Unten auf der Straße sah ich zwei schwarze Wolgas vor dem Hauseingang, und auf der anderen Straßenseite parkte noch immer der »Reparaturwagen«.

Der General folgte mir auf den Balkon, ich zog die Tür sofort hinter ihm zu und sagte: »Dürfte ich nun erfahren, wer Sie sind?«

»Aber selbstverständlich. Entschuldigen Sie, daß ich mich Ihnen nicht schon längst vorgestellt habe. Generalmajor Scharow, Kommandeur der Leibgarde des Genossen Breschnew.«

Erst da erinnerte ich mich, woher ich ihn kannte – ich hatte sein Gesicht hundertmal auf dem Fernsehschirm gesehen, wenn irgendwelche Regierungsgeschichten übertragen wurden. Er lief immer ein paar Schritte hinter Breschnew her, erst dann kam der Rest des Politbüros. Er war es auch, der Breschnews Arm stützte, wenn er eine Flugzeugtreppe herunterkam.

»General Scharow, sehen Sie den ›Reparaturwagen‹ da unten? Nun, das ist in Wirklichkeit ein Funkwagen vom Geheimdienst des Innenministeriums. Meine Wohnung ist mit Mikrofonen gespickt. Sie versuchen, mir Angst einzujagen, damit ich den Fall wieder abgebe.«

»Ich verstehe«, sagte er. »Aber lassen Sie uns lieber wieder hineingehen. Sonst holen Sie sich noch eine Erkältung.«

Drinnen hatte Nina inzwischen Pschenitschnijs Bekanntschaft gemacht und räumte nun geschickt das Bettzeug von der Couch. Ohne ein Wort zu verlieren, verließ der General die Wohnung, und eine Minute später beobachteten wir vom Fenster aus, wie er aus dem Haus trat und auf die beiden Wolgas zuging. Sofort sprangen fünf stramme, athletische Gestalten heraus und überquerten die Straße Richtung »Reparaturwagen«. Dessen Fahrer startete hastig und versuchte, das Auto aus einer Schneewehe herauszubekommen. Ohne jede Eile zog der General eine Pistole aus der Tasche und gab einen schallgedämpften Schuß ab, der die Hinterreifen des Wagens durchlöcherte. Die fünf Männer umstellten das Auto, und der General riß die Tür auf. Er richtete seine Waffe auf die drei erschreckten Funk-Schnüffler. Eine Minute später standen die drei bei mir in der Wohnung. Eingeschüchtert und beflissen wechselten sie alle Sicherungen am Stromzähler in der Diele aus, nahmen zwei Mikrofone aus dem Gasherd in der Küche, entfernten ein weiteres, das mit Saugklammern am Nachttisch befestigt war, und schraubten schließlich noch eins aus dem Telefonhörer.

»Sind das alle?« wollte der General wissen.

»Ja, Genosse Generalmajor.«

»Ragimow«, befahl der General einem seiner Männer. »Sie gehen jetzt mit hinunter und lassen sich alle Tonbänder geben. Und dann sollten die Kerle besser verschwinden, wenn ihnen ihr Leben lieb ist. So was wird nicht wieder vorkommen, Genosse Schamrajew. Von nun an können Sie in Ruhe arbeiten. Gibt es noch etwas, was ich für Sie tun kann?«

»Haben Sie vielleicht die Adresse von Zwiguns Leibwächter?«

»So gern ich Ihnen behilflich wäre, die habe ich leider nicht. Er hatte jemanden vom KGB.«

Nina kam aus der Küche und brachte auf einem Tablett Tee herein.

»Eine Tasse Tee, Genosse General?« fragte sie.

»Vielen Dank«, erwiderte er. »Aber ich möchte Ihnen nicht lästig fallen.« Er sah Swetlow, Pschenitschnij und mich an. »Ich könnte mir vorstellen, daß Sie eine Menge zu bereden haben. Genosse Schamrajew, könnte ich Sie noch einmal unter vier Augen sprechen?«

Er schaute sich in der Wohnung um und ging dann in die Küche. »Hm, Ihre Wohnung ist ja auch nicht gerade das, was man als Palast bezeichnen könnte«, stellte er fest. »Wenn Sie diesen Fall abgeschlossen haben, werden Sie eine neue und bessere bekommen. Aber ich habe Sie aus einem anderen Grund hierher gebeten. Leonid Breschnew hat mir aufgetragen, Sie darum zu bitten, in diesem Fall Ihr Möglichstes zu tun. Es gibt für Sie weder in finanzieller Hinsicht noch in bezug auf Ihre Handlungsfreiheit irgendwelche Beschränkungen. Hier, das ist für Sie.« Er holte ein kleines versiegeltes Päckchen aus der Innentasche seiner Uniformjacke und legte es auf den Küchentisch. »Und schreiben Sie sich auch meine Telefonnummer auf: 253–17–17. Sie können mich zu jeder Tages- und Nachtzeit erreichen. Ich möchte, daß Sie sich klar darüber sind, daß das Schicksal des Genossen Breschnew jetzt ganz in Ihrer Hand liegt ... Ihr eigenes natürlich auch.«

»Könnten Sie mir vielleicht ein paar Einzelheiten geben, General?«

»Was für Einzelheiten? Im Augenblick hat wohl niemand eine Ahnung, was in Suslows Kopf vorgegangen ist, als er das ›Unternehmen Kaskade‹ startete, oder wer mit von der Partie ist und was sie vorhaben. Auf jeden Fall haben wir die Division Kantemir nach Moskau beordert. Es wird jedoch zu keinerlei Auseinandersetzungen auf den Straßen kommen, höchstens auf irgendeiner Sitzung des Politbüros. Aber da Suslow aus dem Verkehr gezogen ist, weiß niemand, wer jetzt das Kommando in die Hand nimmt und welche Trümpfe sie im Ärmel haben. Zwigun hatte den Verdacht, daß Suslow irgendeinen Coup gegen die Regierung plane. Daher hatte Breschnew ihm gestattet, Suslow überwachen zu lassen. Das war vor einem Monat. Vier Wochen später bat Suslow Zwigun zu einem Gespräch, nach dem Zwigun Selbstmord beging. Das ist alles, was wir wissen.«

»Wo hält sich eigentlich Breschnews Sohn Jurij im Augenblick auf?«

»Er ist gerade aus Luxemburg zurückgekommen. Dort hat er eine Handelsdelegation geleitet. Warum?«

»Es wäre vielleicht das Beste, wenn er jetzt daheim bei seinem Vater bliebe. Auf jeden Fall sollte er sich an einem Ort aufhalten, wo die Möglichkeit gering ist, daß seine Telefongespräche abgehört und seine persönlichen Kontakte überwacht werden. Dasselbe gilt für Galina, Breschnews Tochter.«

»Oh-oh-oh!« Scharow seufzte wie ein alter Mann. »Dieses Mädchen ist doch nicht zu halten! Also gut. Wir werden uns etwas einfallen lassen... Wie auch immer, ich wünsche Ihnen viel Erfolg.« Er streckte mir die Hand entgegen. »Und vergessen Sie nicht, Sie können mich jederzeit anrufen.«

Ich schüttelte ihm die Hand.

Plötzlich fragte er: »Sie haben nicht zufällig einen Cognac?«

»Doch...«

»Geben Sie mir ein Glas. Mein Herz macht mir zu schaffen.«

»Sollen wir einen Krankenwagen rufen?«

»Nein, nein«, lachte er. »Die Ärzte würden sagen, ich sei absolut gesund. Es geht schon wieder vorbei.«

Ich reichte ihm ein Glas Cognac.

Er trank es mit einem Schluck aus und wartete dann einen Augenblick. »Das wär's«, sagte er dann. Er war grau im Gesicht und kämpfte offensichtlich gegen einen inneren Schmerz. »Ich wünsche Ihnen viel Glück«, sagte er noch einmal und ging mit gebeugten Schultern hinaus.

Ich blickte ihm nach. Auch die Garde unserer Regierung wurde also alt und hatte Herzbeschwerden! Ich öffnete das versiegelte Päckchen. Es enthielt ein Bündel neuer Einhundert-Rubel-Scheine, zusammengehalten von einer Bankbanderole und mit der Aufschrift »10 000 Rubel« versehen. Es lag auch ein Schreiben mit Briefkopf und rotem Namensstempel bei. Es lautete wie folgt:

Der Vorsitzende des Präsidiums des Obersten Sowjet
derUdSSR
Generalsekretär des Zentralkomitees der KPdSU
Leonid Breschnew
Hiermit wird bescheinigt, daß Justizoberrat Genosse Igor Josifowitsch Schamrajew, Chefinspektor für Sonderfälle bei der Generalstaatsanwaltschaft der UdSSR und befaßt mit einer Angelegenheit von nationaler Bedeutung, einen Regierungsauftrag erfüllt. Alle nationalen, militärischen und sonstigen Institutionen werden angewiesen, ihn bei seiner Arbeit zu unterstützen und ihm alle seine Forderungen zu erfüllen.

Leonid Breschnew

Kreml
Moskau
23. Januar 1982

Ich steckte das Geld und den Brief in meine Jackentasche und ging wieder ins Wohnzimmer, um meine erste Beratung mit Swetlow und Pschenitschnij abzuhalten.

4

Die Suche nach den Mördern

Sonntag, 24. Januar, 6.17 Uhr
Moskau lag noch in tiefem Schlaf, als Valentin Pschenitschnij, Inspektor bei der Moskauer Staatsanwaltschaft, mit der ersten Bahn auf der Metrostation Arbatskaja eintraf. Der leere Aufzug brachte ihn hinauf zur immer noch dunklen und schneeverwehten Straße. Von hier aus waren es etwa zehn Minuten zu Fuß bis zur Katschalow-Straße, wo der frühere Stellvertretende KGB-Vorsitzende Zwigun seine »geheime« Wohnung gehabt hatte. Pschenitschnij zog seine Pelzmütze noch tiefer ins Gesicht, stellte den Kragen seines hellbraunen Mantels hoch und machte sich auf den Weg. Die Eigenschaft, die mich vor allem dazu bewogen hatte, Pschenitschnij in meine Mannschaft aufzunehmen, war seine Gründlichkeit.

Als wir seinerzeit auf dem Kursker Bahnhof nach dem entführten Belkin forschten, bat ich ihn, wenigstens einen Zeugen für diese Entführung ausfindig zu machen. Und nach 24 Stunden – ohne eine einzige Minute Schlaf, ohne Erholungs- oder Essenspause – schleppte Pschenitschnij, einem Bulldozer gleich, nicht nur sämtliche Angestellten des Bahnhofs, sondern auch einige hundert Taxichauffeure, Gepäckträger, kleine Spekulanten, Diebe, Alkoholiker, Wahrsagerinnen und fliegende Händler an und fand den Zeugen. Daher bat ich ihn an jenem Abend, als wir zu dritt über unser weiteres Vorgehen berieten, alle Mieter des Hauses Katschalow-Straße 16a zu befragen. Vielleicht hatte einer von ihnen am Tag von Zwiguns »Selbstmord« doch etwas Verdächtiges festgestellt. Mir war klar, daß Pschenitschnij nicht nur die Mieter von Nummer 16a, sondern von mindestens fünfzehn Häusern im Umkreis befragen würde. Ich hatte allerdings nicht

damit gerechnet, daß er vor Tau und Tag aus meiner Wohnung schlüpfen würde, um sofort mit der Arbeit zu beginnen. Um sechs Uhr morgens, und das an einem Sonntag! In seinem Bericht vermerkte Pschenitschnij später in seiner typisch lakonischen Art: »Um mich mit den Gegebenheiten des Tatorts vertraut zu machen, traf ich um 6.17 Uhr in der Katschalow-Straße ein.«
Die nach dem gefeierten russischen Schauspieler Katschalow benannte Straße ist selbst an einem Werktag um die Mittagszeit eine ruhige Durchgangsstraße; zu dieser frühen Morgenstunde war sie dunkel, leer und völlig verschneit. Der Schneesturm hatte auch die neuen zwölfgeschossigen Wohnhäuser in Mitleidenschaft gezogen, die eigens für hochrangige Persönlichkeiten aus dem Ministerrat errichtet worden waren. Vor dem Brotladen im Erdgeschoß von Nummer 14 wurden Bleche mit frischen Brötchen und Broten abgeladen. Ganz Moskau weiß, daß man frische, aus echtem Weizenmehl hergestellte Backwaren nur an vier Stellen kaufen kann: auf dem Kutusowskij Prospekt in der Nähe von Breschnews Haus, im Jelisejew-Laden an der Gorki-Straße, am Filmkunsttheater an der Neuen Arbat-Straße und hier, Tür an Tür mit den sogenannten Regierungswohnblocks. Der Duft des frischgebackenen Brots stieg Pschenitschnij schon von weitem in die Nase. Er steuerte darauf zu, betrat den Laden, zeigte der Geschäftsführerin seinen Ausweis und erhielt neben allgemeinem Geplauder auch einen kalorienarmen Laib Brot und eine Tasse Kaffee. Die Frau im Laden erwies sich als munteres, umgängliches Geschöpf und kannte die Namen fast aller Kunden aus der Nachbarschaft. Schon bald notierte Pschenitschnij die Namen all jener, die hier gewöhnlich nachmittags ihr Brot kauften: Xenja, die Haushälterin von Kossygins Tochter; Mascha, Haushälterin des Schauspielers Papanow; Iwan Polikarpowitsch vom Ministerrat; Rosa Abramowa, die Frau des Professors aus Nummer 16a; die neunjährige Katja Uschowitsch, Schülerin der Musikschule an der Mersljakowka, die jeden Nachmittag nach dem Unterricht hereinschaute, um ein köstliches französisches Hörnchen zu kaufen, und so weiter – insgesamt sechzig Leute, darunter siebenundzwanzig Haushälterinnen, sechs Akademiemitglieder, acht Diplomaten und drei Schauspieler. Pschenitschnij war fest entschlossen, sie alle zu befragen, da jeder von ihnen am Nachmittag des 19. Januar an Nummer 16a vorbeigekommen sein und etwas Interes-

santes beobachtet haben konnte. In diesem Augenblick betrat der Revierinspektor der Miliz, Hauptmann Andrej Kopylow, das Geschäft. Untersetzt, mit schneebestäubtem Mantel und Stiefeln, befühlte er fachmännisch die Brotlaibe und suchte sich den knusprigsten heraus. Er nahm auch ein paar Baguettes mit – seinen täglichen kostenlosen Tribut – und wollte sich gerade wieder trollen, als Pschenitschnij ihn ansprach. Nach Kopylows Meinung war Nummer 16a ein ruhiges und ordentliches Haus, ohne feuchtfröhliche Parties und mutwillige Zerstörungen, da es sich bei den Mietern um gesittete Leute von der Regierung handelte. Es stimmte schon, sie gingen erst spät zu Bett, oft brannte noch nach Mitternacht Licht, und häufig rollten schwarze Wolgas, SILs und Tschaikas während der Nachtstunden vor. Mitunter waren die Insassen leicht beschwipst, aber das war, wie man so sagt, nichts Ungewöhnliches. Sie hatten Geld und konnten es sich leisten, in Restaurants zu gehen und Hochzeiten zu feiern. In der Wohnung Nummer 11 hatte man zum Beispiel zehn Tage lang rund um die Uhr gefeiert. Aber in den sechs Jahren, während Kopylow hier seinen Dienst versah, hatte es nur einen einzigen ernsthaften Zwischenfall gegeben, und dabei hatte es sich um einen Verkehrsunfall gehandelt. Vor drei oder vier Jahren hatte irgendein betrunkener Besucher, ein Georgier aus Tiflis, mit der Stoßstange seines Wolgas die Tür des neuen Schiguli der Frau des Akademiemitglieds Zipurskij gerammt. Das war jedoch ohne größeres Aufsehen abgegangen – der Georgier war sofort für die Reparaturkosten aufgekommen, und die Verkehrspolizisten, die ihm wegen Trunkenheit am Steuer den Führerschein abnehmen wollten, gaben sich mit einer Geldbuße in Höhe von einhundert Rubeln zufrieden. Nichtsdestotrotz hatte der pflichtbewußte Kopylow den Vorfall ins Protokoll aufgenommen, das im Krasno-Presnaja-Revier Nummer 45 aufbewahrt wurde. Danach war der Georgier verschwunden, und Hauptmann Kopylow hatte ihn nicht mehr wiedergesehen. Andere Georgier waren aufgetaucht, sicher, aber dieser nicht mehr.

Obwohl die Affäre drei Jahre zurücklag und keinerlei Bezug zu den aktuellen Ereignissen zu haben schien, machte sich Pschenitschnij die Mühe, mit Kopylow das Revier Nummer 45 aufzusuchen, die Dienstberichte des Jahres 1978 durchzusehen und in sein Notizbuch zu übertragen: »12. Juli 1978. Keine besonderen Vorfälle. 21.20 Uhr: ein dunkelblauer Wolga mit dem amtlichen Kennzeichen GRU 56–12 rammte die Tür des Schiguli mit dem Kennzeichen MKE 87–21. Verkehrspolizisten belegten Fahrer wegen Trunkenheit am Steuer mit einer Geldstrafe von einhundert Rubel, verzichteten aber darauf, den Führerschein einzubehalten. Keine weiteren Vorkommnisse. Revierinspektor A. P. Kopylow.«

Danach händigte Hauptmann Kopylow Pschenitschnij das Hausbuch für Nr. 16a aus, das die komplette Liste aller Bewohner enthielt. Als er dieses Register prüfte, entdeckte er, daß in der Rubrik »Wohnung Nr. 9« kein Name verzeichnet war, da stand nur »Sonderwohnung«. Pschenitschnij ernannte Kopylow zu seinem Assistenten, und bewaffnet mit den Namen von achtundvierzig Mietern und sechzig regelmäßigen nachmittäglichen Brotkäufern, die unter Umständen am 19. Januar an Nr. 16a vorbeigekommen sein konnten, zogen sie aus, alle zu befragen, um die Ereignisse des 19. Januar in dem von so zahlreichen Mietern bewohnten Haus Minute für Minute zu rekonstruieren.

8.55 Uhr
Der schwarze Wolga der Staatsanwaltschaft stand vor dem Eingang meines Hauses; der Fahrer war auch diesmal Sascha Lunin.

»Wir kommen!« rief ihm Nina vom Balkon aus zu. Aber bevor wir zum Aufzug gingen, befestigte ich mein persönliches Siegel an der Wohnungstür. Nun sollten sie ruhig kommen und versuchen, ihre Mikrofone anzubringen!

Aber Swetlow lachte nur ironisch. »Wenn es Krasnow in den Kram paßt, werden sie dein Siegel abnehmen und es später so wieder anbringen, daß du gar nichts davon merkst.«

»Und wie ist es damit?« Nina riß sich eines ihrer flachsblonden Haare aus, wickelte ein Ende um einen Splitter an der Tür und das andere um eine Unebenheit in der Schwelle. Dann verknotete sie beide.

Swetlow ließ einen anerkennenden Pfiff hören. »Sag mal, wer bist du eigentlich? Richard Sorge?«

»Ich hab das mal in einem Film gesehen«, erwiderte Nina.

Dann fuhren wir unverzüglich zur Petrowka-Straße Nr. 38. Hier nahm Swetlow Nina mit in sein Büro bei der Moskauer Kriminalpolizei, während ich zum Kotelnitscheskaja-Ufer fuhr, um Zwiguns Witwe einen Besuch abzustatten.

9.20 Uhr
Vera Petrowna, die Witwe Zwiguns, lebte – gemessen am Standard hoher Parteifunktionäre – in einer eher bescheidenen Vierzimmerwohnung. Wenn man bedachte, daß Sohn und Tochter erwachsen waren und nicht mehr bei den Eltern wohnten, waren die vier Zimmer und die geräumige Küche durchaus ausreichend für zwei ältere Leute. Das versicherte mir auch Vera Petrowna, korrigierte sich dann jedoch schnell: »Es *war* ausreichend, aber jetzt bin ich allein. Jetzt brauche ich überhaupt nichts mehr.«

Sie hatte mich zuerst zurückhaltend, ja fast unfreundlich empfangen, aber dann hatte sie mich doch durch die Wohnung geführt: alte Möbel aus den vierziger Jahren, abgenutzte Teppiche und Armsessel, an den Wohnzimmerwänden anstelle von Bildern Plakate der Filme *Front ohne Flanke* und *Krieg hinter der Front*, gedreht nach den Büchern des verstorbenen Zwigun. Im Arbeitszimmer eine alte klapprige Schreibmaschine, wie überhaupt in der ganzen Wohnung Anzeichen einer spartanischen, fast ärmlichen Existenz. Das genaue Gegenteil der »Sonderwohnung« an der Katschalow-Straße. Ein wenig später zeigte mir Vera Petrowna Familienfotos – da war ihr Vater in Tschernigow, sie selbst und ihre Schwester Vika im Alter von zwölf Jahren; da war Vikas Hochzeit in Dnjepropetrowsk, als sie einen jungen, dunkelhaarigen Parteifunktionär mit buschigen Augenbrauen und dem Namen Leonid Breschnew geheiratet hatte; hier waren Semjon und Vera Zwigun 1939 auf der Krim – beide ehemalige Lehrer, die der Tscheka beigetreten waren; und da machten die Familien Zwigun und Breschnew gemeinsam Urlaub. Ja, in all diesen Jahren waren sie Freunde gewesen, und nun waren die Breschnews nicht einmal zu Semjons Beerdigung gekommen!

Nach typischer Moskauer Art unterhielten wir uns nicht im Wohnzimmer, sondern in der Küche. Obwohl es in der Wohnung warm war, hatte sich Vera Petrowna in einen Schal gehüllt. Sie bot mir Tee und Pfannkuchen an und schüttete mir nach und nach ihr Herz aus. Vor allem fühlte sie sich durch das Verhalten ihrer Schwester und ihres Schwagers verletzt – Breschnew hatte es nicht für nötig befunden, den offiziellen Nachruf zu unterzeichnen, und war auch nicht zu den Trauerfeierlichkeiten erschienen; nicht einmal ihre Schwester war gekommen. Sie war aber auch empört über ihren Bekanntenkreis – früher hatten sich alle um ihre Freundschaft gerissen, und nun riefen selbst die Kinder nur noch aus Pflichtgefühl an. Sie fragten die Mutter, wie es ihr ginge, und hängten dann schnell wieder ein. Der einzige wirklich anständige Mensch war Gaidar Alijew aus Baku, Erster Sekretär des Zentralkomitees der Kommunistischen Partei von Aserbaidschan. Vor zwanzig Jahren, als Zwigun Chef des KGB in Aserbaidschan gewesen war, war Alijew sein Schüler, Assistent und enger Freund gewesen. Und dann war sein Stern aufgegangen. Nicht zuletzt dank Zwiguns Unterstützung war er zum mächtigsten Mann der gesamten Republik avanciert und heute sogar Politbüro-Kandidat, das heißt, er hatte seinen Mentor überflügelt. Aber seine Erfolge waren ihm nicht zu Kopf gestiegen, er hatte seinen alten Freund nicht vergessen.

Am Abend des 19. Januar, an Semjons Todestag, hatte er sie aus Baku angerufen und ihr gesagt, er würde sich sofort ins Flugzeug setzen, um an der Beerdigung teilzunehmen. Aber ganz offensichtlich war dieses Gespräch abgehört worden, denn eine Stunde später rief Alijew wieder an und teilte mit, daß ihm das Politbüro untersage, Aserbaidschan zu verlassen, da am 21. Januar eine Regierungsdelegation aus Angola in Baku erwartet werde.

»Na, wer könnte da wohl gelauscht haben? Aber das brauche ich Ihnen ja nicht zu erzählen!« lachte Vera Zwigun. »Wer bestimmt denn, wohin diese schwarzen Kommunisten geschickt werden? Suslow und Andropow natürlich! Nur die haben soviel Autorität! Schurken sind sie, nichts weiter als Schurken!«

Vera Petrowna schaukelte in ihrem Stuhl hin und her. »Und sie müssen Breschnew so schlimme Dinge über Semjon erzählt haben, daß nicht einmal Vika zur Beerdigung kam, und auch Alijew hat man gehindert, daran teilzunehmen. Dieser Abschaum! Suslow hatte zumindest den Anstand, Krankheit vorzuschützen. Aber Andropow scheute nicht davor zurück, an den Trauerfeierlichkeiten teilzunehmen.«

»Vera Petrowna, haben Sie denn gar keine Angst, daß sie uns auch jetzt abhören könnten?« fragte ich leicht schockiert über ihre so offen geäußerte Verbitterung.

»Oh, ich wünschte, sie würden es hören! Ich wünsche es wirklich sehr! Was können sie mir denn schon tun? Mich ins Gefängnis werfen? Mich, Breschnews Schwägerin? Das können sie nicht! Und sie sind doch alle Schurken. Weshalb sollte man es dann nicht offen sagen? Semjon hat sie daran gehindert, Breschnew zu demütigen. Schließlich hatte er den ganzen KGB in der Hand. Und so haben sie einfach Verleumdungen über ihn verbreitet, und Breschnew hat ihnen geglaubt, der Idiot! Aber so ist das nun mal! Dreißig Jahre lang hat Semjon ihm treu und ergeben gedient, und nun hält Breschnew es nicht einmal für nötig, ihm das letzte Geleit zu geben. Und auf was für einen Friedhof haben sie ihn gebracht? Nicht etwa nach Nowodewitschij – nein, nach Wagankowo! Aber nur keine Sorge, sie werden Breschnew jetzt ganz hübsch in die Knie zwingen! Geschieht ihm recht, diesem Stümper! Und wenn sie Alijew nicht daran gehindert hätten, nach Moskau zu kommen, hätte der sehr schnell herausgefunden, wer Semjon ins Grab gebracht hat!«

Abgesehen von den unverhüllten Bosheiten, die man bei einer alten Frau vielleicht nicht erwartet hätte, enthielt dieses Lamento für mich doch einige sehr wichtige Details. Zunächst einmal bestätigte die Alte, daß ihr Mann innerhalb des KGB stets Breschnews Interessen verteidigt hatte. Und zweitens war zu vermuten, daß Alijew, falls er wirklich ein so guter Freund Zwiguns war, sofort nach seiner Ankunft in Moskau in die Wohnung an der Katschalow-Straße geeilt wäre, wo der »Selbstmord« begangen worden war. Aber damit wäre er jemandem in die Quere gekommen. Und so wurde Alijew einfach am Erscheinen gehindert. Von wem? Zwiguns Witwe war überzeugt, daß Andropow und Suslow dahintersteckten...

»Vera Petrowna, hatte Ihr Mann denn irgendwelche konkreten Beweise eines Komplotts gegen Breschnew?«

Sie lachte. »Ach so! Also deshalb hat Breschnew Sie zu mir geschickt! Der kann mich mal! Ich weiß gar nichts. Seinetwegen habe ich meinen Mann verloren – gleich zweimal, wenn Sie es genau wissen wollen. Ja, das meine ich so, wie ich es gesagt habe! Wie hat sich Breschnew denn in den letzten Jahren verhalten? Chruschtschow hat seine Frau überallhin mitgenommen – nach Amerika und nach Europa. Und Vika darf nicht einmal die Datscha verlassen. Sogar auf Empfänge geht Breschnew allein.

Und auch Semjon hörte auf, Gäste einzuladen. Es sind mindestens zehn Jahre her, seit wir zum letzten Mal zusammen im Theater waren.«

Es bedurfte schon der besonderen Geduld eines Ermittlers, sich aus dieser Flut die Dinge herauszufischen, die für die Untersuchung wirklich wichtig waren.

»Haben Sie irgendwelche Unterlagen Ihres Mannes aufbewahrt, Aufzeichnungen oder Notizbücher?« fragte ich.

Sie schüttelte den Kopf. »Nein. Sie haben noch am selben Tag alles mitgenommen. Zu sechst sind sie am Abend des neunzehnten Januar bei mir erschienen, haben die ganze Wohnung auf den Kopf gestellt, jedes Buch im Schrank durchgeblättert und alle Papiere mitgenommen, sogar die Tonbandkassetten. Ich habe sie gefragt: ›Wozu brauchen Sie denn die Kassetten? Darauf sind doch nur meine Lieblingslieder von Wyssotzkij und Okudschawa, also nichts, was mit KGB-Geheimnissen zu tun hätte.‹ Aber sie sagten: ›Wir müssen uns alles anhören. Man kann nie wissen...‹ Idioten! Glauben die denn, daß Zwigun, wenn er wirklich etwas in Händen gehabt hätte, das ausgerechnet zu Hause aufbewahrt hätte?«

»Wo hätte er es denn sonst aufbewahren können?«

»Ich weiß nicht...« erwiderte sie. »Sie haben auch die Datscha durchsucht.«

»Wer hat denn diese Untersuchung durchgeführt? Haben Sie nach ihren Ausweisen gefragt?«

»Warum hätte ich mir die Mühe machen sollen? Ich kenne sie doch! Kurbanow vom KGB war dabei, Krasnow von der Miliz – sie haben das Ganze geleitet. Ja, und dann war da noch ein großer, älterer Mann in Zivil mit nikotinverfärbten Zähnen. Er tat ebenfalls sehr wichtig und hat sich sofort auf die Tonbänder gestürzt.«

Konnte das Baklanow gewesen sein? Der Gedanke wollte mir nicht aus dem Kopf, und ich fragte: »Erinnern Sie sich an seinen Nachnamen?«

»Er hat ihn mir nicht verraten, aber sie haben ihn Nikolai Afanasjewitsch genannt. Also sagte ich zu ihm: ›Nikolai Afanasjewitsch, lassen Sie mir doch eine einzige Kassette, meine Lieblingskassette, die mit Okudschawas Lied vom letzten Autobus.‹ Aber natürlich hat er das nicht getan, der Hund.«

Nun hatten sich Baklanows und meine Wege gekreuzt, dachte

ich. Seit seiner Warnung waren nicht einmal 24 Stunden vergangen, und schon war es herausgekommen: noch am 19. Januar, wenige Stunden nach dem »Selbstmord«, hatte Baklanow Zwiguns Wohnung durchsucht. Und das hieß auch, daß Kurbanow nach der Überprüfung der Wohnung in der Katschalow-Straße zusammen mit Krasnow sofort hierher geeilt war. Und auch Malenina hatte etwas von Tonbändern gesagt, als sie gestern aus dem geheimen Überwachungsraum gekommen war. Ich erinnerte mich genau an ihre Worte: »Unmöglich, daß sie nichts von diesen Tonbändern gewußt hat! Ich lasse diese Hure nicht mehr aus den Augen.« Also waren sie alle hinter irgendwelchen Tonbändern her: Malenina, Baklanow, Krasnow und sogar Kurbanow – alle waren sie im selben Lager. Vielleicht war Zwigun zu vorsichtig gewesen, Informationen über Suslows Intrigen gegen Breschnew dem Papier anzuvertrauen, und hatte daher alles auf Tonband gesprochen. Oder besaß er womöglich Aufnahmen von Gesprächen zwischen Suslow, Andropow und weiteren Verschwörern? Schließlich hatte Breschnew Zwigun gestattet, Suslow überwachen zu lassen... Wenn man doch nur Zwiguns Agenten befragen könnte! Wer konnte mir sagen, wo sich diese Bänder befanden? Andropow mit Sicherheit nicht!

»Vera Petrowna, sagen Sie mir doch bitte, was Sie am achtzehnten Januar gemacht haben. Vielleicht auch früher, ein paar Tage davor... War Ihr Mann irgendwie deprimiert oder niedergeschlagen?«

»Mein lieber Junge, wenn Sie wüßten, wie selten ich ihn in der letzten Zeit gesehen habe! Mitunter kam er tagelang nicht nach Hause. Dauernd hat er gearbeitet. Und außerdem hatte er – warum sollte ich das vor Ihnen verheimlichen – zwei Wohnungen: diese hier und eine in der Katschalow-Straße. Dort spielte er Karten, und manchmal hatte er auch Frauen zu Besuch. So alt war er ja schließlich noch nicht – erst vierundsechzig. Aber für mich war er bei der Arbeit, wenn er nicht zu Hause war. Besonders, seitdem jeden Tag etwas passierte: erst Afghanistan, dann Polen, dann die Dissidenten, dann Sacharow – man kam einfach nicht mehr zur Ruhe. Und er war auch so nervös. Zum Glück hatte er etwas zuzusetzen. Er wollte gar nicht abnehmen. Wie oft hat er zu mir gesagt, daß magere Männer diese Arbeit gar nicht verkraften könnten. Dserschinskij, nun, der war mager, und nach wenigen

Jahren schon war er ausgebrannt. Aber Semjon hat fast sein ganzes Leben beim KGB verbracht, seit 1939.«

»Dann haben Sie Ihren Mann also weder am achtzehnten noch am neunzehnten Januar gesehen. Wann waren Sie das letzte Mal mit ihm zusammen?«

»Moment. Ich habe ihn am achtzehnten und am neunzehnten gesehen. Nur davor war er drei oder vier Tage fort. Aber die Nacht vom achtzehnten zum neunzehnten Januar hat er zu Hause verbracht. Er war erschöpft und müde, aber im großen und ganzen wie immer. Am Morgen des neunzehnten habe ich ihm ein Frühstück zubereitet, und er hat mit großem Appetit alles aufgegessen. Dann ist er zur Arbeit gefahren.«

»Hat er irgend etwas zu Ihnen gesagt, bevor er ging – ich meine etwas Besonderes, Ungewöhnliches?«

»Nein. Nichts.«

»Und was haben Sie gemacht, nachdem Ihr Mann an diesem Tag ins Büro gefahren war?«

»Ich bin ins Kino gegangen«, sagte sie.

Ich sah sie verblüfft an. Ihre Stimme klang traurig und resigniert, als sie nun erläuterte: »In den letzten Jahren bin ich sehr oft allein gewesen – die Kinder leben woanders, Semjon war häufig tagelang fort, und wenn er doch einmal heimkam, dann erst spät. Was sollte ich alte Frau denn tun? Und da habe ich mir angewöhnt, vormittags ins Kino zu gehen. Ich machte ihm das Frühstück – sein Mittagessen nahm er ja ohnehin immer beim KGB ein, sie haben da ein eigenes Restaurant für die Chefs, und so machte ich mir gar nicht erst die Mühe, für mich Mittag zu kochen. Ich ging zu den Zehn-Uhr-Vorstellungen – entweder hier, es gibt ein Kino in der Nähe, oder in der Stadt, im *Rossija*. Und wenn irgendwo ein Film von Semjon lief, habe ich mir den angesehen.«

»Was für Filme?«

»Haben Sie die nicht gesehen? *Front ohne Flanke* und *Krieg hinter der Front*? Semjon hat die Bücher geschrieben, unter dem Pseudonym Semjon Dneprow. Tichonow spielt ihn darin, und die Schauspielerin Natascha Sukowa hat meine Rolle übernommen.«

»Und was haben Sie am neunzehnten Januar gesehen?«

»*Das Mädchen des Mechanikers Gawrilow* – eine Komödie... Hätte ich gewußt, daß zur selben Zeit...«

»Da hat Ihr Mann also ruhig und so wie immer das Haus

verlassen – und wenige Stunden später Selbstmord begangen. Kommt Ihnen das nicht merkwürdig vor? Schließlich muß doch etwas Schreckliches geschehen, bevor man sich zu so einer Tat durchringt. Besonders in seinem Alter.«

Sie lachte. »Mein lieber Junge, jeden Tag geschehen die schrecklichsten Dinge. Denken Sie doch nur daran, wie überzeugt und selbstsicher Witja Paputin war, und doch schoß er sich eine Kugel durch den Kopf, nachdem es ihm nicht gelungen war, Amin in Afghanistan lebend in die Hände zu bekommen. Es war das erste Mal, daß so etwas passierte: Das Innenministerium und nicht der KGB leitete eine Operation im Ausland. Und außerdem hatte Semjon Breschnew gewarnt, daß sie scheitern würden. Sie sind dann ja auch prompt auf dem Bauch gelandet.«

Ich verstand gar nichts mehr. Welcher Amin? Und was meinte sie mit »lebend in die Hände bekommen«?

Vera Petrowna lachte wieder. »Sehen Sie, Sie wissen nichts von alledem. Aber in dem Geschäft passieren solche Dinge fast täglich. Als die antisowjetischen Demonstrationen in Afghanistan begannen, schlug mein Mann vor, Hafisullah Amin nach Moskau zu holen und ihn ein Hilfeersuchen unterschreiben zu lassen. Dann hätten unsere Truppen der Regierung dort Hilfe leisten können. Dann wäre alles ganz ruhig und friedlich verlaufen, genau wie es die Charta der Vereinten Nationen verlangt. Aber Suslow erklärte, mit Hilfe der afghanischen KP würde er mit diesen islamischen Fanatikern schon fertig. Doch damit scheiterte er. Fanatiker griffen unsere Botschaft an, töteten sechsunddreißig ihrer Angehörigen, spießten ihre Köpfe auf Stangen und führten sie in einer Prozession durch die Stadt. Natürlich fand sofort eine Sitzung des ZK statt, und die Militärs verlangten, man solle auf der Stelle losmarschieren und dieses Afghanistan besetzen. Aber Semjon war dagegen. Er erklärte, daß es dafür längst zu spät sei. Sie hätten früher eingreifen müssen. Zum jetzigen Zeitpunkt könne nur noch ein zweites Vietnam entstehen. Suslow höhnte, wenn der KGB sich nicht traue, würde eben das Innenministerium die Sache in die Hand nehmen – dann könnte es beweisen, wozu es in der Lage sei, schließlich habe man dort ja auch eine Geheimdienstabteilung. Und Paputin war nur allzu bereit, ihnen gefällig zu sein. Sie planten einen bewaffneten Angriff auf Kabul, auf den Präsidentenpalast. Sie wollten Amin lebend in die Hände bekommen und ihn zwingen, schriftlich um die Entsendung sowjetischer Truppen zu bitten. Als wir praktisch das gleiche vorgeschlagen hatten, da ging das nicht – oh, nein! Aber nun würde das Innenministerium eingreifen, und Paputin sollte das Unternehmen persönlich leiten. Sie landeten also nachts am Präsidentenpalast und wurden mit den Wachen fertig. Aber sie hatten nicht damit gerechnet, daß Amin selbst schießen und sich weigern würde, sich zu ergeben. Einer unserer Leute hat ihn mit einer Maschinenpistole erschossen, und das ganze Unternehmen schlug fehl. Was war das für ein Skandal! In ein fremdes Land einzufallen und den Staatspräsidenten zu töten! Mit Sicherheit hätte Suslow daraufhin sein Mütchen an Paputin gekühlt. Er hätte ihn für den Rest seines Lebens in die Uranminen geschickt. Weil er eben ein Faschist ist, dieser Suslow, ein Despot, einer von Jeschows Ziehkindern! Wissen Sie eigentlich, wie viele Kommunisten er und Jeschow getötet haben? Und wer hat wohl den internationalen Terrorismus erfunden? Was glauben Sie? Die Araber? Dazu wären die doch gar nicht in der Lage! Es war Suslow! Er hat für sie in der Nähe von Simferopol ganze Trainingslager eingerichtet! Also wußte Paputin genau, was ihm bei der Heimkehr bevorstand, und da hat er sich im Flugzeug eine Kugel durch den Kopf gejagt. Und Sie reden von schrecklichen Dingen! So etwas passiert doch tagtäglich! Schewtschenko lief zu den Amerikanern über und verriet ein ganzes Agentennetz – wer hatte schuld? Zwigun! Dann besiegt Israel die Araber, und wer trägt dafür die Verantwortung? Wieder Zwigun, weil er es versäumt hatte, die Araber mit Geheimdienstberichten zu versorgen!«

Vielleicht hätte mir Vera Zwigun, wenn ich sie nicht unterbrochen hätte, noch ein Dutzend ähnlicher Geschichten aufgetischt. Aber ich konnte es mir nicht leisten, hier bei Tee und Pfannkuchen die Zeit zu vertrödeln. Deshalb unterbrach ich sie: »Dann nehmen Sie also an, daß Ihr Mann Gründe für einen Selbstmord gehabt hat?«

Sie sah mich durchdringend an, und ihr Gesicht veränderte sich. Die einsame, geschwätzige Alte schien plötzlich boshaft, fast feindselig. »Hören Sie, junger Mann! Wenn Sie bei der Staatsanwaltschaft arbeiten, dann haben auch Sie Gründe, Selbstmord zu begehen! Verstehen Sie, was ich meine?«

»Nun, das ist vielleicht eine zu philosophische Betrachtungsweise«, versuchte ich diese unerwartete Wendung des Gesprächs zu überspielen. Nein, diese alte Frau war nicht so simpel, wie ich anfangs geglaubt hatte – oder sie hatte zu Beginn bewußt diesen Eindruck erweckt. Trotz all der Klagen über ihre Einsamkeit, trotz dieser rührenden Ausflüge ins Kino, um sich die Filme ihres Mannes anzusehen, war da plötzlich eine gewisse Härte an ihr, etwas, das die ehemalige Tscheka-Agentin verriet. Mir kam plötzlich eine Idee. »Vera Petrowna«, fragte ich, »mit welchem Rang haben Sie eigentlich den KGB verlassen?«

Sie sah mir in die Augen und brach in Gelächter aus. »Sie junger Ganove, Sie gefallen mir! Wenn Semjon noch am Leben wäre, würde ich ihn dazu überreden, Sie auf Kurbanows Posten zu setzen. Möchten Sie einen Wodka?«

»Vera Petrowna, wir sollten aufhören, hier wie zwei redselige alte Damen einen Kaffeeklatsch abzuhalten. Nach welchen Tonbändern wird gesucht? Sie wissen es doch.«

»Nein, ich weiß gar nichts«, erwiderte sie trocken.

»Oder Sie wollen es nicht sagen.«

Sie zuckte die Achseln und lachte mir offen ins Gesicht. »Hören Sie, junger Mann, ich habe nicht die Absicht, Ihnen bei Ihren Untersuchungen zu helfen. Nicht etwa, weil Semjon Kusmitsch für mich als Ehemann seit jener Zeit erledigt war, als ich herausfand, daß er mich betrog – wir blieben trotzdem gute Freunde. Sondern aus einem ganz anderen Grund: Weder Semjon noch mir kann diese Untersuchung mehr etwas nützen. Sie kommt doch nur einem zugute – Breschnew! Er glaubt nicht, daß Semjon Selbstmord begangen hat, und will von Ihnen die Beweise, daß Zwigun von Suslow und seinen Kumpanen umgebracht worden ist – Andropow, Gorbatschow, Kirilenko und Grischin. Dann kann er sie alle auf einen Schlag aus dem Politbüro hinausfegen und selbst drinbleiben. Und genau das ist es, was ich nicht will. Ich will nicht, daß dieser Halunke an der Macht bleibt – um den Preis des Lebens eines Mannes, zu dessen Begräbnis er nicht einmal erschienen ist. Verstehen Sie? Dann können Sie ja gehen. Und Sie können es Breschnew ruhig sagen.«

»Gut«, seufzte ich und stand auf. »Noch eine letzte Bitte. Ich hätte gern die Jacke, die man Ihnen gestern im Leichenschauhaus des Ersten Medizinischen Instituts ausgehändigt hat.«

»Die habe ich verbrannt«, erklärte sie mit ausdruckslosem Gesicht.

»Das glaube ich Ihnen nicht. Sie konnten doch gar nicht wissen, daß ich Sie heute besuchen würde.«

»Trotzdem habe ich sie verbrannt. Und wenn Sie mir nicht glauben, können Sie ja die Wohnung durchsuchen.«

»Sagen Sie, als Sie die Jacke zurückbekamen, wo war da eigentlich der Riß?«

»Die Jacke war absolut unbeschädigt.«

»Das stimmt nicht. Sie war an der Rückennaht aufgerissen.«

»Dann muß ich das übersehen haben.«

»Sie haben es keineswegs übersehen. Ihnen als alter Tschekistin kann das gar nicht entgangen sein. Und Sie wissen genau, daß dieser Riß auf einen Kampf schließen läßt. Deswegen haben Sie die Jacke doch auch verbrannt. Bevor Ihr Mann starb, hat er also mit jemandem gekämpft, vielleicht sogar auf irgend jemanden geschossen. Ist das nicht seltsam? Erst kämpft er mit jemandem, und dann jagt er sich eine Kugel durch den Kopf. Nun...?«

Sie gab keine Antwort.

Ich spielte meine letzte Karte aus. »Und wenn sich nun herausstellt, daß Ihr Mann ermordet wurde, werden Sie sich dann auch noch weigern, meine Untersuchungen zu unterstützen?«

Wieder sagte sie nichts, preßte aber den schmalen, vertrockneten Mund noch fester zusammen.

»Nun gut«, seufzte ich und stand auf. »Ich werde gehen. Aber eines möchte ich Ihnen noch sagen: Auch Sie begleichen Rechnungen auf Kosten der Toten. Leben Sie wohl.«

10.12 Uhr
Vera Zwiguns Entschluß, für das Gelingen der Untersuchungen keinen Finger zu rühren, hatte ihr nichts genützt. Natürlich war ich wütend, als ich sie verließ, und wie! Man stelle sich vor – die Witwe des Opfers vernichtet Beweismaterial und verweigert die Aussage! Und doch war diese Besprechung nicht umsonst gewesen. Zunächst war ich jetzt fast noch mehr überzeugt, daß die Selbstmordversion glatter Humbug war. Was immer sie da über Paputins Selbstmord gefaselt hatte – sie glaubte doch selbst nicht daran, daß ihr Mann freiwillig aus dem Leben geschieden war. Höchstwahrscheinlich hatte Suslow herausgefunden, daß Zwigun ihn im

Verdacht hatte, gegen Breschnew zu konspirieren. Und da war ihm die Idee gekommen, Zwigun unschädlich zu machen, indem er ihn mit Beweismaterial aus dem »Unternehmen Kaskade« zu erpressen suchte. Daher hatte er ihn auch zu sich bestellt. Wie diese Unterredung verlaufen war, konnte ich nicht sagen. Ich wußte nur, daß Zwigun direkt von Suslow in die Katschalow-Straße gefahren war und dort, in der Wohnung Nummer 9, vermutlich angegriffen wurde. Zwigun hatte sich gewehrt, seine Jacke war dabei zerrissen, und er hatte zwei Schüsse abgegeben. Aber vorläufig war das reine Hypothese. Wer hatte Zwigun angegriffen? Auf wen hatte er geschossen? Und wo waren die Tonbänder, nach denen Krasnow, Malenina und Baklanow so fieberhaft suchten?

Sascha Lunin, der Fahrer meines Wolgas, hüstelte ungeduldig, und ich erwachte aus meinen Gedanken. Nachdem ich Zwiguns Witwe verlassen hatte, war ich einfach in den Wagen gestiegen und hatte seither schweigend dort gehockt, ohne mich zu rühren.

»Wohin jetzt, Genosse Schamrajew?« wollte er wissen.

»Zum Friedhof«, erwiderte ich düster.

»Ist es dafür nicht noch etwas zu früh?«

Ich sah auf meine Uhr. Es war zwölf Minuten nach zehn.

»Nein, ich bin dort um halb elf mit Gradus verabredet.«

»Ach so, Sie meinen es ernst. Zu welchem Friedhof?«

»Wagankowo. Wir müssen eine Leiche exhumieren.«

Ich versuchte, meine Gedanken zu ordnen. Wenn es kein Selbstmord war, wie konnte dann eine Kugel aus Zwiguns Waffe seinen Kopf durchschlagen haben? Hatte ihm jemand die Pistole entwunden und ihn damit erschossen? Aber warum hatte man in diesem Fall keine Spuren von Hirngewebe an der Kugel entdeckt? Es war tatsächlich eine vertrackte Situation.

Als wir am Friedhof ankamen, bewegte sich gerade ein Trauerzug auf den Eingang zu – ein Leichenwagen mit einer Gruppe ärmlich gekleideter älterer Leute. Ich hielt Sascha zurück, er sollte die kleine Prozession auf keinen Fall überholen – ich verabscheue es, Trauergäste zu überholen. Es ist ein schlechtes Omen. Geduldig krochen wir durch den zur Seite geschaufelten Schnee hinter der bescheidenen Prozession her. Gemeinsam passierten wir das Friedhofstor, dann bogen wir auf einen Seitenweg ein, der zum Verwaltungsgebäude führte.

Ein ungnädiger Gradus, durch meinen Telefonanruf schon um neun Uhr aus dem Bett geholt, wartete in dem überheizten Vorraum auf mich. Seine schlechte Laune war nur zu verständlich. Erst gestern hatte er mir mehr oder weniger zu verstehen gegeben, daß er es gar nicht schätzte, in diesen Fall hineingezogen zu werden. Und bereits heute früh rief ich ihn an und bat – nein, befahl ihm, als medizinischer Berater bei der Exhumierung von Zwiguns Leiche anwesend zu sein.

Außer ihm saßen noch etwa zehn andere Leute auf den wackeligen Stühlen. Verdammt noch mal, bei uns mußte man sogar für eine Grabstelle Schlange stehen! In einem Land, das sich über zwei Kontinente erstreckte – von der Ostsee bis zum Pazifischen Ozean! Gehen Sie doch mal hin und versuchen Sie, einen Platz auf einem halbwegs anständigen Friedhof zu ergattern – ohne Bestechung oder staatliche Einweisung, versteht sich.

Durch den Warteraum ging ich direkt auf die Tür mit dem Namensschild »Korotschkin« zu. Die aufgescheuchte Sekretärin versuchte, mich mit einem »Wo wollen Sie denn hin?« zurückzuhalten. Aber ich hatte bereits die Klinke in der Hand und öffnete die Tür.

Im Büro war offenbar gerade eine Art von Erpressung im Gange. Der Friedhofsverwalter war ein junger Mann mit rosigem Gesicht, einem Komsomol-Sportlehrer nicht unähnlich. In seinem Sessel lümmelnd, sagte er zu einer alten Frau in einem abgetragenen Fehmantel: »Nun, wenn Sie aus Leningrad sind, dann nehmen Sie Ihre Schwester doch dahin mit und begraben sie dort.«

»Aber hier ist doch ihr Mann bestattet. Sie haben fünfzig Jahre zusammengelebt«, flehte die alte Dame.

Offensichtlich irritiert wandte sich der Verwalter an mich und herrschte mich an: »Warten Sie draußen. Sie sehen doch, daß ich beschäftigt bin!«

Ohne ein Wort trat ich an seinen Tisch und hielt ihm meinen Ausweis und Breschnews Schreiben unter die Nase. Kaum hatte er den Briefkopf des Generalsekretärs des ZK erblickt, da sprang der Grabkrämer auch schon auf und bot mir unterwürfig einen Stuhl an. »Aber setzen Sie sich doch bitte!«

»Genosse Korotschkin«, sagte ich. »Ich gebe Ihnen zwei Minuten, um all die Leute hier abzufertigen. Und es wäre wünschenswert, wenn das auf eine für sie positive Weise geschähe. Ihre Schwester, verehrte Dame«, wandte ich mich an die alte Frau, »wird selbstverständlich ein Grab neben ihrem Mann erhalten. Ich muß Sie allerdings bitten, sich noch etwa eine halbe Stunde zu gedulden. Ich brauche Sie als Zeugin. Wie ist Ihr Name?«

Damit hatte ich natürlich meine Vollmachten geringfügig überschritten, aber meiner Meinung nach durchaus zu Recht. Außerdem brauchte ich dringend Zeugen.

Zwigun hatte weniger als achtundvierzig Stunden in der gefrorenen Erde gelegen und sah so gut und frisch aus, als käme er gerade aus dem Kühlschrank. Sein feistes, leicht gedunsenes Gesicht zeigte immer noch einen hochmütigen Ausdruck. Boris Gradus nahm das Kissen von seiner Schläfe und enthüllte die kreisförmige Wunde, die von der Kugel herrührte. Als nächstes hob Gradus Zwiguns Kopf an und durchtrennte mit einer einzigen Bewegung des Skalpells die drei groben Stiche, mit denen die Haut des Kopfes an den Hals geheftet war. Dann packte er mit seinen kräftigen Fingern die Kopfhaut und zog sie mit einem Ruck über das Gesicht. Nun lag die Hirnschale vor uns, bei der kürzlich vorgenommenen Autopsie zersägt und durch den Pistolenschuß zerschmettert. Die alte Dame und die anderen betagten Zeuginnen rangen entsetzt nach Atem und verließen eiligst die Kapelle, in die wir Zwiguns Leiche gebracht hatten.

Ich machte Gradus ein Zeichen. »Öffnen!«

Aus den Tiefen der Innentasche seines Mantels zauberte Gradus seinen unzertrennlichen Freund, einen Flachmann, gefüllt mit reinem Alkohol. Er trank einen Schluck und ließ mich ebenfalls nippen. Dann legte er unter den Kopf des Toten eine flache Chirurgenschale und trennte die ohnehin fast durchgesägte Hirnschale vom Rest des Kopfes – wie den Deckel von der Pfanne. Die von der Kugel durchlöcherte marmorgraue, von roten Adern durchzogene Hirnmasse schwappte in die Schale.

»Wie du siehst, ist das Hirn in Ordnung«, sagte Gradus und machte tiefe Einschnitte in beide Gehirnhälften. »Es ist ein ganz hervorragendes Gehirn – keinerlei Anzeichen von Krankheiten, kein einziges Blutgerinnsel. Und nun laß uns doch mal sehen, ob die Kugel paßt.«

Ich reichte sie ihm, und er legte sie an die Einschußwunde an der Schläfe – er drückte sie nicht hinein, sondern hielt sie nur gegen die

Öffnung, sorgfältig die Kugel an ihrer Basis haltend. Aber auch so war klar zu sehen, daß sie perfekt paßte. Ganz so, als würde sie dorthin gehören.

»Nun«, meinte Gradus, »ich kann nur eins sagen: Es ist dasselbe Kaliber. Das heißt, daß entweder dein genialer Sorokin lügt, wenn er behauptet, an dieser Kugel befänden sich keine Spuren von Hirngewebe, oder es ist einfach nicht dieselbe Kugel. Das Kaliber ist dasselbe, aber nicht die Kugel. Haben sie eine Blutgruppenuntersuchung vorgenommen?«

»Ich weiß nicht«, meinte ich verunsichert. »Ich glaube nicht.«

»Idioten!« stellte Gradus ungerührt fest. »Sollen wir weitersuchen?«

Ich steckte die Kugel in den Zellophanbeutel zurück und verfluchte innerlich sowohl Sorokin als auch mich selbst, daß wir versäumt hatten, die Blutspuren an der Kugel mit dem Blut Zwiguns zu vergleichen. Inzwischen hatte sich Gradus darangemacht, den Leichnam zu entkleiden. Er zog ihm den Waffenrock aus und enthüllte dabei einen langen Schnitt, der vom Kinn bis zur Leistengegend reichte und nur an drei Stellen von groben Stichen notdürftig zusammengehalten war.

»Was willst du denn sonst noch sehen?« fragte Gradus und schlitzte mit dem Skalpell bereits die drei Stiche auf. »Die inneren Organe? Irgendwelche Krankheiten?«

»Nein. Mich interessieren eigentlich nur noch zwei Dinge. Weist der Körper irgendwelche anderen Verletzungen auf? Und warum ist Zwiguns Jacke ausgerechnet in dem Augenblick gerissen, als er Selbstmord beging?«

»Richtig. Laß uns mit einer äußerlichen Untersuchung beginnen.« Gradus hob den Körper mit dem fachkundigen Blick eines Schneiders an, der dabei ist, einen Stoff zu prüfen. »Da sind keine anderen Verletzungen, aber die Jacke ... die Jacke ist aus einem ganz einfachen Grund gerissen. Sieh mal!« Er hob einen schweren, leblosen Arm und zeigte mir ein paar dunkelblau verfärbte Stellen am Handgelenk. »Begreifst du? Sie haben ihn bei den Händen gehalten. Und wie du sehen kannst, sehr fest. Er hat versucht, sich zu befreien, und bei diesem Versuch ist die Jacke gerissen.«

»Aber warum hat Tumanow diese Stellen nicht gesehen?«

»Nun, zunächst einmal ist dieser Mann ein Esel«, meinte

Gradus verächtlich.»Und dann waren diese Merkmale vor fünf Tagen noch nicht so deutlich zu erkennen. Vielleicht hat Tumanow es aber auch vorgezogen, sie absichtlich zu übersehen... Doch mehr kann ich an dem Körper nicht entdecken...«

11.45 Uhr
Wieder einmal war ich im Institut für gerichtliche Analysen, und wieder einmal war Sorokin ungnädig. Er hatte nur wenig geschlafen und ärgerte sich, daß er an einem Sonntag arbeiten mußte. »Ich habe noch nie eine Untersuchung wiederholt«, sagte er. »Und ich habe nicht die Absicht, das jetzt zu tun.«

»Aber du hast doch vergessen, die Blutgruppen zu vergleichen.«

»Das halte ich auch nicht für notwendig! Es gibt nur vier Blutgruppen, und eine davon kommt so gut wie gar nicht vor. Also, selbst wenn die Kugel nicht aus Zwiguns Kopf, sondern aus deinem Hintern stammt, besteht immer noch eine dreißigprozentige Chance, daß die Blutgruppen übereinstimmen. Was soll's? Welchen Sinn hätte es, eine derartige Untersuchung durchzuführen? Es ist doch ohnehin klar, daß Zwigun nicht durch diese Kugel getötet wurde, da sich keinerlei Hirngewebe daran befand.«

»Du hast nichts gefunden – aber das ist doch noch kein endgültiger Beweis! Tumanow zum Beispiel hat sich fast totgelacht, als ich ihm davon berichtete. Und wenn die Blutgruppen nicht übereinstimmen, dann ist es doch ganz eindeutig, daß er nicht durch diese Kugel getötet worden ist. Außerdem kenne ich nun die Blutgruppe der Person, auf die Zwigun geschossen hat. Weil diese Kugel aus Zwiguns Waffe stammt. Tut mir leid, ich brauche unverzüglich eine vergleichende Blutgruppenuntersuchung.«

Sorokin kramte schweigend in seinen Unterlagen. Ich sah seine Frau Alla beschwörend an. Sie senkte die Augenlider, als wollte sie sagen: »Ist gut, machen wir schon.« Dann bedeutete sie mir hinauszugehen.

»Ich bitte dich ernsthaft«, sagte ich zu Sorokin, »sorg dafür, daß die Analyse morgen vorliegt!«

»Aber ich stecke bis zum Hals in Arbeit!« brach es aus ihm hervor. »Kannst du das denn nicht begreifen? Seit zwei Wochen haben wir das Labor nicht mehr verlassen. Noch nie in meinem Leben hatte ich soviel Scheiße am Hals! Hier, sieh mal!« Er nahm einige Unterlagen vom Schreibtisch und schleuderte sie durch die Luft. »Raub, Intrigen, Vergewaltigungen – alle möglichen Arten von Verbrechen! Und wo? Bis hinauf ins Zentralkomitee! Das ist doch kein Land mehr, das ist eine Jauchegrube! Und nun kommst du auch noch mit deinem Zwigun daher! Er interessiert mich nicht die Bohne! Er war doch auch nur einer von diesen Verbrechern. Niemand weiß, wie viele Menschen er in seinem Leben ins Jenseits befördert hat!«

Ich ging hinaus auf den Flur. Dort stand Alla Sorokina, in Tränen aufgelöst.

»Was ist denn mit ihm los?« fragte ich.

»Wir sind völlig fertig«, erwiderte sie. »Erschöpft und müde. Und das liegt weniger an der vielen Arbeit als an unseren Nerven. Wir wissen, was wir tun und zu welchem Zweck, wir wissen aber nicht, ob das auch gut ist. Das ganze Land versinkt in Diebstahl und Korruption. Doch wenn die Baklanows und Maleninas an die Macht kommen, heißt das noch lange nicht, daß es dann besser wird. Heute haben sie doch tatsächlich Milizionäre mit Hunden auf die Straßen geschickt.«

»Was? Was?« fragte ich verblüfft.

»Hast du das denn nicht bemerkt? Natürlich, du fährst ja in deiner Regierungslimousine herum! Aber du solltest dich trotzdem mal umsehen: Die Straßen und die Metro sind voll von Miliz und Hundeführern – Miliz und KGB in voller Montur.«

Ich erinnerte mich: In der Nacht hatte mir General Scharow erzählt, daß auf Breschnews Befehl die Division Kantemir nach Moskau abkommandiert war. Und daraufhin hatte Schtscholokow seine Miliz auf Trab gebracht und Andropow seine KGB-Division Dserschinskij in Alarmbereitschaft versetzt. Aber auf dem Roten Platz, vor dem Mausoleum war alles still, friedlich und würdevoll.

»Ich brauche die Ergebnisse der Blutuntersuchung, Alla«, sagte ich.

»Wir werden das erledigen. Ich sage den Biologen Bescheid. Morgen ist alles fertig. Und hier, nimm das auch mit...« Sie zog ein Stück Papier hervor.

»Was ist denn das?«

»Ich habe aus der Erinnerung einiges aus dem Bericht über Zwigun rekonstruiert. Vielleicht hilft es dir. Bis bald.«

Sie verschwand im Labor, und ich las die Notiz, die sie mir

gegeben hatte. Es waren nur ein paar Zeilen: »Igor! Erstens: Aufgrund der Notizbücher und sonstigen Unterlagen, die uns Baklanow gegeben hat, hat Zwigun in den letzten Monaten mit Alexej Schibajew, Vorsitzender des Gewerkschaftsrats, Boris Ischkow, Minister für Fischwirtschaft, und ganz sicher auch mit Kolewatow vom Staatszirkus Karten gespielt. Zudem sind auch noch folgende Namen in den Papieren aufgetaucht, die ich allerdings nicht eindeutig identifizieren konnte: ›Boris‹, ›Sandro‹ und ›Sweta‹. Zweitens: Bei der Rekonstruktion der Passagen, die in Zwiguns Notizbüchern gelöscht waren, habe ich folgende Notizen entziffert: ›M. M. Suslow betrunken‹ (offenbar Suslows Sohn Mischa), den Nachnamen Kulakow, dessen Privattelefonnummer besonders heftig ausgestrichen war, und einen gewissen Giwi Mingadse, dessen Name mit mehreren Fragezeichen versehen war. Ich habe keine Ahnung, ob Du von all dem Gebrauch machen kannst. Alla.«

12.10 Uhr
Als wir an der Metrostation Krassnopresnenskaja vorbeikamen, mußte ich an Alla Sorokinas Worte denken: Vor der Station stand eine Doppelwache der Miliz mit Hunden. Später sah ich ähnliche Posten mit Schäferhunden auch noch vor zwei anderen Bahnhöfen – Arbatskaja und Puschkinskaja – und an allen Straßenkreuzungen im Stadtzentrum.

In der Staatsanwaltschaft herrschte die übliche Sabbatruhe, nicht einmal Baklanow war in seinem Büro. Ich ging hinauf in die zweite Etage, in das Vorzimmer des Generalstaatsanwalts, ließ mir von Salenskij, der Dienst hatte, die Schlüssel zum Archiv geben und rief Swetlow bei der Moskauer Kriminalpolizei an. Aber Marat war nicht da. Major Pogorelow, der diensthabende Offizier in Swetlows Abteilung, sagte zu mir: »Sie sind alle im Zentralarchiv des Innenministeriums an der Ogarjow-Straße, Genosse Schamrajew. Sie vergleichen die Vorkommnisse mit ähnlichen Straftaten. Soll ich Sie durchstellen?«

»Ja, bitte.«

Bald darauf hörte ich Ninas Stimme: »Hallo?«

Ich lachte und sagte: »Ich würde gern mit Nina Makarytschewa, der Assistentin des Chefinspektors für Sonderfälle sprechen.«

»Bist du es, Igor? Hör mal, das hier ist aber wirklich interessant.

Wir vergleichen den Fall Zwigun mit anderen Verbrechen. Komm doch her, wenn du Zeit hast.«

»Dürfte ich zunächst einmal mit deinem Stellvertreter, Oberst Swetlow sprechen?«

»Du darfst. – Marat!« hörte ich sie am anderen Ende der Leitung rufen.

Fast sofort erklang Swetlows Stimme: »Grüß dich! Ich wollte gerade versuchen, dich zu erreichen.«

»Hast du etwas gefunden?«

»Noch nicht, aber... Wo bist du?«

»In meinem Büro. Hör mal, wir müssen herausbekommen, wer Kolewatow, Aminaschwili und Giwi Mingadse sind.«

»Bei den ersten beiden kann ich es dir sofort sagen«, erwiderte Swetlow. »Kolewatow ist Direktor des Staatszirkus und Aminaschwili Finanzminister in Georgien. Beide sind im Rahmen des ›Unternehmen Kaskade‹ festgenommen worden. Giwi Mingadse sagt mir nichts, aber ich kann ja gleich mal in der Kartei nachsehen.«

»Der Name Giwi tauchte doch auch auf den Zetteln auf, die wir hinter der Heizung in Zwiguns Wohnung gefunden haben.«

»Ich prüfe das sofort. Über wen willst du sonst noch was wissen?«

»Das wäre im Augenblick alles«, entgegnete ich, obwohl ich natürlich auch an Schibajew und an jenen Namen, die Alla nicht hatte identifizieren können, interessiert war – »Sweta«, »Boris« und »Sandro«. Aber mein gesunder Menschenverstand sagte mir, daß es fast sinnlos war, sich nach ihnen zu erkundigen. Wenn Baklanow den Minister für Fischwirtschaft wegen Kaviarschiebungen verhaftet hatte und dazu auch noch andere aus Zwiguns Notizbuch wie Kolewatow und Aminaschwili, dann war der Rest ebenfalls festgenommen oder würde es zumindest bald sein. Wenn Baklanow auf diesem Gebiet einen Vorsprung hatte, dann war es unsinnig, Namen am Telefon zu nennen. Verärgert über mich selbst, weil ich schon diese drei erwähnt hatte, ging ich ins Archiv und suchte nach den Verbrechen, mit deren Aufklärung die Staatsanwaltschaft in den Jahren 1976 und 1978 befaßt gewesen war.

Ich stellte fest, daß die Staatsanwaltschaft mit dem Tod von Kulakow nicht befaßt war, und auch sonst hatte es im Juli 1978 keinen Fall gegeben, in den höhere Parteimitglieder verwickelt gewesen wären oder der mit Suslow, Kulakow oder Zwigun irgend etwas zu tun gehabt hätte. Dafür hatte im Mai 1976 unser Sonder-Ermittler Taras Wendelowskij die Ursachen des Brandes im Hotel *Rossija* – Fall Nr. SL – 45-76 – zu klären gesucht. Damals war, wenn ich mich recht erinnerte, fast der ganze Westflügel des Hotels dem Feuer zum Opfer gefallen. Ich war neugierig auf Wendelowskijs sicherlich sehr blumige Beschreibung des Brandes, denn epische Schilderungen waren typisch für ihn. Ich ging hinüber zu den Regalen am Fenster, um dort unter den Fällen des Jahres 1976 nach der Nummer SL – 45 zu suchen. Aber die Akte fehlte. Den einhundertzwanzig Ordnern des Falles SL – 44 folgte sofort der dünne Ordner SL – 46. Auch hier war mir bestimmt Baklanow zuvorgekommen, dachte ich. Zum Teufel mit ihm! Aber wie dumm von mir – schließlich konnte ich Wendelowskij aufsuchen und ihn nach der Geschichte von damals befragen...

Während ich noch überlegte, was jetzt zu tun war – sollte ich zu Wendelowskij hinausfahren (er lebte ziemlich weit draußen, irgendwo in Tjoplij Stan) oder hinüber in die Katschalow-Straße traben, um zu sehen, wie die Dinge bei Pschenitschnij standen –, ereigneten sich an Swetlows Front weit wichtigere und dramatischere Dinge...

GEHEIM

An den Genossen I. J. Schamrajew
Leiter der Ermittlungen
von Oberst M. A. Swetlow
Leiter der Dritten Abteilung der Kriminalpolizei Moskau

BERICHT

Im Computerzentrum des Innenministeriums wurden aus der Verbrecherkartei der UdSSR all jene Personen herausgesucht, die sich am 19. Januar dieses Jahres in Moskau aufgehalten haben könnten. Diese Informationen wurden der Untersuchungsgruppe unter meiner Leitung um 10.15 Uhr zugänglich gemacht.

Um 11.20 war eine vorläufige Liste von 46 Straftätern erstellt, die unter Umständen in den Mordfall Zwigun verwickelt sein könnten. Aus verschiedenen Gründen (z. B. weil sich die Betreffenden unter Aufsicht in Ausnüchterungszellen der Miliz oder in

Kliniken für Geschlechtskrankheiten befanden oder weil andere Alibis vorlagen) wurden 40 Namen eliminiert. Die Personen, die am 19. Januar durchaus in der Katschalow-Straße 16a hätten sein können, sind folgende:

1. Ignatij Stepanowitsch Kostjutschenko, geboren 1942, Einbrecher, rückfällig, vier Vorstrafen. Am 12. Januar dieses Jahres nach Verbüßung seiner Strafe aus dem Lager entlassen. Bis heute nicht bei seiner offiziellen Adresse – Tschapajew-Straße, Poltawa – aufgetaucht. Spezialist für das Öffnen von Türschlössern. Neigt zu Waffengebrauch.

2. Arkadij Israilewitsch Batsch, geboren 1921, Spitznamen: »Der Tänzer«, »Schwarzer« und »Pik Drei«. Ohne festen Wohnsitz. Aufenthaltsort unbekannt. Kartenspieler, begleicht keine Spielschulden. Diente von 1942 bis 1944 an der Südwestfront als Dolmetscher für Deutsch bei der Abteilung für Spionageabwehr, die von Hauptmann S. K. Zwigun vom Staatssicherheitsdienst geleitet wurde.

3. Margerita Alexandrowna Goptar alias »Rita«, »Hündin« und »Verrücktes Huhn«, geboren 1948, Rückfalltäterin, Prostituierte, zwei Vorstrafen. Am 3. Januar dieses Jahres aus der Sechsten Psychiatrischen Klinik der Stadt Saratow entlassen. Derzeitiger Aufenthaltsort unbekannt. Arbeitete 1963 – General S. K. Zwigun war damals Vorsitzender des KGB der Aserbaidschanischen Sowjetrepublik – als Kellnerin im Marinestützpunkt Baku und war Informantin des KGB. Engere persönliche Beziehungen zum Verstorbenen möglich, da ihr 1964 unehelich geborener Sohn den Namen Semjon trägt; Nachname des Vaters im Geburtsregister nicht genannt.

4. Alexej Igorjewitsch Worotnikow alias »Kortschagin«, geboren 1933, Wiederholungstäter, Mörder, drei Vorstrafen, die letzte 1979 wegen Raubmordes. Zum Tode verurteilt, dann jedoch zu fünfzehn Jahren Lagerhaft mit verschärften Bedingungen begnadigt. In der Silvesternacht 1981/82 aus der Krankenabteilung der Strafkolonie Nr. 26/29 – SR, Potma, Mordwinische Autonome Sowjetrepublik entwichen. In der Nacht zum 8. Januar dieses Jahres beging er einen brutalen Mord an Miliz-Oberleutnant A. M. Ignatjew und benutzte dessen Uniform und Waffe am 12. Januar dieses Jahres bei einem Überfall auf das »Agat«-Juweliergeschäft in der Neuen Arbat-Straße, Moskau. Der Fall Worotni-

kow liegt in den Händen der Ersten Abteilung der Moskauer Kriminalpolizei.

5. Gerakl Isaakowitsch Faibisowitsch, geboren 1907, Vater des wegen zionistischer Propaganda verurteilten Michail Geraklowitsch Faibisowitsch, der am 7. Januar dieses Jahres im Lager verstarb. Nicht vorbestraft. Empfänger einer Ehren-Pension, ehemaliger Oberst der Sowjetarmee. Nach Erhalt der Nachricht vom Tod seines Sohnes am 14. Januar verschwand er aus seiner Wohnung in Odessa. Gemäß den Aussagen seiner Frau und seiner Nachbarn ist Faibisowitsch, bewaffnet mit einer erbeuteten deutschen »Walter«-Pistole, nach Moskau gefahren, um den Tod seines Sohnes zu rächen.

6. Unbekannter Einbrecher (oder ganze Gruppe), verantwortlich für mehr als 120 Diebstähle aus Moskauer Wohnungen in den letzten Jahren, meist aus Wohnungen höherer Funktionäre, Künstler und Persönlichkeiten aus Handel und Wirtschaft.

Somit ist die These, daß der Mord an Zwigun von einer – oder mehreren – Personen mit krimineller Vergangenheit oder aus persönlichen Motiven verübt worden sein könnte, faktisch untermauert. Besonders, wenn man in Betracht zieht, daß die am Tod Zwiguns Interessierten diese Personen zur Tatausführung benutzt haben könnten. Ich habe daher über alle sechs Verdächtigen eine Reihe von Nachforschungen in die Wege geleitet, um detaillierte Auskünfte aus ihren Wohnorten sowie aus der Zeit ihrer Haft oder psychiatrischen Behandlung zu erhalten.

Das Läuten des Telefons lenkte Swetlow von dem ausführlichen Bericht ab. Automatisch sah er auf die Uhr. Es war siebzehn Minuten nach zwölf.

Major Oscherejew nahm den Hörer ab und begann hastig, den Inhalt eines Telegramms zu notieren. Über die Schulter hinweg sagte er zu Swetlow: »Telegramm aus Poltawa. Es geht um den ersten Verdächtigen auf unserer Liste, Kostjutschenko... Er hat ein wasserdichtes Alibi. Seit dem vierzehnten Januar war er mit seinem Bruder ununterbrochen auf Sauftour, da ihn seine Frau nicht mehr in die Wohnung gelassen hat.«

Gleich darauf klingelte ein anderes Telefon, und die Vermittlung sagte: »Der Leiter der Strafkolonie Potma für Oberst Swetlow.«

Und aus dem Computerzentrum des Innenministeriums berichtete ein gewisser Hauptmann Laskin: »Wir sind im Augenblick leider nicht in der Lage, Auskunft über Giwi Mingadse zu erteilen. Unser Computer ist defekt. Die Techniker meinen, ihn frühestens in einer Stunde reparieren zu können.«

12.17 Uhr
Unterdessen klingelte auch bei der Staatsanwaltschaft das Telefon. Der diensthabende Offizier vernahm die aufgeregte Stimme einer Frau, bat sie, einen Augenblick zu warten, und gab mir den Hörer.

»Hier ist Professor Ossipowa von der Universität Moskau«, hörte ich. »Ihr Ermittler hat uns alle hier im Haus eingeschlossen und will uns nicht hinauslassen.«

»Welcher Ermittler? Was für ein Haus?«

»Chefinspektor Pschenitschnij in der Katschalow-Straße Nummer 16a. Er verhört einen nach dem anderen, als wären wir alle Kriminelle. Und es ist mir einfach unmöglich, drei Stunden lang Schlange zu stehen, bis ich endlich an der Reihe bin.«

»Ich verstehe. Ich komme sofort und kümmere mich um die Sache.«

Zehn Minuten später fuhr ich in der Katschalow-Straße vor und sah auf einen Blick, daß Valja Pschenitschnij dort keine Zeit verlor. Die Eingangshalle war in einen Kontrollpunkt verwandelt worden. Hier hatte Bezirksinspektor Hauptmann Kopylow Stellung bezogen und hinderte jeden kraft seiner Miliz-Autorität daran, das Haus zu betreten oder zu verlassen.

»Einen Augenblick!« rief er, mit einem großen, in zahlreiche Quadrate unterteilten Stück Papier herumfuchtelnd, auf dem jedes Kästchen eine Wohnung darstellte. »Aus welcher Wohnung sind Sie gerade gekommen? Nummer zweiunddreißig? Sind Sie schon befragt worden? Nein? Dann stellen Sie sich doch bitte hinten an. Der Inspektor möchte sich mit Ihnen unterhalten.«

Und so entkam an diesem Tag keiner der Mieter des Hauses der Befragung durch Pschenitschnij. Mit typischer Gründlichkeit verbrachte er mindestens eine halbe Stunde mit jedem einzelnen, und begreiflicherweise wollten die anderen nicht stundenlang warten, bis sie endlich an der Reihe waren. In der Halle hatte sich bereits eine lange Schlange gebildet – Künstler, Akademiemitglieder und hohe Beamte waren durch den erzwungenen Aufenthalt irritiert, und fast noch ungeduldiger waren die Frauen und Kinder. Irgend jemand hatte bereits im Stadtkomitee angerufen und sich beschwert, indem er empört auf seine Stellung, seine Ämter und Ehrenzeichen hingewiesen hatte. Es sah ganz so aus, als wäre ich im richtigen Moment gekommen, um eine Revolte im Keim zu ersticken.

»Entschuldigen Sie, Genosse. In welche Wohnung wollen Sie?« hielt Hauptmann Kopylow auch mich an. Sein Bleistift schwebte über dem Mieterplan.

Meine Antwort bestand in einer kleinen Ansprache, die den ganzen Raum erfüllte: »Genossen! Ich bitte Sie, Parteidisziplin zu wahren. Wir handeln hier in besonderem Regierungsauftrag. Es besteht der Verdacht, daß in Ihrem Haus ein Verbrechen verübt wurde, in das auch ausländische Geheimdienste verwickelt sind. Daher ist es notwendig, alle Mieter zu befragen, um herauszufinden, welche Besucher in dieses Haus zu kommen pflegten oder wer am neunzehnten Januar hier eingedrungen sein könnte.«

Was die Aktivitäten ausländischer Geheimdienste anging, so hatte ich das aus einer Eingebung heraus gesagt. Schließlich kannte ich die Psyche der sowjetischen Bevölkerung. Phrasen wie »Intrigen ausländischer Geheimdienste« üben einen fast magischen Effekt auf sie aus. Die Mieter des Hauses Nr. 16a beruhigten sich auch augenblicklich. Irgend jemand holte sogar ein paar Stühle aus seiner Wohnung, um es sich bequemer zu machen. Und der ehrenwerte ältere Herr, der das Stadtkomitee angerufen und sich beschwert hatte, zeigte nun seine staatsbürgerliche Gesinnung, indem er mir zuflüsterte: »Wenn Sie wirklich wissen wollen, was in diesem Haus vor sich geht, sollten Sie die alte Frau aus dem siebenten Stock des gegenüberliegenden Hauses befragen – das dritte Fenster von links. Sie sitzt den ganzen Tag am Fenster und starrt zu unserem Haus herüber. Ich mußte sogar Jalousien an meinen Fenstern anbringen lassen, da sie mir direkt gegenüber wohnt.«

Ich nickte ihm zu, notierte mir die Sache und fragte Hauptmann Kopylow: »Wo ist Genosse Pschenitschnij?«

»Im vierten Stock, in Nummer vierundzwanzig. Er ist bereits seit vierzig Minuten da oben.«

Ich fuhr mit dem Aufzug in die vierte Etage und klingelte an der Wohnung Nummer 24.

Valja Pschenitschnij kam heraus, seine blauen Augen strahlten. »Igor! Hör dir mal an, was die alte Dame hier zu sagen hat. Am achtzehnten Januar wurde in diese Wohnung eingebrochen. Am hellichten Tag haben sie drei Pelzmäntel geklaut – einen Fuchs und zwei Nerze. Dazu noch mehrere Goldringe und ein Diamantenhalsband. Aber der Einbruch ist beim zuständigen Polizeirevier nicht registriert. Ich habe gerade mit denen gesprochen.«

»Haben Sie die Miliz informiert?« fragte ich die Mieterin der Wohnung, Rosa Abramowa Zipurskaja, die Frau des Akademiemitglieds.

»Selbstverständlich hat sie das getan«, antwortete Pschenitschnij an ihrer Stelle. »Das ist es ja gerade! Ich habe festgestellt, daß in den letzten zwei Monaten hier mindestens acht Einbrüche verübt wurden, die Miliz aber nicht einen davon registriert hat. Offenbar lehnen sie es ab, sich einen Wust ungelöster Fälle auf den Hals zu laden. Wie findest du das?«

»Valja, im Haus gegenüber, im siebenten Stock, hat eine alte Frau offenbar eine Dauerstellung am Fenster bezogen. Vielleicht hat sie irgendwas Interessantes beobachtet.«

»Ja, wenn sie sehen könnte!« Pschenitschnij lachte. »Denkst du denn, ich hätte die elementarsten Regeln vergessen? Allen möglichen Natschalniki hat man in Moskau luxuriöse Wohnungen zur Verfügung gestellt, aber sie haben dort ihre Omas und Opas vom Lande einquartiert. Draußen auf dem Dorf sitzen sie vor ihren Bauernhütten, und hier in der Stadt hocken sie eben am Fenster. Ich habe bereits regen Gebrauch von ihren Beobachtungen gemacht. Ich kenne sie alle, diese alten Frauen ... Aber die, von der du sprichst, ist blind. Sie sitzt nur so da und nimmt Sonnenbäder. Die kann uns nicht von Nutzen sein. Was aber die Einbrecher angeht, die hier in der Gegend die Wohnungen unsicher machen, so würde ich für mein Leben gern wissen, wer ihnen die Tips gibt. Kein einziger Dieb kann doch hier herein, ohne daß ihm jemand aus dem Haus die entscheidenden Informationen verschafft. Und das wiederum heißt, daß die Person, die ihnen die Tips gibt, auch genau Bescheid wissen muß.«

Ein Klopfen an der Tür unterbrach Pschenitschnij. Madame Zipurskaja öffnete, auf der Schwelle stand mein Fahrer Sascha.

»Genosse Schamrajew«, sagte er, »Oberst Swetlow hat angerufen und möchte Sie dringend sprechen.«

Ich durchquerte das Wohnzimmer mit den kostbaren Kristallgläsern und dem Meissener Porzellan. Auf einem geschnitzten Tisch aus dem 18. Jahrhundert entdeckte ich ein hübsches altmodisches Telefon. Ich wählte die Nummer des Zentralarchivs des Innenministeriums an der Ogarjow-Straße.

Oberst Swetlows Bericht
(Fortsetzung)

Um 12.17 Uhr erhielt ich das folgende Telegramm vom Leiter der Strafkolonie Nr. 26/29 – SR in Potma, Major G. B. Schiwanow:

AN DEN LEITER DER DRITTEN ABTEILUNG DER MOSKAUER KRIMINALPOLIZEI OBERST SWETLOW STOP DRINGEND STOP GEHEIM STOP BETRIFFT IHRE NACHFRAGE BEZUEGLICH DES GEFANGENEN ALEXEJ IGORJEWITSCH WOROTNIKOW ALIAS KORTSCHAGIN DER AM 1. JANUAR DIESES JAHRES GEFLOHEN IST STOP DER LAGERINFORMANT KASCHTSCHENKO TEILTE MIR HEUTE AM 24. JANUAR UM 9.30 MIT DASS SEIN NACHBAR DER RUECKFAELLIGE MUSREPOW ALIAS DER KAHLE BEIM LESEN DES NACHRUFS AUF GENERAL ZWIGUN IN DER PRAWDA VOM 22. JANUAR GESAGT HAT ZITAT GUT GEMACHT KORTSCHAGIN HAT ES DIESEM HUND GEGEBEN ZITATENDE BEFRAGT SAGTE DER GEFANGENE MUSREPOW AUS DASS WOROTNIKOW GENERAL ZWIGUN MEHRFACH FUER SEINEN KRIMINELLEN LEBENSWANDEL VERANTWORTLICH GEMACHT HAT STOP WOROTNIKOW BEHAUPTETE ZWIGUN PERSOENLICH HABE SEINEN VATER ERSCHOSSEN NACHDEM ER IHN DER DESERTION BESCHULDIGT HATTE STOP WOROTNIKOW-KORTSCHAGIN ZUFOLGE HABE IHN DER VERLUST DES VATERS UND DIE KINDHEIT IN EINEM WAISENHAUS AUF DIE SCHIEFE BAHN GEBRACHT STOP ZITAT DER KREIS MUSS GESCHLOSSEN WERDEN STOP DER KUGEL MUSS EINE ANDERE FOLGEN ZITATENDE STOP ICH HALTE DIES FUER AEUSSERST WICHTIG UND INFORMIERE SIE DAHER UNVERZUEGLICH STOP LEITER DER KOLONIE 26/29 – SR MAJOR G. SCHIWANOW 24. JANUAR 1982

In Anbetracht dieses ungewöhnlichen Berichts bat ich unverzüglich Generalleutnant A. Wolkow, Chef der Allunions-Kriminalpolizei, die Fahndungsakte von Worotnikow-»Kortschagin« zu beschaffen. Nach Worotnikows letzten Straftaten hatte die Kriminalpolizei Fotos von ihm an alle Miliz-Dienststellen, Eisenbahnstationen, Banken und ähnliche öffentliche Einrichtungen verteilt. Darüber hinaus wurden alle örtlichen und bezirklichen Miliz-Dienststellen angewiesen, Fotos von Worotnikow an Geschäfte und andere Handelszentren zu verteilen.

Gestern, am 23. Januar, erkannte die Verkäuferin eines Lebensmittelgeschäfts in Wostrjakowo, Bezirk Moskau, auf den Fotos einen Mann wieder, der bei ihr zwischen dem 2. und 22. Januar georgischen Weinbrand, Brot und Käse gekauft und sich über das mangelhafte Angebot beschwert hatte. Nach Aussage der Verkäuferin handelt es sich um keinen Einwohner von Wostrjakowo, obwohl er stets mit einem weißen Wolga angefahren kam, der einer bekannten, dort ansässigen Wahrsagerin, der Zigeunerin Marussja Schewtschenko gehört.

Eine Delegation der Ersten Abteilung der Kriminalpolizei unter der Leitung von Abteilungschef Wosnessenskij fuhr unverzüglich nach Wostrjakowo und nahm das Haus der Schewtschenko in Augenschein. Der weiße Wolga, Kennzeichen MKI 52–12, war nicht vor dem Haus geparkt. Marussja Schewtschenko und ihr Mann hatten das Haus nicht verlassen, den Wolga aber auch nicht als abgängig gemeldet. Einheimische bestätigten, daß der Wagen in regelmäßigen Abständen bei den Schewtschenkos vorfahre und von einem Mann gesteuert werde, auf den die Beschreibung von A. Worotnikow-»Kortschagin« zutreffe.

Alle Verkehrsposten sind angewiesen, nach dem in Frage kommenden weißen Wolga Ausschau zu halten. Außerdem steht das Haus in Wostrjakowo unter Bewachung, und Angehörige der Ersten Abteilung der Kriminalpolizei haben zusätzliche Informationen über die Aktivitäten und den Lebensstil von Marussja Schewtschenko und ihrem Ehemann Viktor gesammelt. Danach erfreut sich Marussja Schewtschenko in gewissen Moskauer Kreisen großer Popularität. Unter ihren Klienten befinden sich die Frauen bekannter Akademiker, Schriftsteller, Architekten und leitender Funktionäre verschiedener Ministerien und anderer Institutionen, einschließlich des Außenministeriums, des KGB und des Innenministeriums. Zu ihrer Sprechstunde gestern sind nicht weniger als siebzehn Personen erschienen, einschließlich der Frau Malkows, des Stellvertretenden Vorsitzenden des Moskauer Stadtkomitees. Klienten, die nach dem Besuch bei ihr befragt wurden, sagten aus, daß sie neben Prophezeiungen und Heilungsversuchen oft auch Diamanten und andere Juwelen angeboten bekämen, dazu wertvolle Pelze und importierte Radiogeräte. Diese Dinge seien Marussja angeblich zufällig in die Hände geraten. Es wird angenommen, daß Marussja Schewtschenko sich auch mit dem Erwerb und Vertrieb gestohlener Waren befaßt.

Im Hinblick auf mögliche Kontakte der Schewtschenko zur Unterwelt, besonders zu dem gefährlichen Kriminellen Worotnikow-»Kortschagin«, wird inzwischen ihr Telefon abgehört. Um 11.30 Uhr wurde der Anruf eines gewissen Alexej registriert, der fragte, ob alles bereitstünde, und ankündigte, er würde sie in ein paar Stunden aufsuchen. Der Anruf kam aus einer öffentlichen Telefonzelle in der Nähe der Metrostation Sokol. Zur Zeit verfolgen mehrere Wagen der Kriminalpolizei den Wolga MKI 52–12, der auf der Autobahn nach Kiew in Richtung Wostrjakowo fährt, wo der Verdächtige gestellt werden soll.

Das Unternehmen wird vom Hauptquartier Wostrjakowo aus geleitet, vom Stellvertretenden Chef des Geheimdienstes des Innenministeriums Oberst G. Oleinik, Kriminalpolizei-Distrikts-Chef Oberst V. Jakimjan, dem Leiter der Ersten Abteilung der Moskauer Kriminalpolizei R. Wosnessenskij und seitens des Moskauer Miliz-Hauptquartiers von Generalleutnant A. Wolkow, dem Chef der Allunions-Kriminalpolizei, wie auch von Oberst W. Glasunow, dem diensthabenden Offizier des Milizbezirks Moskau. Ich habe mich entschlossen, mich mit meinen Mitarbeitern ebenfalls an der Ergreifung des Kriminellen zu beteiligen.

13.05 Uhr
Warum gestattete ich Swetlow, an dem Unternehmen zur Ergreifung Worotnikows teilzunehmen? Und warum eilte ich sogleich ins Hauptquartier der Moskauer Miliz, nachdem ich Pschenitschnij verlassen hatte? Weil durch das Gespräch, das ich um 13.05 Uhr mit Swetlow führte, uns beiden alles viel klarer und verständlicher wurde als durch den langen, umständlichen Bericht, den ich später erhielt.

Swetlow sagte:»Igor, ich rufe dich aus dem Auto an. Keine Diskussion. Nimm einen Stift und schreib auf. Um 11.30 Uhr wurde Worotnikow alias Kortschagin in Moskau entdeckt. Um

11.45 Uhr schaltete sich Oberst Oleinik vom Geheimdienst des Innenministeriums ein. Um 12.17 Uhr erhielt ich ein Telegramm vom Lager, aus dem ›Kortschagin‹ geflohen ist. Darin steht, daß ›Kortschagins‹ Vater 1943 wegen Desertion von Zwigun erschossen wurde und daß Worotnikow jetzt nach Moskau gefahren ist, um sich zu rächen.«

»Ich glaube, ich habe alles. Wo ist Oleinik jetzt?«

»In Wostrjakowo, um die Ergreifung des Verdächtigen zu leiten. Ich fahre jetzt mit meinen Leuten auch dorthin, um ihm zu helfen. Und du gehst am besten hinüber zum Hauptquartier der Miliz in der Belinskij-Straße – dort sind Wolkow und Glasunow. Das wäre alles. Ich melde mich wieder.«

Mit Mühe und Not konnte ich gerade noch schreien: »Und wo ist Nina?«

»Die habe ich zu Pschenitschnij geschickt. Bis bald!«

Ich sah auf meine Uhr. Es war fünf Minuten nach eins. Jeden Augenblick konnte Oberst Oleinik »Kortschagin« fassen. Und wenn ihn der Geheimdienst des Innenministeriums erst einmal hatte, dann würde er bereitwillig erklären, er sei es gewesen, der Zwigun ermordet habe. Sie brauchten ihn nicht einmal zu foltern. Angesichts seines Sündenregisters genügte es, ihm lediglich gute Haftbedingungen, Minderung des Strafmaßes und nach Strafverbüßung eine Aufenthaltsgenehmigung für Moskau zu versprechen. Und ich würde mindestens zwei Wochen brauchen, um zu beweisen, daß er log. Falls mir das überhaupt gelang.

Im Kontrollraum der Moskauer Miliz sah es aus wie in einem Fernsehstudio. In der Mitte hockte der Chef vom Dienst, Oberst Wladimir Glasunow, ein alter Praktiker. Neben ihm in einem Sessel saß der energische und jugendlich aussehende Chef der Allunions-Kriminalpolizei Anatolij Wolkow. Er hatte sich in der Vergangenheit als Meister im Aufdecken von Verbrechen erwiesen. Rechts und links von ihm waren an Schaltpulten und Bildschirmen zahlreiche Techniker und Assistenten am Werk. An der Wand hing eine Karte der Region Moskau, bestückt mit verschiedenfarbigen Glühbirnen und Schildchen für die einzelnen Bezirke: Myschtschi, Puschkino, Odinzowo und so weiter.

Trotz der respekteinflößenden Ausstattung war die Atmosphäre alles andere als sachlich. Unbeschwertes Geplauder kam über Funk: »Ich glaube, ich werde auch Wahrsager. Die Leute reißen sich ja förmlich um sie. Sie knöpft ihnen mindestens fünfzig pro Nase ab. An einem einzigen Tag rafft sie so mehr zusammen, als ich im ganzen Monat bekomme!« Die Stimme gehörte dem Distrikts-Kriminalpolizeichef Oberst Jakimjan. Sein kaukasischer Akzent kam klar und deutlich über den Lautsprecher.

»Kann sie auch Hexenschuß kurieren?« erkundigte sich Wolkow.

»Wer hat denn Hexenschuß? Etwa Sie, General?« fragte Jakimjan zurück.

»Leider«, bestätigte Wolkow.

»Das beste Heilmittel, alter Freund, ist heißer Sand oder heißes Salz. Sie erhitzen Salz in einer Bratpfanne und geben es in ein Säckchen...«

Er wurde von einer abgehackten Männerstimme unterbrochen: »Hier ist der Sechzehn-Kilometer-Kontrollpunkt an der Autobahn nach Kiew. Gerade ist ein weißer Wolga mit zwei Insassen und dem Kennzeichen MKI 52–12 hier durchgekommen. Er fährt in Richtung Wostrjakowo.«

»Verstanden!« Glasunow beugte sich vor und drückte eine Taste auf seinem Pult. Sofort erschien der entsprechende Abschnitt auf der riesigen Wandkarte. Ich schätze, daß man mit dem Auto noch etwa zwölf bis fünfzehn Minuten bis Wostrjakowo braucht. Jeden Augenblick konnte unser Mann also in die Falle tappen. Aber hier, im Kontrollraum, blieb alles ruhig. Nicht die geringste Spannung kam auf. Ganz im Gegenteil: Wolkow beugte sich wieder über das Mikrofon, um sich weiter mit Jakimjan zu unterhalten, der irgendwo in Wostrjakowo im Hauptquartier der Verfolgungstruppen saß. »Was macht man mit dem Salz? Man erhitzt es in einer Pfanne, und dann?«

»Dann füllt man es in ein Säckchen, wickelt ein Handtuch darum und legt es sich ins Kreuz. Aber nicht vergessen – es darf nicht nur warm, es muß siedend heiß sein«, erwiderte Jakimjan.

Ich sah Wolkow verblüfft an. Es war ganz und gar nicht seine Art, so sorglos, fast pflichtvergessen zu sein – mit Sicherheit war er einer der besten Kriminalpolizei-Offiziere im Land.

In diesem Augenblick kam eine andere gestrenge, mir unbekannte Stimme über den Äther: »Keine überflüssigen Gespräche mehr, wenn ich bitten darf. Oberst Glasunow, steht der Hubschrauber bereit?«

»Selbstverständlich, Genosse Oleinik«, erwiderte Glasunow, wechselte einen Blick mit Wolkow und fügte hinzu: »Aber wir halten es nicht für besonders sinnvoll, ihn aufsteigen zu lassen. Bei der Bewölkung und dem dichten Schneetreiben kann man doch aus der Luft gar nichts sehen. Außerdem könnte der Lärm der Motoren unseren Mann warnen.«

»Das überlassen Sie ruhig mir. Sagen Sie dem Piloten und den Scharfschützen, sie sollen sich bereitmachen.«

Wieder wechselten Glasunow und Wolkow bedeutungsvolle Blicke. Wolkow zuckte resigniert die Achseln, und ich begriff, was sich hier abspielte: Oleinik hatte das ganze Unternehmen an sich gerissen und Wolkow, Glasunow und Jakimjan zu reinen Statisten degradiert. Das sah dem Geheimdienst des Innenministeriums ähnlich – das war genau ihr Stil. Wahrscheinlich hatten sie Worotnikow zu einem Staatsfeind erklärt und damit selbst den Chef der Allunions-Kriminalpolizei ausgeschaltet.

Da erreichte uns ein weiterer Funkspruch: »Hier ist die Verfolgungsgruppe. Der weiße Wolga hat den Dreiundzwanzig-Kilometer-Posten passiert und nähert sich jetzt der Abzweigung nach Wostrjakowo.«

Ich warf noch einen Blick auf die Uhr – vermutlich war Swetlow schon seit etwa zehn Minuten in Wostrjakowo. Höchste Zeit, daß ich mich selbst ins Spiel brachte. Wenn diese Herren vom Geheimdienst uns Worotnikow als Mörder Zwiguns unterschieben wollten, mußten wir ihnen eben zuvorkommen. Und dann würde Worotnikow nie erfahren, daß er der Mörder Zwiguns war...

Ich verließ meinen Beobachtungsposten neben der Tür, begrüßte kurz Wolkow und Glasunow und beugte mich dann über das Mikrofon: »Genosse Oleinik! Hier ist Schamrajew, Chefinspektor für Sonderfälle bei der Staatsanwaltschaft.«

»Ich höre. Was gibt's?« fragte Oleinik mißtrauisch.

»Bitte überlassen Sie Oberst Swetlow den Funkverkehr und übertragen Sie ihm gleichzeitig die Leitung der gesamten Operation.«

»Wa-a-as?« fragte Oleinik wütend. »Aufgrund welcher Befugnis, wenn ich fragen darf?«

»Jetzt ist keine Zeit für lange Erörterungen, Oberst. Wer hat *Ihnen* denn die Befugnis erteilt, dieses Unternehmen zu leiten?«

»Wir haben Hinweise, daß der Verdächtige mit dem Tod General Zwiguns in Verbindung stehen könnte.«

»Genau! Und dieser Fall ist durch direkte Weisung des Genossen Breschnew mir übertragen worden. Er hat mich mit besonderen Vollmachten ausgestattet. Daher ist ›Kortschagin‹ mein Mann. Das heißt, wenn das heutige Telegramm keine Finte war, um ›Kortschagin‹ den Mord an Zwigun in die Schuhe zu schieben!« fügte ich lächelnd hinzu. »Also übertragen Sie bitte Swetlow die Verantwortung.«

»Wollen Sie tatsächlich die volle Verantwortung für die Ergreifung des Kriminellen übernehmen?« Oleinik versuchte es jetzt mit Einschüchterungstaktik. »Es könnte Schwierigkeiten geben. Er ist bewaffnet...«

»In Gegenwart von General Wolkow und Oberst Glasunow übernehme ich die Verantwortung«, erklärte ich ruhig. »Und Sie sind sich doch bestimmt klar darüber, daß unser Gespräch hier aufgezeichnet wird?«

»Ich verstehe«, sagte Oleinik. »Also gut. Ich übergebe Swetlow das Mikrofon und Ihnen – die Verantwortung.« Seine Stimme klang äußerst spöttisch, aber das ließ mich kalt. Schweigend schüttelten mir Wolkow und Glasunow die Hand, wohl um mir ihre Solidarität im Kampf gegen Oleinik zu bekunden.

»Marat, hast du alles mitbekommen?« fragte ich ins Mikrofon.

»Ja«, erwiderte Swetlow.

Da meldete sich wieder das Auto der Verfolger: »Achtung! Er biegt von der Autobahn auf die Straße nach Wostrjakowo ab. Ich wiederhole...«

»Wir haben Sie verstanden«, unterbrach Swetlow.

Ich sah Wolkow und Glasunow an und deutete auf das Mikrofon: »Genossen, übernehmen Sie! Führen Sie Ihre Truppen!«

Dabei hatte ich keineswegs die Absicht, ihnen zu schmeicheln. Aber erstens wußte ich, daß ich auf diesem Gebiet, verglichen mit ihnen, ein blutiger Laie war. Und zweitens war es reine Dankbarkeit: Hätte Wolkow die Information über Worotnikow auch nur eine halbe Stunde später herausgerückt, wäre es weder Swetlow noch mir möglich gewesen, in dieses Unternehmen einzusteigen, und Worotnikow wäre widerspruchslos zum Mörder Zwiguns abgestempelt worden. Aber eines hatten die Leute vom Geheimdienst bei dieser herrlich inszenierten Kampagne nicht bedacht:

Menschen, die sich um die Früchte ihrer Arbeit betrogen sehen, können sehr beleidigt reagieren.

Wolkow beugte sich über das Mikrofon und sagte: »Marat, Ihre Meinung bitte.«

»Die Männer hier sind nicht optimal postiert, Genosse General.«

»Dann postieren Sie sie eben um.«

»Zu spät. Ich kann den Wolga bereits sehen. Und da ist auch noch ein Taxi auf dem Weg zur Wahrsagerin ...«

Oberst Swetlows Bericht
(Fortsetzung)

Leider war es nicht möglich, die Männer neu zu postieren. Um 14.01 Uhr fuhren zwei Autos auf den Hof von Marussjas Datscha – der Wolga mit der Zulassungsnummer MKI 52 – 12 und ein Taxi mit dem amtlichen Kennzeichen MTU 73 – 79, mit Klienten der Wahrsagerin. Die Fahrgäste des Taxis machten es mir unmöglich, den Verdächtigen festzunehmen. Um ihr Leben nicht zu gefährden, beschloß ich, auf eine günstigere Gelegenheit zu warten, in der Annahme, daß Worotnikow-»Kortschagin« unseren Männern in die Hände fallen würde, die sich im Wartezimmer, als Klienten der Wahrsagerin getarnt, aufhielten. Doch Worotnikows Verhalten vereitelte diesen Plan. Er blieb im Wagen, während sein Begleiter, ein Mann in mittleren Jahren, ins Haus der Wahrsagerin ging. Um 14.22 Uhr kam dieser Mann dann wieder heraus, mit einem schweren Sack in den Händen. Ich erkannte, daß keine Zeit mehr zu verlieren war, und gab den Befehl, den Verbrecher festzunehmen. Die Männer, die viel zu weit entfernt vom Haus postiert waren, eilten auf den Wolga zu. Es gelang Worotnikow jedoch, den Sack durchs offene Fenster zu packen und seinen Komplizen in den Schnee zu stoßen. Und da wir wegen der Taxifahrgäste von den Schußwaffen keinen Gebrauch machen durften, entkam er uns, indem er mit Höchstgeschwindigkeit vom Hof brauste. Wegen des dichten Schneefalls, der einbrechenden Dunkelheit und der allgemeinen Verwirrung vermochte er auch noch den Männern zu entkommen, die ich auf seine Spur gesetzt hatte. Mit hoher Geschwindigkeit fuhr er auf der Otschakowo-Autobahn in Richtung Flughafen Wnukowo davon ...

Die Atmosphäre im Kontrollraum war nun nervös und gespannt. Wolkow, Glasunow und ich wußten nur zu gut, welche Trümpfe Oleinik und Krasnow in der Hand haben würden, falls der Verbrecher entkäme oder das Blut Unschuldiger vergossen würde. Auch Swetlow war sich dessen vollauf bewußt. Mit zusammengebissenen Zähnen und kaum auf unsere Fragen reagierend, bemannte er seinen Miliz-Wolga und machte sich auf die Jagd nach dem weißen Wolga. Zwei andere Verfolgungswagen fielen auf der schmalen Autobahn nach Otschakowo zurück, weil die glatte Fahrbahn sie hinderte, höhere Geschwindigkeiten zu erzielen. Aber Swetlow blieb dem flüchtenden Fahrzeug mit der Zähigkeit eines Terriers auf den Fersen, während Glasunow, Wolkow und ich unser Möglichstes taten, den Verkehr auf der Autobahn nach Otschakowo zu stoppen und »Kortschagin« in die Falle zu jagen. Wie es das Unglück wollte, brach an diesem Wintersonntag der Abend früh herein, und auf der Gegenfahrbahn herrschte reger Verkehr. Moskauer fuhren von ihren Datschen in der Umgebung in die Stadt zurück, und keiner von ihnen ahnte, daß ein gefährlicher Verbrecher mit mehreren Morden auf dem Gewissen ihnen entgegenraste, ausgerüstet mit der besten sowjetischen Pistole vom Typ Makarow.

»An alle Verkehrsposten auf der Autobahn nach Otschakowo und den zu ihr führenden Abzweigungen!« Jede Minute sandte Oberst Glasunow diese Botschaft über Funk aus: »Stoppen Sie sofort den Verkehr! Alle Autos anhalten und die Fahrbahn zwischen Kilometer sechzehn und dem Flughafen Wnukowo räumen! Auf diesem Abschnitt wird ein gefährlicher bewaffneter Verbrecher verfolgt. Ich wiederhole ...«

Unterdessen beschimpften wütende Privatfahrer die Verkehrsposten und verfluchten fast noch wütender innerlich die Regierung, denn normalerweise dienten so plötzliche Räumungen dazu, Regierungsfahrzeugen freie Bahn zu verschaffen.

Aber die leere Straße ließ auch den Verbrecher auf der Hut sein. Er wußte, daß ihn da vorn irgendwo eine Straßensperre erwartete. Und mit sicherem Instinkt wußte er auch genau, wo sie sich befand. Zweimal bog er buchstäblich in letzter Sekunde vor den auf ihn lauernden Milizposten ab, steuerte seinen Wolga rücksichtslos an den Straßensperren vorbei, über die verschneiten Felder des »Kommunarka«-Staatsguts von Wnukowo. Swetlows

Wagen führte exakt das gleiche Manöver aus. Der überforderte Motor des Miliz-Wolgas dröhnte vor Anstrengung, und die Hauptleute Kolganow, Laskin und Arutjunow stießen mit ihren Köpfen schmerzhaft an die Wagendecke. Die Dunkelheit brach herein. Bis zur Ausfahrt nach Wnukowo waren es noch acht Kilometer, dann sieben, dann sechs...

General Wolkow runzelte die Stirn, beugte sich zum Mikrofon und sagte: »Marat, kannst du mich hören?«

»Ja«, knurrte Swetlow.

»Er nähert sich dem Flughafen Wnukowo. Das gefällt mir gar nicht. Da sind zu viele Menschen.«

»Ich weiß. Laß Straßensperren errichten. Eine auf dem Flughafen und eine auf der Fahrbahn.«

»Vergiß aber nicht, daß er von der Straße abbiegen und direkt auf das Abfertigungsgebäude zufahren könnte.«

»Was kann ich tun? Zu allem Unglück hat er auch noch einen frisierten Motor. Den Mechanikern, die das getan haben, reiße ich morgen die Eier ab. Was ist denn nun mit den Straßensperren?«

»Sechs Kilometer vor dir hat Inspektor Stepaschkin zwei Lastwagen quer über die Fahrbahn gestellt. Also mach dich bereit.«

»Was für Lastwagen?« wollte Swetlow plötzlich wissen. »Haben sie Zugmaschinen?«

»Warum ist das denn so wichtig?« gab Wolkow zurück.

»Ich frage dich: Haben sie Zugmaschinen oder nicht?« blaffte Swetlow seinen Vorgesetzten an.

Nur zwanzig Jahre gemeinsamer Arbeit und die angespannte Atmosphäre gaben Swetlow das Recht, mit Wolkow so umzuspringen.

Inzwischen erkundigte sich Glasunow bei Stepaschkin am Verkehrskontrollposten: »Leutnant Stepaschkin, haben Ihre Lastwagen Zugmaschinen?«

»Ja. Es handelt sich um MAS-Traktoren mit Anhängern«, erwiderte Stepaschkin.

»Verbinden Sie mich direkt mit ihm!« forderte Swetlow.

»Ist bereits geschaltet. Nur ruhig Blut, Junge«, erwiderte Wolkow.

»Stepaschkin, altes Haus!« schrie Swetlow. »Kupple die Anhänger ab und stell sie quer über die Fahrbahn. Und plazier die Zugmaschinen jeweils am Fahrbahnrand. Wenn ich dir ein Zeichen gebe, schalt die Scheinwerfer ein. Verstanden? Schaffst du das noch?«

»Verstanden! Ich werde mich bemühen...« Die Stimme des jungen Verkehrspolizisten klang aufgeregt. Jetzt begriffen auch wir, was Swetlow vorhatte. Wenn sich der Verbrecher der Sperre näherte, würden ihn die starken Scheinwerfer der MAS-Traktoren blenden, während die Dunkelheit dazwischen freie Durchfahrt verhieß. So geblendet, würde er direkt auf die Anhänger prallen, die die Fahrbahn blockierten...

»Igor«, kam Swetlows Stimme über Funk. »Tut mir leid, aber es sieht ganz so aus, als würden wir ihn nicht lebend kriegen...«

Es war eine Sache von Sekunden – würde Stepaschkin imstande sein, Swetlows Auftrag auszuführen oder nicht? Wir saßen in angespanntem Schweigen da. Nur das Dröhnen von Swetlows Wolga sagte uns, daß die Jagd immer noch anhielt. Innerlich hatte ich mich bereits von diesem angeblichen Mörder Zwiguns verabschiedet. Nun würden wohl weder Oleinik noch ich ihn in die Hände bekommen...

»Geschafft!« hörten wir Stepaschkin rufen. »Wir sind fertig! Wir können ihn bereits hören. Er ist ganz nahe. Geben Sie mir das Zeichen!«

»Scheinwerfer an!« schrie Swetlow, und dann zur Besatzung seines Wagens: »Türen auf, macht euch bereit!«

Und da draußen an der Straßensperre, an der letzten Kurve der Otschakowo-Autobahn in Richtung Flughafen Wnukowo, rannte Leutnant Stepaschkin auf die Fahrer der Lastwagen zu und rief: »Scheinwerfer an!« Die Fahrer selbst konnten den Wolga, der da durch die Dunkelheit und das Schneegestöber auf sie zugerast kam, weder sehen noch hören. Sie schalteten die Scheinwerfer ein und sprangen eiligst aus ihren Kabinen, um im Straßengraben Schutz zu suchen.

Keine Ahnung, durch welches Wunder Worotnikow es schaffte, die Sperre in letzter Sekunde zu erkennen und auf die Bremse zu treten. Sein Auto geriet auf der schneeglatten Fahrbahn ins Schleudern und rutschte seitlich gegen einen der abgestellten MAS-Anhänger. Lebend und unverletzt sprang »Kortschagin« heraus und verschwand im angrenzenden Wald.

Oberst Swetlows Bericht
(Fortsetzung)

Da sich eine neue Gelegenheit bot, den Mann lebend zu fassen – obwohl immer noch das Risiko bestand, daß er nach Wnukowo durchbrach, wo bei einem Schußwechsel Menschen verletzt werden konnten –, war ich gezwungen, der Situation entsprechend zu handeln. Ich bildete mit den Hauptleuten Kolganow, Laskin und Arutjunow sowie Leutnant Stepaschkin von der Verkehrspolizei eine Kette und nahm zu Fuß die Verfolgung des Flüchtigen auf.

Er bewegte sich quer durch den Wald auf den Flughafen Wnukowo zu, wobei er jedesmal von der Schußwaffe Gebrauch machte, sobald er unsere Schritte hörte. Da ich die letzte Möglichkeit wahrnehmen wollte, den Mann lebend zu fassen, erteilte ich erst dann den Befehl, das Feuer zu eröffnen, als wir praktisch den Waldrand erreicht hatten und für Worotnikow die reelle Chance bestand, auf den Parkplatz des Flughafens zu entkommen. Ich gab einen Warnschuß ab und rief: »Werfen Sie die Waffe fort und ergeben Sie sich! Sie sind umstellt!« Aus verschiedenen Richtungen liefen wir auf ihn zu. Er antwortete lediglich mit Flüchen und Obszönitäten. Plötzlich sah ich ihn hinter einem Baum hervor mit gezogener Pistole auf mich zukommen. Ein Schuß fiel, und im selben Augenblick stellte ich fest, daß ich am rechten Arm verletzt war. Ich wechselte meine Pistole in die linke Hand und schoß auf den Kriminellen. Im gleichen Moment feuerten auch Laskin und Kolganow, die links und rechts neben ihm herliefen.

Folgende Gegenstände wurden bei der Untersuchung von A. Worotnikow sichergestellt: eine Makarow-Pistole »PM« Nr. 6912-A, drei Magazine mit Patronen vom Kaliber neun Millimeter, 240 000 Rubel, 16 Schmuckstücke im Gesamtwert von 824 000 Rubel und ein Paß, ausgestellt auf den Namen Boris Jegorowitsch Morosow, wohnhaft Lesnaja-Straße 17, Wohnung Nr. 9, Moskau. Das Geburtsjahr im Paß war in 1941 verändert und das Foto durch eines von Worotnikow ersetzt worden.

Ich übernehme die volle Verantwortung für die Tötung dieses Kriminellen, der für den Verlauf der Untersuchungen so wichtig war, und stelle offiziell die Frage, ob ich dabei die Grenzen der Notwehr überschritten habe.

Leiter der Dritten Abteilung der Moskauer Kriminalpolizei
Oberst M. A. Swetlow

Das war also der Bericht, den mir Marat Swetlow schließlich übergab. Aber während des Schußwechsels, der Verwundung Swetlows und der Tötung Worotnikows gab es weiß Gott wichtigere Probleme als Swetlows Frage, ob er unter Umständen die Grenzen der Notwehr überschritten habe. Er hatte zwar seine Verwundung auf die leichte Schulter genommen und über Funk erklärt, es handele sich lediglich um einen Streifschuß, den er überleben werde, um »gesund und munter seine goldene Hochzeit zu feiern«, dennoch ordnete ich an, ihn zur Krankenstation des Flughafens Wnukowo zu bringen, um ihn dort verarzten zu lassen. Dann stellte ich eine Verbindung zu Valentin Pschenitschnij her. Zwanzig Minuten zuvor war die Miliz unter der Leitung von Major Oschereljew in Marussja Schewtschenkos Haus eingedrungen. Während der Jagd auf »Kortschagin« hatte sich eine ganze Reihe anderer Ereignisse angebahnt, die vielleicht weniger aufsehenerregend, für den Verlauf unserer Untersuchungen aber nicht weniger wichtig waren.

Major Oschereljew zufolge war das Haus der Schewtschenkos eine wahre Schatztruhe für gehortetes Diebesgut. Boden und Keller quollen über von Kristall, Pelzen, Lammfelljacken, Pelzmänteln und importierten Radiogeräten. Auf der Stelle rief ich Pschenitschnij an und bat ihn, sich von der Frau des Akademiemitglieds Zipurskij ein paar Identifizierungsmerkmale der bei ihr gestohlenen Gegenstände zu beschaffen. Außerdem sollte er herausfinden, ob sie jemals die Wahrsagerin aufgesucht hatte. Diese Vermutung bestätigte sich sogleich, und auch eine Liste der geraubten Gegenstände wurde unverzüglich geliefert. Darauf folgte ein Bericht aus Wostrjakowo, in dem stand, daß ein Fuchsmantel aus der Kunzewo-Pelzfabrik, Herstellungsjahr 1979, gefunden worden war, der eindeutig Rosa Abramowa Zipurskaja gehörte. Nun beauftragte ich Oschereljew herauszufinden, wie Marussja Schewtschenko in den Besitz dieses Pelzmantels gelangt war.

Aber unsere Wahrsagerin war nicht von gestern, sie kannte sich in diesem Spiel aus. Ganz offenbar verließ sie sich darauf, daß ihr die hochgestellten Klienten schon aus der Patsche helfen würden. Daher war sie gar nicht so leicht zu überführen. Sie behauptete, daß die Dinge, mit denen ihr Keller vollgestopft war, ihr von verschiedenen Freunden – Zigeunern – zur Aufbewahrung übergeben worden seien. »Sie wissen doch selbst, Chef«, sagte sie zu Oschereljew, »daß Zigeuner keine Daueraufenthaltsgenehmigung für Moskau bekommen. Oft genug haben sie kein Dach über dem Kopf. Und irgendwo müssen sie ihre Habe doch lassen. So bringen sie sie eben zu mir. Ich habe nicht die leiseste Ahnung, woher die Gegenstände stammen.«

»Aber jemand, der im Wahrsagen so erfahren ist wie Sie, hätte doch erraten müssen, daß die Dinge gestohlen sind«, grinste Oschereljew. »Nun aber genug mit Ihrem faulen Zauber. Ich lasse jetzt einfach alle Ihre Kunden herkommen, bei denen eingebrochen worden ist und deren Eigentum hier in Ihrem Keller lagert. Wir könnten ja mit Rosa Abramowa Zipurskaja beginnen.«

Auf diese Weise bekamen sie dann endlich heraus, daß die Schewtschenko eine ganze Reihe junger Leute für sich arbeiten ließ, denen sie die Adressen ihrer wohlhabenden Klienten zuschanzte. Der Rest blieb ihren Einbrechertalenten überlassen. Die Schewtschenko nannte sogar den Anführer dieser Bande – denselben Boris Morosow, dessen Paß man in Worotnikows Tasche gefunden hatte. Zu der Bande gehörten auch eine gewisse Lena oder Eleonora und Kostja, der »Saxophonist«. Ob er ein echter Musiker war oder lediglich diesen Spitznamen trug, konnte Marussja Schewtschenko nicht sagen. Die drei waren zwei Tage zuvor bei ihr in der Datscha gewesen und hatten dort auch die Bekanntschaft von Worotnikow-»Kortschagin« gemacht. »Kortschagin« hatte sich den Paß von Morosow mit dem Hinweis »erkauft«, er wolle ihn heute auf dem Flug von Moskau nach Jalta benutzen. Was den Mord an Zwigun betraf, so erklärte sie kategorisch, davon nichts, aber auch gar nichts zu wissen. Der Mann, in dessen Begleitung Worotnikow erschienen war, sei ein Trunkenbold gewesen, den er am Tag zuvor zufällig als Fahrer angeheuert habe.

Während die Kriminalpolizei eine Liste der gestohlenen Gegenstände anfertigte, die bei Worotnikow sichergestellt worden waren, gaben die Notdienstärzte auf dem Flughafen Wnukowo Swetlow eine Tetanusspritze und verbanden seine Wunde; und während die Autobahn nach Otschakowo für den normalen Verkehr wieder geöffnet wurde, suchten Nina, Pschenitschnij und ich weit weg von alldem nach der Einbrecherbande, die in die Wohnung des Akademiemitglieds Zipurskij an der Katschalow-

Straße eingebrochen war. Denn wir beide, Pschenitschnij und ich, wollten uns unbedingt den Mann vornehmen, der ihnen die Tips für ihre Einbrüche geliefert hatte.

18.30 Uhr
Eigentlich war es ein ganz gewöhnlicher Sonntagabend im Januar. Obwohl Moskau in tiefen Schnee gehüllt war und keine noch so große Flotte von Räumfahrzeugen imstande gewesen wäre, die Bürgersteige und Fahrbahnen von diesen Schneemassen zu befreien, saßen die Moskauer keineswegs in ihren guten Stuben. Vor den Kinos, die Pjotr Todorowskijs neue Komödie *Das Mädchen des Mechanikers Gawrilow* zeigten, standen die Menschen Schlange, und auch die Theater konnten nicht gerade über Besuchermangel klagen. Hübsche Mädchen in importierten Lammfellmänteln und hohen Stiefeln flanierten auf der Gorki-Straße, und auf der Neuen Arbat-Straße hatte sich eine Menge Halbwüchsiger vor dem Portal des *Blizzard* zusammengerottet, einem beliebten Treffpunkt für junge Leute.

Oben, aus dem im ersten Stockwerk gelegenen Café, schickte eine Jazzband ihre Klänge bis auf die Straße. Das heizte die Jungen und Mädchen nur noch mehr an. Obwohl an der verschlossenen Tür groß das Schild »Überfüllt« hing, versuchten die jungen Leute immer wieder, sich den Eintritt zu erzwingen.

Pschenitschnij und ich sahen uns an – wie sollten wir nur durch diese kompakte Menschenmenge bis zur Tür des Cafés vordringen? Sicher, wir hätten einen Verkehrspolizisten holen können, der uns mit seiner schrillen Pfeife einen Weg gebahnt hätte – doch wir wollten jedes Aufsehen vermeiden. Drinnen im Café befanden sich im Augenblick die drei Leute, die Oschereljew von der Wahrsagerin genannt worden waren: Boris Morosow, Kostja, der »Saxophonist«, und Lena-Eleonora. Auch wir waren zu dritt und mußten sie so unauffällig wie möglich schnappen, ohne Verfolgungsjagd, Schießerei und ähnlichen Unsinn. Aber zunächst einmal mußten wir zur Tür gelangen, um dem Portier unsere Ausweise zu zeigen.

Es war Nina, die uns rettete. Dabei ist »retten« nicht ganz das richtige Wort, da man ohne Übertreibung sagen kann, daß eigentlich Nina das ganze Unternehmen in die Hand nahm, während Pschenitschnij und ich lediglich als ihre Assistenten fungierten. Schon im Kontrollraum, als Swetlow über Funk mitgeteilt hatte, daß man bei Worotnikow einen Paß auf den Namen Boris Morosow gefunden habe, und ich im Telefonbuch entdeckt hatte, daß er bei seiner Mutter Agnessa Sergejewna wohnte, hatte ich Nina gebeten, dort anzurufen. Wir mußten wissen, ob Morosow zu Hause war, und wenn nicht, wo er sich gerade aufhielt. Nina mit ihrem Wologda-Akzent eignete sich vorzüglich für diese Aufgabe, und sie führte den Auftrag auch auf brillante Weise aus. Sie rief von der Wohnung des Akademiemitglieds Zipurskij bei Agnessa Sergejewna an, während wir im Überwachungsraum jedes Wort des Gesprächs mithörten – unsere Technologie in Sachen Telefonüberwachung ist eben nicht zu schlagen.

»Hallo? Agnessa Sergejewna?« fragte Nina so selbstverständlich, als wäre Agnessa Sergejewna ihre Tante. »Guten Abend, hier ist Nina. Ist Borja da?«

Vermutlich hatte der zwanzigjährige Borja Morosow mehr als nur eine Freundin mit Namen Nina, aber Agnessa Sergejewna würde sich hüten, ihren Sohn in Schwierigkeiten zu bringen.

Offensichtlich geschmeichelt, daß wenigstens eine dieser Ninas ihren Vornamen kannte, erwiderte sie: »Er ist schon lange fort.«

»Mit Kostja?« fragte Nina. »Oder mit Lenka-Eleonora?«

»Sie sind alle drei im *Blizzard*. Kostja arbeitet doch heute!« sagte Agnessa Sergejewna.

»Ach, stimmt ja«, rief Nina. »Wie dumm, daß ich das vergessen habe! Und ich warte hier im *Lyra* auf sie. Auf Wiedersehen, Agnessa Sergejewna.« Sie legte auf.

»Glänzend!« begeisterte sich General Wolkow und wandte sich an mich: »Hören Sie, dieses Mädchen würde sich bei uns hervorragend machen. Solchen Nachwuchs wünschen wir uns. Warum schicken Sie sie nicht auf die Miliz-Schule? Wenn sie damit fertig ist, übernehme ich sie sofort. Ehrenwort...«

Beflügelt vom Lob des Generals ergriff Nina jetzt, vor dem Eingang zum *Blizzard*, selbst die Initiative. »Mir nach!« befahl sie Pschenitschnij und mir. Wie ein Korkenzieher drehte sie sich dann einen Weg durch die dichte Menge der Jugendlichen, die den Eingang belagerte. Und mit Fäusten und Ellenbogen schaufelte sie auch für uns einen Pfad frei, indem sie aufs Geratewohl rief: »Schenka, hier bin ich! Ich bin hier! Ich komm ja schon! Laßt mich doch mal durch, Kinder!«

»Drängeln hat gar keinen Zweck. Es ist geschlossen«, versuchte sie jemand zu bremsen.

»Aber mein Typ wartet doch da vorn auf mich!« log Nina schamlos, drängte die anderen beiseite und rief dem angeblichen »Typ« erneut zu: »Schenka!«

Und so erreichten wir den Eingang des Cafés, wo ich dem Portier meinen Ausweis unter die Nase hielt. Auf der Stelle verwandelte er sich von einem flegelhaften Angeber in einen devoten Lakaien. »Arbeitet Kostja heute?« fragte ich ihn.

»Natürlich. Er spielt Saxophon.«

»Kennen Sie auch Boris Morosow?«

»Meinen Sie Borja? Er ist auch da, Genosse Staatsanwalt...«

»Lena auch?« wollte Nina wissen.

»Ja.«

»Kommen Sie mit. Zeigen Sie uns die drei«, befahl Nina.

Sogar die Holztreppe, die in den ersten Stock hinaufführte, war gerammelt voll von pickligen, langhaarigen Halbwüchsigen mit Zigaretten im Mund. Ihre Stimmen gingen im ohrenbetäubenden Lärm der Jazzband unter. Die Jugendlichen einfach beiseite schiebend, bahnte uns der Portier eine Schneise zum Hauptraum des Cafés. Die Szene war unvorstellbar. Junge Leute – Mädchen und Jungen zwischen sechzehn und achtzehn Jahren – saßen gedrängt an engstehenden Tischen, vor sich Schiguljowskoje-Bier, Eis oder den billigsten sauren Aligoté-Wein. In dem dunklen Raum hingen dichte Rauchwolken. Die Jugendlichen qualmten ununterbrochen und unterhielten sich, während auf der Bühne die Jazzband röhrte: Fünf eigenartig gewandete Musiker – eine Mischung aus russischen Bauern und amerikanischen Cowboys – quälten ihre Instrumente mit einer kaum wiederzuerkennenden verjazzten Version der patriotischen Komsomol-Melodie »Grenada, Grenada, Grenada moja...«. So blieben die Interessen aller Gruppen gewahrt. Im täglichen Bericht der Band für das Kulturdezernat wirkte das Repertoire ideologisch einwandfrei, während der Inhalt den Zuhörern verborgen blieb, denn diese Jazzjünglinge schafften es, selbst »Grenada« ausgesprochen westlich klingen zu lassen.

Der Portier deutete zum anderen Ende des Raums: »Da drüben rechts, mit dem Saxophon – das ist Kostja. Und vor ihm, gleich neben der Bühne, das Mädchen in der grünen Bluse, das da tanzt, das ist Eleonora. Und der junge Bursche, der da drüben am Tisch Wein trinkt – das ist Boris Morosow.«

Ich bemerkte, daß sogar meine Nina unwillkürlich ihre Hüften im Rhythmus der Musik schwenkte – sie war in ihrem Element.

»Wir werden wohl warten müssen, bis sie mal eine Pause machen«, sagte ich zu Pschenitschnij.

»Aber warum denn?« fragte Nina. »Ihr geht wieder hinunter, und ich bringe sie euch – einen nach dem anderen.«

»Wie denn?« erkundigte ich mich verblüfft.

»Das ist meine Sache«, erwiderte Nina. Sie ging direkt auf den Tisch zu, an dem Morosow saß, und eine Minute später drehte sie sich bereits mit ihm auf der winzigen Tanzfläche.

Ja, meine Nina aus Wologda hatte sich tatsächlich zu einem herausragenden Mitglied meines Teams gemausert. Nachdem sie ein paar Minuten mit Boris getanzt hatte, zog sie ihn völlig problemlos hinunter ins Erdgeschoß, angeblich, um an der schummrigen Bar etwas zu trinken. Und auf dem Weg dorthin lieferte sie ihn an uns aus – an Pschenitschnij und an mich. Dann ging sie wieder hinauf, um auch die anderen einzufangen . . . Schon eine halbe Stunde später befanden wir uns allesamt in der Dritten Abteilung der Moskauer Kriminalpolizei – ohne jegliches Aufsehen oder gar eine Schießerei.

AUSZUG AUS DEM PROTOKOLL
DES VERHÖRS VON ELEONORA SAWITZKAJA

SAWITZKAJA: Vor Neujahr habe ich damit angefangen, das Haus Nummer 16a zu beobachten. Wir wußten, daß dort eine Reihe reicher Leute wohnen. Das hatte uns die Wahrsagerin Marussja Schewtschenko aus Wostrjakowo gesagt. Sie gab uns detaillierte Informationen und erklärte uns, daß da auch ein wohlhabendes jüdisches Ehepaar wohne, irgend so ein Akademiemitglied und seine Frau. Aber wir haben schon vor etwa einem Jahr Adressen von allen möglichen reichen Leuten bekommen. Damals arbeitete Borja Morosow in dem Speziallebensmittelgeschäft am Smolensk-Platz. Dieses Geschäft beliefert alle möglichen berühmten Leute – Schauspieler, Direktoren und andere Prominenz. Zum Beispiel auch Maja Plissetzkaja, Arkadij Raikin, Muslim Magomajew und eine ganze Reihe anderer Berühmtheiten. Sie können einfach dort anrufen und Körbe voller Lebensmittel bestellen – Schweine-

fleisch, Kaviar, Cognac, Wurst und so weiter, während gewöhnliche Sterbliche Fleisch nur auf Lebensmittelmarken, und dann auch nur tiefgefroren, bekommen und mindestens drei Stunden lang anstehen müssen ...
PSCHENITSCHNIJ: Zur Sache, bitte. Zurück zur Nummer 16a.
SAWITZKAJA: Ich bin doch bei der Sache. Ich habe nur gesagt, daß Borja Morosow in der Bestellannahme dieses Geschäfts gearbeitet hat und so an die Adressen dieser reichen Leute gekommen ist. Immer, wenn er einen Auftrag von ihnen bekam, wenn Waren geliefert werden sollten, nannten sie ihm natürlich erst einmal ihre Adressen, aber auch die Zeiten, wann sie anzutreffen waren und wann nicht. So wußten wir genau, wann sie zu Hause waren und wann nicht. Ich brauchte die betreffenden Häuser nur ein oder zwei Tage lang sicherheitshalber zu beobachten, damit wir uns nicht in die Nesseln setzten, wie einmal, wo wir gerade in einer Wohnung rumstöberten und fast mit so einer alten Krähe zusammengestoßen wären, die von der Toilette kam.
PSCHENITSCHNIJ: Lassen Sie uns doch endlich zur Sache kommen. Sie haben später noch reichlich Gelegenheit, über Ihre anderen Einbrüche zu berichten. Und denken Sie daran, ein offenes Geständnis kann sich günstig auf das Strafmaß auswirken.
SAWITZKAJA: Ich bin ja ganz offen. Ich habe Ihnen doch gerade gesagt, daß es für Morosow ganz einfach war, an die Adressen zu kommen. Und das blieb auch so, als er seinen Job in dem Geschäft aufgab. Nun bekam er die Anschriften von dieser Wahrsagerin. Für mich wurde das Ganze allerdings wesentlich komplizierter, denn die Wahrsagerin gab uns bloß die Adressen, und damit hatte es sich dann auch. Also mußte ich ganz schön herumschnüffeln, um herauszufinden, wann die Leute nicht da waren.
PSCHENITSCHNIJ: Wollen wir nicht wieder auf Nummer 16a zurückkommen?
SAWITZKAJA: Aber dabei sind wir doch. Die Adresse dieses jüdischen Ehepaars bekamen wir erst vor etwa einem Monat, vor Neujahr. Und Boris sagte mir, ich solle das Haus beobachten. Er wollte von mir einen genauen Stundenplan, wann diese Leute das Haus verließen und wann sie wieder zurückkamen. Das erste Mal, als ich auf meinem Posten war, hielt doch glatt eine Tschaika vor dem Haus, und ich glaubte meinen Augen nicht trauen zu dürfen – steigt da doch tatsächlich ein KGB-General aus, zusammen mit

zwei anderen, entweder Oberste oder Majore. Und eine halbe Stunde später fährt allen Ernstes auch noch Podgornij vor. Daraufhin sagte ich Borja, daß wir von diesem Haus lieber die Finger lassen sollten, daß dort zu viele hohe Tiere wohnten und daß es bestimmt einen Wächter gäbe. Aber nein, er wollte partout nicht hören. Er sagte, sicher würden hohe Tiere dort verkehren, aber einen Wächter gäbe es nicht. Das habe ihm die Wahrsagerin versichert. Sie habe aus der Frau des Akademiemitglieds Zipurskij sogar herausbekommen, daß das Haus nicht einmal einen Fahrstuhlführer habe und daß man nur ins Haus käme, wenn man einen Schlüssel hätte oder die Telefonnummern der Mieter wüßte. Die letzten vier Ziffern dieser Nummer müsse man unten an der Rufanlage neben der Tür drücken. Dann drückt oben jemand auf einen Knopf, und die Tür öffnet sich von selbst. Mit einem Wort, wie in diesen ausländischen Filmen. Wir würden uns diesen Fang ganz bestimmt nicht entgehen lassen, sagte Morosow. Und bei diesem einen würde es nicht bleiben. Das ganze Haus sei eine wahre Fundgrube. Nun gut, Borjas Wort ist mir Gesetz. Er hat meinem Bruder vor zwei Jahren das Augenlicht gerettet. Ich habe einen kleinen Bruder, wissen Sie. Er ist jetzt siebzehn. Vor zwei Jahren hatte er einen Motorradunfall, und ihm ist dabei ein Auge ausgelaufen. Das war einfach grauenhaft. Aber Morosow setzte ihn sofort in ein Flugzeug und verfrachtete ihn ins Krankenhaus nach Odessa. Er hat irgend jemandem fünftausend Rubel hingeblättert, und man hat meinen Bruder sofort operiert, obwohl sie da unten eine Warteliste von mindestens drei Jahren haben. Egal. Ich begann mich zu fragen, wie man das mit Nummer 16a am geschicktesten drehen könnte. Es war Winter. Dezember. Schließlich konnte ich nicht Ewigkeiten draußen in der Kälte rumstehen. Was habe ich also gemacht? Ich sah mir das Haus gegenüber an und stellte fest, daß es nichts Besonderes war. Da fuhren keine Tschaikas vor, nicht einmal schwarze Wolgas. Ich ging also mit meinem Notizbuch bewaffnet in dieses Haus, tat so, als käme ich von der Sozialversicherung, und fand, wonach ich suchte: Im vierten Stockwerk, dem Eingang von Nummer 16a genau gegenüber, wohnte ein Junggeselle. Und er war nicht einmal so alt. So um die Vierzig, würde ich sagen. Eine Art Ingenieur, Monteur oder so was. Und dann lief alles wie geschmiert. Am nächsten Tag traf ich ihn ganz zufällig in der Metro, ließ mich von ihm ansprechen und schlief in der Nacht auch schon mit ihm. Natürlich habe ich dafür gesorgt, daß er ganz verrückt nach mir wurde. So was wie mich hatte er noch nicht erlebt. Wissen Sie, wenn eine Frau es darauf anlegt, erreicht sie es auch, daß der Mann sie nicht mehr fortlassen will. Und prompt hat er mich am nächsten Morgen gebeten, zu ihm zu ziehen. Anfangs habe ich noch so getan, als würde mir das nicht sehr zusagen, dann aber hab ich ja gesagt. Und von diesem Tag an habe ich Nummer 16a von dieser Wohnung aus beobachtet. Ich hab mir sogar ein Fernglas gekauft. Und was habe ich da nicht alles zu sehen bekommen! Höchst interessante Dinge, das kann ich Ihnen versichern. Äußerlich wirkt es wie ein ruhiges, ehrenwertes Haus mit respektablen Mietern: berühmte Leute, Wissenschaftler, Generäle. Aber wenn Sie es erst mal – wie ich – vom frühen Morgen bis zum späten Abend beobachten... Mein Monteur war vom Morgen bis zum späten Abend unterwegs, um irgendwelche Leitungen zu installieren, und so saß ich den ganzen Tag mit meinem Fernglas am Fenster. Besonders interessant war es am Abend und nachts. Was habe ich da alles herausbekommen. Zum Beispiel, daß die Frau des Akademiemitglieds Zipurskij nirgendwo arbeitet und daß ihr Geliebter sie zweimal die Woche besucht – mittwochs und freitags. An den anderen Tagen hängt sie nur in irgendwelchen Geschäften herum, und einmal in der Woche – donnerstags – läßt sie sich bei der Wahrsagerin frisieren und maniküren. Ein paar Male bin ich ihr bis nach Wostrjakowo gefolgt. Borja hat seine eigenen Mädchen, die bei der Wahrsagerin arbeiten, Leute, die er ein ganzes Jahr lang aus dem Lebensmittelgeschäft am Smolensk-Platz versorgt hat. Und sie bestätigen, daß diese Zipurskaja jeden Donnerstag von zehn bis zwölf dort war – so regelmäßig wie ein Uhrwerk. Wie auch immer, ich hab ungefähr zwei Wochen gebraucht, da wußte ich genau, was in der Wohnung vor sich ging. Aber während dieser Zeit sind mir natürlich auch ein paar andere Dinge aufgefallen. Interessiert es Sie zum Beispiel, daß Podgornijs Tochter eine Wohnung über zwei Etagen hat? Kossygins Tochter auch. Ich hatte so etwas noch nie gesehen, nur im Film. Da kann man von einem Zimmer aus über eine Wendeltreppe direkt ins obere Stockwerk gehen. Sie hat nicht nur jede Menge Zimmer, sondern auch noch ein Schwimmbassin. Ehrlich! Ich lüge nicht! Sie haben ein Badezimmer, so groß wie Ihr Büro, aber natürlich viel schöner. Genau wie die Schwimmbassins im Restaurant *Aragwi* oder im *Berlin*. Und in diesem Bassin, besser gesagt, in dem Raum, in dem es sich befindet, bewahrt die Kossygin-Tochter ihre Diamanten und sonstigen Schmuckstücke in einem kleinen weißen Tisch auf. Die sollten Sie mal sehen! Ich kenne niemanden, der so etwas besitzt. Ehrlich! Und dabei haben wir fast die ganze Stadt nach solchen Steinen durchkämmt. Allein in Moskau haben wir in den letzten beiden Jahren dreihundertsiebzehn Wohnungen ausgeräumt.

ZWISCHENFRAGE VON CHEFINSPEKTOR SCHAMRAJEW: Wie viele? Wie viele?

SAWITZKAJA: Dreihundertsiebzehn. Sie können das in meinem Notizbuch überprüfen. Ich habe alles notiert.

PSCHENITSCHNIJ: Aber wie können Sie sich erklären, daß wesentlich weniger Einbrüche bei der Miliz registriert sind?

SAWITZKAJA: Ganz einfach! Zunächst einmal meldet nicht jeder den Verlust von Wertgegenständen. Wenn wir zum Beispiel die Wohnung des Direktors einer Möbelfabrik oder die des Sekretärs eines regionalen Partei-Komitees ausräumen, werden die doch kaum den Verlust von Diamanten, Gold, Perlen oder Geld melden – sagen wir mal zweihunderttausend Rubel. Oder? Dann würde man sie doch sofort fragen: »Woher haben Sie eigentlich das viele Geld, wenn Sie nur zwei- oder dreihundert Rubel Gehalt im Monat bekommen?« Niemand möchte doch gern als Schwindler oder Dieb dastehen. Also halten sie ihren Mund und erstatten keine Anzeige bei der Miliz. Einmal haben wir in der Wohnung des Bezirks-Milizchefs Timirjasew eingebrochen und alle möglichen Gold- und Wertsachen entwendet. Ich kann im Augenblick nicht sagen, wieviel. Wie sollte der wohl erklären, woher er als einfacher Miliz-Major solche Schätze hatte ansammeln können? Da rafft er doch lieber die nächste Million mit Bestechungsgeldern und Diebstählen zusammen, anstatt sich bloßzustellen. Die einzigen Menschen, die auf legale Weise eine ganze Menge Geld ansammeln, sind Wissenschaftler, Akademiemitglieder, Generäle und Schauspieler. Aber die Miliz nimmt auch nicht alle Anzeigen so auf, wie es sich gehört. Schließlich hinterlassen wir keine Spuren, und in vielen Fällen wissen die Betroffenen nicht einmal, wann der Einbruch begangen wurde. Die Leute überprüfen ihre Tresore nun mal nicht jeden Tag.

PSCHENITSCHNIJ: Verstehe. Was wissen Sie noch über die Mieter von Nummer 16a? So viele Details wie möglich, bitte.
SAWITZKAJA: Gern! Nun, zunächst einmal haben wir da den KGB-General, falls Sie über den was wissen wollen. Er heißt Zwigun. Er ist vor kurzem gestorben, und ich habe sein Bild in der Zeitung gesehen. Soll ich Ihnen etwas über den erzählen?
PSCHENITSCHNIJ: Ja, erzählen Sie.
SAWITZKAJA: Na, zunächst einmal ist er gestorben – und das ist eigentlich kein Wunder. Bei so einem Lebenswandel hätte wohl auch ein jüngerer Mann über kurz oder lang ins Gras beißen müssen, geschweige denn ein älterer wie er. Ich habe in der Zeitung gelesen, daß er fast fünfundsechzig war, dennoch spielte er jede Nacht bis drei Uhr Karten, schluckte Unmengen von Weinbrand und machte mit Mädchen rum. Anfangs verstand ich gar nicht, wo eigentlich seine Frau und seine Kinder waren. Doch dann kapierte ich – das war gar nicht seine richtige Wohnung. Die war nur fürs Kartenspiel und die Huren da. Gelegentlich hat er dort auch geschlafen, und das immer bei Licht, wirklich. Nie hat er das Licht ausgeschaltet. Ich nehme an, er hatte Angst vor der Dunkelheit. Schon wenn er die Wohnung betrat, knipste er erst einmal in allen Räumen das Licht an. Und ich konnte durch mein Fernglas alles sehen, das heißt natürlich, wenn er die Vorhänge nicht zugezogen hatte. Aber eigentlich verbrachte er die Nacht nicht sehr häufig in dem Haus, meist ging er gegen drei oder vier Uhr fort. Ich glaube nach Hause. Und um halb acht am Morgen tauchte eine Putzfrau auf, machte alles sauber, stellte Lebensmittel in den Kühlschrank und verschwand wieder. Dann war den ganzen Tag über niemand in der Wohnung. Also mußte es doch ganz problemlos sein, dort einzubrechen. Aber wir beschlossen, diese Wohnung nicht anzurühren, auch die der Töchter von Podgornij und Kossygin nicht. Denn da hätte uns doch sofort die gesamte Miliz oder der KGB auf den Fersen gehockt. Sagen Sie selbst, hätte sich das gelohnt?
PSCHENITSCHNIJ: Können Sie die Leute beschreiben, die Sie in General Zwiguns Wohnung gesehen haben?
SAWITZKAJA: Ja, aber nicht alle. Diejenigen, die mit ihm Karten spielten, kann ich Ihnen schildern. Auch eine Frau in mittlerem Alter. Aber all die Huren und Flittchen, die sie ihm anschleppte, kann ich einfach nicht beschreiben; sie sahen sich alle so ähnlich.

Man kann sie jede Nacht im Hotel *National* und im *Metropol* sehen.
PSCHENITSCHNIJ: Bitte beschreiben Sie die Leute, die Sie in Zwiguns Wohnung gesehen haben.
SAWITZKAJA: Also gut, fangen wir an! Erst einmal – ein Georgier. Dick mit Schnurrbart und Glatze. Wirkt wie fünfzig, kann aber auch älter sein. Trinkt nur Wein und ist Zigarrenraucher. Zweitens – ein großer hübscher Bursche mit dunklen Haaren, sieht fast aus wie ein Zigeuner. Er kam immer im eigenen Wolga. Hatte an jedem Finger einen Ring, sicher alle mit echten Steinen, und auf der Brust ein Kreuz aus Diamanten, auf Komsomolzen-Ehre! Ich war eigentlich ziemlich überrascht, daß er den General mit einem Kreuz auf der Brust besucht. Ich dachte, vielleicht ist das ein Priester oder so. Aber keine Spur! Priester laufen schließlich nicht in Samtjacken und Jeans herum. Und der hier war angezogen wie ein echter amerikanischer Schauspieler mit einem ausländischen Mantel. Und als ich ihn zum letzten Mal sah, fuhr er auch keinen Wolga mehr, sondern einen goldenen Mercedes...
PSCHENITSCHNIJ: Wann war das?
SAWITZKAJA: Also, wir haben am vierzehnten Januar in diesem Haus gearbeitet. Das war ein Donnerstag. Das heißt, daß ich diesen Schauspieler am Abend des dreizehnten Januar, am Mittwoch, zum letzten Mal gesehen habe. Ja, stimmt. Genau am alten Neujahrsabend kam er mit seinem nagelneuen Mercedes zu Besuch. Ich weiß noch, daß mich das ungeheuer verblüfft hat – ein goldener Mercedes und so ein Typ! Wenn wir am nächsten Tag nicht diese Wohnungen vorgehabt hätten, hätte ich mich ihm auf der Stelle an den Hals geworfen, ehrlich! Ich hab schon oft davon geträumt, in einem Mercedes herumzufahren. Aber klar, dieser Mann hat genug Frauen, der wartet ganz bestimmt nicht auf mich. Der bumste nicht nur die Devisen-Nutten in der Wohnung des Generals, er trieb es auch mit einem Filmstar im selben Haus – Isolda Sneschko. Ich habe erst kürzlich einen Film mit ihr gesehen. Sie ist schon ziemlich alt, älter als er. Sie lebt allein, nur mit einem Hund, einer Dänischen Dogge. Also brauchte sich dieser Star gar nicht erst die Mühe zu machen, um drei Uhr morgens nach Hause zu gehen. Er schlüpfte hinauf in den elften Stock zu seiner Schauspielerin. Und dann schlief er in ihrer Wohnung bis zum Mittag. Ein paarmal tauchte seine Frau im Haus auf. Aber

vielleicht ist sie auch gar nicht seine Frau. Sie ist ungefähr zehn Jahre älter als er, wenn nicht noch mehr. Donnerwetter, hat die ihm eine Szene hingelegt! Ich habe das durchs Fenster beobachtet. Dieser General da versuchte zwar, sie zu besänftigen, aber sie schleuderte einfach eine Flasche gegen ihn, nur hat sie ihn nicht getroffen. Das hat mich irgendwie gewundert. Diese alte Schraube war so verrückt vor Eifersucht, daß sie noch nicht mal vor einem KGB-General Angst hatte. Und beim zweiten Mal konnte sie ihren Star gar nicht finden, weil der gerade im elften Stock war. Da hat sie doch tatsächlich angefangen zu heulen. Eine alte Schraube wie sie und heult wegen eines Typen! Zwigun tröstete sie und strich ihr über den Kopf, als wäre sie seine Tochter. Und dann betrachtete ich sie mir genauer durch mein Fernglas. Was glauben Sie, wem sie ähnlich sieht? Breschnew, ehrlich! Vielleicht ist sie seine Tochter?

FRAGE VON CHEFINSPEKTOR SCHAMRAJEW: Sagen Sie, Eleonora, haben Sie diesen Star, wie Sie ihn nennen, singen oder Gitarre spielen sehen?

SAWITZKAJA: Klar doch! Er hatte immer eine Gitarre im Auto. Nie kam er ohne. Kennen Sie ihn denn? Ist er wirklich ein Star? Wie heißt er?

CHEFINSPEKTOR SCHAMRAJEW: Sie erwähnten eine Frau, die, wie Sie sagten, Mädchen in die Wohnung anschleppte. Können Sie sie uns beschreiben?

SAWITZKAJA: Sie ist um die Fünfunddreißig oder Vierzig, hat rötliches Haar, vielleicht gefärbt. Sie ist dünn und sehr groß, kam immer mit ihrem eigenen Wagen, einem blauen Lada. Manchmal hatte sie eine Aktentasche bei sich, als käme sie von der Arbeit, manchmal nicht. Sie brühte in der Küche Tee oder Kaffee auf und wartete auf die anderen. Ach ja, ich hab vergessen zu sagen, daß sie und dieser Star mitunter auch vor dem General da waren. Sie besaßen eigene Schlüssel zum Hauseingang und zur Wohnung. Dann setzten sie sich entweder hin und spielten Karten, oder die Rothaarige fuhr mit ihrem Auto irgendwohin und kam mit einer ganzen Wagenladung Huren zurück. Doch dann schlossen sie für gewöhnlich die Vorhänge...

PSCHENITSCHNIJ: Sie sagten aus, daß Sie und Ihre Bande die Wohnung des Akademiemitglieds Zipurskij am Donnerstag, den vierzehnten Januar ausgeräumt haben. Aber die Geschädigte,

Bürgerin Zipurskaja, hat vor der Miliz ausgesagt, daß der Einbruch am achtzehnten Januar stattgefunden hat...
SAWITZKAJA: Dann hat sie es noch relativ früh gemerkt. Manche Leute wissen heute noch nicht, daß wir uns bei ihnen bedient haben. Wahrscheinlich wollte sie ihren Pelzmantel anziehen. Ich habe Morosow gesagt, wir sollten die Finger von den Pelzmänteln lassen und nur die Wertgegenstände nehmen, die in der Kommode versteckt waren. Aber er wollte ja nicht auf mich hören. Und so hat man's eben bemerkt. Stimmt's? War es das?
PSCHENITSCHNIJ: Sie haben vorhin ausgesagt, Sie hätten an diesem Tag noch andere Wohnungen ausgeräumt. Welche?
SAWITZKAJA: Insgesamt waren wir in vier Wohnungen, um ehrlich zu sein. Ich wollte zu gern in die Wohnung von Kossygins Tochter. Aber dort haben wir nichts angerührt, Komsomolzen-Ehrenwort! Wie gesagt, wir hatten beschlossen, den General und die Kossygin-Tochter nicht zu bestehlen. Aber ich mußte mir unbedingt mal die Räume ansehen.
PSCHENITSCHNIJ: Da sind Sie also einfach so durch die Wohnungen gewandert, ohne etwas anzurühren?
SAWITZKAJA: Ich schwöre es! Kein einziges Stück. Wir haben nicht mal was getrunken. Morosow hat uns strikt verboten, bei der Arbeit auch nur einen Schluck zu trinken. Wir haben uns einfach in die Sessel gesetzt, geraucht und die Asche in eine Streichholzschachtel getan...
FRAGE VON CHEFINSPEKTOR SCHAMRAJEW: Haben Sie bemerkt, ob in der Diele von Zwiguns Wohnung ein Läufer gelegen hat?
SAWITZKAJA: Ja, da war einer. In allen Räumen haben doch Teppiche gelegen.
PSCHENITSCHNIJ: Wissen Sie auch ganz genau, daß dort ein Läufer war? Können Sie ihn beschreiben?
SAWITZKAJA: Wie soll ich den beschreiben? Einfach ein Läufer, ein persischer, gelb mit grünem Rand. Fehlt der oder was? Wir haben ihn nicht, ehrlich! Wir haben überhaupt nie Teppiche geklaut, was glauben Sie denn?
PSCHENITSCHNIJ: In welchen anderen Wohnungen sind Sie an diesem Tag sonst noch gewesen?
SAWITZKAJA: Wir waren noch bei der Schauspielerin im elften Stock, bei dieser Isolda Sneschko. Und in Nummer vierzig, im neunten Stock. Da lebt so ein Typ, entweder Diplomat oder ein

hohes Tier im Außenhandelsministerium. Seine Wohnung ist vollgestopft mit afrikanischen Masken und anderem fremdländischen Zeug. Sogar die Fliesen im Bad sind importiert, und da gibt es ein rosafarbenes Waschbecken, »Made in Sweden«. Wir haben etwa dreißigtausend amerikanische und kanadische Dollar mitgenommen, dazu verschiedene Schmuckstücke wie üblich... Und das war's. Sonst waren wir nirgends, ich schwöre. Im übrigen lege ich noch Wert auf die Feststellung, daß wir vom Staat oder von normalen Durchschnittsbürgern keine einzige Kopeke genommen haben. Selbst diese Schwindler und Schieber haben wir nicht völlig ausgeplündert. Sie brauchen nicht zu verhungern, da können Sie ganz sicher sein!

FRAGE VON CHEFINSPEKTOR SCHAMRAJEW: Wollen Sie damit sagen, daß Sie lediglich die Ausbeuter ausgebeutet haben?

SAWITZKAJA: Genau! Borja Morosow sagt das auch immer! Er zitiert Lenin, der gesagt hat: »Nehmt den Dieben weg, was sie dem Volk gestohlen haben.« Darum erzähle ich Ihnen das ja auch alles. Wir haben keine Angst vor der Justiz. Vor Gericht werden wir über diese hohen Tiere und ihre Luxusbuden auspacken – wir werden sagen, was sie alles zusammengerafft haben, wie sie leben, während es für den Normalbürger in den Geschäften kaum was gibt und man sogar vor den Drogerien nach Vitaminen Schlange stehen muß...

Die Bürotür wurde aufgerissen und die Befragung der Jüngerin Lenins durch das Erscheinen von Marat Swetlow unterbrochen. Blaß, mit bandagierter rechter Hand, trat er an den Schreibtisch, an dem wir die Sawitzkaja befragten, warf einen durchdringenden Blick auf die jugendliche »Enteignerin« mit ihrem üppigen Busen und legte mir seinen maschinegeschriebenen Bericht über den Fall Worotnikow alias »Kortschagin« und die Notwendigkeit einer Routineuntersuchung über den »legalen Gebrauch von Schußwaffen seitens Oberst Swetlows, der zum Tod des Kriminellen geführt hat«, auf den Tisch.

Ohne jede Eile vertiefte ich mich in den Bericht, während Swetlow im Raum auf und ab lief. Er wollte mir offensichtlich irgend etwas mitteilen, wurde aber durch die Anwesenheit der Sawitzkaja daran gehindert.

Ich wandte mich an Pschenitschnij: »Das wär's für heute, Valentin. Laß die Festgenommenen in die ›Butyrka‹ bringen.«

Pschenitschnij führte die Sawitzkaja hinaus.

Swetlow bat Nina, hinunter zum Buffet zu laufen und dort eine Tasse heißen Tee zu holen. Als wir allein waren, ließ er sich in den Stuhl hinter seinem Schreibtisch fallen und sagte: »Hör mal, wir haben uns wie dumme Jungs benommen. Weißt du, wen Krasnow und Baklanow festgenommen haben, während wir hinter Worotnikow und diesen Einbrechern her waren? Das errätst du nie!«

»Galja Breschnewas Liebhaber«, sagte ich.

»Woher weißt du das?«

»Leider habe ich es erst vor fünf Minuten herausgefunden, als die Sawitzkaja erzählte, er habe fast jeden Tag mit Zwigun Karten gespielt. Und wie hast du erfahren, daß sie ihn geschnappt haben?«

»Im Schreibsaal. Ich diktierte gerade meinen Bericht, aber die Stenotypistinnen waren ganz aus dem Häuschen wegen eines gewissen Burjatskij, einem Sänger am Bolschoi und Liebhaber der Breschnewa. Er hat heute versucht, irgendwelche Diamanten aus der Wohnung der Zirkusdiva Irina Bugrimowa zu stehlen, und Krasnow erwischte ihn auf frischer Tat.«

»Ich nehme an, daß sie nun versuchen werden, ihm den Mord an Zwigun in die Schuhe zu schieben«, sagte ich.

»Er nimmt an!« explodierte Swetlow, sprang auf und tigerte erneut durch den Raum. »Wo lebst du eigentlich? Der große Philosoph! Er nimmt an! Selbstverständlich werden sie das tun! So können sie doch gleich zwei Fliegen mit einer Klappe schlagen. Sie können den Mord ad acta legen und Breschnew hoffnungslos kompromittieren. Der Liebhaber seiner Tochter bringt seinen Schwager um – kannst du dir diesen Skandal vorstellen? Hör mal, warum gehst du nicht ins ›Butyrka‹-Gefängnis und nimmst dir diesen Burjatskij mal vor?«

»Ich glaube kaum, daß mich Baklanow zu ihm läßt«, erwiderte ich, nahm den Hörer ab und wählte die Nummer des Gefängnisses. »Hallo. Hier ist Schamrajew von der Staatsanwaltschaft. Mit wem spreche ich? Hauptmann Soschtschenko? Guten Abend, Timofej Karpowitsch. Ist heute ein gewisser Boris Burjatskij bei Ihnen eingeliefert worden? Sie haben ihn? Ich brauche ihn auch für meinen Fall. Bitte merken Sie vor, daß er mir morgen früh zum

Verhör geschickt wird. Was? Natürlich. Vielen Dank, das habe ich mir schon gedacht. Selbstverständlich sehe ich ein, daß das mit Ihnen persönlich nichts zu tun hat, Timofej Karpowitsch. Auf Wiederhören.«

Ich legte den Hörer auf die Gabel und sagte zu Swetlow: »Burjatskij hat hohes Fieber. Verhöre sind nicht gestattet.«

»Eine glatte Lüge«, erklärte Swetlow. »Diese Schweine!«

Ich lachte. »Natürlich ist es eine Lüge. Aber sie werden uns nicht zu ihm lassen, bevor sie mit ihm fertig sind. Setz dich doch endlich und hör auf, dauernd herumzurennen! Ich will dir was sagen.«

Pschenitschnij kam ins Büro zurück, und so wandte ich mich an beide: »Schon morgen können Baklanow und Krasnow die nächsten hundert Personen festnehmen, die Zwigun bestochen, mit ihm Karten gespielt, getrunken oder an der Front gedient haben. Und sie werden versuchen, jedem einzelnen von ihnen den Mord an Zwigun anzuhängen. Jedem einzelnen! Und was werden wir tun? Ihren Spuren nachrennen, um zu beweisen, daß es dieser und jener eben nicht gewesen ist? Das ist doch genau das, was Krasnow will – uns in diesen Dreck hineinzuziehen, damit wir weiterhin kostbare Zeit vergeuden. Und wir haben bereits drei Tage verloren.«

»Was schlägst du also vor?« erkundigte sich Swetlow mißmutig.

»Ich schlage vor, daß wir jetzt mal in die Kneipe gehen, um zu feiern, daß du noch am Leben bist. Denn das ist für mich heute das Wichtigste. Wenn ›Kortschagin‹ nur ein wenig weiter nach links gezielt hätte, müßte ich mich doch als deinen Mörder betrachten.«

»Hör auf, mich für dumm zu verkaufen«, winkte Swetlow ab. »Ich würde liebend gern mit dir in die Kneipe gehen, aber ich habe leider kein Geld.«

Schweigend zog ich Breschnews Geldpäckchen aus der Tasche – fast zehntausend Rubel. Swetlow, Pschenitschnij und Nina, die inzwischen mit dem Tee zurückgekommen war, starrten mich mit weit aufgerissenen Augen an.

»Woher hast du denn das viele Geld?« fragte Swetlow.

»Ich bin gestern von einem Klienten bestochen worden«, sagte ich. »Was meinst du, reicht das für die Kneipe?«

»Übrigens«, sagte Pschenitschnij plötzlich, »können sie zwar den Mord an Zwigun jedem schrägen Vogel anhängen, wie du sagst, aber nur, wenn sie wissen, daß man auf der Kugel, mit der Zwigun getötet wurde, Spuren derselben Blutgruppe entdecken wird, wie sie auch Zwigun hat.«

Swetlow und ich starrten Pschenitschnij verdutzt an. Und der erklärte in aller Ruhe: »Während ihr hinter ›Kortschagin‹ her wart, habe ich meinen Freund, einen Ballistikexperten, in Zwiguns Wohnung bestellt. Er behauptet, daß Zwigun von der Diele aus das Entlüftungsfenster mit seiner ersten Kugel getroffen haben muß. Demnach könnte man sich folgende Situation vorstellen: Zwigun betrat seine Wohnung und fand dort einen Fremden oder mehrere Leute vor, die ihn angriffen. Er gab von der Diele aus zwei Schüsse ab. Die erste Kugel traf das Entlüftungsfenster, die andere einen seiner Angreifer. Diese Person ist entweder verletzt oder tot. Um wen es sich handelt, weiß ich natürlich nicht, aber ich weiß, daß Zwiguns Kugel seinen Körper durchschlug. Deshalb sind ja auch keinerlei Spuren von Hirngewebe an der Kugel zu finden, wohl aber von Haut und Knochen. Nachdem Zwigun die beiden Schüsse abgegeben hatte, wurde er bei den Armen gepackt und festgehalten. Daher die Druckstellen und Prellungen an seinen Armen und die zerrissene Jacke. Zwigun konnte sich befreien. Dann wurde er, immer noch in der Diele stehend, durch einen Schuß in die Schläfe getötet. Sie zogen ihn mit dem Läufer ins Wohnzimmer, setzten ihn an den Tisch und arrangierten alles so, daß es wie Selbstmord aussah. Dann tauschten sie die Kugeln aus. Anstelle der Kugel, mit der sie Zwigun getötet hatten, ließen sie am Tatort die Kugel Zwiguns zurück, die den Angreifer verletzt oder getötet hat, um den Anschein zu erwecken, daß Zwigun an einer Kugel aus seiner eigenen Pistole starb. Den blutbeschmierten Läufer aber rollten sie zusammen und nahmen ihn mit. Wir können allerdings auch die Möglichkeit nicht ausschließen, daß die Person, die Zwigun verletzt oder getötet hat, in genau diesem Läufer aus dem Haus getragen wurde. Daher sollten wir einmal in den Kranken- und Leichenschauhäusern Ausschau halten, ob sich da nicht irgendwo jemand mit einem glatten Durchschuß befindet, dessen Blutgruppe mit der übereinstimmt, die die Experten an der Kugel festgestellt haben ...«

»Und was ist, bitte schön, mit Zwiguns Leibwächter und seinem Fahrer? Und den Nachbarn?« erkundigte sich Swetlow verächtlich. »Was ist mit denen passiert? Hat man die etwa hypnotisiert, daß sie weder Schüsse gehört noch mitbekommen haben, wie man eine Leiche in einem Teppich aus dem Haus trägt?«

»Ich stelle keine Hypothesen auf, wenn ich über keine Fakten verfüge«, erklärte Pschenitschnij gelassen. »Daher kann ich im Augenblick leider noch nichts über den Leibwächter und den Fahrer sagen – bis auf die Tatsache allerdings, daß zu diesem Zeitpunkt gerade eine Hochzeitsfeier im Gange war, Musik durchs ganze Haus dröhnte und die Nachbarn auch sonst an das Knallen von Sektkorken gewöhnt waren. Aber das ist nicht der Punkt...«

»Ich werde jetzt mal eine ganz andere Version versuchen, wenn du gestattest«, sagte Swetlow. »Zwigun kam nach Hause und fand dort jemanden vor. Der Unbekannte attackiert ihn und eignet sich im Verlauf des Kampfes seine Waffe an. Der erste Schuß geht durchs Entlüftungsfenster, der zweite landet in Zwiguns Kopf. Dann zieht ihn der Unbekannte mit dem Läufer ins Wohnzimmer, täuscht den Selbstmord vor – alles andere wie gehabt: die zerrissene Jacke, die Prellungen an den Handgelenken. Willst du noch eine dritte Version? Zwigun betritt seine Wohnung, greift selbst einen Unbekannten an, trifft aber nicht ihn, sondern das Entlüftungsfenster. Die andere Person stürzt sich auf ihn, verdreht ihm die Arme und zwingt ihn, als die Waffe nahe an seiner Schläfe ist, auf den Abzug zu drücken. Dann zieht er ihn ins Wohnzimmer und so weiter und so weiter. In dem Fall wäre die Sache noch nicht einmal vorsätzlicher Mord, sondern lediglich Notwehr, im Höchstfall fahrlässige Tötung. Und das kann man doch jedem anhängen – dir, mir, Nina. Und allemal einem ›Kortschagin‹ oder Burjatskij...«

»Das könnte man, aber nur, wenn die Blutgruppe auf der Kugel mit der Zwiguns übereinstimmt. Dann kann man sich auch über Sorokins Feststellung, daß keinerlei Spuren von Hirngewebe zu finden sind, halb kaputtlachen, wie es Tumanow getan hat. Dann kann man darauf beharren, daß die Kugel Zwiguns Kopf durchschlagen hat. Nur dann kann man den Mord mir, dir oder Nina anhängen«, schloß Pschenitschnij.

Swetlow sah mich an. »Wann bekommen wir denn die Ergebnisse der Blutuntersuchung?«

»Morgen«, sagte ich. »Morgen früh.«

»Hört mal«, meldete sich Nina. »Wozu die ganze Gehirnakrobatik? Ihr dreht euch doch im Kreis, habt Angst, die Dinge beim Namen zu nennen. Ich werde euch jetzt mal sagen, was passiert ist. Beim Nachhausekommen geht Zwigun in eine KGB-Falle. Sie töten ihn, täuschen den Selbstmord vor und befehlen sowohl dem Leibwächter als auch dem Fahrer, in ihren Berichten zu schreiben, sie hätten nichts gesehen. So einfach ist das. Kapiert?«

Swetlow lachte und strich ihr über den Kopf. »Kluges kleines Mädchen. Wie bist du nur darauf gekommen? Natürlich ist es so gewesen, aber das muß man erst beweisen. Und vor allem müssen wir herausbekommen, warum sie ein solches Aufheben gemacht haben. Schließlich hat doch der KGB jede Möglichkeit, einen Menschen klammheimlich verschwinden zu lassen, selbst Andropow. Und was die Inszenierung des ›Selbstmords‹ angeht – da kann man ihnen nichts nachweisen. Aber ohne einen ordentlichen Schluck werden wir nie herausbekommen, wie sich das Ganze eigentlich abgespielt hat. Also los, auf in die Kneipe.«

Nach Mitternacht
Nina und ich kamen erst nach Mitternacht aus dem *Slawjanskij Basar-Restaurant* nach Hause. Mein Bleisiegel zierte noch immer die Tür, aber Ninas blondes Haar, das sie am Morgen an der Schwelle verknotet hatte, war verschwunden. Wir sahen uns an: Unsere Wohnung konnte also wieder mit Mikrofonen gespickt sein. Offenbar scherten sie sich einen Dreck um Breschnews persönliche Leibgarde und deren Kommandeur, General Scharow. Aber für Beschwerden und Proteste fehlte uns einfach die Energie. Wir taumelten ins Bett und fielen in einen traumlosen Schlaf. Die Tontechniker vom Dienst, die irgendwo in der Nachbarschaft lauerten, konnten nichts als unsere Atemzüge registrieren.

5

Die Regierung des »Neuen Kurses«

Montag, 25. Januar, 7.30 Uhr
Es gibt Ärzte, die behaupten, daß eine Hälfte unseres Gehirns dauernd schläft, mit anderen Worten abgeschaltet ist. Ich fürchte, daß an diesem Morgen beide Hälften ausgeschaltet waren – nicht nur meine, auch Ninas. Drei Tage ununterbrochene Hetzjagd nach dem Schatten von Zwiguns Mörder hatten uns ausgelaugt, und die Wodka-Orgie gestern abend im *Slawjanskij Basar* hatte uns den Rest gegeben – und so hörten wir nicht einmal den Wecker. Er begann um 7.30 Uhr mit seinem Gerassel, lief sich heiser, und gegen 7.45 Uhr kam das Telefon dazu. Nach dem fünften oder sechsten Klingeln raffte ich mich nur mit größter Mühe auf und griff nach dem Hörer.
»Hallo?« krächzte ich.
»Guten Morgen«, sagte eine unbekannte weibliche Stimme. »Entschuldigen Sie, wenn ich Sie geweckt habe. Kann ich Nina sprechen?«
»Sie schläft. Wer ist denn da?«
»Eine Freundin von ihr.«
»Tamara? Rufen Sie doch in etwa einer halben Stunde noch mal an.«
»Ich fürchte, das geht nicht. Ich bin auf dem Weg zur Arbeit. Sagen Sie ihr doch bitte, ich hätte ihr, wie gewünscht, für heute um sechs einen Termin bei meinem Friseur besorgt. Wir treffen uns also um halb sechs auf der Metrostation Majakowskaja, rechte Plattform, in Höhe des letzten Wagens. Sie soll pünktlich sein.«
Damit war die Verbindung unterbrochen.
Ich fluchte, hievte mich aus dem Bett, schlich ins Bad und versuchte, mich an das Programm des heutigen Tages zu erinnern.

Hm ja... Die Arbeitswoche und praktisch der erste offizielle Tag der Untersuchungen im Fall Zwigun begann also mit Kopfschmerzen und der Möglichkeit, daß mir Baklanow und Krasnow jeden Augenblick ein neues »Geschenk« hinwerfen würden – Galja Breschnewas Liebhaber Boris Burjatskij, der gerade den Mord an Zwigun »gestanden« hatte. Aber an ihrer Stelle hätte ich es vielleicht genauso gemacht. Es paßte ja auch alles ausgezeichnet zusammen: Burjatskij besaß die Schlüssel zu Zwiguns Wohnung – die Sawitzkaja hatte ausgesagt, er sei häufig vor Zwigun dagewesen, so daß das also nichts Ungewöhnliches war. Und nun, um mit Pschenitschnij zu sprechen, stellen wir uns die Situation doch mal vor: Burjatskij trifft in Zwiguns Wohnung ein, sagen wir gegen Mittag. Um zwei Uhr erscheint Zwigun nach seiner Unterredung mit Suslow. Er ist schlecht gelaunt und läßt seinen Ärger an Burjatskij aus. Sie geraten in Streit. Burjatskij kann aussagen, daß Zwigun sogar damit gedroht habe, ihn zu töten. Ich weiß zwar nicht, warum, aber nehmen wir doch mal an, weil Burjatskij Galja Breschnewa betrogen hat. Sie war immerhin Zwiguns Lieblingsnichte. Weiterer Verlauf der Dinge: Burjatskij sagt aus, plötzlich habe Zwigun eine Waffe gezogen, auf ihn gezielt, aber statt dessen das Entlüftungsfenster getroffen. Da habe er Zwigun bei den Armen gepackt, und dabei sei die Jacke gerissen. Während des Handgemenges habe Burjatskij Zwiguns Hand mit der Waffe zu fassen bekommen. Doch als er sie verdrehte (daher auch die Druckstellen an Zwiguns Handgelenken), sei sie zufällig in die Nähe von Zwiguns Kopf geraten, und es habe sich ein Schuß gelöst. In diesem Fall wäre es kein vorsätzlicher Mord, noch nicht einmal Totschlag, sondern lediglich ein Unfall im Verlauf einer Notwehrsituation – Artikel 13 des Strafgesetzbuches, Freispruch. Und jeder Kriminelle nimmt so ein »Verbrechen« auf seine Kappe, wenn man ihm verspricht, das Strafmaß für seine sonstigen Vergehen, sagen wir den Einbruch bei der Schauspielerin Bugrimowa, zu mindern, ja das Verfahren unter Umständen sogar einzustellen. Diese Version war durchaus plausibel: Zwigun starb durch einen Schuß, der sich rein zufällig während eines Handgemenges mit Burjatskij löste, aber Burjatskij (oder wem sie diese Rolle anzuhängen versuchen) bekam es mit der Angst zu tun, daß sie ihm nicht glauben und ihn des Mordes bezichtigen könnten. Also inszenierte er den Selbstmord, rollte dann den Teppich zusammen und fuhr hinauf in den elften Stock zur Wohnung seiner Freundin, der Schauspielerin Sneschko. Dort blieb er, bis es dunkel wurde, um dann den Läufer in die Moskwa zu werfen. Das war's. So, Chefinspektor Schamrajew, da haben Sie Ihren Mörder – wir haben ihn bei einem Einbruch in die Wohnung der Schauspielerin Bugrimowa gefaßt, und er hat gestanden, General Zwigun in Notwehr getötet zu haben. Die Kugel löste sich aus Zwiguns Waffe und durchschlug seinen Kopf – was brauchen Sie noch, Genosse Schamrajew?

Doch plötzlich fiel mir etwas ein. Es war ganz einfach, geradezu lächerlich. Wenn Zwigun vom KGB oder dem Geheimdienst des Innenministeriums erschossen worden war, dann kannten sie die Blutgruppe des Mannes, der Zwigun umgebracht hatte. Und wenn sie Burjatskij dieses Verbrechen anhängten, bevor Sorokin mit seinen Bluttests fertig war, dann mußten sie wissen, daß die beiden Blutgruppen identisch waren. Und genau das hatte uns Pschenitschnij gestern abend auch sagen wollen. Gut, gut, gut! Mein Gehirn arbeitete fieberhaft. Das mußten wir ausnutzen! Und da gab es zwei Wege: Erstens – an Burjatskij heranzukommen und herauszufinden, ob sie versuchten, ihm ein Geständnis zu entlokken oder nicht, und zweitens – Gott im Himmel, das war ja fast noch einfacher...

Betroffen von meiner Entdeckung stand ich stocksteif unter der Dusche und hörte Nina erst, als sie mit beiden Fäusten gegen die Tür trommelte.

Erschreckt öffnete ich die Tür. »Was ist denn passiert?«

»Was ist mit dir passiert?« lachte sie mir ins Gesicht. »Du bist schon länger als eine Viertelstunde im Bad, aber kein Laut ist zu hören! Ich habe gerufen und geklopft. Gerade wollte ich einen Krankenwagen holen.«

»Entschuldige, ich habe nur nachgedacht...« Ich verließ das Bad.

»Du hast nachgedacht! Der große Denker!« Gekränkt warf sie die Tür zum Badezimmer hinter sich zu.

»Tamara hat angerufen. Du hast heute einen Termin bei ihrem Friseur!« rief ich durch die verschlossene Tür.

»Warum?« kam es aus dem Bad.

»Wie soll ich das wissen? Du hast sie doch darum gebeten«, erwiderte ich und blätterte bereits im Telefonbuch.

»Um was soll ich sie gebeten haben?« Nina steckte ihren Kopf aus dem Badezimmer.

»Daß sie dir einen Termin bei ihrem Friseur besorgt. Du triffst dich mit ihr um halb sechs auf der Metrostation Majakowskaja, rechte Plattform, letzter Wagen.« Ich schrieb Sorokins Privatadresse aus dem Telefonbuch ab: Fünfte Pestschanaja-Straße 162, Wohnung Nummer 14.

Nina zuckte die Achseln und verschwand wieder im Bad. Ich zog mich hastig an und schrieb ihr einen Zettel: »Bin einkaufen und in einer Viertelstunde wieder da. Igor.«

Mit meiner Einkaufstasche rannte ich aus dem Haus und zu dem nächsten Lebensmittelgeschäft, zwei Blocks entfernt. Vorsichtig spähte ich über die Schulter zurück, aber niemand folgte mir. Wahrscheinlich hatten sie sich damit begnügt, ein Mikrofon in meinem Telefon zu deponieren. Dennoch trat ich im Lebensmittelgeschäft sofort ans Fenster, um mich noch einmal zu vergewissern, daß man mich wirklich nicht beschattete. Ich hatte mir einen ganz schlauen Plan ausgeklügelt und wollte nicht, daß er durch irgendeinen dummen Fehler zunichte gemacht wurde. Doch da war niemand – die dämmerige, verschneite Straße war nahezu verlassen. Die Intelligenzija unseres Bezirks ist das, was man als »kreativ« bezeichnet – so künstlerisch, daß sie erst gegen Mittag aus den Federn findet. Zu dieser frühen Morgenstunde bekommt man hier in der Gegend nicht einmal ein Taxi – die Fahrer wissen, daß es in diesen Breiten vor zehn Uhr nichts zu holen gibt. Langsam begann ich nervös zu werden. Ich brauchte dringend einen Wagen – in zehn oder fünfzehn Minuten konnten sich die Sorokins auf den Weg zur Arbeit machen. Aber da draußen auf der Straße gab es lediglich einen dahinrumpelnden Schneepflug und einen Milchwagen, von dem die Männer nur ein paar Kästen Joghurt abluden. Dann fuhren sie davon.

»Nehmen Sie doch Joghurt«, riet mir die Verkäuferin, die ich kannte. »Heute wird es wohl keine Milch mehr geben.« Und so ging ich schnell zur Kasse und holte mir Bons für zwei Flaschen Joghurt, eine Büchse Fisch, einen Becher Quark und ein wenig Roquefort – mehr gab es nicht, was man zum Frühstück hätte kaufen können. Die Auslagen waren dürftig wie üblich. Ich sprintete aus dem Geschäft und erkannte, daß mir kaum eine Wahl blieb. Ich hatte schon über eine Minute mit diesem verdammten

Joghurt vergeudet. Ich rannte über die Fahrbahn und schwang mich auf das Trittbrett des Schneepflugs.

»He! Wo wollen Sie denn hin?« schrie mich der Fahrer an.

Ich wußte, wie Leute seiner Art zu besänftigen sind, und zeigte ihm eine grüne 25-Rubel-Note: »Könnten Sie mich zur Fünften Pestschanaja-Straße fahren? Es muß allerdings schnell gehen. Hin und zurück in fünfzehn Minuten. Ist das zu schaffen?«

»Rauf mit Ihnen!«

Der Motor dröhnte, und das Fahrzeug zog mit hochgehobener Schneeschaufel davon. Etwa acht Minuten später rannte ich bereits zum zweiten Stockwerk des Hauses Fünfte Pestschanaja-Straße 162 hinauf – zur Wohnung der Sorokins. Ich hatte es gerade noch geschafft – Alla, auf dem Weg zur Arbeit, schloß bereits die Wohnungstür hinter sich ab.

»Hallo!« meinte sie verblüfft. »Was ist denn passiert?«

»Wo ist dein Mann?«

»Hinter dem Haus. Er buddelt gerade seinen Moskwitsch aus dem Schnee. Was ist denn los?«

»Nichts Besonderes. Ich muß nur mit ihm reden ...« rief ich und rannte schon wieder die Treppen hinunter.

Draußen, völlig eingeschneit, standen vier Privatwagen – zwei kleine Saporoschez, Sorokins Moskwitsch und ein Schiguli. Die Besitzer – inklusive Sorokin – versuchten fluchend, ihre Wagen aus den Schneewehen herauszuschaufeln. Aber es war klar, daß sie dazu den ganzen Tag brauchen würden – soviel Schnee war in der vergangenen Nacht gefallen.

Ich watete fast bis zu den Hüften im Schnee, erreichte Sorokin und sagte: »Grüß dich! Ich könnte dich mit einem Schneepflug hier herausholen – allerdings unter einer Bedingung!«

»Ich kenne deine Bedingung«, meinte Sorokin lammfromm. »Du brauchst eine vergleichende Blutuntersuchung. Ist gut, hol mich hier raus.«

»Nein, ich stelle eine andere Bedingung: Du wirst unabhängig vom Ergebnis der Untersuchung in einer Stunde bei der Staatsanwaltschaft anrufen und erklären, daß die Blutgruppe auf der Kugel mit der Zwiguns nicht übereinstimmt.«

Er schüttelte den Kopf. »Ich kann doch keine falsche Aussage machen. Schließlich habe ich mal einen Eid geschworen.«

»Aber du machst doch gar keine falsche Aussage. Ein einfaches

Telefongespräch ist schließlich kein amtliches Dokument. Die Menschen sagen die erstaunlichsten Dinge am Telefon. Den tatsächlichen Bericht gibst du mir dann später...«

»Willst du herausbekommen, ob dein Telefon abgehört wird?«

»Erraten!« log ich.

»Und wenn es nun abgehört wird – was dann?«

»Dann werden genau eine halbe Stunde später Baklanow, Krasnow oder Oleinik bei dir aufkreuzen, weil ich ihnen ins Handwerk gepfuscht habe. Entweder läuft das so ab, oder ich bin ein Trottel.«

»Das eine schließt das andere nicht aus«, erwiderte er trocken. Dann sagte er: »Hör mal, Igor, ich kann das nicht machen, was du da von mir verlangst.«

Ich sah ihn beschwörend an.

»Tut mir leid«, fügte er hinzu. »Mit so einem Feuer spiele ich nicht. Und dir gebe ich den guten Rat, ebenfalls die Finger davon zu lassen.«

»Aber begreifst du denn nicht, daß ich sie nur so erwischen kann!« schrie ich ihn an. »Erst dann werde ich wissen, ob sie versuchen, mir einen falschen Mörder zu servieren oder nicht. Und dich kostet das nur einen Telefonanruf! Wenn sie zu dir kommen, beweist das, daß sie wissen, daß Zwigun und die Person, auf die Zwigun geschossen hat, dieselbe Blutgruppe haben! So kann ich sie festnageln! Komm schon, Sascha, ich flehe dich an...«

»Igor, ich habe dir meine Antwort bereits gegeben«, sagte Sorokin zurückhaltend und machte sich wieder daran, den Moskwitsch aus dem Schnee zu buddeln.

»Was ist denn los?« rief Alla Sorokina zu uns herüber.

»Idiot!« sagte ich zu Sorokin, wandte mich ab und versuchte, in meiner Spur zurückzugehen. Natürlich gelang es mir nicht, und ich versank wieder bis zu den Hüften im Schnee.

»Igor!« sprach mich Alla an. Aber ich lief einfach an ihr vorbei und würdigte sie keines Blickes. Ein genialer Plan war fehlgeschlagen, nur weil sie einen Feigling geheiratet hatte!

Draußen auf der Straße bestieg ich wieder meinen Schneepflug, öffnete wütend eine Flasche Joghurt, nahm einen kräftigen Schluck und sagte zum Fahrer: »Zurück zur Flughafenstraße.«

Aber schon zwei Querstraßen weiter bat ich ihn, noch einmal umzukehren. Wir bogen in den Hof von Sorokins Haus ein, und eine Minute später hatte der Pflug den Moskwitsch von seinen Schneelasten befreit. Ohne ein Wort mit Sorokin zu wechseln, fuhr ich nach Hause.

9.15 Uhr
Die Dritte Abteilung der Moskauer Kriminalpolizei wirkte verlassen – einige Mitarbeiter hatten sich in die Katschalow-Straße begeben, um Pschenitschnij bei der Befragung der Mieter zu helfen, andere suchten die Kranken- und Leichenschauhäuser nach jemandem mit einem Durchschuß ab. Aber Hauptmann Laskin war vor Ort. Er sagte Nina und mir, daß auch Swetlow da sei – in der »Huren-Abteilung«. Offiziell handelt es sich um die Zweite Abteilung für die Aufdeckung sexueller Vergehen, aber diese lange Bezeichnung benutzt niemand. Man nennt sie schlicht und einfach die »Huren-Abteilung«. Sie ist für Vergewaltigungen, Unzucht mit Minderjährigen, Prostitution, Homosexualität und andere sexuelle Perversionen in der Region Moskau zuständig. Aber ihr Aufgabengebiet umfaßt weit mehr als den Kampf gegen die Relikte einer kapitalistischen Vergangenheit. Von den vierzigtausend Moskauer Prostituierten, Schwulen, Nymphos und Lesben arbeiten zwei- bis dreitausend mit der Kriminalpolizei zusammen. Zugegebenermaßen wurden kurz vor den Olympischen Spielen die besten Kader der Kriminalpolizei vom KGB übernommen – schließlich mußten Tausende von ausländischen Touristen betreut werden, und das konnte man keinen Amateuren überlassen ... Deshalb wühlte Swetlow jetzt auch mit seiner gesunden Hand in der Kartei und zog jene Karten heraus, die den Vermerk »Jetzt beim KGB« trugen. Er beäugte höchst interessiert die Fotos, studierte biographische Angaben, Geburtsdaten. Gestern hatte Eleonora Sawitzkaja ausgesagt, Sweta, die vierzigjährige Rothaarige, habe junge Devisen-Nutten in Zwiguns Wohnung gebracht. Und nun stellte Swetlow eine Liste junger Prostituierter zusammen, die nicht älter als ein- oder zweiundzwanzig waren.

Mein Erscheinen unterbrach seine angenehme Beschäftigung.

»Zunächst einmal – diese Sweta arbeitet nicht für den KGB«, stellte Swetlow fest. »Sonst hätten unsere Jungs von der Huren-Abteilung sie kennen müssen. Sie stehen mit dem KGB in engem Kontakt. Oberst Litwjakow und Major Schachowskij sind diejenigen, die für diese Devisen-Nutten zuständig sind.«

»Augenblick«, unterbrach ich ihn. »Vergiß mal die Mädchen für einen Moment. Oschereljew oder Laskin können sich um sie kümmern. Ich brauche dich jetzt im ›Butyrka‹-Gefängnis.«

»Warum?«

Ich berichtete ihm kurz von meinem Fehlschlag bei Sorokin und erklärte ihm meinen Plan mit Burjatskij: »Wir müssen unbedingt herausbekommen, ob sie ihn dazu bringen wollen, die Sache mit Zwigun auf sich zu nehmen, oder nicht...«

»Aber wenn sie dich schon nicht zu ihm lassen, schaffe ich es erst recht nicht«, wandte er ein.

»Um zu erfahren, was mit einem Häftling in der ›Butyrka‹ passiert, braucht man doch nicht mit ihm selbst oder mit seinem Untersuchungsbeamten zu sprechen«, sagte ich zu Marat.

Er sah mir in die Augen und lächelte. »Kommen dir so brillante Ideen eigentlich immer nur, wenn du einen Kater hast?«

Wir gingen hinauf in sein Büro im zweiten Stock. Dort ließ ich Nina in der Obhut Hauptmann Laskins und beauftragte ihn, sie mit Arbeit einzudecken. Ich erinnerte ihn an Giwi Mingadse und an seinen Auftrag, etwas über ihn in Erfahrung zu bringen. Dann fuhr ich in mein Büro bei der Staatsanwaltschaft.

9.45 Uhr

Als ich im vierten Stockwerk der Staatsanwaltschaft aus dem Aufzug stieg, hörte ich die tiefe, empörte Stimme einer gutgekleideten Frau mit auffallend schwarzen Augenbrauen. »Wissen Sie eigentlich, wen Sie da festgenommen haben?« schrie sie Hermann Karakos an. »Ich werde dafür sorgen, daß Sie alle hinter Gitter kommen! Er hat niemanden bestohlen! Er wollte sich nur seine Diamanten zurückholen!«

Ich ahnte, wer das war, und Hermann Karakos bestätigte sofort meine Vermutung: »Galina Leonidowna, wovon reden Sie überhaupt? Wir haben niemanden festgenommen!« versicherte er ihr mit samtweicher Stimme und tanzte förmlich um sie herum, versuchte, ihr auf seine schmierige Art seine Unschuld zu beteuern.

»Was meinen Sie mit niemand? Ich weiß genau Bescheid! Ich habe das Innenministerium angerufen«, konterte Galina Breschnewa, die mit ihren buschigen Augenbrauen ihrem Vater unglaublich ähnlich sah. »Gestern wurde ein Freund unserer Familie verhaftet, Boris Burjatskij, ein Sänger vom Bolschoi-Theater! Ihr Ermittler Polkanow ist mit dem Fall befaßt.«

»Baklanow?« fragte Karakos.

»Genau der! Ich bin um neun Uhr hergekommen und habe das absolute Chaos vorgefunden. Keine Menschenseele war da, weder der Generalstaatsanwalt noch dieser Balkanow!«

»Baklanow«, korrigierte Karakos.

»Ach, gehen Sie doch zum Teufel!« fuhr ihn Galina Leonidowna an. »Ausgerechnet Sie wollen mich belehren? Polkanow, Balkanow – was macht das schon für einen Unterschied? Wichtig ist nur, daß es jetzt fast zehn Uhr ist und er es offenbar nicht für nötig hält, im Amt zu erscheinen! Sehen Sie zu, daß Sie diese Parasiten loswerden! Noch heute werde ich meinem Vater darüber berichten!«

Genau in diesem Augenblick kam Nikolai Baklanow aus dem Aufzug. Sein Rücken war gebeugt, seine Lider gerötet, unter den Augen lagen tiefe Schatten – er hatte zwei Tage und zwei Nächte lang pausenlos Verhöre geführt. Unter dem Arm trug er eine dicke, mit Akten vollgestopfte Tasche, ein Zigarettenstummel hing zwischen seinen Lippen.

Erleichtert lief Karakos ihm entgegen. »Kolja, hier...«

Ohne ihn auch nur eines Blickes zu würdigen, ging Baklanow auf die Tür seines Büros zu, öffnete sie und sagte zu Galja Breschnewa: »Galina Leonidowna, folgen Sie mir.«

»Was?« Sie war über den Ton fast außer sich.

Er wies auf die offene Tür seines Büros und wiederholte: »Ich sagte, folgen Sie mir.«

»Wer sind Sie denn?« erkundigte sie sich verblüfft.

»Leitender Inspektor für Sonderfälle Nikolai Afanasjewitsch Baklanow.«

»Also Sie sind dieser Polkanow!« Galja stützte die Hände in die Hüften wie die Köchin einer Provinzkantine. »Sie kommen nicht vor zehn zur Arbeit! Und schauen Sie doch mal in den Spiegel! Was für ein Anblick! Ein Oberinspektor, und kommt glatt mit einem Kater ins Büro! Lassen Sie uns doch mal Ihren Atem riechen!«

Hut ab vor Kolja Baklanow! Vor der versammelten Abteilung, deren Mitarbeiter neugierig aus den Türen hingen, hörte er sich die Breschnewa ganz ruhig zu Ende an und sagte dann mit ebenso ruhiger Stimme: »Galina Leonidowna, ich glaube, es ist nicht in Ihrem Interesse, hier eine Szene zu machen. Ich möchte Ihnen ein paar Dokumente zeigen, die Ihren Freund Burjatskij betreffen. Und Sie ebenfalls. Kommen Sie herein.« Und ohne auf sie zu warten, betrat er sein Büro.

Galina Breschnewa blieb nichts anderes übrig, als ihm zu folgen. Dennoch wollte sie nicht vor uns allen das Gesicht verlieren. »Flegel!« sagte sie und deutete auf die Bürotür, hinter der Baklanow verschwunden war. »Läßt einer Dame nicht einmal den Vortritt!«

Ich lachte und ging in das Büro von Inspektor Taras Wendelowskij.

Zur gleichen Zeit
Swetlows Wagen hielt an der Ecke Lesnaja- und Nowoslobodskaja-Straße an einem Kunstgeschäft. Da Swetlows Hand noch immer bandagiert war, saß nicht er selbst, sondern einer seiner Wachtmeister am Steuer; er hockte eher mürrisch neben ihm. Nachdem der Fahrer die Fußgänger über die Straße gelassen hatte, fuhr er langsam wieder an, rollte unter dem Bogen eines vielgeschossigen Hochhauses hindurch und kam auf einem Platz vor einer hohen, altertümlichen Ziegelmauer heraus, die ganz so aussah wie die des Kreml – die gleichen Türmchen und Zinnen, das gleiche prächtige Mauerwerk, das früher einmal mit seinen roten Ziegeln geleuchtet hatte, heute jedoch von schmutzigem Braun war. Natürlich war das nicht die Kreml-Mauer, sondern die Begrenzung der »Butyrka«, des größten und berühmtesten Gefängnisses von Moskau, erbaut zur Zeit Peters des Großen.

Swetlow verließ das Auto vor der Mauer und stieg die Steinstufen hinauf, die zum Innenhof der Festung führten. An normalen Tagen war dieser Hof leer bis auf ein paar Menschen, die sich vor der Tür der Paketannahme herumdrückten, und einige Untersuchungsbeamte, die zu Gesprächen mit den Häftlingen eilten. Aber inzwischen war für die »Butyrka« eine hektische Zeit angebrochen – der Innenhof und die Paketannahme quollen fast über von gutgekleideten Menschen in Persianer-, Bisam-, Lammfell- und Nerzmänteln. Frauen, Kinder und Freunde von eintausendfünfhundert Schiebern, festgenommen im Zuge des »Unternehmen Kaskade«, waren aus allen Teilen der Sowjetunion herbeigeeilt, um Pakete zu bringen und die Gefangenen, wenn möglich, zu besuchen. Es war schwer zu sagen, ob sie die Gelegenheit benutzten, voreinander mit ihrer Garderobe anzugeben, oder ob ihre Kleiderschränke nichts Bescheideneres aufwiesen. Swetlow nahm verwirrt die Pelze und Gerüche nach französischen Kosmetika wahr, die sich mit denen von Brathähnchen, finnischem Fleisch, holländischem Käse, Südfrüchten, Mandelkuchen und ähnlichen Delikatessen mischten, Düfte, die man in der »Butyrka« wahrscheinlich nie zuvor gerochen hatte ...

Im Vorzimmer von »Großväterchen«, dem stellvertretenden Gefängnisdirektor, begrüßte Swetlow die vier Frauen, Nicht-Häftlinge, die in Verwaltung und Archiv beschäftigt waren. Er flirtete der Reihe nach mit jeder und hielt schon bald eine Akte mit Dossiers über Burjatskijs Zellengenossen in der gesunden linken Hand: Schubankow, Trubnij, Grusilow, Tschernich, Peisatschenko und sieben andere. Swetlow lächelte – die Namen der besten Spitzel in der »Butyrka« waren ihm wohlbekannt.

Ganz beiläufig fragte er eine der Frauen: »Wer ist denn hier der Älteste?«

»Grusilow«, erwiderte sie und nannte ihm auch noch seinen Spitznamen – der »Professor«.

Swetlow kannte Grusilow – dreimal war er aus Gefängnissen und Lagern ausgebrochen, ja sogar auch aus der »Butyrka«. Urteile von sieben verschiedenen Gerichten ergaben die stattliche Summe von zweiundsiebzig Jahren Freiheitsstrafe. Aber wegen erfolgreicher Zusammenarbeit mit der Miliz war Witalij Grusilow bereits seit sechs Jahren ein freier Mann; er war in Moskau gemeldet, hatte eine Familie und eine Wohnung. Die Zellen in der »Butyrka« waren lediglich sein Arbeitsplatz. Immer wenn er Swetlow traf, sprachen sie über die alten Zeiten – wie Grusilow sich zum Beispiel einmal der Festnahme durch Swetlow entzogen hatte, indem er während der Moskauer Regatta auf der Moskwa entkam ...

»Wo ist er denn?« fragte Swetlow. »Es ist schon eine Weile her, seit ich ihn das letzte Mal gesehen habe.«

»Er frühstückt. Im Untersuchungsgebäude, Zimmer sechs.«

»Und wo ist Großväterchen? Snegirjow?«

»Bringt die Vollzugsbeamten auf Trab. Sagt ihnen, daß sie keine Bestechungen entgegennehmen dürfen. Die Häftlinge, die sie diesmal eingesammelt haben, bieten einhundert Rubel für eine einzige Packung Zigaretten. Sie kennen doch Safanow, den Wärter? Den haben sie erwischt! Er hat Kassiber weitergegeben. Offenbar hat er fünftausend für die Übermittlung einer einzigen Botschaft genommen...«

»Hm, ja. Hier geht's lustig zu, das muß man schon sagen. Aber jetzt werde ich mich lieber auf die Beine machen, um mit dem ›Professor‹ ein paar Takte über die alten Zeiten zu reden. Sagen Sie mir bitte Bescheid, wenn Snegirjow zu sprechen ist?«

Der »Professor« verspeiste sein Frühstück in einem separaten Raum – Untersuchungszimmer Nummer sechs. Angeblich zum Verhör hierhergebracht, hatte er es sich am Schreibtisch des Untersuchungsbeamten gemütlich gemacht. Voller Wohlbehagen mampfte er ein reichhaltiges Frühstück, das keineswegs der üblichen Häftlingsration entsprach: Teigtaschen mit rotem Kaviar, Kohl, Hühnerkoteletts Kiew, saftige Weizenfladen mit saurer Sahne. Und mit fast noch mehr Wohlbehagen betrachtete er die junge, kräftig gebaute Kosakin, die ihm das Frühstück aus der Aufseher-Kantine gebracht hatte und ein wenig an die Aksinja aus dem *Stillen Don* erinnerte.

»Ah, Oberst! Herzlich willkommen, lieber Freund!« begrüßte er Swetlow. »Wieder mal eine Ganovenkugel im Arm? Passen Sie auf, auch Sie wird's mal richtig erwischen! Setzen Sie sich doch und frühstücken Sie mit einem Spitzel, solange Sie noch am Leben sind! Nur keine Schüchternheit! Ljuska, marsch, ab in die Küche! Hol, was da noch übrig ist. Und vergiß das ›Narsan‹-Mineralwasser nicht. Dieses billige ›Essentuki‹ trinke ich nicht. Ich habe einen übersäuerten Magen. Wie oft muß ich dir das denn noch sagen?«

Ljuska warf einen schrägen Blick aus ihren grünen Luchsaugen auf Swetlow, schwenkte aufreizend ihr Hinterteil und verschwand folgsam in Richtung Küche.

»Eine Gefangene oder von draußen?« erkundigte sich Swetlow, ihr nachsehend.

»Hübsches Ding, wie? Eine von den Gefangenen. Hafterleichterung wegen guter Führung. Sie hat soviel Erfolg, besonders mit ihrer Kehrseite, daß sie wohl in etwa einem Monat nach Hause darf. So leicht kriegt man die dann nicht wieder zu fassen. Reden Sie doch mal ein Wörtchen mit Ihrem Freund Snegirjow, vielleicht kann er was für Sie arrangieren.«

»Gut. Aber eigentlich bin ich dienstlich hier«, stellte Swetlow fest und fragte unverblümt: »Haben sie Burjatskij schon weichgekriegt?«

Der »Professor« legte die Gabel nieder, sah Swetlow durchdringend an und meinte zögernd: »Diese Frage ist in den Vorschriften nicht vorgesehen.«

»Selbstverständlich nicht«, erwiderte Swetlow ruhig. »Aber einen sechsjährigen Jungen zu mißbrauchen und umzubringen – das ist wohl auch nicht nach den Vorschriften, oder?«

Der »Professor« ballte die Faust und ließ sie donnernd auf den Tisch fallen. »Genug! Immer wieder hat man versucht, mir die Verbrechen anderer anzuhängen. Das geht nun schon sieben Jahre so. Aber konnte man mir was nachweisen? Nein! Na bitte! Ich werde an den Minister schreiben, an Nikolai Anisimowitsch!« Auf seinem geröteten Gesicht erschienen weiße Flecken – ein sicheres Anzeichen dafür, daß es der »Professor« mit der Angst zu tun bekommen hatte. Und das mit gutem Grund – vor acht Jahren hatte das Verbrechen an dem sechsjährigen Kostja Sujew die Bewohner des Komsomolskij Prospekt erschüttert. Man hatte den Jungen in einer Abfalltonne hinter einem Fischgeschäft gefunden, nackt, tot und offenbar sexuell mißbraucht.

»Immer mit der Ruhe«, sagte Swetlow zum »Professor«. »Warum die Aufregung? Ich will dir doch gar nichts anhängen. Ich habe seinerzeit nichts mit der Sache zu tun gehabt. Aber wenn du anfängst, hier so herumzuschreien, werde ich mich mal drum kümmern. Der Fall ist noch immer nicht verjährt. Es gibt keine Amnestie für jemanden, der so was getan hat.«

»Ich habe keine Angst«, erklärte der »Professor«, der sich langsam wieder beruhigte. Er verscheuchte eine Fliege, die um sein Frühstück summte. »Diese Schweine! Sie züchten Fliegen im Knast! Fliegen – im Januar! Was wollen Sie wissen?«

»Es hat nichts mit dir zu tun«, sagte Swetlow. »Ich wüßte gern, welche Anweisungen Krasnow oder Baklanow für den Umgang mit diesem Burjatskij gegeben haben.«

»Burjatskij!« meinte der »Professor« verächtlich. »Und wegen so einer Flasche drohen Sie mir mit dem alten Fall?«

»Hör mal, du hast schließlich mit dem Zirkus angefangen! Ich habe dir eine simple Frage unter Männern gestellt, und du bist mir mit den Vorschriften gekommen!«

»Sie haben ja recht«, meinte der »Professor« besänftigt. »Also gut. Die erste Anweisung bestand darin, diesen Künstler weichzuklopfen, ihn so fertigzumachen, daß er sich in die Hosen scheißt. Wie Sie wissen, ist das ein Kinderspiel. Kaum war er eingeliefert, haben wir bereits unsere Schau abgezogen. Wir haben getan, als wären wir alle miese Mörder und Sittenstrolche. Ein paar Stunden später hat er sich schon an der Schulter des Untersuchungsbeamten ausgeweint und war zu allem bereit, nur um in eine andere Zelle verlegt zu werden. Klar – Künstler, labiles Nervenkostüm. Danach hat ihn Tschernich in die Mangel genommen. Er hatte einen anderen Auftrag, nämlich so zu tun, als würde er den Künstler vor uns beschützen, und ihn dann nach Einzelheiten auszuhorchen. Besonders über seine Freundschaft mit Zwigun. Und über Verstecke – wo Zwigun bestimmte Tonbänder verborgen haben könnte. Nun, es war ziemlich einfach, ihn auszuquetschen. Er hat die ganze Nacht kein Auge zugetan – aus Angst, wir könnten ihm was tun. Aber von den Tonbändern hat er keinen blassen Schimmer, das ist mal sicher.«

»Ist das alles?«

»Was uns angeht – ja.«

»Was meinst du mit ›was uns angeht‹?«

»Nun, wir haben unseren Auftrag erfüllt – er ist kein Mensch mehr. Wir haben ihm so viele Schauermärchen über Lager und Folterungen erzählt, daß er sogar das Todesurteil für seine eigene Mutter unterschreiben würde, nur um hier rauszukommen, ganz zu schweigen davon, die Verantwortung für ein lächerliches Delikt zu übernehmen.«

»Sie versuchen also, ihm einen Mord anzuhängen!«

»Das habe ich nicht gesagt, Oberst!« beschwerte sich der »Professor«. »Ich bin nicht so blöd, wie Sie annehmen. Sie sind doch nur gekommen, um mir das zu entlocken. Großväterchen mag ja Ihr bester Freund sein, aber er würde Ihnen nie sagen, wem sie einen Mord anzuhängen versuchen – noch dazu so einen! Also sind Sie jetzt in meiner Schuld!«

»Aber du hast mir doch noch gar nichts gesagt«, lachte Swetlow.

»Das ist ein Ding. Ich habe Ihnen nichts gesagt, aber Sie haben alles verstanden. Wenn sie solche Professoren wie mich aus der ganzen ›Butyrka‹ zusammentrommeln, nur wegen zwei jämmerlicher Figuren...«

»Zwei?« fragte Swetlow überrascht. »Warum zwei? Einer! Burjatskij. Wer denn noch?«

»Sein kleiner Freund in Zelle fünfhundertzwei. Er hat auch mit Zwigun zu tun gehabt – Sandro Katauri. Ihn hat zur Sicherheit eine andere Gruppe in der Mangel. Falls der eine nichts hergibt, haben sie immer noch den anderen in Reserve. Wie die Kosmonauten – sie haben Doubles. Wenn sie nicht beide vor Gericht erscheinen müssen. Ich weiß nicht, was die Behörden in dieser Hinsicht beschlossen haben...«

»In Zwiguns Wohnung gab es noch eine Sweta, die hat mit ihnen Karten gespielt – rothaarig, vielleicht vierzig. Weißt du was über sie?«

»Ich weiß von nichts! Großes Ehrenwort! Ich hatte keine Anweisung, ihn über irgendeine Sweta auszuholen. Vielleicht hat Tschernich das getan? Aber der wird nichts sagen. Der steckt mit den Behörden unter einer Decke. Na, wo bleibt denn diese Schlampe Ljuska? Mein Tee wird kalt.«

Swetlow stand auf. Er hatte alles erfahren, was er wissen wollte. Auf dem Weg hinaus fing er noch einmal das Aroma von Brathähnchen, hausgemachten Pasteten und anderen Köstlichkeiten auf. Durch die Ironie des Schicksals würden diese Viktualien zum größten Teil nicht bei denen landen, für die sie bestimmt waren, sondern bei den Spitzeln, Schnüfflern und Zuträgern, die ihre Zellen teilten.

10.17 Uhr
Taras Karpowitsch Wendelowskij war ein kleiner dürrer Mann von zweiundsiebzig Jahren, der sich hartnäckig weigerte, in den Ruhestand zu treten. Sein Büro war das Spiegelbild seiner Persönlichkeit. Überall türmten sich alte, vergilbte Aktenordner, Gesetzbücher, Vorschriften, ein Samowar, eine Teekanne, Pfannkuchen. In einer Ecke standen Filzstiefel und Gummigaloschen, auf dem Fensterbrett eine Flasche Joghurt, Frischkäse und ein paar andere Päckchen, und zu seinen Füßen glühte ein elektrischer Heizofen, den Wendelowskij hinter dem Rücken unseres Schatzmeisters und des Sicherheitsbeauftragten anstellte.

»Schamrajew – Telefongespräch von außerhalb«, meldete sich eine Stimme aus der Sprechanlage. »Sie werden aus dem Institut für gerichtliche Analysen verlangt.«

Ich zuckte innerlich zusammen. Konnte das Sorokin sein? Hatte er seine Meinung doch geändert?

Ich nahm den Hörer ab und sagte vorsichtig: »Ja bitte?«

»Hallo!« meldete sich die muntere Stimme von Alla Sorokina. »Unmöglich, dich in deinem Büro zu erwischen. Wo steckst du bloß? Läufst du den Röcken hinterher?«

Ich schwieg. Ihre Stimme klang merkwürdig aufgeräumt – so als hätte ich mich heute früh nicht mit Sorokin herumgestritten.

»Sag mal, bist du nun an den Ergebnissen der biologischen Untersuchung der Kugel interessiert oder nicht? Erst schreist du uns an, es sei dringend, und dann rufst du nicht mal an!«

Ich hielt den Atem an – natürlich! Sorokin hatte sich zwar geweigert, das Risiko eines Anrufs auf sich zu nehmen, aber er hatte seiner Frau von meinem Anliegen berichtet, und das tüchtige Mädchen...

»Selbstverständlich bin ich interessiert«, sagte ich leicht zögernd; ich kannte die Ergebnisse von Swetlows Expedition in die »Butyrka« noch nicht.

»Aber denk dran: Es ist streng geheim!« Alla begann die Sache spannend zu machen – nicht für mich, aber für den unsichtbaren Dritten, der unser Gespräch belauschte. »Es ist nicht gestattet, Untersuchungsergebnisse zu verbreiten, die noch nicht offiziell unterzeichnet sind.«

»Gut, gut. Spar dir das Geplapper. Her mit der Ware«, ging ich auf ihr Spiel ein.

»Zufällig habe ich mitbekommen, daß die Blutgruppen nicht übereinstimmen. Der Tote hat Gruppe B, die Kugel aber weist Spuren von A auf. Das heißt, diese Kugel kann den Tod nicht herbeigeführt haben. Was sagst du nun?«

»Kapiert«, sagte ich. »Und wann wird der Bericht fertig sein?«

»Du weißt ja, wie lange so was bei uns dauert. Erst wurde er mit der Hand geschrieben, dann abgetippt, und jetzt muß er noch unterzeichnet werden. Vor Mittag kannst du damit kaum rechnen. Deswegen habe ich dich ja auch angerufen.«

»Tausend Dank! Laß dich umarmen!«

»Das ist das wenigste«, lachte Alla.

»Alla, erinner doch bitte deinen Mann daran, daß er Ballistiker in die Katschalow-Straße Nummer 16a schickt. Ich habe bereits am Freitag offiziell darum gebeten.«

»Gut, ich sage es ihm. Bis dann.«

Ich vernahm das Freizeichen und legte bedächtig den Hörer wieder auf die Gabel. Ha! Die gute Alla! Das Schlimmste, was sie riskierte, falls der KGB tatsächlich zugehört haben sollte, war ein offizieller Verweis. Aber wofür eigentlich? Sie hatte eben Gruppe A mit Gruppe B verwechselt – das konnte jedem mal passieren. Und mich hatte sie angerufen, weil ich darauf bestanden hatte – schließlich war ich ja auf besonderen Befehl Breschnews tätig und besaß ein Dokument, in dem alle Organisationen aufgefordert wurden, mir bei meinen Untersuchungen behilflich zu sein... Also immer mit der Ruhe. Was mußte nun als erstes getan werden? Ach ja, ich mußte den Eindruck erwecken, als wäre ich über diese Analyse völlig aus dem Häuschen!

Ich rief Andropow an. »Vorzimmer des Vorsitzenden«, meldete sich unverzüglich eine nüchterne Männerstimme.

»Guten Morgen, hier ist die Generalstaatsanwaltschaft, Chefinspektor Schamrajew. Ich brauche dringend einen Termin für eine Unterredung mit dem Genossen Andropow.«

»In welcher Angelegenheit?«

»Ich führe die Untersuchung im Todesfall Zwigun und habe eine außerordentlich wichtige Mitteilung zu machen.«

»Gut. Sobald Jurij Wladimirowitsch eine Zeit nennt, werden wir uns bei Ihnen melden.«

Daran hegte ich keinerlei Zweifel! Wenn sie jemanden brauchten, dann meldeten sie sich auch! Ich rief die Dritte Abteilung der Kriminalpolizei an und vernahm Ninas Stimme: »Dritte Abteilung.«

»Nehmen Sie bitte folgendes Telegramm auf«, begann ich mit verstellter Stimme. »Für außerordentliche Verdienste wurde Nina Makarytschewa der Orden eines Helden der Sowjetunion verliehen.«

»Oh, du bist's! Und ich habe doch tatsächlich angefangen, den Quatsch in das Telegrammbuch aufzunehmen. Deinetwegen muß ich es jetzt ausstreichen!«

»Nicht nötig. Nimm auf: An Hauptmann Laskin. Erstens, gehen Sie bitte um elf Uhr ins Institut für gerichtliche Analysen, um dort den Bericht über die Blutgruppenuntersuchung abzuholen. Zweitens, für außerordentliche Verdienste wird Nina Makarytschewa...«

»Hör auf«, meinte sie verärgert. »Wollen wir zusammen Mittag essen gehen?«

»Ich weiß noch nicht. Ich rufe dich an. Bis bald.« Ich machte es mir im Sessel Wendelowskij gegenüber bequem – jetzt konnte ich mir in aller Ruhe seinen Bericht über den Brand im Hotel *Rossija* anhören.

BERICHT DES LEITENDEN INSPEKTORS FÜR SONDERFÄLLE
BEI DER GENERALSTAATSANWALTSCHAFT DER UDSSR
TARAS KARPOWITSCH WENDELOWSKIJ

Jetzt, da sowohl Zwigun als auch Paputin von uns gegangen sind, kann ich es ja sagen: Es war kein Brand, es war eine Auseinandersetzung zwischen Zwigun und Paputin. Ich habe keine Ahnung, wann Paputin die Erlaubnis erhielt, eine neue Geheimdienstabteilung innerhalb des Innenministeriums einzurichten. Ich kenne nur die folgenden Fakten: Seit Anfang 1975 wurde die gesamte zehnte Etage im westlichen Flügel des Hotels *Rossija* von der neuen Geheimdienstabteilung des Innenministeriums bezogen. Sie richteten dort ihr Hauptquartier ein und installierten die allerneuesten Abhör- und Überwachungsgeräte – aus Japan, den Vereinigten Staaten und sogar aus Israel. Es ging das Gerücht um, daß Suslow ihnen dabei behilflich war. Ich habe dieses Gerücht nicht überprüft, aber die Anlagen mit eigenen Augen gesehen und einmal sogar davon Gebrauch gemacht – als es um die Affäre der usbekischen Drogenhändler ging. Die Burschen vom Geheimdienst waren mir behilflich, den Bandenchef aufzuspüren. Aber als ich bei denen im zehnten Stock war, schwante mir, was sie vorhatten – eine Art Gestapo innerhalb des Innenministeriums. Sie errichteten ein System zur Überwachung aller bedeutenden Persönlichkeiten in Partei und Staat. Sie führten Dossiers über buchstäblich jeden, der der Regierung in irgendeiner Weise nahestand. Ich habe sogar meine eigene Akte gesehen. Sie haben sie mir gezeigt, weil sie mit dem Kürzel »U« versehen war – ungefährlich. Mit einem Wort: ein neuer KGB! Und wo? Ausgerechnet im *Rossija,* das – wie Sie wissen – immer ein Tummelplatz des KGB gewesen ist, wo ein Agent den anderen bespitzelt und mit einem dritten droht. Der Direktor des Hotels, Nikiforow, ist ein ehemaliger KGB-General. Natürlich! Das *Rossija* ist voll von

Ausländern, die man unbedingt überwachen muß. Aber von den Ausländern abgesehen steigt da auch eine ganze Menge Russen ab – führende Politiker, Künstler und Wissenschaftler aus allen Republiken, dazu alle möglichen Spekulanten und undurchsichtigen Millionäre. Mit einem Wort – der ganze Sumpf, den man mit dem »Unternehmen Kaskade« gerade trockenlegen will. Jetzt kommt heraus, daß sie alle unter Zwiguns Schutz gestanden haben, aber damals mußte ich mir das allein zusammenreimen. Wie auch immer, ein paar Monate nach dem Brand fand ich heraus, daß das *Rossija* nicht nur ein Tummelplatz des KGB, sondern auch ein Hornissennest illegaler Geschäfte war. Da trifft zum Beispiel Rakimow, ein sogenannter Bauholz-Beschaffungsbeamter, aus Zentralasien ein und mietet sich acht Luxuszimmer im *Rossija*. Jeden Tag gibt er dort Empfänge oder – um es beim richtigen Namen zu nennen – Saufgelage. Und zu diesen Saufgelagen versammelt sich fast die gesamte staatliche Planungskommission, das Ministerium für Waldwirtschaft und das Verkehrsministerium. Sogar Galina Leonidowna Breschnewa findet sich ein, mit ihrem Onkel Jakow Iljitsch, Leonid Iljitschs Bruder. Und nach diesen »Empfängen« rollen ganze Wagenladungen von seltenem Nutzholz nach Zentralasien, wo es zu Spekulationspreisen auf dem schwarzen Markt landet, und alle an dieser Operation Beteiligten verdienen sich goldene Nasen. Ein anderes Beispiel: Diesmal geht es um Malossol-Kaviar, der in Dosen mit dem Etikett »Hering« oder »Sprotten« in den Westen verschoben wird. Und wo hat das alles begonnen? Im *Rossija* – vor etwa acht Jahren haben sich dort unsere Spekulanten mit ihren Kollegen aus dem Westen getroffen und die ganze Unternehmung geplant. Genauer gesagt, das *Rossija* war nicht nur ein Treffpunkt für internationale Filmfestspiele, es war auch das Zentrum für Kontakte zwischen Schiebern und Spekulanten aus West und Ost. Dort wurden die wahren Geschäfte getätigt: mit Gold, Pelzen, Diamanten, Ikonen, ja sogar mit importierten Verhütungsmitteln. Teilweise deckte der KGB diese Manipulationen auf – wenn er dabei nicht seinen Schnitt machen konnte. Aber sonst... Und genau in dieses Hornissennest sticht Paputin mit seiner neuen Geheimdienstabteilung. Zwei Interessen – ein vorprogrammierter Konflikt.

Im Mai 1976 geht Paputin also gegen eine wirklich bedeutende Diamanten-Spekulantin vor – die Frau von Mschawanadse, früherer Erster Sekretär des Zentralkomitees von Georgien. Zu dieser Zeit war Mschawanadse bereits aus dem Amt entfernt, und hätte Breschnew sich nicht für ihn eingesetzt, wäre er von den georgischen Sicherheitsleuten hinter Gitter gebracht worden. Und wenn Sie mich fragen, wäre das auch der richtige Ort für ihn gewesen! Als Schewarnadse, der Vorsitzende des georgischen KGB, die Durchsuchung von Mschawanadses Wohnung in Tiflis anordnete, wurden dort Goldbarren in Form von Schweinen, Kühen und anderen Tieren gefunden – jedes Stück fünf oder sechs Kilogramm schwer! Wie Sie sehen, ist es ein höchst einträglicher Posten, Erster Sekretär des ZK zu sein. Nebenbei bemerkt. Dennoch sind die größten Wertgegenstände Schewarnadses Zugriff entgangen – Mschawanadses Frau gelang es, mit einem Koffer voller Diamanten nach Moskau zu entkommen und nirgendwo anders als bei ihrer Freundin Galina Breschnewa Zuflucht zu suchen. Und ihr Mann, Wassilij Mschawanadse, lebt in der Datscha von Breschnews Bruder Jakow außerhalb Moskaus. Nun versuchen Sie mal, an ihn heranzukommen! Was macht Schewarnadse? Greift sich ihren Sohn in Tiflis, steckt ihn als Geisel ins Gefängnis und hängt ihm eine Anklage wegen illegaler Jagd in einem Staatsforst an. Er schickt auch eine Brigade seiner georgischen Sherlock Holmes' nach Moskau, um Mschawanadses Frau bei ihren Kontakten mit Diamanten-Spekulanten in flagranti zu ertappen. Und so sitzen diese Georgier Tag für Tag im *Rossija*, der Geheimdienstzentrale, herum und beobachten die Mschawanadse, können sie aber nicht packen, weil sie nie ohne Galina Breschnewa ausgeht – immer Arm in Arm mit ihr. Ich kann mich noch gut daran erinnern, wie die geflucht haben. Und Georgier können ganz ausgezeichnet russisch fluchen! Aber sie konnten dennoch ein paar Kontaktleute festnageln; wenn ich mich recht erinnere, half ihnen der Geheimdienst dabei, und sie wiederum halfen dem Geheimdienst. Und dann war die Sache für die Mschawanadse gelaufen, sie waren drauf und dran, sie hochgehen zu lassen, mitsamt ihrer ganzen Mafia bis hinauf zu Zwigun und Galina Breschnewa, genau wie jetzt bei »Kaskade«. Aber der Brand hat alles vereitelt. In der Morgendämmerung des 25. Mai brach im neunten Stock des Westflügels ein Feuer aus und breitete sich mit unvorstellbarer Geschwindigkeit aus, direkt unterhalb des zehnten Stockwerks, wo der Geheimdienst sein Hauptquartier hatte. Wie es sich herausstellte, waren zu diesem Zeitpunkt alle Sprinkleranlagen wegen Reparaturarbeiten abgestellt, und auch die Feuerwehrfahrzeuge mit Leitern, die über die Höhe des siebenten Stocks hinausreichen, befanden sich gerade in Serpuchow zu einer Übung. Na, sind das Zufälle? Nun gut, die Feuerwehrmänner entrollten also ihre Schläuche und schleppten sie durch das ganze *Rossija*, was vierzig Minuten dauerte. Drei Stockwerke brannten völlig aus, das neunte, zehnte und elfte. Die gesamte Einrichtung des Geheimdienstes wurde zerstört, einschließlich aller Akten. In den Flammen kamen vierzehn Angehörige des georgischen Innenministeriums und des Moskauer Geheimdienstes um, die in dieser Nacht Dienst hatten. Außerdem starben siebenundzwanzig Ausländer, und zweiundsiebzig Personen erlitten zum Teil schwere Verbrennungen. Es gab eine Sitzung des Politbüros im Zusammenhang mit den ausländischen Todesopfern, der Hoteldirektor wurde fristlos entlassen und der Generalstaatsanwalt mit der Untersuchung der Brandursache beauftragt – ein Job, den Rudenko unverzüglich an mich abtrat. Wie Sie wissen, gehört so was nun mal zu unserem Dienst.

Ich begann mich umzutun: Warum funktionierten die Feuerlöscher nicht? Sie wurden gerade überholt. Warum befanden sich alle Löschzüge mit überlangen Leitern nicht in Moskau? Sie waren gerade bei einer Übung in Serpuchow. Aber Sie wissen, ich bin ein Maulwurf. Nach wenigen Monaten kannte ich jedes Zimmermädchen im *Rossija*, nicht nur dem Namen nach – ich wußte auch, von welchen Gästen sie Bestechungsgelder angenommen hatten, damit diese auch nach elf Uhr noch Mädchen im Zimmer haben konnten. Schließlich fand ich heraus, daß sich am Tag vor dem Brand ein paar Teppichreiniger im neunten Stock aufgehalten hatten – ausgerechnet in jenen Räumen des Westflügels, wo dann das Feuer ausbrach. Nun gut, sie haben die Teppichböden gereinigt. Das ist an sich etwas ganz Normales. Der Haken daran war nur, daß diese Teppichreiniger – einer wurde von dem Zimmermädchen als etwa dreißigjähriger Georgier, der andere als Russe mit dunklen Haaren beschrieben – nicht zum Personal des *Rossija* gehörten. Also gut, ich grabe tiefer, frage ein Zimmermädchen nach dem anderen aus. Was hatten sie bei sich, welche Kleidung trugen sie? Und da erinnert sich doch eine, daß der Georgier auf seinem Wagen neben dem Staubsauger und verschiedenen Bürsten auch so eine Art große Metallbüchse gehabt hat, wie ein Fäßchen, aber mit einem Stiel dran. Und als sie gingen, schwang er dieses Ding in der Hand hin und her. Das Buffetmädchen Dussja sagt zu ihm: »Geben Sie mir doch die Büchse, mein Lieber. Ich habe zu Hause einen Gummibaum, dem es in seinem Topf zu eng wird.« Doch er erwidert: »Nichts zu machen, Mütterchen. Das ist Regierungseigentum. Ich brauche es für meine Arbeit.« Aber keine fünf Minuten später wirft er sie in den Abfall. Nun, Dussja läuft hin und schleppt sie nach Hause, aber der Gummibaum ist trotzdem eingegangen.

Du kannst dir vorstellen, daß ich zwanzig Minuten später bei Dussja auf der Schwelle stand. Ich nahm die Büchse mitsamt dem Gummibaum und brachte beides ins Institut für gerichtliche Analysen. Ein paar Tage später teilten mir die Chemiker das Ergebnis ihrer Untersuchungen mit: Die Büchse enthielt DAIL-12, eine feuergefährliche Flüssigkeit, die sich zwölf Stunden, nachdem sie mit Stoff, Holz oder Kunststoff in Berührung kommt, entzündet. Na, prächtig. Ich begann zu forschen, wer derartige Substanzen ausgab, und kam auf das Verteidigungsministerium »Postfach 41« in Baku. Und dort, im Depot, fand ich folgende Eintragung im Rechnungsbuch: »17. Januar – auf persönlichen Befehl von Genosse Gaidar Alijew vierzehn Liter DAIL-12 ausgeliefert.« Ich wollte wissen, an wen es ausgeliefert wurde, aber sie erinnerten sich nicht mehr genau, sagten nur, der Mann habe wie ein Georgier ausgesehen. Ich bin nicht hingegangen und habe Gaidar Alijew befragt. So ein Idiot bin ich nun doch nicht, daß ich ausgerechnet dem Ersten Sekretär des Zentralkomitees von Aserbaidschan unbequeme Fragen stelle, der darüber hinaus auch noch bis vor kurzem Vorsitzender des KGB in Aserbaidschan war. Er hätte mich nicht lebend aus Baku herausgelassen! Nein, ich fuhr sang- und klanglos wieder nach Moskau zurück und fing an, mich nach dem dreißigjährigen Georgier und dem dunkelhaarigen Russen umzusehen. Genau in diesem Augenblick ließ mich Roman Andrejewitsch Rudenko zu sich kommen und wies mich an, mein gesamtes Untersuchungsmaterial dem KGB auszuhändigen. Zwigun hatte Breschnew dazu gebracht, ihm die abschließenden Untersuchungen anzuvertrauen. Nun, der verstorbene Rudenko und ich verbrannten klammheimlich alle Unterlagen, die sich mit der besagten Flüssigkeit befaßten, in seinem Büro. Sonst müßte man wohl auch mich längst als »verstorben« bezeichnen. Gaidar Alijew, falls Sie das nicht wissen sollten, war ein enger Freund Zwiguns. Und eigentlich war nicht viel Einfallsreichtum vonnöten, um sich vorzustellen, wem die Flüssigkeit ausgehändigt worden war und warum das Hauptquartier des Geheimdienstes des Innenministeriums in Flammen aufging. Gleich nach dem Brand wurde Frau Mschawanadse von Ustinow ein Militärflugzeug zur Verfügung gestellt, und sie flog in Begleitung von zehn Obersten des Generalstabs nach Tiflis. Dort befreiten sie ihren Sohn und holten sich die goldenen Schweine und Kühe zurück, die beschlagnahmt worden waren. Und dann verlief die ganze Geschichte still und heimlich im Sande ...

10.55 Uhr
»Einschreiben für Schamrajew! Igor Josifowitsch, nehmen Sie Ihre Post in Empfang!« Wieder erscholl mein Name über die Sprechanlage.

»Heute sind Sie aber gefragt«, stellte Wendelowskij fest. Ich verließ sein Büro und nahm von Rudenkos diensthabendem Assistenten einen Umschlag entgegen.

GEHEIM

DRINGEND

An: Gen. I. J. Schamrajew, Chefinspektor für Sonderfälle bei der Generalstaatsanwaltschaft der UdSSR. – Durch Boten.
In Zusammenhang mit den Umständen der Festnahme des gefährlichen Kriminellen A. I. Worotnikow alias »Kortschagin« am 24. 1. 1982, für die Sie die Verantwortung trugen, fordere ich Sie auf, Ihre Mitarbeiter M. Swetlow, E. Arutjunow und P. Kolganow anzuweisen, unverzüglich der Personalabteilung des Innenministeriums Bericht zu erstatten, warum beim Schußwaffengebrauch das zulässige Maß an Selbstverteidigung überschritten wurde, was zum Tod des Kriminellen geführt hat.
P. M. Lubatschow, Generalmajor der Miliz
Leiter der Personalabteilung
Moskau, 25. Januar 1982

Ich zerknüllte den Brief und war nahe daran, ihn in den Papierkorb zu werfen, besann mich dann aber doch eines Besseren. Ich setzte mich an die Schreibmaschine, spannte einen Briefbogen der Generalstaatsanwaltschaft ein und begann zu tippen:

DRINGEND

GEHEIM

An: Gen. P. M. Lubatschow, Generalmajor der Miliz
Leiter der Personalabteilung. – Durch Boten.
Lieber Pawel Michailowitsch,
während der Festnahme des A. Worotnikow alias »Kortschagin« waren die Milizionäre unter meiner Leitung nur deshalb zum Schußwaffengebrauch gezwungen, weil Oberst Oleinik, Stellvertretender Leiter des Geheimdienstes des Innenministeriums, unzulängliche Maßnahmen zur Ergreifung des Kriminellen getroffen hatte.

Ich bitte Sie, eine Untersuchung des Falles für Mitte oder Ende Februar anzusetzen.
Hochachtungsvoll
I. Schamrajew   Moskau, 25. Januar 1982

»Recht so«, vernahm ich Swetlows Stimme. »Ich werde denen bei der Untersuchung auch ein paar Wahrheiten zu sagen haben!«

Ich hob den Kopf. Hinter mir stand Swetlow, die Hand in der Schlinge, den Uniformmantel über den Schultern. Auf seinen Epauletten schmolzen Schneeflocken.

»Nun? Was hat sich in der ›Butyrka‹ abgespielt?« fragte ich neugierig.

Aber bevor Swetlow antworten konnte, klingelte das Telefon.

»Hier spricht Hauptmann Laskin«, kam es aus der Muschel. »Ich rufe vom Institut für gerichtliche Analysen an, Igor Josifowitsch. Leider ist es zur Zeit nicht möglich, das endgültige Resultat der Blutgruppenuntersuchung zu bekommen.«

»Warum nicht?«

»Oberst Malenina vom Betrugsdezernat hat vor einer halben Stunde das Biologische Labor versiegeln lassen und ist dabei, alle Chemikalien zu überprüfen. So kann man leider nicht einmal eine lächerliche Bescheinigung bekommen.«

Ich lachte – die Falle war zugeschnappt! Nun wußte ich, wer Zwigun umgebracht hatte. Nun brauchte ich keine Mutmaßungen oder Hypothesen mehr – jetzt wußte ich, daß er von jenen Leuten getötet worden war, die mein Telefongespräch mit Alla Sorokina abgehört hatten und zu dem Schluß gelangt waren, die Biologen seien durchgedreht: Schließlich kennen Mörder ihre eigene Blutgruppe am besten!

»Gut«, sagte ich zu Laskin. »Gehen Sie zur Kriminalpolizei zurück.« Dann wandte ich mich an Swetlow: »Marat, wenn du mir Fotos von all den Georgiern beschaffst, die mit Zwigun in Verbindung gestanden haben, dann zeige ich dir den, der 1976 das *Rossija* in Brand gesteckt hat.«

»Leider verschwinden seine georgischen Freunde einer nach dem anderen«, lachte er. »Der georgische Finanzminister Bagrat Ananiaschwili landete vor einer Woche im Gefängnis; den Fleischkönig Nuksar Barataschwili habe ich persönlich in Sotschi festgenommen; der Maler Sandro Katauri, mit dem Zwigun Karten zu spielen pflegte, sitzt inzwischen auch in der ›Butyrka‹, und ein gewisser Giwi Mingadse ist aus dem Gedächtnis des Computers im Innenministerium und aus dem Zentralen Melderegister radikal getilgt.«

»Was?« rief ich erstaunt.

»Stell dir vor«, sagte er. »Gestern, als ich meine Nase in das Computerzentrum steckte, um nach den Daten dieses Mingadse zu forschen, erklärte man mir, der Computer hätte eine Panne. Und heute schaute ich auf dem Rückweg von der ›Butyrka‹ noch einmal bei ihnen vorbei – und was sehe ich? Auf den Namen ›Mingadijan‹ folgt unverzüglich ›Mingakow‹. Und genauso ist es im Zentralen Meldeamt: Mingadse scheint durch den Abfluß gerutscht zu sein! Langsam setzt sich bei mir der Gedanke fest, daß jemand vor uns herläuft und uns alles, was mit dem Fall Zwigun zusammenhängt, vor der Nase wegschnappt. Das einzige, was uns bleibt, ist eine gewisse Sweta. Aber inzwischen wage ich kaum noch, ihren Namen auszusprechen.«

11.25 Uhr
Was glauben Sie, wo man eine hochkarätige Prostituierte um elf Uhr vormittags in Moskau antreffen kann? Und nicht nur eine, sondern gleich dreißig? Dreimal dürfen Sie raten.

Der Fahrer von Swetlows Wolga fuhr den verschneiten Boulevard der Patriarchen-Seen entlang, bog in eine kleine Nebenstraße ein, und wir fanden uns vor einer hohen Steinmauer mit einem

Schild wieder: »Klinik Sieben für Haut- und Geschlechtskrankheiten«. Neben der Einfahrt gab es eine kleine Tür. Swetlow und ich betraten den Hof. Übermütige weibliche Stimmen empfingen uns: Mehrere junge Mädchen in grauen Krankenhausmorgenröcken lieferten sich eine Schneeballschlacht, und drei andere bauten einen riesigen Schneemann. Als sie uns entdeckten, kreischten sie noch lauter, und eine rief: »He, Mädchen, seht mal, wer da kommt!« Eine warf einen Schneeball auf uns, eine andere begrüßte Swetlow mit: »Hallo, Marat Alexejewitsch!«, während die jüngste, nicht mehr als fünfzehn Jahre alt, angelaufen kam und ihn am Mantel zupfte: »Oberst, wollen wir ins Gebüsch gehen? Ich bin inzwischen sauber oder werde es zumindest verdammt bald sein.«

»Du wirst es sein, aber du bist es noch nicht«, sagte Swetlow zu ihr.

Wir betraten die Klinik, und die Oberschwester versorgte uns mit weißen Kitteln, die wir über den Anzügen tragen mußten. Dann führte sie uns über den nach Karbol riechenden Korridor zum Büro des Ärztlichen Direktors Lew Aronowitsch Goldberg – ein dickbäuchiger alter, etwa siebzigjähriger Mann mit einem Kneifer, der mit einer kleinen Goldkette am Kragen seines Kittels befestigt war. Wir erklärten Goldberg, warum wir gekommen waren, und er fragte: »Woher wollen Sie wissen, daß die Mädchen, die Sie suchen, ausgerechnet bei uns behandelt werden?«

»Aus den Unterlagen unserer ›Huren-Abteilung‹ bei der Kriminalpolizei«, sagte Swetlow und legte ihm mehrere Karten vor, die er am Morgen der Kartei entnommen hatte. »Sehen Sie – hier heißt es: ›1979 Überweisung in die Klinik Sieben für Geschlechtskrankheiten.‹ Und hier das gleiche, hier auch. Dann sind die Mädchen dem KGB unterstellt worden, aber das heißt noch lange nicht, daß sie auch die Klinik gewechselt haben. Die Menschen wechseln nun mal nicht gern den Arzt – besonders, wenn er sie schon einmal auskuriert hat, und ganz besonders, wenn es sich um einen Arzt für Geschlechtskrankheiten handelt.«

»Das klingt plausibel«, lachte Goldberg. »Ich habe hier tatsächlich so etwas wie eine Filiale Ihrer Huren-Abteilung, wie Sie das nennen. Und die Mädchen bringen auch ihre Freundinnen mit, KGB-Mädchen, die ich eigentlich gar nicht zu behandeln brauchte. Schließlich haben sie ihre eigene Klinik beim KGB. Aber natürlich behandeln wir sie, was bleibt uns anderes übrig? Sonst tragen sie doch den Tripper monatelang durch Moskau. Jetzt, im Winter, geht es ja noch, aber im Sommer wird so etwas leicht epidemisch. Manchmal schleppen Araber den Bazillus ein, manchmal Kubaner... Wollen Sie alle zusammen befragen oder eine nach der anderen?«

Swetlow und ich teilten uns die Mädchen; Goldberg überließ uns sein Büro und das Behandlungszimmer eines seiner Ärzte, und auf seine Anordnung brachte uns die Oberschwester Goldbergs Huren-Filiale.

Nach einer halben Stunde, als wir erst die Hälfte der Mädchen befragt hatten, verfügten Swetlow und ich bereits über die Daten von vier dünnen, rothaarigen vierzigjährigen Swetas, die durchaus einen eigenen Lada besitzen und Zwigun mit Prostituierten hätten versorgen können: Swetlana Arkadejewna, Leiterin des Hotels *Budapest*; Swetlana Antonowna, Chefin eines geheimen Bordells am Friedens Prospekt 217, Wohnung Nummer 67; Swetlana Nikolajewna, Gynäkologin in der Erste-Hilfe-Station des Hotels *Ukraina*, und Swetlana Franzewna, Leiterin der Kosmetikabteilung im GUM. Als die nächste Patientin, einen Hausschuh auf ihrer Zehenspitze balancierend, gerade über eine weitere Swetlana nachdachte, kam Swetlows Fahrer herein und sagte: »Genosse Schamrajew, Inspektor Baklanow ist am Autotelefon. Er möchte Sie sprechen.«

Auf dem Weg zum Auto steckte ich den Kopf in das Büro des Ärztlichen Direktors und sagte zu Swetlow: »Hast du gehört? Baklanow ist am Telefon. Sieht ganz so aus, als habe Burjatskij den Mord an Zwigun bereits ›gestanden‹.«

»Oder Sandro Katauri«, sagte er.

12.57 Uhr

STRENG GEHEIM

VON BESONDERER WICHTIGKEIT FÜR DIE PARTEI

Ausgefertigt in 5 (fünf) Exemplaren
An: Das Präsidium des Plenums des ZK der KPdSU
Zusammenfassung der Ergebnisse des »Unternehmen Kaskade«

Im Auftrag des Genossen M. A. Suslow, Sekretär des ZK der KPdSU, haben Geheimdienst und Betrugsdezernat des Innenministeriums im Laufe der Jahre 1981/82 das »Unternehmen Kaskade« mit dem Ziel durchgeführt, das Ausmaß der Korruption in den führenden Ministerien und Institutionen, aber auch die zwischen einzelnen Funktionären und Amtspersonen bestehenden Verbindungen mit den Spekulanten beziehungsweise Vertretern der sogenannten »illegalen« Wirtschaft aufzudecken.

Als Ergebnis des Unternehmens ist festzustellen, daß während der vergangenen zehn Jahre Formationen der »illegalen Wirtschaft«, deren Aktivitäten Tausende von Menschen betroffen haben, in zahlreichen Sphären unserer Industrie, der Landwirtschaft, der Versorgung der Bevölkerung sowie Institutionen für Kultur, Erziehung und Sport tätig gewesen sind.

Die wirtschaftlichen Aktivitäten dieser Gruppen sollen durch folgende Zeilen verdeutlicht werden:

Die Profite der »illegalen Wirtschaft« und ihrer Mafia in der Verwaltung beliefen sich allein im Jahr 1981 auf 25 Milliarden (25 000 Millionen) Rubel. Darüber hinaus erreichten die Bestechungsgelder, die zahlreiche Amtspersonen als Gegenleistung für ihre Kooperation erhielten, eine Summe von 42 Millionen Rubel. Davon gingen allein folgende Beträge an:

S. Zwigun, Erster Stellvertretender Vorsitzender des KGB
3 420 000 Rubel

A. Schibajew, Vorsitzender des Allunions-Zentralsowjet der Gewerkschaften   1 760 000 Rubel

A. Ischkow, Minister für Fischwirtschaft   6 312 000 Rubel

N. Mochow, Erster Stellvertretender Kulturminister
2 980 000 Rubel

Die verbleibenden 28 Millionen Rubel wurden von Angehörigen der höheren und mittleren Ebene von Partei, Regierung und Verwaltung in Form von direkten Bestechungsgeldern, Schenkungen und wertvollen Präsenten entgegengenommen.

Insgesamt sind 1507 führende Persönlichkeiten der »illegalen Wirtschaft« im Rahmen des »Unternehmen Kaskade« festgenommen worden; sie befinden sich in Untersuchungshaft in Einzelzellen der Moskauer Gefängnisse und werden in Kürze vor Gericht gestellt.

Im Laufe der Untersuchungen wurden zahlreiche Querverbindungen zwischen der »illegalen Wirtschaft« und Mitgliedern der Familie des Gen. Leonid Iljitsch Breschnew, Generalsekretär des

ZK der KPdSU, aufgedeckt. Nach vorsichtigen Schätzungen haben Angehörige der Familie Breschnew in Form von direkten Bestechungsgeldern und Wertgegenständen wie Pelze, Juwelen, Antiquitäten und Museumsstücken folgende Summen erhalten:

Galina Breschnewa-Tschurbanowa 2,7 Millionen Rubel
Jurij Leonidowitsch Breschnew 3,2 Millionen Rubel
Jakow Iljitsch Breschnew 1,8 Millionen Rubel
Semjon Kusmitsch Zwigun 3,4 Millionen Rubel

Als Gegenleistung dafür haben die oben erwähnten Personen Vertretern der »illegalen Wirtschaft« Protektion in verschiedenen Ministerien und Behörden gewährt und ihnen dabei geholfen, hohe Positionen zu erlangen, aber auch Sonderlieferungen an Rohstoffen und knappen Industriegütern aus Vorratslagern zu erhalten.

217 Persönlichkeiten der »illegalen Wirtschaft«, die während des »Unternehmen Kaskade« festgenommen wurden, haben ausgesagt, daß sie zur Erreichung ihrer verbrecherischen Ziele in direkten Kontakt mit Galina Breschnewa, Jurij Leonidowitsch und Jakow Iljitsch Breschnew getreten sind, und weitere 302 Personen sagten aus, daß bei ihren Geschäften Boris Burjatskij, Sandro Katauri, A. Kolewatow und andere als Mittelsmänner fungierten.

Die Tatsache, daß engste Familienangehörige des Gen. L. I. Breschnew kriminelle Elemente unterstützen und so zum Scheitern der sowjetischen Planwirtschaft beitragen, während einige von ihnen, insbesondere Galina Breschnewa, ein unverhüllt unmoralisches Leben führen – all das wirkt sich negativ auf die Autorität des Gen. L. I. Breschnew als Oberhaupt des Staates und auf das Prestige der Kommunistischen Partei und der sowjetischen Regierung aus.

Anhang: Unterlagen zum »Unternehmen Kaskade« – Protokolle von Verhören und Gegenüberstellungen, Geständnisse von 1507 Beschuldigten und Aussagen von 3788 Zeugen, zusammengefaßt in 32 Bänden mit insgesamt 6383 Seiten.
Gezeichnet
Leiter des »Unternehmen Kaskade«

Das Dokument trug keine Unterschriften. Baklanow streckte seine Hand wieder nach dem Schriftstück aus und sagte: »Es fehlen die Unterschriften, aber die kommen schon noch.«

Er nahm mir das Dokument ab, legte es sorgsam in eine Kunstlederhülle und verstaute das Ganze wieder in seiner Aktentasche. Dann goß er sich ein Glas Wein ein und sagte: »Um offen zu sein – das ist ein ganz außergewöhnliches Schriftstück, selbst wenn es die Mitglieder des Politbüros noch nicht zu Gesicht bekommen haben. Und nun fragst du dich natürlich, warum ich es dir gezeigt, ja, warum ich dich überhaupt in dieses Restaurant eingeladen habe, stimmt's?«

In der Tat. Für Baklanow, der ein solcher Geizkragen war, daß er nur in Ausnahmefällen sein eigenes Bier bezahlte, war es in höchstem Maße extravagant, mich über ein Miliz-Autotelefon aufzuspüren und mich zum Mittagessen in das beste kaukasische Restaurant von Moskau einzuladen – ins *Aragwi*. Und da saßen wir nun, in einem Separée, und auf dem Tisch standen eine Flasche zwölf Jahre alten armenischen Weinbrands, heißer gebackener Sulguni-Käse, knusprige Brathähnchen in Saziwi-Sauce, rote Lobio-Bohnen, grünes Gemüse, frische Tomaten (im Januar!) und edler georgischer Wein. Im Hauptraum des Restaurants, durch eine Wand von unserem Separée getrennt, feierte eine Gruppe, die der Aufmerksamkeit des »Unternehmen Kaskade« bislang entgangen war. »Auf Suliko! Ha, ha, ha! So ein schlaues Kerlchen! Macht doch glatt Hunderttausend pro Woche, indem er zweihundert Körbe Blumen über den Flughafen Wnukowo einschleust!«

Baklanow stellte die Flasche auf den Tisch und sagte: »Du hältst es wohl für unwahrscheinlich, daß ich dich aus reiner Freundschaft eingeladen habe. Aber so ist es! Vergiß nicht – es geht um einen hohen Einsatz, einen sehr hohen! Und in dieser Art Spiel müssen Leute wie du und ich als erste dran glauben.«

Hinter der Wand wurde ein weiterer Toast auf Väterchen Suliko ausgebracht, der es geschafft hatte, einen so erstaunlichen Sohn zu produzieren.

Baklanow runzelte die Stirn: »Du weißt doch, was gespielt wird? Die Menschen haben sich angewöhnt zu stehlen. In einem georgischen Film sagt ein Mann ganz offen zu seinem Nachbarn: ›Wie schlagen Sie sich eigentlich so durch? In Ihrer Fabrik gibt es doch nur Druckluft zu stehlen!‹ Aber selbst wenn du drei Millionen von ihnen einsperren würdest, würde das nichts ändern, weil die Fäulnis an der Spitze beginnt. Siehst du nun, für wen du arbeitest? Alle zwei Monate setzt Breschnew das Gerücht in die Welt, er stehe an der Schwelle des Todes, könne kaum noch japsen, und prompt wagt es niemand, ihm zu nahe zu kommen. Sie warten alle ab... über Jahre! Und unterdessen errichtet diese Familie eine riesiges inoffizielles Industrieimperium im Lande, so etwas wie eine zweite Neue Ökonomische Politik. Jeder kleine Schieber macht seine Hunderttausend die Woche; und wegen dieser Scheiße sind du und ich fast Feinde geworden. Aber wir müssen zusammenhalten, alter Junge. Wir müssen zusammenhalten und das Land wieder in Ordnung bringen. Damit bei uns endlich wieder Menschen mit sauberen Händen an der Macht sind.«

»Händen oder Fäusten?« erkundigte ich mich.

Baklanow war wie vom Donner gerührt. Die Hand mit dem Schaschlik erstarrte in der Luft. »Was meinst du damit?« wollte er wissen.

»Kolja«, sagte ich. »Wenn du so sauber bist, warum hast du dann Angst vor mir?«

»Wie kommst du auf diese Idee?«

»Ganz einfach. Das ist nun schon das zweite Mal, daß du versuchst, mich dazu zu überreden, den Fall abzugeben. Am Sonnabend hast du mich beschatten lassen, und du läßt mein Telefon abhören. Und nun meldest du dich bei mir auch noch über das Autotelefon.«

Er legte seinen Schaschlikspieß auf den Teller, wischte sich die Hand an der Serviette ab und sagte: »Gut, du scheinst es immer noch nicht zu begreifen. Deshalb sage ich es dir jetzt: Im Augenblick bist du uns noch nicht im Wege, aber du wirst es bald sein. Weil du nun mal wie ein Panzer bist – du wühlst dich durch alle Hindernisse. Das einzige, was dich aufhalten kann, ist eine Handgranate. Ein gezielter Schlag.«

Wir sahen einander in die Augen; die Pause zog sich hin.

»Kolja«, sagte ich. »Das mit dem gezielten Schlag eben – wie ist das gemeint? Als Warnung?«

»Du bist ja verrückt! Ich habe das rein bildlich gemeint!« rief er mit übertriebener Empörung, senkte dann sofort die Stimme und widmete sich wieder seinem Schaschlik. »Weil ich dein Freund bin, versuche ich es jetzt zum letzten Mal: In diesem Spiel geht es um einen hohen Einsatz, und wenn du ein paar Karten hast, können wir ein erstklassiges Gespann sein. Ich werde dir ein Pik As zuspielen, das dir den Atem verschlägt! Wenn du es ausspielst, garantiere ich dir, daß innerhalb einer Woche alles anders sein wird. Na gut, du wirst es wegen deiner Herkunft vielleicht nicht gerade zum Generalstaatsanwalt bringen, aber du wirst Karakos' Posten bekommen. Und da sorgst du dich um ›gezielte Schläge‹! Wenn dir morgen zufällig ein Dachziegel auf den Kopf fällt, bin ich wahrscheinlich auch daran schuld!«

Er ließ sich weiter über unsere Zusammenarbeit aus und wurde dabei von seiner Begeisterung fortgetragen. Mit der Gabel in der Luft herumfuchtelnd, schilderte er mir meine Zukunft in den rosigsten Farben, aber ich hörte kaum zu. Mir war klar, was er mir da anbot: Wenn ich zustimmte, mit ihm handelseinig wurde, würden sie mir Zwiguns »Mörder« wahrscheinlich noch heute servieren – Boris Burjatskij, den Liebhaber von Breschnews Tochter. Und ich, der »unparteiische« Ermittler von Breschnews Gnaden, würde ein »offenes Geständnis« garantieren. Und dann hätten sie für die Politbüro-Sitzung am 4. Februar außer dem »Kaskade«-Material auch noch einen Mord in der Familie des Staatsoberhaupts parat. Nett, nicht? Und wenn ich mich weigerte, konnte mir schon morgen mit einem »gezielten Schlag« ganz zufällig ein Dachziegel auf den Kopf fallen. Es war tatsächlich ein Spiel mit hohem Einsatz, in dem bereits Zwigun sein Leben verloren hatte und Galina Breschnewa offiziell verhört wurde – was sollte sie also daran hindern, sich auch meiner zu entledigen, wenn ich ihnen tatsächlich in die Quere kam?

Ich stand auf. »Vielen Dank, Kolja. Falls du mich auf eigene Kappe gewarnt haben solltest, vielen Dank. Und wenn dich jemand damit beauftragt hat, dann sag ihm, ich würde es mir überlegen. Aber wahrscheinlich schicke ich euch alle zum Teufel – dich, Zwigun und Breschnew! Und dann mache ich einen Schwarzhandel mit Blumen aus dem Kaukasus auf. Da ist viel mehr zu holen.« Ich zog fünfzig Rubel aus der Tasche und warf sie auf den Tisch. Baklanows halbherzigen Protest fegte ich beiseite: »Das ist vom künftigen Blumenschieber für den Generalstaatsanwalt in spe. Du kannst das Essen davon bezahlen.«

Er nahm das Geld, und ich lachte insgeheim. Wenn sie an die

Macht kamen, würden sie sich genauso bestechen lassen wie die
anderen – vermutlich noch mehr ...

14.50 Uhr
Ich trat aus dem Restaurant auf den Platz der Sowjets hinaus.
Hungrige Tauben spazierten laut gurrend um das schneebedeckte
Denkmal von Fürst Jurij Dolgorukij, dem Gründer Moskaus.
Eine alte Frau, die selbst wie eine Bettlerin aussah, warf ihnen
Hände voll Brotkrumen hin, aber ein Schwarm Spatzen schoß
herab, bevor die Tauben zur Stelle waren, und pickte die Krümel
aus dem tiefen frischen Schnee.

Ich stand da und fragte mich, was ich jetzt wohl tun sollte.
Rechts vom Platz befand sich die Puschkin-Straße und die Staatsanwaltschaft. Aber war es ratsam, jetzt dorthin zu gehen?

Ich wendete mich nach links, zur Gorki-Straße. Unter meinen
Stiefeln knirschte der Schnee. Passanten strömten an mir vorbei,
und es zog mich zu diesen ganz normalen Leuten hin, denen die
Intrigen und Leidenschaften des Kreml fremd waren. Ich hatte
Angst, und zwar seitdem ich mit Sicherheit wußte, daß Zwigun
nicht zufällig umgekommen war, und seit Baklanow ganz offen
zugegeben hatte, daß ich drauf und dran war, ihnen in die Quere
zu kommen – mit anderen Worten: bei der Klärung des Verbrechens. Aber andererseits – wenn ich aufdeckte, wer Zwigun
getötet hatte und wer da gegen Breschnew konspirierte, konnte
ich höchstens mit einer Beförderung zum Leitenden Inspektor und
einer Gehaltserhöhung von sechzig Rubeln im Monat rechnen.
Lohnte es sich, das Leben für sechzig Rubel aufs Spiel zu setzen,
diesen Schnee, die gurrenden Tauben, die Gorki-Straße und den
Duft der Orangen, nach denen die Leute gerade vor »Jelisejew«
Schlange standen? Was scherte es mich, ob Breschnew überlebte
oder ob er am 4. Februar beschuldigt wurde, die Wirtschaft
ruiniert und der Korruption Tür und Tor geöffnet zu haben? Was
machte es schon aus, wenn die Paraden auf dem Roten Platz
künftig nicht mehr von ihm, sondern von Suslow, Kirilenko,
Gorbatschow, Andropow, Grischin oder Romanow abgenommen
wurden? Würden sie mir denn meinen Sohn nehmen, meine
Ninas, das Knirschen frischgefallenen Schnees unter den Füßen
oder den herausfordernden Blick der Blondine auf dem Puschkin-
Platz und diesen verrückten Eisverkäufer im weißen Kittel, der

mit seinen Filzstiefeln stampfte und inmitten all dieser weißen Pracht schrie: »Eis! Eis! Das eisigste Eis der Welt!«

Ich überquerte den Puschkin-Platz und öffnete die Tür des Internationalen Telegrafenamts. Diese winzige Filiale des Zentralen Telegrafenamts hatte hier vor fünf Jahren, auf dem Höhepunkt des jüdischen Exodus, ihre Tore geöffnet. Sie diente dazu, die ins Ausland Telefonierenden von der Öffentlichkeit abzusondern. Es wurde in diesen Tagen viel zuviel telefoniert: mit den Vereinigten Staaten von Amerika, mit Österreich, mit Italien und Israel. Das war ausgesprochen demoralisierend für die Allgemeinheit. Aber hier, in diesem kleinen Internationalen Telegrafenamt am Puschkin-Platz, waren Emigranten und die, die es werden wollten, unter sich. Ich betrat das enge Gebäude mit seinen fünf Sprechzellen. Aus einer drang eine laute Frauenstimme mit unverwüstlich jüdischem Akzent: »Monja, ich hab sie! Ich hab die Erlaubnis! In zehn Tagen kann ich hier raus! Was? Nein, sie geben einem keinen Monat Vorbereitungszeit mehr! Jetzt kriegt man zehn Tage, und dann – ab mit dir! Aber ich bin ja so glücklich. Stell dir vor, ich habe nur sechzehn Monate darauf warten müssen, während es bei den Gurewitschs bereits zwei Jahre dauert. Aber genug davon! In zehn Tagen bin ich bei dir!«

Ich hatte den Eindruck, daß die Frau in der Zelle vor Glück heulte, und um ein Haar hätte ich sie beneidet.

Aus einer anderen Zelle hörte ich eine klare Männerstimme diktieren: »Safermann, Jewsej Iwanowitsch – die Einladung bitte an die Adresse Pirogow-Straße 6, Moskau; Kapustin, Oleg Jakowljewitsch, Einladung an die Adresse Schewtschenko-Quai.«

Warum bat ich diesen Burschen nicht, mir auch eine Einladung nach Israel zu beschaffen? Dann wäre ich mit einem Schlag alle meine Probleme los: Sie würden mich aus der Staatsanwaltschaft feuern, mir den Fall Zwigun wegnehmen, und ich wäre tatsächlich darauf angewiesen, Blumen auf dem Kolchos-Markt zu verkaufen. Aber die Telegrafistin sprach bereits streng in das Mikrofon, das an ihren Kopfhörern befestigt war und vor ihren Lippen schwebte: »Bürger, Ihre Zeit ist um! Ich trenne Sie jetzt!«

Ein Rotschopf erschien in der Tür der Kabine. Er gehörte einem jungen Mann, der sich jetzt heftig beschwerte: »Dazu haben Sie kein Recht. Ich habe noch vier Minuten! Die hab' ich bezahlt!«

Ich nahm am Schalter ein Telegrammformular, stützte mich mit den Ellenbogen auf den Tresen und schrieb:

STRENG GEHEIM

An Hermann Karakos, Leiter der Untersuchungsabteilung der Generalstaatsanwaltschaft der UdSSR, Puschkin-Straße 15a.

MUSS DRINGEND IN DEN SUEDEN UM WEITER MAEDCHEN ZU BUMSEN STOP ERWARTE DASS DU MICH MEINER PFLICHT ENTHEBST UND UEBERHAUPT KOENNT IHR MICH MAL STOP
SCHAMRAJEW

Ich überlegte, welche rüden Bemerkungen ich noch hinzufügen könnte, kam aber zu dem Entschluß, daß diese wenigen Zeilen bereits ausreichten, mich zu feuern – ich brauchte gar keine Einladung nach Israel mehr. Die Telegrafistin las den Text und schob mir das Formular nervös wieder zurück. »So ein Telegramm nehme ich nicht an!«
»Warum denn nicht?«
»Das ist eine Frechheit und kein Telegramm! Einer schickt unverschämte Telegramme an die Staatsanwaltschaft, und der andere diktiert Adressen nach Israel! He, Sie da, Rotschopf! Verlassen Sie endlich die Zelle!«
»Ich komme nicht raus, bevor Sie mich wieder verbunden haben!« scholl es zurück. »Ich habe immer noch vier Minuten. Die stehen mir zu!«
»Und ich werde gleich die Miliz rufen! Ohne einen Stalin, der euch im Nacken sitzt, geratet ihr völlig außer Rand und Band. Es ist eben niemand da, der euch einlocht. Großer Gott, wann haut ihr alle endlich mal nach Israel ab?« Sie sah mich an. »Ich habe Ihnen doch schon gesagt, daß ich dieses Telegramm nicht annehme. Verschwinden Sie endlich!«
»Sie werden dieses Telegramm annehmen«, sagte ich mit unterdrückter Wut und legte meinen roten Ausweis von der Staatsanwaltschaft und das persönliche Schreiben Breschnews vor sie hin. Schließlich besagte das nicht mehr und nicht weniger, als daß sämtliche Institutionen des Landes Weisung hatten, meine Forderungen zu erfüllen, da ich im Regierungsauftrag handelte.
Beim Anblick des Schriftstücks mit Breschnews Unterschrift

erstarrte die Frau, riß sich aber schnell zusammen, zählte die Wörter und stotterte: »Als einfaches Telegramm oder dringend?«

»Zunächst verbinden Sie den Mann da wieder und lassen ihn seine vier Minuten zu Ende telefonieren«, sagte ich.

Gehorsam hämmerte sie auf die Gabel, drang zum Zentralen Telegrafenamt durch und sagte der Vermittlung: »Geben Sie mir bitte Israel, Tel Aviv...«

16.45 Uhr
Ich weiß auch nicht, wie es kam, aber gegen fünf Uhr fand ich mich in der Katschalow-Straße wieder. Genau wie es den Verbrecher zum Tatort zurückzieht, hatte mich mein Unterbewußtsein an den Ort des unaufgeklärten Verbrechens zurückgeführt. Eine frühe Dämmerung hatte bereits den Moskauer Himmel verdunkelt, die Laternen in den Straßen brannten, und um sie herum, in der schwarzen Luft, schwebten die Kristalle des leise fallenden Schnees. Beladen mit schweren Einkaufstaschen bewegten sich die Menschen über die glatten, verschneiten Bürgersteige und ballten sich an den Bushaltestellen zusammen. Aber auf der ruhigen Katschalow-Straße waren nicht viele Passanten zu sehen. Die Gehwege waren mit Sand bestreut, die Fenster der Regierungs-Wohnblocks strahlten hell, und durch das Schaufenster der Bäckerei sah ich eine kleine Schlange von Menschen nach Brot anstehen. Im Hintergrund, in der Konditorei, erblickte ich den unermüdlichen Pschenitschnij, Marat Swetlow, Nina, Oschereljew und Laskin. Sie umringten ein dickliches neunjähriges Mädchen mit Zöpfen und in einem Fehmantel. Das Mädchen saß an einem Tisch, eine Geige auf den Knien, mampfte Gebäck und zappelte mit den Füßen, während es meinen ehemaligen Mitarbeitern irgend etwas erzählte. Sie wußten noch nicht, daß ihr Vorgesetzter, Schamrajew, bereits die Waffen gestreckt und seine Untersuchungen abgebrochen hatte. Und nun mußte ich all meinen Mut zusammennehmen, um es ihnen zu gestehen – vor Nina.

Ich holte tief Atem und betrat die Bäckerei.

»Igor!« schrie Nina entzückt auf. »Hör dir das mal an!« Dann wandte sie sich an das Mädchen: »Katja, das ist unser Chef. Erzähl ihm noch mal, was du am Nachmittag des neunzehnten hier erlebt hast.«

»Aber ich hab mein Hörnchen doch schon aufgegessen«, sagte

das Mädchen, wischte ein paar Krümel von dem schwarzen Geigenkasten und versuchte, mit den Füßen den Boden zu erreichen.
»Ich kauf dir noch eins, Katjuscha«, versprach Swetlow. »Aber paß auf, daß du nicht platzt. Es ist bereits dein fünftes.«
»Das nehme ich mit nach Hause«, verkündete Katja.
»Erst nachdem du uns gesagt hast, was du gesehen hast.«
»Puh!« seufzte Katja auf, als hätte sie es mit Schwachsinnigen zu tun. »Wie oft muß ich das denn noch wiederholen? Na gut, ich habe gesehen, wie zwei Männer einen dritten aus dem Haus da drüben gezogen haben. Der Mann hat gehumpelt, und es war Blut auf seiner Hose. Das ist alles, was ich gesehen habe.«
»Und wohin haben sie ihn gebracht?« wollte Swetlow wissen.
»Wie gesagt: Sie haben ihn in ihr Auto gesetzt und sind mit ihm weggefahren.«
»Und was für ein Auto war das? Ein Wolga?«
»Sie haben mir noch ein Hörnchen versprochen«, mahnte Katja.
Swetlow lachte und ging zu der Verkäuferin, um noch ein Gebäck zu holen, während Pschenitschnij mir triumphierend das Protokoll der »Aussage der Zeugin Jekaterina Uschowitsch, neun Jahre« überreichte. Und er hatte allen Grund zu triumphieren – die dreitägige Rund-um-die-Uhr-Befragung der Mieter der umliegenden Häuser hatte Erfolg gehabt. Die neunjährige Katja Uschowitsch sagte folgendes aus:
»... Gegen fünf Uhr nachmittags war ich am neunzehnten Januar auf dem Weg von der Musikschule zur Bäckerei, um mir mein Hörnchen zu kaufen. Da sah ich, wie zwei mittelgroße Männer, die keine Mäntel, sondern nur Jacken anhatten, einen dritten, großen Mann, auch nur in einer Jacke, aus dem Haus Nr. 16a führten. Dieser Mann hinkte, und an seiner Hose war Blut. Ich blieb stehen und sah zu, denn der Mann machte ein so komisches Gesicht. Wahrscheinlich wegen der Schmerzen. Er war nicht sehr alt, vielleicht dreißig. Wie die anderen Männer aussahen, weiß ich nicht, weil ich mir immer nur den dritten angesehen habe, den, der blutete. Sie setzten ihn in ein Auto, einen schwarzen Wolga, und fuhren dann weg. Ich ging in die Bäckerei...«
»Und das ist noch nicht alles, Igor Josifowitsch.« Pschenitschnij lächelte sanft und überreichte mir das nächste Stück Papier.

TELEGRAMM

BEZUGNEHMEND AUF IHRE ANFRAGE BETREFFS AUTOUNFALL AM 16. JULI 1978 IM UMKREIS KATSCHALOW-STRASSE MOSKAU UNTER BETEILIGUNG DES WOLGA MIT KENNZEICHEN GRU 56–12 TEILE ICH MIT DASS BESAGTER WOLGA GIWI REWASOWITSCH MINGADSE WOHNHAFT PIROSMANI-STRASSE TIFLIS GEHOERTE UND DURCH MOSKAUER GERICHTSURTEIL VOM 20. JULI 1978 ZUSAMMEN MIT ANDEREN PERSOENLICHEN BESITZTUEMERN MINGADSES WEGEN DEVISENSCHMUGGELS NACH ARTIKEL 88 DES STRAFGESETZBUCHES DER RSFSR KONFISZIERT WURDE ABASCHIDSE GENERAL DER MILIZ LEITER DES STAATLICHEN KRAFTVERKEHRSAMTES GEORGISCHE SSR

Tiflis, 25. Januar 1982

»Wie findest du das?« Swetlow war mit dem Hörnchen zurück. »Er ist wegen Artikel achtundachtzig vorbestraft, wird aber weder in der Zentralen Adressenkartei noch im Archiv des Innenministeriums geführt. Was bilden die sich eigentlich ein? Halten die uns für Idioten? Entschuldige, Mädchen, hier ist dein Hörnchen. Aber eins verstehe ich nicht – wenn sie ihn bereits seit drei Jahren eingebuchtet haben, warum verbergen sie ihn dann vor uns?«

Hauptmann Laskin kam von der anderen Seite heran und drückte mir das Resultat der an Kugel Nummer zwei vorgenommenen Blutspurenanalyse in die Hand.

Mikroskopische Untersuchungen der Oberfläche von Kugel Nummer zwei zeigen an, daß sich auf ihr Mikropartikel menschlichen Blutes der Gruppe B-2 befinden.

Die Untersuchung der bei der Obduktion des Opfers Bürger Zwigun entnommenen Blutprobe seitens des Labors des Instituts für gerichtliche Analysen hat ergeben, daß der Tote ebenfalls Blutgruppe B-2 hatte.
A. Sorokin, Direktor des Laboratoriums
E. Abdikrina, Chefchemikerin und Kandidatin der Biologie

Und während meine Augen über diese Zeilen flogen, fügte Major Oschereljew hinzu: »Von den fünf Swetas, die Sie und Oberst Swetlow heute früh herausgesucht haben, besitzt nur eine einen blauen Lada. Es ist die Gynäkologin der Erste-Hilfe-Station im Hotel *Ukraina*. Wir haben sie jedoch auf ihrer Arbeitsstelle nicht angetroffen, und zu Hause ist sie auch nicht. Aber der blaue Lada steht vor der Tür, schneebedeckt. Damit uns diese Sweta nicht entwischt, wird sie von Hauptmann Arutjunow erwartet.«

Schweigend sah ich Swetlow, Pschenitschnij, Oschereljew, Nina und Laskin an. Sie waren voller Enthusiasmus, ihre Gesichter strahlten, die Augen leuchteten. Und sie hatten allen Grund. Selbst Nina schien es klar zu sein, daß wir an allen Fronten entscheidende Teilsiege errungen hatten.

»Laßt die Kleine laufen«, sagte ich zu ihnen.

»Aber warum denn?« fragte Swetlow überrascht. »Wir wollten gerade mit ihr zu Gusew, um ein Phantombild anfertigen zu lassen. Er erwartet uns bereits.«

»Marat, keine Diskussion«, sagte ich und wiederholte, an Pschenitschnij gerichtet: »Valentin, laß die Kleine laufen. Katja, Onkel Laskin bringt dich nach Hause, und du vergißt alles, was du uns gesagt hast, verstanden?«

Katja zuckte die Achseln und ging mit Laskin davon. Ihre Geige hielt sie in der einen, die Tüte mit dem Hörnchen in der anderen Hand.

Meine Getreuen machten besorgte Gesichter. »Was ist denn passiert?«

»Nun, Kinder«, brachte ich mit großer Mühe hervor, »wir untersuchen den Fall nicht mehr.«

»Wa-a-as?« meinte Nina entsetzt.

»Was hat Baklanow dir gesagt?« erkundigte sich Swetlow.

»Das ist jetzt unwesentlich«, erwiderte ich. »Entscheidend ist, daß unsere Gruppe aufgelöst ist und daß wir nicht länger an dem Fall arbeiten.«

»Aber warum denn nicht?« fragte Nina, nervös herumzappelnd.

»Vielleicht hast du dich von Baklanow bestechen lassen?« lachte Swetlow.

»Stimmt...« bestätigte ich.

»Wieviel?« fragte Swetlow.

»Das Leben«, erwiderte ich und sah ihm in die Augen. »Meins und deins.«

»Höchst interessant...« meinte Swetlow und hob seine verletzte Hand. »Gestern riskierst du noch mein Leben und das von Kolganow, Laskin und Arutjunow. Und heute...«

»Nun, gestern hat gereicht«, erwiderte ich. »Vor einer Stunde habe ich ein Telegramm an Karakos geschickt und bei der Staatsanwaltschaft gekündigt. Pardon – ich bin also kein Ermittler mehr.«

Alle starrten mich ungefähr fünfzehn Sekunden lang an – Swetlow, Pschenitschnij, Oschereljew, Nina. Dann drehte sich Nina um, nahm ihre Handtasche vom Tisch und verließ wortlos die Bäckerei. Die Glastür schlug hinter ihr ins Schloß.

Swetlow und Oschereljew folgten ihr.

Valja Pschenitschnij sammelte schweigend seine Unterlagen ein, steckte sie in seine abgetragene Lederaktentasche und verließ leicht hinkend das Geschäft.

Ich holte eine Zigarette hervor und zündete selbstvergessen ein Streichholz an. Hinter mir erklang die unfreundliche Stimme der Verkäuferin: »He, Sie! Rauchen ist hier verboten!«

»O ja, Entschuldigung...« sagte ich. Von jetzt an konnte jeder mich anschreien: Verkäuferinnen, Straßenbahnschaffner, Milizionäre, Kassierer und sogar Hausmeister. Ich seufzte und reihte mich in die Schlange nach Brot ein – es war an der Zeit, sich an die harten Realitäten des Lebens zu gewöhnen. Die Verpflegung vom Buffet der Staatsanwaltschaft gehörte der Vergangenheit an.

Mit einem Stangenweißbrot und zwei Brötchen näherte ich mich der Tür und sah, wie eine große schwarze Limousine – eine Regierungs-Tschaika – näher kam und vor der Bäckerei hielt.

Der Kommandeur von Breschnews Leibgarde, Generalmajor Iwan Wassiljewitsch Scharow, stieg aus und eilte auf mich zu. »Endlich!« sagte er. »Ich suche Sie schon eine ganze Weile! Suslow ist um fünf nach vier gestorben!«

»Pardon«, sagte ich und zog aus der Innentasche meines Jacketts das fast unangetastete Geldbündel und die von Breschnew unterschriebene Vollmacht. »Ich habe bei der Staatsanwaltschaft gekündigt.«

»Weiß ich! Wir haben Ihr Telegramm schon gelesen«, winkte er ab. »Leonid Iljitsch erwartet Sie um sechs Uhr.«

17 Uhr
Im Wagen öffnete Scharow die Bar und goß Weinbrand in zwei Gläser. »Gott sei Dank habe ich Sie gefunden!« stellte er erleichtert fest. »Sonst hätten wir Sie erst mühsam aus dem Süden herbeischaffen müssen. Im Vertrauen: Ich habe über militärische

Kanäle bereits den Befehl dazu gegeben. Die Kommandanten aller Flughäfen im Süden sind alarmiert.«

»Was ist denn los?«

»Eine Sekunde...« Scharow leerte sein Glas, schnupfte eine Prise Tabak vom Handrücken, griff in die Tasche seines Waffenrocks und förderte ein paar gefaltete Schriftstücke zutage. »Sofort nach Suslows Tod habe ich sein Büro und seine Wohnung durchsuchen lassen. Und sehen Sie, was ich gefunden habe!« Er knipste das Licht im Fond der Limousine an, während sie über den Twerskij Boulevard dem Stadtzentrum zuraste.

Auf große, linierte Bögen war mit der Handschrift eines eindeutig alten und offenbar sehr nervösen Menschen folgendes gekritzelt:

NOTIZEN FÜR DEN 4. FEBRUAR

1. Bericht: »Verhängnisvolle Folgen von L. I. Breschnews Führungsstil«

a. Niederlagen in der Außenpolitik
- Scheitern bei der friedlichen Okkupation Afghanistans 1978, Verzögerung aktiver Maßnahmen zur Sowjetisierung des heutigen Afghanistan;
- Verspätete Reaktion auf die Bildung antisowjetischer Gewerkschaftsbewegungen in Polen, exzessiver Liberalismus den Führern von Solidarnosc gegenüber;
- Unentschlossenheit in der Frage der Expansion sowjetischer Einflußsphären im Mittleren Osten, die zur Schwächung unserer Verhandlungsposition um einen Zugang zum Persischen Golf und zum Verlust der Kontrolle über das arabische Öl geführt hat.

b. In der Innenpolitik
- Nachgiebigkeit (aus Angst vor dem Westen) gegenüber der antisowjetischen Dissidentenbewegung. Solschenizyn, Sacharow;
- Genehmigung zur Auswanderung von Juden, Armeniern und Deutschen, was zum Wiedererwachen nationalistischer Tendenzen in den Sowjetrepubliken geführt hat, die auf die Loslösung von der Union zielen;
- Zusammenbruch der Planwirtschaft und Entstehung der »illegalen Wirtschaft« (Zahlen und Material des »Unternehmen Kaskade«);

- Familienangehörige von Breschnew in Bestechungs- und Korruptionsfälle verstrickt (»Kaskade-Material«);
- Ergebnis der oben angeführten Punkte: Schwächung der ideologischen Schulung der Arbeiterklasse, Zerstörung des Vertrauens der Sowjetbevölkerung in die kommunistischen Ideale, kritische Einstellung gegenüber den Behörden.
2. Beschlüsse der Politbüro-Sitzung:
a. L. Breschnew wird der Rücktritt nahegelegt. Im Fall seiner Einwilligung wird der Bericht »Folgen des Führungsstils« nicht veröffentlicht und Breschnew mit allen Ehren und Auszeichnungen verabschiedet. Bei Weigerung Entfernung aus dem Politbüro und Veröffentlichung des Berichts »Folgen des Führungsstils« auf dem Mai-Plenum des ZK;
b. Bildung einer »Regierung des Neuen Kurses«, um folgende Maßnahmen so schnell wie möglich einzuleiten:
In der Außenpolitik
- sofortige und vollständige Sowjetisierung Afghanistans;
- endgültige Zerschlagung der Solidarnosc-Kräfte in Polen;
- aus der Unfähigkeit des Westens, aktiven Schritten der Sowjetunion entgegenzutreten (Beispiel Afghanistan und Polen), entschlossener Vorteile ziehen. Maximale militärische Unterstützung der kommunistischen Bewegungen in den Ländern des Mittleren Ostens. Ziel: In spätestens zwei Jahren Zugang zum Persischen Golf und Einfluß auf das arabische Öl;
- Ausweitung militärischer und sonstiger Unterstützung der kommunistischen und antiimperialistischen Kräfte in Lateinamerika und Afrika;
- Schüren des Zerwürfnisses innerhalb der NATO-Staaten, um die Isolierung der USA in der kapitalistischen Welt zu fördern.
Eine erfolgreiche Verwirklichung dieser Punkte innerhalb einer überschaubaren Zeitspanne (1 bis 2 Jahre) wird das Endstadium der Sowjetisierung Europas, des Mittleren Ostens und des amerikanischen Kontinents einleiten.
In der Innenpolitik
- entschlossene Ausmerzung der Dissidentenbewegungen, religiöser und geistiger Sekten sowie Verbot jeglicher Emigration;
- Erfassung der arbeitsfähigen Bevölkerung und zwangsweise Überstellung an Industriebetriebe, Kollektive und Landwirtschaftliche Genossenschaften. Dies gewährleistet ein rapides

Ansteigen des Wirtschaftspotentials, was Versorgung mit Nahrungsmitteln über ein Produktions- und Verteilernetz ausschließlich an die arbeitende Bevölkerung erlaubt;
- Beseitigung jeder Form von »illegaler Wirtschaft« und anderer Manifestationen antisowjetischer und kapitalistischer Tendenzen. Zu diesem Zweck Durchführung einer Reihe exemplarischer Prozesse mit öffentlichem Vollzug der Todesstrafe;
- im Zusammenhang mit den Anforderungen der neuen Außen- und Innenpolitik zahlenmäßige Verstärkung der Sowjetarmee durch Anheben der Wehrpflicht von zwei auf fünf Jahre bei den Land- und von drei auf sieben Jahre bei den Seestreitkräften.
3. Bildung der »Regierung des Neuen Kurses« in folgender Zusammensetzung:
Erster Generalsekretär des Zentralkomitees der KPdSU: ...
Zweiter Generalsekretär des Zentralkomitees der KPdSU: M. Suslow
Politbüro: ...

Die letzte linierte Seite war direkt unter dem Wort »Politbüro« abgerissen. Ich gab Scharow das Schriftstück zurück. Das einzige, was auf dieser Liste der Beschuldigungen gegen Breschnew noch fehlte, war der »Mord« des Liebhabers seiner Tochter. Aber auch so war dieser Text vorzüglich für eine Anti-Breschnew-Rede geeignet, selbst wenn der Initiator und Autor dieses Papiers seine miese Parteiseele vor einer Stunde ausgehaucht hatte.
»Wo haben Sie das denn gefunden?« fragte ich Scharow.
»In seinem Schreibtisch, im Büro, ganz offen. Dieser Hund! Den wichtigsten Teil hat er abgerissen! Sonst wüßten wir, wer noch mit im Komplott war...«
Ich lachte. »Iwan Wassiljewitsch, das war doch nicht Suslow, der das abgerissen hat. Das waren doch diejenigen, die diese Schriftstücke in seine Schublade gesteckt haben.«
»Was wollen Sie? Es ist schließlich Suslows Handschrift«, wandte er ein.
»Mag sein, ist sogar sehr wahrscheinlich. Aber die Tatsache, daß dieses Schriftstück offen in seiner Schreibtischschublade gelegen hat, weist doch deutlich darauf hin, daß es zu einem bestimmten Zweck dort deponiert worden ist. So sehe ich die Sache jedenfalls. Das heißt, wer das Ganze inszeniert hat, besitzt

eine Kopie, und nicht nur eine. Er kann sich Suslows Vorstellungen für seinen Coup zunutze machen. Und für Breschnew bedeutet es, daß es klüger wäre, sich nicht auf die Hinterbeine zu stellen, sondern sang- und klanglos in den Ruhestand zu gehen.«

Scharow blinzelte. Trotz seiner Generals-Insignien schien er so begriffsstutzig wie ein Offiziersbursche.

»Wer hat es denn dort deponiert?« wollte er wissen.

Ich seufzte.

Die Regierungs-Tschaika rollte auf den Roten Platz.

17.37 Uhr

TELEGRAMM

An O. G. Abolnik, diensthabender Offizier der Moskauer Miliz

UM 17.37 UHR STUERZTEN AUF METROSTATION MAJAKOWSKAJA ZWEI FRAUEN VON DER PLATTFORM UNTER DIE RAEDER EINES ZUGES STOP ODER WURDEN GESTOSSEN STOP ZUGVERKEHR UNTERBROCHEN STOP VERANLASSEN SIE UNTERSUCHUNG

F. Abramow Leutnant der Miliz
Wachhabender Offizier auf der Metrostation Majakowskaja

17.38 Uhr

Wir gingen unter dem Spasskij-Turm hindurch und gelangten in den Innenbereich des Kreml. Nun begriff ich, warum Breschnews Abgesandter vor zwei Tagen so gezögert hatte, als Nina und Anton ihn baten, sie in der Regierungslimousine auf dem Kreml-Gelände herumzufahren: Der gesamte Innenbereich war voller Truppen – Tanks, Panzerwagen und Gruppen von Soldaten, die schweigend unter den mächtigen Tannen des Kreml standen und rauchten. Kein Lachen, keine Stimmen, nur das Knirschen des Schnees unter den Soldatenstiefeln.

Dafür herrschte auf den Fluren des Zentralkomitees geschäftiges Treiben; eilige Schritte der Angestellten, Klappern von Schreibmaschinen und Fernschreibern hinter verschlossenen Türen. Obwohl ich in Begleitung des Kommandeurs von Breschnews Leibgarde war, gab es eine dreifache Ausweiskontrolle auf jedem Flur, eine Leibesvisitation – »Lassen Sie Ihren Mantel in der Garderobe« –, eine weitere Durchsuchung, bis wir endlich im vierten Stockwerk und im Vorzimmer des Generalsekretärs des ZK der KPdSU ankamen. Und hier war es wieder überraschend ruhig; der graue Teppichboden schluckte jedes Geräusch.

»Hier entlang, bitte«, sagte Scharow, öffnete eine weitere Tür, und wir befanden uns in einer kleinen gemütlichen Halle mit stuckverzierter Decke und Fenstern, die auf den Kreml und den Roten Platz hinausgingen. In der Mitte des Raums, an einem grünen Konferenztisch, bedeckt mit alten Zeitungsbänden, Kaffeetassen und Flaschen von »Narsan«-Mineralwasser, saßen Jewgenij Iwanowitsch Tschasow, mein alter Freund Vadim Belkin, Breschnews bevorzugter Journalist, und drei weitere Männer, die ich nicht kannte. Belkin tippte auf einer Schreibmaschine, Tschasow schrieb etwas mit der Hand; alle erhoben sich, als wir eintraten.

Belkin kam auf mich zu: »Igor Josifowitsch. Guten Tag! Darf ich vorstellen... das sind Leonid Iljitschs Berater: Pawel Romanowitsch Sinzow, Suren Alexejewitsch Ptschemjan, Eduard Jefimowitsch Solotow. Und Tschasow kennen Sie schon...«

Die Berater schüttelten mir die Hand. Sie waren alle ungefähr gleich alt, so um die Vierzig, trugen erstklassige Anzüge und modische Krawatten. Sinzow war untersetzt und wirkte wie ein Schauspieler; Ptschemjan war groß und dunkelhaarig, mit einem schlauen armenischen Gesicht; Solotow war ein rundlicher, sommersprossiger Mann mit blonden Haaren.

»Setzen Sie sich bitte«, sagte Sinzow zu mir. »Tee? Kaffee? Möchten Sie vielleicht etwas essen?«

»Nein, vielen Dank.« Ich nahm auf einem Stuhl Platz und blickte durch das Fenster auf die Uhr am Spasskij-Turm. Es war zwanzig Minuten vor sechs.

»Entschuldigen Sie uns bitte einen Augenblick«, sagte Sinzow. »Wir machen das hier nur schnell fertig, und dann unterhalten wir uns.« Er wandte sich an Belkin: »So, wo waren wir?«

Belkin setzte sich wieder an die Maschine und las vor, was er bisher geschrieben hatte: »»Am 25. Januar 1982 starb im 80. Lebensjahr Michail Andrejewitsch Suslow, Mitglied des Politbüros, Sekretär des ZK der KPdSU, Mitglied des Obersten Sowjet und zweifacher Held der Sozialistischen Arbeit. Als ein Mann von weitem Herzen, kristallener Lauterkeit der moralischen Prinzipien und außerordentlicher Bescheidenheit hat er sich den tiefen Respekt von Partei und Bevölkerung erworben.‹ Geht das so?«

»Sehr talentiert«, lachte Ptschemjan und nahm eine alte Zeitung mit einem Nachruf auf Kirow zur Hand. »Nun könnten wir eigentlich etwas von dem hier übernehmen: ›Auf allen Posten, die ihm Partei und Volk anvertrauten, hat er sich als außergewöhnlicher Organisator bewiesen, er war ein unerschütterlicher Kämpfer für die große Sache Lenins und den erfolgreichen Aufbau des Kommunismus...‹«

Ironisch lächelnd hämmerte Belkin auf seine Schreibmaschine ein; es klang wie Maschinengewehrfeuer. Können wir hinzufügen, daß er die Reinheit der Parteilinie stets fest und kompromißlos verfochten hat?«

»Nur zu«, nickte Ptschemjan.

»Vielleicht sollten wir das mit der Reinheit der Parteilinie doch lieber weglassen«, wandte Sinzow ein. »Es könnte wie eine Anspielung auf die Säuberungen von 1937 und 1946 klingen, als dieser Paranoiker Tausende der besten Kommunisten hinmetzeln ließ.«

»Schreiben Sie: ›Entschlossen verteidigte er die Reinheit des Marxismus-Leninismus.‹ Das ist mehr oder weniger das gleiche, aber ohne direkte Anspielung«, sagte Solotow.

»Sie sehen«, beschwerte sich Belkin spöttisch. »Keine künstlerische Freiheit – nicht mal bei Nachrufen!«

17.42 Uhr

TELEGRAMM-REPORT

An Gen. V. I. Popow, diensthabender Leiter der Städtischen Untergrundbahn Moskau

AUF DER METROSTATION MAJAKOWSKAJA SIND ZWEI WEIBLICHE FAHRGAESTE UNTER EINEN ZUG GERATEN STOP INFOLGE EINTREFFEN VON MILIZ UND KRANKENWAGEN SOWIE OHNMACHT DER ZUGFUEHRERIN ALEXANDRA AWDEJENKO KANN ZUG BAHNHOF NICHT VERLASSEN STOP STELLEN SIE ZUGVERKEHR ZUR MAJAKOWSKAJA METROSTATION EIN STOP ZUGANG WURDE VON MILIZ GESCHLOSSEN

M. Awerbatsch Stationsvorsteher
Metrostation Majakowskaja

17.43 Uhr
Belkin, Ptschemjan und Solotow fahren fort, einen offiziellen Nachruf auf Suslow aus alten Nachrufen auf Kirow, Ordschonikidse, Schdanow und anderen Parteiführern zu formulieren. Tschasow schrieb einen »Medizinischen Bericht über die Krankheit und den Tod von M. A. Suslow«.

Sinzow kam zu mir herüber. »Igor Josifowitsch, uns scheint, als hätten Sie bei Ihrer Arbeit Schwierigkeiten. Stimmt das?«

»Ich verstehe nicht ganz«, erwiderte ich. »Scharow sagte mir, ich sei für sechs Uhr zu Leonid Iljitsch bestellt.«

»Er wird auch mit Ihnen reden, aber ein bißchen später...«

»Ich glaube, Igor Josifowitsch weiß gar nicht, wer du bist und mit wem er es hier überhaupt zu tun hat«, sagte Ptschemjan. »Ich bin überzeugt, daß er glaubt, es ginge hier lediglich um die Frage, ob Breschnew an der Macht bleibt oder nicht. Stimmt's?«

»Nicht ganz«, wandte ich ein. »Ich habe Suslows Notizen bereits gelesen.«

»Ah, dann ist die Sache einfacher. Dann wissen Sie auch, daß es jetzt weniger darum geht, wer im Kreml sitzt, sondern vielmehr darum, ob Ihr Sohn in Saudi-Arabien kämpfen muß oder ob er in Ruhe in irgendeinem Institut studieren kann. Ob totale Leibeigenschaft, öffentliche Hinrichtungen und ähnlicher Spuk aus dem Mittelalter wieder eingeführt werden oder ob wir auf dem Drahtseil eines mehr oder weniger humanen Lebens balancieren dürfen...«

Ich lachte innerlich auf, aber Belkin sprach laut aus, was ich nicht zu äußern gewagt hätte. Er warf einen verächtlichen Blick auf Ptschemjan und fragte: »Du bist also der Meinung, daß wir hier ein humanes Leben führen? Ohne Fleisch, mit langen Schlangen vor den Geschäften und Diebstahl auf Schritt und Tritt.«

»Mehr oder weniger human habe ich gesagt«, gab Ptschemjan zurück. »Im Augenblick befinden wir uns in einem Dilemma: Entweder kümmern wir uns um unseren eigenen Garten, säen Weizen und züchten Vieh, oder wir erobern die Gärten anderer und nehmen ihnen ihr Vieh weg. Und die ganze Macht-Maschinerie ist doch nur auf dieses Ziel gerichtet: Um Truppen nach Afghanistan, Kolumbien oder Saudi-Arabien zu schicken, braucht kein einziger Gebiets-ZK-Sekretär ausgewechselt, geschweige denn eine Sitzung des Obersten Sowjet einberufen zu werden.

Und es würde überhaupt nichts kosten, die Leibeigenschaft einzuführen – keine Revolten, keine Demonstrationen. Sollten doch ein paar Litauer auf die Idee kommen zu streiken, dann werden eben kirgisische Truppen auf ihrem Gebiet stationiert oder umgekehrt. Stalin war schon ein Genie, sich so was einfallen zu lassen. Der Kampf um den Weltsieg des Kommunismus rechtfertigt alles: Rationierung, Leibeigenschaft, die Todesstrafe für Dissidenten – alles, was Sie wollen! Und die Hauptsache ist, daß die Parteikontrolle verstärkt wird. Das heißt, alle Parteifunktionäre werden ihre Posten behalten und dazu noch in den Offiziersrang erhoben werden. Darum war es doch für Suslow so einfach, Komplotte im Kreml anzuzetteln oder auf der Invasion in Afghanistan zu beharren: Die Generäle wollen kämpfen, um Marschälle zu werden, und die Partei-Leutnants wollen die Armee-Generäle kontrollieren...«

»Suren, bitte noch mal. Das möchte ich gern für die Nachwelt bewahren«, meinte Belkin spöttisch, seine Hände schwebten in dramatischer Pose über den Tasten der Schreibmaschine.

»Hör doch auf«, meinte Ptschemjan abwehrend. »Der Mann muß schließlich begreifen, worum es hier geht. Andernfalls wird er sich fragen, warum zum Teufel er eigentlich ausgerechnet Breschnew retten soll, wo der doch mit dieser ›illegalen Wirtschaft‹ angefangen hat und seine Familie Bestechungsgelder in Millionenhöhe kassiert. Hab ich recht?« fragte er mich.

Ich lachte – ich hatte schon einige freimütige Reden auf den verschiedensten Ebenen gehört, aber ausgerechnet im Kreml? Im Zimmer direkt neben Breschnews Büro? Ich sah, daß Tschasow verstohlen lächelte. Nun wußte ich auch, an wen er gedacht hatte, als er mir sagte, Breschnew sei nicht einfach Breschnew, sondern eine ganze Reihe von unsichtbaren Männern hinter ihm...

17.48 Uhr
AUSZUG AUS DER ZEUGENAUSSAGE DES BÜRGERS J. S. AWETIKOW
ZEUGE DES MORDFALLS AUF DER METROSTATION MAJAKOWSKAJA
Es herrschte reger Berufsverkehr, eine große Menschenmenge wartete auf den Zug. Die beiden Frauen standen direkt rechts neben mir. Eine war noch ganz jung, hatte blonde Haare, die andere war rothaarig und vielleicht vierzig Jahre alt. Gerade kam der Zug aus dem Tunnel, als ich die ältere zu der jüngeren sagen

hörte: »Sie sind über die Jahreswende alle in Michail Andrejewitschs Datscha gewesen, und Semjon hat heimlich diese Tonbandaufnahmen gemacht. Nehmen Sie sie und geben Sie sie Ihrem Igor.« Und sie gab ihr ihre Handtasche. Aber plötzlich taucht ein Mann auf, reißt die Tasche an sich und stößt die beiden Frauen vor den herannahenden Zug. Alles geschah in Sekundenschnelle. Ein Schrei, Bremsen kreischten, jeder versuchte, die beiden Frauen festzuhalten – man glaubte wohl, sie seien gestolpert oder freiwillig gesprungen. Ich versuchte, den Mann zu packen, aber zwei Frauen schoben mich zur Seite und riefen: »Krankenwagen! Selbstmord!« Der Mann verschwand blitzschnell in der Menge und diese beiden Frauen auch ... Ich weiß nicht mehr genau, wie der Mann aussah; er war vielleicht dreißig, trug eine graue Kaninchenfellmütze, hatte graue Augen und ein rundes Gesicht.

17.49 Uhr
»Gut.« Ptschemjan goß sich ein Glas »Narsan«-Mineralwasser ein. »Nun ein Wort zu der sogenannten illegalen Wirtschaft. Was ist das eigentlich? Ein zufälliges Phänomen? Ein Krebsgeschwür am Körper des Sozialismus? Oder nichts als die Folge davon, daß die Landwirtschaftlichen Produktionsgenossenschaften versagt haben und unsere Planwirtschaft in Sachen Leichtindustrie absolut hoffnungslos ist? Sehen Sie sich doch mal um. Hier sind wir, sechs Männer, aber keiner von uns trägt einen Anzug oder ein Hemd aus sowjetischer Produktion. Macht uns das etwa zu Gecken? Nein, aber es ist nun einmal so, daß man unser Zeug nicht tragen kann – jeder neue Hemdenstil muß erst mal zehn verschiedene Instanzen passieren. Und erfahrungsgemäß dauert das fünf Jahre. Und so ist es doch mit allem. Aber die Parteibürokratie läßt radikale Kehrtwendungen nun mal nicht zu, wie zum Beispiel die Abschaffung der Landwirtschaftlichen Produktionsgenossenschaften oder die Wiedereinführung der Neuen Ökonomischen Politik. Sie haben eben Angst, ihre Position am Hebel der Macht zu verlieren. Die ›illegale Wirtschaft‹ ist entstanden, weil die offizielle versagt hat: Sie erfüllt zur Zeit siebzehn Prozent der Bedürfnisse an Nahrungsmitteln und Industrieprodukten. Abgesehen davon haben sie in Odessa bereits gelernt, genauso gute Jeans herzustellen wie in Amerika. Und eines wollen wir doch mal festhalten – die Sowjetregierung ist nicht daran zerbrochen, daß junge Leute Jeans tragen

und in Discos tanzen. Aber sie hatten Angst, sie könnte zerbrechen, und deshalb haben sie dagegen angekämpft. Zu meiner Zeit wurden Leute, die Jeans trugen, sogar von der Miliz festgenommen! Und genauso ist es mit der ›illegalen Wirtschaft‹. Wenn wir an der Macht bleiben, werden wir den entscheidenden Schritt tun und privates Unternehmertum in gewissem Ausmaß zulassen müssen...«

»Puh!« stöhnte Belkin. »Der Kreml-Träumer! Das wird doch nie passieren. Also hör auf, dem Mann Flausen in den Kopf zu setzen!«

»Warum denn nicht?« fragte Sinzow. »Wenn die Banken und die Schwerindustrie unter staatlicher Kontrolle bleiben, wird keine Sowjetregierung daran kaputtgehen. Ganz im Gegenteil – sie kann nur stärker werden. Und die Bestechungen würden wesentlich zurückgehen.«

»Bestechungen hat es in Rußland schon immer gegeben. Das wird auch so bleiben«, stellte Belkin fest.

»Schon gut, schon gut«, sagte Ptschemjan. »Was sind denn die Aufgaben des Staates? Nehmen wir mal an, das Staatsoberhaupt oder irgendein Minister erhält hundert Millionen an Bestechungen. Oder ich kriege sie. Wohin dann mit dem Geld? Nirgendwohin. Es bleibt im Land. Ihr Freund Swetlow hat in Sotschi ein Dutzend der größten Spekulanten festgenommen. Und was haben die eigentlich getan? Sie haben in ihrem Gebiet illegale Unternehmungen aufgezogen, ihre Arbeiter aber übrigens anständig bezahlt – fünfhundert Rubel im Monat – und ihre Profite auf ein sogenanntes ›illegales‹ Konto eingezahlt. Und wo? Natürlich bei einer Staatsbank! Mit anderen Worten: Alle diese Gewinne flossen in den normalen Geldumlauf des Staates zurück. Na schön, sie haben ihren Frauen Gold gekauft und einiges für Saufgelage ausgegeben. Aber selbst das Gold blieb im Lande. Sie können jederzeit hingehen, die Wohnungen durchsuchen und es konfiszieren... Was ist, Igor Josifowitsch, habe ich Sie davon überzeugt, das ›System Breschnew‹ retten zu müssen, oder nicht?« fragte er mich unverblümt. Ich begriff, worauf die lange Rede zielte: mich zu einem der Ihren zu machen. Und ich mußte zugeben, daß sie sich dabei nicht ungeschickt anstellten.

Aber ich lachte und nickte zum Fenster hinüber, hinter dem im Innenhof des Kreml die Panzer und Soldaten aufgereiht standen.

»Wenn Sie mich fragen, braucht dieses System gar nicht gerettet zu werden«, sagte ich. »Es wird bereits optimal beschützt.«

»Das ist doch nur Scharows Tick«, erwiderte Ptschemjan mit einer wegwerfenden Handbewegung. »Scharows, Ustinows und in gewissem Maß auch Leonid Iljitschs. Sie haben Angst, Andropow könnte eine KGB-Division hier einrücken lassen. Aber machen Sie sich darüber keine Sorgen. Es sind eben nervöse alte Männer! Andropow ist kein Dummkopf. Er weiß genau, daß jetzt ein schlechter Zeitpunkt für einen Militärputsch wäre. Wie sollte er denn das Land danach regieren? In Polen hat es gerade einen Militärputsch gegeben – und jetzt auch hier? Die ausländischen kommunistischen Parteien würden auf der Stelle abfallen, und er wäre der unpopulärste Generalsekretär aller Zeiten. Wie Jaruzelski. Nein, der Kampf um die Macht findet hinter verschlossenen Türen statt – auf der Sitzung des Politbüros am vierten Februar. Wir wissen, daß Andropow schon Gefolgsleute anwirbt – im Politbüro und im ZK. Entweder sie schieben Breschnew aufs Altenteil ab oder nicht. Wenn ihnen das mit Hilfe der Affäre ›Kaskade‹ gelingt, ist die Sache gelaufen. Dann wird die Regierung des ›Neuen Kurses‹ ganz legal etabliert, mit Leibeigenschaft und ähnlichen Scherzen. Nicht sofort, nicht am ersten Tag, aber... Wenn wir es erst beweisen können, daß sie Zwigun ermordet haben, werden sie es nicht wagen, den Mund aufzumachen. Sie werden die ganze Schuld Suslow in die Schuhe schieben und sich während der nächsten Monate ganz still verhalten.«

»Und dann?« fragte ich.

»Genau dieses eine Jahr brauchen wir«, sagte plötzlich Sinzow. »Höchstens zwei. Während dieser Zeit werden wir versuchen, private Unternehmungen zu fördern und wieder eine Neue Ökonomische Politik durchzusetzen. Es wird schwer, fast unmöglich sein, wenn man an unsere heutige Parteimaschinerie denkt... Aber wir werden ihnen Beine machen! Natürlich haben wir nur beratende Funktion, und zu jedem Problem legen wir Leonid Breschnew zwei oder drei Lösungen vor, unter denen er sich dann für eine entscheiden kann. Aber denken Sie doch mal nach – wessen Lösungen sind das dann? Seine oder unsere?« Er lächelte mich verschmitzt an. »Nun, sind Sie mit von der Partie? Sie müssen sich entscheiden. Es ist fast sechs. Sie müssen gleich zu Leonid Iljitsch.«

17.58 Uhr
AUSZUG AUS DEM BERICHT VON G. V. AWILOW,
HAUPTMANN DER MILIZ, LEITER DER UNTERSUCHUNGSABTEILUNG
DER MOSKAUER KRIMINALPOLIZEI

Außer dem Zeugen J. Awetikow hat keiner der Fahrgäste auf der Metrostation Majakowskaja den Täter gesehen, der die beiden Frauen unter den Zug gestoßen und der älteren die Handtasche geraubt hat. In der Handtasche des zweiten Opfers wurden keinerlei Ausweispapiere gefunden, daher war es bisher unmöglich, die beiden Frauen zu identifizieren. Die Leichen wurden um 17.43 Uhr von einem Krankenwagen in das Leichenschauhaus des Ersten Medizinischen Instituts gebracht.

Um 17.56 Uhr wurde von dort aus angerufen und mitgeteilt, daß der Pathologe S. Bogojawlenskij eines der Opfer als das Mädchen wiedererkannt hat, das am 23. Januar in Begleitung von Chefinspektor I. J. Schamrajew von der Generalstaatsanwaltschaft der UdSSR den Sezierraum besucht hat.

Das Telefon klingelte. Solotow nahm den Hörer ab und sagte: »Igor Josifowitsch, für Sie. Die Kriminalpolizei.«

Und so gab ich Sinzow keine Antwort auf seine Frage und nahm ihm den Hörer aus der Hand.

»Igor Josifowitsch, hier spricht Oberst Glasunow. Ich bin heute für den Moskauer Dienst eingeteilt. Wenn Sie Zeit haben, gehen Sie doch bitte zum Ersten Medizinischen Institut, um eine Tote zu identifizieren.«

»Was für eine Tote?«

»Ich fürchte, es handelt sich um das Mädchen, das in den vergangenen Tagen mit Ihnen zusammen war. Swetlow ist bereits unterwegs.«

Wie erstarrt stand ich da, den Telefonhörer in der Hand. Draußen vor den Fenstern begannen die Glocken des Kreml zu läuten. Die Zeiger am Spasskij-Turm hatten die Sechs erreicht. Die Wachablösung marschierte in Richtung Mausoleum, unter ihren schweren Tritten knirschte der Schnee auf den Pflastersteinen des Roten Platzes. Der erste Schlag der sechsten Stunde fiel ihnen zu Füßen wie ein Tropfen klingenden Metalls.

»Igor Josifowitsch«, sagte Sinzow. »Es ist Zeit für uns, zum Genossen Breschnew zu gehen.«

Ich legte den Hörer auf die Gabel, ging zur Tür und erklärte: »Sagen Sie ihm, ich werde alles tun, was in meiner Macht steht. Und sogar noch mehr.«

19 Uhr
Was noch vor zwei Stunden die kleine junge Nina gewesen war – dieses bezaubernde Wesen, das mich aus ihren strahlend blauen Augen so zärtlich angesehen und mir so liebevoll die müden Schultern massiert hatte, das Mädchen, das sich energisch durch die Meute Jugendlicher vor dem *Blizzard* einen Weg gebahnt, am Strand des Schwarzen Meeres in der Sonne gelegen und auf dem Trampolin unter der Zirkuskuppel von Wologda ihre Saltos geschlagen hatte –, was davon nach der grausamen Begegnung mit den Rädern eines Metrowagens übriggeblieben war, lag jetzt, bedeckt mit einem Tuch, vor mir auf dem Seziertisch.

Neben mir standen Swetlow, Pschenitschnij, Oschereljew, Laskin, Arutjunow und Kolganow. Am nächsten Seziertisch beschäftigten sich Bogojawlenskij und Gradus mit dem entstellten Körper von Swetlana Nikolajewna Agapowa – rothaarig, schlank, bis vor kurzem noch Zwiguns attraktive vierzigjährige Geliebte und Ärztin im Hotel *Ukraina*. Gradus und Sandij Bogojawlenskij versuchten ihr Bestes, aber trotz einer dicken Maske aus Schminke, Puder und Rouge blieben die Gesichter von Nina und Swetlana entstellt.

Ich zwang mich dazu, diese beiden verstümmelten Leichen anzusehen.

Da lagen sie nebeneinander – meine kleine Nina und Zwiguns Geliebte. Und ich empfand in diesem Augenblick fast eine Art Verbundenheit mit Zwigun.

Eine der Angestellten, die mit der Registrierung der Toten befaßt sind, kam auf uns zu und sagte zu Swetlow und mir: »Wir brauchen ihre Adresse in Wologda, um die Eltern zu benachrichtigen.«

Swetlow schüttelte den Kopf. »Warten Sie noch ein wenig. Geben Sie uns ein paar Tage Zeit, bis ihr Mörder hier auf diesem Tisch liegt...«

Er beendete den Satz nicht, und ich drehte mich um und ging ins Büro. Ich griff zum Telefon und wählte die Nummer meiner ehemaligen Frau. Sie hatte mich vor neun Jahren verlassen und nach einer Erholungspause von sechs Monaten einen Major Sokolow vom Gesundheitsdienst geheiratet.

Nun hörte ich seine Stimme aus dem Apparat: »Major Sokolow.«

»Hier ist Schamrajew«, sagte ich. »Ich muß Sie um einen Gefallen bitten. Könnten Sie Anton morgen zur Schule bringen?«

»Hm«, erwiderte er. »Er ist doch schließlich kein Kind mehr...«

»Bitte, es ist wichtig! Bringen Sie ihn zur Schule, und ich hole ihn am Nachmittag ab und brgleite ihn nach Hause. Es ist wirklich wichtig.«

Swetlow trat auf mich zu, nahm mir den Hörer aus der Hand und legte auf. »Erniedrige dich doch nicht«, sagte er. »Wir werden das Problem schon auf andere Weise lösen.«

20 Uhr
Am selben Abend besuchte Swetlow drei ehemalige Mörder und drei derzeitige Bosse des Schwarzmarkt-Gesindels in Sokolniki, auf dem Trubnaja-Platz und auf der Begowaja-Straße, in der Nähe der Pferderennbahn.

21 Uhr
Der Dienst-Wolga der Miliz brachte Nikolai Afanasjewitsch Baklanow bis vor die Tür von Wesnadskij Prospekt Nummer 78. Baklanow stieg müde aus dem Wagen, trat mit seiner schweren Aktentasche ins Haus und fuhr mit dem Aufzug in den siebenten Stock zu seiner Wohnung Nummer 43. Er schloß die Tür auf und blieb überrascht in der Diele stehen: Durch die geschlossene Tür des Wohnzimmers konnte er die fröhliche, aufgeregte Stimme seines vierjährigen Sohnes Wassja hören, das Lachen seiner Frau Natalja und eine Männerstimme, die er nicht erkannte. Sein Sohn tat so, als würde er schießen: »Peng, peng, peng!« Die Männerstimme imitierte Eisenbahngeräusche: »Sch- sch- sch!«, und Natalja rief lachend: »Ich bin verletzt! Oh, ich bin getroffen!« Sie hatten ihn nicht kommen hören.

Baklanow war dreiundfünfzig, seine Frau Natalja vierunddreißig, und wie häufig in spät geschlossenen Ehen, vor allem, wenn ein so großer Altersunterschied besteht, war Baklanow eifersüchtig, vergötterte seinen Sohn und versuchte, soviel Hausarbeit zu machen, wie seine Zeit es zuließ. Als er das unbeschwerte Lachen seiner Frau und die Stimme des fremden Mannes hörte, runzelte er die Stirn, ging in die Küche und begann seine Aktentasche auszupacken – die Waren des erstklassigen Buffets im Innenministerium: bulgarische Tomaten und Äpfel, Büchsenfisch und ein holländisches Hähnchen in Zellophan, dazu eine Stange Camel, seine amerikanischen Lieblingszigaretten. Er verstaute die Lebensmittel im Kühlschrank und die Zigaretten im obersten Fach des Küchenschranks, wo er auch einige amtliche Akten mit der Aufschrift »Geheim« aufbewahrte. Überrascht bemerkte er, daß kein einziger Stuhl mehr in der Küche stand, zündete sich eine Zigarette an und ging endlich hinüber ins Wohnzimmer. Dort erwartete ihn eine neue Überraschung: Alle Möbel waren umgestellt, und die Stühle standen in der Mitte des Raumes aufgereiht wie ein Zug. Wassja saß im letzten »Wagen« und zielte mit seiner Spielzeug-Maschinenpistole nach hinten auf die »Verfolger«. Der Lokomotivführer war Marat Swetlow, fauchend und tutend wie ein Dampfzug.

Als Wassja seinen Vater erblickte, richtete er übermütig seine Maschinenpistole auf ihn: »Peng, peng, peng, peng!«

Etwa zehn Minuten später, als Natalja den sich heftig sträubenden Wassja ins Bett brachte, standen Swetlow und Baklanow rauchend am offenen Fenster und sprachen leise miteinander.

»Hören Sie, Nikolai«, sagte Swetlow ruhig. »Ich bin jetzt siebzehn Jahre bei der Miliz. In dieser Zeit habe ich persönlich fünfhundertunddrei Verbrecher dingfest gemacht. Vierundachtzig davon waren Mörder. Einige von ihnen haben inzwischen ihre Strafe abgesessen und befinden sich wieder auf freiem Fuß. Warum bin ich immer noch am Leben – was glauben Sie? Schließlich sind sechzehn Verbrecher durch meine Kugel umgekommen, und die hatten Freunde, Banden, den Ehren- und Rachekodex der Kriminellen...«

Er sah Baklanow an, aber der zuckte nur mit den Schultern. Er schien nicht zu wissen, worauf Swetlow hinaus wollte.

»Ich werde Ihnen sagen, warum. Weil die Verbrecherwelt weiß, daß mein Mörder mich höchstens um vierundzwanzig Stunden überleben würde. Und warum? Weil es da ein paar alte Fälle in meiner Geheimakte gibt, die für unlösbar gehalten werden. Die Täter befinden sich seit langem auf dem Weg der Tugend, haben kleine Wassjas wie Sie und wollen natürlich nicht wieder hinter Gittern landen. Aber sie sind immer noch wer in der Welt des Verbrechens, ihr Wort ist Gesetz. Und sie wissen ganz genau – sollte mir oder einem meiner Freunde ein Dachziegel auf den Kopf fallen, liegen ihre alten Akten bereits am nächsten Tag auf dem Tisch des Staatsanwalts. Und jeder von ihnen erhält die Höchststrafe – diese Fälle sind schließlich noch nicht verjährt. Wissen Sie jetzt, worauf ich hinaus will?«

»Sie bewahren also Verbrecher vor ihrer gerechten Strafe«, sagte Baklanow. »Das ist Vergehen im Amt.«

»Ausgerechnet Sie wollen mir etwas über Vergehen im Amt erzählen, Nikolai?« Swetlow lachte und hob seinen verletzten Arm. »Ich sühne diese Vergehen im Amt mit meinem eigenen Blut. Abgesehen davon haben diese Leute ihre Zeit für andere Verbrechen abgesessen und sind jetzt fleißige, ehrsame Bürger. Warum sollte man sie erneut einsperren? Egal – ich will Ihnen nur eines sagen: Heute habe ich diese ›Rückversicherung‹ ausgeweitet. Falls mir, Schamrajew, Pschenitschnij oder irgendeinem anderen aus unserer Gruppe etwas zustoßen sollte, werden Sie, Krasnow und Malenina uns lediglich um vierundzwanzig Stunden überleben. Keine Sekunde länger.« Swetlow deutete mit dem Kopf zur Schlafzimmertür, hinter der Nataljas und Wassjas Stimmen zu vernehmen waren. »Und Sie haben da ein so reizendes Kind, einen fröhlichen kleinen Jungen...«

Draußen vor dem Fenster, über der Metrostation Wernadskij-Prospekt leuchtete ein großes rotes Neon-M – genau wie auf der Station Majakowskaja. Dichter Schnee fiel vom Himmel.

6

Der Bräutigam aus dem Lager

Dienstag, 26. Januar 1982, 9.00 Uhr

DRINGEND

STRENG GEHEIM

Der Minister des Inneren der UdSSR, General N. A. Schtscholokow
An den Generalstaatsanwalt der UdSSR,
Genosse A. M. Rekunkow. – Durch Boten.

Verehrter Alexander Michailowitsch,
im Verlauf des von uns durchgeführten »Unternehmen Kaskade« wurde am Sonntag, dem 24. Januar, ein gewisser Boris Burjatskij bei dem Versuch festgenommen, der bekannten Zirkusartistin Irina Bugrimowa Diamanten zu entwenden. In den letzten sechs Jahren war Burjatskij einer der Mittelsmänner zwischen Wirtschaftsverbrechern und dem ehemaligen Ersten Stellvertretenden Vorsitzenden des KGB, General Zwigun. Es hat sich herausgestellt, und seine eigenen Aussagen bestätigen es, daß in den Jahren 1976 bis 1982 Bosse der »illegalen Wirtschaft« Zwigun über Burjatskij Beträge in Höhe von etwa vier Millionen Rubel zukommen ließen. Nachdem Burjatskijs kriminelle Tätigkeit somit erwiesen war, sagte er aus, daß es am 19. Januar dieses Jahres zu einem Streit zwischen ihm und Zwigun gekommen sei, der in der Wohnung Nummer 9 des Hauses Katschalow-Straße stattgefunden habe. Da Burjatskij nicht wußte, daß die Massen-Festnahmen ohne Wissen Zwiguns von der Geheimdienstabteilung und dem Betrugsdezernat des Innenministeriums eingeleitet worden waren, beschuldigte Burjatskij Zwigun, diese Verhaftungen veranlaßt zu haben. Er drohte, daß die Führer der »illegalen Wirtschaft«

das weder ihm noch Zwigun jemals vergessen würden. Im Verlauf des sich daraus ergebenden Streits zog Zwigun seine Waffe, schoß auf Burjatskij, verfehlte ihn aber und traf statt dessen das Fenster. Burjatskij erklärte, er habe sich aus reiner Notwehr auf einen Kampf mit Zwigun einlassen müssen. Und während dieses Kampfes habe Zwigun sich unabsichtlich selbst in den Kopf geschossen. Burjatskij gab an, daß der tödliche Schuß sich genau in dem Moment löste, als er Zwiguns Arme nach hinten drehen wollte, um ihm die Waffe zu entwinden. Nach dem Unfall befürchtete er, daß eine Untersuchung seine Aktivitäten als Mittelsmann der Wirtschaftsmafia enthüllen könnte. Deshalb versuchte Burjatskij, das Geschehen als Selbstmord zu tarnen. Er setzte Zwigun an den Tisch im Wohnzimmer und fälschte einen Abschiedsbrief. Da wegen einer zur gleichen Zeit im Hause stattfindenden Hochzeitsfeier niemand die Schüsse gehört hatte – auch Zwiguns Leibwächter nicht –, verließ Burjatskij mit dem blutbefleckten Läufer aus der Diele, wo der Kampf stattgefunden hatte, unbemerkt die Wohnung. Er begab sich mit dem Teppich in die im elften Stockwerk desselben Hauses gelegene Wohnung seiner Freundin, der Schauspielerin Sneschko, die damals (und auch jetzt noch) wegen Dreharbeiten abwesend war. Burjatskij sagte aus, daß er sich bis 23.30 Uhr in dieser Wohnung aufgehalten und noch in derselben Nacht den ihn belastenden Läufer durch ein Loch im Eis am Karamijschewskaja-Quai in der Moskwa versenkt habe...

Als ich dieses Schriftstück unter den Blicken von Karakos und Rekunkow las, konnte ich mir an dieser Stelle ein ironisches Lächeln nicht verkneifen. Es sah ganz so aus, als wäre ich Baklanow an Praxis mittlerweile ebenbürtig. Er und ich hatten Märchen erfunden, die einander erstaunlich ähnlich waren. Wenn auch der Diebstahl bei der Bugrimowa in seiner eher wie ein Bagatell-Delikt wirkte...

»Warum lächelst du?« fragte Karakos überrascht und blickte zum Generalstaatsanwalt hinüber, der sich gleich einem grauen dürren Ast mürrisch und reglos über seinen Schreibtisch beugte.

Ohne den Blick von dem Brief zu wenden, zog ich aus meiner Jackettasche meinen Notizblock hervor, schlug die letzte Seite auf und zeigte sie Karakos.

»Was ist denn das?« fragte er.

»Lies selbst«, sagte ich. »Ich habe eine durchaus lesbare Handschrift.«

Mitunter arbeite ich in freien Minuten Pläne für mein weiteres Vorgehen aus, und am Abend zuvor hatte ich folgendes notiert: »In den allernächsten Tagen werden Burjatskij oder Sandro Katauri den Mord an Zwigun gestehen. Ihrer Version nach hat ein Streit mit Zwigun stattgefunden. Zwigun gab den ersten Schuß ab – auf das Fenster; der zweite, unabsichtlich abgefeuert, verursacht seinen Tod. Danach wird der Selbstmord vorgetäuscht und der Teppich zur Wohnung der Sneschko in den elften Stock gebracht. Nebenan ist eine Hochzeitsfeier – Musik, Lärm, knallende Sektkorken. Niemand achtet auf die Schüsse aus Zwiguns Wohnung. Nachts wird der Läufer irgendwo außerhalb der Stadt verbrannt oder in den Fluß geworfen. Aber wir sollten uns nicht damit verzetteln, nach Alibis für Burjatskij oder Katauri zu suchen, sondern nach den wirklichen Tätern fahnden.«

Karakos las die Notizen und gab sie schweigend an Rekunkow weiter. Ich war noch immer in Schtscholokows Brief vertieft, und was ich da las, erfüllte mich mit Bewunderung. Nein, dachte ich, ich habe noch einen langen Weg vor mir, bevor ich mich mit den Jungs von der Geheimdienstabteilung und Kolja Baklanow messen kann.

... Dennoch weckt Burjatskijs Version von Zwiguns unbeabsichtigter Tötung einige Zweifel. Während der im Rahmen des »Unternehmen Kaskade« erfolgten geheimen Überwachung Burjatskijs in den Monaten Dezember und Januar kamen auch seine zahlreichen Kontakte zu ausländischen Korrespondenten, Angehörigen der amerikanischen, westdeutschen und italienischen Botschaft sowie zu ausländischen Touristen ans Tageslicht. So wurde allein im Monat Januar festgestellt, daß sich Burjatskij mit dem amerikanischen Fernsehjournalisten John Canter in der Bar des Hotel *National*, mit dem italienischen Diplomaten Uno Scaltini im Landhausrestaurant *Archangelskoje* und mit einer Gruppe westdeutscher Touristen am Buffet des Bolschoi-Theaters getroffen hat. Burjatskij rechtfertigte diese Treffen mit seiner künstlerischen Tätigkeit und seiner Absicht, an der Mailänder Scala ein Gesangstudium zu absolvieren. Doch der Abteilung Acht des

KGB zufolge ist John Canter für die CIA tätig, Uno Scaltini mit der Tochter des amerikanischen Admirals Ted Cole verheiratet, und in der Gruppe der Touristen befanden sich zwei Agenten des westdeutschen Geheimdienstes. Daher besteht die ernste Befürchtung, daß Burjatskij ein vom Westen bezahlter Agent ist, der einem Geheimdienst angehört, dem an seiner engen Verbindung mit der Tochter des Genossen Breschnew und seiner Freundschaft mit Zwigun sowie anderen Persönlichkeiten der Sowjetführung gelegen ist. Es besteht Anlaß anzunehmen, daß der wahre Grund der Tötung Zwiguns darin zu sehen ist, daß Genosse Zwigun Burjatskij verdächtigte, Kontakte zu westlichen Geheimdiensten zu unterhalten, und ihn deswegen zur Rede stellte. Diese Theorie wird durch die Tatsache erhärtet, daß bereits einen Tag nach Burjatskijs Festnahme unter den ausländischen Korrespondenten Gerüchte zu kursieren begannen, in denen vom Selbstmord des Genossen Zwigun und den Beziehungen des Festgenommenen zur illegalen Wirtschaft, von seiner engen Verbindung mit der Tochter des Genossen Breschnew, Galina Breschnewa, und von der Tatsache die Rede war, daß letztere bereits offiziell von der Generalstaatsanwaltschaft verhört werde. Es kann nicht ausgeschlossen werden, daß derartige Gerüchte die Tatsache verschleiern sollten, daß Burjatskij Kontakte zu westlichen Geheimdiensten unterhielt.

Da die Aufklärung von Aktivitäten ausländischer Geheimdienste die Kompetenzen des Innenministeriums wie auch die Ihres eigenen Büros überschreitet, erachte ich es als notwendig, das Material der Voruntersuchung nicht dem Chefinspektor für Sonderfälle, Genosse I. Schamrajew, der die Untersuchung zum Tod General Zwiguns führt, sondern dem KGB auszuhändigen. Ich denke, daß auch das Material, das sich in den Händen von Chefinspektor Schamrajew befindet, unverzüglich dem KGB übergeben werden sollte, damit der Auftrag des Genossen Breschnew, den Fall Zwigun schnell und lückenlos aufzuklären, so bald wie möglich erfüllt werden kann.

Mit vorzüglicher Hochachtung
N. Schtscholokow
Minister des Inneren   Moskau, 26. Januar 1982

Nun ja, dachte ich, da hatten sie den armen Burjatskij ja ganz schön verschaukelt. Erst bringen sie ihn dazu zuzugeben, daß er mit Zwigun nur einen folgenschweren Streit gehabt hat, und dann hängen sie ihm obendrein eine geheimdienstliche Tätigkeit an. Der KGB würde aus ihm noch einen Agenten des internationalen Zionismus machen. Dazu waren die durchaus fähig...

»Und was haben Ihre Notizen dazu zu sagen?« Rekunkow wies auf mein Notizbuch, als ich ihm schließlich Schtscholokows Brief auf den Schreibtisch legte.

Ich schwieg, blickte aber offensichtlich beredt genug auf die vier Telefonapparate, die auf seinem Schreibtisch standen, denn er seufzte, beugte sich unter den Tisch und zog alle vier Kabel aus ihren Buchsen. Jetzt war das Büro der Generalstaatsanwaltschaft sogar von der »Kremljowka«, vom heißen Draht mit dem Kreml abgeschnitten.

»Sie können ganz offen sprechen«, sagte er. »Gestern abend wurden wir zum Genossen Breschnew gerufen und angewiesen, Ihnen jede nur mögliche Unterstützung zu gewähren. Also steht die gesamte Staatsanwaltschaft zu Ihrer Verfügung. Darüber hinaus hat er mich gebeten, Ihnen zum Tod Ihrer Freundin sein tiefempfundenes Beileid auszusprechen...«

»Er sagte, der Mörder werde die Todesstrafe erhalten – egal, um wen es sich handelt«, unterbrach Karakos.

Ich lachte bitter. Wenn ich den Mörder fand, dann war kein Gerichtsurteil mehr nötig.

»Um zwölf sollen wir zu einer Besprechung über den Fall zu Andropow kommen«, sagte Karakos. »Schtscholokow, Krasnow, Kurbanow und weiß der Himmel wer noch werden mit von der Partie sein. Wenn dieser Burjatskij tatsächlich Kontakte zu ausländischen Geheimdiensten unterhielt, können die uns glatt zwingen, ihnen die Unterlagen auszuhändigen. Sie haben durchaus das Recht dazu – was meinst du?«

Ich deutete auf meinen Notizblock. »Wie du siehst, wußte ich schon vorgestern, daß sie versuchen würden, Burjatskij als den Mörder hinzustellen, und hier steht auch geschrieben: Keine Zeit mit Widerlegung ihrer Behauptungen vergeuden!«

»Gut«, meinte der Generalstaatsanwalt, »womit können wir Ihnen denn nun konkret behilflich sein?«

»Zunächst möchte ich, daß Sie mir Wendelowskij für meine

weiteren Untersuchungen zur Verfügung stellen«, sagte ich. »Und zweitens wäre es gut, wenn Sie die Unterredung mit Andropow so lange wie möglich hinauszögerten.«

»Kommst du denn nicht mit?« fragte Karakos überrascht.

Zur gleichen Zeit
Die neunjährige Katja Uschowitsch, die so gern Hörnchen aß, saß auf einem Polstersessel des abgedunkelten Filmvorführraums der Kriminalpolizei an der Petrowka-Straße Nummer 38. Neben ihr ihre Mutter, die sich der Bedeutung ihrer kleinen Tochter durchaus bewußt war. Aber niemand schenkte der Mutter auch nur die geringste Aufmerksamkeit. Alle – Pschenitschnij, die Leiterin der Technischen Abteilung, Hauptmann Nora Agischewa, und Hauptmann Laskin – blickten wie gebannt nur auf Katja, verfolgten jede Regung ihres Gesichts.

Auf der Leinwand wurden menschliche Lippen in jeder nur denkbaren Form gezeigt – voll, dünn, breit, schmal. Nora Agischewa, mit den Hebeln ihrer Fernschaltung hantierend, zauberte förmlich diese Lippen auf die Leinwand und suchte sie der Nase hinzuzufügen, die Katja, unsere einzige Zeugin, bereits identifiziert hatte.

»Versuch doch mal, dich genau zu erinnern, Katja. Hatte der humpelnde Mann Lippen wie die da?« fragte Nora Agischewa ermunternd. »Oder wie die? Vielleicht auch wie die hier...?«

»Nein«, erwiderte Katja überzeugt. »Der Mann sah aus, als würde er sich auf die Lippen beißen, als ich ihn sah...«

»Er biß sich auf die Lippen?« fragte Nora erregt. »Hast du auch seine Zähne gesehen? Waren sie groß?«

»Er hatte einen Metallzahn«, sagte Katja. »Ja, das stimmt!« rief sie erfreut. Offenbar versuchte sie nun, eine Art Spiel daraus zu machen. »Zeigen Sie mir doch mal, was für Zähne Sie da haben. Wo sind denn Ihre Zähne?«

Im Raum nebenan war ein anderer Techniker, Oberleutnant Agranowitsch, mit dem Zeugen des Verbrechens auf der Metrostation Majakowskaja, Jurij Awetikow, beschäftigt. Und auf der Leinwand war bereits das Phantombild des Mörders mit seinem runden Gesicht und den schmalen hellen Augenbrauen zu sehen.

Zur gleichen Zeit
Natalja Baklanowa war mit ihrem Sohn Wassja auf dem Weg zum Kindergarten. Sie hielt ihn fest, aber der kleine Bursche versuchte, sich loszureißen, um über eine von größeren Kindern angelegte Rutschbahn zu schlittern. Eine lange Schlange verschneiter Gestalten wartete vor dem »Leipzig«, aber das Geschäft hatte noch nicht aufgemacht. Aus allen Teilen Moskaus kamen die Menschen am frühen Morgen hierher, in der Hoffnung, importierte Damen- und Kinderunterwäsche, Kurzwaren, aber auch Kosmetika und Kinderspielzeug zu ergattern. Natalja ging mit ihrem Sohn zum Ende der Schlange. Heute sollte es Damenstiefel geben. Sie stellte sich an. Ein bärtiger alter Mann in einem Ledermantel befeuchtete seinen Kopierstift und malte ihr die Nummer 427 auf die Handfläche.

»Wir rufen die Nummern jede halbe Stunde auf«, erklärte er streng.

»Ich bin rechtzeitig zurück«, sagte Natalja. »Ich bringe ihn nur in den Kindergarten. Bin gleich wieder da...« Sie eilte mit Wassja davon.

In dieselbe Richtung bewegte sich ein Auto, in dem einer der Gangster saß, die Swetlow am Abend zuvor aufgesucht hatte.

Zur selben Zeit war der ehemalige Einbrecherkönig von Rostow, Wolodja Asarin alias Goldkralle, der in Diensten der Moskauer Kriminalpolizei stand, im Haus Nummer 78 am Wernadskij Prospekt bei der Arbeit. Mit der Fertigkeit eines Juweliers hatte er die Tür von Baklanows Wohnung geöffnet und begann nun mit seiner unerlaubten Durchsuchung der Örtlichkeiten.

»Nach dem Mord an Nina gibt es für uns keine verschlossenen Türen mehr«, hatte Swetlow am Abend zuvor gesagt. »Wir müssen herausfinden, was er in seiner Aktentasche mit sich herumschleppt und was er an Akten zu Hause aufbewahrt. Wenn nötig, werde ich auch nicht davor zurückschrecken, den Safe in seinem Büro zu knacken!«

Zur gleichen Zeit
Aus der Personalkartei der Moskauer Zirkusschule suchte Marat Swetlow die Unterlagen über Tamara Bakschi heraus, die hier im Reiten ohne Sattel ausgebildet worden war. Es handelte sich um dieselbe Tamara, die fünf Tage zuvor von meiner kleinen Nina

Marat vorgestellt worden war und die mit ihm die Nacht in meiner Wohnung verbracht hatte. Gestern früh um 7.45 war Nina wahrscheinlich im Namen Tamaras von Swetlana Agapowa, Zwiguns rothaariger Freundin, angerufen worden. Es mußte also auch in Tamaras Interesse gewesen sein, daß diese tödliche Verabredung mit Nina getroffen wurde. Oder hatte sie etwa sogar selbst angerufen? Swetlow fragte telefonisch bei der Moskauer Zentralen Adressenkartei an und erhielt sofort ihre Daten: Tamara Viktorowna Bakschi, geb. 1962, ledig. Adresse: Gagarin-Straße Nr. 6, Wohnung 3, Moskau.

Zur gleichen Zeit
AUS DEM BERICHT VON HAUPTMANN E. A. ARUTJUNOW
AN GENOSSE I. SCHAMRAJEW,
LEITER DER UNTERSUCHUNGSKOMMISSION

Bei der Durchsuchung der Wohnung der auf der Metrostation Majakowskaja getöteten Bürgerin Swetlana Nikolajewna Agapowa habe ich folgendes festgestellt: Swetlana Agapowa, geboren 1921, war als Gynäkologin in der Erste-Hilfe-Station des Hotels *Ukraina* tätig. Sie war ledig und lebte allein in einer Drei-Zimmer-Wohnung an der Tschistije Prudy 62, Wohnung 17. Die Zimmer waren elegant eingerichtet und mit Originalgemälden geschmückt, offenbar Geschenke verschiedener bekannter Künstler, was den Widmungen auf den Bildern zu entnehmen ist. Unter den Malern befinden sich Ilja Glasunow, Rasim Hassan-Sade, Jakow Maiskij-Kaznelson und andere. Unter den Gemälden gibt es auch Werke von Sandro Katauri. In Schränken und in der Frisiertoilette wurden zahlreiche Wertgegenstände gefunden, darunter auch einige einmalige Diamanten-Schmuckstücke, die ich zur Schätzung dem Diamanten-Konsortium übergeben habe.

Außerdem wurden gefunden: 6 (sechs) Herrenanzüge Größe 56, 2 Dutzend Herrenhemden, 2 Uniformen derselben Größe (eine Ausgehuniform und eine gewöhnliche mit den Insignien eines Armeegenerals), ein Orden »Verdienter Tschekist der UdSSR« und zwölf andere Auszeichnungen. Die Uniformen, die Herrenkleidung und ein silberner Rasierapparat mit der Gravur »Meinem lieben Semjon zum Geburtstag von Swetlana«, eine zweite Zahnbürste im Bad und Bilder in den Fotoalben lassen keinen Zweifel daran, daß:

1. die oben angeführten Gegenstände General Zwigun gehörten;
2. Swetlana Agapowas Wohnung General Zwigun als zeitweiliger oder auch ständiger Wohnsitz gedient hat.

Bemerkenswert ist die Tatsache, daß in der Wohnung voller Wertgegenstände – Pelzmäntel aus Nerz, Blau- und Silberfuchs, eine importierte Stereoanlage – keine Tonbänder oder Kassetten und auch keinerlei schriftliche Unterlagen zu finden waren. Es ist anzunehmen, daß diese Gegenstände vor meiner Inspektion aus der Wohnung entfernt worden sind. Höchstwahrscheinlich von derselben Person, die der Bürgerin Agapowa auf der Metrostation Majakowskaja die Handtasche gestohlen hat, die nach Aussagen eines Zeugen des Verbrechens, J. Awetikow, Tonbänder enthalten haben soll, die heimlich in der Datscha Michail Andrejewitsch Suslows aufgenommen wurden.

Zur gleichen Zeit
Vera Petrowna Zwigun stieg an der Metrostation Kiewskaja aus und fuhr mit dem Aufzug hinauf zum Kiew-Platz. Sie reihte sich in die Schlange ein, die auf den Bus 119 wartete. Nur fünf Meter entfernt befand sich einer jener Moskauer Taxistände, deren Fahrzeuge auf festgelegten Routen verkehren, aber Vera Zwigun zog es vor, bei zwanzig Grad minus auf den Bus zu warten. Da stand sie nun, eine hoch aufgerichtete, ernste ältere Dame in einem abgetragenen Persianermantel, und der schneidend kalte Wind ließ ihre ohnehin reizlosen Gesichtszüge und die dünnen, verkniffenen Lippen noch strenger erscheinen. Schließlich kam der Bus, und die Fahrgäste stiegen lärmend ein. Während der Fahrt führten sie lautstarke Diskussionen über die jüngsten Schneefälle und die Annexion der Golanhöhen durch Israel. Ein Passagier las laut aus der Zeitung vor: »Während der vergangenen fünf Tage sind mehr als dreißig Kubikmeter Schnee auf Moskau gefallen. Zur Zeit liegt der Schnee auf den Straßen sechsunddreißig Zentimeter hoch; an einigen Stellen haben sich Schneeverwehungen bis zu drei Meter Höhe aufgetürmt.«

Fünf Haltestellen weiter kämpfte sich der Bus die steile, glatte Straße zu den Worobjowy-Hügeln empor, von wo aus man bei klarem Wetter die beste Aussicht auf ganz Moskau hat. Der Bus passierte das Gästehaus des Sowjetischen Außenministeriums und hielt vor dem Eingang der Mosfilm-Studios.

Alle Fahrgäste verließen den Bus, und Vera Zwigun schloß sich ihnen an. Aber im Gegensatz zu den Angestellten von Mosfilm besaß sie keinen Betriebsausweis. So konnte sie nicht gleich in die Studios gehen, sondern mußte sich der Schlange der Komparsen in spe anschließen. Eine gereizte Assistentin musterte am Personaleingang Statisten für die Massenszenen der Filmversion von *Zehn Tage, die die Welt erschütterten*. Sie überflog mit einem Blick das zitternde Häuflein Rentner, das da vor ihr in der Kälte stand. Sie kamen jeden Morgen in der Hoffnung, sich bescheidene drei Rubel pro Drehtag zu ihrer Rente hinzuzuverdienen.

Die Frau machte ihrem Unmut Luft: »Ich brauche Soldaten für Admiral Koltschak! Ich brauche Offiziere für die Weiße Garde! Russische Aristokraten! Und wie sehen Sie aus? Wie eine Schlange vor dem Sozialamt! Jeden Tag dieselben alten Gesichter.«

Doch dann entdeckte sie zwei oder drei neue Köpfe in der Menge und wies mit dem Finger auf sie. »Sie, Sie und Sie! Kommen Sie! Hier sind Ihre Ausweise! Gehen Sie zu Bondartschuk ins Studio Sechs.«

Und so trat Vera Zwigun, die offizielle Gattin des früheren ZK-Mitglieds und Ersten Stellvertretenden KGB-Vorsitzenden, den Streitkräften des Admiral Koltschak bei. Aber sie ging nicht zum Studio Sechs, sondern suchte sich ihren Weg zum Verwaltungsgebäude und gelangte in den dritten Stock, in das Vorzimmer des Direktors von Mosfilm, Nikolai Trofimowitsch Sisow. So früh erschiene Sisow nicht zur Arbeit, teilte ihr seine Sekretärin mit. Man erwarte ihn gegen zehn Uhr. Doch selbst dann werde er kaum Zeit für sie haben, da für diesen Termin eine Produktionskonferenz über den Film *Lenin in Paris* angesetzt sei.

Vera Zwigun verließ das Vorzimmer und baute sich am Lift auf. Ein Bote kam an ihr vorbei und steuerte mit seinem Wägelchen auf den privaten Vorführraum des Direktors zu. Er schob einen hohen Stapel Filmbüchsen mit Material von *Lenin in Paris* vor sich her. Dann eilte ein hagerer, strubbeliger Assistent in den Vorführraum und rief: »Haben sie den Ton schon gebracht?« Die Leiter der einzelnen Studios und alle an der Produktion des Streifens Beteiligten begannen sich im Vorführraum zu versammeln: der fünfundsiebzigjährige Sergej Jutkewitsch, Regisseur von *Lenin in Polen* und *Lenin in Zürich*, in seiner Begleitung ein kleiner rundlicher älterer Mann mit klugen Augen, der Drehbuchautor

Jewgenij Gabrilowitsch, und dahinter der junge Kameramann Naum Ardaschnikow mit seinem eigenartig hüpfenden Gang.

Genau um zehn Uhr hielt ein schwarzer Wolga vor dem Verwaltungsgebäude, und der frühere Vorsitzende des Moskauer Stadtkomitees, ehemaliger General und Chef der Moskauer Miliz, heute Direktor von Mosfilm und Mitglied des Sowjetischen Schriftsteller-Verbands, Nikolai Sisow, stieg aus. Er nahm den Aufzug in die dritte Etage.

Als er aus dem Lift trat, stellte sich ihm Vera Zwigun in den Weg: »Guten Tag, Nikolai...«

Sisow war ein fetter, mürrischer Mann, der Untergebenen nie ins Gesicht sah. Er trat einen Schritt beiseite und wollte weitergehen, aber Vera Zwigun packte ihn am Ärmel. »Warte! Du erkennst mich doch hoffentlich...«

Nun war Sisow gezwungen stehenzubleiben. »Ah, natürlich, du bist es! Tut mir leid, ich habe um zehn einen wichtigen Termin. Es geht um *Lenin in Paris*.«

»Macht nichts. Lenin kann warten«, erwiderte Vera Zwigun trocken. »Was ist eigentlich los? Macht ihr keinen Film aus Semjons Buch? Ich habe den Regisseur angerufen und erfahren, daß die Aufnahmen abgebrochen wurden.«

»Nun, das Projekt ist für eine Weile auf Eis gelegt worden.«

»Auf Eis gelegt?« Vera Zwigun lachte bitter auf. »Du bist mir einer, Nikolai! Es gab einmal eine Zeit, da haben wir uns eines kleinen lausigen Kolchosbauern namens Sisow angenommen, und wir haben wirklich etwas aus ihm gemacht! Und wie benimmst du dich jetzt?«

»Entschuldige, aber ich habe wirklich keine Zeit mehr!« sagte Sisow abrupt und wollte sich wieder davonmachen.

Da fing Vera Petrowna plötzlich an zu schluchzen. Die alte Tschekistin verlor ihre gewohnte Beherrschung und verwandelte sich in ein pathetisches kleines Geschöpf. »Kolja, ich flehe dich an! Dreh diesen Film zu Ende! Was kostet es dich denn? Es wird ein so schöner Film. Alles über die Tscheka und unsere Jugend! Die Geschichte ist in der Literaturzeitschrift *Snamja* abgedruckt und in der *Literaturnaja Gaseta* so gut besprochen worden. Bitte, Kolja!«

»Das hängt doch nicht allein von mir ab. Ich habe gewisse Instruktionen. Tut mir leid, wirklich. Ich bin in Eile!« sagte Sisow irritiert, befreite den Ärmel seines Anzugs aus ihrem Griff und stakste zu seinem privaten Vorführraum. Dort gingen sofort die Lichter aus, und die ersten Töne waren zu hören – die Klänge der Internationale.

Vera Zwigun wischte sich mit dem Ärmel ihres Persianermantels die Tränen ab und schlurfte traurig den Flur hinunter zum Produktionsbereich. Sie tat so, als sei sie schon häufig hier gewesen, und fand leicht ihren Weg durch das Labyrinth der Korridore und Übergänge von einem Gebäude in das andere. Major Oschereljew folgte ihr in Zivil. Am Abend zuvor hatten wir beschlossen, alle diejenigen, die in irgendeiner Beziehung zu Zwigun gestanden hatten und bislang vom Geheimdienst des Innenministeriums noch nicht festgenommen worden waren, nicht mehr aus den Augen zu lassen. Außer Vera Zwigun und Galina Breschnewa waren es allerdings nicht mehr viele.

Im Produktionsbereich bewegte sich Vera Zwigun zielsicher durch die Flure, vorbei an Türen mit der Aufschrift *Zehn Tage, die die Welt erschütterten, Wiedergeburt, Die Leutnants, Irrtümer der Jugend, Wir sind Kommunisten, Liebe auf den ersten Blick* und so weiter. Hinter den Türen klingelten Telefone, da wurde gerufen, gelacht und diskutiert, und aus den Türen ergoß sich ein unablässiger Strom von Schauspielern, Assistenten, Maskenbildnern, Revolutionshelden, deutschen und sowjetischen Generälen und ein breitgefächertes Aufgebot von Filmschönheiten jeden Alters. Vera Zwigun traf sogar zwei Karl Marxe, beide im Schlepptau einer jungen, hübschen Assistentin, die auf die Tür mit der Aufschrift *Wir sind Kommunisten* zusteuerten.

Nur in dem Raum mit dem Schild *Die unsichtbare Front* herrschte Grabesstille. Die Türen standen weit offen. Eine Putzfrau fegte Stöße von Drehbuchseiten auf den Flur, Fotos von Schauspielern und Schauspielerinnen, Notizen von Drehtagen und allerlei Abfall. Drinnen stand ein Mann im Overall auf der Leiter und war damit beschäftigt, den Drehplan von der Wand zu nehmen, zugleich entfernte er aber auch farbenprächtige Plakate der anderen Filme, die auf Büchern von Zwigun basierten: *Front ohne Flanke* und *Der Krieg hinter der Front*. Die Gesichter von zwei der beliebtesten Schauspieler des Landes, Wjatscheslaw Tichonow und Natascha Suchowa, blickten von den Plakaten auf Vera Zwigun herab. Die Suchowa in ihrer Tscheka-Uniform, mit ihrem vollen Gesicht erinnerte Vera entfernt an sich selbst.

10 Uhr
In der Vervielfältigungsabteilung der Moskauer Kriminalpolizei produzierten ausländische Kopiergeräte Phantombilder, die nach den Beschreibungen von Katja Uschowitsch, Jurij Awetikow und Alexandra Awdejenko angefertigt worden waren. Nach Katjas Angaben war ein großer blonder Mann, Mitte Dreißig, mit weißlichen Augenbrauen, engstehenden Augen und einem Metallzahn im Oberkiefer am 19. Januar nachmittags aus dem Haus Katschalow-Straße 16a gekommen. Mit seinem Bild und seiner Beschreibung bewaffnet, schwärmten sechzehn Angehörige der Dritten Abteilung der Miliz-Kriminalpolizei unter der Führung von Valentin Pschenitschnij aus, um alle Kranken- und Leichenschauhäuser der Stadt zu durchsuchen.

Zur gleichen Zeit
In der Zentrale der sowjetischen Kraftfahrzeugsbehörde am Friedens Prospekt entnahm der siebzigjährige Oberinspektor für Sonderfälle Taras Karpowitsch Wendelowskij der Kartei die Kopie der Fahrerlaubnis, die im Oktober 1975 für den Bürger Giwi Riwasowitsch Mingadse ausgestellt worden war; außerdem eine Liste der Strafen, die von 1973 bis 1978 wegen verschiedener Verkehrsvergehen gegen ihn verhängt worden waren. Der Führerschein trug auch eine Fotografie des 1945 in Tiflis geborenen Mingadse. Wendelowskij verstaute die Unterlagen in seiner Aktentasche und hinterließ in der Kartei eine Notiz, daß er das Material über Mingadse im offiziellen Auftrag der Generalstaatsanwaltschaft entnommen habe.

Zur gleichen Zeit
Der ehemalige Einbrecherkönig von Rostow, Wolodja Asarkin alias Goldkralle, schloß die Tür von Baklanows Wohnung sorgfältig hinter sich ab, lief die Treppe hinunter und trat auf den vom Schneesturm gepeitschten Wernadskij Prospekt hinaus. Er setzte sich neben den »Chef« in ein geparktes Auto und erklärte nach einem tiefen Seufzer: »Da ist nichts. Absolut nichts. Weder Papiere noch Tonbänder.«

»Hast du dich auch genau genug umgetan?« wollte der »Chef« wissen, der nach einer Gangster-Karriere nun als Automechaniker bei den Lichatschow-Motorenwerken arbeitete.

»Ich muß doch sehr bitten!«

»Das heißt, daß wir an seine Aktentasche ranmüssen«, sagte der »Chef«, stieg aus dem Auto und wählte in einer Telefonzelle eine Nummer. »Ignat?« fragte er. »Fehlanzeige. Wo sind denn die Schnüffler?«

»In der Kolpatschnij-Gasse in der Paß- und Visabehörde.«

Bei den zahllosen Telefongesprächen, die in Moskau geführt werden, erregte dieser kurze Wortwechsel wahrscheinlich nicht die geringste Aufmerksamkeit. Aber der »Chef« erhielt so die Information, daß die »Schnüffler« – eine zweite Gruppe von Moskauer Ex-Kriminellen in Swetlowschen Diensten – Nikolai Baklanow an den Fersen hingen und sich gerade in der Paß- und Visabehörde aufhielten.

Zur gleichen Zeit
Die Menge der Verwandten und Freunde jener Mafiosi, die im Rahmen des »Unternehmen Kaskade« festgenommen worden waren, belagerte nun schon den zweiten Tag die vier kleinen Fenster der Paketannahme im »Butyrka«-Gefängnis. In der Schlange entdeckte Hauptmann Kolganow auch Breschnews Tochter Galja. Sie sah aus, als wäre sie über Nacht um Jahre gealtert. Ihr stark geschminktes Gesicht zeigte Spuren von Tränen, ihre Augen blickten ins Leere, die Hände umklammerten ein Proviantpaket.

In ihrer Nähe hatte der Diensthabende, ein älterer Wachtmeister, Einschränkungen zu verkünden: »Nur Pakete von Angehörigen sind gestattet! Wir nehmen keine Pakete von Freunden oder Bekannten entgegen! Außerdem füttern wir unsere Gefangenen nicht mit Kaviar – das wäre ja noch schöner! Sie leiden ohnehin schon alle an Verstopfung wegen der vielen Freßpakete, die sie andauernd erhalten!«

Seufzend traten einige der Wartenden aus der Schlange. Andere belagerten den Diensthabenden und versuchten, ihn davon zu überzeugen, daß sie nichts anderes als lebenswichtige Medikamente bei sich hätten.

Aber der Wachtmeister war unerbittlich: »Wir haben hier unseren eigenen Arzt. Er kann jedem verschreiben, was er braucht!«

Galina Breschnewa verließ die Schlange nicht. Sie schien die

Worte des Wachtmeisters gar nicht gehört zu haben. Als nur noch zwei Wartende sie vom Fensterchen trennten, drängelte sich Hauptmann Kolganow zu ihr durch und sagte leise: »Geben Sie mir Ihr Paket. Ich reiche es für Sie rein. Von Ihnen würde man es ja ohnehin nicht annehmen.«

»Meinen Sie denn, man nimmt's von Ihnen?«

»Lassen wir's auf den Versuch ankommen«, lächelte er. Als er an der Reihe war, beugte er sich zu dem Fensterchen hinunter und sagte zu dem Mädchen in der Annahme: »Soja, das ist für Boris Burjatskij, Zelle dreihundertsiebzehn.«

Das Mädchen blickte überrascht auf und erkannte Kolganow: »Petja! In welcher Beziehung stehst du denn zu Burjatskij?«

»Stiefbruder«, sagte Kolganow und zuckte mit keiner Wimper.

»Was soll das heißen – Stiefbruder?« fragte sie und wollte nicht begreifen.

»Na, genau wie ich's gesagt hab – derselbe Vater, eine andere Mutter. Hier hast du das Paket.«

Das Mädchen zögerte, nahm dann den Karton aber doch entgegen, öffnete ihn und begann, die finnische Wurst und die bulgarischen Tomaten aufzuschneiden.

»Warum zerschneidest du denn die Tomaten? Darin kann man doch wirklich nichts schmuggeln?«

»Du wirst lachen!« entgegnete das Mädchen. »Sie haben schon Schnaps und Likör injiziert – wahre Meister!«

Zusammen mit Galina Breschnewa verließ Kolganow die »Butyrka« und trat mit ihr auf die Lesnaja-Straße hinaus. Er zeigte auf das wartende Milizauto: »Ein gewisser Herr würde sich gern mit Ihnen unterhalten. Steigen Sie ein.«

Zur gleichen Zeit
In der Gagarin-Straße Nummer 6, draußen in der Moskauer Vorstadt, reagierte niemand auf das Klingeln an der Wohnung Nummer 3, wo Tamara Bakschi zu Hause war. Da Swetlow nicht ausschloß, daß Tamaras Leiche womöglich hinter der Tür liegen könnte, rief er die Nachbarn herbei und befahl seinem Fahrer, die Tür aufzubrechen. Aber in der Wohnung befand sich keine Menschenseele, alle drei Räume wirkten unbewohnt und vernachlässigt – auf den Möbeln lag eine dicke Staubschicht, die Blumen auf dem Fensterbrett waren vertrocknet, der Kühlschrank abge-

stellt, und aus seiner halb geöffneten Tür drang der Geruch verdorbenen Kohls.

»Sie ist fast nie hier«, sagte eine alte Nachbarin zu Swetlow. »Ihr Vater arbeitet irgendwo an der Grenze, er ist Oberst, und ihre Mutter ist bei ihm. Das junge Ding kommt höchstens einmal im Monat hier vorbei.«

»Und wo arbeitet sie?«

Die alte Frau lachte. »Wo soll eine Hure schon groß arbeiten? Eben da, wo sie sich hinlegt.«

11 Uhr
Der Bus brachte Vera Zwigun zum Puschkin-Platz. Sie stieg aus und lief über das verschneite Pflaster der Gorki-Straße, machte dabei ganz kleine, gezierte Schritte, um nicht auszurutschen. Sie kam an dem Schaufenster einer Konditorei vorbei, in dem Plastiktorten glänzten, während in den Auslagen eines Fischgeschäfts wahre Ströme von Wasser über einen Plastikstör plätscherten. Aber in diesen Geschäften wurde kein echter Kuchen angeboten – und ganz bestimmt kein Stör. Sie hatten nur Kekse und Dosenfisch auf Lager; daher gab es hier auch keine Menschenschlangen. Dennoch machten besorgt aussehende Hausfrauen mit Taschen und Netzen ihre tägliche Runde von Geschäft zu Geschäft. Sie hatten flinke Augen und gute Ohren. Der leiseste Wink eines Lieferanten oder einer Verkäuferin genügte – und sie wußten bereits, daß irgendwo frischer Fisch auf dem Ladentisch lag oder Wurst und Hähnchen bei »Jelisejew« zu haben waren. Die Gorki-Straße war das Schaufenster Moskaus. Hier wurden die Geschäfte weit besser versorgt als in den Außenbezirken und Vororten, und mit einem bißchen Erfahrung konnte man hier sogar so rare Artikel wie Mandarinen erbeuten.

Doch Vera Zwigun war selbst an dem auffallenden Treiben vor dem Glaswarengeschäft nicht interessiert. Sie widerstand der Versuchung, eine der ersten in der Schlange zu sein, die auf die neue Lieferung böhmischer Kristallgläser spekulierte. Sie löste sich aus der schaulustigen Menge, bog um die Ecke und ging die Gnesdikowskij-Straße entlang. Hier, nur zweihundert Meter von der geschäftigen Gorki-Straße entfernt, stand ein ruhiges dreigeschossiges Haus hinter einem schmiedeeisernen Zaun – das Staatliche Filmkomitee, dem alle dreiundzwanzig Filmstudios des Landes unterstanden.

Vera Zwigun betrat den Haupteingang und stieß sofort mit dem großen einarmigen Pförtner zusammen.

Höflich, aber bestimmt fragte er: »Zu wem möchten Sie?«

»Ich hätte gern einen Termin für ein Gespräch mit dem Minister.«

»Da ist ein Telefon.« Der Pförtner deutete auf einen Hausapparat, der an der Wand hing.

Vera Zwigun nahm den Hörer ab und bat die Zentrale: »Das Vorzimmer von Jarmasch, bitte... Ist da das Vorzimmer? Ich möchte gern mit dem Genossen Jarmasch sprechen... Mein Name? Zwigun – Vera Petrowna... Ja, die Frau... Aus welchem Anlaß? Es handelt sich um eine persönliche Angelegenheit.«

Es entstand eine kurze Pause, die Sekretärin bat sie, am Apparat zu bleiben.

Dann hörte sie: »Genosse Jarmasch ist im Augenblick leider nicht da. Er wird in etwa einer Woche zurückerwartet.«

»Sehr gut«, meinte Vera Zwigun. »Dann geben Sie mir bitte einen Termin für die nächste Woche.«

»Nun, unglücklicherweise wird er sich nur einen Tag in Moskau aufhalten, um dann an einem Festival in Bulgarien teilzunehmen.«

»Ich verstehe«, sagte Vera Zwigun und legte den Hörer auf.

Zur gleichen Zeit
In den Räumen der Moskauer Kriminalpolizei an der Petrowka-Straße hörte man das Trampeln von Offiziersstiefeln und das Klingeln von Telefonen – zahllose Diebe, Prostituierte und andere Missetäter, die während der Nacht dingfest gemacht worden waren, wurden nun zum Verhör gebracht.

Auf der Treppe bellte ein Spürhund. Und im zweiten Stockwerk, in Swetlows Büro, verhörte ich gerade Galina Breschnewa, die Tochter des Staatsoberhaupts. Eigentlich konnte man das, was sich da abspielte, kaum als Verhör bezeichnen. Galja weinte fast ununterbrochen und flehte mich an: »Retten Sie ihn! Retten Sie ihn!«

»Galja, wo ist Giwi Mingadse?«

Sie drehte das Gesicht zum Fenster und sagte kurz angebunden: »Das weiß ich nicht.«

»Das kann nicht stimmen. Wegen dieses Giwi hat doch Ihr Freund Burjatskij versucht, Irina Bugrimowa zu berauben, und ist im Gefängnis gelandet.«

»Er wollte sie nicht berauben! Er hat lediglich versucht, seine Diamanten von ihr zurückzubekommen.«

»Die Sie ihm allein zu dem Zweck gegeben haben, um Giwi freizubekommen – mit der Hilfe von Irina Bugrimowas Geliebtem. Das waren Ihre eigenen Worte, allerdings haben Sie das Wort ›Freier‹ benutzt. Die Geheimdienstabteilung des Innenministeriums hat Ihr Gespräch am Sonnabendmorgen abgehört. Daher wußten sie auch vorher, daß Burjatskij bei der Bugrimowa auftauchen würde, und konnten ihm eine Falle stellen.«

»Wirklich? Und ich dachte, Irina selbst habe die Miliz gerufen, um ihm die Steine nicht geben zu müssen.«

»Galja, lassen Sie uns zum Ausgangspunkt zurückkehren. Wo ist Giwi? Und auf welche Art hätte ausgerechnet eine Zirkusartistin wie Irina Bugrimowa ihm helfen können?«

»Giwi ist ein ehemaliger Freund von Burjatskij und Onkel Semjon – Zwigun. Vor drei Jahren hat man ihn wegen einer Devisengeschichte hinter Gitter gebracht. Boris Burjatskij hatte aber noch seine Diamanten. Und mit denen ist er zu Irina Bugrimowa gegangen, damit sie Giwi freibekommt. Das wäre für sie überhaupt kein Problem gewesen. Der Chef sämtlicher Lager und Gefängnisse des Landes ist in sie verliebt. Wie heißt diese Institution doch gleich?«

»Hören Sie, Galja, wäre es nicht einfacher gewesen, Ihren Onkel darum zu bitten? Ein Wort von ihm, und Giwi wäre frei gewesen. Ich kann sowieso nicht begreifen, wie Giwi als Freund Zwiguns überhaupt im Knast landen konnte.«

»Sie hatten sich gestritten. Onkel Semjon wollte nicht mal mehr seinen Namen hören.«

»Worüber haben sie sich denn gestritten?«

»Weiß ich doch nicht!« schrie sie plötzlich. »Hören Sie endlich auf, mich zu quälen! Ich werde Ihnen so oder so nichts sagen! Ich weiß nichts, gar nichts!«

»Sie wissen es sehr gut, Galja. Aber Baklanow hat Ihnen gestern so zugesetzt, daß Sie jetzt Angst haben, etwas zu sagen. Sie dürfen aber nicht vergessen, daß das ›Unternehmen Kaskade‹ und die Tatsache, daß der Fall Ihres Boris jetzt so hochgespielt wird, allein einem Zweck dient: Ihren Vater zu stürzen. Ich muß einfach wissen, worüber Baklanow gestern mit Ihnen gesprochen hat.«

Sie sagte kein Wort und wandte sich dem Fenster zu. Draußen fiel immer noch Schnee, deckte die ohnehin schon verschneite Petrowka-Straße und die Eremitage-Gärten mit weißen, weichen Flocken völlig zu.

»Sie sind also entschlossen, Ihren eigenen Vater zu verraten ... Warum?« fragte ich.

»Ach, sie werden Papa doch ohnehin stürzen!« Sie drehte sich wieder zu mir um. »Heute, morgen, in zwei Monaten! Aber sie haben mir versprochen, Boris schon bald wieder zu entlassen.«

»Wer sind ›sie‹?«

Sie senkte die Augen. »Das kann ich nicht sagen.«

»Galja, man wird Sie übers Ohr hauen«, beschwor ich sie. »Baklanow, Krasnow und Schtscholokow streuen Ihnen doch Sand in die Augen. Sie sind schon dabei, Boris Kontakte zu ausländischen Geheimdiensten anzuhängen.«

Sie schwieg. Nun gut, dachte ich. Wenn sie tatsächlich so verliebt in diesen Burjatskij war, hatten sie sie wahrscheinlich dazu überredet, den Mund zu halten. Vielleicht hatten sie ihr auch den Floh ins Ohr gesetzt, daß, je katastrophaler die Affäre Burjatskij für ihren Vater ausging, es desto besser für sie war ... Nach Breschnews Sturz würde sich Tschurbanow doch sofort von ihr scheiden lassen, Burjatskij käme frei, und sie könnte mit dem Mann, den sie liebte, glücklich und zufrieden leben. Es sei doch ohnehin an der Zeit, daß Väterchen Breschnew zurücktrete, daher stelle sich die Frage doch erst gar nicht, ob sie ihn etwa verrate. Breschnew brauchte ärztliche Fürsorge und Ruhe.

Aus reiner Neugierde fragte ich: »Galja, Ihnen wird doch alles auf silbernem Tablett serviert – Sie leben in Wohnungen und Datschen der Regierung, haben Regierungsautos und -schiffe zu Ihrer Verfügung. Warum müssen ausgerechnet Sie noch zwielichtige Geschäfte machen und sich mit Juwelen und Gold bestechen lassen?«

Sie sah mich an. »Es macht mir nun mal Spaß, das Leben zu genießen. Und ich mag Diamanten. Rada Chrutschtschowa hat immer auf ihre Rechtschaffenheit verwiesen. Und wohin hat sie das gebracht? Jetzt lebt sie von dem, was sie verdient, und steht morgens nach Butter an! Und mein Vater ist mir gleichgültig.

Aber wenn Sie Boris für mich retten, werde ich Sie mit Gold überschütten!«

Sie sollten sich zum Teufel scheren – Breschnew und seine ganze »Heilige Familie«. Wenn Nina nicht gestern umgebracht worden wäre ...

Ich sah die fünfzigjährige Närrin an. »Und wie war das mit Baklanow? Was haben Sie ihm als Bestechung angeboten?«

Zur gleichen Zeit
In der Personalabteilung des Bolschoj-Theaters erhielt Oberinspektor Wendelowskij einen ganzen Stoß Fotografien von Boris Burjatskij – in der Totalen, im Profil, von vorn. Eleonora Sawitzkaja, die den Einbrechern die entscheidenden Tips gegeben hatte, hatte schon recht: Burjatskij war von durchaus imponierendem Äußeren. Schon den Fotos sah man an, daß er ein selbstbewußter Mann war, der es liebte, sich in Szene zu setzen: Hände und Gesicht waren gepflegt, er hatte große dunkle, leicht vorstehende Augen, lange schwarze Haare und ein imposantes Kinn über dem spitzenbesetzten Hemd. Angesichts dieser Bilder hätte jeder Gefängniswärter die Spontandiagnose von »Professor« Grusilow bestätigt, der einer der Besten in der ganzen »Butyrka« war, wenn es galt, Mitgefangene zu »knacken«. Sein Urteil hatte gelautet: »Künstlertyp, schwache Persönlichkeit, klappt innerhalb eines Tages zusammen!«

Vom Bolschoi aus ging Wendelowskij zum Sowjetischen Künstlerverband, um sich das Foto eines weiteren Zwigun-Freundes zu beschaffen, der mittlerweile hinter Gittern saß – das des georgischen Malers Sandro Katauri.

Zur gleichen Zeit
Swetlow war außer sich vor Wut, als er im Gebäude der Moskauer Kriminalpolizei auftauchte. »Wo ist Schamrajew?« fragte er Hauptmann Laskin unten im Büro des Diensthabenden.

»Sitzt in Ihrem Büro und verhört gerade Galina Breschnewa.«

Swetlow legte ein Bündel Fotografien vor Laskin hin, die er einem Fotoalbum in Tamara Bakschis Wohnung entnommen hatte.

»Sehen Sie doch mal in Ihrer Hurenkartei nach, ob Sie die kleine Schlampe unter den Fotos finden«, befahl er Laskin. »Und wenn sie da nicht sein sollte, dann gehen Sie ins Hotel *Ukraina* und zeigen die Fotos dem Direktor. Sie können sich auch an den anderen einschlägigen Orten umschauen. Wir müssen diese Nutte bis heute abend auftreiben.«

Laskin machte sich sofort auf den Weg, und Swetlow – allein im Dienstzimmer seiner eigenen Dritten Abteilung – sah im Telefonbuch nach, griff zum Hörer und wählte die Nummer von Dr. Goldberg, dem ärztlichen Direktor der Klinik Nummer Sieben für Haut- und Geschlechtskrankheiten.

»Lew Aronowitsch? Guten Tag, hier ist Swetlow von der Kriminalpolizei. Wie geht es Ihnen? Nur eine Frage: Wie viele Tage nach dem Kontakt zeigen sich die ersten Symptome von Tripper oder Syphilis? Schmerzen? Nein, bis jetzt überhaupt keine. Farbe des Urins? Weiß der Kuckuck!«

Nachdem er sich alles angehört hatte, was Dr. Goldberg zu sagen hatte, legte Swetlow den Hörer wieder auf, griff sich ein Glas vom Tisch und marschierte auf die Toilette.

Zur gleichen Zeit
Nikolai Baklanow verließ die Paß- und Visabehörde und ging zu seinem Dienstwagen, einem Wolga, der sich inzwischen eine dicke Schneehaube zugelegt hatte. Sein Fahrer, Feldwebel Andrejew, war in der Wärme des Autos schläfrig geworden und am Steuerrad eingenickt, ohne zu bemerken, daß der Wagen einen Platten hatte. Baklanow weckte den Fahrer und deutete wortlos auf den Reifen.

»Verdammte Scheiße!« Der Fahrer war im Nu hellwach. »Wo zum Teufel kommt denn der Nagel her? Dauert nur eine Sekunde, Herr Inspektor. Ich wechsle den Reifen sofort.«

Er flitzte zum Kofferraum und steckte den Schlüssel ins Schloß. Aber der Schlüssel ließ sich nicht bewegen, die Klappe öffnete sich nicht. »Verdammt noch mal«, fluchte der Fahrer und schlug mit der Faust gegen das störrische Schloß. »Zugefroren!«

Andrejew versuchte es mit ein paar Tricks aus dem Moskauer Chauffeurgewerbe. Er zündete ein Streichholz an, erwärmte den Schlüssel und steckte ihn erneut ins Schloß. Aber das war vergebliche Liebesmühe.

Baklanow stand auf dem Bürgersteig, die unvermeidliche Aktentasche unter den Arm geklemmt, und blickte düster auf die fieberhaften Versuche des Fahrers, das blockierte Schloß freizubekommen. Er hatte Hunger, es war Mittag. Genau in diesem Augenblick kam ein schnittiger kleiner Schiguli die Kopetschnij-Gasse heruntergepreschst und hielt neben ihm. Ein gutgekleideter Mann mit Lederkappe stieg aus und kam mit allen Anzeichen der Wiedersehensfreude auf Baklanow zu.

»Nikolai, alter Junge! Lange nicht gesehen! Erkennen Sie mich denn nicht? Aber ich – ich habe Sie auf den ersten Blick erkannt! Sie kommen wohl nicht auf meinen Namen, was? Ich bin Michail Beljakow!«

Weder der Name noch das Gesicht des überschwenglichen Mannes sagten Baklanow etwas. Aber diese Art Begegnung hat ein Inspektor wenigstens einmal im Monat. Menschen, mit denen man es einmal zu tun hatte, erkennen einen auf der Straße, in Restaurants, im Kino. Und unabhängig von der Strafe, die sie aufgebrummt bekommen haben, spucken sie einem entweder nach oder fallen einem um den Hals. Dieser hier schien zu der zweiten Spezies zu gehören.

»Lieber Himmel, aber Sie müssen sich doch erinnern! Die Sache mit dem Rostower Weinkartell, 1969. Damals gingen einhundertvierzig von uns hoch. Aber Sie haben mich nicht wegen Betruges, sondern nur wegen Mißwirtschaft angeklagt. Das war das letzte Mal. Heute bin ich ein ehrlicher Mann. Ich war in der Anstalt und arbeite jetzt für das Moskauer Bekleidungs-Kollektiv. Kommen Sie, das Wiedersehen muß gefeiert werden! Ich würde Sie gern in ein Restaurant Ihrer Wahl einladen – natürlich auf meine Kosten!«

Baklanow erinnerte sich zwar daran, daß er sich 1969 mit dem Fall des Rostower Weinkartells befaßt hatte, aber er entsann sich noch immer nicht, wen er damals wegen welcher Vergehen angeklagt hatte.

»Tut mir leid, aber ich kann wirklich nicht mit Ihnen essen gehen. Ich habe zu tun«, meinte er spröde.

»Ach, kommen Sie! Zu tun haben wir doch alle! Aber das Leben geht weiter. Es wird sogar immer kürzer, verdammt noch mal!« Beljakow ließ nicht locker. »Wenigstens ein Bier müssen wir zusammen trinken! Das können Sie mir wirklich nicht abschlagen. Schließlich waren Sie fast so etwas wie ein Vater für mich. Sie haben mir eine Lektion erteilt, die ich mein Leben lang nicht vergessen werde! Ganz in der Nähe, an der Taganka, ist ein

Bierlokal. Da wollte ich sowieso gerade hin. Ich brauche jetzt unbedingt ein Bier.«

Baklanow sah den flehenden Ausdruck in Beljakows Gesicht und auch, daß der Fahrer noch immer fluchend am Schloß seines Wagens herumwerkelte.

»Haben die denn im Augenblick überhaupt Bier am Lager?«
»Für mich?« rief Beljakow aus. »Für mich ist doch immer etwas da! Kommen Sie. Auf geht's! Steigen Sie ein. Danach bringe ich Sie, wohin Sie wollen.«

Sieben Minuten später befanden sich Baklanow und Beljakow bereits in der lärmenden, vollen Kneipe in der Nähe des bekannten Theaters an der Taganka. Die Luft war von Bierdunst geschwängert; und die Enge zwischen den Tischen, das schummrige Licht der Lampen, um die sich Zigarettenrauch kräuselte, die Menschen, die nach Bier vom Faß anstanden, und diese besondere Atmosphäre von Kumpanei zwischen Biertrinkern hatten stets einen entspannenden Effekt auf Baklanow.

Beljakow überblickte die Szene sofort. Er entdeckte einen nicht ganz besetzten Tisch und sagte zu Baklanow: »Nikolai Afanasjewitsch, halten Sie mir doch bitte da einen Platz frei. Ich bin in einer Sekunde zurück. Ich kann uns Bier beschaffen ohne langes Anstehen.« Und schon schrie er in Richtung Tresen: »Hört mal, Jungs, jetzt bin ich aber dran. Ich steh hier schon eine halbe Ewigkeit!« Und zum Zapfer: »Olja, ich hatte vor längerer Zeit sechs Bier in Auftrag gegeben!«

Baklanow wischte die Ecke des Tisches frei, die er mit Beschlag belegt hatte, und deponierte seine schwere Lederaktentasche zwischen den Beinen. Und da kam auch schon Beljakow strahlend mit sechs Bierhumpen auf ihn zu – drei in jeder Hand.

Baklanow war erschöpft, und diese ersten Schlucke kalten Bieres waren ein wahrer Genuß – es entging ihm völlig, daß Goldkralle, der Rostower Ex-Einbrecher, hinter ihm stand und behutsam die Aktentasche zwischen seinen Beinen gegen eine fast identische austauschte.

Neben Baklanow schwatzte der überschwengliche Beljakow unermüdlich weiter. »Als ich dann aus dem Knast kam, sagte ich mir: Jetzt ist aber Schluß damit! Geh und verschaff dir eine ordentliche Umerziehung!«

Währenddessen verriegelten Goldkralle und der »Chef« draußen in der Toilette hinter sich die Tür, nahmen alle Dokumente aus Baklanows Aktentasche und fotografierten jedes Blatt, ohne sich die Mühe zu machen, es erst in Augenschein zu nehmen.

12 Uhr
Die große Standuhr aus Mahagoni schlug melodisch zwölfmal. Die helle Eichentür von Andropows Büro öffnete sich, und einer seiner Assistenten erschien, ein würdiger, rotwangiger Major, der mit gedämpfter Stimme sagte: »Wenn Sie bitte eintreten wollen, meine Herren. Genosse Andropow erwartet Sie.«

Die Herren, die im Vorzimmer gesessen hatten, erhoben sich und gingen auf die Tür zu. Dabei hielten sie sich peinlich genau an das ungeschriebene Zeremoniell: Zuerst die Gäste – Rekunkow, Generalstaatsanwalt, und Schtscholokow, Minister des Inneren. Dann kamen der Geheimdienst-Chef des Innenministeriums, General Krasnow, und der Leiter der Ermittlungsabteilung der Generalstaatsanwaltschaft, Hermann Karakos. Den Schluß bildeten die Gastgeber, Andropows Stellvertreter Zinjew, Piroschkow und Matrosow sowie der Leiter der KGB-Ermittlungsabteilung Boris Kurbanow.

Am Ende des Raums stand ein älterer, untersetzter Mann mit einem breiten Gesicht, schütterem grauen Haar und einer Hornbrille von seinem Schreibtisch auf und kam seinen Gästen aufmerksam entgegen – Jurij Wladimirowitsch Andropow, Vorsitzender des KGB, des Sowjetischen Komitees für Staatssicherheit. Er schüttelte den Gästen die Hand und wies mit knapper Geste auf einen Konferenztisch, der in einiger Entfernung von seinem Schreibtisch stand.

Von den Fenstern seines Büros aus hatte man einen herrlichen Blick auf Moskau und den Kreml. Unten auf dem Platz stand die steinerne Statue von Felix Dserschinskij, dem Vater des Sowjetischen Geheimdienstes, in seinem langen Wintermantel. Er drehte Andropows Fenstern den Rücken zu und sah ebenfalls auf das Stadtzentrum und den Kreml. Im Büro hing ein Bild eben dieses Dserschinskij neben anderen von Breschnew, Lenin und Suslow (das letztere mit einem schwarzen Trauerflor geschmückt). Unter den Porträts, auf breiten Bücherborden waren die Große Sowjetische Enzyklopädie, die gesammelten Werke von Lenin, die Schriften Breschnews, Dserschinskijs und eine Reihe von Büchern in englischer Sprache aufgereiht. Unter anderem: John Barrons *KGB*, Robert Conquests *Der große Terror* und *Gorki-Park* von Martin Cruz Smith. Auf einem Zeitungstisch lagen die neuesten Ausgaben der *New York Times*, der *Washington Post* und *The Times* – eindeutige Beweise für Andropows Englischkenntnisse.

Die Gäste schritten über den Perserteppich, der den gesamten Boden des Büros bedeckte, und nahmen am Konferenztisch Platz. Ganz der höfliche Gastgeber, setzte sich Andropow als letzter, und dann auch nicht ans Kopfende, sondern zwischen den Generalstaatsanwalt und den Innenminister, um seine Vorrangstellung nicht noch zusätzlich zu betonen. Sein Assistent reichte ihm eine rote Lederakte mit dem Aufdruck »Geheim«.

Bevor Andropow sie öffnete, sagte er: »Der Anlaß, aus dem ich Sie heute hierher gebeten habe, ist Ihnen allen bekannt. Dieser Januar hat sich zu einer Zeit echter Prüfungen entwickelt. Abgesehen von allen möglichen Komplikationen in Polen und Afghanistan haben wir auch noch innerhalb einer einzigen Woche zwei Verluste zu beklagen – Semjon Kusmitsch Zwigun und Michail Suslow. Einige westliche Korrespondenten haben bereits den Versuch unternommen, zwischen diesen beiden Ereignissen eine Beziehung herzustellen, und ihre Zeitungen und Sender entsprechend informiert. Ich erwähne das gleich zu Beginn, weil jede Sensationsberichterstattung in Zusammenhang mit der Führung unseres Staates sich schädlich auf das Ansehen der Partei und des Landes auswirken kann. Daher ist es so wichtig, unsere Bemühungen zu koordinieren, um die Umstände von General Zwiguns Tod zu klären. Von Anfang an ist mir dieser Selbstmord etwas seltsam vorgekommen, und jetzt, nach den Aussagen dieses Burjatskij...«

Die Porträts von Lenin, Breschnew und Suslow starrten durch die Fenster hinab auf Dserschinskijs Statue. Und Dserschinskij wiederum blickte mit steinernem Gesicht über den Marx Prospekt auf das Zentrum von Moskau. Ein heftiger Wind fegte den Schnee vom Saum seines Mantels...

Zur gleichen Zeit
In den großen Schaufenstern des Redaktionsbüros der *Istwestija* wurde in großer Aufmachung berichtet: »Ein neuer und beschämender Akt israelischer Aggression – Besetzung der Golan-

Höhen.« Vera Zwigun blieb einen Augenblick stehen, trat dann jedoch in eine Telefonzelle und wählte die Nummer, die ihr seit siebzehn Jahren geläufig war.

In Leonid Breschnews Wohnung am Kutusowkij Prospekt meldete sich eine wachsame Stimme: »Ja?«

»Viktorija Petrowna, bitte.«

»Wer ist da?« erkundigte sich die Männerstimme.

»Ihre Schwester.«

»Viktorija Petrowna ist zur Zeit nicht in Moskau.«

»Wo ist sie denn?«

»Das kann ich Ihnen leider nicht sagen.«

»Ist sie vielleicht draußen in der Datscha? Ich rufe nun schon zum dritten Mal an.«

»Ich weiß. Und ich sage Ihnen zum dritten Mal, Vera Petrowna, daß sie ganz bestimmt nicht in Moskau ist. Sie ist... im Süden.«

Vera Zwigun legte langsam den Hörer zurück auf die Gabel und blieb in der kalten Telefonzelle stehen – eine der Glasscheiben war zerbrochen, und ein eisiger Wind pfiff durch den Spalt. Sie hatte bereits alle Hoffnung aufgegeben, daß *Die unsichtbare Front*, jener Film, der ihrer Jugend gewidmet war, jemals zu Ende gedreht werden würde. Aber das Schlimmste war, daß ihre eigene Schwester nicht mit ihr sprechen wollte; das verletzte sie am meisten. Sie griff in die Tasche ihres abgetragenen Persianermantels und zog den dünnen Brief heraus, den sie heute früh in ihrem Briefkasten gefunden hatte. Ohne jede Hast zerriß sie ihn in kleine Fetzen. Dann verließ sie die Zelle und warf die Schnipsel mit der ihrer Generation eigenen Ordnungsliebe in einen Abfallkorb. Und ohne sich umzusehen, ging sie zum Filmtheater *Rossija*, um sich dort den Film *Piraten des Zwanzigsten Jahrhunderts* anzusehen.

Zur gleichen Zeit

BERICHT

An den Genossen I. J. Schamrajew, Leiter der Untersuchungskommission

Heute, am 26. Januar, führte ich den mir erteilten Auftrag aus und zeigte den Angestellten des Hotels *Rossija* sechsundzwanzig Fotos von zehn Männern georgischer Nationalität im Alter

zwischen dreißig und fünfundvierzig Jahren sowie von sechzehn Männern russischer Nationalität mit dunklen Haaren. Unter diesen Fotos befanden sich auch die Porträts von Giwi Mingadse, Boris Burjatskij und Sandro Katauri. Elisaweta Konjajaw, Zimmermädchen im neunten Stock, das Buffetmädchen Xenja Masewitsch und die Putzfrau Darja Schirokowa erkannten eindeutig Giwi Mingadse und Boris Burjatskij als die »Teppichreiniger« wieder, die am Abend des Brandes vom 26. Mai 1976 die Teppiche im neunten Stockwerk des Hotels gesäubert hatten.
T. Wendelowskij
Oberinspektor für Sonderfälle bei der Generalstaatsanwaltschaft der UdSSR

»Diesen Bericht werden wir dazu benutzen, Vera Zwigun kräftig auf die Füße zu treten«, sagte ich zu Swetlow. »Die Alte hat mit Sicherheit gewußt, daß der Brand im *Rossija* das Werk ihres Mannes gewesen ist. Und außerdem hätte ich zu gern die zerrissene Jacke. Setz dich doch mal mit Oscherelejw in Verbindung. Er soll sie zu einem kleinen Gespräch mit mir einladen.«

In diesem Augenblick klingelte das Telefon. Swetlow nahm ab, lauschte und runzelte die Stirn. »Sie haben Vera Zwigun irgendwo am *Rossija*-Kino verloren, diese Idioten!« sagte er. »Aber wenigstens haben sie einen Brief gefunden, den sie auf dem Weg dorthin weggeworfen hat. Sie schicken ihn gleich her.«

12.32 Uhr
AUSZUG AUS MAJOR OSCHERELJEWS BERICHT
Um 12.17 Uhr warf Vera Zwigun nach dem Verlassen der Telefonzelle Schnipsel eines Schriftstückes in einen Abfallkorb und ging dann zur Kasse des *Rossija*-Kinos. Leutnant P. O. Sinizina, die Vera Zwigun in der Aufmachung einer Hausfrau gefolgt war, sah sich gezwungen, bei dem Papierkorb stehenzubleiben, um die Papierfetzen sicherzustellen. Unterdessen hatte Vera Zwigun eine Karte gekauft und das belebte Filmtheater betreten, wo sie in der Menschenmenge untertauchte. Ich versuche alles, um Vera Zwigun wieder aufzuspüren. Alle Ein- und Ausgänge werden bewacht. Auf Ihre Anordnung kann die Vorführung auch abgebrochen werden, und alle Zuschauer dürfen das Kino dann nur durch einen einzigen Ausgang verlassen.

Ich lege die Papierschnipsel bei und schicke Ihnen diesen Bericht durch Boten zu. Erwarte weitere Anweisungen.
Major W. Oschereljew

Es waren genau siebenundzwanzig Papierstückchen. In mühsamer Kleinarbeit klebten Swetlow und ich sie auf einen sauberen Bogen. Ein vertracktes Stück Arbeit. Swetlow war ganz zappelig und hielt diesen »Quatsch« offensichtlich für reine Schikane. Dann klingelte erneut das Telefon. Nachdem er sich einen weiteren Bericht angehört hatte, verkündete Swetlow: »Ich muß weg, um mich mit meinen ›gezähmten Ganoven‹ zu treffen. Sie haben Baklanow wieder seine Aktentasche zurückgegeben, und wir müssen jetzt unbedingt den Film entwickeln lassen. Du kannst den Mist da allein zu Ende basteln.«

»Moment mal«, sagte ich. »Ich glaube, daß es sehr interessant ist.«

Und tatsächlich entpuppte sich der von Vera Zwigun zerrissene Brief als neues Rätsel. Er war in einer runden, weiblichen Handschrift geschrieben und lautete wie folgt:

Sehr geehrte Vera Petrowna,
hoffentlich erinnern Sie sich noch an mich. Ich bin Anja Finstein und habe an dem Film *Front ohne Flanke* nach dem Buch Ihres Mannes mitgewirkt; mein Vater war einer der Tontechniker. Ganz sicher bin ich aber, daß Sie sich an meinen Verlobten Giwi Mingadse erinnern. Genau an unserem Hochzeitstag, am 18. Juli 1978, hat Ihr Mann ihn festnehmen lassen, und mein Vater und ich waren gezwungen, die UdSSR innerhalb kürzester Zeit zu verlassen.

Drei Jahre lang hatte ich keine Ahnung, wie mein Vater es geschafft hatte, innerhalb eines einzigen Tages ein Ausreisevisum für Israel zu bekommen, und warum wir die Sowjetunion so schnell verlassen mußten. Vor einem Monat nun ist mein Vater gestorben. Vor seinem Ende hat er mir alles erzählt. Natürlich hätte ich daraufhin den israelischen Geheimdienst, die CIA oder westliche Korrespondenten über die vierundzwanzig Tonbänder informieren können, die sich noch in Moskau befinden, weil mein Vater nicht mehr die Zeit hatte, sie zu vernichten. Und Sie werden sich sicherlich vorstellen können, daß sie Mittel und Wege finden würden, diese Tonbänder aus der UdSSR herauszuschaffen. Aber ich habe das nicht getan, sondern statt dessen einen Brief an Ihren Mann geschrieben, an seine KGB-Adresse. Ich war sicher, daß die Zensur, selbst wenn der Brief geöffnet werden würde, ihn doch an Ihren Mann weitergeben würde, da er schließlich ihr Vorgesetzter ist. In diesem Brief hatte ich Ihrem Mann einen Handel vorgeschlagen: Wenn er Giwi Mingadse freiließe, würde ich ihm mitteilen, wo sich die Tonbänder befinden. Nun kenne ich natürlich Ihren Mann und weiß selbstverständlich auch, was der KGB ist – also habe ich nicht meine Adresse angegeben, sondern ein Postfach bei einem Postamt, das eine meiner Freundinnen leitet. Am 12. Januar erhielt ich eine Antwort. Eine Postkarte, auf der es hieß: ›Anja, wir müssen über den Handel reden. Am 14. Januar um 14 Uhr im Café *Pinati* an der Ecke Diesenhoff- und Fischmannstraße in Tel Aviv.‹ Aber am selben Tag bemerkte meine Freundin ein paar Fremde, die sich den ganzen Tag über in der Nähe der Schließfächer herumdrückten. Sie waren am 12., 13. und 14. Januar dort, und selbstverständlich bin ich nicht zu diesem Rendezvous gegangen. Ganz abgesehen davon hat mich Ihr Mann niemals ›Anja‹ genannt. Am 15. und 16. Januar lagen Telegramme in meinem Schließfach, die mich zu sofortiger Kontaktaufnahme aufforderten, und am 17. stellte ich fest, daß sich zwei verdächtige Frauen in der Nähe meiner Wohnung aufhielten. (Sie werden vielleicht wissen, daß wir in Israel einen großen Bevölkerungsanteil von Arabern haben, und einige haben sich Ehefrauen aus Rußland mitgebracht. Diese beiden Frauen sahen jedenfalls so aus wie Weberinnen aus Woronesch, die man in arabische Kleidung gesteckt hatte.) Am selben Tag habe ich Israel verlassen.

Ich war bereits in Europa, als ich vom Tod Ihres Mannes erfuhr. Ich habe keine Ahnung, ob er oder jemand anders diese Leute geschickt hat, aber wenn ihnen daran gelegen gewesen wäre, mit mir einen fairen Tausch zu machen, hätten sie mich doch wohl kaum verfolgt, oder? Und Ihr Mann hätte mich auch so angeredet, wie er es damals bei den Dreharbeiten getan hat.

Ich bin vor den KGB-Agenten geflohen. Ihr Mann lebt zwar nicht mehr, aber mir geht es immer noch darum, Giwi aus der Haft freizubekommen – und aus der UdSSR. Daher unternehme ich nun einen letzten Versuch über Sie.

Bitte, sagen Sie Ihrem Schwager Leonid Breschnew, daß ich den

Ort, an dem sich die Tonbänder befinden, westlichen Korrespondenten und Geheimdiensten verraten werde, falls Giwi nicht innerhalb einer Woche bei mir sein sollte.

Und dann werden sie über die *Stimme Amerikas* verbreiten und in der westlichen Presse veröffentlichen, wie sich Breschnew, sein Sohn, seine Tochter, sein Bruder und die Freunde Ustinow und Zwigun in privatem Kreis über die Sowjetregierung, Mitglieder des Politbüros, die Innen- und Außenpolitik der UdSSR, die militärischen Pläne und die sogenannte Internationale Kommunistische Bewegung geäußert haben. Und alle Welt wird es erfahren.

Sie können über eine westdeutsche Telefonnummer Kontakt mit mir aufnehmen – 0611/341819. Sie sollten aber von vornherein wissen, daß sich dort lediglich ein Auftragsdienst melden wird.

Sie werden diesen Brief am 26. Januar erhalten, und ich werde von dem Tag an genau eine Woche darauf warten, daß Giwi freigelassen wird. Anderenfalls treffe ich mich am 3. Februar mit amerikanischen Journalisten.

Anja Finstein 23. Januar 1982

PS. Haben Sie keine Angst. Dieser Brief wird Ihnen nicht von der CIA überbracht. Ich habe jemanden gefunden, der heute als Tourist in die Sowjetunion reist.

»Ha!« sagte Swetlow. »Diese naive Närrin! Ich werde mir die Liste der Touristen geben lassen, die in den letzten beiden Tagen in Moskau eingetroffen sind. Dann werde ich den Vogel schon finden.«

»Warte mal«, sagte ich. »Verstehst du eigentlich, worum es in diesem Brief geht?«

»Was ist denn da schon groß zu verstehen? Ihrem Vater ist es irgendwie gelungen, Privatgespräche von Breschnew aufzuzeichnen. Aber dann mußte er plötzlich die Sowjetunion verlassen, konnte die Bänder nicht mitnehmen, sie aber auch nicht vernichten. Und nun versucht sie, uns mit ihnen zu erpressen, damit wir diesen Galgenvogel freilassen, der immerhin das *Rossija* in Brand gesteckt hat! Zum Teufel mit ihr! Zwigun hat ihn ihr nicht gegeben, und wir... Augenblick mal!« Er krauste die Stirn und las den Brief noch einmal. »Aber vielleicht hat der erste Brief Zwigun tatsächlich nicht erreicht... Und dann... und dann... dann wären das hier unter Umständen genau die Bänder, hinter denen Krasnow, Baklanow und Malenina so verzweifelt her sind.«

Ich sah schnell im Telefonbuch nach, griff nach dem Telefonhörer und wählte die Nummer von Meschtscherjakow, dem Leiter des Hauptpostamts Moskau: »Viktor Borisowitsch? Verzeihen Sie, daß ich Sie störe. Hier ist Schamrajew von der Generalstaatsanwaltschaft. Am Sonnabend habe ich Ihnen die Weisung zukommen lassen, alle an General Zwigun adressierten postalischen und telegraphischen Sendungen an mich weiterzuleiten.«

»Ich weiß, ich weiß«, erwiderte er mit seiner tiefen Stimme. »Ich bin gerade dabei, Ihnen eine Antwort zu schreiben. Die Sache ist nämlich die, daß die gesamte Post für den Genossen Zwigun seit dem neunzehnten Januar bereits an den KGB geschickt wird.«

»Und vor dem neunzehnten?«

»Da wurde alle Post wie üblich an ihn ausgeliefert.«

»Alles?«

»Selbstverständlich! Warum?«

»Vielen Dank.« Ich legte auf und wandte mich an Swetlow. »Komm, wir werden den Postzensoren am Komsomolzen-Platz einen Besuch abstatten.«

»Aber meine Ganoven warten doch auf mich!« wehrte er sich. »Und ganz abgesehen davon – was soll Oschereljew mit Zwiguns Witwe anfangen? Er wartet auf Instruktionen. Ich werde mal kurz bei ihm vorbeifahren.«

»Zuerst gehen wir zu den Zensoren«, sagte ich. »Sie kann sich ja inzwischen den Film ansehen. Wir haben jetzt einfach keine Zeit, uns um sie zu kümmern. Soll doch Oschereljew selbst mit ihr fertig werden.« Ich faltete Anja Finsteins wiederhergestellten Brief zusammen und steckte ihn in meine Tasche. »Los, auf geht's!«

Swetlow sah mich an und seufzte. »Als ob wir nicht schon genug am Hals hätten! Aber nein, zwei Mörder reichen ja nicht – du mußt dich auch noch darum kümmern!«

»Wir suchen doch gar nicht nach diesen Tonbändern«, erwiderte ich. Und als er mich verblüfft ansah, fuhr ich fort: »Wenn das tatsächlich dieselben Tonbänder sind, hinter denen Krasnow, Baklanow und Malenina her sind, werden wir doch nicht mit ihnen in Wettstreit treten. Wir werden diesem Mädchen ihren Georgier ausliefern, das ist alles. Das heißt, wenn er überhaupt noch am Leben ist.«

Hauptmann Laskin kam ins Büro und berichtete: »Genosse Swetlow, wir haben diese Tamara Bakschi im Hotel *National* aufgespürt. Sie sitzt dort jeden Abend an der Bar, in der nur Leute mit Devisen verkehren. Wir werden sie heute abend kassieren.«

»O nein!« fuhr Swetlow auf. »Das werden Sie nicht! *Ich* werde sie kassieren. Ich höchstpersönlich!«

13 Uhr
Die Besprechung in Andropows Büro hielt noch immer an. Hier, in diesem geräumigen Arbeitszimmer, saßen die Männer zusammen, die in Wirklichkeit die Macht im Lande ausübten – die überwachten, kontrollierten und straften. Und sie waren sich dessen sehr wohl bewußt. Daher sprachen sie auch ohne jede Hast, keiner strengte seine Stimme an oder war irgendwie erregt. Alle waren überaus höflich und verbindlich zueinander.

»Ich muß gestehen«, sagte gerade General Kurbanow, der Leiter der KGB-Ermittlungsabteilung, »daß mir bei der Untersuchung des Tatorts einige Fehler unterlaufen sind. Ich habe die Hinweise auf einen Kampf und die durch eine zweite Kugel am Entlüftungsfenster entstandenen Kratzer übersehen. Und da ich gar nicht auf den Gedanken kam, es könne sich um einen Mord handeln, habe ich General Zwiguns Abschiedsbrief auch nicht analysieren lassen. Wie ich annehme, hat Chefinspektor Schamrajew das alles nachgeholt. Und wenn da nicht diese höchst verdächtigen Kontakte Boris Burjatskijs mit ausländischen Agenten wären, hätte ich bestimmt als erster zu Krasnow gesagt, er solle ihn der Staatsanwaltschaft übergeben, damit die sich um die Sache kümmert. Aber wenn dieser Burjatskij tatsächlich ein ausländischer Spion ist, dann liegen die Dinge doch ganz anders. Dann stehen wir nicht nur vor der Aufgabe, die feindseligen Aktivitäten fremder Geheimdienste aufzudecken, sondern dann bietet sich uns sogar die Möglichkeit, einige der Agenten, mit denen Burjatskij Kontakt hatte, ›umzudrehen‹, um so einen entscheidenden Gegenschlag gegen den Westen führen zu können. Aber das liegt ausschließlich in den Händen unserer Abteilung Acht. Natürlich könnte sehr leicht bei der Staatsanwaltschaft oder dem Innenministerium der Eindruck entstehen«, er lächelte gewinnend, »daß wir sie die Dreckarbeit machen lassen, um dann den Rahm abzuschöpfen...«

Alle lachten, und Krasnow fuhr fort: »Wir sind im Dienste der Sache darauf eingestellt, die Frage der Belohnung weit hintan zu stellen.«

Alle blickten nun auf Generalstaatsanwalt Rekunkow und den Leiter seiner Ermittlungsabteilung, Hermann Karakos. Rekunkow ließ sich von Schtscholokow, der in seiner Nähe saß, eine rot eingebundene Mappe mit dem Vermerk »Streng geheim« und der Aufschrift »Fall B. Burjatskij« geben.

Er blätterte sie durch, räusperte sich mehrmals und sagte endlich: »Hm! Unter uns gesagt, ich wäre froh gewesen, wenn ich die Sache von Anfang hätte abgeben können, sozusagen vom Hals gehabt hätte . . .«

Wieder war das Lachen allgemein. Krasnow lehnte sich sogar erleichtert in seinem Stuhl zurück.

Aber Rekunkow fuhr fort: »Wie ich sehe, hat mein Inspektor Schamrajew eine Reihe von Schnitzern gemacht. Es fehlen zum Beispiel Berichte über die Aussagen von Zwiguns Leibwächter und seinem Chauffeur.«

»Sie sind beide zur Zeit auf Urlaub. Irgendwo im Süden«, sagte Piroschkow und zeigte erste Anzeichen von Unbehagen.

»Das macht nichts. Sie können jederzeit nach Moskau zurückbeordert werden«, stellte Andropow fest.

»Das wäre gut«, sagte Rekunkow. »Sie müssen herzitiert und befragt werden. Wie kommt es eigentlich, daß sie keine Schüsse gehört haben? Schließlich ist doch zweimal geschossen worden, wenn man diesem Burjatskij glauben will. Und außerdem müßte ein Lokaltermin abgehalten werden. Burjatskij sollte in Zwiguns Wohnung gebracht werden, um dort ganz genau, Minute für Minute, den Tathergang zu demonstrieren. Und dabei sollten wir einen anderen Mann unten in der Halle genau dort postieren, wo der Leibwächter gesessen hat. So können wir überprüfen, ob die Schüsse zu hören waren oder nicht.«

»Das läßt sich alles bewerkstelligen«, erklärte Kurbanow. »Aber für uns wird er das Geschehen nicht Minute für Minute, sondern Sekunde für Sekunde nachvollziehen müssen.«

Wieder lächelten alle, aber der Generalstaatsanwalt fuhr im selben Tonfall, die Worte leicht dehnend, fort: »Selbstverständlich . . . doch Sie müssen auch versuchen, mich zu verstehen. Für mich heißt das, zu Leonid Breschnew zu gehen und ihm zu sagen, daß ich den Fall abgebe. Um das tun zu können, muß ich schon ein paar handfeste Argumente haben.« Er sah Schtscholokow direkt an: »Also fügen Sie den Akten die Vernehmungsprotokolle des Leibwächters und des Chauffeurs von Zwigun bei, dazu auch noch das Ergebnis des Lokaltermins mit diesem Burjatskij, dann dürfte es reichen. Ich ziehe mich zurück, gehe zu Breschnew und sage ihm, daß wir den Mörder gefunden haben und ihn dem KGB übergeben.«

»Aber das kann ja noch Ewigkeiten dauern«, bemerkte Kurbanow.

»Warum diese Eile?« gab Rekunkow zurück. »Ich will doch nicht hoffen, daß Burjatskij inzwischen das Weite sucht!«

Zur gleichen Zeit
Auf dem Komsomolzen-Platz, links vom Leningrader Bahnhof, steht im Hof des alten Klinkerbaus der Zollfrachtabteilung ein hochgeschossiger Betonklotz mit schmalen Fenstern: Die Abteilung zur Überwachung postalischer Sendungen des Ministeriums für Außenhandel. Aber obwohl die Angestellten dieser Abteilung ihre Gehälter vom Post- und Fernmeldeministerium beziehen, ist es für alle, die über ihre Aufgaben Bescheid wissen, kein Geheimnis, daß sie nicht dem Ministerium untersteht, sondern dem KGB.

Früher einmal, vor der Chruschtschowschen Entspannungspolitik und der vielfüßigen jüdischen Emigration, kamen nur sehr wenig Briefe aus dem Ausland. Die Menschen hatten immer noch Angst, mit dem Westen zu korrespondieren, selbst wenn es sich um enge Angehörige handelte. Zu jener Zeit kam die Abteilung mit einem bescheidenen Personalbestand aus und beanspruchte lediglich eine halbe Etage im Hauptzollgebäude. Aber in den letzten zehn bis fünfzehn Jahren wurde die Sowjetunion von einer wahren Flut von Briefen aus den Vereinigten Staaten, aus Kanada, Israel und Westeuropa überschwemmt. Mit dieser Entwicklung konnte das Personal der Abteilung kaum Schritt halten, und selbst der hastig in die Höhe gezogene Neubauflügel war inzwischen entsetzlich vollgestopft – bis zu sechs Angestellte teilten sich einen Raum. Mittlerweile lebten siebzehn Millionen ehemalige Sowjetbürger in der Emigration, und wenn auch nur die Hälfte von ihnen pro Jahr einen Brief nach Rußland schrieb, ergossen sich mehr als acht Millionen Postsendungen in die Abteilung.

Jeder Brief mußte geöffnet werden, ohne allzu viele Spuren zu hinterlassen; er mußte taxiert werden, um zu entscheiden, ob er an die angegebene Adresse ausgeliefert werden sollte oder nicht. Und in allen Fällen wurde eine Kopie für eine Spezialabteilung des KGB angefertigt, wo das Material sortiert und den Dossiers der verschiedenen Empfänger beigefügt wurde. Die Unterlagen wurden dort über Jahre aufbewahrt, bis der Augenblick kam, an dem sie aus den Archiven hervorgeholt und als Beweismittel vor Gericht verwandt wurden.

Swetlow und ich zeigten den militärisch anmutenden Wachhabenden unsere Ausweise und gingen hinauf in das zweite Stockwerk, zum Büro des Abteilungsleiters Suchorukow. An den Türen links und rechts im Flur hingen Schilder mit Aufschriften wie »Englischer Sektor«, »Japanischer Sektor«, »Deutscher Sektor«, »Juden« und so weiter. Hinter diesen Türen klingelten keine Telefone, und eigentlich sollte hier die Atmosphäre emsiger Arbeit herrschen. Doch ganz im Widerspruch zu den Regeln waren fröhliche Stimmen zu vernehmen – man erzählte sich das jüngste Gerücht oder las eine besonders spaßige Stelle aus den Briefen, die man gerade bearbeitete, laut vor. Als wir vorbeikamen, flitzte ein junger weiblicher Zoll-Leutnant vom amerikanischen Sektor in den deutschen. Sie schüttelte sich vor Lachen, und noch, als sie die Tür längst hinter sich geschlossen hatte, konnten wir ihre Stimme vernehmen: »Hört euch das mal an, Mädels! Aus Amerika: ›Heute nacht habe ich von Piroschki geträumt...‹«

Als ich die Tür mit dem Namensschild »R. V. Suchorukow, Leiter der Abteilung zur Überwachung postalischer Sendungen« öffnete, erwartete mich eine Überraschung. Die vertraute Gestalt von Roman Suchorukow, ehemaliger Kampfflieger, Invalide und Held der Sowjetunion, war nicht zu sehen. In seinem kleinen, bescheidenen Büro waren vier Tische eng nebeneinandergeschoben, und an einem dieser Tische, die mit Stapeln von Briefen bedeckt waren, saß seine Stellvertreterin, Inna Borisowna Figotina. Sie war eine kleine, vertrocknete Frau von etwa sechzig Jahren und trug die Uniform eines Majors im Zoll- und Steuerdienst.

»Guten Tag«, sagte ich. »Wo ist denn Suchorukow?«
»Guten Tag. Roman Viktorowitsch arbeitet nicht mehr hier.«
»Was? Ich habe ihn doch noch kurz vor Neujahr hier gesehen!«
»Ja, vor Neujahr«, meinte sie bekümmert. »Jetzt haben wir

einen neuen Chef – Ksana Aksentschuk. Falls Sie mit ihr sprechen wollen: Sie hat sich ein anderes Büro ausgesucht, größer als dieses hier. Zimmer dreihundertzwei. Aber ich glaube kaum, daß Sie sie dort antreffen werden.«

Ich setzte mich an den Tisch. »Inna Borisowna, eigentlich muß ich nicht unbedingt zu ihr. Ich bin mit dem Todesfall Zwigun befaßt und müßte mal einen Blick in die Eingangsbücher von Dezember und Januar werfen.«

»Wonach suchen Sie denn?«

»Nach Post, die an Zwigun adressiert war – wann sie eingetroffen ist, von wem und woher, und wem sie übergeben wurde.«

Inna Figotina sah erst mich und dann Swetlow an.

Endlich fiel mir meine Unterlassungssünde ein. Ich stellte Swetlow vor: »Das ist Marat Alexejewitsch Swetlow, mein Freund und Leiter der Dritten Abteilung der Moskauer Kriminalpolizei. Auf Anweisung Breschnews untersuchen wir beide den Fall Zwigun.«

Sie sah uns wieder an, dachte einen Moment lang nach und sagte schließlich: »Na, dann machen Sie erst mal die Tür fest zu.«

Swetlow gehorchte, und sie fragte: »Was interessiert Sie an Zwiguns Post denn besonders?«

»Der Brief einer gewissen Anja Finstein aus Israel. Er muß kurz vor dem neuen Jahr angekommen sein oder unmittelbar danach.«

Inna Figotina griff schweigend in die Tischschublade, holte eine Belamor-Zigarette hervor, zündete sie an, hüllte sich in eine dichte Rauchwolke und fragte schließlich: »Igor, wie haben Sie von diesem Brief erfahren?«

»Nun ...« meinte ich ausweichend, »wir haben eben davon erfahren.«

»Oh«, sagte sie, »dann gibt es den lieben Gott also doch noch. Was für eine Überraschung!«

Ich lächelte. »Eigentlich kommen wir nicht von Gott, sondern von Breschnew. Ein paar Details zu diesem Brief kämen daher nicht gerade ungelegen.«

»Also gut«, meinte sie. »Ich wäre deswegen zwar nie zu Ihnen gekommen, aber da Sie nun schon mal hier sind ... Über diesen Brief werden Sie nichts in den Eingangsbüchern finden. Und dennoch hat es ihn gegeben. Eigentlich haben wir schon lange damit aufgehört, uns über irgendwelche Drohbriefe aus dem

Ausland, die an die Adressen von Breschnew, Andropow oder Sotow, den Leiter der Paß- und Visabehörde, gerichtet sind, Sorgen zu machen. Briefe dieser Art kommen jeden Tag zuhauf – hauptsächlich von Juden. Sie drohen damit, jemanden umzubringen, wenn ihre Brüder, Ehemänner oder sonstigen Verwandten nicht auf der Stelle rausgelassen werden. Sogar die Kinder schreiben. Zum Beispiel: ›Breschnew, wenn Du meinen Papa nicht zu mir läßt, werde ich Dich verfluchen!‹ und ähnlichen Unsinn. Aber der Brief von dieser Finstein war doch etwas Besonderes. Er kam gleich nach Neujahr, am ersten oder zweiten Januar. Es war so eine Art Aufschrei des Herzens, und wir haben ihn hier alle gelesen und herumgereicht. Sie forderte Zwigun darin auf, ihren Verlobten aus dem Gefängnis freizulassen, irgend so einen Georgier. Als Gegenleistung bot sie ihm irgendwelche Tonbänder mit Aufzeichnungen privater Gespräche Breschnews an. Natürlich haben wir darüber nur gelacht – was werden sich diese verrückten, liebeskranken Jüdinnen noch alles einfallen lassen? Und Suchorukow wollte diesen Brief wie üblich an Zwiguns Privatbüro weiterleiten. Doch dann war er plötzlich verschwunden. Soviel wir auch suchten, wir fanden ihn nicht wieder. Nun, Sie kennen ja Suchorukow – der alte Mann wurde nervös, schrie herum und leitete eine Untersuchung darüber ein, wer das Schreiben als letzter in der Hand gehabt hatte. Und er stellte fest, daß es Ksana Aksentschuk gewesen war, der jüngste Zensor im »Arabischen Sektor« und Nichte von Piroschkow, dem Stellvertretenden KGB-Vorsitzenden. Aber sie tat so, als wisse sie von nichts. Behauptete, den Brief nie in der Hand gehabt zu haben. Also geriet die Angelegenheit in Vergessenheit. Aber am neunzehnten Januar starb Zwigun, und am selben Tag erhielt Suchorukow die Anweisung, alle Postsendungen, die an Zwigun gerichtet sind, unverzüglich an die KGB-Untersuchungsabteilung weiterzuleiten. Dann kamen Gerüchte auf, daß Zwigun nicht einfach so gestorben sei, sondern sich nach einer Unterredung mit Suslow das Leben genommen habe. Und dann, vor drei Tagen, am Freitag, wurde Suchorukow darüber informiert, daß er in den Ruhestand versetzt sei. Seinen Posten erhielt – na, dreimal dürfen Sie raten! – Ksana Aksentschuk! Ich kann nur hoffen, daß auch Sie den Braten riechen. Jetzt ist sie unser Chef, und Suchorukow liegt mit einem Herzanfall im Botkin-Krankenhaus.«

13.45 Uhr

Im Zuschauerraum des *Rossija*-Kinos gingen die Lichter wieder an. Der Film *Piraten des zwanzigsten Jahrhunderts* war zu Ende. Die Besucher – meist Jugendliche zwischen zwölf und vierzehn Jahren – strömten auf die Ausgänge zu. Aber von den zwölf großen Doppeltüren waren nur drei geöffnet und von denen auch nur jeweils ein Flügel. So konnte immer nur ein Zuschauer den Saal verlassen, und Major Oschereljew würde Vera Zwigun leicht finden. Doch er hatte unterschätzt, wozu 1200 junge Menschen fähig sind, die gerade *Piraten des zwanzigsten Jahrhunderts* gesehen haben. Ein beängstigendes Pfeifen, Johlen und Getrampel setzte ein. Die Jugendlichen hämmerten mit Fäusten und Füßen gegen die verschlossenen Türen. Dann gingen sie daran, das nachzuahmen, was sie gerade auf der Leinwand gesehen hatten: Sie fingen an, die Türen zu »stürmen«.

Aufforderungen der Kinoleitung, Ruhe zu bewahren, fruchteten natürlich nicht. Die Eichentüren begannen sich zu neigen, als die Menge von innen dagegen drückte. Man hörte die verzweifelten Schreie von Jugendlichen, die im Getümmel eingekeilt waren. Noch ein paar Sekunden, so schien es, und die Menge würde die Türen eintreten, herausstürmen und die schwachen Ketten der Miliz überrennen.

Aber Oschereljew rettete die Situation. Er rannte in den Vorführraum und schrie: »Starten Sie den Film! Lassen Sie den verdammten Streifen noch mal laufen!«

Der verängstigte Vorführer legte den Film erneut ein und schaltete den Projektor wieder an. Von neuem tobten die Piraten über die Leinwand. Und im gleichen Augenblick eilten die Jugendlichen auf ihre Plätze zurück – mit derselben Entschlossenheit, mit der sie eben noch die Ausgänge hatten stürmen wollen. Es gab Jubelschreie und ekstatische Pfiffe. Sie hatten die Chance, sich zum zweitenmal und kostenlos *Piraten des zwanzigsten Jahrhunderts* anzusehen.

»Aber so kommen sie doch nie heraus«, sagte Leutnant Polina Sinizina zu Oschereljew.

»Auch gut. Lassen wir sie ruhig drin«, erwiderte er. »Aber die Alte wird rauskommen. Warum sollte sie sich diesen Schwachsinn noch mal ansehen?«

Er behielt recht. Als sich die Zuschauer wieder beruhigt hatten, machte sich Vera Zwigun auf den Weg zum Ausgang. Sie war die einzige Person, die das Filmtheater verlassen wollte, und die Gesichter der unauffällig neben den Ausgängen herumlungernden Milizagenten sagten der einstigen Tscheka-Mitarbeiterin und Witwe des Ersten Stellvertretenden KGB-Vorsitzenden genug. Sie witterte Vertrautes an diesen Typen – etwas, das unmißverständlich nach KGB roch. Und sie wußte gleich, für wen man die Kinotüren in einen Kontrollpunkt verwandelt hatte. Ihr Herzschlag setzte fast aus; sie erwartete, jeden Augenblick festgenommen zu werden. Dennoch ging sie langsam zur Tür und auf die Straße hinaus.

Doch niemand nahm sie fest. Niemand griff nach ihr, knebelte sie und zerrte sie in ein wartendes Auto. In höchster Anspannung, mit klopfendem Herzen, aber sehr aufrecht bewegte sie sich vom Kino fort und ging den Strastnoj Boulevard entlang.

Und ihr Verdacht bestätigte sich. Während sie halb betäubt dahinlief, bemerkte sie, daß ihr auf der anderen Straßenseite ein ganz gewöhnlicher Moskwitsch folgte. Das Herz sank ihr in die Magengrube. In diesen Augenblicken verspürte auch Vera Zwigun das dumpfe Vorgefühl einer drohenden Festnahme und die verzweifelte Hilflosigkeit des normalen Sowjetbürgers dem allmächtigen KGB gegenüber, die ihrem Mann so viele Jahre hindurch Entzücken und Befriedigung verschafft hatte. Vera Petrowna hegte keinen Zweifel daran, daß ihr der KGB folgte – man hatte offenbar den Mann, der ihr am Morgen diesen verfluchten Brief von Anja Finstein in den Briefkasten geworfen hatte, bereits festgenommen. Und nun waren sie dabei, auch sie zu ergreifen. Man würde sie verhören, immer wieder verhören. Und das alles wegen dieser unglückseligen Tonbänder.

»Aber warum schnappen sie mich nicht sofort?« fragte sie sich immer wieder. Sie wußte nicht, daß der Mann im Moskwitsch Major Oschereljew war – also nicht vom KGB, sondern von der Moskauer Kriminalpolizei. Sie konnte auch nicht wissen, daß er im Augenblick vergeblich versuchte, einen Funkkontakt zu seinem Chef, Marat Swetlow, und zu Schamrajew herzustellen, um zu erfahren, ob er sie nun festnehmen sollte oder nicht.

Zur gleichen Zeit
Swetlow und ich entwickelten die von »Chef« und von Goldkralle gekaperten Filme weder im Fotolabor der Kriminalpolizei noch im Institut für gerichtliche Analysen, noch im Kriminologischen Institut. Wir taten das in der Wohnung unseres lebensfrohen Beljakow, in einer winzigen Bude, die sein Sohn Aljoscha als Dunkelkammer eingerichtet hatte. Und auf den noch feuchten Abzügen konnten wir ein paar höchst interessante Details feststellen.

Zunächst einmal gab es ein Dokument, das die Beschlagnahme von Wertgegenständen in der Wohnung von General Sotow, dem Chef der Paß- und Visabehörde, bestätigte. Darunter auch ein Diadem aus Platin, auf dem hinten die Worte »Für meine liebe Anja von Giwi« eingraviert waren.

Zweitens gab es da einen Bericht über das Verhör von General Sotow. Auf sieben Seiten wurde bestätigt, daß Baklanow Sotow der Bestechlichkeit überführt hatte. An einem einzigen Tag, nämlich am 18. Juli 1978, hatte Sotow die Ausreisevisa nach Israel für Arkadij Borisowitsch (oder Baruchowitsch) Finstein, seine Frau Raisa Markowna und seine Tochter Anna Arkadjewna (oder Anja) durchgepaukt. Als Gegenleistung für seine Dienste hatte er das oben erwähnte Diadem, drei Goldarmbänder mit Diamanten und acht Herren- und Damenringe mit wertvollen Steinen erhalten.

Drittens gab es eine Reihe von Fotografien von Anja Finstein, dem Ausreise-Antrag Nummer 56 197 der Familie Finstein entnommen und ein paar andere Fotos von ihr, die sich Baklanow bei den Befragungen und Verhören aller Mitglieder des Filmteams von *Front ohne Flanke* beschafft hatte, von Regisseur Igor Frostjew bis hin zu Filmstar Wjatscheslaw Tichonow.

Der vierte Posten bestand aus Protokollen der Befragung früherer Nachbarn und Kollegen Anja Finsteins und ihres Vaters Arkadij. Daraus ging hervor, daß Baklanow mit Hilfe dieser Leute vergeblich herauszufinden versucht hatte: a) wo Anja Finstein eine Schachtel mit Tonbändern verborgen haben könnte, und b) wo sich die Familie im Augenblick in Israel aufhielt. In einem Punkt war Baklanow allerdings erfolgreich gewesen: Arkadij Finsteins Filmkollegen hatten bestätigt, er sei ein bemerkenswerter Elektronikfachmann und Erfinder gewesen. Für seinen künftigen

Schwiegersohn hatte er 1978 ein geradezu einmaliges Mini-Tonbandgerät mit hochempfindlichem Mikrofon gebaut. Er hatte sein Einkommen bei Mosfilm auch regelmäßig dadurch aufgebessert, daß er ausländische Stereoanlagen seiner Freunde und Bekannten reparierte. Außerdem hatte er Privatautos mit Stereo und Radio ausgestattet.

Aber das fünfte und interessanteste Stück war Baklanows Brief. In ihm enthüllte er die von KGB-Agenten angewandten Methoden, um Anja Finstein in Israel ausfindig zu machen.

Baklanow hatte, wie folgt, argumentiert: Anja Finstein kann in israelischen Telefonbüchern nachgeschlagen werden (Problem – Namensgleichheit, da Finstein ein ziemlich verbreiteter Name ist, außerdem besteht die Möglichkeit der Namensverwechslung); sie kann über sowjetische Filmleute ausfindig gemacht werden, die nach Israel emigriert sind (Liste von Boris Marjamow von der Gewerkschaft der Filmschaffenden); sie kann im Hinblick auf den kürzlich erfolgten Tod ihres Vaters auch über die Friedhofsverwaltung von Tel Aviv gefunden werden, die unter Umständen Adressen der Hinterbliebenen besitzt; zudem wird sie sicherlich das Bedürfnis haben, das Grab ihres Vaters aufzusuchen; Finstein besaß einen Führerschein und könnte sich in Israel ein Auto gekauft haben. Vielleicht war es möglich, Angestellte der Zulassungsbehörde zu bestechen.

»Hm ja«, meinte Swetlow und betrachtete ein Foto von Anja Finstein. »Diese kleine Schönheit hat sich ganz hübsch in die Nesseln gesetzt. Falls möglich, werden die sie sogar aus dem Grab holen. Wenn sie es nicht schon getan haben.«

Das auffallend schöne, klare Gesicht eines zwanzigjährigen Mädchens blickte uns von den Fotografien an. Ihre großen dunklen Augen saßen in einem feinen, schmalen Gesicht, die Lippen waren leicht geöffnet. Ihr Gesicht war umrahmt von einer Fülle blonden Haars, das ihr bis auf die Schultern fiel.

»Aber es sieht ganz so aus, als hätten sie es noch nicht geschafft«, sagte ich und grübelte über etwas nach, das mir seit einer Stunde nicht mehr aus dem Kopf gehen wollte. »Jedenfalls ist es klar, daß diese Tonbänder tatsächlich existieren und daß Baklanow, Krasnow und der KGB alles Erdenkliche versucht haben, sie aufzuspüren. Uns bleibt nur noch eine Möglichkeit.«

Ich verließ die winzige Dunkelkammer, ging zum Telefon und

wählte die Nummer von Suren Ptschemjan im Zentralkomitee der KPdSU.

»Suren Alexejewitsch? Hier ist Schamrajew. Ich muß dringend Leonid Breschnew sprechen.«

»Wie dringend?« fragte Ptschemjan.

»Außerordentlich dringend.«

»Gut. Kommen Sie nachmittags um halb sechs zum Spasskij-Tor. Sie werden abgeholt.«

»Geht es nicht früher?«

»Leider nicht.«

»In Ordnung. Ich werde da sein.«

Ich sah auf die Uhr. Es war zehn Minuten vor zwei, und um zwei würde mein Sohn aus der Schule kommen.

»Ich muß schnell hinüber nach Presnja, meinen Sohn abholen. Kannst du mich da absetzen?«

»Einen Augenblick«, sagte er, griff nach einem leeren Glasgefäß aus Aljoschas Dunkelkammer und ging mit besorgtem Gesicht auf die Toilettentür zu.

»Warum rennst du eigentlich alle zehn Minuten aufs Klo?« rief ich ihm hinterher.

»Goldberg sagt, daß bei Tripper im Urin Eiterflocken auftauchen. Aber bisher habe ich noch nichts entdecken können«, erwiderte er.

13.58 Uhr

Nachdem sie ihre Gäste und Untergebenen hinausgeleitet hatten, blieben Andropow und Nikolai Schtscholokow allein zurück. Andropow nahm die Brille ab und fuhr sich müde über Nasenrücken und Brauen.

»Seltsam, wie widerspenstig dieser Rekunkow doch ist«, sagte Schtscholokow.

»Er scheint Zeit gewinnen zu wollen. Aber es ist eine Schande, daß Ihre Moskauer Kriminalpolizei gegen uns arbeitet.«

»Darüber brauchen Sie sich keine Gedanken zu machen«, meinte Schtscholokow und schüttelte abfällig den Kopf. »Sie sehen doch, was sie bisher erreicht haben. Sie haben sich da ein paar Fotos zusammengeklaubt und die Krankenhäuser abgeklappert. Natürlich haben sie nichts herausgefunden. Es ist ein totes Rennen, warum lassen wir sie nicht einfach weiterlaufen? Wesentlich ärgerlicher ist es, daß wir die Spur dieser verdammten Jüdin in Israel verloren haben.«

Es klang wie ein Seitenhieb – ein dezenter Hinweis darauf, daß Andropows Spione in Israel eine ganze Woche lang nicht in der Lage gewesen waren, ein einfaches Emigrantenmädchen aufzuspüren.

Aber Andropow erwiderte ganz ruhig: »Sie ist nicht mehr in Israel, sie ist in Westeuropa. Meine Leute haben herausgefunden, daß sie am siebzehnten vom Flughafen Ben Gurion aus mit der Alitalia nach Rom geflogen ist. Ihr Ticket ging nur bis Rom. Und das kann uns doch nur angenehm sein: Es ist wesentlich einfacher, sie von dort aus in die Sowjetunion zurückzubringen, als von Israel aus.«

Er sah auf die Uhr, drehte sich in seinem Ledersessel um und öffnete die Eichentüren eines Bücherschranks. Dahinter stand auf einem Bord der neueste Grundig-Radioapparat. Er war bereits auf die richtige Wellenlänge eingestellt, und nach Berührung der Metalltaste ertönte das Erkennungszeichen von »Radio Freies Europa« in München, überlagert allerdings von dem monotonen Heulton der sowjetischen Störsender. Durch das Geheul mühte sich eine Baritonstimme: »Hier ist ›Radio Freies Europa‹. Hier ist ›Radio Freies Europa‹. Wir senden jetzt auf dem 16-, 31-, 41- und 49-Meter-Band. Es folgen Olekso Bojarko und Mila Karewa mit den neuesten Nachrichten. In Moskau...«

Die Stimme des Sprechers wurde nun völlig unverständlich. Andropow wählte eine kurze interne Nummer und sagte mit ruhiger Stimme ins Mikrofon: »Katschalow, Schluß mit den Störungen.«

Im gleichen Augenblick verschwand der Heulton, und Andropows Zimmer füllte sich mit der klaren, klangvollen Stimme des Nachrichtensprechers der feindlichsten aller Rundfunkstationen. »Die sowjetische Nachrichtenagentur TASS gab gestern den Tod des neunundsiebzigjährigen Chefideologen des Kreml, Michail Suslow, bekannt. Beobachter weisen darauf hin, daß dies der zweite Todesfall innerhalb von wenigen Tagen im Kreml ist. Am neunzehnten Januar starb bereits Breschnews Schwager, der Erste Stellvertretende Vorsitzende des KGB, General Semjon Zwigun. Ausländische Korrespondenten in Moskau bringen Zwiguns Tod mit der Massenverhaftung von führenden Persönlichkeiten der sowjetischen ›Untergrund‹-Wirtschaft in Zusammenhang, die vor kurzem überall im Land stattgefunden hat. Es wird berichtet, daß auch ein enger Freund der Breschnew-Tochter Galina, ein gewisser Boris Burjatskij, genannt der ›Zigeuner‹, festgenommen worden ist. Galina Breschnewa mußte sich ebenfalls Verhören unterwerfen, und Breschnews Sohn Jurij, der Erste Stellvertretende Außenhandelsminister, ist seit einigen Tagen nicht mehr in seinem Büro erschienen. Es wird vermutet, daß sie mit der wirtschaftlichen Untergrund-Mafia in Beziehung standen und daß General Zwigun der Initiator der Enthüllungen war, die sowohl Michail Suslows als auch Leonid Breschnews Empörung hervorgerufen haben. In Moskau kursieren Gerüchte, daß Zwigun nach einer heftigen Auseinandersetzung mit Suslow Selbstmord begangen hat und daß dies erklärt, warum nur vier Mitglieder des Politbüros den Nachruf auf Zwigun unterzeichnet haben, der doch immerhin Mitglied des Zentralkomitees der KPdSU und ein naher Verwandter von Breschnew war. Zudem wurde Zwigun, Zweiter in der Rangfolge des KGB und Regierungsmitglied, nicht auf einem offiziellen Regierungsfriedhof beigesetzt. Jetzt wurde bekannt, daß der Chefideologe des Kreml, Michail Suslow, den Mann nicht lange überlebt hat, der es gewagt hatte, die Korruption in der Sowjetführung aufzudecken.«

Andropow wählte erneut die interne Nummer und sagte mit leiser Stimme:

»Katschalow, Sie können mit den Störungen weitermachen. Noch eins: Wahrscheinlich werden auch die BBC und die ›Stimme Amerikas‹ das heute noch verbreiten. Diese Sendungen sollen ebenfalls nicht gestört werden.«

Er lehnte sich in seinem Sessel zurück und sah Schtscholokow an. Ein gewisser Stolz war unverkennbar. Unterdessen füllte sich der Äther wieder mit Störgeräuschen, durch die hindurch die feindliche Radiostation versuchte, ihre russischen Hörer über eine neue Verhaftungswelle in Polen zu informieren.

»Geschickt«, sagte Schtscholokow. »Sehr schön hingekriegt.« Es klang fast neidisch.

»Das ist nur ein Anfang«, sagte Andropow. »Wir werden ihnen noch weitere Leckerbissen hinwerfen. Besonders über Galja und diesen ›Zigeuner‹. Auf so etwas springen die doch an. Und dabei wird auch ihr Vater nicht besonders gut dastehen, oder?«

Die diskrete Stimme der Sekretärin meldete sich: »Das Mittagessen ist serviert, Jurij Wladimirowitsch.«

»Lassen Sie uns hinübergehen.« Andropow stand auf und führte seinen Gast in die rückwärtigen Räume seines Büros, wo sich ein Speise- und ein Ruhezimmer befanden.

Aus den Fenstern konnte man den Kreml und den belebten Dserschinskij-Platz sehen. Der Tisch war für zwei gedeckt. In einer Suppenterrine aus böhmischem Porzellan dampfte Borschtsch, eine zweite Schüssel enthielt Gemüse, und auf verschiedenen anderen Platten, Tellern und Schüsseln befanden sich Hors d'oeuvres und Malossol Kaviar. Mitten auf dem Tisch standen eisgekühlter Wodka, »Chivas Regal«, sowjetisches »Narsan«- Mineral- und amerikanisches Sodawasser. Die schneeweißen Leinenservietten steckten in silbernen Ringen, die neben den silbernen Bestecken lagen.

Andropow ging zum Tisch und goß sich »Chivas Regal« in ein Kristallglas – gerade soviel, daß der Boden bedeckt war. Seit die Ärzte bei ihm Diabetes festgestellt hatten, konnte er nicht mehr trinken wie in seiner Jugend, aber seine alte Liebe zu »Chivas Regal« war stärker als jede medizinische Vorschrift.

Mit dem Glas in der Hand ging er zum Fenster und sagte zu seinem Gast: »Fühlen Sie sich ganz wie zu Hause.«

Schtscholokow goß sich Wodka aus der Karaffe ein, tat sich eine Essiggurke auf seinen Teller und einen Löffel Kaviar auf ein Stück Brot – ein Appetithäppchen für das erste Glas Wodka. Er wußte, daß Andropow am Fenster stehen bleiben würde, während er aß und trank, was die Ärzte ihm verboten hatten. Seine Zuckerkrankheit, dachte Schtscholokow, ließ ihn sogar äußerlich Suslow immer ähnlicher werden – aus dem ehedem vollwangigen Partei-Wunderknaben hatte sich Andropow in einen strengen, fast hohlwangigen Asketen verwandelt.

Laut aber sagte Schtscholokow: »Ich glaube dennoch, daß es besser wäre, jetzt, nach dem Tod Suslows, den Rückzug anzutreten.«

»Aber wovon sollten wir uns denn zurückziehen?« Andropow lachte. »Sie und ich haben doch nie irgendwelche Vorstöße unternommen. In den Augen Breschnews und der Partei sind wir absolut unschuldig. Das ›Unternehmen Kaskade‹ haben Sie doch auf Anordnung Suslows eingeleitet. Er gab die Befehle, Sie führten sie aus. Und die Tatsache, daß das Unternehmen mit dem Tod Zwiguns endete, ist doch nicht Ihre Schuld. Suslow hat die Partei lediglich von einem Mann befreit, der bestechlich war. Das Wichtigste ist, daß das Volk kapiert, daß endlich eine ehrliche Regierung an die Macht gekommen ist, die mit der Korruption im Parteiapparat aufräumt. Für sie war die Ära Breschnew ein Goldenes Zeitalter. Was immer man auch gegen Stalin einzuwenden haben mochte, auf jeden Fall waren unter ihm Parteiposten nicht käuflich. Aber heutzutage ist der Posten eines Parteisekretärs in Aserbaidschan für 120 000 Rubel zu haben. Wir werden dem ein Ende machen, sobald wir erst mal da drüben sind.« Er nickte zum Kreml hinüber. »Natürlich nicht sofort, aber... Vor allem ist es wichtig, den Menschen ein wenig Erholung zu gönnen, die Geschäfte zu füllen, notfalls aus den militärischen Vorratslagern, und geringfügige wirtschaftliche Reformen einzuräumen. Und dabei können uns die westlichen Rundfunksender von großer Hilfe sein. Wir versorgen sie mit Informationen und werfen ihnen jeden Tag einen neuen saftigen Brocken hin. Und diesen westlichen Sendern glaubt das Volk doch mehr als unseren eigenen...«

Er schwieg. Draußen vor dem Fenster, hinter dem weißen Schneegeriesel, lag der Kreml vor ihm – gar nicht so weit entfernt, nicht mehr als drei Querstraßen, nur ein paar Schritte. Und während er mit seinen graublauen Augen zu ihm hinüberblickte, nahm er einen winzigen Schluck »Chivas Regal«.

In der Zwischenzeit
Die Schulglocke war bis auf die Straße hinaus zu hören, und eine Minute später ergoß sich eine laute Bande von Jugendlichen aus dem fünfgeschossigen Gebäude wie eine Barbarenhorde. Sie brüllten, kreischten, machten Bocksprünge, bewarfen einander mit Schneebällen, schubsten die Mädchen in den Schnee und schlugen sich gegenseitig die Pelzmützen vom Kopf. Und durch diese tobende, lachende, kreischende Meute kam eine Gruppe von vier Jungen, gebückt und die Gesichter vor dem Hagel der Schneebälle schützend. Die vierzehnjährigen Raufbolde deckten die vier mit Schnee- und Eisklumpen ein und schlugen ihnen mit den Schultaschen auf Rücken und Schultern. Einer der jungen Rüpel nahm Anlauf und stieß einen der vier in eine Schneewehe.

Unter den Angreifern entdeckte ich meinen Sohn Anton. »Auf die Juden! Los, gebt's ihnen! Ordentlich!« schrie er und stellte einem ein Bein, daß er mit dem Gesicht nach unten in den Schnee fiel. Die anderen johlten begeistert auf.

Ich lief los und packte meinen Sprößling am Kragen. »Sag mal, was bildest du dir eigentlich ein?«

»Und warum haben sie die Golanhöhen annektiert, diese Hunde?« fragte er zurück und befreite sich aus meinem Griff.

»Wer sind denn ›sie‹?« wollte ich wissen.

»Was glaubst du denn? Natürlich die Jidden!«

Ich sah meinen Sohn verdutzt an. Und vielleicht zum ersten Mal sah ich einen fast erwachsenen Burschen vor mir, zu alt, um ihm eins hinter die Ohren zu geben oder ihn übers Knie legen zu können. Trotzig und mürrisch blickte er mich an. Die Bande der Schuljungen raste an uns vorbei auf den Ausgang des Schulhofes zu, die jüdischen Jungen vor sich herschiebend und brüllend: »Haut ab nach Israel! Verschwindet endlich!«

»Hör mal«, sagte ich zu meinem Sohn. »Was bist du denn? Du bist doch auch zu einem Teil Jude.«

»Ich bin kein Jude!« schrie er mir ins Gesicht. Seine Stimme war voller Zorn und Verbitterung. Er sah sich um, ob uns jemand zuhörte.

»Nun beruhige dich erst einmal«, sagte ich und versuchte ebenfalls, mich wieder in den Griff zu bekommen. »Deine Großmutter, meine Mutter, war Jüdin. Das bedeutet, daß ich Halbjude bin, und du – nun, du bist zu einem Viertel Jude. Abgesehen davon . . .«

»Ich bin kein Jude, und du bist kein Jude!« unterbrach er mich. »Deine Frau war Russin, und alle deine Freundinnen sind Russinnen! Du schläfst mit Russinnen, du lebst in Rußland, du denkst und sprichst Russisch. Sag mir doch nur ein einziges jüdisches Wort. Oder willst du vielleicht behaupten, daß du deine Nächte damit verbringst, Hebräisch zu lernen?«

»Nun, theoretisch hätte ich gar nichts dagegen, Hebräisch zu können . . .«

»Ich jedenfalls möchte das nicht«, unterbrach er mich erneut. »Ich möchte weder die jüdische Sprache kennen noch meine jüdische Großmutter! Ich bin Russe! Meine Mutter war Russin! Und ich möchte Russe sein!«

»Nur zu, niemand hindert dich daran. Du kannst dich als Russe empfinden, und du kannst Rußland lieben. Ich liebe Rußland auch. Aber warum mußt du dann ein Antisemit sein? Das ist doch keine russische Eigenheit. Ich habe eine Menge russischer Freunde, und keiner von ihnen hat mich beschimpft, nur weil ich Halbjude bin.«

»Sie werden es tun«, sagte er. »Du wirst schon sehen. Warum bist du eigentlich gekommen? Um mir deine nächste Nina vorzustellen oder um mich zu beschneiden?«

Ich sah ihm in die Augen und schwieg. Seine Augen funkelten in frustrierter, knabenhafter Wut.

»Schön«, sagte ich, bückte mich, hob einen schneeumbackenen Stein auf und hielt ihn Anton entgegen. »Nimm ihn und wirf damit auf mich. Schließlich bin ich doch ein Jidd. Komm schon! Wirf! Nenn mich doch einen dreckigen Juden. Worauf wartest du denn noch?«

Er drehte sich um und ging davon. Ich stand da und hielt noch immer den Stein in der ausgestreckten Hand, sah zu, wie er fortging. Mein Sohn – mein *Sohn!* – ging von mir fort, der Moskauer Schnee knirschte unter seinen Füßen.

»Anton!« rief ich.

Er drehte sich nicht um, seine Schritte wurden noch schneller.

Es wurde mir klar, daß die Suslows, die Andropows, die Schtscholokows, die Maleninas und die Krasnows nicht nur Nina getötet hatten, sondern daß sie mir auch meinen Sohn genommen hatten. Und obwohl sie mich zerstört hatten, hatte ich ihnen gedient, diente ihnen immer noch ...

Ich schleuderte meinen Stein hart in eine Schneewehe, und mein erster Gedanke war, mich mit einem Riesenglas Wodka zu betäuben.

Vor den Schultoren wartete Swetlows Auto.

Als ich wieder in den Wagen stieg, sagte Marat: »Du siehst ja grauenhaft aus. Was ist denn passiert?«

»In eine Kneipe!« sagte ich. »Fahr mich in die nächstbeste Kneipe!«

Zur gleichen Zeit
AUSZUG AUS DEM BERICHT VON V. PSCHENITSCHNIJ
AN I. SCHAMRAJEW, LEITER DER UNTERSUCHUNGSKOMMISSION
Die Krankenschwester Dina Tjomnogrudowa von der Bezirksklinik Nummer Neunzehn sagte auf mein Befragen aus, daß am 19. Januar dieses Jahres, kurz nach 17 Uhr, in der Erste-Hilfe-Station der Metrostation Arbatskaja, wo sie gelegentlich aushilft, ein Oberst der Miliz mit einem jungen Mann erschienen sei, der eine Schußwunde in der rechten Hüfte gehabt habe. Der Mann hatte bereits viel Blut verloren und war sehr schwach. Dr. Levin leistete Erste Hilfe, und Dina Tjomnogrudowa legte ihm einen provisorischen Verband an. Danach begab sich der junge Mann, immer noch von dem Miliz-Obersten begleitet, angeblich in die Poliklinik Sklifasowskij zur weiteren Behandlung. Die Klinik hatte ihm Dr. Levin empfohlen.

Anhand vorgelegter Fotos erkannte Dina Tjomnogrudowa den Verletzten auf dem Phantombild wieder, das nach der Beschreibung der minderjährigen Zeugin Jekaterina (Katja) Uschowitsch angefertigt wurde...

14.17 Uhr
Als Vera Zwigun sah, daß offenbar niemand sie festnehmen wollte, beruhigte sie sich ein wenig. Sie rief sich die in ihren jungen Jahren gesammelten Tscheka-Erfahrungen ins Gedächtnis zurück. Ohne ihren Schritt zu beschleunigen oder sonst auf irgendeine Weise zu zeigen, daß sie sich bewußt war, verfolgt zu werden, begann sie nachzudenken. Es wäre völlig sinnlos, vor dem KGB davonlaufen und sich verstecken zu wollen. Selbst wenn sie jetzt ihre Verfolger abschütteln konnte – eine ganz einfache Sache, die ihr vor Jahren von Bersin, dem Lehrer von Oberst Abel und Richard Sorge, persönlich beigebracht worden war –, würde der KGB alle Flughäfen und Bahnhöfe besetzen; es würde ihr nie im Leben gelingen, eine Maschine oder einen Zug zu besteigen...

Vera Zwigun dachte verzweifelt über eine mögliche Lücke in dem System nach, dessen Aufbau sie und ihr Mann ihr ganzes Leben gewidmet hatten. Und sie kam zu dem bitteren Schluß, daß dieses System über die Jahrzehnte hinweg so perfektioniert worden war, daß es praktisch keine Lücke mehr gab. Es blieb nur eins – sich umdrehen und ihren Verfolgern ganz offen entgegentreten.

Sollten sie sie doch ergreifen und festnehmen. Dann hatte wenigstens diese quälende Ungewißheit ein Ende.

Da fiel ihr die Staatsanwaltschaft ein. Dieser Inspektor, der sie neulich aufgesucht hatte, kam doch von dort. Wie hatte er gleich geheißen? Verdammt noch mal! Sie hatte den Namen des Mannes glatt vergessen, der im Auftrag Breschnews den Tod ihres Mannes untersuchte. Und sie hatte ihn praktisch aus der Wohnung geworfen. Aber die Staatsanwaltschaft lag doch hier irgendwo in der Nähe, an der Puschkin-Straße. Sie mußte nur vermeiden, ihre Erregung zu zeigen oder gar schneller zu laufen: Nicht so eilig! Dreh dich nicht um – das hatte sie Bersin gelehrt. Ganz ruhig bleiben! Bis sie dir die Handschellen anlegen, bist du Herr der Situation...

Sie bog nach rechts ab, und dann waren es nur noch zwei Querstraßen, bis sie die Generalstaatsanwaltschaft erreichte. Aber diese kurze Strecke kam ihr – mit dem Moskwitsch auf den Fersen – vor wie eine Ewigkeit.

Zwanzig Minuten nach zwei, gerade als sie am Haus Puschkin-Straße 15a vorbeikam, machte Vera Zwigun einen plötzlichen Ausfall zur Seite, stieß die hohe braune Holztür auf, fiel buchstäblich ins Haus und sagte zu dem Diensthabenden: »Ich bin die Frau von Zwigun. Ich muß den Inspektor finden, der...«

Unterdessen
Der Inspektor, den Vera Zwigun suchte – also ich –, saß mit Marat Swetlow im muffigen, halbleeren Café Arrow. Natürlich hätten wir auch in das modische Arbat oder die elitären Klubrestaurants im Haus der Journalisten oder dem der Schriftsteller gehen können, aber ich hatte zur Zeit kein Bedürfnis, die gutgenährten, wohlriechenden Männer zu sehen, die für die geistige Erziehung des sowjetischen Volkes verantwortlich waren. Das anspruchslose Café Arrow sagte mir da wesentlich mehr zu – mit seinen schmuddeligen Tischdecken, den schlampigen, nicht auf den Mund gefallenen Kellnerinnen, seinem warmen Strelezkaja Wodka und einem einzigen Essen – einem Rumpsteak –, so zäh wie Schuhleder. Wir waren bereits bei unserem zweiten Strelezkaja, doch der Zusammenstoß mit Anton regte mich immer noch auf.

Aber mit der Zeit schien der Alkohol schließlich doch seine Wirkung zu tun. Ich beugte mich angesäuselt über den Tisch und sagte zu Swetlow: »Hör mal, hast du eigentlich etwas dagegen, daß ich Jude bin?«

»Was ist denn mit dir los? Beruhige dich! Iß erst einmal was!«

Ich drehte mich in dem halbleeren Raum um und fragte laut: »Und wer hat hier etwas dagegen, daß ich Jude bin?«

»Still!« beschwor mich Swetlow, aber der Geschäftsführer kam bereits an unseren Tisch gehastet. Sein Gesicht war rund und mit Mitessern übersät, seine Lippen voll, seine Augen hatten die Farbe von Blei, und er trug einen entschlossenen Gesichtsausdruck zur Schau, als er den Raum durchschritt. Doch als er die Oberst-Epauletten auf Swetlows Uniform erblickte, stutzte er, und als er dann an unserem Tisch stand, fragte er lediglich: »Was soll eigentlich dieser Lärm, Genossen?«

Swetlow holte seinen Kripo-Ausweis aus der Tasche, zeigte ihn dem Geschäftsführer und sagte ruhig: »Schieb ab!«

»Ich verstehe«, dienerte der Geschäftsführer. »Darf ich Ihnen vielleicht ein paar Erfrischungen bringen, Genosse Oberst?«

»Tun Sie das.«

Der Geschäftsführer verschwand und erschien einen Augenblick später mit einem Tablett voller Lachs, Schweinefleisch, sauren Gurken, Salat und einem Teller dampfender Pelmeni. Nichts davon stand auf der Speisekarte.

»Da wären wir, Genossen«, sagte er und stellte alles auf unserem Tisch ab. »Was für ein herrlicher Tag ist doch heute! Der ZSK hat Dynamo drei zu zwei geschlagen. Machen Sie es sich also gemütlich, Genossen. Vielleicht sollte ich Ihnen noch ein paar Schaschlik bringen? Sie haben gerade frisches Fleisch geliefert.«

»Wie heißen Sie?« fragte Swetlow.

»N . . . N . . . Nesnatschnij, G. . . . Genosse Oberst.« Aus unerfindlichen Gründen stotterte er bei der Auskunft.

»Vor- und Vatersname?«

»F . . . Frol Isajitsch . . .«

»Jude?« fragte Swetlow.

»Äh . . .« Im Hals des verängstigten Geschäftsführers schien irgendein Kloß zu stecken. »Ja, Jude, aber . . . äh . . . ich bin Parteimitglied, Genosse Oberst.«

»Wie ist das eigentlich? Finden Sie, daß sich die Tatsache, ein Jude zu sein, irgendwie störend auf Ihr Leben auswirkt?«

»Aber in keiner Weise, Genosse Oberst! Warum denn auch? Ich

habe sogar eine russische Frau, und sie ist wunderbar zu mir. Ich bin überhaupt nicht gehemmt, werde mir meiner Nationalität kaum bewußt ...« Die lakaienhafte Krümmung seines Rückens verschwand. Er straffte sich, streckte die Brust heraus, sein Gesicht mit den Schweinsäuglein nahm sogar den Ausdruck aufrichtiger Empörung an. Ganz so, als wolle er sagen: Wie könnte das Sowjetleben Nesnatschnij enttäuschen? Nesnatschnij, russischer Bürger jüdischer Nationalität und Mitglied der Kommunistischen Partei der Sowjetunion! Die Indignation brachte sogar seine Mitesser zum Erblassen.

»Na, siehst du«, wandte sich Swetlow an mich. »Niemand hat hier etwas dagegen, daß du ein Jude bist.« Und zum Geschäftsführer: »Gut, gehen Sie und bringen Sie uns ein paar Schaschlik.«

»Sofort!« Und Nesnatschnij verschwand mit aufrechtem Rücken und herausgestreckter Brust in der Küche.

»Was für ein verdammtes Land!« sagte ich und blickte ihm nach.

»Warum denn?« erkundigte sich Swetlow verblüfft. »Es ist doch ein wunderbares Land! Wo sonst wirst du beim einfachen Vorzeigen eines roten Ausweises so bedient?«

»Marat«, sagte ich und goß Wodka in die geschliffenen Gläser. »Im Augenblick ist es mir verflucht egal, ob es den Juden in diesem Land gefällt oder nicht. Oder wer hier an der Macht ist – Breschnew, Tschernenko oder Andropow. Hier wird sich doch ohnehin nichts ändern. Aber eine Sache muß ich noch erledigen – ich werde sie dafür zahlen lassen, daß sie mir Nina und Anton genommen haben. Wirst du mir dabei helfen? Und du weißt hoffentlich, daß es dabei nicht um den Mann geht, der sie vor den Zug gestoßen und getötet hat, sondern um jene, die den Auftrag dazu gegeben haben.«

»Sei unbesorgt, wir werden wegen Nina mit ihnen abrechnen«, sagte er. »Ich habe das gestern im Sezierraum des Medizinischen Instituts gelobt.«

15.40 Uhr

AUSZUG AUS DEM BERICHT VON INSPEKTOR
VALENTIN PSCHENITSCHNIJ

Dr. Levin von der Ärztlichen Station auf der Metrostation Arbatskaja erkannte anhand des Phantombildes den Mann wieder, der am 19. Januar dieses Jahres kurz nach 17 Uhr erste Hilfe für eine

Schußwunde an der rechten Hüfte verlangte. Dr. Levin konnte auch den Oberst der Miliz beschreiben, der sich in seiner Begleitung befand: Der Mann war groß, hatte braune Haare, tiefliegende braune Augen, eine Hakennase und war etwa fünfzig Jahre alt. Nach Dr. Levins Worten untersagte ihm der Oberst, die Behandlung in die Bücher einzutragen, und reagierte verächtlich auf das Angebot des Arztes, ihm eine Empfehlung für die Sklifasowskij-Poliklinik mitzugeben. Eine Überprüfung der Unterlagen und die Befragung aller Angestellten der Poliklinik ergaben, daß weder am 19., 20. oder 21. Januar ein Mann mit einem Einschuß an der Hüfte dort erschienen sei.

Obwohl wir die Spur des verletzten Verbrechers im Augenblick verloren haben, bin ich zu folgendem Schluß gelangt: Da sich die Ärztliche Station der Metrostation Arbatskaja in der Nähe der Katschalow-Straße befindet, wo im Haus Nummer 16a das Verbrechen an General Zwigun verübt wurde, und da der verletzte Mann nach Aussagen Dr. Levins viel Blut verloren hatte, müssen die Täter sich unterwegs dazu gezwungen gesehen haben, den Notdienst eines Krankenhauses aufzusuchen. Welches Krankenhauses, haben wir bisher nicht feststellen können.

Die mir anvertraute Kriminalpolizei-Einsatztruppe setzt die Suche nach dem Kriminellen in Moskau und Umgebung fort.

Dr. Sergej Levin und Schwester Dina Tjomnogrudowa wurden zur Technischen Abteilung der Kriminalpolizei geschickt, wo nach ihren Angaben ein Phantombild von dem Miliz-Obersten angefertigt werden soll, der sich in der Begleitung des Verletzten befand.

Kurz nach 16 Uhr
Im Projektionsraum der Technischen Abteilung der Moskauer Kriminalpolizei waren Dr. Sergej Levin und Schwester Dina Tjomnogrudowa damit beschäftigt, ein Phantombild jenes Miliz-Oberst zusammenzusetzen, der den Verletzten am Nachmittag des 19. Januar begleitet hatte.

Valentin Pschenitschnij war im Halbdunkel auf seinem Sitz eingenickt. Ich glaube, das war seine erste Ruhepause seit Beginn unserer Untersuchungen. Swetlow und ich standen an der Tür und betrachteten das Gesicht, das auf der Leinwand langsam Form annahm: dunkles Haar, Hakennase, feine Nasenflügel, eine niedrige Stirn und ein scharfes, ausgeprägtes Kinn.

»Oleinik«, flüsterte mir Swetlow ins Ohr. »Oberst Oleinik – wie er leibt und lebt.«

Ich nickte ihm zu und machte mich auf den Weg zu Pschenitschnij. Es ging mir sehr gegen den Strich, ihn aus seinem wohlverdienten Schlummer zu reißen, aber es mußte nun einmal sein. Ich berührte ihn an der Schulter. Sofort zuckte er zusammen und sah mich fast erschreckt mit seinen blauen Augen an, die vor Erschöpfung tief in ihren Höhlen lagen.

Ich setzte mich zu ihm und sagte so leise, daß niemand sonst es hören konnte: »Valja, wenn das Bild fertig ist, sag niemandem etwas davon. Laß es auch nicht vervielfältigen. Gib es mir und dann geh nach Hause und schlaf dich erst einmal aus.«

»Aber wir haben die Verbrecher doch noch gar nicht gefunden...«

»Jetzt hast du einen gefunden. Aber wir können ihm vorläufig noch nichts anhaben. Mach jetzt Schluß hier, gib mir das Bild und geh schlafen. Das ist ein Befehl. Ich brauche einen Mann, der frisch und ausgeruht ist.«

Er nickte. Swetlow und ich verließen den Projektionsraum. Wir gingen den langen Flur der Technischen Abteilung entlang, der sich zu einem Moskauer Kriminal-Museum entwickelt hatte. In Vitrinen und Schränken waren die verschiedensten Beweise und Trophäen des Kampfes der Kriminalpolizei gegen das Verbrechen ausgestellt. Als Marat und ich in den anderen Flügel des Gebäudes hinübergingen, der die Dritte Abteilung beherbergte, kamen wir auch an einer Ausstellung von Waffen vorbei: finnische Dolche, Schlagringe, Totschläger, selbstgebastelte Pistolen, Brecheisen, Seile, Sprühdosen mit inzwischen verdampften giftigen Substanzen, Dynamitladungen ohne Zünder und Zünder ohne Dynamit.

»Such dir was aus«, lachte Swetlow und zeigte auf die Exponate. »Ich habe noch Unmengen von dem Zeug in meiner privaten Asservatensammlung.«

»Das werde ich tun«, sagte ich. »Wenn der Zeitpunkt gekommen ist.«

Wir bogen um die Ecke, gingen durch eine Reihe von Türen und tauchten in eine ganz andere Welt ein, in die Hektik des kriminalpolizeilichen Alltags mit dem Trampeln von Stiefeln, saftigen Flüchen, pausenlosem Telefongeklingel, Geschrei und schalem Tabakmief.

Im Dienstraum, der zu Swetlows Büro führte, bot sich uns ein ungewöhnliches Bild: Fast die halbe Dritte Abteilung war um einen Tisch mit einem großen Spidola-Radiogerät versammelt, aus dem eine deutliche Stimme, frei von irgendwelchen Störgeräuschen, sagte: »... und daß General Zwigun der Initiator der Enthüllungen war, die sowohl Michail Suslows als auch Leonid Breschnews Empörung hervorgerufen haben. In Moskau kursieren Gerüchte, daß Zwigun nach einer heftigen Auseinandersetzung mit Suslow Selbstmord...«

»Was ist los?« fragte Swetlow stirnrunzelnd.

»Das ist die ›Stimme Amerikas‹, Marat Alexejewitsch«, sagte Hauptmann Arutjunow.

»Das höre ich selbst. Aber ich frage mich, was das bedeutet.«

»Das bedeutet, daß wir zuerst für unsere Abteilung und für das ›Unternehmen Kaskade‹ gearbeitet haben und jetzt für die Staatsanwaltschaft und daß alle Lorbeeren für die Entlarvung der ›illegalen Wirtschaft‹ der KGB einheimsen wird. Das hört doch das ganze Land«, lächelte Hauptmann Laskin. »Und das Interessante ist, daß gerade diese Mitteilung ungestört über den Äther kommt.«

»Man nimmt an, daß der Tod Suslows den Kampf um die Macht in der morschen Kreml-Führung noch verschärft.«

Laskin und die anderen hielten ihre Blicke auf mich und Swetlow gerichtet.

»Schalt aus«, befahl Swetlow Arutjunow. Dann begann er in der plötzlichen Stille im Raum auf und ab zu gehen. »Brüder, wir haben uns nie in die Politik gemischt und werden es auch nicht tun. Wir sind Ermittler von der Kriminalpolizei. Wenn irgend jemand einen Menschen umgebracht hat, müssen wir den Mörder finden – das ist alles. Gerade deshalb arbeite ich bei der Miliz-Kriminalpolizei und nirgendwo anders. Laßt uns daher unsere Arbeit verrichten und nicht diese ›feindlichen Stimmen‹ anhören – davon kriegt man nur schlaflose Nächte. Wir haben den Auftrag, Zwiguns Mörder zu finden. Dafür bezahlen sie uns...«

»Aber so arbeiten wir gegen den KGB«, sagte Kolganow.

»Oder gegen den Abwehrdienst des Innenministeriums«, fügte Arutjunow hinzu. »Und das ist unser eigenes Ministerium.«

»Es ist sonnenklar, daß dieser Mord ihre Arbeit ist«, rief noch irgend jemand.

»Ruhe!« Swetlow schlug mit seiner verwundeten Hand auf den Tisch und krümmte sich vor Schmerzen. Aber er hatte sich gleich wieder im Griff. »Ich pfeife darauf, ob es der KGB oder das Innenministerium ist. Wir haben eine Aufgabe erfüllt, und dabei hat irgendein Scheusal unsere Nina umgebracht, die noch gestern mit uns gearbeitet und uns hier Tee gekocht hat. Und wenn wir schon wissen, daß ihr Mörder und die Mörder Zwiguns ein und dieselbe Bande sind, was dann? Führen wir die Sache aus, und wenn sie sich alle auf den Kopf stellen – der KGB, der Geheimdienst des Innenministeriums und wie sie sonst noch heißen.«

Alle schwiegen.

»Mit einem Wort«, sagte Swetlow wieder ruhig. »Ihr habt die Spur dieses Verwundeten aufgenommen, also verfolgt sie gefälligst auch. Und zwar innerhalb von vierundzwanzig Stunden.«

»Wir haben die Spur verloren«, unterbrach Laskin ihn.

»Es ist töricht, ihn in den Krankenhäusern zu suchen«, erklärte Arutjunow düster.

»Wenn ihn der KGB oder der Abwehrdienst des Innenministeriums vor uns verbergen, dann findest du ihn nicht die Bohne«, sagte Kolganow.

»Wir müssen ihn finden«, erklärte Swetlow.

»Wie?« rief Arutjunow.

»Mit dem Gehirn«, erwiderte Swetlow. »Wenn ich dich vor dem KGB verbergen wollte, wohin würde ich dich stecken?«

Arutjunow zuckte die Achseln. »Da gibt's nicht viel... ins Gefängnis.«

»Es gibt noch eine Möglichkeit«, sagte Taras Karpowitsch Wendelowskij von der Tür her. »In der Nähe von Moskau, in Podolsk, gibt es zwei Spitäler für die Verwundeten von Afghanistan. Das eine ist für Offiziere, das andere für Soldaten. Dort läßt man einen Menschen in Ruhe, und alle haben Schußverletzungen.«

Hinter ihm standen Vera Petrowna und Oschereljew.

16.25 Uhr
Kaum hatte sich Vera Zwigun davon überzeugt, daß ihr weder ein Verhör noch eine Festnahme durch den KGB drohte und daß alle Befürchtungen überflüssig gewesen waren, da war sie auch schon in einer ganz anderen Stimmung. Inmitten des alltäglichen Krimi-

nalpolizei-Getöses auf den Fluren, der männlich-derben Flüche und des Tabakqualms erwachte sie zu neuem Leben, ihr Rücken straffte sich – ja, sie schien jünger zu werden, als sei sie in die kämpferischen Tage ihrer Tscheka-Jugend zurückgekehrt.

Unbeschwert und locker folgte sie mir in Swetlows Büro, nahm vor dem Schreibtisch Platz, zündete sich eine Zigarette an und sagte: »Ich kann Ihnen ein paar wertvolle Informationen geben. Ungemein wertvolle Informationen. Nicht nur über den Tod Zwiguns, sondern viel wichtigere. So wichtig, daß Breschnew es schließlich doch schaffen könnte, an der Macht zu bleiben. Aber unter einer Bedingung: Nur wenn Mosfilm die Dreharbeiten an dem Film *Die unsichtbare Front* wiederaufnimmt, der auf Zwiguns Erzählung basiert. Selbstverständlich muß garantiert sein, daß der Film dann auch öffentlich gezeigt wird und nicht etwa in irgendwelchen Schubladen verschwindet!« Mit diesen Worten holte sie ein Exemplar der Zeitschrift *Snamja* aus der Handtasche, die Nummer Fünf des Jahres 1981, in der die Erzählung zum ersten Mal veröffentlicht wurde. »Ich wiederhole – als Gegenleistung dafür erhalten Sie ein paar sehr wichtige Informationen.«

»Wenn Sie damit den Brief von Anja Finstein meinen, dann haben Sie uns diese Information bereits gegeben.«

»Was soll das heißen?« fragte sie verdutzt.

Ich zog den Umschlag mit dem sorgfältig wiederhergestellten Brief Anja Finsteins aus der Tasche und zeigte ihn ihr. »Vera Petrowna, an einem nicht einmal so fernen Ort – wir wollen lieber nicht in die Details gehen – würden Sie sich dafür eine Anklage wegen illegalen Umgangs mit Ausländern einhandeln. Und die Tatsache, daß Sie eine Verwandte Breschnews sind, würde Ihnen auch nicht viel helfen. Aber ich habe nichts dergleichen vor. Ich will Ihnen noch nicht einmal entlocken, wie Ihr Mann Anja denn nun genannt hat – ›Anjuta‹, ›Anna‹ oder noch anders. Das kann ich auch vom Regisseur oder Kameramann erfahren. Alles, was mich interessiert – und das eigentlich nur wegen des psychologischen Aspekts –, ist die Gestalt von Anjas Verlobtem Giwi Mingadse. Sicher, er wird mir das alles bald selbst erzählen, aber ein paar Vorabinformationen können nie schaden.«

Sie schwieg, sichtlich aus der Fassung gebracht.

»Nun?« fragte ich. »Wollen wir einen Tee trinken? Oder möchten Sie etwas essen?«

»Ja, gern«, erwiderte sie ruhig und fügte mit leichter Verzweiflung in der Stimme hinzu: »Und was wird aus dem Film?«

Ich zuckte die Achseln. »Ich bin nicht der Kulturminister«, stellte ich fest. Ich steckte den Kopf aus der Tür und sagte zu dem Diensthabenden: »Feldwebel, holen Sie uns doch bitte Brötchen aus der Kantine und zwei Glas starken Tee. Hier ist Geld.«

»Was hat denn der Kulturminister damit zu tun?« fragte Vera Zwigun wütend. »Das hat doch nicht er zu entscheiden, sondern das Zentralkomitee. Und was macht das denen schon aus – ein Film, der auf Zwiguns Erzählung basiert oder auf der eines anderen Schreibers? Aber ich, ich lebe jetzt nur noch für diesen Film! Wenn sie zustimmen, ihn zu machen, dann tue ich alles, was Sie von mir verlangen – Ehrenwort. Und Breschnew kann weiter regieren – hol ihn der Teufel! Natürlich hätte ich mit diesem Brief auch zu Andropow gehen und eine Vereinbarung mit ihm treffen können. Aber ich bin nun einmal davon überzeugt, daß diese ganze ›Kaskade‹-Geschichte und Zwiguns Tod sein Werk sind. Und ich kann mich doch nicht mit einem Mörder treffen!«

»Ich kann Ihnen nur versprechen, daß ich heute mit dem Zentralkomitee über dieses Thema sprechen werde«, sagte ich. »Aber ohne ein Ultimatum von Ihnen.«

Es klopfte, und der Feldwebel trat mit einem Tablett ein, auf dem sich Brötchen, Butter und Tee befanden. Ich verspürte einen Stich im Herzen – noch gestern hatte mir Nina den Tee auf diesem Tablett gebracht...

BERICHT VERA PETROWNAS, FRAU ZWIGUNS

Giwi Mingadse... Irgendwann 1975 tauchte Galina mit zwei Figuren bei uns auf. Sie waren völlig auf den Hund gekommen und mittellos. Es waren Boris Burjatskij und Giwi Mingadse. Keine Ahnung, wo sie die aufgegabelt hatte. Wahrscheinlich in irgendeinem Restaurant, wo Burjatskij seine Zigeunerlieder sang. Beide waren etwa dreißig und Galina zu dieser Zeit fünfundvierzig, aber sie verliebte sich bis über beide Ohren in diesen Zigeuner. Und Giwi... Nun, ich muß sagen, daß er ein ungewöhnlich witziger und unbeschwerter junger Mann war. Ein Müßiggänger ohne Beschäftigung. Aber er war ein ganz ausgezeichneter Kartenspieler und, wie Sie wissen, mein Mann auch. Um es kurz zu machen – dieser Giwi wurde Semjons regelmäßiger Partner; sie spielten hauptsächlich im Haus von Jascha Breschnew, Leonids Bruder. Jascha, oder Jakow, war früher Ingenieur, Fachmann für Metallurgie, hat sich aber inzwischen zur Ruhe gesetzt, schreibt seine Memoiren und spielt Karten. Sie sind offenbar beide ganz versessen darauf, ihre Erinnerungen loszuwerden – Leonid wie auch Jakow. Für Leonid schreiben allerdings ein paar Journalisten, während Jakow sein Zeug selbst zu Papier bringt. Aber das nur nebenbei. Dieser Giwi freundete sich mit Jakow an und gehörte schon bald praktisch zur Familie. Und auf dieser Freundschaft baute Giwi seine Geschäfte auf: Er ließ sich von allen möglichen Ganoven bestechen und setzte sie mit Hilfe von Jakow auf wichtige Posten. Für Jakow Breschnew war es gar kein Problem, zum Telefonhörer zu greifen, irgendeinen Minister anzurufen und zu sagen: »Hier ist Jakow Breschnew. Hören Sie, ich habe da einen ausgezeichneten Mann, sehr intelligent, ein Freund unserer Familie. Ich habe gehört, daß Sie einen Posten als Brauereidirektor in Leningrad zu vergeben haben... Mein Bruder hätte selbst angerufen, aber er hat keine Zeit, heute ist eine Sitzung des Politbüros...« So ist das eben gelaufen. Ein Anruf wie dieser reichte völlig aus. Wer würde dem Bruder eines ZK-Mitgliedes schon etwas abschlagen? Aber Semjon, mein Mann, hat nichts davon gewußt. Das hat sich alles hinter seinem Rücken abgespielt. Ihm hat es nun einmal Spaß gemacht, mit den beiden Karten zu spielen – das war alles. Galja brachte ihren »Zigeuner« beim Bolschoi-Theater unter, und dieser Giwi Mingadse half Jakow Breschnew angeblich dabei, seine Memoiren zu schreiben. Dann hat Giwi einmal bei uns zufällig Semjons Buch *Front ohne Flanke* gesehen, das er in den fünfziger Jahren geschrieben hat, als wir beide Urlaub im Waldai-Gebiet machten. Das heißt, nun ja, wir haben es eigentlich gemeinsam geschrieben – es handelte von unseren Jahren an der Front. Wir veränderten ein paar Dinge und dachten uns ein Pseudonym aus – »Semjon Dnjeprow« –, damit man nicht sagen konnte, ein führender KGB-Mann nutze seine Position aus, um seine Memoiren zu veröffentlichen. Kurzum, Giwi wollte dieses Buch unbedingt lesen und nahm es mit. Drei Tage später brachte er einen seiner Freunde an, einen Regisseur von Mosfilm, Igor Frostjew. Und dieser Mann redete uns ein, was für ein herrlicher Film über die Arbeit der Tscheka doch nach diesem Buch gedreht werden können. Und da haben sie eben diesen Film gedreht. Natürlich gab es alle möglichen Komplikationen. Der Schauspieler Wjatscheslaw Tichonow – Sie kennen ihn, er spielte den Fürsten Wolkonskij in *Krieg und Frieden* – weigerte sich zum Beispiel, die Hauptrolle zu übernehmen. Das ist die Rolle eines Tscheka-Agenten, der Kommandeur einer Spionageabwehr-Einheit ist – natürlich war das in Wirklichkeit Semjon selbst. Nun, Frostjew ging zu Zwigun und sagte ihm, was los war: Tichonow weigere sich, die Hauptrolle zu spielen und erscheine noch nicht einmal zu den Proben. Semjon war kein überheblicher, stolzer Mann. Er rief diesen Schauspieler an und lud ihn in den KGB ein. Dort erklärte man ihm, wie viele Hoffnungen man in ihn setze. Schließlich gehe es darum, ein positives Bild vom Tscheka-Agenten zu schaffen. Wie Sie sich sicher vorstellen können, konnte man Semjon Kusmitsch nur schwer widerstehen! Und besonders, da Tichonow sofort eine wunderschöne Wohnung zur Verfügung gestellt bekam ... Um eine lange Geschichte kurz zu machen: Sie holten die besten Schauspieler zusammen, und auch ich wurde völlig von dieser Arbeit absorbiert. Zunächst drehten wir *Front ohne Flanke*, dann eine Fortsetzung, *Der Krieg hinter der Front*, und schließlich begannen wir den dritten Streifen – *Die unsichtbare Front*. Und die Arbeit daran nahm mich völlig gefangen. Sie söhnte mich mit der Tatsache aus, daß ... Nun, die Beziehung zwischen Semjon und mir war inzwischen völlig zerbrochen. Er lehnte die Scheidung ab und lebte einfach mit dieser ... wie heißt sie doch gleich? ... zusammen. Nun, jedenfalls hatte er eine Geliebte, und ich wußte davon. Sie sehen es im Politbüro nicht gern, wenn sich Regierungsmitglieder scheiden lassen und jüngere Frauen heiraten. Sie wissen ja, wie das ist. Kurz und gut, er hatte zwei Zuhause – er und ich standen auf rein freundschaftlichem Fuß, und wo er den Rest seiner Zeit verbrachte, interessierte mich nicht. Wir haben über derartige Dinge nie miteinander gesprochen. Ich ging ins Kino – übrigens, Semjon und ich haben keine einzige Kopeke für diese Filme angenommen. Wir haben die gesamten Honorare einem Hilfsfonds für vietnamesische Kinder überwiesen, so daß sie im ZK nicht sagen konnten, wir würden uns damit eine goldene Nase verdienen. Während der Dreharbeiten zu dem zweiten Film, Anfang 1978, hat Giwi unsere Cutterin, Anja Finstein, kennengelernt. Sie war ein wunderschönes Mädchen – eine Jüdin mit großen, ausdrucksvollen Augen, Haare bis auf die

Schultern – eine echte Esther! So hat sie Zwigun übrigens auch genannt. Aber dieser Giwi entpuppte sich als ausgesprochener Hallodri. Er vergalt uns das Gute schlecht, das wir ihm über die ganzen Jahre hatten angedeihen lassen. Er versteckte ein Tonbandgerät in Jakow Breschnews Wohnung und zeichnete zwei Monate lang alle dort geführten Gespräche auf. Und da waren oft genug Breschnew selbst, Ustinow, Galina und Jurij Breschnew anwesend. Mein Mann fand das natürlich heraus. Er nahm Giwi alle Tonbänder ab und übergab sie Breschnew. Aber wir hatten Mitleid mit Giwi – Boris Burjatskij warf sich vor Zwigun auf die Knie und flehte ihn an, seinen Freund zu verschonen, und wir haben ihm den Gefallen getan. Statt Giwi wegen politischer Unzuverlässigkeit zu verurteilen, brummten wir ihm wegen Währungsspekulation zehn Jahre auf. Doch nun stellte sich heraus, daß man ihm damals doch nicht alle Bänder abgenommen hat, daß ein paar sich noch in den Händen von Anja Finsteins Vater befanden... Aber Semjon hat keinen Brief von Anja erhalten. Da bin ich ganz sicher. Sonst hätte er mir davon erzählt...

»Dieser Brief wurde von der Zensur aufgehalten und Piroschkow vom KGB übergeben«, sagte ich zu Vera Zwigun.

»Da haben Sie es! Nach diesen Tonbändern haben sie also in meiner Wohnung gesucht. Aber wir haben sie bereits vor langer Zeit Breschnew übergeben. Ihretwegen hat er doch seinen Bruder drei Jahre lang in seiner Datscha unter Hausarrest gestellt. Aber sie haben sie ausgerechnet bei mir gesucht, diese Idioten!«

Ich lachte. »Vera Petrowna, Sie haben mir nur die halbe Wahrheit erzählt. Wenn Ihr Mann und Sie auf so freundschaftlichem Fuß miteinander standen, wie Sie sagen, dann müssen Sie gewußt haben, daß Giwi Mingadse und Boris Burjatskij auf Anweisung Ihres Mannes 1976 das gesamte Hauptquartier des Abwehrdienstes des Innenministeriums im Hotel *Rossija* in Brand gesteckt haben. Und außerdem müssen Sie wissen, daß ausgerechnet am achtzehnten Juli 1978, am Tag, an dem Giwi Mingadse festgenommen wurde, Fjodor Kulakow einem Herzanfall erlag und Michail Suslow einen Tag später ins Krankenhaus eingeliefert wurde. Hat Giwi Mingadse auf ihren Befehl hin die Privatgespräche der Familie Breschnew aufgezeichnet?«

»Darüber weiß ich nichts«, erwiderte Vera Zwigun trocken.

Zur gleichen Zeit
Im Büro nebenan nahm Swetlow Hauptmann Arutjunow gehörig ins Gebet: »Sie Idiot! Ein so guter Plan, und Sie müssen ihn unbedingt in die Welt hinausposaunen! Sie wissen doch, daß wir alle hier mit Argusaugen beobachtet werden! Sie verfolgen jeden unserer Schritte und erstatten Krasnow oder Schtscholokow Bericht! Wir müssen ihnen zuvorkommen, sie ausspielen! Und Sie? Es ist doch kinderleicht, diesen Mann in einem Gefängniskrankenhaus zu verstecken – an einem Ort also, wo kein Inspektor, nicht einmal ich, ohne Passierschein hineinkommt! Aber Sie?! Sie dummer Hund! Sie armenisches Spatzenhirn!«

Swetlows Augen sprühten Funken. »Und jetzt passen Sie auf! Ich persönlich erteile Ihnen einen Auftrag – aber keine Menschenseele darf davon erfahren. Nicht einmal Pschenitschnij! Morgen früh packen Sie die von der Städtischen Gesundheitsbehörde – drei Ärzte mindestens! – beim Schlafittchen und erklären denen ganz im Vertrauen, was sie zu tun haben: Sie sollen gründliche Inspektionen in allen Gefängniskrankenhäusern durchführen. Wonach sie suchen – Pest, Cholera, Läuse, Ruhr oder Tripper –, ist mir völlig egal. Lassen Sie sich was einfallen. Das wichtigste ist, daß sie die Runde durch alle Gefängniskrankenhäuser machen und jeden einzelnen Patienten unter die Lupe nehmen. Und wenn der Verletzte da nicht zu finden sein sollte, kann er auch in einem der Gefängniskrankenhäuser der Umgebung Moskaus sein. Dann müssen sie eben auch da nachsehen. Aber kommen Sie ja nicht auf die Idee, Ihren eigenen Kopf in irgendeines dieser Gefängniskrankenhäuser zu stecken! Wir wollen doch nicht die Pferde scheu machen – oder? Pschenitschnij und seine Truppe kann sich um die öffentlichen Krankenhäuser und Wendelowskij um die Militärlazarette kümmern. Zur Ablenkung...«

Swetlow blickte auf seine Armbanduhr und fuhr, ohne in seinem Wortschwall zu stocken, fort: »Sie wissen wohl auch nicht zufällig, wann sich die Devisen-Nutten im Hotel *National* einfinden?«

17.40 Uhr
»Wollen Sie vielleicht einen Cognac – um sich ein bißchen Mut anzutrinken?« fragte Tschasow vor Breschnews Arbeitszimmer.

»Nein, danke. Aber gegen ein Glas Mineralwasser hätte ich nichts einzuwenden.«

»Das haben wir in Breschnews Arbeitszimmer«, sagte er. »Lassen Sie uns hineingehen.«

General Scharow untersuchte mich noch einmal. »Nehmen Sie es mir nicht übel«, sagte er. »Wir haben nun mal unsere Vorschriften. Macht man einmal eine Ausnahme, so folgt bald die nächste, und ehe man sich's versieht ... So, das wär's«, fuhr er fort. »Bitte, treten Sie ein.« Er hielt mir die Tür auf.

Es war ein gutgeheizter, großzügiger Raum, in rötliches Dämmerlicht getaucht. Draußen vor den Fenstern, vielleicht fünfzig Meter entfernt, konnte man den roten Stern auf dem Spasskij-Turm leuchten sehen, und es war dieser Schimmer, der zusammen mit einer Tischlampe in der gleichen Farbe den Raum schwach beleuchtete. Im hellen Lichtkegel saß Konstantin Tschernenko, ein grauhaariger Mann mit rundem Gesicht, feuchten Lippen und einer Haut, die bei dieser Beleuchtung rosig wirkte. Schweigend schrieb er raschelnd vor sich hin. Leonid Breschnew saß, in eine karierte Decke gehüllt, in einem Schaukelstuhl und schlief. Seine fleischigen Gesichtszüge waren im Schlaf entspannt. Ein verbrauchter, alter Mann. Er atmete mit offenem Mund; sein Kinn ragte leicht über das Ende der Wolldecke hinaus. Ein bernsteinfarbenes Kätzchen schlief auf seinem Schoß.

Tschasow ging leise über den dicken Teppich und nickte Tschernenko am Schreibtisch zu. Dann blieb er neben Breschnew stehen und lauschte auf seinen Atem. Er holte einen Stuhl von der Wand und forderte mich auf, ein paar Meter von Breschnew entfernt Platz zu nehmen. Mit der gleichen ruhigen Selbstverständlichkeit öffnete Tschasow einen Schrank – er entpuppte sich als Kühlschrank –, holte eine Flasche Mineralwasser heraus und goß mir etwas in ein großes Weinglas. Das Geräusch des sprudelnden Wassers weckte Breschnew.

»Was ist?« fragte er, mit seinen berühmten buschigen schwarzen Augenbrauen zuckend. Dann musterte er mich neugierig. »Wer sind Sie?« wollte er wissen.

»Das ist Chefinspektor Igor Schamrajew«, sagte Tschasow.

»Guten Tag«, brachte ich hervor und wußte nicht recht, was ich sagen sollte. Meine Stimme kam mir in diesem stillen Raum aufdringlich laut vor.

Das erschreckte Kätzchen versuchte, von Breschnews Schoß zu springen, aber er hielt es fest.

Dann sagte er sehr langsam: »Von Ihnen ... hängt ... ab ..., ob ich ... durchhalte ... oder bettlägerig werde.«

Er bewegte seinen Unterkiefer offensichtlich nur mit großer Mühe. Daher hatte er auch Schwierigkeiten mit der Aussprache. Die Konsonanten waren kaum zu verstehen. Aber seine Augen waren durchdringend und hielten meinen Blick fest. »Nun, was ist mit Zwigun ... geschehen? Ist er ... ermordet worden?«

»Genosse Breschnew«, sagte ich, »ich muß Sie unter vier Augen sprechen.«

Vom Schreibtisch warf mir Tschernenko einen verwunderten Blick zu.

»Keine Sorge«, erwiderte Breschnew, »das sind alles unsere Leute.«

»Ich kann draußen warten«, bot Tschasow an.

»Genosse Breschnew«, fuhr ich fort, »ich habe gewisse Fakten zu berichten, die nur für Ihre Ohren bestimmt sind. Verzeihen Sie, Genosse Tschernenko«, sagte ich, zu ihm gewandt.

»Nun denn, wenn es Ihre Pflicht ist ...« sagte Breschnew und bedeutete Tschasow und Tschernenko, den Raum zu verlassen. »Aber die Katze darf bleiben?« erkundigte er sich spöttisch.

Ich trank mein Mineralwasser, während Tschasow und Tschernenko hinausgingen.

»Also«, meinte Breschnew, ohne sich in seinem Sessel zu bewegen. »Haben Sie herausgefunden, ... wer ihn ermordet hat?«

»Ja.«

»And ... And ... Andropow?« fragte er und schien erneut große Probleme mit den Konsonanten zu haben.

»Ich kann mich nur auf Tatsachen berufen, Genosse Breschnew«, sagte ich, öffnete die Akte, die ich mitgebracht hatte, und zeigte ihm ein Phantombild. »So sieht der Mann aus, auf den Zwigun schoß, als er versuchte, sich selbst zu verteidigen. Und das hier«, ich zeigte ihm ein zweites Phantombild, »sieht dem Mann ähnlich, der den Verletzten ins Krankenhaus begleitet hat.«

Beim Anblick dieser Beweisstücke reagierte Breschnew ganz anders, als es von einem altersschwachen Halbinvaliden zu erwarten gewesen wäre. Er setzte sich energisch in seinem Sessel auf und fragte ohne jegliche Schwierigkeit beim Sprechen: »Und wer hat den Auftrag dazu erteilt?«

»Die Identität des Verletzten ist noch nicht festgestellt, aber das zweite Bild sieht Oberst Oleinik vom Geheimdienst des Innenministeriums ähnlich.«

»Ist er verhaftet?« fragte er wie aus der Pistole geschossen. Sogar das ›r‹ war klar und deutlich zu vernehmen.

»Bis jetzt noch nicht, Genosse Breschnew. Dazu ist es noch zu früh.«

»Was meinen Sie damit – ›zu früh‹? Ich habe Ihnen den dritten Februar als Termin genannt.«

»Genosse Breschnew, hier geht es weniger um die Frage, wer ihn umgebracht hat, als vielmehr darum, weshalb er umgebracht wurde ...«

»Nein!« rief er barsch. »Es geht um die Frage, wer Zwigun ermordet und wer den Auftrag dazu erteilt hat! Schtscholokow? Suslow? Andropow? Grischin? Kirilenko? Wer? Gut gemacht, Leonid Iljitsch! Es hat sich also gelohnt, in diesem Monat Krankheit vorgetäuscht zu haben! Lassen wir den gesamten Geheimdienst des Innenministeriums verhaften! Dann werden wir sehr schnell herausbekommen, in wessen Auftrag sie gehandelt haben!«

Er schaukelte in seinem Stuhl hin und her. Diese plötzliche Veränderung verblüffte mich. Noch vor wenigen Augenblicken hatte ich mit einem altersschwachen Mann gesprochen, der mit einem Fuß im Grabe zu stehen schien und kaum den Kiefer bewegen konnte – und jetzt?

»Warum sehen Sie denn so erstaunt aus?« erkundigte er sich lachend. »Das ist ein alter Trick von Begin. Immer wenn in der Knesset ein Mißtrauensantrag gegen ihn gestellt wird, hat er einen Herzanfall! Tschasow hatte den hervorragenden Einfall, diese Taktik auch hier anzuwenden. Immer, wenn Suslow, Kulakow oder sonst jemand auf meinen Posten aus ist, tue ich so, als müßte ich jeden Augenblick sterben. Dann beschließen sie, auf dieses Ereignis zu warten. Was hätte es schließlich auch für einen Sinn, mich gewaltsam aus meiner Position zu entfernen, wenn ich ohnehin jeden Tag ins Gras beißen kann? Inzwischen verändern wir das politische Gleichgewicht und, ehe man es sich versieht ... Sobald ich hörte, daß Zwigun sich erschossen habe, war mir klar, daß sie geliefert sind. Und nun habe ich sie da, wo ich sie hinhaben wollte – in meiner Hand!«

Während er das sagte, packte er das Kätzchen so kräftig im

Genick, daß es zu fauchen begann und mit seinen Pfoten durch die Luft ruderte.

Breschnew sah es nur an und lachte.

»Dir hat man die Krallen beschnitten? Du kannst nicht kratzen? Genauso werden wir es auch mit dieser Bande machen! Die beißen sich an ihrem ›Selbstmord‹ die Zähne aus. Aber ich hab sie ja auch ganz schön hinters Licht geführt. Ich habe so getan, als würde ich ihre Version der Vorgänge glauben; und ich habe sogar den Toten beleidigt, indem ich seinem Begräbnis fernblieb. Andererseits hat das aber auch Ihre Aufgabe erleichtert, nicht wahr, Schamrajew? Sonst hätten sie sich doch bestimmt viel mehr angestrengt, die Beweisstücke zu vernichten, oder? Machen Sie weiter, Schamrajew! Ich muß bis zum dritten Februar alles wissen, und ich brauche hieb- und stichfeste Beweise. Sie können gehen.«

»Verzeihen Sie, Genosse Breschnew«, erwiderte ich. »Aber ich muß Ihnen einige Fragen stellen.«

Er sah mich verwundert an. »Sie wollen mich ins Kreuzverhör nehmen?«

Ich schwieg.

Er lehnte sich in seinem Stuhl zurück und schien wieder sichtlich zu verfallen, seine Lippen öffneten sich leicht.

»Also gut, wenn Sie unbedingt müssen...« Er sagte es mit großer Anstrengung.

Dennoch stellte ich meine Fragen. »Ende 1978 hat Ihnen Zwigun Tonbandaufnahmen gegeben, die von Giwi Mingadse in der Wohnung Ihres Bruders Jakow aufgezeichnete Gespräche enthielten. Besitzen Sie diese Bänder noch?«

Er stieß die Katze von seinem Schoß, schloß die Augen und sagte erschöpft: »Also gut... Was noch?... Was wollen Sie noch wissen?«

»Vielleicht sollte ich Tschasow rufen?«

»Nein«, erwiderte er und schüttelte den Kopf. »Fragen Sie...«

Es lag mir auf der Zunge, ihn danach zu fragen, ob diese Tonbänder irgendwie mit dem Tod von Kulakow zusammenhingen, aber der alte Mann tat mir leid.

Statt dessen sagte ich: »Vor etwa einem Monat kam für Zwigun ein Brief aus Israel an – von der Verlobten dieses Mingadse. Darin schreibt sie, daß Kopien dieser Tonbänder irgendwo in Moskau verborgen sein sollen – vielleicht auch die Originale, das weiß ich nicht. Sie bat Zwigun, ihren Verlobten in den Westen ausreisen zu lassen, und bot ihm zum Tausch dafür an, das Versteck der Bänder zu verraten. Aber dieser Brief ist nie in Zwiguns Hände gelangt. Er landete bei Piroschkow. Nun hält der KGB in Israel Ausschau nach der Verlobten, während die Geheimdienstabteilung des Innenministeriums hier nach den Tonbändern sucht. Ich glaube, daß Suslow bei seiner letzten Zusammenkunft mit Zwigun nach diesen Bändern gefragt hat.«

»Haben Sie ... diese Bänder gefunden?« fragte Breschnew, ohne die Augen zu öffnen.

»Nein. Ich habe erst vor wenigen Stunden erfahren, daß es sie gibt.«

Er öffnete die Augen und sagte sehr schnell und barsch: »Sie müssen gefunden werden. Vor allem dürfen sie Andropow nicht in die Hände fallen ...«

»Genosse Breschnew, der gesamte Geheimdienst des Innenministeriums sucht sie seit drei Wochen wie eine Nadel im Heuhaufen. Ich kann doch nicht mit ihnen in Wettstreit treten ...«

»Aber wir müssen sie finden«, beharrte er und richtete sich in seinem Sessel zu voller Größe auf. »Haben Sie verstanden? Um jeden Preis!«

General Scharow steckte den Kopf zur Tür herein. Er wirkte besorgt. Aber Breschnew gab ihm mit einem Wink zu verstehen, daß er die Tür schließen solle.

»Genosse Breschnew, es gibt nur einen Weg, an die Tonbänder heranzukommen, bevor sie dem KGB oder dem Geheimdienst des Innenministeriums in die Hände fallen. Und er ist sehr einfach: Wir müssen Mingadse seiner Freundin zurückgeben.«

Breschnew starrte mich eine Weile unverwandt an. »Hören Sie«, flüsterte er schließlich heiser. »Gießen Sie mir ein Glas ›Borschomi‹-Wasser ein.«

Ich stand auf und öffnete den Kühlschrank, der in die Bücherregale an der Wand eingebaut war. Sie enthielten Breschnews Werke in allen Sprachen der Sowjetrepubliken. Ich goß dem alten Mann Mineralwasser ein. Er nahm ein paar Schlucke und reichte mir dann das Glas zurück. Das Kätzchen spielte in der rötlichen Dämmerung des Zimmers um einen Stuhl und versuchte, seine Krallen an einem der Stuhlbeine zu wetzen. Aber die Pfoten glitten über das Holz, ohne Schaden anzurichten.

Breschnew wandte den Blick von der Katze ab und sah mich an. »Ihn ihr zurückgeben?« fragte er. »Ist das wirklich der einzige Weg?«

»Der einzige, bei dem das Innenministerium und der KGB nicht sofort herausfinden würden, was vor sich geht«, erwiderte ich. »Und es ist nicht ausgeschlossen, daß sie Anja Finstein im Westen aufspüren.«

»Ich verstehe. Aber wenn sie diese Finstein nicht finden können, wie wollen Sie es dann anstellen?«

Ich berichtete ihm kurz von Anjas zweitem Brief und erläuterte dann meinen Plan. »Ich muß diese Anja so schnell wie möglich in West-Berlin treffen, und im Austausch für die Information über das Versteck der Tonbänder wird Mingadse über Ost-Berlin freigelassen.«

»Und wenn sie Sie nun übers Ohr haut und eine falsche Angabe macht?«

»Sobald sie mir das Versteck genannt hat, werde ich einen meiner Mitarbeiter in Moskau anrufen. Wenn der die Bänder dann hat und mich zurückruft, kann Mingadse durch die Mauer in den Westen. Allerdings muß das so schnell wie möglich über die Bühne gehen, damit der KGB keine Möglichkeit hat, die Finstein zu finden.«

Breschnew lehnte sich in seinem Stuhl zurück und schaukelte langsam hin und her, als würde er sich meinen Plan durch den Kopf gehen lassen. Dann fragte er: »Glauben Sie..., daß sie Ihnen... vertrauen wird...? Und wie wäre... es, wenn wir... die Bänder holen, aber... Mingadse nicht freilassen...?«

»Ich werde mich als Geisel anbieten, Genosse Breschnew.«

Wieder starrte er mich einige Augenblicke lang schweigend an. »Sind Sie verheiratet? fragte er endlich.

»Geschieden.«

»Leben Ihre Eltern noch?«

»Nicht mehr, Genosse Breschnew.«

»Sie sind also geschieden... Ihre Eltern sind tot... Ihre Freundin wurde ermordet... Welche Garantien haben wir, daß... Sie nicht in... den Westen überlaufen?«

»Ich habe einen Sohn hier, Genosse Breschnew.«

An diesem Punkt des Gesprächs entschied es sich, wie die Dinge weiterverlaufen würden.

»Einen Sohn?... Hm, ja... Kinder sind ein Band für die Menschen... wenn auch nicht für alle... das stimmt...«

Er schaukelte weiter in seinem Stuhl hin und her, sah zum Fenster hinaus. Die Zeiger der Uhr am Spasskij-Turm näherten sich der sechsten Stunde.

»Also gut«, sagte er, »dann sind Sie also ihre Geisel und Ihr Sohn ist unsere. Das geht in Ordnung. Und in welchem Gefängnis sitzt ihr Bräutigam?«

»Das weiß ich noch nicht. Man hält es vor mir geheim. Aber wenn Sie ein Dekret des Obersten Sowjet unterzeichnen, das Mingadse begnadigt, werde ich ihn finden. Ich brauche dann nur ein bißchen Druck auf Bogatyrjow auszuüben, den Leiter der Hauptverwaltung für Arbeitslager und Strafanstalten beim Innenministerium der UdSSR.«

Breschnew setzte sich an seinen Schreibtisch und dachte nach.

Dann fragte er noch einmal: »Und es gibt keinen anderen Weg?«

»Nein«, erwiderte ich überzeugt.

»Und sind Sie auch sicher, daß man Ihnen diesen Mingadse lebendig ausliefert und daß Sie selbst nicht getötet werden?«

»Das würden sie jetzt nicht tun«, erwiderte ich. »Weder der KGB noch das Innenministerium werden versuchen, mich aufzuhalten. Sie wollen mich ganz zum Schluß reinlegen und sich dann der Bänder bemächtigen. Aber auch daran habe ich schon gedacht...«

»Nun, dann werde ich sie zum Schluß selbst überlisten.«

Er war offensichtlich erschöpft und drückte auf einen Knopf an seinem Schreibtisch. Sofort steckte Scharow den Kopf durch die Tür.

»Holen Sie mir Ustinow und Belkin«, sagte Breschnew müde.

»Und diesen... wie heißt er doch gleich?... Dieser Chef der Lager und Gefängnisse...?«

»General Bogatyrjow«, half ich aus.

»Ja, den...«

»Aber wofür brauchen wir Belkin?« wollte ich wissen.

»Er besitzt einen Journalistenpaß mit Visa für alle europäischen Länder«, erklärte Breschnew. »Er kann noch heute nach Paris oder London fliegen, um von dort aus diese Jüdin anzurufen. Man kann sie doch nicht von Moskau aus anrufen – der KGB würde das Gespräch abhören. Wen brauchen Sie noch?«

»Marat Swetlow«, sagte ich und dachte bei mir: Dieser alte Mann im Kreml ist mit Sicherheit nicht so simpel, wie vielleicht sogar seine Berater glauben.

18.45 Uhr
Auf dem Flur im zweiten Stockwerk des Hotels *National* setzte Marat Swetlow eine bekümmerte Miene auf, als er dem KGB-Major Schachowskij folgenden Bären aufband: »Ich bin dringend auf Ihre Hilfe angewiesen, Major. Eine Hand wäscht die andere, wie man so schön sagt. Wir werden uns revanchieren.«

»Worum handelt es sich?« fragte Major Schachowskij, zur Zeit damit beauftragt, ausländische Touristen mit Prostituierten zu »versorgen«. Das Hotel *National* war sein Hauptquartier.

»Heute früh sind ein goldener Ikonenschrein und vier Ikonen des sechzehnten Jahrhunderts aus dem Wosnessenskij-Kloster verschwunden. Ich habe einen Tip erhalten, daß die Diebe sie über Touristen ins Ausland schmuggeln wollen. Dabei wollen sie sich dieser Schönheit hier bedienen.« Swetlow zeigte dem Major ein Foto von Tamara Bakschi. »Ist die vielleicht eins von Ihren Pferdchen?«

Der Major besah sich die Fotografie und gab exakt fünf Silben von sich: »Ich bringe sie um!«

»Genau das dürfen Sie nicht tun«, sagte Swetlow. »Überlassen Sie sie einfach mir. Ich werde ein paar passende Wörtchen mit der Dame reden. Und falls Sie mich jemals brauchen sollten – die Kriminalpolizei steht zu Ihrer Verfügung. Genieren Sie sich nicht!«

»Gehen wir«, sagte der Major. Und auf dem Weg über den langen Korridor: »Ich glaube nicht, daß sie im Augenblick hier ist. Sie ist gerade mit irgendeinem Schweden beschäftigt.«

Am Ende des Flurs, auf einem kleinen Sofa neben dem Eingang zu Zimmer 321, saß ein stämmiger junger Mann im grauen Anzug und las die *Wetschernaja Moskwa*. Fragend sah er erst den Major und dann mich an.

»Lies ruhig weiter«, sagte Schachowskij. »Er gehört zu uns.«

Dann öffnete er die Tür von Zimmer 321 und ließ Swetlow den Vortritt.

Sie kamen in eine große und luxuriöse Drei-Zimmer-Suite, aber die Ausstattung paßte so gar nicht zu einem Hotel. Da standen Mischpulte und Konsolen zum Betrieb ferngesteuerter Fernsehkameras, über denen Monitoren aller Größen und Formen flackerten. Daneben gab es mehrere eingebaute Aufnahmegeräte und weitere Ausrüstungen für versteckte Überwachung. Vor den Geräten saßen KGB-Beamte in Zivil, aber die ganze Atmosphäre war eher informell. Zwei KGB-Männer lümmelten auf einem Sofa, spielten Schach und tranken Tee, während neben ihnen ein anderer die neueste Ausgabe des *Playboy* las. Nur wenige Männer im Raum »arbeiteten« wirklich. Die Bildschirme vor ihnen erfaßten praktisch jeden Bereich des Hotels, der für sie von Interesse sein konnte – den Haupteingang mit seinem ständig fließenden Gästestrom und den pausenlos vorfahrenden Intourist-Autos, die Halle mit ihren Andenken-Kiosks, die Rezeption, die Korridore, das Restaurant und die Bar, in der man nur mit Devisen bezahlen konnte.

Gedämpftes Licht verlieh der Bar eine intime Atmosphäre, im Hintergrund spielte eine Jazzkapelle. An den Tischen saßen Gruppen ausländischer Touristen mit russischen Mädchen. Die Musik aus der Bar war auch in Schachowskijs »Suite« zu hören, aber sie störte die Männer nicht, die die Bildschirme überwachten – sie trugen Kopfhörer.

Als Schachowskij hereinkam, drehte sich einer zu ihm um und sagte: »Dieser Hund von Brasilianer zeigt auch an Ljusja kein Interesse. Das ist nun schon die dritte Frau, die ich ihm zuspiele, aber wir sind immer noch nicht weiter. Wenn sie mich fragen – der ist schwul!«

»Na, dann rufen Sie doch im Hauptquartier an und lassen sich ein paar Homos vorbeischicken«, erwiderte Schachowskij.

Er ging zu einer anderen Konsole, an der ein dicker, etwa 35jähriger Mann mit blondem Kraushaar saß. Er trug zwar Kopfhörer, schien aber nur halb bei der Sache zu sein. Er blickte überhaupt nicht auf seine Schirme, sondern blätterte mit einer Hand in einem englischen Buch, während er mit der anderen Notizen machte – wie es schien, auf einen Bogen mit Durchschlagpapier.

»Dubow, schreiben Sie etwa schon wieder irgendwelchen Schwachsinn während der Dienstzeit?« erkundigte sich Schachowskij gehässig. »Schalten Sie die Kamera im Zimmer des Schweden ein, mit dem Tamara beschäftigt ist. Vielleicht sind sie schon wieder zurück.«

»Nein, sie sind am Nachmittag ausgeflogen. Sie schleppt ihn durch die Museen. Aber sie haben sich für sieben Uhr einen Tisch in der Bar reservieren lassen«, erwiderte Dubow, ohne von seinem Buch aufzublicken.

»Dann müssen wir eben warten«, sagte Schachowskij zu Swetlow. »Setzen Sie sich doch. Machen Sie sich's gemütlich.« Er wandte sich wieder an den Blonden. »Was lesen Sie da eigentlich?«

»Ein verdammt gutes Buch, einen amerikanischen Krimi über den Alltag in der UdSSR«, erwiderte er, schrieb aber unverdrossen weiter, so schnell, daß seine Hand buchstäblich über das Papier flog. »Ich habe die ganze Nacht hindurch gelesen, bis acht Uhr früh, konnte mich einfach nicht losreißen. Jede Seite wie aus dem Leben gegriffen!«

»Und was machen Sie jetzt? Haben Sie sich entschlossen, es abzuschreiben?« fragte Schachowskij ironisch.

»Nein, ich schreibe eine Rezension. Für *Nowosti, Nowij Afrikenez, Moskowskij Komsomolez* und die englischsprachige Abteilung des sowjetischen Rundfunks. Irgend jemand muß doch darauf hinweisen, daß dieses Buch dazu angetan ist, antisowjetische Ressentiments zu schüren. Man braucht lediglich ein paar Sätze aus dem Zusammenhang zu reißen und das Buch insgesamt als Sex-Schundwerk abzutun.«

»Aber Alik, zum Teufel, wozu brauchst du bloß soviel Geld?« fragte ein kleiner Mann vom anderen Ende des Zimmers, der wie ein Koreaner aussah. »Du bekommst dein Gehalt vom KGB und läßt dich außerdem von Zeitungen und Rundfunk bezahlen. Ich möchte sogar wetten, daß du auch noch Filme synchronisierst.«

»Was kriegen wir denn schon beim KGB, verdammt noch mal!« empörte sich der Blonde und öffnete den Knopf seines Hemds, das durch den Druck seines enormen, durch einen Gürtel eingezwängten Bauchs weit auseinanderklaffte. Doch seine Aufmerksamkeit wurde abgelenkt. Er rückte die Kopfhörer zurecht und sagte zu dem Major: »Die Mädchen fangen an. Wollen Sie mithören?«

Mit einem Griff an den Apparaturen richtete er die unsichtbare Kamera auf einen Tisch in der Bar, an dem zwei Ausländer mit zwei Russinnen saßen, einer blonden und einer dunkelhaarigen.

»Schalten Sie den Ton ein«, sagte Schachowskij.

»Aber was ist mit...?« Der Mann deutete auf Swetlow.

»Schon gut, er gehört zu uns«, sagte Schachowskij. »Schalten Sie ein.«

Der Blonde drehte den Ton auf, und sofort waren vier Stimmen über den Lautsprecher zu hören.

»Seine Mutter war eine seßhafte Zigeunerin, aber sein Vater Russe«, sagte die vollbusige, blondgefärbte Russin, während sie ihren Cocktail schlürfte.

»Was meinen Sie mit ›seßhaft‹?« fragte der junge Ausländer. »Was bedeutet das?« Er war groß, hatte feine Züge und schrieb emsig in sein Notizbuch.

»Nun, wie soll ich das erklären?« meinte die Blonde. »Wissen Sie, Zigeuner sind gewöhnlich Nomaden. Sie ziehen von Ort zu Ort. Aber seine Mutter hat damit aufgehört, sie hat sich einen festen Wohnsitz gesucht. Sie ist seßhaft geworden, verstehen Sie? Aber das ist doch nicht so wichtig. Wichtig ist, daß ihn kein Mensch kannte, bevor er Galja kennenlernte. Er hat dann und wann in irgendwelchen Restaurants gesungen. Aber Galja hat ihn beim Bolschoi-Theater etabliert. Und wie!«

»Augenblick bitte«, unterbrach der Ausländer erneut. »Was meinen Sie mit ›etabliert‹?«

»Nun, sie hat ihm eben durch ihre Beziehungen dort einen Posten verschafft«, erwiderte das Mädchen leicht ungeduldig und versuchte, ein Kirschstückchen aus ihrem leeren Cocktailglas zu angeln. »Ist ja auch egal. Überhaupt habe ich gehört, daß Galja solche Dinge dreht – daß wenn der KGB sie sich vornehmen dürfte...«

»Was für Dinge?« wollte der andere Ausländer wissen und zog an seiner Zigarre. Er notierte kein Wort, hatte aber einen Kassettenrecorder vor sich auf dem Tisch neben seinem Glas stehen.

»Genosse Major, die Japaner sind angekommen«, sagte der KGB-Beamte, der wie ein Koreaner aussah. Auf einem seiner Monitoren waren vier Japaner zu sehen, die sich gerade an einen leeren Tisch setzen wollten. Jeder von ihnen trug einen Aktenkoffer.

»Worüber sprechen sie denn?« erkundigte sich Schachowskij.

»Über gar nichts. Sie schweigen.«

»Hunde!« meinte Schachowskij enttäuscht. »Da schleppen sie nun ihre Aktenkoffer überallhin mit und lassen sie keine Sekunde aus den Augen. Verdammte Physiker!«

Dann wandte er sich den beiden anderen Männern zu, die auf dem Sofa Schach spielten. »Schluß mit der Faulenzerei. Die Ausländer sind da!«

Auf dem Bildschirm, der den Hoteleingang zeigte, waren mehrere Touristengruppen zu sehen, in der Hauptsache Amerikaner, Deutsche und Franzosen. Alle trugen teure Pelzmützen und elegante Anzüge. Einige waren von Mädchen, offensichtlich Russinnen, begleitet.

»Sehen Sie sich das mal an«, sagte Schachowskij und zeigte auf den Monitor. »Man sieht schon auf den ersten Blick, daß das keine Unsrigen sind. Ah, da kommt Ihr Mädchen...«

Hand in Hand mit einem riesigen Schweden näherte sich ein gutgebautes dunkelhaariges Mädchen mit schwingenden Hüften dem Eingang zur Bar. Es war Tamara Bakschi, das Mädchen, mit dem Swetlow in meiner Wohnung in der Nacht zum Sonnabend geschlafen hatte. Swetlow sprang auf die Füße und wollte zur Tür eilen, aber Schachowskij hielt ihn zurück. »Halt! Seien Sie doch kein Narr! Sie können nicht mit der Uniform in die Bar! Sind Sie verrückt geworden? Gehen Sie drüben ins andere Zimmer. Da liegt jede Menge Zivilkleidung. Übrigens aus dem Ausland. Suchen Sie sich einen Anzug und eine Krawatte aus. Wissen Sie, wie man einen Knoten bindet?«

Wenige Minuten später betrat Swetlow in Zivil und mit Krawatte die Bar. Der schummrige Raum war laut und voll. Ein Jazz-Quartett spielte auf einer Bühne, davor tanzten einige Paare. Swetlow sah zur Decke hinauf und versuchte, die versteckte Kamera zu orten. Es gelang ihm nicht. Die ganze Decke war in Dunkelheit gehüllt. Er trank an der Bar einen Wodka, sah sich um – und sein Blick fiel wie zufällig auf Tamara, die mit ihrem etwa fünfundvierzigjährigen pockennarbigen Schweden an einem Tisch saß.

Swetlow setzte eine höfliche Miene auf, trat an ihren Tisch und sagte zu dem Schweden: »Hätten Sie etwas dagegen, wenn ich die Dame zum Tanz auffordere?«

Der Schwede sah ihn an und begriff nichts. Tamara wurde blaß, als Swetlow ganz sanft zu ihr sagte: »Erklär ihm, daß ich ein alter Freund von dir bin und daß du gern mit mir tanzen würdest.«

In gebrochenem Englisch tat sie, wie ihr befohlen.

»Aber sicher«, sagte der Schwede. »Gern.«

Swetlow führte Tamara zur Tanzfläche, um sich so weit wie möglich von den Mikrofonen zu entfernen, die unter jedem Tisch angebracht waren. Mit seiner gesunden Hand zog Swetlow Tamara eng an sich und flüsterte ihr ins Ohr: »Also gut, Schwester. Frage Nummer eins: Hast du den Tripper?«

Empört versuchte Tamara, sich von ihm zu lösen, aber Swetlow hielt sie fest.

»Und tisch mir bloß keine Lügen auf«, warnte er. »Morgen schicke ich dich ohnehin zur Untersuchung in die Klinik. Also – ja oder nein?«

»Nein. Ehrenwort...« sagte sie und brach fast in Tränen aus.

»Bloß keine Tränen. Das fehlt mir gerade noch! Woher willst du wissen, daß du ihn nicht hast? Wann warst du zum letzten Mal zur Untersuchung?«

»Vergangene Woche. Außerdem nehme ich jedes Mal vorher ein Antibiotikum.«

»Wohin gehst du zur Untersuchung, und woher bekommst du die Antibiotika?«

»Ich habe meinen Privatarzt.«

»Wen? Swetlana Agapowa, was?«

Tamara schwieg.

»Frage Nummer zwei«, sagte Swetlow. »Wer hat dir befohlen, neulich mit mir zu schlafen?«

»Niemand! Ehrenwort! Nina hat mich angerufen. Sie waren doch dabei. Sie waren bei ihr aufgetaucht, und sie hat mich angerufen.«

»Wie hat sie dich denn erreicht? Du bist doch nie zu Hause!«

»Ich war zufällig bei Irina. Sie müssen sich doch erinnern«, flehte Tamara. »Sie hat eigentlich Irina sprechen wollen, eine gemeinsame Freundin...«

Das stimmte. Swetlow erinnerte sich an jenen Abend, an dem er mit einer Flasche Weinbrand und dem Rest der Brathähnchen vom Flug aus Sotschi-Adler in meine Wohnung gekommen war. Nina hatte der Reihe nach ihre alten Freundinnen aus der Zirkusschule angerufen und Tamara schließlich von irgendeiner Party weggelockt, damit sie Swetlow kennenlernte. Swetlow hatte den Eindruck, daß sie die Wahrheit sagte und noch nicht einmal wußte, daß Nina und ihre Ärztin Swetlana Agapowa getötet worden waren.

»Frage Nummer drei«, sagte Swetlow. »Hat dich die Agapowa zu Zwigun mitgenommen? Sei ehrlich!«

»Ja...« sagte Tamara mit fast unhörbarer Stimme.

»In die Wohnung Katschalow-Straße 16a?«

»Ja, aber das ist schon lange her. Mindestens sechs Monate. Ehrenwort! Und ich war auch nur zweimal da...«

»Hast du mit Zwigun geschlafen?«

Tamara schwieg. Swetlow wurde wütend bei der Vorstellung, daß er dieses Mädchen womöglich mit Zwigun »geteilt« hatte. Er packte Tamara so fest um die Taille, daß sie nach Atem rang.

»Ich hab dich gefragt, ob du mit Zwigun geschlafen hast!«

»Nein. Laß mich los, Marat. Du tust mir weh. Was habe ich denn verbrochen?«

»Wann hast du Swetlana Agapowa zum letzten Mal gesehen?«

»Am Sonnabend. Aber was hat das denn damit zu tun? Ich habe ihr nur gesagt, daß ich mit dir in Zwiguns Wohnung war.«

»Hast du ihr auch Schamrajews Telefonnummer gegeben?«

»Ja. Was ist denn schon dabei?«

»Und warum hast du Nina gestern früh angerufen?«

»Ich?« fragte Tamara überrascht. »Ich habe sie nicht angerufen! Das schwöre ich!«

»Gut. Kannst du dich jetzt von deinem Schweden loseisen?«

»Nein. Er reist morgen ab. Dann habe ich drei Tage frei. Soll ich Sie anrufen?« fügte sie kokett hinzu.

»Ja. Aber bevor du das tust, schaust du in der Klinik Nummer Sieben bei Doktor Goldberg vorbei. Er wird dich untersuchen. Sag ihm, daß ich dich geschickt habe.«

»Warum? Swetlana Agapowa kann mich doch untersuchen.«

»Ich fürchte, das wird sie nicht mehr können«, meinte Swetlow und führte Tamara an den Tisch zurück, wo der Schwede bereits finster bei seinem dritten Wodka saß. Swetlow lächelte ihn an und sagte aus unerfindlichen Gründen: »Merci.« Dann fügte er auf russisch, nur für Tamaras Ohren bestimmt, hinzu: »Und wenn du bei Doktor Goldberg warst, geh in deine Wohnung, räum auf und gib den Blumen ein bißchen Wasser.«

Swetlow verließ die Bar, fuhr mit dem Fahrstuhl in den zweiten Stock und ging in die Suite 321, um wieder seine Uniform anzuziehen.

»Nun, was ist?« fragte Schachowskij. »Werden Sie sie einsperren?«

»Nein, jetzt nicht«, erwiderte Swetlow. »Ich möchte mich nicht in Ihre Arbeit einmischen. Abgesehen davon ist sie sauber – zumindest was die Ikonen angeht. Da muß uns ein Fehler unterlaufen sein. Wie auch immer – ich stehe in Ihrer Schuld. Wenn wir mal was für Sie tun können, lassen Sie es mich bitte wissen.«

»Vielen Dank«, sagte Schachowskij.

Swetlows Polizei-Wolga parkte neben dem hellerleuchteten Hoteleingang. Das Autotelefon klingelte. Aber bevor Swetlow sich meldete, ließ er den Motor an, um das Innere des Wagens ein wenig aufzuwärmen. Es war drinnen genauso kalt wie draußen. Vor Kälte zitternd nahm er den Hörer ab: »Was gibt's?«

»Oberst Swetlow, hier ist der diensthabende Milizoffizier Oberst Kremnjow. Sie sollen so schnell wie möglich zum Kreml kommen. Fahren Sie beim Spasskij-Tor vor.«

Nach 19 Uhr

AUS DEM POSTAUSGANGSREGISTER
DES PERSÖNLICHEN BÜROS VON L. I. BRESCHNEW
Telegramm

Sowjetische Botschaft Paris
An den Botschaftssekretär Gen. A. P. Gontschar

AUF PERSOENLICHE WEISUNG DES GENOSSEN BRESCHNEW VERLAESST KOMSOMOLSKAJA PRAWDA JOURNALIST VADIM BELKIN MOSKAU HEUTE 20.10 UHR MIT AEROFLOT FLUG NR. 81 STOP ER HAT DIE AUFGABE UEBER POSITIVE REAKTION DER FRANZOESISCHEN BEVOELKERUNG AUF UNTERZEICHNUNG DES JAHRHUNDERTVERTRAGS DAS HEISST INSTALLIERUNG DER ERDGASLEITUNG TJUMEN PARIS ZU BERICHTEN STOP BUCHEN SIE HOTELZIMMER UND HOLEN SIE IHN VOM FLUGHAFEN ORLY AB

Leiter des Persönlichen Büros von L. I. Breschnew
M. V. Doroschin
Abgesandt im Kreml 26. Januar, 19.22 Uhr
Empfangen in Paris vom diensthabenden Beamten der Botschaft, Genossin M. E. Speranskaja

AUSZUG AUS DEM WORTPROTOKOLL DES VERHÖRS VON GENERALLEUTNANT I. D. BOGATYRJOW, LEITER DER HAUPTVERWALTUNG FÜR ARBEITSLAGER UND STRAFANSTALTEN BEIM INNENMINISTERIUM DER UDSSR

Von Inspektor Schamrajew gestellte Fragen:
FRAGE: Sie werden verdächtigt, den Aufenthaltsort des verurteilten Strafgefangenen Giwi Riwasowitsch Mingadse geheimzuhalten und Informationen darüber aus der Zentralen Adresskartei und dem Computerzentrum des Innenministeriums entfernt zu haben. Was haben Sie dazu zu sagen?
ANTWORT: Ich persönlich habe mit dem Verheimlichen und Verschwinden irgendwelcher Informationen aus den Akten nichts zu tun. Um die Jahreswende forderte die Geheimdienstabteilung des Innenministeriums Auskünfte darüber an, wo sich dieser Mingadse befindet. Ich teilte ihnen daraufhin mit, daß er in einem Lager mit verschärften Bedingungen sitze. Wenig später erhielt ich die Nachricht aus Sibirien, daß Genosse Inspektor Baklanow von der Generalstaatsanwaltschaft im Lager Tjumen eingetroffen sei. Auf Verlangen des Inspektors wurde der Strafgefangene in das Lager Balaschichinskij in der Nähe von Moskau überführt. Aber die Informationen darüber können sich durchaus verzögert und die Computerzentrale noch nicht erreicht haben.
EINSPRUCH VON GENERAL SCHAROW, KOMMANDANT DER KREML-GARDE UND BEIM VERHÖR ANWESEND: Hören Sie doch auf mit diesem ... (Fluch)! Könnte sich verzögert haben?! Wer hat Ihnen das befohlen? Sagen Sie es uns, oder ... (Fluch).
ANTWORT: Ich habe lediglich eine Vermutung angestellt, Genosse General. Informationen über die Verlegung von Strafgefangenen erfolgen über die Registratur der Hauptverwaltung an die Zentralkartei des Innenministeriums. Vielleicht hat einer der Mitarbeiter ...
FRAGE: Das bedeutet also, daß sich der Strafgefangene zur Zeit in Balaschichinskij befindet. Dieses Lager untersteht doch der Kontrolle der KGB-Division Dserschinskij – oder irre ich mich?
ANTWORT: Nein, der Verurteilte ist dort nicht mehr in Haft. Vor drei Tagen erreichte mich ein Telegramm des Lagerkommandanten Skwortschuk, daß der Gefangene im Interesse seiner eigenen Sicherheit und auf persönliche Anordnung von General Krasnow,

Leiter der Geheimdienstabteilung des Innenministeriums, in das Sonderlager Nummer 274 nach Fergana in der Kirgisischen SSR verlegt wurde. Wie Sie wissen, gibt es dort Uranminen. Ich glaube aber kaum, daß der Strafgefangene Mingadse bereits an seinem Bestimmungsort eingetroffen ist. Gefangene werden in besonderen Waggons der Eisenbahn transportiert. In drei Tagen dürfte er wohl kaum über den Ural hinausgekommen sein...

AUS DEM POSTAUSGANGSREGISTER
DES PERSÖNLICHEN BÜROS VON L. I. BRESCHNEW
TELEGRAFISCHE ANORDNUNG

An den Leiter der Hauptverwaltung für Polizeitransporte beim Innenministerium der UdSSR, Generalleutnant V. U. Solomin
HALTEN SIE AUF PERSOENLICHE WEISUNG DES GENOSSEN BRESCHNEW ALLE GEFANGENENTRANSPORTE AUF UM AUFENTHALTSORT DES STRAFGEFANGENEN GIWI RIWASOWITSCH MINGADSE GEBOREN 1945 VERURTEILT NACH ARTIKEL 88 STRAFGESETZBUCH RSFSR HERAUSZUFINDEN STOP INFORMIEREN SIE MICH PERSOENLICH ALLE 20 MINUTEN UEBER ERGEBNISSE IHRER BEMUEHUNGEN

Leiter des Persönlichen Büros von L. I. Breschnew
M. V. Doroschin
Abgesandt im Kreml 26. Januar 1982, 17.47 Uhr
Eingegangen beim diensthabenden Offizier der Hauptverwaltung für Polizei-Transporte Oberst I. P. Maslennikow

Um acht Uhr abends verließ Vadim Belkin, ausgestattet mit meinen Instruktionen, den Flughafen Scheremetjewo in Richtung Frankreich. Währenddessen saß ich mit Swetlow und Solotow im Kasino des Kreml, verspeiste Suppe mit Croutons und büffelte ein paar Brocken Deutsch.

»Guten Tag – Guten Abend – Guten Morgen – Wieviel kostet das?«

»Wo kann man telefonieren?« souffliente Solotow.

General Bogatyrjow, der sich langsam von dem Verhör erholte, trank mit Swetlow Weinbrand. Er wischte sich über die Augenbrauen und erklärte nochmals: »Ich habe mit der Sache wirklich nichts zu tun. Ich schwöre es Ihnen!«

Das Telefon klingelte. Eine der Kellnerinnen nahm den Hörer ab und streckte ihn mir dann entgegen.

»Für Sie, Genosse Schamrajew.«
Ich meldete mich.
»Hier ist Doroschin. Wir haben ein Telegramm von der Hauptverwaltung für Polizeitransporte erhalten. Der Zug Nummer 32 mit Waggon Nummer 94621 für Gefangenentransporte ist auf Gleis 22 in Swerdlowsk eingetroffen. Darin befindet sich Mingadse. Aus Sicherheitsgründen hat der KGB die Stadt abgeriegelt. Bitte kommen Sie sofort zum Genossen Breschnew.«

AUS DEM POSTAUSGANGSREGISTER
DES PERSÖNLICHEN BÜROS VON L. I. BRESCHNEW
TELEGRAFISCHE ANORDNUNG

An den Bahnhofsvorsteher von Swerdlowsk-22, Major D. U. Sytin
Kopie an den Militärkommandanten von Swerdlowsk-22, Oberstleutnant D. M. Radowskij

KUPPELN SIE AUF PERSOENLICHE ANWEISUNG DES GENOSSEN BRESCHNEW DEN WAGGON NUMMER 94621 VON ZUG NUMMER 32 AB STOP UMSTELLEN SIE WAGGON MIT ALLEN VERFUEGBAREN BAHNPOLIZISTEN UND SOLDATEN STOP VERHINDERN SIE DASS UNBEFUGTE SICH DEM WAGGON NAEHERN BIS DER KOMMANDEUR DES MILITAERBEZIRKS URAL GENERALLEUTNANT MACHOW EINTRIFFT STOP ERBITTEN INFORMATION SOBALD ANORDNUNG AUSGEFUEHRT

Leiter des Persönlichen Büros von L. I. Breschnew
M. V. Doroschin
Abgesandt im Kreml via Bahntelefon 26. Januar 1982, 20.39 Uhr

TELEGRAFISCHE ANORDNUNG
AN DEN KOMMANDEUR DES MILITÄRBEZIKS URAL,
GENERALLEUTNANT B. B. MACHOW

ICH BEFEHLE IHNEN PERSOENLICH MIT EINEM TRUPP SOLDATEN DEN BAHNHOF SWERDLOWSK 22 AUFZUSUCHEN UND DEN BUERGER G. R. MINGADSE AUS DEM GEFANGENENWAGGON NUMMER 94621 ZU BEFREIEN STOP DER WAGGON IST VON BAHNPOLIZEI UND SOLDATEN DER STATION UMSTELLT STOP IM FALL VON WIDERSTAND DER GEFANGENENESKORTE

DIESEN BRECHEN UND ESKORTE FESTNEHMEN STOP MINGADSE MIT MILITAERFLUGZEUG ZUM FLUGHAFEN SCHUKOWSKIJ BRINGEN STOP ZEIT FUER DIE BEFREIUNG DES BUERGERS MINGADSE EINE STUNDE STOP ZEIT FUER DEN TRANSPORT NACH SCHUKOWSKIJ DREI STUNDEN STOP DORT BUERGER MINGADSE DER OBHUT DES CHEFINSPEKTORS FUER SONDERFAELLE BEI DER STAATSANWALTSCHAFT DER UDSSR I. J. SCHAMRAJEW UNTERSTELLEN

Der Vorsitzende des Verteidigungsrates der UdSSR Marschall Breschnew
Moskau, Kreml, 26. Januar 1982, 21.00 Uhr

AUS DEM POSTAUSGANGSREGISTER
DES PERSÖNLICHEN BÜROS VON L. I. BRESCHNEW
ANORDNUNG

An den Leiter der Moskauer Paßbehörde Genosse J. A. Medwedkin

Stellen Sie innerhalb von zwei Stunden Pässe aus für: Bürger Schamrajew, Igor Josifowitsch, geboren 1935, Chefinspektor für Sonderfälle bei der Generalstaatsanwaltschaft der UdSSR,
Bürger Mingadse, Giwi Riwasowitsch, geboren 1945, ohne Beruf.
Liefern Sie die Pässe beim Persönlichen Büro des Genossen L. I. Breschnew im Kreml ab.
Leiter des Persönlichen Büros von L. I. Breschnew
M. V. Doroschin
Ausgeliefert beim Genossen Medwedkin in dessen Wohnung um 21.17 Uhr

Nach Mitternacht
Bogatyrjow, Scharow und ich schliefen in Armsesseln im Vorzimmer von Breschnews Arbeitszimmer. Leonid Iljitsch selbst war, wie Solotow, Tschasow und der Rest seiner engeren Umgebung, längst nach Hause gegangen. Die Maschinerie, die sie in Gang gesetzt hatten, um den KGB zu umgehen, lief mittlerweile wie geschmiert. Auch ohne sie. Aber wir waren, zusammen mit dem Diensthabenden des Zentralkomitees, hiergeblieben, und nur das stündliche Läuten der Kremlglocken schreckte uns aus dem

Schlaf. Um 21.35 Uhr erfuhren wir über die militärische Sonderleitung, daß der Kommandeur des Militärbezirks Ural, Generalleutnant Machow, Mingadse aus dem Waggon befreit hatte, ohne bei der Transportbegleitung auf Widerstand zu stoßen. Um 22.40 Uhr informierte uns Machow, daß ein Militärflugzeug, gesteuert vom Kampfflieger und Helden der Sowjetunion Ptscheljakow, den Militärflughafen Swerdlowsk mit Giwi Mingadse und acht MG-Scharfschützen an Bord verlassen hatte und sich auf dem Flug nach Schukowskij befand. Um 22.50 Uhr fuhr der aufgescheuchte Leiter der Moskauer Paßbehörde, Medwedkin, mit zwei roten Pässen am Kontrollpunkt Spasskij-Turm vor. In seiner Aktentasche befanden sich auch mehrere Blankopässe und das Amtssiegel – für alle Fälle...

Alles lief so glatt und reibungslos, wie man es eben erwarten kann, sobald der Kreml in das Geschehen eingreift.

Der KGB schwieg.

Aber ich wußte: Sein Schweigen bedeutete keineswegs, daß sie klein beigegeben hatten.

Um sechs Uhr früh rief Vadim Belkin aus Paris in der Redaktion der *Komsomolskaja Prawda* an. Er diktierte seinen ersten Bericht, der hauptsächlich aus Auszügen französischer Presseveröffentlichungen bestand: »BASIEREND AUF DEM PRINZIP DER GEGENSEITIGKEIT. Die französische Presse widmet dem sowjetischen Gasröhren-Vertrag auch weiterhin große Aufmerksamkeit. Der Vertrag über das Abkommen ist kürzlich in Paris unterzeichnet worden. Er hat wirtschaftlich wie politisch Schlagzeilen gemacht. Die Pariser Zeitungen weisen sowohl auf die große Bedeutung des Abkommens hin, das sie den ›Vertrag des Jahrhunderts‹ nennen, wie auch auf seine Langfristigkeit. In einem Fernsehinterview betonte der französische Wirtschaftsminister, daß dieses Abkommen auf dem Prinzip der Gegenseitigkeit basiere und für die westliche Industrie den ersten Schritt zu den Märkten des Ostens hin bedeute« – und so weiter und so weiter. Einhundertzwanzig Zeilen insgesamt und unterzeichnet mit: »Ihr Pariser Korrespondent Vadim Belkin, Telefon 331 37 05.«

Die Stenotypistin, die den Bericht aufgenommen hatte, machte zwei Kopien und gab eine Swetlow, der aus diesem Grund die Nacht im Büro der *Komsomolskaja Prawda* verbracht hatte.

Um 6.20 Uhr, als die verschneiten Straßen Moskaus bis auf ein paar schemenhafte Figuren, die zur Arbeit hasteten, menschenleer waren, raste Swetlow die Gorki-Straße hinunter auf den Roten Platz und den Kreml zu.

Gegen 6.40 Uhr hatten wir Belkins relativ einfachen Bericht bereits dechiffriert. Wir erfuhren daraus, daß Belkin nach seiner Ankunft in Paris die von Anja Finstein angegebene Telefonnummer (0611–34 18 19) angerufen und die Nummer seines Hotelzimmers hinterlassen hatte. Anja hatte ihn daraufhin zurückgerufen. Zwei zwischen uns vereinbarte Sätze informierten uns darüber, daß sie bereit war, sich am selben Tag, am 27. Januar, nach 13 Uhr mit mir in West-Berlin zu treffen.

Ich spürte, daß das Spiel, das ich mit Ninas Mördern begonnen hatte, in die entscheidende Phase trat. Es blieben nur noch die letzten Schachzüge. Sie würden sich allerdings als schicksalhaft erweisen – entweder für mich oder für die anderen.

Auf dem Flughafen Schukowskij wartete bereits seit drei Stunden ein verwirrter Giwi Mingadse darauf, daß ich endlich erschien. Er wurde von einer Schwadron Scharfschützen und dem Kommandanten des Militärflughafens bewacht.

Aber erst nach Belkins Signal aus Paris hatte es überhaupt Sinn für uns, nach Schukowskij zu eilen und von dort aus mit einem Militärflugzeug nach Ost-Berlin zu fliegen.

Ich rief Baklanows Privatnummer an. Offenbar schlief er nicht, denn er nahm sofort den Hörer ab. »Ja?«

»Hier ist Schamrajew«, sagte ich. »Kolja, ich kann nicht schlafen. Ich habe noch einmal über unsere Unterhaltung von Sonnabend nachgedacht. Hör zu, warum nimmst du nicht deine Frau und dein Kind und machst dir irgendwo einen freien Tag? Vielleicht in einem der Ferienheime draußen auf dem Land? Du mußt doch völlig überarbeitet sein. Wie wär's damit?«

Er schwieg. Ich auch. Ich hatte ihm alles gesagt, was ich sagen konnte, sogar mehr, als ich sollte.

»Nun gut«, meinte er schließlich. »Sonst noch was?«

»Das ist alles, alter Junge. Du hast einen so netten kleinen Jungen. Es würde ihm bestimmt guttun, mal mit seinem Vater ein bißchen gesunde Landluft zu schnuppern.«

»Du kannst mich mal!« sagte er ruhig und legte den Hörer auf.

TELEGRAMM
An den Kommandeur der Flieger-Division Nummer 69, Generalmajor G. S. Janschin
Schukowskij
Geheim – Dringend – Über militärische Sonderleitung
STELLEN SIE FUER SOFORTIGEN ABFLUG EINER ANZAHL REGIERUNGSVERTRETER NACH OST BERLIN DIE VON VERTRETERN DER SOWJETSTREITKRAEFTE EMPFANGEN WERDEN EIN MILITAERFLUGZEUG MIT ERFAHRENER BESATZUNG BEREIT STOP GRUPPE TRIFFT IN KUERZE IN BEGLEITUNG DES KOMMANDANTEN DER KREML GARDE GENERALMAJOR SCHAROW EIN
Offizier des ZK der KPdSU B. T. Arzewlow
Moskau, Kreml, 27. Januar 1982
Übermittelt via militärische Sonderleitung 6.45 Uhr

»Wir müssen los«, sagte General Scharow. »Wir brauchen eine Stunde, um Schukowskij zu erreichen, selbst mit einer Tschaika.«

»Kann ich jetzt nach Hause gehen?« fragte Generalleutnant Bogatyrjow.

»Sie bleiben, bis Sie Anweisungen von Oberst Swetlow erhalten!« sagte Scharow. »Vielleicht braucht er Sie. Aber gehen Sie mit niemand anderem mit. Ich habe den Wachen bereits entsprechende Instruktionen erteilt.«

»Sehr wohl«, erwiderte Bogatyrjow kleinlaut.

Swetlow hatte drei Operationen in Moskau durchzuführen, und eine davon war nur in Anwesenheit von Bogatyrjow möglich.

Ich trat an den Schreibtisch des Diensthabenden und nahm sein Telefonbuch für Moskau und Umgebung an mich. »Sie bekommen es bestimmt zurück«, versicherte ich.

»Geht schon in Ordnung«, erwiderte er. »Sie brauchen es nicht zurückzugeben.«

Swetlow, Scharow und ich gingen hinaus. Scharow und ich bestiegen die Tschaika, die bereits auf uns wartete. Es war immer noch dunkel, und der rote Stern auf dem Spasskij-Turm funkelte bedrohlich auf uns herab.

Als ich Swetlows rechte Hand schüttelte, verzog er vor Schmerzen das Gesicht. »Vorsichtig! Es tut immer noch weh... Also ab mit dir nach Ost-Berlin. Ich erwarte deinen Anruf. Und – gerate bloß nicht in Panik. Hier klappt alles, darauf kannst du dich verlassen. Ich werde schon dafür sorgen, daß zu Ninas Erinnerung Salut geschossen wird.«

Durch das Fenster unserer Limousine sah ich, wie er auf seinen Wolga zulief, der am Kontrollpunkt des Spasskij-Turms geparkt war.

»Verbrenn dir bloß nicht die Finger, Marat«, dachte ich.

7

Checkpoint Charlie

Mittwoch, 27. Januar, nach 9 Uhr
Eine tiefhängende Wolkendecke verbarg das völlig verschneite Rußland, und so war es auch in Bjelorußland und Polen. In dem Transportflugzeug saßen nur zwei Passagiere – Giwi Mingadse und ich. Giwi war siebenunddreißig Jahre alt und mittelgroß. Sein Kopf war kahlgeschoren. Die häufigen Transporte von einem Lager ins andere hatten ihn stark mitgenommen. Er sah hager und schwächlich aus. Kinn und Wangen waren mit Bartstoppeln bedeckt. Er trug eine wattierte Lagerjacke, gesteppte Hosen und mehrmals geflickte Lagerstiefel aus Filz. Eigentlich wurde der erste Eindruck eines entwichenen Sträflings nur durch seine dunklen leuchtenden Augen und seine schlanken Hände gemildert, die mit Schorfwunden bedeckt waren und nervös eine wattierte graue Mütze auf dem Schoß zerknüllten.

GIWI MINGADSES GESCHICHTE

Wenn die Leute behaupten, alle Georgier seien Schieber, so stimmt das nicht. Ich weiß, daß die Moskauer Märkte heutzutage voll sind von Georgiern, die Blumen und Mandarinen aus Suchumi verkaufen. Aber wie war es denn früher? Der Georgier, der echte Georgier, war Krieger, ein Reiter mit einem Dolch an der Seite, der den Armen half und schönen Frauen den Hof machte. Mit einem Wort, ein Mann. Tausende von Jahren lebten wir in den Bergen, und unsere Herrscher waren Ritter und Poeten. Aber jetzt haben sie Profitjäger aus uns gemacht. Ich muß zugeben, auch aus mir, obwohl ich mich lange dagegen wehrte – genauer gesagt, bis ich dreißig Jahre alt war. Ich lebte das Leben eines armen Studenten. Ich machte das Examen an der Musikhochschule, spielte Klarinette und wollte ein Varieté-Orchester leiten oder

Filmschauspieler werden. Ich weiß nicht, wahrscheinlich war ich ziemlich oberflächlich, als ich jung war. Aber ich war in keine krummen Geschäfte verwickelt. Was braucht denn ein Georgier schon? Ein bißchen Geld, ein bißchen Erfolg und viele Freunde. Ich hatte alles, besonders Freunde. Ich war nicht offiziell in Moskau gemeldet, also zog ich viel herum, von der Wohnung eines Freundes in die eines anderen. Aber 1975 hatte mein Freund Boris Burjatskij eine Affäre mit Galja Breschnewa, und er nahm mich mit in die Wohnung ihres Onkels, General Zwigun. Was mich mit Burjatskij verband? Nun wir waren zwei ziemliche Taugenichtse, wissen Sie – frei wie die Vögel unterm Himmel. Er sang seine Zigeunerlieder mal in dem einen Restaurant, mal in dem anderen, und ich spielte erst Klarinette und dann Schlagzeug. Und wo sind wir beide hingeraten? In Zwiguns Wohnung, mit Galja Breschnewa. Anfangs haben wir nur Karten miteinander gespielt, aber dann fing Zwigun an, mir kleine Aufträge zu geben. Ruf den an, hol bei dem zehntausend Rubel ab und zwanzigtausend vom nächsten. Und so ging es weiter. Sechs Monate später hatte ich mein eigenes Auto, einen Wolga. Wissen Sie, wie sich so ein junger Georgier in Moskau mit einem Wolga fühlt? Er ist König! Besonders wenn auch noch so einflußreiche Leute hinter ihm stehen wie dieser KGB-General. Ich konnte mich ja kaum noch zu Hause aufhalten. Ganz Georgien hing bei mir an der Strippe. Von morgens bis abends. Es hörte gar nicht mehr auf. Ja, es war ein schönes Leben. Ich kann mich wirklich nicht beklagen. Und mit meinem Wolga konnte ich überallhin, sogar in die öffentlichen Parkanlagen. Eine Menge georgischen Geldes ging durch meine Hände in die von Zwigun. Und ich selbst war auch nicht gerade mittellos. Ich war ganz schön reich.

Aber dann benutzte mich Zwigun 1976 auf eine Weise, die ich nie vergessen werde – weder ihm noch seiner Frau! Sie werfen mir vor, ich hätte das Hotel *Rossija* in Brand gesteckt. Gut, hören Sie zu. Wir waren damals im *Rossija* in ziemlich dunkle Machenschaften verwickelt. Und dann richtete die Geheimdienstabteilung des Innenministeriums ihre Zentrale ausgerechnet im zehnten Stock dieses Hotels ein und fing an, hinter uns herzuschnüffeln. Fast hätten sie Mschawanadses Frau erwischt, aber sie schnappten eine ganze Menge anderer so nebenbei. Natürlich hatten sie auch mich im Visier – sie verfügten über Fotos, Filme und Tonbänder von meinen Gesprächen und Verhandlungen mit georgischen Obstschiebern und so weiter.

Wie auch immer – eines schönen Abends sagten Zwigun und seine Frau zu mir: »Giwi, etwas Schreckliches ist passiert. Der Geheimdienst ist hinter dir her, und über dich kriegen sie auch uns zu fassen. Denk dran, daß wir nichts für dich tun können, wenn sie dich festnehmen. Uns wird Breschnew aus der Patsche helfen, aber wir sind leider nicht in der Lage, dich zu retten. Jemand muß schließlich dran glauben, damit die Aufmerksamkeit von den anderen abgelenkt wird. Du sollst eine Art Sündenbock werden. Du wirst die Verantwortung für alles übernehmen müssen. Aber vielleicht gibt es doch noch einen Ausweg. Eine Geheimfabrik in Baku hat eine chemische Substanz entwickelt, die Tonbänder und optische Geräte aus zehn Metern Entfernung zerstört. Wenn du nur ein bißchen von dem Zeug auf den Fußboden der Etage unter der Geheimdienstabteilung verteilst, werden alle ihre Geräte verrückt spielen, die Bänder gelöscht sein und sogar die Fenster zerspringen. Wenn dir das gelingt, wirst du so all die Informationen zerstören, die sie über dich und mich haben.«

Und ich Dummkopf habe ihnen tatsächlich geglaubt. Was haben wir gelacht, als wir uns vorstellten, wie ihre Fenster zerspringen und die geheimen Dossiers zum Teufel gehen würden. Den Rest kennen Sie. Ich flog nach Baku und holte diesen chemischen Stoff. Boris und ich verkleideten uns als Arbeiter, die die Fußböden reinigen sollten. Die haben mich natürlich nicht direkt in die Geheimdienst-Etage gelassen, aber wir kamen immerhin in den neunten Stock. Dort verspritzten wir die Flüssigkeit direkt in jenen Räumen, über denen der Geheimdienst sein Domizil hatte. Am nächsten Tag erfuhr ich, daß es im Hotel *Rossija* einen Brand gegeben hatte, bei dem Dutzende von Menschen ums Leben gekommen waren. Boris und mich traf fast der Schlag. Und zu allem Überfluß will Zwigun uns auch noch einreden, daß das Feuer »zufällig ausgebrochen« sei. Irgend so ein unachtsamer Tourist habe wahrscheinlich seine noch brennende Zigarettenkippe auf den Fußboden fallen lassen, auf dem wir zuvor unsere Flüssigkeit versprüht hatten.

Aber wie auch immer der Brand entstanden sein mag – ich hatte ein Verbrechen auf dem Gewissen. Und Zwigun hatte mich genau da, wo er mich haben wollte. Was tut ein Georgier in einem solchen Fall? Nimmt er sich das Leben? Fängt er an zu trinken? Nein! Er rächt sich! Und ich beschloß, an ihnen allen Rache zu nehmen – an Zwigun, seiner Frau und ihrer ganzen Sippschaft. Ich hatte schließlich gesehen, wie sie lebten. Zwiguns Frau mag sich ja seit zehn Jahren keinen neuen Mantel gekauft haben, aber sehen Sie sich doch mal ihr Bettgestell ein bißchen genauer an. Es ist alt und aus Eisen, aber die Beine sind hohl – voller Diamanten und Gold. Einiges davon stammt noch vom Krieg, aus der Zeit, als sie und Zwigun zusammen bei der Spionageabwehr gearbeitet haben. Sie war doch diejenige, die Zwiguns Bücher über die heldenhaften Taten der Tscheka-Agenten geschrieben hat, und ich habe auch noch dafür gesorgt, daß aus diesem Quatsch Filme gedreht wurden. Ich habe sie mit einem Regisseur von Mosfilm bekannt gemacht. Bei Kriegsende waren sie und Zwigun bereits Millionäre. Sie hatten damals die Aufgabe, das Gepäck der 1945 aus Deutschland zurückkehrenden sowjetischen Soldaten zu kontrollieren. Sie haben doch sicher von dem Gold und den Steinen gehört, die damals ihren Weg zu uns nach Rußland gefunden haben. Nun, Vera Zwigun hat die besten Sachen für sich behalten – keine Uhren und Kleidungsstücke, sondern Edelsteine und Diamanten.

Mit einem Wort, ich wollte mich dafür rächen, daß sie mich zum Mörder gemacht hatten. Ich spielte Karten mit Breschnews Bruder und überbrachte ihm das Geld, das er sich dadurch »verdiente«, daß er die verschiedensten Leute auf lukrative Posten schob. Was für ein Narr war ich doch! Sie hätten mal hören sollen, wie sich die Breschnews in privatem Kreis über das sowjetische System, das sowjetische Volk und die Kommunistische Partei zu äußern pflegten. Es war die Zeit von Kulakows rapidem Aufstieg, als er aller Welt verkündete, er werde ein ebenso aufrechter Mann sein wie Suslow. Ich habe keinem von ihnen ein Wort geglaubt. Ich träumte nur davon, Zwigun und Breschnew zu stürzen. Ich sagte Kulakow, daß ich ihm Tonbänder von ihren Privatgesprächen besorgen könne. Kulakow war nicht dumm, er sprang natürlich sofort auf diese Chance an. Und wenn er dann betrunken war, schilderte er mir in den glühendsten Farben, was für ein brillanter Herrscher er sein würde, wenn es ihm erst einmal gelungen sei, Breschnew aus dem Sattel zu heben und selbst an die Macht zu kommen... Nun gut, ich lief zu Mosfilm, um mich dort mit Anjas altem Herrn zu treffen. Er war Tontechniker, und was ich brauchte, war ein Tonbandgerät, das sich bei einer gewissen Lautstärke, beim Klang von Stimmen, selbsttätig ein-, aber auch wieder ausschaltete, wenn die Leute zu reden aufhörten. Selbstverständlich sagte ich ihm nicht, daß ich vorhatte, dieses Gerät in der Wohnung von Jakow Breschnew zu deponieren. Statt dessen erzählte ich ihm irgendeinen Humbug und brachte ihm ein paar Dutzend der besten ausländischen Kassettenrecorder und ungefähr einhundert verschiedene Mikrofone. Er bastelte mir ein winziges Gerät mit einem besonders empfindlichen Mikrofon zusammen. Aber die Sache hatten einen Haken. Das Gerät war so sensibel, daß es sich schon beim leisesten Geräusch einschaltete, etwa bei Verkehrslärm, der von der Straße heraufdrang, und es war ziemlich schwierig für mich herauszuhören, was wirklich auf den Bändern drauf war. Und so hatte ich schließlich etwa einhundert bespielte Kassetten, ohne mir einen rechten Reim darauf machen zu können, was sie eigentlich enthielten. Wieder ging ich zu Anjas Vater. Er überspielte die Kassetten auf andere Tonbänder und filterte die Nebengeräusche heraus. Als er dabei die Stimme Breschnews erkannte, traf ihn fast der Schlag. Ich mußte ihm schwören, keinem Menschen etwas davon zu sagen, nicht einmal Anja. Und ich versprach, falls es ihm gelänge, die Qualität der Tonbänder zu verbessern, ihm alles zu geben, was ich besaß – einschließlich Juwelen, Gold, den ganzen Plunder.

Am 17. Juli gab er mir zehn Kassetten mit wirklich guter Tonqualität, die ich sofort in die Sandunowskij-Bäder trug. Ich war dort mit Kulakow verabredet. Er war ein kräftiger, derber Bursche, der für echte russische Bäder schwärmte. Aber er war auch stark wie ein Ochse. Natürlich wußte der Leiter des Bades vorher, wann Kulakow die Absicht hatte, seine Bäder aufzusuchen. Er schloß sie dann stets für den Publikumsverkehr. Aber ich wurde natürlich vorgelassen. Da saß er im Schwitzraum und wartete auf mich und hatte keine Ahnung, daß er unter KGB-Bewachung stand. Genau in dem Moment, als ich ihm die Bänder übergab, griff der KGB zu. Sie sprühten ihm irgendeine Flüssigkeit ins Gesicht, und er fiel bewußtlos auf die Bank zurück. Ich wurde gefesselt und zu Zwigun zum Verhör gebracht. Ich erzählte ihm alles, bis auf die Rolle, die Anjas Vater in der Affäre gespielt hatte. Sonst hätte es natürlich auch Anja und ihren Vater erwischt.

Ich erfand eine Geschichte, daß ich das Aufnahmegerät von irgendeinem Ausländer gekauft hätte. Das war nicht allzu unwahrscheinlich, denn der Recorder war ja komplett aus importierten Teilen zusammengebaut worden... Zwei Tage später stand in den Zeitungen, daß Kulakow an den Folgen eines Herzanfalls gestorben sei.

Und ich war schon auf dem Weg ins Lager. Zwigun selbst hatte für das Urteil gesorgt, das vom Moskauer Gericht bestätigt wurde. Es war ein Wunder, daß sie mich nicht erschossen haben. Boris Burjatskij hat ihn damals auf den Knien angefleht... Und vor drei Wochen ist Inspektor Baklanow bei mir im Lager aufgetaucht, um mich über die Bänder und Anja zu befragen. Dann ließ er mich ins Balaschichinskij-Gefängnis in der Nähe von Moskau fliegen, wo ich von ein paar Generälen und Obersten verhört wurde. Aber was hatte ich schon groß zu erzählen? Ich habe doch nicht die leiseste Ahnung, wo der alte Finstein die Bänder versteckt haben könnte...

Um 10.23 Uhr landeten wir auf einem militärischen Flughafen am Rande Ost-Berlins. In der Stadt herrschten drei Grad Celsius.

An der Gangway erwartete uns ein rotwangiger Oberst, ein untersetzter, ständig lächelnder Kerl von etwa fünfzig Jahren mit starkem nordrussischen Akzent. »Oberst Boris Trutkow – zu Ihren Diensten«, stellte er sich vor. »Es ist meine Aufgabe, mich um Sie zu kümmern. Na, wie ist es denn in Moskau? Wahrscheinlich bitterkalt.«

»Darf ich vorstellen?« erwiderte ich. »Das ist Genosse Giwi Mingadse. Er muß vor allem etwas Anständiges zum Anziehen kriegen.«

»Keine Sorge. Wir finden schon was Passendes für ihn. Und wir werden auch dafür sorgen, daß er ein schönes warmes Bad bekommt. Es gibt hier ganz ausgezeichnete Saunen mit echten Birkenruten und allem, was dazugehört. Ich hätte nie geglaubt, daß in Deutschland Birken wachsen – aber sehen Sie nur, hier gibt es so viele wie bei uns in Wjatka im Ural.«

Der Flughafen war tatsächlich von einem Birkenwald umgeben. Und in diesem Wald befand sich ein komplettes Militärlager mit zweistöckigen Ziegelbaracken – genau wie in Schukowskij, das wir vor zweieinhalb Stunden verlassen hatten. Der redselige Oberst setzte uns in seinen grünen Armee-Wolga und fuhr uns zum Frühstück ins Offizier-Kasino.

»Zunächst einmal müssen Sie was essen. Essen ist die erste Männerpflicht. Die Mädchen haben Blinys gebacken, genau wie bei uns zu Hause. Sie werden sich die Finger lecken, so gut sind die.«

So ging es weiter, ohne Punkt und Komma; sein weicher nordrussischer Akzent hüllte uns ein, aber er sah mir kein einziges Mal in die Augen.

Moskau, zur gleichen Zeit
AUS DEM BERICHT VON HAUPTMANN E. ARUTJUNOW
AN DEN LEITER DER DRITTEN ABTEILUNG, OBERST M. SWETLOW

Auf Ihre Anweisung hin hat heute, am 27. Januar 1982, eine Ärztekommission des Öffentlichen Gesundheitsdienstes Moskau die medizinischen Einrichtungen in der »Butyrka«, dem »Krassnaja Presnja«-Gefängnis und dem Besonderen Isolationsgefängnis »Matrosskaja Tischina« inspiziert. An der Untersuchung waren die Oberärzte Aida Rosowa und Alexej Speschnjew, Dr. Gennadij Scholochow und der Laborassistent Konstantin Tyrtow beteiligt. Das Ergebnis dieser Inspektion und der Untersuchung der Gefangenen, die sich auf den Krankenstationen befanden, ist, daß es Dr. Rosowa gelang, einen Patienten zu identifizieren, der eine Schußwunde an der rechten Hüfte hat und dem Phantombild ähnelt, das nach den Angaben der Zeugin Katja Uschowitsch angefertigt wurde. Dieser Gefangene befindet sich in Einzelhaft im Gefängnis »Matrosskaja Tischina«.

Gemäß meinen Instruktionen bekundete Dr. Aida Rosowa kein besonderes Interesse an diesem Patienten, sondern setzte rasch die Untersuchung der medizinischen Einrichtungen dieses Gefängnisses und der sieben Gefangenen fort, die hier behandelt wurden. Sie schloß ihre Untersuchungen um 10.11 Uhr ab und kehrte danach ins Gesundheitsamt zurück, wo sie mich darüber informierte, daß sich der Gefangene, den sie identifiziert hatte, in besorgniserregendem Zustand befinde. Er habe Brand im rechten Bein, der rasch auf andere Gewebe übergreife.

»Diese Hunde!« sagte Swetlow, nachdem er den Bericht gelesen hatte. »Sie stecken ihren eigenen Mann in ein Gefängnis-Krankenhaus und kümmern sich nicht weiter um ihn. Sie haben sogar Angst, reguläre Ärzte mit heranzuziehen.«

»Aber wie sollen wir ihn da herauskriegen?« wollte Arutjunow wissen. »Die Gefängniswache läßt uns da nie hinein!«

»O doch, das werden sie«, widersprach Swetlow. »Deswegen sitzt doch Bogatyrjow im Kreml unter Arrest! Auf geht's!«

Vierzig Minuten später wurde Generalleutnant Bogatyrjow, begleitet – oder eher eskortiert – vom Kommandeur der Kreml-Garde, General Scharow, in die Randbezirke von Moskau, nach Sokolniki, gebracht, in das Isolationsgefängnis Nummer Eins, das an einer Straße mit dem poetischen Namen »Matrosskaja Tischina« (Seemannsruhe) liegt. General Bogatyrjow war der einzige Mensch der Sowjetunion, für den sich die Tore jedes Gefängnisses öffneten, während der jeweilige Direktor in Hab-acht-Stellung stand. Ohne den Gefängnisdirektor von »Matrosskaja Tischina« auch nur eines Wortes zu würdigen, gingen die Generäle Bogatyrjow und Scharow über den schneebedeckten Gefängnishof auf das zweistöckige, halbverfallene Gebäude zu, in dem sich die Isolierstation befand. Scharows Kreml-Tschaika schaukelte lautlos hinter ihnen her. Die Wärter beeilten sich, die allzu neugierigen Häftlinge von den vergitterten Fenstern zu verscheuchen.

Ein paar Minuten später trugen die Generale Bogatyrjow und Scharow den Kranken auf ihren Armen hinaus. Er war bewußtlos.

Autorisiert vom Leiter der Ermittlungsabteilung des Innenministeriums (MWD) der UdSSR

ANORDNUNG ZUR VERLEGUNG EINES HÄFTLINGS

Nach eingehender Prüfung der Akte betreffs der Verletzung, die sich Hauptmann I. I. Sidorow, Mitarbeiter der MWD-Gebietsverwaltung von Süd-Sachalin, bei der Festnahme eines Wilddiebs unter Überschreitung des zulässigen Maßes an Selbstverteidigung zugezogen hat, und in Anbetracht der Tatsache, daß Hauptmann I. I. Sidorow verdächtigt wird, eigennützige Verbindungen mit Führern der »illegalen« Wirtschaft der Region Süd-Sachalin unterhalten zu haben, hat der Stellvertretende Leiter der Ermittlungsabteilung des Innenministeriums der UdSSR Oberst Oleinik angeordnet, daß:

1. Hauptmann I. I. Sidorow aus der Isolierstation des Untersuchungsgefängnisses der Sachalinschen MWD-Gebietsverwaltung auf die Untersuchungs-Isolierstation Nr. 1 der Moskauer MWD-Stadtverwaltung zwecks Aussagen an die Ermittlungsabteilung des MWD der UdSSR verlegt wird;
2. I. I. Sidorow bis zu seiner Wiederherstellung in der Medizinischen Abteilung der Untersuchungs-Isolierstation Nr. 1 festgehalten wird unter Beobachtung der Regeln besonderer Geheimhaltung gemäß den Instruktionen Nr. 17 vom 15. September 1971.

Moskau, 19. Januar 1982

Mit Sirenengeheul jagte die Tschaika aus dem Gefängnishof auf die Chirurgische Klinik des Kreml-Krankenhauses an der Granowskij-Straße zu. Und damit bot sich den dortigen Ärzten zum ersten Mal die Gelegenheit, sich mit einem Patienten zu befassen, der aus einem Gefängnisbett direkt auf ein Krankenhauslager übergewechselt war. Der diensthabende Chirurg wies seine Assistenten an, den Patienten für eine Beinamputation fertigzumachen, und informierte dann Swetlow darüber, daß für die nächsten sechzig oder neunzig Minuten keinerlei Aussichten bestünden, den Kranken zu verhören. Laut fluchend verließ Swetlow das Zimmer des Arztes und sagte zu General Scharow: »Es wäre wohl angebracht, jemanden als Wache hierzulassen, Genosse General. Er ist ebensowenig Sidorow, wie ich aus Sachalin bin.«

»Ich werde einen Mann postieren«, erwiderte Scharow. »Aber jetzt müssen wir uns Krasnow und Oleinik holen.«

»Nein«, entgegnete Swetlow. »Noch nicht. Dazu ist es noch zu früh!« Er sah auf die Uhr. Es war zehn vor zwölf. Seit dem Mord an Nina Makarytschewa waren weniger als zweiundvierzig Stunden vergangen. Jetzt war es nicht mehr lange hin bis zum Augenblick der Abrechnung, bis zu dem »Salut«, über den Swetlow und ich am frühen Morgen an der Kremlmauer gesprochen hatten.

Swetlow ließ Hauptmann Arutjunow im Krankenhaus und kehrte in die Zentrale der Kriminalpolizei zurück, um auf den Telefonanruf aus West-Berlin zu warten.

Ost-Berlin, 12.50 Uhr
Oberst Trutkows Armee-Wolga verließ die streng gesicherte Sowjetische Botschaft, raste Unter den Linden entlang und bog in die Friedrichstraße ein. Ich hatte inzwischen mehr als genug von der geschwätzigen Gastfreundschaft des Obersten. Man hätte glatt meinen können, er sei in dieser Stadt geboren und aufgewachsen, die Stalingrad, Kuibyschew oder ähnlichen Städten so sehr glich – weniger in den architektonischen Details als im Gesamteindruck, den die Gebäude vermittelten. Sie waren aus dem gleichen grauen Stein errichtet. Die Schaufenster enthielten die gleichen Fotomontagen von Provinzzeitungen, die gleichen Bilder von bewunderungswürdigen Helden sozialistischer Arbeit. Genauso gut hätte man sich Berichte anderer Provinzausgaben der *Prawda* angucken können. Die Menschen auf den Straßen zeigten den gleichen ängstlichen, verschlossenen Gesichtsausdruck. Praktisch jede Kreuzung wurde von einem Polizeibeobachtungsturm aus Glas und Beton beherrscht, genau wie in der Sowjetunion. Wer da wen kopiert hat, weiß ich nicht.

Oberst Trutkow lenkte mich von diesen Vergleichen ab. Seit zwei Stunden hatte er pausenlos die Namen und Plätze von historischem Interesse ausgespuckt. Er zeigte hier auf das Brandenburger Tor, dort auf die Humboldt-Universität, die Komische Oper, die Leipziger Straße, die Ruinen irgendeines Kaufhauses, die Überreste einer jüdischen Synagoge und so weiter. Und da, gegenüber der Staatsoper, gab es das »Mahnmal für die Opfer des Faschismus und Militarismus« mit einer Ewigen Flamme und Soldaten, die im Stechschritt paradierten, genauso wie im Alexandergarten in der Nähe des Kreml oder vor dem Lenin-Mausoleum auf dem Roten Platz. Und aufs neue – schwerfällige, preußische Gebäude und Straßen mit wenig Verkehr. Die Autos waren ebenso klapprig wie in Woronesch.

Ich hatte das Gefühl, daß ich, obwohl wir Polen überflogen hatten, nicht eigentlich in den Westen gereist war. Ich kam mir vor, als befände ich mich irgendwo südöstlich von Moskau, vielleicht bei den Wolgadeutschen, wo der rotwangige Funktionär des örtlichen Regionalkomitees, geschmückt mit Oberst-Epauletten, einem Besucher von der Generalstaatsanwaltschaft aus Moskau unterwürfig seine Domäne zeigt. Selbst die Linden sahen irgendwie russisch aus. Du bist halt doch ein halber Russe, sagte ich mir. Deshalb wirkt alles so vertraut. Der Himmel mochte wissen, welche Bäume in meiner anderen »genetischen« Heimat wuchsen! Kakteen, Avocados? Ich hatte sie noch nie gesehen, und ich glaube nicht, daß ich sie jemals als zu mir gehörig betrachten könnte.

»Die Leute sagen, daß hier vor dem Krieg eine Reihe prunkvoller Hotels gestanden haben«, schnatterte Trutkow. »Ich habe Bilder von ihnen gesehen. Sie waren wirklich luxuriös. Die Restaurants – einfach fantastisch! Aber nichts für ungut, Genosse Schamrajew. Wenn Sie aus West-Berlin zurückkommen, werden wir Ihre Erinnerungen in einem der besten Restaurants am Alexanderplatz herunterspülen. Es wird sogar von Westberlinern frequentiert.«

Eigentlich war es erstaunlich, wie er es die ganze Zeit über fertigbrachte, sich ausschließlich an mich zu wenden und Giwi total zu übergehen. Es war, als sei Mingadse irgendein seelenloses Anhängsel von mir, das in ungefähr einer halben Stunde da drüben, hinter den rot-weiß gestrichenen Holzbarrieren, die nun in Sicht kamen, als wir die Friedrichstraße hinunterfuhren, übergeben werden sollte. Als wir vorhin in einem Geschäft der Sowjetischen Garnison Zivilkleidung für Giwi gekauft hatten, hatte Trutkow gesagt: »Welche Größe brauchen Sie, Genosse Schamrajew? Welche Farbe wollen wir nehmen?« Jemand, der dabei war, in den Westen überzuwechseln, war in seinen Augen offenbar keine reale Person.

Um 13 Uhr erreichten wir den Ausländerübergang »Checkpoint Charlie«. Eine hohe Betonmauer ragte vor uns auf. Das also war die berühmte Berliner Mauer! An ihrer ganzen Länge war sie mit Wachttürmen und Suchscheinwerfern bestückt. Eine Reihe von kleinen, quadratischen Baracken mit einer schmalen Passage lag zwischen uns und dem Übergang. Auch hier rot-weiß gestrichene Holzbarrieren und Fahrzeugsperren. Praktisch alle paar Meter traf man auf Volkspolizisten und Offiziere in grauen Uniformen. Zum ersten Mal dachte ich an Anja Finstein, die ich schon bald in der seltsamen und fremden Welt treffen sollte, die da hinter dieser Mauer lag. Zum ersten Mal dachte ich an sie als an ein lebendiges Wesen aus Fleisch und Blut.

Drei Wochen lang von der KGB-Maschinerie in Israel und Amerika gesucht, hatte sie nicht nur die gesamte sowjetische

Staatsmaschinerie erschüttert, vom KGB, MWD und dem ZK der KPdSU bis zu den militärischen Hauptquartieren von Adler, Swerdlowsk und Berlin usw., sie würde jetzt auch diese enorme Betonmauer überwinden, bewacht von bis an die Zähne bewaffneten Soldaten. O wie diese Staatsmaschinerie quietschte und knarrte, weil sie dieser Anja Finstein nicht nachgeben wollte! Das Blut von Zwigun und seiner Geliebten, Suslows Herzanfall, der Tod Worotnikows und meiner Nina waren der hohe Preis, den dieser Kampf forderte, damit der Staat sein Gesicht wahren konnte. Und es würde noch mehr Tote geben. In einer Welt ohne Nina Makarytschewa, vierundvierzig Stunden nachdem man ihr diesen kleinen Stoß in den Rücken versetzt hatte, saßen ihre Mörder wahrscheinlich an ihren Schreibtischen oder fuhren mit ihren Autos herum und träumten, jetzt als die Uhr eins schlug, davon, welche Ministerposten ihnen unter der »Regierung des Neuen Kurses« wohl zufallen würden.

Mit unseren roten sowjetischen Pässen in der Hand ging Oberst Trutkow an den Vopos und Soldaten vorbei auf die Tür einer Baracke zu, wo mehrere ausländische Touristen auf ihre Papiere warteten. Es roch hier nach Desinfektionsmitteln und Tabak, der Boden war mit Zigarettenkippen übersät. Der Oberst verließ uns und verschwand hinter der Tür, die zum Zimmer des Leitenden Offiziers vom Zoll führte. Ich sah Giwi an. Seine Wangenknochen stachen scharf aus dem bleichen, fast grauen Teint hervor. Seine Fingerknöchel wirkten weiß, als er den Drillich-Fäustling umkrampfte, den er seltsamerweise behalten hatte, als wir seine Lagerkleidung gegen einen Anzug und Trenchcoat vertauschten. Auch ich begann nervös zu werden.

Neben uns fragten ein paar Touristen einen müßig herumstehenden Offizier: »Ich warte nun schon vierzig Minuten. Wo bleibt denn mein Paß?«

»Noch nicht fertig«, bekam er zur Antwort.

»Hören Sie«, sagte ich zu Giwi. »Schreiben Sie doch eine Botschaft für Anja, solange wir hier warten müssen.«

Ich öffnete meine Aktentasche. Sie enthielt nichts bis auf das Moskauer Telefonbuch, ein Russisch-Deutsches Wörterbuch, einen Stadtplan von West-Berlin und einen Haufen maschinegeschriebener Blätter – Notizen, die ich mir zu dem Fall Zwigun gemacht hatte.

Ich begann nach einer unbeschriebenen Seite zu suchen, aber Giwi meinte: »Machen Sie sich keine Mühe. Aber wenn Sie einen Filzschreiber hätten...?«

Ich gab ihm einen Stift, und er nahm den Drillich-Fäustling und schrieb darauf vier Worte: »Ich bin da, Giwi.«

Ich steckte den Fäustling in die Tasche meines schäbigen lammfellgefütterten Mantels und hatte gerade noch Zeit, einen Blick mit Giwi zu wechseln, als Oberst Trutkow mit einem einzigen Paß zurückkam. Es war meiner.

»Alles in Ordnung«, sagte er. »Ich begleite Sie nicht weiter. Die Zollabfertigung ist da drüben, auch der Übergang nach West-Berlin. Aber man wird Sie nicht durchsuchen. Das habe ich bereits angeordnet. Lassen Sie uns alles noch einmal durchgehen. Ich habe Ihnen erklärt, wie man ein deutsches Telefon benutzt. Westdeutsches Geld können Sie da drüben eintauschen. Vergessen Sie aber nicht, sich Kleingeld geben zu lassen. Das brauchen Sie zum Telefonieren. Sie haben das Wörterbuch. Bei Ihrer Ankunft drüben werden Sie von den Amerikanern kontrolliert, aber darüber brauchen Sie sich keine Sorgen zu machen. Es handelt sich um eine formelle Überprüfung Ihrer Papiere – das ist alles. Und Ihre Papiere sind in Ordnung. Meine Telefonnummer haben Sie sich bereits notiert. Ich glaube, das ist alles. Ja, noch was, wenn Sie auf der anderen Seite sind, können Sie mit einem Taxi oder dem Bus 29 zum Kurfürstendamm fahren, der größten Straße von West-Berlin. Dort gibt es jede Menge teuer aussehender Geschäfte, aber denken Sie daran, daß es von Taschendieben nur so wimmelt. Hauptsächlich Emigranten aus Odessa. Einem Freund von mir wurde die Gesäßtasche samt Brieftasche mit einem Rasiermesser abgeschnitten. Es hat weder etwas gehört noch gespürt. Ich habe keine Ahnung, ob die sich mit Absicht an ihre Landsleute heranmachen, oder...«

Er würde vermutlich überhaupt nicht mehr aufhören. Ich konnte es einfach nicht mehr ertragen und unterbrach ihn ziemlich brüsk: »Gut, das reicht. Ich muß jetzt gehen.«

»Verzeihen Sie, aber was wird eigentlich aus mir?« erkundigte sich Mingadse. Trutkows Beispiel folgend, wandte auch er sich ausschließlich an mich. Ich sah Trutkow mit der Absicht an, ihn wenigstens zum Schluß dazu zu zwingen, sich Giwi zu stellen und ihm zu erklären, wie die Dinge ablaufen würden.

Aber Trutkow zog sich wieder aus der Affäre und sagte zu mir: »Er bleibt hier. Wenn ich das Zeichen aus Moskau erhalte, werde ich durchrufen, und man wird ihm seinen Paß aushändigen. Danach – wie gut, daß wir ihn los sind!«

Mit diesen Worten reichte mir der Oberst die Hand und sah mir zum ersten Mal in die Augen. »Na, dann viel Glück.«

Trotz seines freundlichen, ja fast väterlichen Lächelns hatte Oberst Boris Ignatjewitsch Trutkow, Leiter des Geheimdienstes beim Generalstab der Sowjetischen Streitkräfte in der DDR, absolut kalte, grüngelbe Augen.

Eine Minute später schritt ich über den schmalen Holzboden der Abfertigungsbaracke des Ausländerübergangs am »Checkpoint Charlie«. Ich zeigte dem letzten DDR-Grenzposten meinen Paß. Er drückte auf einen Knopf, und die Tür des Sicherheitsbereichs öffnete sich. Dahinter lag die seltsame Welt, die wir Russen schlicht als »den Westen« bezeichnen.

Paris, zur gleichen Zeit
Im Zimmer 202 eines der besten Hotels von Paris klingelte an diesem Tag das Telefon zum ersten Mal. Vadim Belkin hatte den ganzen Tag im Zimmer verbracht und auf diesen Anruf gewartet. Nach den frostigen Temperaturen in Moskau schien die Luft erstaunlich warm – zehn Grad Celsius. Da draußen warteten die Pariserinnen, Cafés und Boulevards auf ihn – ein Hauch von Frühling und die Blumen, angeboten von zwei jungen Arabern, die sich unten auf der Straße zwischen die an der Kreuzung haltenden Autos stürzten und ihre Fenster belagerten. Aber Belkin war ans Telefon gekettet. Er konnte Paris nur durch sein Hotelzimmerfenster betrachten oder auf seinem Bett liegen und die Zeitschrift *Snamja* lesen, Ausgabe Nummer 5 des Jahrgangs 1981, in der Zwiguns Geschichte »Die unsichtbare Front« zum ersten Mal veröffentlicht worden war. Sinzow hatte Belkin gebeten, sie zu lesen, um dann zu entscheiden, ob danach ein Film gedreht werden sollte oder nicht. Die Geschichte handelte von den heldenhaften Taten des KGB-Majors Mlynskij, Befehlshaber eines Sonderregiments der Roten Armee, das den Ansturm der von General von Horn angeführten deutschen Truppen vor Moskau zurückgeschlagen hatte.

Belkin las: »Kempe, wir müssen das verlorene Terrain unter

allen Umständen zurückerobern. Koste es, was es wolle. Und dieser Befehl kommt nicht nur von mir, sondern vom Führer persönlich. Wir müssen unser Äußerstes tun. Der Augenblick der Entscheidung rückt näher.«

Belkin schleuderte die Zeitschrift verächtlich zu Boden. Diesen bombastischen Schwachsinn ausgerechnet in Paris lesen zu müssen war einfach zuviel! Aber warum reagierte er so? Vielleicht stammte dieses Zeug gar nicht von Zwigun selbst, sondern von einem angeheuerten Lohnschreiber, der bei der Abfassung nicht weniger Widerwillen empfunden hatte als er selbst in den letzten Wochen und Monaten, in denen er mit Breschnews Memoiren beschäftigt gewesen war. Aber bei allem Zynismus, den er sich während dieser Fronarbeit zugelegt hatte (»Je schlimmer, desto besser!« war seine Devise), hatte er doch bemerkt, daß es ihm immer schwerer fiel, die einfachen, menschlichen russischen Worte zu finden, die seine Reportagen und Berichte vor noch nicht allzu langer Zeit so wohltuend von den grauen journalistischen Klischees seiner Kollegen unterschieden hatten. Noch vor zwei oder drei Jahren hatte Belkin als einer der bemerkenswertesten Journalisten der Sowjetunion gegolten. Er war überallhin geflogen – dahin, wo gerade etwas los war: Feuer in der Taiga, Drogenabhängige im Kaukasus, Grenzzwischenfälle am Ussuri, Fischer und Rentierzüchter in Jakutien, Ölfachleute in Tjumen – was immer man wollte. Seine Schilderungen zeichneten sich durch einen einfachen, präzisen, farbenfrohen und für jene Zeit ungewöhnlich kraftvollen Stil aus. Daher hatte ihn Breschnew auch aus der Redaktion der *Komsomolskaja Prawda* geholt und jener Gruppe von Literaten einverleibt, die seine Memoiren zu Papier bringen sollte. Aber seit Belkin damit begonnen hatte, das *Leben Breschnews, des Auserwählten* zu schreiben, hatte er sich immer häufiger dabei ertappt, die Seiten mit Phrasen und Klischees wie »Beschlüsse ausführen«, »Reserven mobilisieren« oder »sein Äußerstes tun« zu füllen. Und als er dieselben Formulierungen in Zwiguns Erzählung entdeckte, hatte er die Zeitschrift auf den Boden geschleudert. Es war ihm, als erblicke er in einem Spiegel sein eigenes, feister gewordenes Gesicht – aufgepäppelt mit Sonderrationen aus dem Kreml.

Das Klingeln des Telefons bewahrte ihn vor weiteren fruchtlosen Selbsterniedrigungen. Er griff nach dem Hörer.

»Ich bin's«, sagte eine weibliche Stimme.
»Anja?«
»Ja.«
»Von wo aus rufen Sie denn an?«
»Das ist unwichtig.«
»Ich meine, sind Sie schon in Berlin?«
»Das ist völlig unwichtig«, wiederholte sie mißtrauisch. »Aber ist Ihr Freund denn schon in Berlin?«
»Er sollte es sein. Er sollte es inzwischen wirklich sein. Ich erwarte jede Sekunde seinen Anruf.«
»Gut. Ich werde Sie in zehn Minuten noch einmal anrufen.«
»Warten Sie doch. Was soll ich ihm denn sagen, wenn er sich meldet?«
»Beschreiben Sie mir, wie er aussieht?«
»Wie er aussieht?« wiederholte Belkin langsam. Jetzt brauchte er die einfachen, aber plastischen Worte, die er noch vor zwei Jahren zur Verfügung gehabt hatte. »Wie sieht er aus? Nun, nicht gerade außergewöhnlich... Wissen Sie, vielleicht mittelgroß, fünfundvierzig Jahre alt, braune Haare...« Mehr fiel ihm einfach nicht ein.
»Trägt er eine Lammfelljacke?« fragte sie.
»Ja. Jedenfalls hat er so eine Jacke. Und gestern hat er sie auch getragen. Woher wissen Sie das?«
»Welche Farbe hat sie?«
»Äh... dunkelbraun, knielang...«
»Ach so. Danke.« Und dann hörte er das Freizeichen.
»Hallo! Hallo!« schrie er in den Apparat, bevor er den Hörer wütend auf die Gabel knallte. Dann nahm er mehrere Schlucke armenischen Ararat-Weinbrands gleich aus der Flasche. Er wischte sich die Lippen mit dem Handrücken ab und sagte laut zu sich selbst: »Du verdammter Idiot!«

Moskau, zur gleichen Zeit
AUS DEM BERICHT VON HAUPTMANN ARUTJUNOW
AN DEN LEITER DER DRITTEN ABTEILUNG
DER MOSKAUER MILIZ-KRIMINALPOLIZEI, OBERST M. SWETLOW
Als der des Mords an Zwigun verdächtigte Häftling das Bewußtsein wiedererlangt hatte, sagte er aus, daß er Pjotr Stepanowitsch Chutorskoi heiße, 1947 in Podlipki, Bezirk Moskau, geboren,

Hauptmann des inneren Diensts und ständiger Mitarbeiter der Geheimdienstabteilung des Innenministeriums sei.

Da der diensthabende Arzt lediglich eine Befragung von fünf Minuten gestattete, konnte ich im Laufe eines vorläufigen Verhörs nur folgendes ermitteln:

Am 19. Januar 1982 nahm Hauptmann Chutorskoi an einer illegalen Durchsuchung der Wohnung des Genossen S. K. Zwigun teil. Verantwortlich für die Durchsuchung war Generalmajor A. Krasnow, Leiter der Geheimdienstabteilung, assistiert von seinem Stellvertreter, Oberst B. Oleinik, und Geheimagent Hauptmann I. M. Saporoschko. Zur gleichen Zeit fanden ähnliche Durchsuchungen durch andere Beamte des Geheimdiensts in Zwiguns Datschen in der Nähe von Moskau und Jalta, in seinem Büro, aber auch in den Wohnungen seiner Ehefrau und seiner Geliebten, S. N. Agapowa, statt. Ziel dieser Durchsuchungen war die Beschlagnahme von Tonbändern, Aufnahmen von Gesprächen zwischen Generalsekretär der KPdSU Genosse Breschnew und anderen. Es sollten aber auch Unterlagen im Zusammenhang mit der geheimen Überwachung des Genossen Suslow und anderer Mitglieder des Politbüros sichergestellt werden. Nach Chutorskois Aussagen erschien Zwigun bereits kurz nach Beginn der Durchsuchung in der Katschalow-Straße, obwohl man angenommen hatte, er werde noch mindestens zwei oder drei Stunden im Büro des Genossen Suslow aufgehalten werden. Nachdem er die Wohnung betreten und festgestellt hatte, daß dort eine Untersuchung im Gange war, gab General Zwigun aus der Diele zwei Schüsse ab. Der eine traf Chutorskoi an der Hüfte. Er war deshalb nicht in der Lage zu beobachten, wer dann den Schuß abgab, der Zwigun tötete. Danach wurde die Leiche ins Wohnzimmer getragen und alles unternommen, um einen Selbstmord vorzutäuschen. Oberst Oleinik und Generalmajor Krasnow gingen hinunter in die Eingangshalle und entwaffneten Zwiguns Leibwächter Major Gawrilenko und seinen Fahrer, Hauptmann Borowskij. Daher müssen sowohl der Abschiedsbrief als auch die Berichte des Leibwächters und des Fahrers als Fälschungen angesehen werden. Da Chutorskoi stark blutete, trugen ihn Oberst Oleinik und Hauptmann Saporoschko aus dem Haus, und Oberst Oleinik fuhr mit ihm in die Erste-Hilfe-Station der Metrostation Arbatskaja, um ihn versorgen zu lassen, und danach in den Krankenflügel der Lubjanka. Dort wurde

Chutorskoi unter dem Vorwand medizinischer Behandlung betäubt. Als er vierzig oder fünfzig Minuten später wieder zu sich kam, fand er sich allein in einem Raum der Krankenstation des Isolationsgefängnisses Nummer Eins »Matrosskaja Tischina« wieder.

Als man Chutorskoi das nach den Angaben des Zeugen J. Awetikow gefertigte Phantombild des Mannes zeigte, der N. Makarytschewa und S. Agapowa ermordet hatte, identifizierte er es sofort als ein Porträt des Geheimagenten im Innenministerium, Hauptmann I. Saporoschko.

Anmerkung 1: Ich muß betonen, daß sich Hauptmann Chutorskoi in sehr schlechtem gesundheitlichen Zustand befindet und daß er sich bei seinen Aussagen einer sehr rüden Ausdrucksweise bediente, vor allem, wenn das Gespräch auf General Krasnow und Oberst Oleinik kam, die er für seine Abschiebung in die Isolierstation verantwortlich macht.

Anmerkung 2: Nach Aussagen der Ärzte hat Chutorskoi dieselbe Blutgruppe wie General Zwigun (B). Ich vermute, daß man sich vorsätzlich dieses Tatbestands bediente, um den Selbstmord vorzutäuschen. Außerdem muß davon ausgegangen werden, daß der Geheimdienst des Innenministeriums Pistolen gleichen Typs besitzt wie der KGB.

West-Berlin, 13.15 Uhr
Oft habe ich davon gehört, daß Sowjetbürger auf ihre erste Begegnung mit dem Westen verblüfft, ja überwältigt reagieren. Eine Freundin hat mir einmal erzählt, daß sie nach ihrer Rückkehr von einer Touristenreise nach London und Paris eine Woche lang nicht imstande war, ihre Moskauer Wohnung zu verlassen... Ich bin weder ein Snob noch Parteipropagandist, aber ich muß sagen, daß mich West-Berlin keineswegs aus der Fassung brachte. Ganz im Gegenteil: Von dem Augenblick an, als ich den »Checkpoint Charlie« und die Kontrolle der Amerikaner passiert hatte und in den Westberliner Teil der Friedrichstraße kam, wo überhaupt keine Soldaten mehr zu sehen waren – von diesem Moment hatte ich einfach das Gefühl, mich in einer absolut normalen, natürlichen, menschlichen Welt zu befinden. Und das nicht, weil sich hinter den blanken Schaufenstern eine Fülle von Fleisch und Wurstwaren, Fisch, Salat, Gemüse und Obst ausbreitete, wie man

sie in Moskau seit Jahrzehnten nicht mehr zu Gesicht bekommen hat; auch nicht, weil überall bunte Werbeplakate hingen und lackschimmernde Mercedes, Volkswagen, Peugeots und Toyotas auf den Straßen herumfuhren. Es lag einfach daran, daß ich da in der Nähe des U-Bahnhofs Kochstraße einen Kiosk mit unglaublich schönen Blumen entdeckte, voller farbenprächtiger Blüten. Da gab es Nelken, Astern, Rosen, Tulpen. Ein wahres Blumenfest – und das im Januar! Ich konnte mir nicht erklären, wo plötzlich all die Nervosität geblieben war – der ständige Zwang, schlauer als der KGB, das Innenministerium, Rekunkow, Scharow, Bogatyrjow und Breschnew selbst zu sein. Und das alles für die armselige Befriedigung der Rache. Einer Rache, die von mir und Swetlow bis ins Detail geplant war und nur noch in die Tat umgesetzt werden mußte. Dutzende von Menschen in Moskau, Belkin in Paris, Trutkow in Ost-Berlin, Mingadse am Ausländerübergang »Checkpoint Charlie« und Anja Finstein irgendwo hier in den Westsektoren – alle warteten sie auf meinen Telefonanruf, waren bereit zu handeln, in Autos loszufahren, verschlüsselte Telegramme über Militärische Sonderleitungen oder was weiß ich aufzugeben. Selbst dieser Kreml-Intrigant Leonid Iljitsch Breschnew wartete auf das Ergebnis meiner Mission. Und was tat ich? Ich stand hier vor diesem erstaunlichen Kiosk und fragte mich, ob Genosse Gott mich wirklich zu einem anderen Zweck in diese Welt geschickt hatte, als inmitten dieser Schönheit zu leben. Dann kam mir ein anderer Gedanke. Ich hatte eine Verabredung. Ja, ich würde bald einer Frau gegenüberstehen, deren Liebe stark genug war, zwei Mauern zu überwinden – die des Kreml und die zwischen West- und Ost-Berlin. Ich war es nicht, den sie so liebte. Keine hatte mich je so leidenschaftlich geliebt, und keine würde mich wohl auch jemals so lieben. Bei Nina hatte es manchmal ausgesehen, als ob sich eine so große Zuneigung aus unserer Beziehung entwickeln könnte, aber... War das der Grund, weshalb ich ihren Tod rächen mußte? Ich trat auf die Verkäuferin zu, zeigte auf einen der herrlichen Sträuße roter Tulpen und sprach einen der Sätze, die ich am Abend zuvor auswendig gelernt hatte: »Wieviel kostet das bitte?«

Ich nahm die Blumen, hörte ihr »vielen Dank« (so etwas vernahm man bei uns nicht allzu häufig) und fragte: »Wo kann ich telefonieren?«

Die Blumenverkäuferin wies auf eine Telefonzelle.

Mit den Blumen und meiner Aktentasche unter dem Arm betrat ich das Telefonhäuschen und begann die für mich ungewohnten deutschen Münzen in den Schlitz zu werfen.

»Falls Sie Paris anrufen wollen – die Ausgabe können Sie sich sparen«, sagte eine Frau hinter mir. Sie sprach perfekt Russisch. Ich drehte mich um. Da stand ein blondes, sonnengebräuntes Mädchen in einem kirschroten Ledermantel. Sie hatte herrliches Haar und große, dunkle Augen. Es war Anja Finstein. Sie sah genauso aus wie auf den Fotos, die gestern von dem lebenslustigen Beljakow, dem ehemaligen Einbrecherkönig von Rostow, genannt »Goldkralle«, und dem »Chef«, heute Mechaniker in einer Moskauer Autofabrik, aus Baklanows Aktentasche entwendet worden waren.

»Ich möchte mich vorstellen. Ich bin Anja Finstein.«

Sie streckte mir ihre schmale, sonnengebräunte Hand entgegen.

»Schamrajew, Igor Schamrajew«, erwiderte ich und hielt ihr unbeholfen den Blumenstrauß entgegen.

»Was, die haben Sie für mich gekauft?« fragte sie verwundert. »Wenn das so ist, kann ich ja meine Eskorte wegschicken.« Sie drehte sich zu einem alten Volkswagen um, der in der Nähe parkte. Zwei junge Männer und eine Frau saßen darin. Sie winkte ihnen zu und sagte etwas in einer guttural klingenden Sprache, die mir absolut unverständlich war. Und die jungen Leute erwiderten ein paar Worte, die sie mir übersetzte.

»Sie wollen nicht wegfahren – sicherheitshalber ... Aber sie werden uns nicht stören, keine Angst. Es sind Freunde aus Israel. Gehen wir doch in irgendein Café ... Und vielen Dank für die Blumen.«

Dieses »wir« sagte sie mit einem gewissen Stolz.

»Warten Sie, Anja, wir können gern in ein Café gehen, aber vorher muß ich Moskau anrufen ...«

»Sie können Moskau nicht aus der Telefonzelle anrufen. Das Gespräch muß beim Fernamt angemeldet werden, und die rufen zurück. Wir müssen also doch in ein Café. Außerdem gebe ich Ihnen das Versteck der Tonbänder nur im Austausch gegen Giwi preis«, fügte sie scharf hinzu.

»Ich weiß. Darüber können wir später reden. Nehmen Sie jetzt erst mal das hier.« Ich holte Giwis Drillichfäustling aus der Tasche und gab ihn ihr.

»Was ist denn das?« fragte sie stirnrunzelnd.

»Lesen Sie doch.«

Sie las die vier Worte, die Giwi eine Viertelstunde zuvor geschrieben hatte. Sie sagte kein Wort, und ich sah auch keine Tränen in ihren Augen. Sie umklammerte nur den Fäustling mit ihren Fingern und starrte mich an.

Ich nahm ihre andere Hand und zog sie in ein nahe gelegenes Café. Nach einigem Hin und Her war man bereit, mich von dort aus mit Moskau telefonieren zu lassen. Ich meldete das Gespräch an, und es dauerte gar nicht lange, bis sie zurückriefen und ich Swetlow an der Leitung hatte. Seine Stimme klang so, als säße er in einem der umliegenden Häuser und nicht in einer fernen anderen Welt.

»Ja?«

»Ich bin's.«

»Nun, was ist?« fragte er hastig.

»Es ist alles in Ordnung. Sie steht neben mir. Schreib dir folgende Adresse auf: Seite 227, achte Zeile von oben. In der linken Ecke des Garagenspeichers steht eine große Metallkiste von der Art, wie sie die Filmleute für die Lagerung ihrer alten Filmrollen benutzen.«

Ich sprach langsam und deutlich, so daß diejenigen, die unser Gespräch belauschten, auch jedes Wort mitbekommen konnten.

»Gut. Bin schon auf dem Weg«, erwiderte Swetlow. Seine Stimme klang abgehackt.

Ich legte den Hörer langsam auf die Gabel zurück. Jetzt war Swetlow in Moskau dabei, den letzten entscheidenden Zug zu tun. Aber das kleinste Hindernis konnte den von uns so sorgfältig geplanten »Salut« noch vereiteln.

»Verstehe ich nicht«, bemerkte Anja. »Was für eine Adresse haben Sie denn da eben durchgegeben? Ich habe Ihnen das Versteck der Tonbänder doch noch gar nicht genannt.«

»Lassen Sie uns meinen Freund in Paris anrufen«, erwiderte ich. »Damit er sich keine unnötigen Sorgen macht. Und dann können Sie mir alles erzählen.«

Moskau, zur gleichen Zeit
Marat Swetlows Polizei-Wolga fuhr schnell auf der Vorfahrtsfahrbahn des Friedens-Prospekt auf die Autobahn nach Jaroslawl zu. Hinter dem Kolchos-Platz und dem Rigaer Bahnhof holte er das letzte aus seinem frisierten Motor heraus. Die Scheibenwischer kämpften mit dem dicht und unaufhörlich fallenden Schnee. An der Ampel des Krestowskij Most gab es einen Stau. Das rote Licht weigerte sich, dem Grün Platz zu machen, und die Verkehrspolizisten waren wie vom Erdboden verschluckt. Autos hupten ungeduldig, aber Swetlow war gar nicht so unglücklich, hier festzusitzen. In seinem Rückspiegel sah er, ein paar Wagen hinter sich, die beiden Wolgas, die aus einer Seitengasse der Petrowka-Straße gekommen waren, als er von der Kripo-Zentrale abfuhr. Sie blieben immer hinter ihm, auch wenn sie, um Aufsehen zu vermeiden, Swetlow nicht auf der bevorrechtigten Fahrbahn, sondern im allgemeinen Verkehrsstrom folgten. Deswegen waren ja auch die Verkehrsposten beauftragt worden, Swetlows Fahrt zu behindern. Sobald die beiden grauen anonymen Wolgas wieder dichter an ihn herangekommen waren, erschien ein Verkehrspolizist auf seinem Posten und schaltete die Ampel auf grün. Swetlow lachte. Der Fisch hatte angebissen. Nun galt es vor allem, sie nicht mißtrauisch zu machen. Er zuckte vor Schmerz leicht zusammen, als er mit der rechten Hand den ersten, zweiten und dann den dritten Gang einlegte. Er lachte wieder und schoß auf der Vorfahrtsfahrbahn davon. An der Ausstellung für Wirtschaftliche Errungenschaften, neben dem mit französischem Geld erbauten *Kosmos*-Hotel war es das gleiche Spiel. Wieder ein Stau, und wieder hupten die Autos wütend, vor allem die Taxis, die besonders ungeduldig waren. Aber bevor die beiden grauen Wolgas nicht wieder an Swetlows Stoßstange klebten, schaltete die Ampel nicht auf grün. Er durfte sie ohnehin nicht allzu sehr abschütteln, denn sie mußten unbedingt mitbekommen, wenn er in die Rostokinskij-Passage abbog, um in die Gegend zu kommen, wo die Finsteins vor ihrer Ausreise nach Israel gewohnt hatten. Abbiegen, ein kurzer Blick in den Rückspiegel, die grauen Wolgas waren ihm noch auf den Fersen. Dann fuhr er an dem Wohnblock vorbei, in dem die Finsteins einst hausten, auf eine lange Reihe privater und gemeinschaftlich genutzter Garagen zu, die sich wie kleine weiße schneebedeckte Schachteln am Ufer der Jausa aus-

breiteten. Die Finsteins hatten zwar nie ein eigenes Auto besessen, aber der Vater hatte hier oft gearbeitet, um Radios in anderer Leute Wagen einzubauen. Alles schien ganz logisch, einfach, und die beiden Wolgas folgten Swetlow ohne Zögern. Aber kurz vor den Garagen hielten sie an, als wollten sie im verborgenen bleiben. Swetlow dagegen fuhr auf einem vereisten kleinen Zufahrtsweg, durchzogen von den Spuren zahlreicher Privatautos, in den leeren Hof hinein. Niemand war zu sehen. Aber es war ja auch Tag und die Leute bei der Arbeit. Jede Garage war mit einem Vorhängeschloß gesichert. Swetlow hielt vor Nummer 117, einer aus Stein errichteten Garage mit einem Taubenschlag auf dem Dach. Sie war verschlossen wie alle anderen. Swetlow holte seine Waffe heraus und schoß viermal auf das Schloß. Die Tauben flatterten verstört über die Garage. Er öffnete die Tür und kletterte im Halbdunkel die Leiter zum Speicher hinauf. Da, in der Ecke, verhüllt von ein paar alten Lumpen, stand ein großer zylindrischer verrosteter Metallkasten. Ich selbst hatte ihn gestern dort deponiert. Das war unser Geheimnis. Swetlow spähte aus dem winzigen vereisten Fenster. Die grauen Wolgas kamen langsam und geräuschlos näher. Er lachte, nahm den schweren eisernen Kasten und kletterte mit ihm wieder die Leiter hinunter. Als er aus der Garage trat, blickte er in zwei Pistolenmündungen. Da standen Krasnow, Oleinik, Saporoschko und Kolja Baklanow.

»Immer mit der Ruhe, Oberst«, sagte Generalmajor Krasnow. »Sie haben jetzt zwei Möglichkeiten: Entweder Sie geben uns die Bänder, und Sie haben innerhalb einer Woche Ihre Generals-Epauletten – oder aber eine Kugel im Kopf. Sie haben die Wahl.«

Swetlow sah sie der Reihe nach aufmerksam an. Die Tauben hatten sich wieder beruhigt und kehrten allmählich in ihren Schlag zurück. Er blickte Kolja Baklanow in die Augen. Sie waren genauso mitleidslos wie die hellen, blaßblauen Augen des jungen Hauptmanns Saporoschko. Swetlow reichte diesem den Kasten. Er nahm ihn und ging mit den anderen zu den wartenden Autos. Swetlow sah zu den Tauben empor. Er nahm einen Klumpen Schnee auf und schleuderte ihn mit aller Kraft auf die Vögel. Krasnow und Baklanow sahen sich überrascht um, als die Tauben zum zweiten Mal verschreckt in den grauen, schneeverhangenen Moskauer Himmel aufflatterten. Irgendwo in der Ferne hörte man das Rattern eines Zuges. Swetlow rannte fast auf sein Auto zu, dessen Motor nicht abgestellt war. Noch bevor er richtig saß, hatte er bereits den ersten Gang eingelegt. Im Rückspiegel konnte er sehen, wie das Quartett den Kasten auf der Kühlerhaube eines der Wolgas absetzte, um den eingefrorenen Deckel zu öffnen. Er schaltete in den zweiten Gang und trat heftig aufs Gaspedal. Eine Sekunde später war es Hauptmann Saporoschko gelungen, den Deckel loszueisen. Eine ohrenbetäubende Explosion folgte. Die vier Gestalten in Polizeiuniform wurden zusammen mit dem grauen Kasten in die Luft geschleudert. Der »Salut« zum Gedenken an die arme Nina war abgefeuert.

West-Berlin, zur gleichen Zeit
»Mein Vater brachte die Hälfte von Giwis Diamanten direkt in Sotows Büro in der Visa- und Paßbehörde. Noch am selben Tag bekamen wir die Ausreisepapiere. Die restlichen Steine ließ er bei Burjatskij, damit der versuchen konnte, Giwi auf irgendeine Weise zu befreien. Wir verließen das Land nur mit dem, was wir auf dem Leibe trugen. Wir haben nicht einmal Koffer mitgenommen, aus Angst, es könne beim Zoll Probleme geben«, beendete Anja Finstein ihren Bericht.

Wir saßen in dem behaglichen kleinen Café, das um diese Tageszeit fast leer war. Auf dem Tisch vor uns standen Kaffeetassen und zwei Likörgläser. Die aufmerksame Kellnerin hatte die israelischen Tulpen, die ich Anja geschenkt hatte, in eine hübsche Vase gestellt – ein weiterer Beweis dafür, daß ich mich in einer neuen, zivilisierten Umwelt befand.

»Anja«, sagte ich, »es gibt nur einen Weg für Sie, Giwi zu befreien. Sie müssen mir sagen, wo die Tonbänder versteckt sind. Dann werde ich den Generalstab in Ost-Berlin anrufen. Von dort aus wird ein verschlüsselter Text an meinen Assistenten in Moskau übermittelt. Wenn die Bänder wirklich da sind, wird man Ihrem Giwi gestatten, über den Checkpoint Charlie in den Westen zu kommen.«

»Und wenn sie ihn nicht herüberlassen? Wenn sie die Bänder nehmen, sich aber weigern, Giwi freizugeben?«

»Dann bin ich in Ihrer Hand. Ich bin Ihre Geisel, und Ihre Freunde können mit mir machen, was sie wollen.«

Sie dachte einen Augenblick nach und sagte dann: »Es sieht so aus, als gäbe es keine Alternative. Also gut, schreiben Sie auf. Die

Bänder befinden sich im Keller des Filmarchivs von Mosfilm. Stapel 693, Kasten Nummer 8209. Auf dem Kasten steht: Filmmusik zu *Tschaikowskij* – allerdings ist da kein Tschaikowskij drin, sondern Breschnew.«

Ich öffnete die Aktentasche und holte mein Moskauer Telefonbuch heraus. Auf Seite 306 waren alle Telefonnummern von Mosfilm verzeichnet. Ganz unten, auf Zeile 39, stand »Film-Archiv« und die dazugehörende Apparatnummer. Aber die Nummer brauchte ich nicht. Ich schrieb Seite und Zeilenzahl in mein Notizbuch und rief die Nummer an, die mir Oberst Trutkow vor ein paar Stunden gegeben hatte.

Seine laute, aufdringliche Stimme dröhnte in meine Ohren. »Na, wie läuft's denn? Wie gefällt Ihnen Westeuropa? Überfressen sie sich endlich, die Hunde?«

»Bitte notieren Sie«, erwiderte ich kühl. »Seite 306, Zeile 38. Haben Sie das? Und dann fügen Sie noch hinzu: Stapel 693, Kasten Nummer 8209.«

»Hören Sie, Schamrajew«, meinte er. »Können Sie diese verdammte Jüdin nicht zum Teufel schicken und zurückkommen? Es wäre doch albern, ihr diesen Georgier wirklich zu geben ...«

»Das geht nicht«, erwiderte ich. »Hier stehen acht Typen. Sie haben mich genau im Visier.«

Er schwieg. Es sah ganz so aus, als würde er abwägen, was sie denn zu verlieren hätten, wenn mich Anjas Freunde wirklich umlegen sollten.

»Denken Sie daran, Oberst«, sagte ich. »Es gibt dann nur noch einen Weg, meine Haut zu retten. Wenn man Giwi nicht rüberläßt, müßte ich zu westlichen Journalisten gehen und ihnen alles erzählen, was ich weiß. Und das würde Ihnen weder Breschnew noch Ustinow jemals verzeihen.«

»Gut«, sagte er. »Sie soll ihren Georgier haben. Zur Hölle mit ihm! Ich werde die Nachricht verschlüsseln und nach Moskau durchgeben. Sagen Sie mir, von wo aus Sie anrufen.«

Ich sah auf die Nummer, die auf dem Telefon stand, und gab sie ihm.

»Gut«, sagte er. »Ich melde mich wieder bei Ihnen.«

Moskau, eine Minute später
Am Arbat-Platz, im massiven Steingebäude des Generalstabs der Sowjetarmee, wurde die Nachricht aus Berlin dechiffriert und an Pschenitschnij weitergereicht, der in der Halle bereits darauf gewartet hatte. Er schlug sein Moskauer Telefonbuch auf, besah sich Seite 306 und verließ das Gebäude. Unten an der steinernen Treppe wartete Scharows Tschaika auf ihn. Der General schlief auf dem Rücksitz. Pschenitschnij öffnete die Tür und weckte ihn. Schon acht Minuten später passierte die Regierungs-Limousine die Tore der Mosfilm-Studios. Der verschreckte Sicherheitsbeauftragte von Mosfilm zeigte ihnen den Weg zum Archiv im Hof hinter dem Aufnahmegebäude. Der berühmte Regisseur Sergej Bondartschuk, Leninpreis-Träger und ZK-Kandidat, drehte gerade eine Massenszene für seinen neuen, aufsehenerregenden Film *Zehn Tage, die die Welt erschütterten*. Bondartschuk kauerte hoch oben über der Szene im Führerhaus eines Kranes. Die Kreml-Tschaika rollte ins Bild, direkt auf die Attrappe eines kleinen Panzers zu, von dem aus der als Lenin geschminkte Schauspieler Kajurow eine flammende Rede hielt. Die berühmte Leninsche Kappe in den Händen, gestikulierte er über die Massen hinweg.

»Halt!« schrie Bondartschuk in seinen Lautsprecher. »Wo kommt denn der Wagen her? Weg damit!«

»Geh doch zum Teufel«, knurrte General Scharow in seiner Tschaika. »Weiter, weiter«, befahl er seinem Fahrer.

Den Führer der Weltrevolution in seiner Rede unterbrechend, überquerte die Kreml-Tschaika das Gelände und hielt vor dem langgestreckten, zweigeschossigen grauen Gebäude, in dem das Filmarchiv untergebracht ist. Dort, in den riesigen klimatisierten Räumen zwischen den Tausenden von Büchsen und Kästen mit Filmspulen und Tonbändern fanden Pschenitschnij und Scharow Stapel 693 und die große Kiste Nummer 8209 mit der Aufschrift »Filmmusik zu *Tschaikowskij*«. Die Kiste enthielt Rollen brauner Magnetbänder.

»Sie wollen die Musik zu *Tschaikowskij* hören?« fragte der Leiter des Archivs, Matwei Aronowitsch Katz, einigermaßen verblüfft.

»Ja bitte«, erhielt er zur Antwort.

Und so nahm Genosse Katz die Bänder aus der Kiste und legte das erste auf ein Wiedergabegerät. Er drückte auf einen Knopf.

Aber statt der Musik zu *Tschaikowskij* ertönte leise die Stimme Breschnews.

»Stellen Sie ab«, befahl Scharow. »Ich nehme die Bänder mit.«

»Warten Sie mal«, entgegnete der verdutzte Katz. »Diese Kiste sollte doch eigentlich den Ton zum *Tschaikowskij*-Film enthalten...«

West-Berlin, 15 Uhr

Anja Finstein und ich warteten am »Checkpoint Charlie«. Zwischen uns und der Mauer gab es nichts, bis auf ein paar amerikanische Offiziere und den weißen Strich, der die Demarkationslinie bezeichnete. Anja sah angespannt in Richtung Osten. Der Volkswagen mit ihren Freunden parkte hinter uns.

Schließlich kam Giwi Mingadse zögernd auf uns zu.

»Giwi!« schrie Anja auf.

Die sinkende Sonne traf seine Augen. Ein amerikanischer Offizier ging auf ihn zu und streckte die Hand aus, um seinen Paß in Empfang zu nehmen. Er besah sich das Dokument eine Weile, gab es dann zurück und sagte, was er bereits vor ein paar Stunden auch zu mir gesagt hatte: »Willkommen im Westen.«

Sie liefen aufeinander zu. Anja und Giwi. Sie ließ die scharlachroten Tulpen aus Israel los. Sie fielen genau auf die weiße Demarkationslinie. Ich lachte und dachte an den Text eines bekannten Liedes:

»Und im Niemandsland blühen Blumen von ungewohnter Schönheit...« Und genau da standen sie jetzt beide und umarmten sich. Dann kamen sie auf mich zu, und Anja sagte:

»Ich danke Ihnen. Heute abend fliegen wir nach Israel. Wollen Sie nicht mitkommen? Überlegen Sie es sich. Bei uns ist es jetzt warm, und die Tulpen blühen schon.«

In ihren Augen war wieder der Abglanz des heißen Sandes, der glühenden Sonne und des warmen, südlichen Meeres.

Ich schüttelte den Kopf. »Leider kann ich nicht mitkommen« – ich wies zur Berliner Mauer –, »mein Sohn ist da drüben.«

Epilog

DRINGEND
GEHEIM
Über militärische Sonderleitung
An den Vorsitzenden des Verteidigungsrats der UdSSR, Marschall Leonid Iljitsch Breschnew
An den Minister für Verteidigung der UdSSR, Marschall Dimitrij Fjodorowitsch Ustinow
BERICHT BETREFFS PRIORITÄTS-MISSION NR. OS 371 VOM 27. JANUAR 1982
Ihrem Befehl entsprechend hat heute, 27. Januar 1982, um 15.19 Uhr, der Chefinspektor für Sonderfälle bei der Generalstaatsanwaltschaft der UdSSR, Justizoberrat Igor Josifowitsch Schamrajew, gemäß Ihren Instruktionen nach Berlin entsandt, auf der Friedrichstraße in der Nähe des Ausländerübergangs »Checkpoint Charlie« einen tödlichen Autounfall erlitten.

Die Untersuchung des Unglücksfalls liegt in den Händen des Polizeipräsidiums beim Innenministerium der Deutschen Demokratischen Republik.

Leiter des Geheimdienstes, Sonderabteilung Eins, beim Generalstab der Sowjetischen Streitkräfte in der DDR
Oberst B. Trutkow   Berlin, 27. Januar 1982

GEHEIM
Durch Sonderboten
An den Leiter des Ersten Sonderdirektoriums beim Innenministerium der DDR, Oberst Heinrich Schorr
Nach Überprüfung Ihres Berichts über den Unfall des Staatsbürgers der UdSSR I. J. Schamrajew, der von einem Auto ohne Kennzeichen und eines Typs, wie ihn auch die Sowjetarmee

benutzt, überfahren worden ist, schlage ich vor, daß Sie geeignete Schritte unternehmen, um die Untersuchung fallenzulassen. Ich erwarte, daß die Unterlagen der bisherigen Untersuchungen durch die Polizei mir so schnell wie möglich zugeleitet werden.

Leiter des Geheimdienstes, Sonderabteilung Eins, beim Generalstab der Sowjetischen Streitkräfte in der DDR
Oberst B. Trutkow   Berlin, 28. Januar 1982

AUS DER MOSKAUER PRAWDA VOM 30. JANUAR 1982

In tiefer Trauer begleitete die sowjetische Bevölkerung am 29. Januar Michail Andrejewitsch Suslow auf seinem letzten Weg. M. Suslow war ein herausragendes Mitglied der Kommunistischen Partei, der Sowjetischen Regierung und der internationalen kommunistischen Bewegung. Arbeiter aus Moskau und der Umgebung, Vertreter der Sowjetrepubliken, der Partei sowie anderer Organisationen folgten in schweigendem, endlosem Zug. Die Trauerfeierlichkeiten auf dem Roten Platz wurden vom Generalsekretär des Zentralkomitees der KPdSU und Vorsitzenden des Präsidiums des Obersten Sowjet, Genosse L. I. Breschnew, eröffnet. In seiner Würdigung des Toten sagte er:

»Das Leben des Genossen Suslow war angefüllt mit großen Taten. Es ist schmerzlich, von einem solchen Menschen Abschied nehmen zu müssen. Wir schätzten und liebten diesen Mann, der bei all seiner extremen Bescheidenheit sich selbst und anderen das Äußerste abverlangte. In allen Dingen festen Prinzipien verpflichtet, war er ein loyaler und zuverlässiger Genosse. Wenn wir jetzt von ihm Abschied nehmen, möchte ich ihm die folgenden Worte zurufen: ›Schlaf ruhig, lieber Freund! Dein Leben war großartig und glanzvoll. Du hast viel für die Partei und dein Land erreicht. Sie werden dein Andenken ehren.‹«

SELBSTMORD BORIS' DES »ZIGEUNERS«
AUS DER ZEITUNG NOWOJE RUSSKOJE SLOWO NEW YORK
10. APRIL 1982

Moskau, 9. April. Ausländische Korrespondenten in Moskau haben in Erfahrung gebracht, daß ein Freund Galina Breschnewas, der Tochter Breschnews, der 35jährige Sänger am Bolschoi

Theater Boris Burjats(kij), bekannt als »der Zigeuner«, kurz nach seiner Inhaftierung im Lubjanka-Gefängnis Ende Januar Selbstmord begangen hat.

AUS EINEM BRIEF VON W. ILJITSCHOW, LEITER DER SEKTION
PRESSEWESEN DES ZK DER KPDSU, AN L. KORNESCHOW,
CHEFREDAKTEUR DER KOMSOMOLSKAJA PRAWDA

Nach Informationen der Sowjetischen Botschaft in Paris hat Ihr Sonderkorrespondent Vadim Belkin heute, 31. Januar 1982, bei den französischen Behörden um politisches Asyl nachgesucht. In einem Gespräch mit Vertretern unserer Botschaft betonte Belkin, er habe diesen Schritt nach sorgfältigen Überlegungen getan und betrachte ihn als eine Form des Protests gegen das Fehlen jeder künstlerischen Freiheit in der Sowjetunion. Er äußerte den Wunsch, ein ehrlicher, unabhängiger Schriftsteller zu werden. Seine Handlungsweise sollte auf einer Versammlung der Partei und des Komsomol in Ihrer Redaktion aufs schärfste verurteilt werden. Außerdem schlage ich vor, die ideologisch-erzieherische Arbeit unter den Mitarbeitern Ihrer Zeitung zu verstärken.

AUS DER GEHEIMEN DIENSTKORRESPONDENZ
DES GENERALSTAATSANWALTS DER UDSSR A. M. REKUNKOW
MIT DEM MITGLIED DES POLITBÜROS UND VORSITZENDEN
DES KGB DER UDSSR, GENERAL J. W. ANDROPOW

... Ich bringe zu Ihrer Kenntnis, daß es vorläufig unmöglich ist, die Untersuchung bezüglich des degradierten Obersten der Miliz M. Swetlow, der schuldig ist am Tod der Leiter der Geheimdienstabteilung des Innenministeriums der UdSSR, A. Krasnow, B. Oleinik und I. Saporoschko sowie unseres Inspektors N. Baklanow, zum Abschluß zu bringen, da der Angeklagte in einen völlig passiven Zustand verfallen ist; er ist für Gespräche nicht zugänglich, empfindet keinerlei Schmerz und verharrt in regloser Haltung. Er wurde daher in das Institut Prof. Serbskijs zur Durchführung gerichtspsychiatrischer Gutachten eingeliefert.

Dem Leitenden Inspektor der Moskauer Staatsanwaltschaft V. Pschenitschnij wurde von mir ein strenger disziplinarischer Verweis erteilt, er wurde gleichfalls degradiert und in einen der Moskauer Randbezirke versetzt ...

Nachwort

Bei der Veröffentlichung dieses Buches über den sowjetischen Beamten und Chefinspektor für Sonderfälle Igor Schamrajew, das auf dessen eigene Aufzeichnungen zurückgeht, die er seinerseits Fräulein Anja Finkelstein in West-Berlin am 27. Januar 1982 übergab, sehe ich mich gezwungen, dem Leser einige Geständnisse zu machen:

Ich kannte Igor Schamrajew sehr gut. Es stimmt, daß er mir einmal in einem sehr schwierigen Augenblick zu Hilfe kam. Aber er tat dies nicht um meinetwillen, sondern wegen der Vorteile, die ihm die erfolgreiche Ausführung eines Auftrags, der ihm vom Zentralkomitee erteilt worden war, bringen konnte: Beförderung, eine neue Wohnung, Gehaltserhöhung etc.

Aber dennoch betrachtete ich es als meine moralische Pflicht, die riesige Arbeit auf mich zu nehmen, seine literarisch höchst unzulänglichen Notizen in eine gewisse künstlerische Form zu bringen. Ich glaube nicht, daß mir dies stets gelungen ist, und das nicht nur, weil meine eigenen literarischen Fähigkeiten begrenzt sind, sondern weil – zumindest meiner Ansicht nach – der wirkliche Held dieses Buches, das heißt Igor Schamrajew, so gar nicht mit dem Bild des edlen, begabten, mutigen und ehrlichen sowjetischen Beamten übereinstimmt, wie ihn Schamrajew in seinen Notizen darzustellen suchte.

In Wirklichkeit war Igor Schamrajew ein nicht sehr erhebendes Beispiel eines typischen sowjetischen Rechtsanwalts, das unvermeidliche Produkt zwanzigjähriger Arbeit in den Rechtsorganen dieses Landes. Er war ein selbstgerechtes, überzeugtes Mitglied der Kommunistischen Partei, stets bereit, sich das Talent seiner Freunde und Kollegen – Swetlows, Pschenitschnijs, Sorokins und anderer – zunutze zu machen. Es sind gerade Leute wie Schamrajew, die im sowjetischen Leben blühen und gedeihen, nicht wegen ihres eigenen Talents und professionellen Know-hows, sondern wegen ihrer ausgezeichneten Kenntnis der sowjetischen Staatsmaschinerie und ihrer Fähigkeit, dieses Wissen zu ihrem Vorteil zu verwerten. Aus diesem Grunde machte Schamrajew, selbst aus kriminalistischer Sicht betrachtet, bei der Untersuchung des Todes von Zwigun keine einzige wirklich bedeutende Entdeckung. Und er wäre dazu wohl auch kaum imstande gewesen. Ich entsinne mich eines Abends, an dem Schamrajew und ich ein Bier im Moskauer Haus der Journalisten tranken. Ich bat ihn bei dieser Gelegenheit darum, einen originellen Plot für einen Kriminalroman zu erfinden oder sich an einen aus eigener Erfahrung zu erinnern. »Ein Begriff wie Originalität existiert nicht, wenn man ein Verbrechen untersucht«, sagte er mit all dem Nachdruck einer Person, die das sowjetische System zur Aufklärung von Verbrechen erfunden haben könnte. »Alles, was ein sowjetischer Untersuchungsrichter tut, ist im Strafgesetzbuch enthalten.« Diese Worte sind höchst bezeichnend für Schamrajew. Als Mensch war er unbedeutend: Er war nichts anderes als ein kleiner bestechlicher Beamter, der niemals zögerte, irgendwelche, wenn auch manchmal geringe Summen anzunehmen, hin und wieder von Breschnew selbst. Obgleich in seiner Arbeit und in seinem privaten Leben ein Lakai, so suchte er doch sein Gefühl professioneller Minderwertigkeit dadurch wettzumachen, daß er solche Loblieder auf seine Person verfaßte, wie er sie dem Leser in diesem Buch darzubieten beabsichtigte.

Vadim Belkin
New York, September 1982